El retorno de Rachel Price

El retorno de Rachel Price

HOLLY JACKSON

Obra editada en colaboración con Editorial Planeta – España

Título original: The Reappearance of Rachel Price

Bajo el sello editorial CROSSBOOKS M.R.
Avenida Presidente Masarik núm. 111,
Piso 2, Polanco V Sección, Miguel Hidalgo
C.P. 11560, Ciudad de México
www.planetadelibros.com.mx

Primera edición impresa en España: mayo de 2025
ISBN: 978-84-08-30273-5

Primera edición impresa en México: agosto de 2025
ISBN: 978-607-39-3143-4

Impreso en los talleres de Corporación en Servicios
Integrales de Asesoría Profesional, S.A. de C.V.,
Calle E # 6, Parque Industrial
Puebla 2000, C.P. 72225, Puebla, Pue.
Impreso en México – *Printed in Mexico*

Para mi hermana pequeña

Annabel Price

2.° de Secundaria

13/2/2020

Mi árbol genealógico

Maria Price | Patrick Price | Edward Boden | Susan Boden

Sherry Price | Jefferson Price | Charlie Price | Rachel Price

Carter Price | Yo

Leyenda

Fallecido

No lo sé

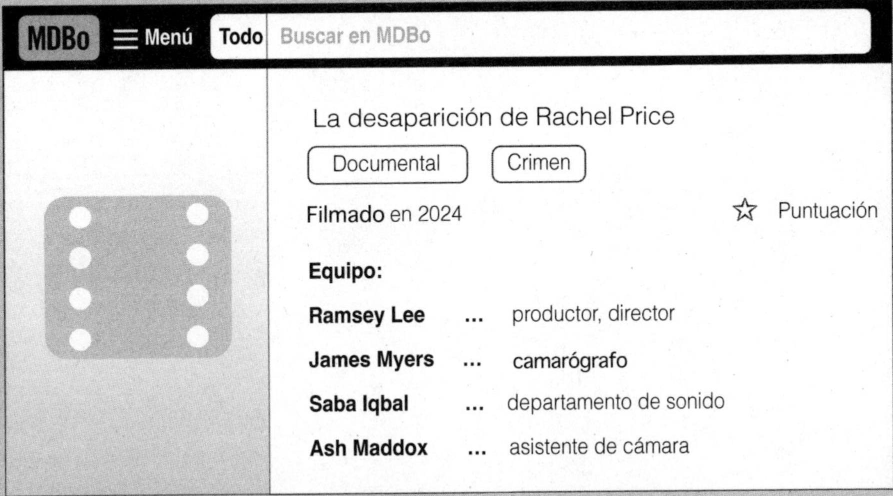
MDBo
Menú
Todo
Buscar en MDBo
La desaparición de Rachel Price
Documental
Crimen
Filmado en 2024
Puntuación
Equipo:
Ramsey Lee ... productor, director
James Myers ... camarógrafo
Saba Iqbal ... departamento de sonido
Ash Maddox ... asistente de cámara

Uno

—¿Qué crees que le pasó a tu madre?

A Bel le molestó esa palabra. *Madre*. Sonaba poco natural. No tanto como *mamá*. Esa le atravesaba los labios, deformados y enojados, como un gusano inflado que por fin queda en libertad, cayendo al suelo para que todo el mundo se le quede mirando. Porque todo el mundo lo haría, todo el mundo lo hacía siempre. Esa palabra no pertenecía a su boca, así que Bel no la decía, al menos si podía evitarlo. Sentía frialdad por *madre*, una cierta distancia.

—Tranquila, tómate tu tiempo —dijo Ramsey, con vocales entrecortadas y expuestas.

Bel lo miró evitando la cámara. La piel negra de Ramsey se llenó de líneas de preocupación que le jalaban los ojos, fijos en Bel, porque ya se estaba tomando su tiempo, demasiado, más que en las preentrevistas de los últimos días. Él se frotó las sienes, justo donde el pelo rizado negro se desvanecía sobre las orejas. Ramsey Lee: cineasta, director, de South London, a todo un mundo de distancia de aquí y, aun así, aquí estaba, en Gorham, New Hampshire, sentado delante de ella.

Ramsey carraspeó.

—Um... —empezó a decir Bel, atragantándose con ese gusano—. No lo sé.

Ramsey se recargó hacia atrás, haciendo crujir la silla, y Bel supo por su mirada de decepción que no lo estaba haciendo bien. Peor. Debía de ser por la cámara. La cámara cambiaba las cosas, su permanencia. Un día, miles de personas verían esto, separadas de ella tan solo por el cristal de las pantallas de sus televisiones. Analizarían cada palabra que decía, cada pausa que hacía, y tendrían algo que opinar al respecto. Estudiarían su cara: su cálida piel blanca y el rubor de sus mejillas, su barbilla afilada que se marcaba más cuando hablaba y, sobre todo, cuando sonreía; su pelo corto rubio miel, sus ojos redondos gris azulado. «¿Verdad que es idéntica a Rachel?», dirían esas personas al otro lado de la pantalla de la tele. Bel pensaba que se parecía más a su padre, en realidad. Pero gracias.

—Lo siento —añadió Bel, apretando los ojos, con intensos parches naranjas en las zonas iluminadas por los focos naranjas. Solo tenía que superar este documental, fingir que no estaba odiando cada segundo, hablar de Rachel, y su vida volvería a la normalidad, volvería a no hablar de Rachel.

Ramsey sacudió la cabeza, dejando ver una sonrisa.

—No te preocupes —dijo—. Es una pregunta complicada.

Pero no lo era, en realidad. Y la respuesta tampoco era complicada. Realmente Bel no sabía qué le había pasado. Nadie lo sabía. Esa era la cuestión.

—Creo que...

Alguien se tropezó detrás de la cámara con un cable que se había soltado de la pared. Uno de los focos parpadeó y se apagó, balanceándose sobre su pata raquítica. Una mano se estiró para agarrarlo antes de que se cayera y lo puso derecho.

—Mierda. Perdona, Rams —dijo el chico que se había tropezado, volviendo a enchufar el cable suelto en la toma de corriente. Ahora que se había apagado la luz, Bel veía bien por primera vez. No podía decir que no se había fijado en él antes, cuando Ramsey le presentó al equipo, cegada por las luces y la cámara. Debía de ser el más joven de los cuatro miembros del equipo, no podía ser mucho mayor que ella. Y era, quizá, la persona más ridícula que Bel había visto jamás. Tenía el pelo castaño a la altura de los hombros y le caía en densos rizos, apartado a un lado de la cara pálida, llena de ángulos y sombras. Llevaba unos pantalones de tela escocesa y un suéter morado con dinosaurios verdes y amarillos caminando por el pecho.

—Perdona —dijo de nuevo con un marcado acento. También debía de ser de Londres. Gruñó mientras empujaba el enchufe en la pared y la luz parpadeó de nuevo, y volvió a la vida, ocultándolo de Bel. Menos mal, el suéter de ese tipo la estaba distrayendo.

—Te dije que pegaras con cinta todos los cables, Ash —dijo Ramsey, volteando para mirar detrás del foco.

—Lo hice... —La voz de Ash sonó detrás del foco, angular, en cierto modo, como su cara—. Pero se acabó la cinta.

—Hay cincuenta mil rollos arriba —respondió Ramsey.

—Cincuenta y uno mil —dijo la mujer que estaba detrás del micrófono: un palo largo apoyado en un trípode con una cabeza peluda gris colgando sobre Bel y Ramsey, justo por encima del encuadre. Saba, así la había llamado Ramsey, y la presentó como «la de sonido». Llevaba unos audífonos enormes que le eclipsaban la cara, apretándole la piel morena de las mejillas con pliegues poco naturales.

—Lo siento —dijo la voz de Ash—. Luego lo arreglo.

—No pasa nada —dijo Ramsey, suavizando la expresión durante un segundo. Luego le dijo al hombre detrás de la cámara—: James, ¿por qué estás haciendo una panorámica de Ash?

—Pensaba que, como íbamos a hacer un documental estilo *cinema vérité*, igual querías agregar esto —respondió el camarógrafo.

—No, no quiero agregar esto. Vamos a empezar desde el principio y hacer otra toma. Y cuidado con dónde pisan esta vez.

Ramsey sonrió compungido a Bel, que estaba allí sentada en un sofá de peluche delante de todos ellos, con los cojines artísticamente colocados detrás de ella.

—Ash es mi cuñado —dijo, a modo de explicación—. Lo conozco desde que tenía once años. Es su primer empleo, ¿verdad, Ash? Asistente de cámara.

Ash: asistente de cámara. Saba: la de sonido. James: camarógrafo. Y Ramsey: cineasta, productor, director. Seguro que era muy agradable que unas palabras así siguieran a tu nombre, unas palabras que has elegido tú. Las de Bel eran otras: «Esta es Annabel. La hija de Rachel Price». Esa última parte se decía en un susurro. Porque aunque Rachel había desaparecido, todo giraba a su alrededor. Gorham ya no era su lugar; era el pueblo en el que había vivido Rachel Price. El número 33 de la calle Milton ya no era el hogar de Bel, era la casa en la que había vivido Rachel Price. El padre de Bel, Charlie Price, bueno, era el «marido de Rachel Price», aunque el apellido Price era el suyo.

—Ash, la claqueta —le recordó Ramsey.

—Oh. —Ash apareció por detrás del foco con una claqueta blanca y negra en las manos. En ella se leía: «La desaparición de Rachel Price». El nombre del documental. Debajo, escrito a mano: «Entrevista a Bel». Y le sorprendió de verdad que no dijera simplemente «La hija de Rachel Price».

Ash se colocó enfrente de la cámara, haciendo ruido al frotar el dobladillo del pantalón.

—Toma seis —dijo, bajando la claqueta con un ruido fuerte y desapareciendo rápido del plano.

—Volvamos a empezar. —Ramsey suspiró. Ya llevaban aquí cuatro horas y empezaba a notársele en la cara—. Tu madre lleva más de dieciséis años desaparecida. En todo este tiempo, no ha habido ni rastro de ella. Ni actividad en sus cuentas bancarias, ni comunicación con la familia, no se ha encontrado ningún cadáver, a pesar de las búsquedas exhaustivas. Y, por supuesto, se han producido avistamientos —dijo, haciendo demasiado hincapié en la palabra para que saliera como de pasada—. En internet, hay personas que afirman haber visto a Rachel en París. Brasil. Incluso hace tan solo unos meses, cerca de North Conway. Pero, por supuesto, son afirmaciones sin confirmar. Tu madre se desvaneció sin dejar rastro el 13 de febrero de 2008. ¿Qué crees que le pasó?

Bel no podía volver a decir «no lo sé», porque entonces no la dejarían irse nunca.

—Para mí es un misterio tan grande como para el resto del mundo —dijo, y por el destello en los ojos de Ramsey, sabía que esa había sido una respuesta mejor. Bien, sigue—. Conozco todas las teorías sobre lo que pudo pasar. Y si tuviera que elegir una...

Ramsey asintió, insistiéndole.

—Creo que intentaba huir. Se fue. Y luego quizá algún asesino oportunista la asesinó. Es el término que usan los medios. O quizá se perdió en las Montañas Blancas y murió en la nieve y algún animal se comió sus restos. Por eso nunca la encontraron.

Ramsey se inclinó hacia delante, frotándose la barbilla, pensativo.

—Entonces, Bel, ¿dices que crees que lo más probable es que tu madre esté muerta?

Bel asintió a medias, mirando fijamente al café que había en la mesa delante de ella. La botella de agua completamente llena solo era de utilería, no podía beber. El tablero de ajedrez de mármol con todas las piezas listas para atacar, sus rodillas apuntando al centro en tierra de nadie. Esta sala de juntas remodelada en el hotel Royalty Inn en Main Street era el escenario. La botella de agua, el tablero de ajedrez y los cojines, la utilería. Nada de esto era real para nadie más, todo era por el espectáculo.

—Sí. Creo que está muerta. Creo que murió aquel mismo día, o poco después.

¿De verdad lo creía? ¿Acaso importaba? Desaparecida significaba desaparecida.

Ramsey miraba ahora también el tablero de ajedrez.

—Dices que crees que tu madre intentaba huir —dijo, volviendo a mirarla—. ¿Estás segura?

Bel se encogió de hombros.

—Supongo.

—Pero hay pruebas fehacientes que contradicen la teoría de la huida. Rachel no sacó dinero del banco en los días y semanas previos a su desaparición. Si pensaba huir y empezar una nueva vida, habría necesitado dinero. Y no solo eso, tampoco agarró su cartera, con su identificación, y dejó las tarjetas bancarias en casa. Tampoco se llevó el celular. No agarró nada de ropa ni pertenencias. Nada. Ni siquiera se llevó el abrigo con el día tan frío que hacía. Lo encontraron en el coche, con su teléfono y la cartera.

«Y yo», pensó Bel.

—¿Cómo explicas eso? —le preguntó Ramsey.

¿Qué quería que dijera?

—No lo sé. —Bel volvió a esas tres palabras, se escondió tras ellas.

Ramsey pareció notar la barricada, se echó hacia atrás y se irguió.

—Ya tienes dieciocho años, Bel. No tenías ni dos años cuando Rachel desapareció. Veintidós meses, de hecho. Y, por supuesto, una de las cosas más destacadas de este caso y que lo aleja de todos los demás, es que tú estabas con ella. Tú estabas con tu madre cuando desapareció.

—Sí —dijo Bel, sabiendo perfectamente qué pregunta venía después. Daba igual cuántas veces le preguntaran, la respuesta era la misma. Y era peor para Bel, sin duda.

—¿Y no recuerdas nada de aquel día? ¿Ir al centro comercial? ¿Estar en el coche?

—No me acuerdo de nada —dijo sin emoción alguna—. Era muy pequeña como para acordarme. O como para decirle a alguien lo que vi aquel día.

—Y esto es lo más sorprendente. —Ramsey se inclinó hacia delante, las palabras saltaban por el lugar mientras él intentaba mantener la voz equilibrada—. Eras una niña pequeña, demasiado joven como para comunicarte bien con alguien, con la policía. Pero si alguien se llevó a Rachel, la sacó del coche, en el lugar donde la encontraron contigo dentro, eso significa que tú debiste ver quién fue. Lo viste. En un momento dado, tuviste que saber, aunque sea brevemente, la respuesta del misterio.

—Soy consciente.

Sorprendente, ¿no? Lo más sorprendente, de hecho.

Bel cerró los ojos y tres abrasadoras manchas solares invadieron el mundo oscuro dentro de su cabeza. Las luces eran demasiado intensas. También daban calor, ¿o se lo estaba imaginado? Entonces, ¿por qué tenía la cara tan caliente?

—¿Estás bien? ¿Quieres continuar? —le preguntó Ramsey.

—Sí. —No tenía elección, en realidad. Había acordado contratos, firmado exenciones y renuncias. Y, lo más importante, se lo había prometido a su padre. Podía fingir amabilidad por él. Decir «sí» y «no» y «lo siento» en los momentos adecuados.

—¿De verdad no recuerdas nada de ese día?

—No. —Y tampoco lo haría la próxima vez que le preguntaran. Ni la siguiente. No recordaba lo que pasó, no tenía ni idea. Solo lo que supo más tarde, cuando fue lo suficientemente madura para saber cosas: que la había dejado. Abandonada en el asiento trasero del coche, pasara lo que pasara.

—Este es uno de los casos más debatidos y estudiados de pódcast de crímenes reales y redes sociales, sobreviviendo en la conciencia del público incluso dieciséis años después —dijo Ramsey, con los ojos brillantes—. El nombre de Rachel Price es casi sinónimo de misterio. Porque su desaparición fue como un rompecabezas y la naturaleza humana es querer resolver rompecabezas, ¿no crees?

¿Bel tenía que responder a eso? Demasiado tarde.

—Y eso es porque —continuó Ramsey— parece que Rachel desapareció dos veces aquel día. ¿Puedes contarnos qué ocurrió aquella tarde a las dos? ¿Dónde fueron tu madre y tú?

—¿Otra vez?

—Sí, por favor. Para la cámara —dijo Ramsey, quitándole la culpa a Bel y poniéndosela a la cámara. Las cámaras no tenían sentimientos. Ramsey parecía agradable. Pero, bueno, eso era lo que él quería que ella pensara, ¿no?

Bel carraspeó.

—Aquella tarde yo estaba en el coche con Rachel. Fuimos al centro comercial White Mountains, que está en Berlín, cerca de Gorham, a unos diez minutos. Las cámaras de seguridad nos grabaron entrando en el centro comercial. Rachel me llevaba en brazos.

—¿Y por qué fueron al centro comercial?

—Me solía llevar en sus días libres, eso me han dicho —dijo Bel—. Rachel trabajaba allí, en una cafetería. Volvió para tomarse un café y ver a sus antiguos compañeros. No era raro. La cafetería se llamaba Moose Mouse.

Evidentemente, Bel no se acordaba de eso, pero había visto las grabaciones de las cámaras, las últimas imágenes de Rachel Price con vida. Sentada en la cafetería, la pequeña Bel con un abrigo azul y brazos rollizos, retorciéndose en el regazo de Rachel. Rodeadas de mesas vacías. Borrosas, pero aquellas figuras parecían felices. Ajenas a que las dos estaban a punto de desaparecer, una de ellas para siempre.

—Pero lo que sí fue raro —dijo Ramsey— es que, cuando se terminaron las bebidas, Rachel se levantó para marcharse, todavía contigo en brazos. Salieron de Moose Mouse a las dos y cuarenta y nueve, eso dicen las cámaras, y se les ve en las imágenes. Hasta que dan vuelta a una esquina, en un punto ciego de las cámaras de seguridad y...

Parecía estar esperando algo.

—Desaparecimos —dijo Bel, rellenando las lagunas.

—Se desvanecieron —añadió Ramsey—. No aparecen en la cámara en la que deberían haber aparecido si Rachel hubiera continuado caminando. No aparecen en ninguna cámara después, en ninguna de las que hay en las salidas. En ningún sitio. Lo que significa que no salieron. Pero lo hicieron. Desaparecieron las dos dentro del centro comercial y no hay ninguna explicación. ¿Se te ocurre cómo pudo pasar?

—No lo sé, no me acuerdo. —Era un tema algo recurrente.

—La policía analizó las grabaciones tras la desaparición de Rachel. Estudiaron y contaron a todos los que estaban en el centro comercial. Y luego volvieron a contar. Los números encajaban, menos dos. Tú y Rachel. Las únicas que entraron y nunca salieron. La policía incluso consideró si, por algún motivo, salieron disfrazadas, cambiaron de apariencia, pero eso no encajaba con los números. Se desvanecieron, sin más.

Bel se encogió de hombros, sin saber muy bien qué quería Ramsey que dijera. Ahora estaba des-desvanecida.

—Y lo siguiente que sabemos es que tú volviste a aparecer. Te encontraron sola en el coche de Rachel, abandonado en una carretera cerca del parque estatal Moose Brook. El coche estaba en el arcén, con los faros de niebla puestos y el motor en marcha. Un hombre —Ramsey comprobó sus notas—, Julian Tripp, pasó por allí y te encontró un poco pasadas las seis de la tarde. Llamó enseguida a la policía...

—De hecho, actualmente es mi profesor, el señor Tripp.

Ramsey sonrió, no le importó la interrupción.

—El mundo es un pañuelo.

—Bueno, el pueblo es muy pequeño —puntualizó Bel.

—Creo que es evidente porque los aficionados a los crímenes reales están obsesionados con este caso. No hay respuestas desde que acabó el juicio. No se puede resolver y jamás tendrá sentido. Y para ti tiene que ser mucho más duro porque tú estuviste presente. —Ramsey hizo una pausa—. ¿Cómo ha sido, Bel? ¿Crecer a la sombra de un misterio imposible como este?

Nadie se lo había preguntado así antes. Sí que lo sentía como una sombra, casi todos los días, algo oscuro y desagradable de lo que apartarías la vista si sabías qué era lo mejor para ti. Y Bel lo sabía. Se apretó la nariz, con la fuerza suficiente para llegar al cartílago. Luego se acordó de que la estaban grabando y que había un micrófono planeando sobre ella. Mierda. Igual Ramsey eliminaba eso.

—No ha sido para tanto —dijo por fin—. Acepté hace mucho que nunca tendríamos respuestas. No es culpa mía no poder recordarlo, era demasiado pequeña. Y como no tengo esos recuerdos, jamás resolveremos el misterio de Rachel Price, pero no pasa nada. De verdad. Tengo a mi padre. —Bel hizo una pausa y sonrió ligeramente—. Se esforzó mucho para darme una infancia lo más normal posible, dadas las circunstancias. Es el mejor padre que podría tener. Por eso no quiero que la gente sienta pena por mí —dijo, muy en serio. Esperaba que la cámara pudiera captar eso—. Tengo suerte, en realidad...

—Um, Ramsey. —La voz de Ash flotó desde detrás del foco.

—Estamos rodando, Ash. —Ramsey se dio la vuelta para mirarlo.

—No, si ya lo sé. —Se acercó un poco y Bel por fin pudo volver a verlo—. Es que ya nos hemos pasado de la hora y creo...

Señaló la puerta que daba al vestíbulo del hotel. En la ventana había una cara aplastada contra el cristal que los observaba. Bel se atajó con la mano, pero las luces eran demasiado fuertes como para ver quién era.

—Ya está aquí —dijo Ash, mirando la hora en su teléfono—. Llega pronto.

—¿Quién es? —preguntó Bel. Sabía que Carter y la tía Sherry no grababan sus entrevistas hasta la semana que viene.

—Mierda —dijo Ramsey entre dientes, comprobando la hora en su reloj. Miró rápidamente a Bel, con los ojos muy abiertos, despojados de las arrugas de amabilidad.

Bel se inclinó hacia delante, perdiendo también las suyas. Endureció el tono.

—¿Quién está aquí, Ramsey? ¿Quién es esa mujer?

Dos

La puerta se abrió y rechinaron las bisagras.

—¿Hola? —La voz de una mujer navegó por la habitación—. La chica de la recepción me ha dicho que estaban grabando aquí.

¿Conocía Bel esa voz? Había algo que le resultaba familiar, pero no era capaz de ubicarla, no sin verle la cara. Intentó fijarse, con el estómago encogido y el gusano expectante en la boca.

Se oyó el ruido de unos tacones sobre el suelo de madera a medida que la mujer se acercaba a ellos.

Ramsey se levantó de un salto de la silla, asintiendo a James detrás de la cámara.

—Hola —dijo con una voz muy alegre—. Muchas gracias por llegar tan pronto. Espero que hayas tenido un buen viaje. Estábamos a punto de terminar, Susan.

Bel tragó saliva y aflojó la mandíbula. Durante un segundo, pensó que iba a decir R...

—Es un placer conocerte al fin en persona —dijo la mujer, acercándose a Ramsey y estrechándole la mano con el sonido del choque de las pulseras al agitarla de arriba abajo.

¿Susan? ¿Por qué a Bel no se le venía a la cabeza ninguna Susan?

—Lo mismo digo —respondió Ramsey.

Susan se colocó ante el foco, muy bien vestida, con un conjunto de saco y falda negra, y en el cuello un pañuelo con adornos esmeralda. Entonces Bel vio por fin quién era. Claro. Porque no era Susan para Bel. Para ella era la abuela. La madre de Rachel.

—Rams... —empezó a decir Ash, todavía algo incómodo, mientras hacía un gesto extraño con la mano, señalando a Bel con el pulgar.

—Pero bueno —le dijo la abuela a Ash, mirándolo de arriba abajo—. Qué chico más peculiar.

Bel se levantó y los cojines se desordenaron en su espalda.

—Hola, abuela.

La cámara se levantó con ella. James la sacó de su soporte y se la llevó al hombro con un movimiento rápido, echándose hacia atrás para una toma más amplia.

La abuela la miró y parpadeó.

—No será esta mi Annabel, ¿verdad? —dijo, elevando la voz al final—. Por el amor de Dios, ¡mírate!

En un instante, Bel se encontró con la cara enterrada en el pañuelo con adornos esmeralda cuando la abuela la envolvió en un fuerte abrazo. El empalagoso aroma de su perfume le llegó hasta la garganta.

—No lo puedo creer, qué grande estás.

—Bueno —dijo Bel con las costillas demasiado apretadas—. Es que he crecido. Hace ya unos cuantos años que tengo este aspecto.

La abuela dio un paso atrás para analizar a Bel, clavándole los dedos huesudos en los hombros.

—Por Dios, cuánto te pareces a Rachel.

Qué mierda.

Los ojos de la abuela se llenaron de lágrimas y empezó a temblarle el labio inferior, así que se lo mordió.

—El abuelito habría estado tan orgulloso de verte tan grande. Es una pena que se lo haya perdido. Si tu padre no nos hubiera alejado tanto de ti. Qué crueldad. Mi única nieta.

Soltó a Bel y se metió la mano en el bolsillo para sacar un pañuelo arrugado. Se sonó la nariz escandalosamente, como si un cuervo hubiera entrado en la habitación.

—Ni siquiera te dejó venir a su funeral. —La abuela sorbió por la nariz.

Bel no iba a dejar pasar aquello.

—Eso fue porque le dijiste que no querías que él fuera —respondió, afilando la lengua y encajando la mandíbula. ¿Podía hablarle mal? ¿Cuántos años tenía? ¿Setenta y algo? Estaba permitido, ¿no?

—Pero sí quería que fueras tú. Y el abuelito también habría querido. Pero lo único que realmente quería antes de morir era ver por fin al asesino de su hija tras las rejas. Donde debería estar —dijo con firmeza, volviendo a limpiarse la nariz para darle más drama a la situación. Y luego—: Cáncer. Hace cuatro años. —Las palabras iban dirigidas a Ramsey.

—Cuánto lo siento —dijo, casi susurrando, como si no quisiera interrumpir la escena, desapareciendo en el fondo. ¿Podían grabar todo esto?

La abuela sonrió con dulzura, pero en lo único en lo que Bel podía pensar era en su padre llamando a Susan estupichusetts, porque era de Massachusetts y era una...

—Oh, se me acaba de ocurrir algo espléndido —continuó, como si nada—. Podrías venir a pasar el verano conmigo. La pasaríamos genial. Puedes ayudarme con los caballos, pasar un tiempo en la casa en la que creció tu madre, alejarte de ese hombre. ¿Qué te parece, Annabel?

¿Qué le parecía? Que era una oferta vacía y que si la abuela de verdad se preocupara por ella, habría venido a verla, o la habría llamado. Pero no había sido así. Y cuando se fueran las cámaras, ella volvería a su casa y desaparecería de nuevo. Es lo que hacía la gente.

—Suena demasiado bonito para ser verdad —dijo Bel. Ella también podía ser una estúpida—. Y ese hombre es mi padre.

La abuela apretó los dientes.

—Ese hombre es...

A Bel se le incendiaron los ojos. De pronto, estaban las dos solas en esa habitación... y el equipo de cineastas británicos, escondidos en la oscuridad.

—Conseguiste lo que querías, abuela. Lo condenaron por

homicidio en primer grado. Ya cumplió su condena mientras esperaba el juicio. Y, ¿sabes qué? Lo declararon inocente.

—«No culpable» no es lo mismo que inocente. Y el jurado puede equivocarse —dijo la abuela, pronunciando exageradamente las palabras—. No soy la única que lo piensa. Todo el mundo sabe que fue él.

—Tenía coartada —respondió Bel con una sonrisa furiosa—. Parece que se te ha olvidado.

—Aun así, tuvo tiempo. —La abuela resopló mirando a Ramsey.

No, Bel no iba a permitir que tuviera la última palabra; y menos cuando las cámaras lo estaban grabando todo y estaba hablando de su padre.

—Aquel día estaba en el trabajo. A las 14:00 se cortó la mano. Un corte grave.

—Eso pudo hacérselo cuando la mató.

Bel se rio.

—Hubo testigos. En el taller había mucha gente que vio cómo se cortó la mano, abuela. Se puso una venda y fue en coche al hospital más cercano.

—En Berlín, donde estaban tú y Rachel. —Los ojos de la abuela se iluminaron, como si hubiera anotado un punto. Pero espera: Bel estaba a punto de enterrarla.

—Eso fue una coincidencia. —Apretó la mandíbula y apuntó—. Las cámaras de seguridad lo grabaron todo el tiempo que estuvo esperando a que una enfermera le pusiera los puntos. No salió del hospital. Se fue a las 17:38 exactamente y condujo de vuelta a casa. Que, por cierto, se tardan unos dieciséis minutos, como dijo su abogado. Es decir, que llegó a las 17:44. A mí el señor Tripp me encontró un par de minutos después de las seis. La policía llegó y llamó a papá a las 18:25, cuando me ubicaron por la identificación de Rachel. Papá estaba en casa cuando llamaron. Además de haber llamado a Rachel a las 18:04, cuando empezó a preguntarse dónde estábamos, y esa llamada conectó con la antena telefónica y también demostró que estaba en casa. Si dices que condujo directamente al lugar del secuestro, a diecinueve minutos del hospital, significa que solo tuvo ocho minutos para agarrar a Rachel, matarla, deshacerse del cuerpo y volver a casa a tiempo para la llamada de la policía. El trayecto a casa son seis minutos. Es imposible. Él no hizo nada. —Bel tomó aliento. Hacía tiempo que se lo había aprendido todo de memoria; no era la primera vez que había tenido que usarlo—. ¿Crees que es tiempo suficiente para matar a alguien y esconder el cuerpo para que no lo encuentren nunca?

La abuela estaba pálida, con la piel alrededor de la boca arrugada, con el ceño fruncido.

—Estás hablando de tu madre.

Otra vez esa palabra. Igual de poco natural con la voz de su abuela.

—¿Qué pasa? —Una voz nueva entró en la habitación, una que Bel reconocería en cualquier parte.

—¿Papá? —dijo, buscándolo más allá del brillo del foco.

La silueta de Charlie cruzó la sala hacia el set, con un ruido pesado de las botas contra el suelo de madera y los hombros pesados dentro de la camiseta manchada de grasa.

—Me dijeron que terminarían con Bel a las dos —dijo, mirando a Ramsey y pasándose la mano sucia por el pelo corto, de color castaño oscuro, como le gustaba tomarse el café, y con un toque grisáceo por las sienes—. Son casi las tres y media. Me había preocupado, tiene el celular apagado.

—Lo siento. —Ramsey agachó la cabeza—. Hemos perdido la noción del tiempo.

—Charlie Price —dijo la abuela, sosteniendo demasiado el siseo del final de su nombre.

Los ojos de Charlie por fin la encontraron y se abrieron al reconocerla.

Bel notó un movimiento por encima de los hombros de su padre, cuando Ramsey se giró hacia James. «Sigue grabando», le dijo moviendo los labios, haciendo un círculo con el dedo índice. El camarógrafo obedeció.

—¿Qué está haciendo esta aquí? —preguntó Charlie a los demás.

—Están haciendo un documental sobre mi hija, ¿por qué no iba a estar aquí? —replicó la abuela, inflándose detrás de su pañuelo con adornos esmeralda. Miró hacia abajo y arrugó la nariz—. Ya veo que todavía no sabes lavarte las manos.

—Estaba trabajando, Susan —dijo Charlie con calma—. Algunos tenemos que trabajar para ganarnos la vida.

—Arg, otra vez con eso. —Resopló—. Tan a la defensiva todo el tiempo, Charlie. Tiene que ser horrible para ti estar con alguien así todo el día, Annabel, cariño.

—No... —empezó a decir Bel.

—Tranquila, Bel, no tienes que responder a eso. —Su padre le guiñó lentamente un ojo, diciéndole con los ojos azules muy abiertos todo lo que tenía que decirle. «La gente enojada parece culpable», decía siempre.

—¿No te deja hablar, tesoro?

—Susan, por favor —dijo Charlie con los dientes apretados, dándole una mordida al aire estancado.

—Qué genio —respondió la abuela, pero ella era la única que estaba levantando la voz.

El nudo volvía a estar ahí, en el estómago de Bel, apretando cada vez más, persiguiéndose la cola.

—¿Por qué siguen grabando? —Charlie centró ahora su atención en el micrófono flotando sobre su cabeza, sujeto en las firmes manos de Saba—. Dejen de grabar, por favor.

—¿Por qué, Charlie? —dijo la abuela—. ¿No quieres que el mundo vea quién eres en realidad?

El ambiente en la habitación se tensó, el aire se volvió pesado y pegajoso mientras Bel lo tragaba, alimentando el nudo de su estómago.

—¿Y quién soy de verdad, Susan? —Charlie se dio vuelta hacia ella.

—¿Quieres que lo repita?

Charlie cedió, con una sonrisa apretada y acariciándose la barba de varios días.

—No hace falta. Ya has dicho suficiente en todos estos años. Me sorprende que todavía no te hayas aburrido de hablar ante las cámaras.

—Dejaré de hacerlo cuando todo el mundo sepa la verdad —respondió la abuela.

—Esto no tiene sentido. —Charlie suspiró—. Tú perdiste a

tu hija aquel día, Susan. Yo perdí a mi mujer y a mi vida tal y como la conocía. Vamos, Bel. Recoge tus cosas y vámonos. Seguro que tienes hambre.

Seguro, pero no era consciente por culpa de ese horrible nudo en el estómago.

—Me preocupo por ti, Annabel —dijo entonces la abuela, volviendo a agarrarla del brazo. Pero Bel se apartó—. Me preocupa que esté en esa casa, sola contigo.

—No digas tonterías —dijo Charlie—. Vamos, Bel.

—Ya voy. —Pero no se movió; estaba bloqueada entre los dos y la mesa con el tablero de ajedrez, atrapada en tierra de nadie.

—Así que son tonterías, ¿no? —dijo la abuela, casi como un chillido, chocando las palabras—. Es una tontería que todas las mujeres de tu vida terminen muertas.

La habitación se quedó en un silencio enfermizo.

Charlie entrecerró los ojos y el movimiento le arrugó la cara igual que una sonrisa.

—¿Qué quieres decir con eso?

La abuela estiró el cuello por encima del pañuelo, como si pensara que estaba ganando la guerra.

—Tu madre murió cuando tú tenías dieciséis años, ¿no?

Bel intentó contener un grito. La abuela no podía estar insinuando que...

—Eso fue un trágico accidente —dijo Charlie en voz baja y con un tic en una mejilla—. Se cayó por las escaleras y se golpeó la cabeza. Yo estaba durmiendo.

—Cómo no —dijo la abuela con un tono burlón, como si estuviera tranquilizando a un niño—. La cosa es que dos muertes trágicas ya parecen un patrón de conducta, Charlie.

Charlie se rio con un sonido hueco para esconder el dolor y sacudió la cabeza.

—Genial —dijo—. Así que ahora, además de un asesino de esposas, también soy un asesino de madres. Fantástico.

Maldición. No debería haber dicho eso. Era sarcasmo, obviamente, cualquiera podía darse cuenta, cualquiera con un poco de cerebro, pero la cámara estaba grabando y, en las manos equivocadas, podrían hacer que quedara muy mal. ¿Por qué había aceptado su padre hacer este documental? Nada bueno podía salir de esto. Bel necesitaba hacer algo más importante, algo peor, para ayudarlo.

—Vete a la mierda, Susan. Déjanos en paz y regresa a cogerte a tus malditos caballos —dijo.

Esta vez, sí que hubo un grito ahogado en la habitación. La abuela relajó el cuello y miró a Bel con la boca abierta. Toma ganadora. Fin de la batalla.

—Ven, hija —dijo Charlie aguantándose una sonrisa cuando se miraron a los ojos—. Vámonos. —Su expresión se endureció—. Ramsey, tengo que hablar contigo afuera. Deja la cámara.

—Por supuesto —respondió Ramsey, emergiendo del fondo—. Ash, pregúntale a Susan si quiere tomar algo. ¿Un té? ¿Un café?

—Es muy tarde para tomar cafeína. —La abuela sorbió por la nariz y se dejó caer en un extremo del sofá, derrotada.

—Ah, claro —dijo Ash, moviéndose incómodo—. Um... ¿cerveza?

—No, Ash —replicó Ramsey, siguiendo a Charlie hacia la puerta—. Tráele agua o algo así.

—Agua o algo, enseguida. —Ash levantó un dedo y se dio la vuelta para seguir a Ramsey afuera.

La abuela no miraba a Bel, la evitaba —nada nuevo—, rebuscando algo en su bolso. De hecho, nadie la miraba. Saba y James ahora estaban concentrados cada uno en sus aparatos, toqueteando botones e interruptores, con la cámara apuntando a otro sitio. Esta era la oportunidad de Bel.

Se agachó con los dedos estirados y movió la reina negra del tablero de ajedrez, metiéndosela debajo de la manga antes de que la viera alguien. Ahora era suya. Se le deshizo el nudo del estómago, se le alivió la presión y sintió una nueva ligereza en la cabeza al notar el mármol frío contra su piel. Una sensación fuerte, pero nunca duradera. Al menos la cosa en sí era permanente.

Bel se fue sin mirar al tablero sin reina, ni a la mujer a la que apenas conocía y que estaba sentada detrás de él.

—¡Adiós, abuela! —gritó por encima del hombro, alegre y

cantarina—. ¡Me alegro mucho de verte! Visítanos cuando quieras.

Afuera, en el estacionamiento, la brisa fresca de abril le rozó la cara, el alivio ya estaba desapareciendo y se preparaba un nuevo nudo de tensión en su estómago, esta vez para quedarse. Main Street estaba muy ajetreada; el ruidoso susurro de los coches, el rumor sísmico de un camión, y unos cuantos niños gritando al otro lado de la carretera, jugando con el alce de plástico que había fuera de Scogging General Store.

Bel vio a su padre y a Ramsey en el estacionamiento, cerca de la cuatro por cuatro gris llena de lodo de papá.

—Te lo juro —estaba diciendo Ramsey, con las manos juntas delante del pecho—. No fue a propósito. Nos pasamos un poco del tiempo con Bel, nos costó que se relajara. Y Susan llegó una hora antes de lo acordado. No tenían que encontrarse, te lo prometo.

Bel sabía que decía la verdad, pero Ramsey no la había ayudado ahí dentro, así que estaba solo en esto.

—Pero eso no te impidió aprovechar la situación y dejar la cámara grabando —dijo Charlie, limpiándose una mancha de la camisa—. Mírame: no sabía que me ibas a grabar hoy.

—Lo siento, pero estamos haciendo un documental. Nuestro trabajo es literalmente ese: dejar la cámara grabando. Tú aceptaste todo esto, firmaste un contrato.

—No de esta forma. Y lo sabes.

—Vamos, Charlie. Como si no te hubieras llevado una buena compensación. Además, te escribí para avisarte de la entrevista de Susan.

Charlie se rascó la cabeza con frustración.

—Mira. —Ramsey lo miró a los ojos—. Esta película es sobre ti y tu familia, la primera vez que hablan en público, un vistazo a sus vidas y a cómo les afectó la desaparición de Rachel. Lo que Susan piense de ti... forma parte de todo esto. El mundo ya la ha escuchado a ella. Pero eres tú el que tiene que darle forma a la narrativa que quieras contar. Y, si sirve de algo, creo que has gestionado muy bien la situación ahí dentro.

Lo que fuera que estaba haciendo Ramsey, estaba funcionando. Charlie suspiró y resopló.

—Está bien —dijo—. Pero que no vuelva a pasar. Se acabaron las sorpresas.

Ramsey levantó las manos.

—Se acabaron las sorpresas, cuenta con ello. Entonces ¿los veremos a ti y al resto de la familia mañana en tu casa? Empezaremos a montarlo todo a las once, ¿sigue en pie?

—Sí, de acuerdo —dijo Charlie, listo para marcharse; Bel lo vio en el movimiento que hizo con los hombros.

—Has estado genial, Bel —le dijo Ramsey con una sonrisa—. Genial. Gracias.

¿Se había olvidado ya de todas las veces que había respondido «no lo sé»? A lo mejor todo lo de la abuela lo había compensado. Una lástima, seguramente Bel había parecido bonita y simpática hasta ese momento. Tenía permitido quedar mal.

Ya casi estaban en el coche cuando su padre por fin se giró y la miró a los ojos.

—¿«Regresa a cogerte a tus malditos caballos»? —Se rio—. Pero ¿a ti quién te educó?

—Una persona horrible.

Su padre se rio aún más fuerte. Bien, era lo que ella quería. Luego, un poco más calmado, preguntó:

—¿Estuvo bien la entrevista? ¿No te ha resultado incómodo?

—Qué va, estuvo bien. Un poco larga. Aunque no me han dejado tocar el agua de mentira.

Agarró el picaporte de la puerta.

—Espera. —Su padre la detuvo—. Tengo un montón de cosas en el asiento del copiloto. Siéntate mejor atrás.

Bel se quedó mirando el asiento trasero a través del cristal sucio de la ventanilla. Tragó saliva y apartó la mirada.

—No, me siento delante —se apresuró a decir, y abrió la puerta del copiloto.

—Bel, está lleno de basura. Ve atrás.

—No, no, no, no pasa nada. —Subió al coche y pasó por encima de la caja de herramientas y el montón de papeles, envolturas de comida y botellas de Mountain Dew, porque su padre era un niño que todavía bebía Mountain Dew. Agarró la caja de herramientas, se sentó y se la colocó sobre el regazo. Pesaba y estaba incómoda, y no tenía espacio para los pies entre tanta porquería—. ¿Ves? Comodísima.

Su padre sacudió la cabeza y arrancó.

—¿Bocadillo de tocino para comer? —dijo, sin esperar ninguna respuesta, porque no hacía falta.

—Qué bien me conoces.

Tres

Bel la vio en su lugar favorito: el fondo del cementerio, debajo del arce rojo que sangraba sus hojas en un largo rastro. Eran así de macabras. Estaba dando pataditas con el talón en el muro.

Bel se acercó a ella, pasando por lápidas manchadas y ángeles sin ojos, viejos ramos de flores que empezaban a oler mal. Se paró a unos seis metros y se atajó con la mano.

—¡Qué ven mis ojos! —gritó Bel—. ¡Pero si es Carter Price, extraordinaria bailarina y futura estrella de documentales!

Carter se estremeció. Tenía los pómulos marcados hasta los ojos azules, un azul diluido, como agua revuelta. Más bonitos que los ojos de Bel. Ojos Price. Carter inclinó la cabeza y la larga cabellera cobriza hasta la cintura le cayó sobre el hombro, atrapando la luz del sol y quedándosela.

—Ay, cállate. —Carter se miró la mano con algo agarrado entre los dedos.

—¿Estás fumando? —preguntó Bel, y subió al muro para sentarse a su lado.

—¿Qué te hace pensar eso? —Carter se llevó el cigarrillo a la boca.

—¿Desde cuándo?

—Desde ayer. —Carter tosió—. No se lo digas a mi madre. Lo tomé de su bolso.

—Yo no le digo nada a nadie —dijo Bel, acercándose a ella hasta que tuvieron las rodillas juntas—. Pásamelo.

Carter balanceó el cigarro entre dos finos dedos y se lo pasó.

—Gracias. —Bel se llevó la colilla a los labios y aspiró con fuerza. Luego lo apagó en el muro y lo tiró al césped.

—¡Oye! —Carter la miró molesta—. Tú también fumas, te he visto muchas veces.

—Pero tú eres mejor que yo. Y tienes quince años. —Bel le dio unas palmaditas en la espalda con condescendencia. Al fin y al cabo, era su trabajo de prima mayor.

—Vaya mierda —dijo Carter entre dientes.

Bel bajó la mano.

—¿Qué tal tienes hoy los pies?

Carter miró hacia abajo, a unos Converse negros balanceándose al final de unas piernas desnudas, marcando las líneas de los músculos de la pantorrilla.

—Horribles, pero bueno, bien.

—Pues como todas —dijo Bel con una sonrisa, a punto de darle a Carter con los dedos en la axila, donde más cosquillas tenía. Carter la vio venir y le apartó la mano con más fuerza de la necesaria.

—¡Ay! —Bel soltó una carcajada y le agarró la mano—. Estamos en el cementerio, no me pegues. Es una falta de respeto hacia los muertos.

—Vete al diablo. —Carter sonrió.

—Y decir palabrotas, también.

—He aprendido de la mejor —respondió Carter.

Los desconocidos a veces las tomaban por hermanas. No se parecían mucho; Carter se quedó con todos los genes buenos de su lado de la familia. Pero habían crecido juntas, casi como hermanas. Bel y su padre vivían en el 33 de la calle Milton, y su hermano Jeff vivía con la tía Sherry y Carter en el número 19. Literalmente, a la vuelta de la esquina; bueno, a un par de calles: Carter y ella ya lo habían probado. Y, por supuesto, se metieron en un lío. La señora Chismosa, que vivía en la puerta de al lado, se enteró.

—¿Son esos? —dijo Carter, señalando con la punta afilada

de la nariz. Bel siguió su mirada. Desde aquí, se veía la carretera de la casa de Bel, la minúscula figura de una camioneta blanca estacionada afuera y personas muy pequeñas saliendo de ella, moviendo los brazos y las piernas.

—Estarán instalando las luces y todo lo demás. Debería ir quedando pronto.

—¿Qué tal te fue en la entrevista? —Carter se empezó a tocar las uñas para tener algo que hacer ahora que ya no tenía el cigarro. Siempre se estaba moviendo, no podía estarse quieta. Tamborileando con los dedos y moviendo las piernas.

—Horrible, pero bueno, bien. —Bel la imitó—. Hasta que apareció la madre de Rachel.

—¿La estupichusetts?

—La misma.

Carter chasqueó la lengua, entendiendo todos los espacios entre las palabras de Bel, un lenguaje propio.

—No sé por qué quieren que aparezca yo en el documental —dijo—. Nací después de que la tía Rachel desapareciera. Ni siquiera la conocí.

—Yo tampoco la conocí, en realidad —añadió Bel, como si fuera una especie de competición—. Ah, por cierto. Uno de los del equipo del documental, el asistente de cámara, es el tipo más raro que vas a ver en tu vida. Literalmente el hijo de una estrella del *rock* acabada y un payaso. Y es un inútil; es evidente que Ramsey solo le dio el trabajo porque es su cuñado. Si nos aburrimos, podemos reírnos de él.

—Bel, no seas cruel.

Bel chistó y se escondió del sol.

—¡No puedo! ¡Quema!

Carter sacudió la cabeza y se rio un poco abrumada.

—No estarás nerviosa, ¿verdad? —preguntó Bel—. Todo estará bien. Será mejor que te acostumbres, ¿no? Pronto vas a ser tan famosa que ni te acordarás de tu pobre prima.

—Perdona, ¿cómo decías que te llamabas? —dijo Carter.

Bel le dio un golpecito.

—Pensaba que al menos esperarías hasta entrar en Julliard y largarte a Nueva York para olvidarte de mí.

Todo el mundo se terminaba yendo. No solo Rachel Price.

Las personas eran temporales. Era lo único con lo que podía contar: todo el mundo se marchaba, Carter también.

—A lo mejor no entro —dijo Carter con un hilo de voz.

—Claro que vas a entrar, si le echas ganas. —Bel le dio un empujoncito en las costillas—. Ven, vámonos. ¡Tu público te espera! —Eso último lo dijo gritando, para dejar en evidencia a Carter delante de los muertos, que se reían de ellas desde sus tumbas.

El número 33 de la calle Milton ya estaba lleno de gente y de varias cosas. Unos baúles metálicos enormes abiertos, llenos de piezas de cámaras y un montón de palos, lámparas fotográficas sin montar sobre la alfombra de la sala y Charlie esquivándolo todo para llevar al equipo tazas de café para las que no tenían manos.

El tío Jeff y la tía Sherry ya habían llegado. En cuanto Bel y Carter entraron por la puerta abierta, Sherry se llevó a Carter a un lado.

—Te había preparado un cambio de ropa, cariño —dijo—. Te lo dejé encima de la cama.

Sherry debía haberse pasado horas preparándose: tenía el pelo peinado con rizos castaños perfectos, la piel pálida más cerca del naranja por el maquillaje que se le acumulaba en las líneas alrededor de los ojos, mucha máscara de pestañas y bronceador para conseguir los pómulos que Carter tenía de forma natural.

Jeff estaba haciendo lo que mejor se le daba: ponerse en medio.

—Oye, Ramsey —dijo, siguiéndole mientras él intentaba instalarlo todo—. ¿Es posible que haya visto algo de tu trabajo anterior?

—He hecho varios documentales —dijo Ramsey, sosteniendo un montón de cables—. Hice uno hace unos años, sobre un husky que jalaba trineos en Alaska. Se llamaba *Perro de la nieve*. Lo compró Disney.

—Ah, sí —dijo Jeff, rascándose el pelo grisáceo—. Mi amigo Bob, de Vermont, tenía un husky. Creo que sé qué película es.

No lo sabía.

—El perro muere, es un auténtico drama. —Ramsey pasó por su lado para llegar hasta uno de los focos que acababan de poner.

—¿Eso es lo último que has hecho? —preguntó Jeff.

Ramsey miró a la puerta: su única vía de escape.

—No, filmé otro documental el año pasado. Sobre el director de una escuela en Millinocket, Maine.

—Creo que me suena, sí.

Ramsey sonrió.

—Creo que lo confundes con otro, amigo. No lo compró ninguna cadena. Nadie lo verá nunca.

—¿Por qué? —preguntó Jeff, sin captar la indirecta. Era una indirecta muy directa, sinceramente.

—Pues... —dijo Ramsey, quedándose en un silencio incómodo y mirando a su alrededor en busca de ayuda. Se fijó en Bel. «Aquí no busques, amigo».

—Sí, Ramsey —dijo, mirándolo fijamente—. ¿Por qué?

Él la miró con los ojos entornados, como si supiera que estaba intentando incomodarlo, pero en realidad le pareció divertido. Resulta que puedes llegar a conocer muy bien a la gente cuando pasas horas con ellos en una habitación repitiendo la misma conversación. A lo mejor a Bel le caía bien Ramsey, después de todo.

Él cedió.

—Algunas cadenas dijeron que le faltaba el «elemento humano». No sé por qué, si era precisamente sobre humanos. Con mucha intensidad y muchos giros de guion. —Sacudió la cabeza—. Pero, bueno, ellos pensaron que le faltaba algo.

—Entiendo. —Jeff seguía metido en la conversación—. Qué pena. ¿Alguna cadena se ha interesado ya por *La desaparición de Rachel Price*?

—Aún no. —Ramsey sonrió—. Pero lo harán. Es una historia increíble.

—Con mucha intensidad y giros de guion —añadió Bel.

Él le hizo un saludo militar con el lente de la cámara en la mano.

Jeff todavía no había terminado con Ramsey, pero Bel lo

ignoró en cuanto su padre se acercó y le ofreció un café. En su taza favorita, con la cara de Santa Claus.

—La señora Chismosa está de metiche desde el otro lado de la calle —dijo, aceptando la taza, que tenía la pintura ligeramente descarapelada por las miles de Navidades que llevaba el pobre Santa Claus a las espaldas.

—La señora Nelson, Bel —la corrigió Charlie, levantándole la barbilla con el dedo—. Por cierto, no cerraste bien la basura esta mañana. Tienes que amarrarla con un lazo, acuérdate, es...

—Temporada de osos, ya lo sé —terminó la frase por él. Pensaba que se había acordado de cerrarla con la liga. Se estaría confundiendo otra vez—. Perdona.

—Menos mal que tienes a tu padre para defenderte de cualquier oso.

—Oye, aquí la que tiene mala vibra soy yo —dijo—. Yo pelearé con los osos.

Charlie le sonrió y se dio la vuelta para darle una palmada en la espalda a Jeff. Por pura casualidad, ambos iban vestidos con *jeans* y sudaderas verdes.

—Jefferson, deja de comerle la oreja a Ramsey. Deja que trabaje tranquilo.

Pese a que Jeff era tres años mayor, le hizo caso a su hermano y se fue a buscar a otra persona a la que molestar.

—¿Cuándo va a llegar tu padre? —le preguntó Ramsey a Charlie con más cables en las manos.

Charlie comprobó su reloj.

—El cuidador debe de estar a punto de traerlo. Ha tenido una mañana un poco complicada.

—Genial. Nosotros ya casi lo tenemos todo listo. James..., ¿dónde rayos has metido el cable HDMI?

—Cuando me digas, empiezo a colocar los micrófonos —dijo Saba emergiendo del caos—. Ash, encárgate de Charlie y Bel, yo me arreglo con los demás.

Ash apareció de detrás del baúl metálico más grande. Llevaba una camiseta blanca cubierta de dibujos de fresas debajo de una camisa de mezclilla metida por dentro de unos *jeans* un poco más oscuros. Por supuesto, acampanados, por si había alguna duda.

—Voy a cambiarme la camiseta —dijo Charlie, desapareciendo por el pasillo.

—¡Nada de rayas, por favor! —gritó Ramsey a su espalda.

—Hola otra vez. —Ash se puso junto a Bel y empezó a desenrollar la caja del micrófono—. ¿Puedo?

—¿Puedes? —dijo Bel, con los brazos extendidos como si estuvieran a punto de esculcarla.

—Voy a enganchar esto aquí primero.

Ash se acercó a ella, con la cara demasiado pegada a la suya, y el aliento fresco y mentolado. Tenía los ojos verdes, no se había dado cuenta de eso hasta ahora; un verde sucio, como el césped de un campo de fútbol. Le enganchó el micrófono al cuello de la camiseta de béisbol y desenrolló el cable.

—Ahora tengo que esconder esto por aquí debajo —dijo, agarrándole la camiseta, incómodo. Jaló con cuidado la tela del cuello, evitando mirarla a los ojos mientras pasaba el cable del micrófono por debajo y sujetándolo mientras se lo bajaba por el pecho.

—Bueno —dijo—, ¿te gustan más las manzanas o los plátanos?

—¿Cómo? —dijo Bel.

—La situación es un poco incómoda, así que he pensado que podíamos hablar de algo —dijo cuando la caja del micrófono por fin apareció por debajo de la camiseta.

—¿Hablar de algo? —dijo, con la piel de gallina por donde pasaba el cable.

—Pues mira, ha funcionado. Estamos hablando. —Levantó la caja—. Ahora voy a enganchar esto detrás. ¿Tienes bolsillo en el pantalón o...?

Bel se dio la vuelta.

—¿No deberíamos hablar un poco más si vas a tocarme el trasero?

—Esta mañana vi un alce —dijo Ash, toqueteando el bolsillo trasero—. Era enorme.

—Claro, estás en New Hampshire.

—Muy bien, ya estás lista.

Bel se dio la vuelta para estar de frente a Ash y lo miró de arriba abajo, moviendo los ojos, pero no la cabeza.

—Mezclilla con mezclilla —dijo.

—Ah, gracias —respondió, tocándose la ropa.

—No era un cumplido.

—¿Dónde está el cable HDMI? —dijo la voz de Ramsey, ahora más desesperado.

—¡Yo lo dejé por ahí! —gritó Ash, señalando por encima del hombro de Bel—. Junto al trip.

—Ajá —dijo Ramsey, ubicándolo gracias a las instrucciones.

—¿Trip? —le preguntó Bel a Ash.

—Trípode —dijo—. He preferido acortarlo. Se ganan muchos segundos con las abreviaturas y, al final, esos segundos se acumulan. El tiempo es oro, amiga.

—Y, aun así, has malgastado otros nueve segundos con tus explicaciones.

—Es verdad —dijo, mirándose fijamente los dedos, como si los estuviera contando.

Bel entornó los ojos.

—No eres una persona de verdad, ¿no?

Él se encogió de hombros con una mirada inexpresiva y una sonrisa indiferente. No era la reacción que ella estaba esperando.

—Voy a... irme allí —dijo, ya que él no se marchaba.

—¡Espera! Voy a encenderte —dijo Ash en voz alta y todo el mundo a su alrededor se quedó callado.

Bel sintió cómo un rubor no solicitado empezaba a subirle por la cara.

—¿Cómo? —dijo en un susurro incómodo.

—El micrófono —dijo Ash, con una sonrisa casi engreída. Se acercó a ella y volvió a toquetearle el bolsillo. Mierda, ¿se había dado cuenta del juego al que estaba jugando? Puede que incluso se le diera mejor que a ella. Bel lo había subestimado: tendría que ser todavía más desagradable si quería ganar.

—Listo, ya puedes irte. —Ash se puso recto sin quitar esa sonrisa de la cara. Arg, era un fastidio.

Bel se fue sin decir nada más. Si no tienes nada desagradable que decir, no digas nada en absoluto.

Su padre bajó las escaleras con un suéter azul marino justo cuando llamaron a la puerta, donde había colocado la rampa.

—Debe ser Yordan con el abuelo. —Se apresuró para recibirlos.

—¡Muy bien, familia Price, vayan todos al sofá, por favor! —gritó Ramsey—. Ya está todo listo.

—¿Es verdad que la cámara te añade cinco kilos? —preguntó la tía Sherry a Ramsey al sentarse entre Charlie y Jeff en el sofá verde bosque, mirando fijamente a la cámara.

—Estás preciosa, Sherry —dijo Ramsey desde detrás, mirando el monitor—. Que se sienten las chicas delante del sofá. Eso es, muy bien, en los espacios. Perfecto.

Alguien le apretó el hombro a Bel; era su padre.

—Carter —susurró Sherry—, coloca las piernas a un lado, cielo. No, eso, así. Muy bien.

—Papá, no toques eso, es tu micrófono —dijo Charlie. La silla de ruedas del abuelo estaba al lado del sofá, como si fuera una extensión.

Yordan, el cuidador, estaba de pie al fondo de la habitación, detrás de todo el equipo. Tenía el pelo casi rapado al cero, pero la barba no tanto. El abuelo siempre se quejaba de que Yordan no se afeitaba cuando se acordaba de quién era.

—¿Todo bien? —le preguntó Ramsey a Charlie.

—De momento. —Charlie asintió—. Le diré a Yordan que se lleve a mi padre si me parece demasiado para él.

—Por supuesto. Gracias por venir, Patrick —dijo Ramsey subiendo la voz y dejando espacios evidentes entre las palabras.

El abuelo lo señaló con un dedo tembloroso.

—Tú eres el director de L-L-Londres.

—Exacto, ese soy yo. —Ramsey sonrió. Nadie diría que ya habían tenido esta conversación hacía unos minutos—. Encantado de conocerlo.

—No conozco Londres —dijo el abuelo—. ¿O sí? —Miró a Charlie.

—Podemos ir todos juntos, Pat. —Sherry se inclinó hacia

delante—. Para ver a Carter actuar en el Royal Ballet algún día.

Ah, o sea, que ahora era Londres. Estaba todavía más lejos que Nueva York.

—Mamá, estás confundiendo al abu —dijo Carter en voz baja.

«Abu» era como Bel llamaba a su abuelo cuando era una niña pequeña y decir las palabras completas era demasiado trabajo. Bel no sabía si eso había sido pre-Rachel o post-Rachel, y el abuelo seguramente tampoco se acordaba.

—Conecté la computadora a la televisión —dijo Ramsey, pronunciando exageradamente para que el abuelo lo entendiera—. Vamos a reproducir algunos fragmentos de sus videos caseros. Muchas gracias, Charlie y Jeff, por enviarlos hace unas semanas. Quiero que los vean juntos, como familia, y que reaccionen. De forma orgánica. Cuéntenme qué sienten, cualquier recuerdo que quieran compartir sobre Rachel. Yo iré interviniendo de vez en cuando con preguntas. ¿Les parece bien?

—Muy bien. —Charlie respondió por toda la familia. Y menos mal, porque a Bel no le parecía nada bien. No sabía si había visto alguna vez estos videos, y no sabía si quería verlos, al menos no con una cámara apuntándole a la cara. Carter le dio con un dedo en las costillas y dejó de divagar.

—¿Cámara? —dijo Ramsey, apartándose.

—Rodando —respondió James.

—¿Ash?

Apareció con la claqueta blanca y negra. Hoy, habían etiquetado la escena como: «Un viaje por los recuerdos».

Ash golpeó la claqueta.

El abuelo se estremeció con el ruido.

—El primer video es de la Navidad de 2007 —dijo Ramsey, agachándose junto a la laptop conectada a la televisión—. Siete semanas antes de que Rachel desapareciera.

Hizo clic en el video y la televisión cobró vida.

Y ahí estaba: Rachel Price.

Exactamente igual a como estaba en la foto que utilizaron para los carteles de su desaparición. Una amplia sonrisa que le bajaba la barbilla, ojos azules grisáceos oscuros, pelo largo y rubio, casi tan largo como el de Carter en esta instantánea. Tenía puesto un gorro de lana con un pompón, así que no se le veía la pequeña marca de nacimiento en el lado derecho de la frente: una gran peca café. Una seña particular por si alguna vez encontraban un cuerpo, cosa que no había sucedido.

Rachel parecía joven, pensó Bel; nunca envejeció mucho más que esto. Rachel Price sin desaparecer. Predesaparición. En la nieve, con un abrigo gris largo, el mismo que dejó en el coche.

Rachel entrecerró los ojos y miró a Bel, dentro de Bel.

Sintió un escalofrío y se le erizaron los vellos del brazo, pero no iba a dejar que se dieran cuenta.

No delante de la cámara.

No delante de Rachel.

Cuatro

Rachel Price viva de nuevo, traída del pasado, arañándose los dientes desnudos con los labios al sonreír muerta de frío.

—Jeff —dijo con una voz que casi pareció real—. ¿Estás grabando?

—¿Qué te hace pensar eso? —sonó la voz de Jeff, distorsionada y estridente, demasiado cerca del micrófono—. ¿Tengo la cámara en la mano?

El Jeff del presente se rio ante su propia broma.

Cambió el ángulo cuando el Jeff del pasado dio un paso adelante, y ahora Bel vio a una bebé bien abrigada en los brazos de Rachel, con el cuerpo alineado con el suyo, profundamente dormida. No era una bebé cualquiera, era Bel, lo sabía, aunque se sentía completamente indiferente a la niña dormida; eran de dos mundos completamente diferentes.

—¡Mira, Bel! —dijo la Sherry del presente justo al mismo tiempo en el que su versión del pasado también hablaba.

—¡Si nadie me ayuda con el muñeco de nieve, me rindo!

La Sherry más joven apareció en la pantalla, dejando huellas en la nieve, y Charlie detrás de ella. Estaban arropados con abrigos gordos, guantes y gorros que se tragaban la mitad de sus caras rosas por el frío.

Una bola de nieve explotó en el pecho de Sherry y le llenó la barbilla de polvo blanco.

—¡Jeff, me las vas a pagar! —gruñó delante de la cámara—. ¡Podrías haberle dado a la bebé!

—Anna está bien. —Rachel sonrió a la bebé con los ojos brillantes—. Duerme como un tronco.

Durante un instante, Bel se había olvidado de que esa era ella; la primera parte de su nombre que amputó hace años. No sabía que Rachel la llamaba Anna; nadie se lo había dicho.

—Vamos, Charlie, Jeff. ¡Suban alguno! —dijo la voz antigua del abuelo; antigua pero más joven. Todavía no había cambiado. Bel lo echaba de menos. Se abrió el plano de la cámara para buscarlo, sentado en un trineo azul que era demasiado pequeño para él, imagínate para otro adulto.

Una sonrisa dividía la cara de su padre de esta versión más joven en la nieve. Le apretó el hombro a Rachel al pasar, y se rio al colocarse al frente del trineo, entre las piernas del abuelo.

—¡Vamos, papá! —gritó Jeff.

El abuelo dio una patada contra la nieve y el trineo se empezó a mover. Jeff fue corriendo detrás de ellos y la nieve crujía bajo sus pies. La cámara giró bruscamente y Bel por fin vio dónde estaban. Lo averiguó por el montón de coches oxidados y la chatarra detrás de ellos, a lo lejos. Reconoció la vieja camioneta roja en medio, y la alta estructura que ella siempre pensó que parecía una jirafa mecánica. La llamaba Larry. Estaban en el Deshuesadero Price e Hijos, que era del abuelo, heredado de su padre, que lo heredó del suyo. Llevaba unos treinta años cerrado, antes de que su padre o Jeff hubieran tenido la oportunidad de ser esos hijos, pero tenía una buena pendiente hacia el río y era el lugar perfecto para montar en trineo cuando había nieve suficiente. Siempre que no te acercaras a las viejas camionetas y sierras y herramientas peligrosas, porque el abuelo se enojaba.

Aunque ahora no estaba enojado, estaba riéndose mientras bajaba por la ladera con Charlie.

El trineo se volcó, Charlie lo hizo a propósito, y una cascada de nieve los salpicó. Se rieron sin parar, con esas carcajadas que hacen que te duela el estómago, medio enterrados en la nieve.

La voz de Rachel flotó desde detrás de la cámara, como separada de su cuerpo.

—¡Oh, no, ya no están, Anna! ¡Los hemos perdido en la nieve para siempre!

Terminó el video y la pantalla de la televisión se quedó en negro.

—Guau. —Sherry fue la primera en hablar—. Siempre se me olvida lo joven que era cuando ocurrió.

—Muy joven —acordó Jeff—. Solo hay nueve años de diferencia entre tu madre y la edad que tienes tú ahora, Bel.

Le dio la sensación de que eran muchos más.

—La diferencia de edad entre ustedes era bastante grande, ¿verdad? —dijo Ramsey—. Charlie, Rachel y tú se llevaban nueve años.

—Sí —dijo Charlie, hablando a través del bulto que tenía en la garganta; solo lo oía Bel. Empezó a mover la mano izquierda.

—¿Qué te provoca ver estos recuerdos felices?

—Es duro. —Charlie sorbió por la nariz—. Cuando veo a Rachel sonreír así, yo también tengo ganas de sonreír con ella, es como un instinto. Era contagiosa. Sé que es un cliché y es posible que no iluminara todas las habitaciones, pero, para mí, sí lo hacía. —Hizo una pausa. Bel miró hacia atrás y vio que tenía los ojos vidriosos, la amenaza silenciosa de las lágrimas—. Pero sé que no volveré a verla, y mi cuerpo tarda unos segundos en asumirlo. Es duro —repitió—. A veces es más fácil no ver su cara.

—No he podido evitar darme cuenta de que aún llevas el anillo —dijo Ramsey. Ahora Bel tampoco pudo evitar fijarse, porque su padre había empezado a darle vueltas, de un lado a otro.

Charlie la miró, como si la estuviera viendo por primera vez.

—Sí, no me he quitado el anillo. —Una pequeña sonrisa incómoda—. Sinceramente, no sé si sería capaz de quitármelo, o de si quiero. —Lo intentó y tiró del anillo metálico—. No, está bastante atascado. Supongo que tengo los dedos un poco más gordos. Está grabado por dentro, con la fecha de nuestra boda. El 23 de julio de 2005. El mejor día de mi vida... —Una risa vacía para empujar las lágrimas—. Me gusta llevar el anillo. Es un pequeño recuerdo de Rachel, de la vida que tuvimos juntos, por muy corta que fuera. Para mí, significa que sigue aquí, en cierto modo.

—Eso es muy bonito, Charlie —comentó Sherry, inclinándose hacia delante para darle una palmadita en la rodilla—. Me vas a hacer llorar.

Ramsey parecía casi molesto por la intrusión. El momento pasó y la cara de su padre se recompuso.

—Bueno, Carter —dijo Ramsey, y ella casi dio un brinco, sorprendida por escuchar su nombre—. Tú no llegaste a conocer a tu tía Rachel; naciste cuatro meses después de su desaparición. ¿Cómo ha sido crecer con la presencia tan fuerte de Rachel en tu vida sin haberla conocido?

Carter carraspeó y movió las piernas.

—No sé, creo que la palabra clave es la que has dicho. Presencia. Puede que haya desaparecido, pero siempre ha formado parte de mi familia, de los Price, aunque no coincidiéramos. Es como con esos familiares más viejos a los que no conozco, como la abuela Price. —Señaló al abuelo, que estaba mirando a la nada—. Siento que las conozco gracias a los recuerdos y a las historias que cuentan los demás. Y sin Rachel, yo no tendría a Bel, así que...

Carter se quedó callada y sonrió a Bel, y, de alguna forma, eso decía suficiente, eso decía más. Pero no duraría para siempre, la gente no era eterna y Carter se iría en dos años y poco más.

—Muy bien dicho, tesoro —dijo Sherry, dándose unos toquecitos en los ojos. Carter volvió a mover las piernas.

—La verdad es que sí —acordó Ramsey—. Y, en cierto modo, sí que coincidiste con Rachel en el video que acabamos de ver. Porque, Sherry, aquella Navidad ya estabas embarazada de Carter, ¿no es así?

Sherry calculó mentalmente, moviendo los ojos.

—Sí —dijo—, es verdad. Me acababa de quedar embarazada, todavía no se notaba.

—Menos mal, si no tendríamos que haberte llevado a rastras en el trineo. —Charlie se inclinó hacia delante para bromear con ella y su aliento acarició el pelo de Bel—. Se infló como una ballena a los, ¿cuánto fueron? Seis o siete meses. Y luego... —Charlie se calló para frotarse la nariz—. Bueno, luego me arrestaron en junio, así que no te vi en tu momento álgido y no conocí a Carter hasta que cumplió los seis meses.

—Es muy emotivo que tu cuñado te llame ballena. —Sherry se rio, estirando la piel naranja de maquillaje—. Pero es verdad, la panza apareció como de la nada. Recuerdo que todavía no se lo habíamos dicho a nadie. A Jeff y a mí nos costó mucho ser padres. —Le agarró la mano a Jeff—. Llevábamos casi diez años intentándolo, así que, cuando nos enteramos, no dijimos nada para no emocionarnos demasiado en los primeros meses. Tuve a Carter con treinta y ocho años, nuestra bebé milagrosa. Pero, bueno, luego ocurrió todo lo de la desaparición de Rachel y no queríamos añadir más estrés ni más problemas, así que nos lo guardamos, hasta que ya no pudimos esconderlo más.

—Por la panza de ballena —añadió Charlie.

—Bueno, ya no parece una ballena. —Sherry se inclinó hacia delante para hacerle cosquillas a Carter en el cuello. Carter intentó apartarse y Sherry dejó de sonreír, pero los hoyuelos no desaparecieron, tenían la vida preservada en maquillaje. Apartó la mirada hacia Ramsey—. Perdona, sé que el documental no trata de eso. De nosotros. Pero puedes cortar lo que no sirva, ¿no?

—No, no —la corrigió Ramsey—. Esto es justo de lo que trata el documental. La vida, la familia y cómo afectó la desaparición de Rachel a los demás aspectos de la vida cotidiana que la gente ni se imagina. Tú mantuviste tu embarazo en secreto, Charlie no conoció a su sobrina hasta los seis meses por el juicio. Esa es la historia que quiero contar. Rachel en todo. Todo sirve.

—Todo sirve, Carter. —Sherry resplandecía al pasarle la mano a su hija por el pelo—. Teníamos que haber sabido que iba a ser alta y guapísima, ¿verdad? Le pusimos el nombre por Carter Dome, una montaña cercana. Fue allí donde Jeff y yo...

Charlie tosió para interrumpirla y se ahogó con su propia saliva.

—¿Qué? —Sherry lo miró. Bel también.

Charlie se rio incómodo resoplando por la nariz.

—Ya sé que Ramsey ha pedido honestidad, pero no hace falta que lo cuentes todo a la cámara.

—¿De qué hablas? —Lo atacó Sherry—. Fue allí donde Jeff y yo nos comprometimos.

—Ah —dijo Charlie con los labios fruncidos. Luego otro «Ah» más alto antes de soltar una carcajada fuerte y sibilante que le salió directamente de las costillas—. Pensaba que ibas a decir que fue allí donde Carter... bueno, eso, donde la concibieron.

—¿Qué? ¡No! —Sherry gritó con las manos en alto—. ¿En serio pensabas que le pusimos ese nombre por eso?

—¡Papá! —Bel hizo lo que tenía que hacer, regañarlo, dividiendo la palabra en sílabas de desaprobación.

Jeff y Sherry también se estaban riendo a carcajadas.

—Arg, tío Charlie. —Carter puso una mueca y se quedó mirando a Ramsey y al resto del equipo—. En fin, la familia no se elige, ¿no? —dijo con un resoplido.

—Es perfecto, chicos. —Ramsey sonrió al monitor—. Genial, de verdad. El siguiente video es de enero de 2009.

Apretó el botón y la televisión volvió a la vida, llevándolos a una sala diferente: la de la casa del abuelo.

El plano estaba fijo en el sillón de la esquina. Bel estaba sentada en el regazo del abuelo mientras él le leía un libro con la portada verde. Ella estaba mucho más grande que en el último video, pero seguía siendo pequeña, el libro era casi de su tamaño.

—«... el ladrón de recuerdos analizó la parte de atrás de su preciosa cabeza roja». —El abuelo estaba leyendo con la voz profunda que usaba siempre para leer cuentos—. «Todavía con el cuchillo en la mano».

—Pat. —La voz de Sherry sonó detrás de la cámara—. Creo que ese libro es para niños más grandes. Ni siquiera tiene dibujos.

—No digas tonterías, Sherry —la calló el abuelo, volviendo a mirar el libro—. Ni siquiera sabe de qué trata, solo le gusta cómo suena, ¿verdad, Annabel?

—Sí, abu —dijo la pequeña Annabel, a punto de cumplir los tres años, trazando las páginas con los dedos.

—Le encanta. Es un libro especial, ¿verdad que sí, bonita?

La cámara se movió hacia una sillita para el coche que estaba junto al sofá. Había otra bebé durmiendo ahí, era Carter y su carita rosada.

—Ya no tardarán mucho, ¿no? —dijo Sherry, con un escalofrío en la voz.

—Llegarán de un momento a otro —respondió el abuelo, también con la voz temblorosa.

—Un momento. —A Sherry se le agitó la respiración y sonó un vendaval detrás de la cámara—. Escucho un coche. Creo que son ellos. Annabel, ven conmigo, corazón.

Sherry salió a toda prisa de la habitación, nublando la imagen. Abrió la puerta y se escuchó la voz chillona de una niña detrás de ella.

—¡Annabel, mira! ¡Es tu papá!

Una camioneta negra se estacionó afuera. Se abrió la puerta del conductor y salió Charlie con el saco de un traje y la corbata desatada.

—¡¿Dónde está?! —gritó a Sherry, sonriendo—. ¿Dónde está Annabel?

El ángulo tembló cuando una cabecita rubia apareció entre las piernas de Sherry.

—¡Ahí está! —Charlie se agachó con los brazos estirados y la voz densa por las lágrimas. El tío Jeff salió de la camioneta detrás de él, pero Charlie solo tenía ojos para ella—. Ven aquí, mi amor.

—¡Mi papi! —gritó la pequeña Annabel mientras sus piernitas corrían debajo de ella, inestable y sin equilibrio, saltando de cabeza hacia delante. Su padre la sujetó antes de que cayera al suelo. Se levantó con la pequeña en brazos y la cara enterrada junto a la suya, dándole besos húmedos por las lágrimas.

—¡Papi ya está aquí! —le dijo con la boca en el pelo ondulado de la niña—. No voy a volver a irme. No pienso volver a dejarte, te lo prometo, Annabel.

La niña asintió, captó de inmediato la promesa y llevó la

mano a la boca de su padre. Charlie hizo una trompetilla contra ella.

—¡Papi, ya! Ven a ver a mi bebé. —Señaló con un dedo regordete hacia la cámara. Hacia su yo de dieciocho años que estaba sentada en el suelo de la sala, observando.

La pantalla se quedó en negro.

Detrás de Bel, alguien sorbió por la nariz; su padre estaba llorando también en esta línea temporal, secándose los ojos con las mangas del suéter.

—Disculpen. —Tosió, avergonzado. Bel le pasó un brazo por las piernas.

—No te disculpes —dijo Ramsey con amabilidad—. ¿Nos puedes hablar de lo que ocurría en el video?

—No sé si voy a poder —dijo Charlie con un escalofrío. Se tapó la cara.

Sherry también estaba llorando, de forma más compuesta y con la cara intacta.

Y el abuelo no se acordaba. Solo quedaba Jeff.

—Era el día del veredicto —dijo, por fin con algo que decir—. El tribunal tomó una decisión después de dos días de deliberación. Sherry se quedó en casa con las niñas. Papá no podía soportar ir al juzgado, estaba muerto de nervios, aterrado por si lo declaraban culpable, así que fui yo solo. El jurado lo declaró no culpable, así que Charlie por fin quedó libre y podía volver a casa. Fue un día muy emotivo.

—Pasaste siete meses detenido, Charlie, a la espera de juicio —Ramsey volvió a intentarlo con él—. Se te debió de hacer eterno.

Charlie asintió.

—Demasiado. Sobre todo por estar separado de Bel siendo tan pequeña. Pero aquel día fue un buen día. Agridulce, porque seguíamos sin Rachel y sin respuestas de lo que le había pasado. Pero fue el final de un periodo muy doloroso de mi vida. Estaba muy contento por volver con mi familia.

—Y nosotros estábamos muy contentos por tenerte de vuelta —agregó Jeff.

—Sí. —Sherry sorbió por la nariz—. Estábamos encantados con Bel, no me malinterpreten. Vino a vivir con nosotros durante el arresto de Charlie, y nuestra hija estaba a punto de nacer. Pasamos de no tener niñas en casa a tener dos. Fue... —Sherry hizo una pausa, mascando lo que iba a decir—. Ajetreado. Un poco abrumador. Pero Bel era un encanto de niña. Nos preguntaba: «¿Dónde está mamá? ¿Dónde está papá?», ¿verdad, Jeff? Hasta que dejó de preguntar. Y cuando nació Carter, Bel se obsesionó con ella. La llamaba «mi bebé», como se ha visto en el video.

Bel se giró hacia Carter, y pronunció «mi bebé», de forma más demoniaca de lo que Sherry había descrito.

Carter soltó una carcajada.

—Y Patrick nos ayudó mucho, ¿verdad? —Sherry dirigió sus palabras al abuelo—. Carter nació en casa... no me gustan mucho los hospitales y las agujas y todo eso.

«Y todo eso». Que no empiece a hablar de los tés homeopáticos.

—Así que Pat se quedó con Bel unos días cuando llegó Carter. Nos ayudó muchísimo con las niñas, adora a sus nietas. Te encantaba leerle a Bel, ¿verdad que sí, Pat? Nos las estuvimos arreglando todos juntos, como una familia. Y creo que lo hicimos bastante bien.

—Sí —dijo Charlie con delicadeza—. Y les agradezco muchísimo que estuvieran ahí para Bel cuando yo no pude estar. Nunca podré darles las gracias lo suficiente. Creo que no lo he dicho tanto como debería.

—No hace falta. —Jeff lo miró, de hermano a hermano—. Para eso está la familia. No me cabía duda de que te declararían inocente aquel día. Por eso me llevé la camioneta de Charlie a los juzgados, sabía que querría conducir él de vuelta a casa como un hombre libre.

—Así es —dijo Charlie secándose los ojos—. Mi Ford F-Series. Me encantaba esa camioneta. Me la compré solo unas semanas antes de que me arrestaran y...

—Tengo que ir al baño —murmuró Jeff apresurado. Se levantó y se alejó del sofá antes de que a nadie le diera tiempo de decir algo.

Ramsey abrió mucho los ojos. El resto del equipo se miró.

—Jeff, no puedes...

Pero Jeff sí podía, porque ya se había ido por el pasillo y había cerrado la puerta del baño. Al tío Jeff no se le daba muy bien leer el ambiente.

Al cabo de un momento, Ash puso cara de pánico y se levantó los audífonos de las orejas, sujetándolos sobre su cabeza como una corona.

—No ha apagado el micrófono —dijo.

—¿Lo estás escuchando orinar? —preguntó Bel.

—Claro. Y muy fuerte, además.

Carter se dio un golpe en la frente.

—Mátenme, por favor.

—Pensaba que no quería que lo viéramos llorar —dijo Charlie, secándose por fin los ojos—. Pero, hablando de orinar y de mi camioneta favorita... —empezó a decir.

—Ni se te ocurra. —Bel se dio la vuelta y le lanzó una mirada.

Charlie se rio y le alborotó el pelo.

—Vamos —dijo—, si es muy adorable.

No, no era adorable, todo lo contrario. Y estaban delante de todo un equipo de cine británico. Por no hablar de la cámara.

Su padre le dio un golpecito en la espalda.

—Ya he empezado.

Bel suspiró y se giró de nuevo. Bueno, pues nada, si le hacía ilusión. Pero ella no pensaba ayudarlo a contar la historia.

—Adoraba esa camioneta —le dijo Charlie a Ramsey, yendo directo a la historia ahora que tenía el permiso para hacerlo—. Me la habría quedado para siempre, pero... Bel y yo estábamos en North Conway, ahora mismo no recuerdo por qué.

Bel sí.

—Fuimos a Story Land por mi doceavo cumpleaños.

—Es verdad —dijo Charlie—. Paramos en un Taco Bell de vuelta a casa. Dejé a Bel en la camioneta mientras yo entré por la comida. Y, cuando volví, se había hecho pipí por todo el asiento trasero. —Se rio y contaba la historia también con las manos—. Y me refiero a todo el asiento. Había muchísima pipí.

—Tío Charlie —dijo Carter, regañándole con el tono, haciendo hincapié en su nombre.

—Me dejaste sola, yo qué sé, tres horas —protestó Bel, con un rubor en las mejillas que era peor que la historia en sí.

Charlie se rio más fuerte.

—Fueron diez minutos. Quince como mucho. Creo que bebiste demasiadas malteadas en Story Land, hija. —Se inclinó hacia delante y le dio un abrazo de oso desde atrás, y un montón de besos molestos por la cabeza—. Y no fui capaz de quitar el olor a pipí. Así que ese fue el final de mi preciosa camioneta, el primer coche que conduje como un hombre libre.

—D. E. P. —gruñó Bel.

—¿Descansa en pipí? —añadió su padre.

Bel no iba a dignificar esa broma con una respuesta.

Sonó la cadena del baño y Jeff volvió a la sala silbando. No se había lavado las manos, desde luego. Carter se hundió aún más en el suelo.

—Jeff. —Ramsey se levantó, con la voz tan ligera y amable como pudo—. No pasa nada, pero la próxima vez, ¿podrías esperar a que hagamos una pausa entre segmentos para ir al baño?

—Me estaba orinando mucho —dijo Jeff mientras recuperaba su asiento en el sofá.

—Sí, está bien... —murmuró Ash, y se volvió a colocar los audífonos sobre las orejas.

—Quería retomar algo que ha dicho Jeff sobre el video que acabamos de ver —dijo Ramsey. Luego, suavizando pero alzando la voz al mismo tiempo, preguntó—: Patrick, ¿se acuerda por qué no quería ir al juzgado el día del veredicto? ¿Patrick?

—¿Qué? —croó el abuelo al oír su nombre.

—¿Estaba nervioso por si declaraban culpable a su hijo?

—¿Quién es ese?

Charlie se movió en el sofá y se acercó al abuelo.

—¿Papá? —dijo con delicadeza—. Te está preguntando por el juicio. ¿Te acuerdas? ¿Por Rachel?

—Rachel —dijo el abuelo, ahogándose con la palabra afilada y con una telaraña de saliva en la comisura de los labios—. Rachel. La novia de Charlie.

—Mujer —lo corrigió Charlie con una sonrisa amable—. Tranquilo, papá, tómate tu tiempo. —Charlie se acercó aún más y pasó un brazo por los hombros del abuelo.

—Rachel —volvió a intentar—. E-Era, ¿no era...? Basta —dijo el abuelo de pronto, levantando una mano de su regazo y llevándola a la cara de Charlie. La bofetada apenas hizo contacto, un estallido violento antes de que Charlie le agarrara la mano al abuelo, sujetándola entre las suyas, mucho más grandes. A salvo.

—No pasa nada, papá —le susurró—. Estoy aquí. No te preocupes.

—¿Jeff? —le preguntó el abuelo.

—No, soy Charlie. Estoy aquí.

Yordan se puso en alerta al fondo de la habitación.

—Tranquilo —le dijo Charlie, mirando a Bel para decírselo también a ella. Y si su padre decía que no pasaba nada, era porque no pasaba nada.

Miró a Ramsey.

—Mi padre perdió gran parte de la memoria cuando sufrió el primer derrame el verano pasado. Fue bastante fuerte. El segundo lo dejó en silla de ruedas. Tiene demencia vascular, así que ha perdido aún más memoria, el habla y los recuerdos más antiguos. También puede ponerse agresivo sin quererlo.

Seguramente Ramsey ya supiera todo esto, su padre ya se lo habría explicado. A lo mejor ahora lo estaba diciendo a la cámara, para que la gente no pensara que el abuelo era malo.

—Creo que ha perdido la mayoría de los recuerdos del tiempo que Rachel estuvo con nosotros. Ni siquiera sé si se acuerda de las niñas —dijo Charlie con tristeza, sin ser capaz de mirarlas.

No recordar era un poco como marcharse.

—Ya no tiene esos recuerdos. No sé si es justo que le preguntemos por Rachel, lo único que conseguiremos es alterarlo.

Y a lo mejor Bel era la única capaz de entender eso de verdad.

—Por supuesto. Perdona —dijo Ramsey—. No debería haberlo hecho. Es que me ha parecido verlo sonreír durante el video. Culpa mía.

—No pasa nada. ¿Podemos continuar?

Y podían, porque lo decía su padre, con una pequeña marca roja cada vez más grande en una mejilla.

—Este último video es importante —dijo Ramsey, mirando fijamente a Bel.

Perfecto, ¿volvía a ser el centro de atención? Estaba intentando pasar desapercibida, que no era lo mismo que desaparecer. Sherry y su padre eran sus escudos.

—El motivo por el que es especial —continuó Ramsey— es porque puede que sea el último video que se grabó de Rachel Price, aparte de las grabaciones de las cámaras de seguridad del centro comercial White Mountains. Este video lo grabó Rachel el 11 de febrero de 2008, dos días antes de su desaparición.

Dejó que esas palabras flotaran en el aire durante un instante.

—Veámoslo.

Apretó el botón de reproducir.

Un primer plano de una niña con un peto amarillo, tumbada en una alfombra, sonriendo a la cámara con un único diente. Los pies regordetes y desnudos juntos, como unas manos que rezan, que esperan algo.

—¿Quién es la niña más bonita del mundo? —preguntó la voz detrás de la cámara, suave y susurrante y segura, como si ya supiera la respuesta. Y también familiar, en cierto modo. Una mano enorme apareció desde el cielo para hacerle cosquillas a la niña, que se rio, agitando los puñitos de bebé y escupiendo burbujas al sacar la lengua contenta. Se congeló cuando la mano se apartó, como si solo cobrara vida al tacto. Y más cosquillas.

—¿Eres la niña de mamá? —preguntó la voz. La niña gritó en respuesta—. Sí lo eres, ¿verdad que sí? Eres la niña de mamá, Anna-Belly-Boo.

—Ma-ma —respondió la niña, forzada y alegre.

—Sí, Anna. Quieres mucho a mamá, ¿eh?

—Dííí —dijo la niña, segura de que eso era una palabra—. Dííí ah mama blu-tf. —Segura de que eso era una frase.

—¡Claro que sí, mi niña! —dijo Rachel, fingiendo entender lo que decía la niña—. Y mamá te quiere más que a nada en el mundo entero. ¿Verdad que sí?

Se oyó algo, el suave golpe de la puerta cerrándose fuera de plano.

—¡Ya llegaste! —dijo la voz de Charlie, amortiguada en el fondo—. ¿Cómo pudiste venir?

—Me ha traído Jules —respondió Rachel.

—Habría ido a buscarte —dijo—. Rachel, mi amor. —Ahora más cerca—. Volviste a dejar la puerta abierta. Tienes que estar más pendiente, hace un frío que congela. ¿No tienes frío?

—La verdad es que no —respondió—. No tenemos frío, ¿verdad que no, mi bebé?

La pequeña Annabel levantó los pies y sopló otra burbuja de felicidad.

El video terminó.

Pantalla negra.

Bel tragó un montón de saliva densa que se le pegó a la garganta. La habitación estaba en silencio, todo el mundo estaba esperando a que dijera algo.

—Sí —dijo. Eso y nada era lo mismo—. No lo había visto nunca. —Dijo algo sin decir nada. Bel miró a la cámara y captó la mirada de Ash de pasada, que le levantó los pulgares muy pegados al pecho cubierto de fresas. Arg, podía meterse los pulgares por el...

—¿Qué piensas, Bel? —preguntó Ramsey—. ¿Qué te ha hecho sentir este video? Solo dos días antes de que todo cambiara para siempre.

¿Qué le había hecho sentir? Incomodidad, la garganta cerrada, las manos sudorosas.

—Es bonito —mintió—, ver un momento como ese. No tengo ningún recuerdo con ella. Pero parecía feliz en el video.

—Sí, lo estabas. —Apareció una sonrisa alentadora en la cara de Ramsey—. Y creo que Rachel también. Muy feliz, ni una sola señal que indicara el desastre inminente. Me emocioné mucho la primera vez que lo vi, sinceramente —dijo—, porque es muy evidente cuánto te quería tu madre.

¿Sí? ¿Más que a nada en el mundo entero? Entonces, ¿por qué dejó a Bel en el asiento trasero de su coche tan solo cuarenta y ocho horas después? ¿Y por qué desapareció para siempre? Explica eso.

—Otra cosa en la que no he podido evitar fijarme —continuó Ramsey. Había muchas cosas que no podía evitar, ¿no? Igual debería tratarse eso—es en el parecido físico entre Rachel y tú. Pero lo que más me llama la atención es cuánto se parecen sus voces. Son casi la misma.

—Sí, yo también me he dado cuenta —intervino Jeff—. Se parecen mucho ahora que has crecido. Seguramente las confundiríamos continuamente por teléfono si...

Eso, si...

Bel sabía que tenían razón. Por eso le resultaba familiar la voz de Rachel, porque era evidente que no era porque la recordara, pero no quería volver a hablar con la voz de Rachel.

—Y hemos visto algo más en el video. —Ramsey miró esta vez a su padre—. Charlie, en el juicio en diciembre de 2008, entregaste pruebas de que en los meses y semanas justo antes de la desaparición de Rachel, notaste un cambio en su comportamiento. Que se despistaba más, que parecía preocupada, distraída. Fueron las palabras que usaste. ¿Podrías hablarnos un poco de eso?

Charlie se enderezó y el viejo sofá crujió bajo su peso.

—No fue nada importante. Simplemente, cosas como las que se han visto en el video con la puerta. A Rachel se le olvidaban cosas que no solía olvidar. Dejar el horno encendido y que se quemara la comida. Olvidarse de que Bel estaba en la tina de baño. La cocina, la llave del agua, las ventanas, el monitor para la bebé. Cosas así. Yo pensaba que era, cómo se llama, cerebro de embarazo, eso. Quizá fue demasiado pronto para que volviera a trabajar, aunque solo fuera a medio tiempo. Estoy seguro que no era nada más que eso.

Bel se movió porque, de pronto, notaba el suelo demasiado duro. Porque no estaba segura de que no fuera más que eso. Dejar la puerta abierta sin querer, la llave abierta cuando salía de bañarse, no cerrar bien la basura aunque fuera temporada de osos y sabía que tenía que hacerlo y pensaba que lo había hecho. Su padre nunca se enojaba, de todos modos, era demasiado benevolente. ¿Se había dado cuenta de las similitudes? Nunca había dicho nada. Y eso estaba bien, porque Bel no quería parecerse en nada a Rachel Price. Si ella iluminaba las habitaciones, Bel las oscurecería. Si ella era despistada, Bel tenía que esforzarse más para no serlo.

—Y, Bel —dijo Ramsey—, sé que han pasado dieciséis años y que crees que lo más probable es que tu madre haya muerto. Pero, si por algún motivo, volviera después de todo este tiempo, ¿qué te gustaría decirle?

Bel no sabía ni cómo empezar a responder a eso. Y no pasaba nada, no tenía que entregarle a Ramsey todo lo que hubiera en su cabeza. Podía guardarse algunas cosas para ella.

—No lo sé. No la conocí, realmente.

—Yo sí lo sé —intervino Charlie, salvándola—. He pensado mucho en ello, incluso he soñado con ese momento. A mí simplemente me gustaría abrazarla. Envolverla con mis brazos y decirle cuánto la quiero. Cuánto la he echado de menos. Antes de cualquier pregunta, eso puede esperar.

Sherry se sonó la nariz con fuerza.

—¿Estás bien, cariño? —le preguntó Jeff. Ella le hizo un gesto despreocupado con la mano.

—Aunque eso no pasará, y lo sé —dijo Charlie con la voz rasgada, atrapando las lágrimas antes de que cayeran—. Pero eso es lo que yo haría.

Cinco

Las mesitas de noche eran para los secretos. Y Bel tenía más que la mayoría, tantos que tuvo que despejar un estante del armario para el exceso, que escondió detrás de los calcetines enrollados. Y debajo de la cama.

Abrió el cajón de la mesita de noche y todo lo que había dentro se movió. Humectante de labios y gel hidroalcohólico, un pequeño salero de Rosa's Pizza, separadores, plumas, un AirPod por el que se sentía culpable, esmalte de uñas, un guante todavía con la etiqueta, una figurita que puede que fuera un juguete de una Cajita Feliz, un destornillador pequeño y la reina de mármol negro del tablero de ajedrez del Royalty Inn. Bel añadió otro secreto más al montón: la liga del pelo que había tomado hoy del escritorio de una de primero en el laboratorio. Sintió un poco de vergüenza al llevarla a casa, con la piel viva bajo su tacto, impaciente y cálida. Se quedó mirando su colección de artículos robados, todos lo suficientemente pequeños como para caberle en una mano.

Bel cerró el cajón y los escondió. Estaban escondidos, pero no se habían ido. Las cosas no podían levantarse y marcharse. A no ser que estuvieran en una película de Pixar, y Bel estaba bastante segura de que no era el caso.

Se metió en la cama e hizo contacto visual con el libro que la estaba esperando sobre la mesita de noche. La trama no había terminado de arrancar todavía, había demasiado trasfondo, pero pronto pasaría algo emocionante. Tenía que ser así: era lo que prometía el título.

Comprobó su teléfono, no en busca de mensajes, sabía que no había ninguno, sino para confirmar que había puesto la alarma para mañana.

Ahora que había dejado de hacer ruido, oía las voces amortiguadas que llegaban de abajo. No era la tele, el programa favorito de su padre había terminado a las diez. Debía de haber alguien. ¿Quién estaba a estas horas en su casa?

Bel se destapó, cruzó la habitación de puntitas y con los pies descalzos, y abrió un poco la puerta. Las voces se oían más cuanto más la abría, y se quedó con medio cuerpo dentro y medio cuerpo fuera de su habitación, mirando fijamente la escalera iluminada.

Estaba hablando su padre, abajo, en la sala.

—... demasiado tarde, no sé a qué viene que me digas esto ahora. ¿Qué ha pasado? ¿No salió bien la entrevista hoy?

—No, sí salió bien.

Era el tío Jeff, reconocía la voz, pero tenía un tono que no solía oír a menudo, como de desasosiego.

—Eso creo. He respondido todo, pero estaba nervioso por si decía algo sin querer que te dejara mal, así que he pensado mucho las respuestas antes de decirlas, y Ramsey comentó algo de que me estaba tomando mi tiempo. No sé, a lo mejor ha dado la impresión de que estaba ocultando algo. No lo sé.

—Pero no estás ocultando nada —dijo Charlie, con la voz tranquila—. Nadie está ocultando nada, no te preocupes. Está todo bien.

—Puede. No sé, Charlie. No sé si este documental ha sido una buena idea. Llevamos ya mucho tiempo tranquilos. Bien, incluso. ¿Te acuerdas cómo fue cuando desapareció, o después del juicio? Toda esa atención, la prensa, la gente del pueblo con sus opiniones, las ventanas rotas, aquel loco obsesionado con el caso. No tienes ni idea de cómo harán el documental, pueden intentar que parezcas culpable. Pueden hacerlo, ¿sabes? Editarlo. El sonido, la perspectiva. Es muy fácil hacer que alguien parezca un villano. No sé por qué hemos accedido a esto, nos estamos arriesgando a volver a atraer toda esa atención negativa.

—Hemos accedido porque tenemos que hacerlo, Jeff —respondió su padre, todavía amable, tranquilo, pero Bel notaba una extraña impaciencia—. ¿Tú crees que yo quería hacerlo? ¿Crees que quería estar siempre rodeado de cámaras, que se entrometieran en nuestras vidas, que recuperaran tantos recuerdos dolorosos? Pero tenemos que hacerlo y todo irá bien, te lo prometo. No pueden hacerme parecer culpable porque no soy culpable, y todos lo sabemos. Terminarán en unas semanas y podremos seguir con nuestras vidas. Oye, puede que hasta sea algo positivo. La gente por fin podrá ver quiénes somos de verdad, nuestra familia, cuánto queríamos a Rachel. Puede que sea lo que por fin limpie mi imagen para siempre.

—Pero igual no es demasiado tarde para...

—¿Demasiado tarde para qué? —le interrumpió Charlie—. He firmado un contrato, y la participación de la familia formaba parte del trato. Les he vendido los derechos de mi vida, Jefferson. Me han pagado cuarenta mil dólares. Es demasiado tarde para echarse atrás y esta conversación no tiene sentido.

Bel se movió y le crujieron las rodillas en silencio. Aguantó la respiración para escuchar mejor.

—Solo quiero ayudarte —dijo Jeff—. Creo que no lo has pensado bien.

—Lo he pensado cientos de veces —dijo Charlie, ahora estaba enojado. Bel nunca lo había escuchado enojado—. No veo que te ofrezcas a pagar los cuidados de papá. Igual tú no quieres hacerlo, yo no quiero hacerlo, pero no tenemos otra opción.

Bel estaba escuchando, entendiendo, pero era evidente que Jeff no.

—Tiene que haber otra forma de ayudar a papá y...

—Tienes razón, Jeff. —La voz de Charlie rechinó—. Teníamos dos opciones para conseguir esa cantidad de dinero. Una era participar en este documental. Y la otra era solicitar de una vez el certificado de defunción de Rachel para poder cobrar el dinero del seguro. Era mucho más, desde luego. Pero, en tu opinión, ¿cuál de las dos opciones me dejaba en peor lugar? ¿Cuál de las dos me hace parecer culpable?

Tenía razón, claro. Su padre siempre tenía razón. Sin él, toda la familia se desmoronaría. Él se preocupaba y pensaba y organizaba, para que ellos no tuvieran que hacerlo. Bel sabía que debía tener un buen motivo para acceder a hablar a las cámaras después de tantos años.

—Lo siento —dijo Jeff, reculando, abandonando ese tono en la voz—. No pensaba... en papá, en el dinero. No sabía que habías accedido al documental por eso. Perdona. Gracias por cuidar a papá, por convertirlo en tu prioridad.

—No necesito que me des las gracias —dijo Charlie con un tono de voz normal—. Es papá. Haría cualquier cosa por él. Y por ti también.

—Ya lo sé —dijo Jeff.

Bel nunca había escuchado discutir a su padre y al tío Jeff. Discusiones de broma sí, muchas, cosas de hermanos y exageraciones, pero nunca nada donde fueran necesarias disculpas auténticas. Porque su padre no discutía, él no era así. Él y Bel nunca habían discutido de verdad, no se habían levantado la voz, ni se habían dicho palabras acaloradas de las que luego se arrepintieran. Bel lo había intentado, claro, muchas, muchas veces, cuando necesitaba dirigir su ira hacia alguien. Pero en cuanto se daba cuenta, su padre simplemente le decía que se iba para que los dos pudieran tomarse su tiempo para relajarse y pensar en palabras más agradables para solucionarlo. La mayoría de las veces, no necesitaba marcharse de verdad. Siempre funcionaba, hasta que cualquier detonante desatara algún malentendido. Era así de bueno, el único que jamás la dejaría. Y Bel encontró otras formas de encauzar su ira.

—Lo siento —seguía diciendo Jeff abajo—. Terminaré el rodaje. Haré lo que me pidan. Incluso intentaré disfrutarlo.

Bel prometió lo mismo.

—¡Vamos, no me hagas esto! —dijo Bel cuando vio a Ramsey y al resto del equipo en la entrada del Instituto Gorham la mañana siguiente.

Carter le dio un empujón cuando cruzaron la calle juntas.

—¿Sabías que iban a venir a filmar hoy aquí? —preguntó entre dientes, escondiéndose tras una sonrisa.

—No. —Bel apretó las asas de la mochila y los nudillos resaltaron en su piel como una armadura—. Pero no están aquí por nosotras.

—Si no están aquí por nosotras, ¿por qué te está saludando Ash?

Ash llevaba unos pantalones de cuadros negros, la mitad inferior era casi normal, pero los había combinado con una camiseta sin mangas de color mostaza encima de una camisa con un enorme cuello con holán y el pelo recogido en un moño pequeño en lo alto de la cabeza. La gente lo señalaba y comentaba, aunque a lo mejor estaban mirando la cámara.

Bel y Carter se acercaron. No les quedaba de otra, el equipo estaba bloqueando la entrada.

El director también estaba allí, hablando alegremente con Ramsey, moviendo mucho las cejas y enseñando los dientes. Era lo más emocionante que le había pasado en todo el año, seguramente. No lo veía tan contento desde el partido contra el Instituto Pittsburgh, cuando Joe Evans vomitó Gatorade en la cancha de baloncesto. Todo el mundo gritó porque parecía sangre. ¡Vamos, Huskies!

—¡Hola, Bel, Carter! —Ramsey las vio y las usó de excusa para alejarse del director Wheeler. Puede que a Ramsey se le diera bien leer a la gente, pero a ella se le daba bien leerlo a él.

Bel pensó en fingir que no lo había oído.

—Hola —dijo Carter muy contenta, dirigiendo el asunto.

—¡Carter! —gritó una voz al otro lado del semicírculo de césped. Las amigas de Carter la estaban esperando y le hacían gestos para que se acercara, chocando las mochilas al amontonarse.

Carter miró a Bel, como si esperara que le diera permiso para ir.

Bel quería decirle que no, pero ¿para qué?

—Luego nos vemos —dijo, dejando que Carter se fuera, porque iba a irse igualmente.

Carter salió corriendo sin mirar atrás. Sus amigas rehicieron el círculo a su alrededor y gritaron de alegría.

—Bel —dijo Ramsey, llamando su atención. La gente empezaba a pararse a su alrededor y estaban complicando la entrada al centro. —Sé que no habíamos acordado grabar contigo hasta el domingo, para la reconstrucción. —Se le iluminaron los ojos—. ¡Qué emoción!

—Fantástico. Me muero de ganas.

—Pero hoy vamos a filmar en la escuela, para ver dónde trabajaba tu madre, cómo era ser profesora de Lengua, su vida fuera de casa. Vamos a entrevistar a algunos profesores que trabajaron con ella: al director Wheeler, a la profesora Torres y, por supuesto, al profesor Tripp.

El profesor Tripp, de Matemáticas, era el tutor de Bel, y el que la encontró en aquel coche hacía dieciséis años. Pero ¿por qué le escoció un poco su nombre en boca de Ramsey? Bel no había caído en que trabajó aquí con Rachel. Quizá por eso se portaba siempre tan bien con ella. Rachel se lo llevó todo.

—Pero ahora que te he atrapado... —dijo Ramsey.

—Literalmente... —murmuró Bel.

Él continuó:

—... he pensado que quizá nos vendría bien grabarte a ti también paseando por los sitios donde tu madre enseñaba. Sería un paralelismo muy bonito. Y sería genial si pudiéramos hablar con algunos de tus amigos en la hora de la comida, si firman estas autorizaciones.

Bel respiró hondo y se puso seria.

—Sí, claro. En la comida. Buscaré a mis amigos. —Notaba la lengua demasiado densa con esa palabra, sonaba mal, sentía otro gusano en la boca.

—Perfecto. —Ramsey le enseñó los dientes con una amplia sonrisa.

Bel se dio la vuelta para entrar al centro, para desaparecer entre la multitud, y pasó por delante de Ash. Él la miró a los ojos, y ella también. Se le torció un músculo en la boca, pero no era una sonrisa, era un gesto triste. Como si supiera lo que ella no había dicho y le preocupara. Se arrepentiría si volvía a mirarla así.

Los tenis de Bel rechinaron en el suelo pulido del pasillo. Más pulido de lo normal. Había un grupo de chicas de pie junto a la entrada, de primer año, observando a Ash por las puertas, riéndose.

—¡Y el moño! —Soltó una con una carcajada, haciendo que todas volvieran a reírse otra vez.

Bel dejó que el asa de la mochila se le resbalara del hombro al pasar por delante de ellas. La mochila se balanceó y golpeó a la chica con fuerza.

—¡Oye! —gritó la chica, ansiosa de pelea, o ansiosa de una disculpa.

«¡No te oigo!», le vocalizó Bel, señalando a los audífonos inalámbricos inexistentes en ambos oídos.

Siguió caminando, pasó por delante del aula de Lengua. Tenía que pasar todos los días por El santuario de Rachel, como lo llamaba ella: una colección de fotos y certificados en la pared, cartas y poemas para y sobre «la mejor profesora de Lengua del mundo». El truco era no mirarlo, fingir que no existía. Obviamente, Ramsey iba a querer filmar ahí hoy.

—¡Hola, Bel! —Una voz y unos pasos llamaron su atención.

Bel se paró y entornó los ojos antes de girarse.

Era Sam Blake. La melena negra se vertía como un líquido por encima de su hombro, como siempre.

—He escuchado lo que te han dicho fuera... lo de hablar con tus amigos. A mí no me importa... eso, hablar con ellos.

A Bel se le hundió una roca en el estómago y se convirtió en un duro nudo de tensión.

Afiló la lengua.

—No sé, Sammie. ¿Sigues pensando que mi padre es un asesino y te incomoda que vaya a recogerme después de una pijamada?

—Yo... no... —Sam abrió y cerró la boca, sin palabras.

Bel le lanzó una sonrisa letal, y Sam se marchó mustia.

Era muy fácil alejar a la gente cuando sabías cómo hacerlo. Bel tenía un historial impecable, se le daba de maravilla. Hacer que la gente se fuera antes de que eligieran marcharse. El resultado era el mismo, porque, al final, todo el mundo se iba, pero así dolía menos. Así era la vida: elegir el camino que menos dolía.

Y eso haría ahora.

Abrió la puerta de la clase, golpeándola contra la pared, y asustó al profesor Tripp, que estaba sentado tras el escritorio.

—Por Dios, Bel —dijo, llevándose una mano al pecho, escondiendo lo que tuviera en ella.

Pero Bel lo había visto: se estaba comprobando el pelo castaño rojizo en un pequeño espejo.

Listo para la cámara.

Aunque aún tenía la piel amarillenta, con los círculos oscuros debajo de los ojos. Eso no se lo había arreglado.

—Profesor Tripp, me acaba de bajar la regla, y es de las fuertes, voy dejando sangre por todas partes.

Se quedó mirándola a través de sus lentes de pasta, lanzándole dardos con los ojos y con la boca abierta.

—Y no me encuentro bien. —Bel fingió una tos seca, exagerada.

El profesor Tripp la miró con más intención y echó hacia atrás la silla.

Bel volvió a toser. Gruñó. Se llevó las manos al estómago.

—No me encuentro nada bien. Creo que tengo covid. Debería irme a casa.

Seis

Nieve en una cálida mañana de abril que sabía a principios de verano, la carretera moteada por el sol, los árboles frondosos, un estallido verde. Nieve falsa. Hecha de papel triturado, le dijo Ramsey. No estaba por todas partes, habría sido demasiado caro y no tenían presupuesto. Pero lo bastante como para «preparar la escena», para cubrir el terreno alrededor del coche.

—Es exactamente el mismo coche —dijo Ramsey, encantado de conocerse—. Un Honda Accord del 2007 en azul regio.

Bel fingió estar impresionada. A ver, no podía ser exactamente el mismo coche; ese debería estar en algún almacén de la policía, pero era el mismo en todo lo que importaba. Estacionado más o menos en el mismo lugar donde lo encontraron, igual que en las fotos de la escena del crimen. En mitad de una carretera pequeña y sin nombre que llevaba a la Ruta federal 2, en dirección al parque estatal Moose Brook. Estaba todo bloqueado para el rodaje, había combis y camionetas estacionadas en los arcenes de la entrada y la salida, provocando un coro furioso de cláxones.

Los ojos de Bel estaban atascados recorriendo la silueta del coche. El mismo coche que conducía Rachel aquel día, el que desapareció, en el que abandonó a Bel.

Ramsey la estaba mirando.

—Avísame si te resulta demasiado incómodo —dijo.

—Es demasiado incómodo.

Pero alguien había llamado a Ramsey y ya se había ido. Había otros cuatro miembros del equipo deambulando por allí, otra montura para la cámara, más micrófonos, más baúles metálicos, más voces. Una en su oído ahora mismo.

—Oye, Bel —dijo Ash. Su voz sonaba muy fuera de lugar en esta carretera fuera de temporada, anacrónica.

Bel se giró para mirarlo.

Tenía una cámara pequeña al hombro con la almohadilla del micrófono externo colocada encima. La luz roja de encendido estaba parpadeando. Bel se quedó mirándola y parpadeó.

—Rams quiere que grabe algunas imágenes de detrás de las cámaras —explicó.

—Nieve falsa —dijo Bel.

—Sí, es una pesadilla. Llevo aquí desde las cinco, cuanto antes filmemos, antes volveremos a la vida normal.

—Amén.

Bueno, igual no eran tan diferentes, al fin y al cabo. En realidad, no: Ash tenía puesta una camiseta de rayas blancas y negras, metida por dentro de unos pantalones acampanados verdes con tirantes rosas. Se había subido las mangas y se le veían los tatuajes del antebrazo.

—Veo que te has vestido de invierno.

—Siempre.

—Al menos así asustarás a los osos —dijo, intentando ser tan perspicaz como él.

—¿Cómo? ¿En New Hampshire hay osos? —Tragó saliva y miró nervioso hacia los árboles.

Bel se rio, pero Ash también. Era una broma. Qué asco, ahora él iba a pensar que era graciosa. Y no lo era, que quede claro.

Ash movió los pies.

—Ramsey me ha dicho que el jueves estuviste enferma. Espero que te encuentres mejor.

—¿Qué son? —Lo señaló.

—Tatuajes. ¿No hay tatuajes en New Hampshire?

—Sí, pero ¿qué son? —dijo Bel, analizando los dibujos que le subían por un brazo, con la piel pálida como si fueran afluentes entre las líneas grises.

—Son recuerdos. Cosas de mi familia, ya sabes.

—No, no lo sé —dijo, insistente.

Él extendió el brazo, con la cámara todavía grabando.

—Esa rosa es por mi hermana, Rosie. No le puse espinas porque es muy buena. El lirio que hay al lado es por otra hermana, exacto, Lily.

—¿Y la hoja?

—Una hoja de higuera, por mi hermana mayor, Eve. Está casada con Ramsey. Yo soy el más pequeño, el bebé. Este soy yo, una llama. Soy Ash, por cierto. Todavía no me había presentado en condiciones. Ash Maddox. El pájaro que tengo sobre el codo es mi madre, Bridget, pero todo el mundo la llama Birdie. —Ash torció el brazo para enseñarle el parche desnudo y expuesto en la muñeca—. Voy a hacerme uno también por Ramsey. No le gusta la idea de ser un cabrito con cuernos.

—La llama es el peor de todos —dijo Bel, para devolvérsela por la de los osos.

—Ya ves. —Un resoplido despreocupado que significaba algo más—. Son todas unas personas increíbles, mi madre, mis hermanas. Ramsey también. Yo soy el único fracasado.

—¿No te has planteado, no sé, intentar ser normal?

Entonces, se estacionó un coche que salvó a Ash. Habrían movido la camioneta para dejarlo pasar.

—¡Ramsey, ya ha llegado! —gritó Ash, usándolo como excusa para alejarse de Bel. No había durado mucho—. Ya está aquí.

¿Quién? La de los caballos otra vez no, por favor. Bel era la única de la familia que tenía programado filmar hoy, la única a la que necesitaban, porque era la única que estaba allí cuando Rachel desapareció.

El coche se detuvo a unos nueve metros de ella. La luz del sol brillaba a través del parabrisas.

Se abrió la puerta del copiloto.

Bajó Rachel Price.

Bel se quedó helada.

Una brisa fría que solo ella podía sentir, dentro y fuera, mientras se deshacía.

No era posible.

Rachel se cubrió los ojos del sol. Vestida con la misma ropa que llevaba cuando desapareció. *Jeans* negros y una camiseta roja de manga larga debajo de un abrigo gris. El abrigo que dejó en el coche. La misma edad que tenía aquel último día.

—Hola —dijo a nadie en particular, con la voz fresca de una neoyorquina.

—Hola, Jenn, bienvenida —dijo Ramsey corriendo hacia ella—. Bel, las presento.

Agarró a Bel por el codo, despegándola y llevándola con Rachel.

Rachel no.

Una Rachel falsa.

Bel se había dado cuenta ahora, la mente se le había descongelado y le goteaba fría por la nuca.

—Gracias por avisarme, maldita sea —murmuró, recuperando su codo. Ash los siguió con la cámara.

Ramsey la miró con preocupación y amabilidad. Sí, ya.

—Te dije que haríamos una reconstrucción de los hechos —dijo—. Pensaba que lo supondrías.

Se paró.

—Bel, esta es Jenn, la actriz que hará de tu madre. Jenn, esta es Bel, la hija de Rachel Price.

—Encantada de conocerte —dijo Jenn, con un chicle en la boca, y le extendió la mano.

Bel no la estrechó. Estaba ocupada analizando a la desconocida que tenía delante. Las diferencias eran evidentes, ahora que estaba más cerca: el color de los ojos, la forma de la barbilla, no tenía marca de nacimiento en la frente. Pero durante un instante...

—Te pareces a ella —dijo Bel, en lugar de saludarla.

—Y tú también —dijo Jenn.

Por si esta mujer no le caía lo bastante mal.

—Yo no soy tan guapa —se apresuró a decir Bel.

—Bueno, es que tu madre era preciosa. Siento mucho lo

que pasó —dijo tocándose un mechón de pelo rubio—. Estoy obsesionada con el caso. Hace poco escuché un pódcast al respecto, se llamaba *Vino y asesinato* o algo así, y estoy obsesionada. Ob-se-sio-na-da. —Dividió la palabra, aferrándose a ella como una serpiente.

—Sí, ya lo has dicho. Tres veces.

Bel desvió la mirada a Ramsey. Un parpadeo, lo suficientemente despacio como para que él lo leyera. Nieve falsa y Rachel falsa. ¿Esta idiota con el chicle? Él le respondió con otro parpadeo, casi como si estuviera de acuerdo con ella.

Dio una palmada.

—Tenemos un día muy largo. Cuanto antes empecemos, antes terminaremos.

—No lo suficientemente pronto.

—Esa es la actitud, Bel.

Todo el mundo estaba esperando. Ash estaba de pie junto al coche, con los audífonos alrededor del cuello, y haciéndole señas a Bel para que fuera al asiento de atrás.

La Rachel falsa estaba al volante.

—No pretenden que conduzca, ¿no? No tengo licencia.

Ramsey sacudió la cabeza desde el asiento del copiloto.

—Listo —dijo Ash, esta vez un poco más fuerte, volviendo a señalar el asiento de atrás.

La ventana del otro lado estaba bajada y había una montura de cámara medio dentro del coche, señalando directamente a la cara de Bel. Había otra cámara en un trípode delante del coche, grabando a través del parabrisas. Unos focos las iluminaban.

—Vamos a empezar —dijo Ramsey por la ventanilla abierta—. Sube, Bel.

«Sube». Como si fuera tan simple, demonios. Sí, claro, subiría y ya está.

Bel dio un paso hacia el asiento de atrás con el nudo en el estómago cada vez más grande, como una bola de nieve falsa, afilada por donde se estaba derritiendo. Agachó la cabeza, aguantó la respiración y entró. Ash estaba muy cerca de ella, como si fuera a acelerar el proceso de alguna forma. Bel se sentó con las manos cerradas en el regazo, apretadas contra el vientre, anudando el nudo.

—¿Estás bien? —dijo Ash, como si ahora pudiera leerle la cochina mente.

Bel lo atacó con la mirada. Era al que más cerca tenía.

—Cierra la puerta —soltó, y se estremeció cuando lo hizo.

Bueno, ya está. Estaba en el asiento trasero. No era para tanto, ¿no? Se parecía bastante a estar delante, la verdad.

—Ayer rodamos toda la reconstrucción. —Ramsey se dio la vuelta para que Bel participara en la conversación—. La hija de dos años de Louise, del equipo, hizo de ti, Bel. Muy linda. Pero como hoy tenemos a la auténtica tú, vamos a hacer la secuencia de la entrevista. Le haré algunas preguntas a Bel y, Jenn, hoy no tienes que hablar ni actuar, casi como si no estuvieras.

La falsa Rachel era simple decoración, como la nieve de papel y el agua que no se podía beber.

—Entonces, ¿qué hace aquí? —preguntó Bel.

—Vamos a intercalar la entrevista con imágenes de la reconstrucción, para pasar de la Bel pequeña a ti, sentadas las dos en el mismo sitio, mientras nos hablas de lo que pudo haber pasado y de cómo te sientes. Es difícil hacer una reconstrucción si no sabes exactamente qué pasó, pero me pareció importante que Rachel estuviera presente en ambas líneas temporales. Aunque aquí no esté.

Bel tenía algo ingenioso que responder a eso, pero era demasiado tarde. Ash estaba delante del coche, con la claqueta en la mano delante de la cámara.

Otra persona gritó: «¡Acción!», lo bastante fuerte como para que los pájaros se asustaran.

—¿Cómo te sientes, Bel? —Ramsey se giró hacia ella—. Sentada en el mismo coche, en la misma carretera en la que desapareció tu madre. Reviviendo ese momento.

¿Lo estaba reviviendo aunque no se acordara de la primera vez que ocurrió?

—Bien —dijo—. Es un poco raro.

—¿Por qué es raro?

Porque había una mujer disfrazada de su madre muerta sentada delante de ella.

—Porque estoy aquí, exactamente igual que cuando ocurrió hace dieciséis años. No recuerdo estar aquí, pero sé que estaba. Aquí mismo, con un abriguito azul.

Hoy llevaba un suéter azul, como le pidió Ramsey, del mismo color, para ir a juego. Mira cómo crece la hija de dos años de Louise, del equipo, y se convierte en esta joven atormentada, se nota por el color azul.

—Me pregunto... ¿estar aquí, en las mismas condiciones, enciende algo en tus recuerdos? ¿Alguna imagen, alguna sensación?

—Maldición, sí, ahora que lo dices, acabo de recordarlo todo de golpe y he resuelto el caso, ¿lo puedes creer? Vaya giro de guion.

No quería hacer eso. Pero es que Ramsey era el que estaba más cerca. Y estaba incómoda en el asiento de atrás. Pero la memoria no funcionaba así. Si había desaparecido, había desaparecido, o jamás había existido. Si Ramsey quería conseguir una gran revelación para que el documental funcionara, iba a tener que decepcionarlo.

—Perdona.

—No pidas perdón nunca —dijo Ramsey—. Me gusta lo real, los momentos espontáneos.

¿Espontáneo? Ella era todo lo espontáneo que había, amigo. Con capas de hierro y acero entre la piel.

—Quizá es mejor comenzar por lo que sí sabemos —dijo Ramsey, calmando la situación—. Cuéntanos cómo te encontraron. Sé que no te acuerdas, pero lo que te hayan contado desde entonces.

—Esto es lo que sé, por el testimonio de Julian Tripp. Me encontraron aquí, en el asiento trasero —dijo, tan tensa que en realidad no estaba sentada sobre él, intentando no hundirse y con un dolor cálido en la espalda—. Afuera hacía mucho frío. Nevaba. Nieve de verdad, no papel. Pero había dejado el coche encendido, así que estaba la calefacción puesta y las luces encendidas. El profesor Tripp iba en dirección contraria a la Ruta federal 2. Vio las luces, se dio cuenta de que el coche estaba entre el arcén y la carretera. Se paró para ver qué había pasado, por si alguien necesitaba ayuda. —Bel miró por la ventanilla, como seguramente hubiera hecho hacía dieciséis años con unos ojos más pequeños. ¿Tuvo miedo en aquel momento, sola en la oscuridad? ¿Sabía acaso lo asustada que estaba?—. Se acercó por esta ventanilla. Afuera estaba oscuro, pero tenía una linterna y me vio en el asiento de atrás. Le dijo a la policía que gritó varias veces: «¡¿Hola? ¿Hay alguien?!». Al no obtener respuesta, abrió la puerta para ver si yo estaba bien.

—¿Y lo estabas? —preguntó Ramsey, aunque él ya sabía todas las respuestas.

—Sí, eso le dijo a la policía. No parecía estar alterada, igual no llevaba sola demasiado tiempo. La calefacción estaba puesta, así que no tenía frío. Estaba bien, no lloraba. Les dijo que balbuceaba ruiditos y sonidos sin sentido, como intentando hablar con él. Ya me conocía, pero no me reconoció de inmediato. Después de comprobar que estaba bien, el profesor Tripp llamó a la policía. Todo esto ocurrió pasadas las seis de la tarde. Se quedó conmigo para mantenerme en calor hasta que llegara la policía. Me dio un jugo que encontró en el hueco de los pies. Vio el bolso y el abrigo de Rachel en el asiento del copiloto, donde estás tú ahora.

Ramsey estaba en silencio, un silencio reverencial desde el asiento del copiloto. Lo que era una estupidez, porque no era ni siquiera el mismo coche. Rachel nunca había estado aquí.

—Hacía mucho frío aquella noche. Bajo cero. —Ramsey analizó la pantalla de su teléfono—. Veintitrés grados Farenheit, o menos cinco Celsius ya a las seis de la tarde.

—Qué frío —concordó Bel.

—Es complicado que alguien sobreviva a la intemperie solo con una camiseta y sin ningún abrigo —dijo Ramsey, pasando los dedos por dicho abrigo. No el original, ese lo tenía también la policía.

—Es complicado, sí —dijo Bel. A no ser que lo tuvieras planeado.

—Pero puede que no pasara mucho tiempo fuera —continuó Ramsey—. La policía trajo una patrulla canina la mañana siguiente. Perros olfateadores que siguieron el rastro de Rachel desde el coche abandonado. Rastrearon su olor unos treinta metros en esa dirección —señaló por el parabrisas—, donde lo perdieron en mitad de la carretera. Puede que fuera por la nieve y el viento, y no significa que Rachel no entrara en el bosque, pero la policía, inicialmente, pensó que eso indicaba que Rachel se subió a otro vehículo y por eso el rastro termina tan abruptamente. Fuera o no por voluntad propia.

—El abrigo no le haría falta si se iba a subir a otro coche —dijo Bel, poniéndole fin a esa parte de la conversación, cortándola como el rastro de Rachel, esfumado en el viento.

—Has mencionado algo con lo que se obsesionaron muchos teóricos en internet. El hecho de que dejara el motor encendido, y la calefacción. La gente dice que, si alguien se llevó a Rachel del coche, dejó el motor encendido y las puertas cerradas a propósito, para que tú estuvieras a salvo, Bel, para que no murieras congelada. Hay quien piensa que el posible secuestrador podría haber sido alguien que tú conocieras, alguien que se preocupaba por ti y no quería hacerte daño.

Ese fue uno de los argumentos de la acusación contra su padre, que rascaron donde podían para ganar el caso.

Bel se encogió de hombros.

—Yo no lo creo —dijo—. Si alguien se llevó a Rachel del coche, seguramente el motor ya estuviera encendido, y si cerró las puertas, quizá fue porque asesinar a una niña de dos años iba en contra de su código moral. O porque pensaron que la escena del crimen pasaría más desapercibida con las puertas cerradas. O a lo mejor fue la propia Rachel la que lo hizo, la que me dejó aquí. Ya fuera durante unos minutos o... más.

Era mucho más plausible. Que Rachel se alejara del coche, de su vida, y abandonara a Bel, aunque no quisiera que su hija muriera en el proceso. La madre del año.

—En cuanto a la opinión pública y a la incesante obsesión con este caso tan misterioso e irresoluble...

Debería hablar con la falsa Rachel. Había escuchado un pódcast y estaba ob-se-sio-na-da.

—¿Te importa que te pregunte por Phillip Alves?

Bueno, ya le había preguntado, con permiso o sin él.

—Pregunta. —Bel carraspeó.

—Phillip Alves, un fontanero de Boston, que tenía treinta y siete años en el momento de la desaparición de Rachel, se obsesionó con este caso en cuanto los noticiarios se hicieron eco de él. Una obsesión que no hizo más que crecer a medida que pasaba el tiempo y no había respuestas. Viajó a Gorham, convencido de que era su destino resolver el caso, encontrar a Rachel Price. La policía sospechó que había estado vigilando tu casa, rebuscando en tu basura y tomando fotos. ¿Podrías decirme qué hicieron tu tío Jeff y tu tía Sherry en aquel momento?

—Había pasado poco tiempo —dijo ella—. Fue antes de que arrestaran a mi padre. La policía pasaba mucho tiempo en la casa, como te podrás imaginar, querían hablar con todo el mundo. Phillip Alves se disfrazó de policía y fue a «interrogar» a Jeff y a Sherry. Les hizo preguntas sobre Rachel y sobre nuestra familia. No se dieron cuenta de que era un impostor, no lo supieron hasta que le hablaron de él al jefe de policía Dave Winter, pero nunca lo encontraron.

—Se cree que Phillip viajaba a Gorham regularmente —dijo Ramsey—, durante los meses y años siguientes, para acechar a tu familia, buscar a Rachel, y que cada vez era más inestable. Su mujer lo dejó, perdió su trabajo porque se pasaba los días investigando, leyendo los tablones de anuncios. Su obsesión alcanzó otro punto álgido en octubre de 2014. ¿Puedes decirnos algo de aquel incidente?

Esta vez sí que podía, de sus propios recuerdos, de sus declaraciones a la policía.

—Yo tenía ocho años, estaba en la primaria. Un jueves, estaba esperando a que me recogiera mi padre del colegio, pero apareció un agente de policía y le dijo a mi profesora que era él quien me tenía que recoger. Ella le creyó, por el uniforme y la placa. Así que me fui con él, me llevó a su coche y me dijo que me subiera en el asiento de atrás y me pusiera el cinturón. Y eso hice. Pero no era un policía. Era Phillip Alves.

—Te secuestró —dijo Ramsey, en voz baja, como un grito ahogado, como si no supiera cómo terminaba la historia. Además, a Bel no le gustaba usar esa palabra. Era demasiado dramática.

—En realidad no me llevó a ningún sitio, y no desaparecí durante mucho tiempo. Condujo un par de manzanas, estacionó y se giró para hablar conmigo. Más o menos como tú ahora.

A Ramsey no le gustó esa comparación, ella se dio cuenta. Y a Bel no le gustaba estar aquí, otra vez en el asiento de atrás.

—¿De qué quería hablar?

—Quería hacerme preguntas. Empezó a gritar desde el principio. «¡Dime lo que viste aquel día!». —Bel gritó un susurro imitando la voz de Phillip Alves—. «¡Viste quién se llevó a Rachel, dime quién fue! Seguro que recuerdas algo, ¡estuviste allí! Necesito saber lo que viste». —Se calló; le dolía la garganta.

—¿Tuviste miedo? —preguntó Ramsey—. Eras una niña de ocho años en el coche de un desconocido gritándote a la cara, exigiéndote respuestas que no tenías. Tuvo que ser aterrador, ¿no?

Bel tenía la edad suficiente para saber qué era el miedo. Pero ahora era aún más grande, y sabía que lo mejor era reservarse la respuesta.

—Yo simplemente decía: «No lo sé». La profesora llamó a la policía justo después de dejar que me fuera porque se dio cuenta del error que había cometido. Dave Winter, el jefe de policía, fue el que me encontró y me sacó del coche. Solo desaparecí unos siete u ocho minutos. Arrestaron a Phillip y se dieron cuenta de que era el mismo hombre que había interrogado a Jeff y Sherry. El que llevaba años acechándonos.

—Por supuesto, la policía investigó a Phillip e intentó conectarlo a la desaparición de Rachel, pero no encontraron ninguna prueba que lo incriminara —dijo Ramsey, terminando la historia por ella—. Phillip se declaró culpable de los cargos de acoso, secuestro y hacerse pasar por policía, y cumplió tres años de cárcel en una prisión estatal. Quedó en libertad hace seis años, y tu familia sacó una orden de alejamiento contra él, ¿no es así?

—Sí. No puede acercarse a nosotros.

Ramsey carraspeó.

—Hemos estado intentando contactar con Phillip para ver

si estaba interesado en hablar con nosotros para el documental. Si lo encontramos y acepta que lo entrevistemos, ¿te gustaría que le diéramos algún mensaje de tu parte?

Bel lo pensó durante un momento. Ahora era diez años mayor y diez años más cruel.

—Vete a la mierda, supongo. ¿Por qué crees que te mereces la verdad más que nadie?

Ramsey parecía contento con esa respuesta.

—Estupendo —dijo—. Eso está genial, Bel. En fin, creo que deberíamos parar para comer.

El almuerzo era bastante triste: un sándwich raquítico y una bolsa de papas. Bel se comió lo suyo en silencio, observando a Ash y a James manejar la montura de la cámara en la ventanilla del coche. A Ash no paraban de darle órdenes: ponte ahí y ahí, ve por esto, ve por lo otro.

La falsa Rachel estaba de pie, mirando al otro lado. No había comido porque estaba haciendo una dieta sin hidratos de carbono, por lo visto, porque tenía un *casting* la semana siguiente. Se aseguró de que todo el mundo lo supiera.

—Nunca había hecho un documental —le dijo Jenn a alguien del equipo. Louise, supo Bel, la madre de la pequeña Bel falsa.

—¿No? ¿Y qué te parece este caso? Alucinante, ¿verdad? —le preguntó Louise, mirando con rapidez de un lado a otro para comprobar que no las escuchaba nadie.

Sorpresa, Bel estaba ahí, a escasos seis metros detrás de ellas. Debería haberlo comprobado mejor.

—¿Verdad que sí? —dijo Jenn—. ¿Quién desaparece en un centro comercial, se desvanece como por arte de magia, y aparece aquí, sola?

La niña tampoco lo sabía.

—Es una cosa de locos —acordó Louise—. ¿Qué crees que pasó?

—Sinceramente —dijo Jenn, bajando su voz abrasiva a un susurro, aunque se le seguía escuchando igual—. Creo que es bastante evidente lo que pasó.

Así que evidente, ¿eh? Por favor, cuéntanos más.

—Fue su marido.

A Bel se le volvió a formar el nudo en el estómago de repente. Le subió por la espalda como una pitón.

—Seguro que mató a Rachel. Es lo que más sentido tiene.

—Al final, siempre es el marido —dijo Louise, medio convencida de ello.

—La verdad es que la hija me da mucha pena —continuó Jenn—. Qué vida más triste y destrozada.

Bel apretó el puño con la bolsa de papas dentro, aplastándolas hasta la muerte. ¿Quién carajos se creía esta tipa que era? Deja a Bel dos minutos a solas con ella, verás la cara tan triste y destrozada que le queda. Mucha suerte con el *casting*.

Bel lanzó la bolsa de papas hecha una bola a la cabeza de la Rachel falsa.

—¡Eh!

Le dio.

Diez puntos.

Pero Bel ya estaba pasando por delante de ellas, golpeando enojada y con rapidez los zapatos contra el polvo de la carretera. No miró atrás.

¿Todo el equipo pensaba lo mismo? ¿Los extras de hoy y los cuatro principales, en los que Bel estaba empezando a confiar? ¿Ash? ¿Ramsey? A lo mejor Bel nunca había tenido el control de la historia, y no era más que una decoración a la que acomodaban donde querían.

El nudo era cada vez más grande y se sentía con más fuerza, así que Bel caminó más rápido, casi corriendo.

Se alejó de la réplica del coche, dejando huellas en la nieve falsa, hacia el denso lienzo de árboles.

Se la tragaron entera, le dieron la bienvenida a sus sombras, la hicieron desaparecer.

—¿Bel?

Bueno, no tanto.

—¡Oye! —Una voz la siguió hacia los árboles. Ash.

—¡Oye! —repitió Bel, y aceleró el paso—. No me digas «oye», ¿qué diablos quieres?

—¿Dónde vas? —Le costaba seguirle el ritmo porque el dobladillo de los pantalones se le quedaba enganchado en la tierra del bosque.

—Estoy huyendo despavorida —soltó ella.

—Ah, ya veo —dijo él—. ¿Te importaría hacerlo un poco más tarde? Nos quedan unas cuantas escenas todavía.

Bel se dio la vuelta con fuego en los ojos y un gruñido en la garganta.

—Déjame en paz, Harry Styles.

Y eso hizo.

Siete

Bel corrió.

Los árboles le guardaron el secreto, atrayéndola, abriendo pequeños caminos que se cerraban una vez los había pasado. ¿Hicieron alguna vez lo mismo por Rachel Price, en la nieve densa y la oscuridad invernal?

La autopista estaba cerca y oía los coches, que mantenían a Bel en silencio. El corazón le latía contra las costillas y le daba vida al nudo de su estómago.

Estúpida. Jamás debieron acceder a este documental. No debería haber permitido que unos desconocidos con unas cámaras se entrometieran en su vida triste y destrozada. Aunque a ella no le parecía triste ni destrozada, pero eso era lo que veía todo el mundo.

Los árboles se abrieron de pronto, mostrando una pequeña carretera residencial que giraba hasta salir a la autopista. Bel podía llamar a su padre para que fuera a recogerla allí. Estaba trabajando, pero no le importaría.

Pero el nudo era todavía demasiado fuerte, y no quería hacer esa llamada ahora mismo, no quería explicar por qué se había ido del rodaje. Su padre no se merecía eso, y Bel quería encontrar primero las palabras adecuadas, palabras amables, como él le había enseñado, porque, ahora mismo, nada parecía estar bien dentro de ella.

Podía ir caminando a casa desde aquí. ¿Seguía huyendo despavorida si tardaba prácticamente una hora en llegar a su destino? Ir a casa caminando, relajarse y llamar a su padre. Un plan de tres pasos que Bel podía seguir, simplemente tenía que poner un pie delante del otro.

Caminó junto a la autopista. Se puso muy nerviosa cuando un camionero con la mente sucia le tocó el claxon y agitó el mundo detrás de ella. Estaba intentando relajarse. Que se vaya a la mierda, señor, muchas gracias.

Iba caminando sobre las sombras de mediodía de los cables de alta tensión que había sobre ella, como un equilibrista. Un cuatro por cuatro que rugió demasiado cerca, una bandera de barras y estrellas que ondeaba al viento. Cuando Bel pasó el Circle K de Main Street, notó un parche ardiente en el talón, el inicio de una ampolla. Todavía le quedaba mucho.

Contaba coches y perdía la cuenta.

Contaba nubes, pero la adelantaban y la dejaban atrás.

Cuando apareció el McDonald's delante de ella, sabía que ya casi estaba en casa. Esos arcos dorados la guiaban.

Dio vuelta justo después de la tienda de todo a un dólar, por la calle Church. Hacia las vías del tren, donde ella y Carter solían jugar a verdad o reto. Por eso también se metieron en un lío.

Bel apretó el pulgar del pie contra el metal de las vías cuando cruzó. Nunca podía caminar entre los rieles, siempre tenía que tocarlos. Una regla no escrita.

Miró hacia delante, al cementerio, y luego a casa.

No estaba sola. Una mujer acababa de cruzar las vías justo delante de ella, al otro lado de la carretera. Caminaba despacio.

Ni siquiera caminaba, se arrastraba. No levantaba los pies del concreto, con unos zapatos demasiado grandes, las suelas destrozadas, chancleteando como si fueran peces fuera del agua. Hacía un ruido estridente y horroroso cada vez que daba un paso, con las extremidades pesadas, como si llevara mucho más tiempo que Bel caminando.

Luego Bel se fijó en la ropa.

Una camiseta roja de manga larga. *Jeans* negros.

El pelo rubio dorado cortado a trasquilones.

La maldita Rachel falsa, ¿cómo había llegado hasta aquí antes que Bel?

—¡Te estás tomando tu papel demasiado en serio, ¿no crees?! —le gritó Bel—. Ni que fueras a ganar un Oscar.

Bel se acercó, pero la carretera todavía estaba entre ellas, para el bien de la Rachel falsa, porque la ira de Bel no se había calmado del todo aún. Se acercó un poco más y Bel se dio cuenta de algo raro. La camiseta roja intensa ya no era intensa, se había descolorido, estaba sucia, llena de manchas cafés y polvo blanco. Tenía agujeros, y mostraban pequeñas islas de piel en un mar rojo, desgarrada por debajo y con una manga medio arrancada. Los *jeans* negros también estaban desgastados, de un gris mugriento, con un corte en la parte de atrás de uno de los muslos y los hilos colgando por la grieta.

Bel entrecerró los ojos.

—¿Qué te ha pasado? ¿Te has caído en una coladera o algo?

Pero ¿cómo era posible que el pelo también le hubiera cambiado en la última hora? Lo tenía un poco más oscuro, mal cortado, a la altura del cuello, sin brillo y denso de suciedad.

—Pero qué...

Pero Bel no podía terminar esa pregunta. Caminó junto a la mujer, la observó, fue a su ritmo.

—¡¿Quién eres?! —gritó Bel desde el otro lado de la carretera.

La mujer se detuvo, se giró despacio hacia Bel, parpadeando para evitar la luz del sol.

No hacía falta que respondiera.

Bel sabía quién era. Lo sabía en el fondo, de una forma innata, algo que no se podía aprender. Lo sabía, lo sentía. Su corazón estaba bailando al borde de un precipicio, a punto de caer al ácido del estómago.

Los ojos azules grisáceos como los suyos. Una barbilla delicada y puntiaguda. Una piel cenicienta más pálida de la que ella había conocido, más arrugada, con dieciséis años más. La pequeña marca bronceada en la frente.

La mujer se quedó mirándola, como si ella también supiera algo.

Era Rachel Price.

Retornada.

Ocho

Bel no podía respirar, pero Rachel sí, con dificultad, con una mueca por la luz del sol, por la presión en los pies, que le sujetaban el cuerpo en un ángulo extraño y retorcido. Volver de entre los muertos debía doler.

Rachel se llevó una mano pálida sobre los ojos para taparse del sol. Los dedos la delataron, débiles y temblorosos. Analizó a Bel al otro lado de la carretera, balanceándose ligeramente como un junco bajo la brisa, como si estuviera a punto de salir volando, de volver a desaparecer. Real, definitivamente era real, pero, de algún modo, provisional.

Entrecerró los ojos, luego los abrió mucho, parpadeó fuerte como si estuviera haciendo una foto con la mirada, reconociendo algo dentro de Bel.

Dio un paso hacia la carretera.

Un graznido al intentar hablar, crudo e inhumano. Una voz de otro mundo, adonde iban las cosas perdidas. Se suponía que no debían volver.

Ese sonido sacudió a Bel, le devolvió el aire a sus pulmones en un grito ahogado de pánico. Le devolvió a su corazón el latido de lucha o huida contra sus costillas, ahogándole los oídos. Se le movieron los pies antes de que ella les diera la orden, el terror se había apoderado de ella. La estaba protegiendo.

Bel salió corriendo.

Huyó.

Los zapatos golpeando contra el concreto, acelerando el corazón desencadenado, abandonando a Rachel.

Pasó el cementerio.

Giró a la izquierda.

Miró hacia atrás por encima del hombro, buscando como si no debiera buscar, en las pesadillas o en el infierno.

Rachel Price no la estaba siguiendo.

Había vuelto a desaparecer.

Pero Bel no frenó y voló sobre la acera. Buscó las llaves en el bolsillo de los *jeans* con el sudor en los labios.

Viró bruscamente, saltó sobre las flores de su padre y subió las escaleras hasta la puerta. No atinó a meter la llave en la cerradura y arañó la pintura verde de la madera. A la segunda lo consiguió, giró la llave y atravesó el umbral.

Bel agarró la puerta y la cerró de un portazo, comprobando y volviendo a comprobar, separándose de su yo en el nuevo mundo de ahí afuera.

Se tiró al suelo, con la espalda contra la puerta.

Sujetándola.

Escondiéndose.

Agarrándose las rodillas.

Esto no podía estar pasando. No podía ser. Pero sí era. La mujer de la carretera era Rachel Price, no cabía duda. Ninguna. Si Bel se esforzaba lo suficiente, ¿podría encontrar un resquicio de duda? Daría cualquier cosa por dudar un poco. ¿Estaba teniendo alucinaciones al haber implantado la idea de Rachel con la reconstrucción? ¿Podía ser alguna escena que a Ramsey se le hubiera olvidado mencionar? «No, no seas estúpida, no había cámaras». ¿Y cómo iba a robar una actriz la cara de Rachel, con la nariz arrugada de la misma forma que la de Bel?

La verdad no tenía sentido. Pero era lo único que tenía sentido.

Rachel Price había vuelto y Bel se había vuelto loca.

Tenía que encontrarla otra vez, y pronto, porque tenía que hacer algo, ¿no? No podía quedarse ahí sentada contra la puerta y desear que todo esto desapareciera, ¿no? Sabía perfectamente que podría hacerlo si quisiera. Rachel ya había desaparecido una vez, durante toda la vida de Bel, a lo mejor volvía a irse si Bel se quedaba aquí, si no se movía, si apenas respiraba. Si permitía que el misterio volviera a actuar y se llevaba a Rachel de nuevo.

Hacer algo o no hacer nada. Esas eran sus opciones. ¿Y cuál era la que dolería menos? Ninguna. Eso era lo que Bel quería. Quedarse aquí sentada y desear recuperar su vida tal y como era hacía cinco minutos. Bel y su padre, y el universo que giraba a su alrededor. Puede que la gente pensara que era una vida triste y destrozada, pero era la que conocía y estaba contenta, de verdad.

Pero entonces pensó en su padre. Pensó en él de verdad. Era lo único de lo que dependían en realidad sus opciones: cómo hacerlo feliz. Se lo merecía, después de todo. Él hizo lo mismo por ella, por su equipo eterno de dos. ¿Qué opción elegiría su padre?

Bel se lo imaginó girando su anillo de matrimonio, de un lado a otro, un bucle eterno. Las lágrimas no derramadas. Sus palabras cuando Ramsey preguntó, hipotéticamente, qué haría si Rachel volviera algún día. Ya no era una hipótesis.

«La abrazaría», había dicho su padre. Bel se acordaba de eso. «La envolvería con mis brazos y le diría cuánto la quiero. Cuánto la he echado de menos. Antes de hacerle ninguna pregunta, eso puede esperar». Había soñado con ese momento: sueños, no pesadillas. Y debía de haber tenido muchas de esas. Una vida dura, atormentada por la terrible conciencia de que la gente aún pensaba que era un asesino. Y ahí estaba la prueba de su inocencia, tambaleándose afuera. Una prueba irrefutable por fin: su padre no mató a Rachel.

Rachel hacía feliz a su padre. Le iluminaba las habitaciones. Rachel lo haría feliz de nuevo, le facilitaría la vida. Bel quería eso.

Así que eligió.

Iba a hacer algo.

Volver a salir. Encontrar a Rachel. Traerla a casa.

Bel se puso de pie con un crujido en las rodillas, y alguien llamó a la puerta.

Tres golpes, con los nudillos, hueso sobre madera. A Bel se le aceleró el pulso con cada uno de ellos.

Un fantasma borroso al otro lado del cristal traslúcido, mirándola.

Bel lo sabía.

No estaba preparada, pero era el momento de fingir. Se acercó y agarró la cerradura, el metal frío contra su piel cálida.

Abrió a medias la puerta y por fin se encontró cara a cara con su madre, que llevaba mucho tiempo muerta, pero había resucitado.

Rachel Price.

Ahí mismo, al otro lado del umbral, separada tan solo por unos centímetros, no dieciséis años, no la vida y la muerte. Respirando con dificultad y parpadeando con más dificultad todavía. Un olor metálico a sudor y algo más penetrante. Rachel se estremeció y se agarró al marco de la puerta para mantener el equilibrio, dejando una huella mugrienta.

Un crujido de la puerta en la garganta de Rachel, silencioso e inquietante.

—¿Vives aquí? —preguntó, con una voz cruda y gutural, una voz que había usado muy poco o demasiado.

Bel había perdido la suya, que estaba escondida detrás de sus dientes.

Asintió.

—¿E-Eres...? —preguntó Rachel, pero se quedó callada, con los ojos pesados y húmedos, analizando a Bel de la cabeza a los pies. Era una pregunta completa si sabías cuál era.

—S-Sí —dijo Bel. Sus palabras también crujieron, como si se hubiera olvidado de hablar—. Soy yo.

—Annabel —dijo con un susurro raspado, y esta vez no era una pregunta. Como si solo hiciera falta que Rachel lo dijera para unirlos. La cara y el nombre. Desprender y reaprender.

Rachel movió la mano del marco y flotó hacia Bel, buscándola, para tocarla, quizá para asegurarse de que era real, de que no se la estaba imaginando por error. La mano no hizo que Bel retrocediera. Abrió por completo la puerta, invitando a entrar a Rachel, porque no era capaz de encontrar las palabras para hacerlo.

—Papá no está —dijo Bel, retrocediendo. Rachel cruzó el umbral cojeando y entró en la casa. Su casa. La casa de su familia. Miró a su alrededor con los ojos húmedos.

—Está exactamente igual —dijo tranquila, tocando las paredes y dejando marcas.

Bel la rodeó, sin apartarle los ojos de encima, para cerrar la puerta. Encerrándolas juntas.

Había un rastro oscuro desde la entrada. No era solo lodo. A Rachel le sangraban los pies y estaba manchando el suelo de madera.

—Esa lámpara es nueva —dijo Rachel a la entrada de la sala.

—¿Quieres que...?

Rachel empezó a toser con un sonido profundo y retorcido que la dobló por la mitad.

—Siéntate —dijo Bel, evitándola al pasar a su lado—. Voy por un vaso de agua.

Bel corrió a la cocina. Le temblaban las manos al agarrar un vaso del armario. Lo llenó y lo llevó a la sala, pero se acordó de cerrar la llave antes.

Manchas de sangre fresca y lodo en la alfombra, hacia Rachel, desplomada en el sofá.

—Toma.

Bel le ofreció el vaso.

Rachel lo agarró y tocó los dedos de Bel al agarrarlo. Con las uñas muy largas. Bel se estremeció y soltó el vaso. El agua se derramó por el borde.

—Gracias, Anna. —Rachel se llevó el vaso a los labios quebrados y bebió con ansia, como una niña que había estado demasiado tiempo jugando. Vació el vaso y lo dejó sobre la mesa. El golpe seco le provocó a Bel un escalofrío y le hizo eco en el pecho.

Rachel la miró, expectante, como si esperara que Bel hablara primero. O igual le estaba dando la oportunidad de hacerlo. Bel no sabía qué decirle, apenas se acordaba de cómo se hablaba, en general. ¿Cómo era posible? ¿Cómo podía estar Rachel Price sentada delante de ella?

Le sonaban los oídos, el corazón le latía con fuerza y sentía un extraño entumecimiento en la espalda. ¿Así era estar en *shock*?

—Creo que debería llamar a alguien —dijo por fin Bel, aunque se preguntó si eso era lo que tenía que decir—. Puedo llamar a papá, podría estar aquí enseguida.

Un parpadeo en los ojos de Rachel. Bel no sabía qué significaba. Esta mujer era una desconocida para ella.

—Creo que primero tendríamos que llamar a la policía —graznó Rachel, también insegura de qué hacer. Estaban las dos perdidas.

Eso tenía sentido, claro. Llamar a la policía.

Bel asintió.

—Sí, claro. Tú espera aquí. ¿Quieres más agua?

—Estoy bien —dijo Rachel con un siseo al quitarse los enormes zapatos que tenía pegados a los pies y que se le deshicieron en las manos. Tenía los pies destrozados: hinchados, magullados, sucios, sangrientos. Le colgaba una uña por un lado del dedo. ¿De dónde había salido? ¿Cuánto tiempo había tardado en llegar a casa? ¿Por qué había venido directamente aquí, sin buscar ayuda antes?

Rachel se dio cuenta de cómo la miraba Bel.

—No es para tanto. —La miró con una sonrisa que era más bien una mueca de dolor—. No te preocupes.

—Voy a buscar ayuda. —Bel volvió a la cocina y se sacó el teléfono del bolsillo. ¿Ayuda para Rachel o para ella? ¿No era lo mismo? Bel no podía enfrentarse a esto sola, era demasiado. De momento, tenía la mente tan completamente bloqueada, que solo podía pensar con dos segundos de antelación y dos segundos después.

Desbloqueó el teléfono. Cinco llamadas perdidas de Ramsey. Maldita sea, vaya sorpresa se iba a llevar. Él y el resto del mundo que, en este preciso instante, seguían pensando que Rachel Price se había ido para siempre, todo lo desaparecida que puede estar una persona. Solo Bel y Rachel sabían la verdad. Pero no por mucho tiempo.

Rachel quería que llamara a la policía, y parecía lo correcto, pero no lo parecía. ¿Qué había hecho la policía de Gorham para ayudar? No habían encontrado a Rachel Price en dieciséis años. La policía no había hecho nada, se habían dedicado a culpar a su padre como salida fácil. Pero su padre sabría qué hacer, era él el que se preocupaba, el que pensaba, el que planeaba, el que ayudaba. Y si Bel llamaba a la policía, su padre jamás tendría este momento con Rachel, el momento con el que había soñado. Bel no podía quitarle eso.

Borró el 911 del teclado y marcó el número de su padre.

Tomó la llamada al cuarto tono.

—Hola, estoy con un cliente —dijo con una voz cálida como una manta: segura, familiar. Lo contrario a la de Rachel—. Te llamo ahora cuando...

Entró en pánico y se quitó de encima la manta cálida.

—No, papá. Tienes que venir a casa. Ya. Es una emergencia —susurró Bel para que Rachel no la escuchara.

—¿Qué pasa? —Ahora estaba preocupado, menos mal que era al que mejor se le daba.

—No puedo decírtelo por teléfono. —No podía, no quería que Rachel la escuchara, y no quería arruinarle el momento a su padre. Llevaba dieciséis años esperándolo—. Por favor, ven a casa ya.

—Bel, ¿qué...?

—¡Por favor!

—¡Está bien, voy! —dijo, y Bel oyó el sonido de las botas golpeando el suelo y la puerta del coche cerrándose. Claro que venía, se lo había pedido ella.

—¿Puedes quedarte al teléfono?

—No, no puedo. Date prisa.

—¿Estás en peligro? —preguntó él.

—No —respondió Bel, aunque no estaba segura de que fuera verdad. Por cómo el corazón le golpeaba las costillas, parecía que su cuerpo no lo creía—. No es nada de eso. Tú ven lo más rápido que puedas.

—Ya voy, hija.

—¿Anna?

Bel se dio la vuelta y colgó. Ahí estaba Rachel, una silueta oscura en el quicio de la puerta, con los ojos brillantes y unas huellas rojas en las baldosas blancas y negras.

—Ya he llamado a la policía —dijo Bel—. Están en camino.

Una pequeña mentira. Pero Rachel no la conocía, no podía leer a Bel como debería poder hacerlo una madre.

—Gracias —graznó Rachel. Se movió hacia delante, sacó una silla de la mesa de la cocina y se desplomó sobre ella.

Bel dio un paso atrás, contra la barra de la cocina.

—No tengas miedo, Annabel —dijo Rachel mientras las lágrimas se abrían paso por la suciedad de la cara—. Todo va a estar bien, te lo prometo.

¿Cómo podía decirle Bel que ya todo estaba bien?

—No puedo creer que esté en casa. —Rachel parpadeó mirando la habitación, asimilándola, a Bel también—. El refrigerador es nuevo.

Bel tragó saliva.

—Sé que tienes muchas preguntas que hacerme, Anna —dijo Rachel, juntando las manos.

—Bel —se apresuró a decir antes de perder los nervios.

—¿Cómo?

—Bel. Mi nombre. Ahora es Bel, no Anna. Hace mucho que nadie me llama Anna.

—Ah. —Rachel se quedó mirando hacia delante, a la distancia, como si estuviera viendo algo que Bel no veía. A lo mejor quienes desaparecían tenían esa capacidad—. Yo te llamaba Anna. Todo este tiempo he estado pensando en ti como Anna.

—Perdona.

—Me preguntaba qué aspecto tendrías con cada edad. Qué harías en tus cumpleaños. Qué se te daba bien o mal. Si te gustarían las mismas comidas que a mí. Qué te hacía feliz. Me había creado toda una imagen de ti en la cabeza, eso era lo que me hacía continuar. —Rachel sacudió ese otro lugar, fuera donde fuera, y miró a Bel—. Eres mejor de lo que jamás me podría haber imaginado. Te he echado muchísimo de menos, Anna. Perdona, Bel.

—No pasa nada —dijo Bel, y estaba bien, porque no tenía que responder a la otra parte. Si Rachel de verdad había echado de menos a Bel, ¿significaba que no había podido volver hasta ahora? Tenía tal montaña de preguntas difíciles que Bel no sabía por dónde empezar: si por el principio, aquel frío día de febrero, cuando Rachel desapareció, no solo una vez, sino dos, para rellenar los recuerdos que la memoria de Bel no podía; o por hoy, dieciséis años después, y esos pies destrozados—. ¿Dónde...? —Tomó aire, se enderezó, apretó la mandíbula—. ¿Dónde has estado?

Rachel asintió y se miró las manos mugrientas. Su voz no era más que un rasguño cuando volvió a hablar.

—No lo sé.

Nueve

«No lo sé».

Bel conocía esas tres palabras mejor que la mayoría de la gente. La verdad y un bloqueo, un lugar detrás del que esconderse cuando era necesario. Pero ahora que estaba al otro lado de esas palabras, por fin supo por qué volvía loca a la gente, lo bastante loca como para secuestrar a una niña pequeña y asustada y gritarle sentada en el asiento trasero de tu coche.

—¿Cómo que no lo sabes? —Bel se quedó mirando a Rachel, obstinada, dándole una patada a ese bloqueo.

—No sé dónde he estado. —Rachel sorbió por la nariz al repetirse, como tenía que hacer siempre Bel—. No sé dónde me ha tenido.

A Bel se le detuvo la cabeza y rebuscó algo de chatarra entre esas palabras.

—¿Quién?

—No lo sé —repitió Rachel.

Una punzada de frustración cálida que empujaba el frío goteo del *shock*.

—¿No lo sabes? —preguntó Bel, incapaz de disimular.

Rachel se encogió.

—El hombre que me secuestró. Nunca supe cómo se llamaba. Tampoco lo vi mucho.

—¿Cómo...?

—Me tenía a oscuras. —Rachel la interrumpió—. Creo que era un sótano, no estoy segura.

Bel hizo una pausa para pensarlo todo. Las preguntas le pelaban la lengua y se le caían al estómago como una moneda a un pozo. Pero aquí no había ningún deseo que pedir. Lo único que fue capaz de decir fue:

—¿Todo este tiempo?

Rachel asintió. Como si eso fuera respuesta suficiente para tanto horror. Y no iba a darle nada más.

—¿C-Cuánto tiempo ha sido? —Ahora fue Rachel la que hizo la pregunta—. Intenté mantener la noción del tiempo, pero no siempre me resultaba fácil. Tengo alguna idea, creo que más o menos, pero... —Bel no se movió y Rachel la estudió en busca de alguna pista en su cara—. ¿Cuánto ha sido? —repitió.

—Dieciséis años y dos meses.

A Rachel se le entrecortó la respiración y se secó otra lágrima antes de que se le terminara de formar.

—Tienes dieciocho años —dijo, como si eso fuera lo más triste. Se había perdido mucho más que el dieciocho cumpleaños de Bel.

—Sí.

—Lo siento mucho —dijo Rachel.

¿Por qué lo sentía? ¿Porque la secuestraran? ¿Por estar atrapada? ¿Por todo lo demás? Todavía no habían llegado a «lo siento», aún quedaban muchas preguntas. Todavía no habían ni rascado la superficie de cada una, con las garras expuestas y hambrientas. Pero había una respuesta que era más importante para ella al mirar entre sus arañazos. Si un hombre se había llevado a Rachel y la había tenido en un sótano oscuro todo este tiempo, ¿significaba eso que, en realidad, nunca abandonó a Bel? ¿Sí, no?

Eso lo cambiaría todo.

Bel dio un paso hacia delante deslizándose por la barra de la cocina.

—¿Cómo has conseguido escapar? —preguntó después, con la intención de saborear esa pregunta más importante; todavía no estaba lista para que cambiara todo. Ya habían cambiado demasiadas cosas.

—No he escapado. —Rachel sorbió por la nariz—. No pude nunca. Lo intenté muchas veces, de muchas formas.

—¿Y cómo has llegado hasta aquí?

—Me ha dejado ir —dijo ella.

—¿Por qué?

—No lo sé.

Otra vez esas tres palabras. Pero esta vez Bel no estaba enojada, era imposible saber lo que no se sabía, por mucho que la gente preguntara. Ella lo había vivido, una y otra vez.

—¿Qué pasó? —dijo Bel, intentando averiguar lo que Rachel sí podría saber.

Rachel sacudió la cabeza.

—No tienes por qué escuchar todo esto, Anna. No tienes que saberlo, no quiero que lo sepas, no es justo...

—¿Por favor? —Bel insistió, endureciendo la mirada.

Rachel la miró a los ojos.

—Está bien. Él... vino al sótano. Yo pensaba que me traía comida, pero no tenía nada. Me puso una bolsa en la cabeza, como una b-bolsa de tela, para que no pudiera ver nada pero sí pudiera respirar. Luego me desató.

Rachel miró hacia abajo, al tobillo izquierdo. Bel le siguió la mirada: la piel roja y desollada en una tira de carne viva.

—¿Cinta? —dijo Bel, insistiendo otra vez.

—No, era una cadena. Unas esposas.

Bel asintió.

—Nunca me había sacado. No había salido desde que me metió allí la primera vez. Pero me llevó arriba, puede que a una casa, no veía nada. Me subió al asiento trasero de un coche. Le pregunté qué estaba pasando, pero no dijo nada. Nunca había sido muy hablador.

—¿Y? —Bel se acercó más.

—Condujo un par de horas. Intenté contar el tiempo, pero estaba distraída. Estaba asustada. Pensaba que me estaba llevando a algún sitio para matarme de una vez. Pero también me sentía aliviada, por algún motivo. Era un final. Me despedí mentalmente.

Una de esas despedidas fue para Bel, ¿verdad? Puede que la más importante de todas.

Bel dio otro paso adelante, y luego otro, hasta llegar a la mesa y sentarse en una silla enfrente de Rachel.

—Pero luego paró el coche —Rachel continuó contando su historia, mirándola a los ojos al otro lado de la mesa—. Ni siquiera apagó el motor. Salió, abrió mi puerta y me sacó. Había césped, lo noté en los pies, iba descalza, y me acordé de cómo era sentir el césped. Pensé que me diría que me pusiera de rodillas. Pensé que era el final. Pero... escuché cerrarse la puerta y el coche se fue. Me dejó allí. Esperé unos minutos, atenta, para asegurarme, porque pensaba que todavía escuchaba el motor. Luego me quité la bolsa de la cabeza. Se había ido. Estaba sola en la carretera, en un bosque. Hacía mucho que no veía árboles. Estaba oscuro. Estaba junto a un río, era lo único que escuchaba.

Bel asintió y se preguntó cómo sería olvidar cómo son los árboles, el sonido de un río, el tacto del césped. No se lo podía imaginar.

—Seguí el río hasta que encontré una calle. Y seguí la calle. No había nadie. Había casas, pero debía de ser muy tarde o muy temprano. No quería despertar a nadie, ni asustarlos. Seguí caminando hasta que encontré un cartel en la carretera. Lancaster. Ya estaba en la Ruta Federal 2. Sabía que si seguía la autopista hacia el este, llegaría a casa. Solo quería llegar a casa. Cuánto me alegro de que no se hayan mudado. —Se rio con una risa pequeña y húmeda, sin sonreír, sin enseñar los dientes.

—¿Has llegado caminando? —preguntó Bel—. ¿Desde Lancaster? Eso son... —Bel lo pensó un momento—, unas ocho horas.

Rachel se miró los pies destrozados como respuesta.

—Encontré estos zapatos en un bote de basura. Me quedan muy grandes, pero son mejor que nada.

—¿Te vio alguien? —dijo Bel.

—Sí, me vieron algunas personas, cuando se hizo de día.

—¿Intentaron ayudarte?

—Una persona sí —dijo Rachel—. Pero no pensaba subirme al coche de alguien que no conocía. Sabía llegar a casa, y he llegado.

—Maldición. —Bel exhaló. No era el fin del mundo, ni siquiera había salido del estado pero, carajo, era un camino muy largo. Un retorno lento y doloroso. No en un abrir y cerrar de ojos, como su desaparición.

Bel observó a la desconocida que estaba delante de ella, menos desconocida que hacía cinco minutos, moviéndose en su silla, tan cansada que tan solo un parpadeo estaba a punto de tirarla al suelo.

Debía de estar agotada y hambrienta.

—¿Tienes hambre? —le preguntó Bel, y le resultó extraño preguntarle algo tan ridículamente normal. Lo normal no tenía cabida aquí, entre ellas dos, una persona adulta con cara de niña, otra que volvió de entre los muertos—. P-Puedo prepararte un sándwich o...

Se oyó un portazo en la entrada, después de la sala.

Rachel se estremeció y abrió mucho los ojos, cada vez más negros por la adrenalina. Agarró el asiento de la silla y se levantó de un salto.

—Tranquila, es papá. —Bel se puso de pie también.

Rachel la miró con los ojos negros, como de otro mundo, de pie, tan recta que debía de dolerle. Murmuró entre dientes, con las manos apretadas a los costados.

—¡¿Bel?! —gritó Charlie por la casa, preocupado—. Bel, ¿dónde estás?

—¡En la cocina! —gritó ella, y Rachel se estremeció también con su voz.

—¿Qué pasa? ¿Por qué...?

Charlie apareció en el quicio de la puerta y se fijó en las huellas de sangre y lodo sobre las baldosas.

—¿Qué es...?

—Papá —dijo Bel, para que levantara la mirada.

Y así lo hizo. Primero hacia Bel, con los ojos entornados y la piel arrugada a su alrededor. Luego se fijó en la otra persona que estaba allí de pie, siguiendo las huellas con la mirada hasta llegar a ella.

—¿Qué...? —La palabra murió en su garganta, abrió mucho los ojos, como si fueran a seguir estirándose, y estirándose, llevándose con ellos toda su cara.

Se quedó mirando a Rachel, inmóvil.

Se le cayeron las llaves al suelo con un estruendo.

Nadie se movió, como piezas de un ajedrez unas frente a otras, en sus casillas de baldosas blancas y negras.

A Charlie se le despegó el labio inferior, se le abrió la boca. Bel quería saber qué le estaba pasando por la cabeza. ¿Era así como lo había soñado?

—No —dijo con un hilo de voz, apenas un susurro, retrocediendo hacia la pared, con un grito ahogado cuando lo detuvo—. No puede ser.

Bel observó a sus padres mirándose, aunque solo podía fijarse en la cara de su padre, y había algo que no iba bien.

Se le descolgó la mandíbula. Parpadeaba con fuerza hacia Rachel, como si fuera a desaparecer en un abrir y cerrar de ojos. Sorprendido cada vez que no lo hacía.

Esto no estaba bien.

Tenía que estar contento. Envolver a Rachel entre sus brazos y decirle que la quería. Su mujer, su defensa, delante de él después de todo este tiempo.

¿Estaba en *shock*? Porque no parecía contento. Parecía asustado.

—¿Cómo es posible? —Las palabras lo volvieron a encontrar. Pero se suponía que las preguntas podían esperar. Se suponía que primero tenía que abrazarla, decirle que la quería y que la había echado de menos. Este no era el orden acordado.

—Hola, Charlie —dijo entonces Rachel, y él se apartó ante el sonido de su voz cavernosa, se pegó a la pared y tiró el reloj.

Se rompió.

El sonido hizo eco hasta el estómago de Bel, donde se encontró con el nudo, cada vez más grande y retorcido, convirtiéndose en espinas. Esto no estaba bien.

—¿Cómo es posible? —repitió Charlie, ahora más seguro, como si hubiera salido de un sueño, aunque nadie hubiera seguido el plan—. ¿Cómo puedes estar aquí?

—He vuelto.

—¿Cómo? —dijo Charlie, más fuerte.

—Me ha soltado —dijo Rachel, más tranquila.

—¿Quién? —preguntó Charlie, con los ojos tensos, y la voz también.

—El hombre que me secuestró.

—¿Quién?

—No lo sé —dijo Rachel.

El pecho de Charlie subió con la respiración contenida.

—¿Quién? —repitió.

—No sabe quién es —intervino Bel, pero su padre ni siquiera la miró, como si no pudieran coexistir y no pudiera apartar la mirada de Rachel.

—¿Cómo te secuestró? —preguntó Charlie. Porque había preguntas y preguntas, y eran las que primero llegaban, haciendo el misterio cada vez más tenso. A lo mejor el «te quiero» y el «te he echado de menos» venían después.

—Me sacó del coche. —Rachel movió los pies y se quejó de dolor—. Me siguió, nos siguió, desde el centro comercial. No sabía quién era, pero sabía que me estaba siguiendo. Me metí por esas carreteras secundarias para intentar despistarlo. Me rebasó, me bloqueó el paso y me hizo dar un volantazo y salir de la carretera. Y, de pronto, me sacó del coche. Conseguí cerrar la puerta con la esperanza de que no viera a Annabel. —Rachel miró a Bel, con los ojos llenos de algo. A lo mejor del recuerdo de la última vez que vio su cara, la de esa bebé, atada en el asiento trasero, sola, mientras Rachel desaparecía delante de ella—. Me arrastró por la nieve hasta su coche. Me golpeó la cabeza contra el maletero antes de meterme ahí. No pude salir. Se fue. Nadie me escuchó gritar.

La cabeza de Bel empezó a flotar, imaginándoselo, viendo el recuerdo que nunca tuvo, lo que debería haber visto y que había olvidado, porque era demasiado pequeña como para tener palabras para ello. La verdad de lo que ocurrió, y la respuesta que más le importaba de todas. Rachel no la había abandonado. La habían secuestrado. Esto debería ser un alivio, ¿por qué no lo era? ¿Por qué estaba tan estancado el ambiente y el nudo de su estómago cada vez más tenso?

Evidentemente, no era la respuesta más importante para su padre. Todavía quedaban muchas cosas por saber.

—¿Y qué pasó en el centro comercial? —preguntó, separándose de la pared. Rachel parecía confusa—. Desapareciste dos veces, Rachel. Las cámaras te vieron entrar, pero nunca salir. Explícame eso. ¿Por qué se desvanecieron Bel y tú dentro del centro comercial? ¿Cómo?

—¿Has llamado a la policía? —le preguntó Rachel a Bel.

—Sí —volvió a mentir, mirando a su padre, preguntándose si era el momento de llamarlos de verdad. Quizá después de las preguntas de su padre, y de la parte que venía después, la parte que llevaba tanto tiempo esperando.

—¿Rachel? —dijo, dividiendo su nombre en dos. Todavía asustado, todavía en *shock*. ¿Bel había superado el suyo ya?—. ¿Qué pasó?

Rachel se tambaleó y se dio la vuelta para estar frente a él.

—El hombre estaba allí. Fue en el centro comercial donde me di cuenta de que nos estaba siguiendo, de que me miraba fijamente. Esa fue la primera vez que lo vi, pero no creo que fuera la primera vez que él me veía a mí. Hacía un par de días que me sentía observada, como si me siguiera alguien. Tenía un mal presentimiento, muy malo, y sabía que, si nos seguía hasta el coche, no tendría escapatoria. Así que, cuando salimos de la cafetería, nos hice desaparecer un tiempo. Nos escondimos.

—¿Dónde? —insistió Charlie, no tan delicado como lo había sido Ramsey.

—Yo había trabajado en ese centro comercial —dijo Rachel, respondiendo también con severidad—. La zona de hostelería estaba al lado de la cafetería. Cuando vaciaban los botes de basura, siempre sacaban las bolsas por una puerta solo para el personal. Fuimos por ahí, y no estaba cerrada. Daba a un pequeño pasillo con basura y contenedores de reciclaje. Me daba miedo que el hombre nos hubiera visto, y creía que la puerta hacia el exterior tendría una alarma, así que nos escondimos. En un contenedor de reciclaje. El del vidrio. El de papel estaba demasiado lleno.

—¿Te escondiste en un contenedor con nuestra hija? —dijo Charlie, como si no pudiera creerlo. Al menos era mejor que asustado, más cerca de la normalidad.

Rachel asintió.

—Quería esperar lo suficiente para asegurarme de que el hombre no nos encontrara, que se había ido de verdad. Puede que una hora y media. Annabel estaba medio dormida. Pero luego oí voces y el contenedor empezó a moverse. Alguien nos estaba sacando, unos trabajadores. No sabían que estábamos ahí. Hice que Anna estuviera muy callada. Nos empujaron por la puerta, doblaron una esquina, mientras se quejaban de la cantidad de vidrio que había. Supongo que pronto pasaría el camión.

—¿Así salimos del centro comercial? —preguntó Bel—. ¿Dentro de un contenedor? —La respuesta del misterio imposible, que jamás podría estar a la altura.

—Estábamos dentro del contenedor —confirmó Rachel—. Cuando los trabajadores se fueron, abrí la tapa y salimos. Estábamos en la parte de atrás, detrás del estacionamiento. Supongo que ahí no había cámaras si nadie nos vio salir, si nadie supo lo que había pasado. La verdad es que no lo pensé —le dijo a Charlie. Y Rachel había tenido mucho tiempo para pensar en todo—. Caminamos hasta el coche, unas calles más allá, y conduje a casa. Pero el hombre debía de estar esperando a que volviéramos. A lo mejor vio mi coche, sabía que era mío de otras veces que me había seguido, no lo sé. Solo sé que iba detrás de nosotras. Por eso no fui directa a casa, me desvié por Moose Brook para despistarlo. Pero nos rebasó.

Rachel parecía más ligera, como si se hubiera quitado un peso de encima ahora que casi había terminado de contar su historia, ahora que el horror casi había terminado. Puede que entonces papá pudiera hacer realidad su sueño, después de todo. Pero Bel ya no estaba segura de que fuera a ocurrir.

Había algo que no entendía entre ellos dos. Algo denso en el ambiente. Quizá dieciséis años eran demasiado tiempo. ¿Era posible seguir queriendo a alguien a través del gigantesco universo del tiempo y el espacio y el misterio? A lo mejor ahora era demasiado extraño, pero lo recuperarían. Lenta y dolorosamente, no en un abrir y cerrar de ojos. Esa era la diferencia entre la vida y los sueños.

—¿Y has estado ahí? —preguntó Charlie, con una nube oscura atravesándole los ojos—. ¿Dieciséis años?

—En su sótano —respondió Rachel.

—¿Y quién es? —Charlie lo volvió a intentar con un puño cerrado. Centrado en el «quién», ahora que ya tenía el «cómo». ¿Quién le había hecho esto a Rachel? ¿A él? ¿Quién se merecía su ira? El hombre que se llevó a su mujer y luego se la devolvió.

Ahora Bel también estaba centrada en el «quién», porque antes no lo había pensado detenidamente, no del todo: ese hombre sin nombre de la historia de Rachel era una persona real y estaba en algún sitio. Bel miró el patio por la ventana. Ya los había estado observando, ¿estaría observándolos ahora?

—No sé cómo se llama, nunca lo descubrí. Podría describir su apariencia, pero, por lo general, siempre estaba a oscuras.

Charlie dio medio paso adelante y las botas crujieron sobre el cristal roto del reloj.

—¿Y te ha soltado? ¿Hoy? ¿Cómo has llegado hasta aquí?

Rachel se tambaleó y se agarró a la silla, se aferró a ella como si fuera una muleta.

—Bajó al sótano, me liberó el tobillo, me puso una bolsa en la cabeza, una bolsa de tela. No dijo nada, simplemente me llevó arriba, a una casa, supongo, y me metió en un coche.

—¿Cuánto tiempo condujo?

—No lo sé, perdí la cuenta. Puede que un par de horas.

—¿Tenías algún punto de referencia, algo que reconocieras?

—No. —Rachel tosió contra los puños cerrados—. Tenía una bolsa en la cabeza.

—¿Y tenías las manos libres? ¿Podías habértela levantado? —Charlie se acercó otra vez y el cristal crujió de nuevo.

—No quería hacer nada por lo que pudiera matarme —respondió Rachel—. Se estacionó en algún sitio, apagó el motor. Me sacó y me dejó allí. En Lancaster. Encontré la autopista y caminé hasta casa. Me encontró Annabel.

Se saltó la parte en la que Bel huía de ella y se escondía. Lo contó de forma más amable. Un momento... había algo diferente. Había cambiado algo entre la historia que le había contado a Bel y la que le acababa de contar a Charlie. Antes, Rachel dijo que el hombre dejó el motor encendido cuando la sacó del coche y la dejó en la carretera, ¿te acuerdas? Pero le había dicho a Charlie que el hombre apagó el motor antes de sacarla.

Sí, el coche había cambiado entre las dos versiones, en el tiempo, Bel estaba segura. Ya era lo bastante mayor como para recordar estas cosas.

¿Un lapsus?

Bel entrecerró los ojos y analizó la nuca de Rachel.

Solo una de las versiones podía ser verdad. Rachel debió de equivocarse, o ahora, o antes con Bel. Sí, tenía que ser un lapsus, porque la única otra opción era una mentira, ¿y por qué iba a mentir Rachel sobre algo así, sobre un detalle tan mínimo en una historia tan importante?

Un lapsus.

Sí, solo era un lapsus sin importancia. Pero el cuerpo de Bel no se lo creía, no del todo. Algo no estaba bien, algo en el ambiente, en el zumbido de sus oídos. ¿Su padre lo sentía también? ¿Por eso estaba otra vez contra la esquina, donde antes colgaba el reloj, con el miedo en la cara, aunque llevara dieciséis años esperando este momento?

Bel y su padre en los extremos de la cocina, Rachel en el centro, sin apartar la mirada de ella. Como algún animal con dientes al que es mejor no darle la espalda.

Solo había sido un lapsus, ¿verdad?

O quizá el problema era de Bel, ¿era posible que hubiera oído mal?

Pero alguien tocó la puerta y le interrumpió el hilo de pensamientos. Un golpe fuerte. No con los nudillos, sino con el puño.

Charlie fue el que más se sobresaltó y se golpeó la cabeza contra la pared.

—¿Quién es? —dijo mientras se dirigía al pasillo para salir de la cocina y cruzar apresuradamente la sala.

Rachel la volvió a mirar, con líneas limpias en la cara sucia, más lágrimas, aunque Bel no las había visto caer. Bel asintió y le hizo un gesto hacia delante. Rachel tenía que salir primero.

Rachel se tambaleó por la sala, ahora con los pies más secos, descarapelándose en vez de sangrar.

Bel miró por las ventanas y vio unas luces rojas y azules girando a través del cristal, con el sol de la tarde. Pero... ella no llegó a llamar al 911.

El sonido de la puerta abriéndose.

—Perdona que te moleste, Charlie. —La voz se escuchó por toda la casa, astillando el silencio bullicioso y onírico que se había apoderado de ella. La vida real había llamado a la puerta.

Bel siguió a Rachel al vestíbulo manteniendo una distancia de seguridad.

Su padre ocupaba gran parte de la puerta, pero Bel vio la cara de Dave Winter, el jefe de policía, flotando en el espacio por encima de su hombro. Una cara gris y un pelo aún más gris a juego, encajada debajo de la gorra brillante del uniforme. Cuántas veces habían estado los dos en esta misma posición. El que llamaba a la puerta y el que la abría.

—Hemos recibido un par de llamadas un poco raras. Una de tu vecina, la señora Nelson, que afirma haber visto a Ra...

Los ojos oscuros de Dave enfocaron el fondo, pasaron por Bel y luego repararon en Rachel. Ahí estaba.

Se le aflojó la boca y el bigote quedó flotando sobre los dientes.

—Carajo —dijo.

Se quitó la gorra y se la llevó a la placa enganchada sobre el corazón.

—Es verdad.

Diez

Un pedazo de papel sobre la mesa, delante de ella, una pluma atravesándola en diagonal. La declaración escrita de Bel.

—Si la has leído entera y estás satisfecha con lo que dice, puedes firmar ahí, hasta abajo —dijo Dave Winter en la sala de interrogatorios, enfrente de ella, con la gorra sobre la mesa. Se pasó repetidas veces la mano por el pelo denso, estaba nervioso. Si él estaba nervioso, ¿cómo pensaba que estaba Bel?

—¿Dónde está? —Bel ojeó la hoja, la historia de la vuelta de Rachel Price tal y como ella la había presenciado, minuto a minuto, hacía unas horas y toda una vida.

—¿Tu madre? —dijo Dave, sentándose otra vez—. Está con los federales. Intentan averiguar si ha estado todo este tiempo fuera del estado, para ver si es o no un caso para ellos. Luego querrán hablar con ella también los de la Fiscalía del Estado.

Bel asintió.

—Firma cuando estés lista.

¿Debía sacar el tema ahora? Puede que se le pasara el momento. Pero este hombre no era su amigo, era uno de los que persiguió a su padre, de los que lo alejaron de ella. Bel no podía confiar en él, no debía. Aunque ahora estaban en otro mundo, tembloroso y agitado. Rachel había vuelto, viva; cada detalle arrojaba una nueva luz, los acuerdos habían cambiado, se habían dibujado nuevas partes en el tablero. A lo mejor, había empujado a Bel y al jefe de policía a la misma, después de tantos años odiándolo.

A lo mejor no hacía falta que dijera nada; quizá había otra forma.

—¿De verdad llegó caminando desde Lancaster? —preguntó Bel, con una voz firme, como si no tuviera importancia—. Eso son unas ocho horas, ¿no?

Dave silbó.

—Es un camino muy largo para hacerlo a pie. Es una mujer muy valiente. Entiendo que no quisiera subirse a ningún coche después de lo que ha vivido.

—¿Hay alguna prueba? —Bel presionó un poco más.

—¿Prueba de qué?

—De que llegó caminando desde Lancaster, como ha dicho.

Dave la analizó. Bel parpadeó y levantó un muro en sus ojos.

—Todavía no hemos podido comprobar ninguna cámara para verificarlo. Pero un par de comisarías recibieron llamadas esta mañana de gente preocupada por una mujer muy sucia que estaba caminando por la autopista. Así que, sí. Hizo todo ese camino caminando para llegar a casa, contigo.

—¿Enviaron a alguien a la carretera donde la dejaron? —Bel se inclinó hacia delante—. Seguro que pueden encontrarla. ¿Hay una bolsa de tela? ¿La que le había puesto en la cabeza? Rachel dice que se la quitó. Debería seguir ahí. —Si estaba, significaba que Rachel debía de estar diciendo la verdad, que lo del motor había sido simplemente eso: un lapsus. Bel solo necesitaba una prueba, para ella y para el nudo en su estómago—. ¿Encontraron la bolsa?

—Todavía no —dijo Dave—. Pero se procesarán todas las pruebas, no te preocupes. La ropa, la escena del crimen donde la ha soltado, cuando la encontremos, las marcas de neumáticos. Pediremos las grabaciones de las cámaras de seguridad, cámaras de tráfico, todo lo que podamos conseguir, para encontrar al hombre que se la llevó y enfrentarlo a la justicia. Lo encontraremos, es mi trabajo. Tú no te preocupes.

Eso no era lo que preocupaba a Bel. Todavía no. Solo quería una prueba de que Rachel decía la verdad, para que dejara de molestarle y de alimentar el nudo.

Bel miró su declaración, pasó el dedo por la tinta seca y no se manchó.

—Tengo que decirte una cosa —dijo, miraba fijamente su dedo.

—Dime.

—Es una tontería, seguramente no signifique nada.

La silla de Dave crujió cuando se movió.

—He notado algo —continuó Bel—, una ligera discrepancia, por así decirlo, en la historia que me contó Rachel y en la que le contó a mi padre. Está en mi declaración, pero no sé si te has dado cuenta.

Bel no podía contar con que Dave se hubiera dado cuenta, nunca se había preocupado por darse cuenta de que Charlie Price era inocente en todo este tiempo.

—¿Cuál? —preguntó, afilando los ojos secos y cansados.

—El motor —dijo ella—. Rachel me dijo que el hombre dejó el motor encendido cuando la soltó en la carretera. Pero luego le contó a mi padre que apagó el coche primero. Es una tontería, la verdad. —Fingió encogerse de hombros—. Un simple lapsus, ¿no?

—Sí, claro. —Dave se echó hacia atrás, como si no mereciera la pena fijarse en eso—. Tu madre ha pasado por un infierno. Un auténtico infierno. Lo peor que puede pasarle a una persona. Piensa en lo cansada que estaba, en la intensa emoción de volver a ver a su marido y a su hija después de tanto tiempo. Dar una explicación en tal estado de delirio no es fácil, no es el momento de hacer declaraciones precisas, es normal que tuviera algún lapsus y contara algo mal. Ya tenemos toda su historia completa, ya ha tenido tiempo de descansar, no te preocupes.

¿Ves? Ahora que otra persona lo había dicho, sí podía creérselo. Un simple lapsus, ya no significaba nada.

—Sé que todo esto te provoca un cambio tremendo —dijo Dave en un intento de ser amable, pensando que su silencio significaba otra cosa—. Nadie se esperaba algo así. Nadie. Todavía no parece real. Pero pronto sentirás que esta es tu nueva normalidad. Tu familia reunida, un final feliz. Y sé que debes de estar asustada al saber que el hombre que se llevó a tu madre, que le hizo esto a tu familia, sigue ahí afuera, en algún sitio. Pero lo atraparemos, te lo prometo. Se hará justicia.

¿Era ese el lema de Dave? ¿«Hacer justicia»? ¿Lo usaba en la cama con su mujer?

—También es un cambio tremendo para ti —dijo Bel, a punto de morder, arrancándole la cabeza a su amabilidad—. Me imagino que te sentirás fatal al darte cuenta de lo equivocado que estabas con mi padre. Pensabas que era un asesino, intentaste meterlo en la cárcel. Pero él no mató a Rachel, porque nadie lo hizo. Eso es casi lo peor, ¿no crees?

Dave suspiró y dejó caer hacia atrás la cabeza, que quedó colgando entre los hombros.

—Lo siento, Annabel. De verdad. Había desaparecido una mujer y solo intentaba hacer mi trabajo: averiguar la verdad. Ya he hablado con tu padre, después del interrogatorio, y le he pedido disculpas.

—Vaya, ¿le has pedido disculpas? —dijo Bel, con una sonrisa plástica y barata, lo bastante afilada como para hacer una cortada—. Bueno, entonces ya está, eso compensa los dieciséis años de infierno. Muchas gracias por tu servicio, agente. —Hizo una reverencia.

—Vale, perfecto —dijo, volviendo a levantar la cabeza—. ¿Vas a firmar?

Bel agarró la pluma. La apretó contra la parte de abajo de la hoja e hizo un garabato con su nombre. Y no pasaba nada, porque solo había sido un lapsus, ya podía dejar de pensar en ello.

—Bueno... ¿y ahora qué? —preguntó mientras le pasaba la declaración firmada. Dudó un momento cuando la agarró, tensando el papel antes de soltarlo.

—Ahora te llevaré con el equipo del laboratorio, que te harán un frotis en la mejilla. Con tu permiso, claro.

Bel se quedó mirándolo con una pregunta clara en los ojos.

—Una prueba de ADN —explicó—. También le hemos tomado una muestra a Rachel. Para demostrar quién es.

—Pero... ¿puede que no sea Rachel Price? —dijo Bel. Y a lo mejor era eso lo que no estaba bien. Porque si era de verdad su madre, ¿no debería sentirse...?

—No, no, claro que lo es. —Dave casi soltó una carcajada y se puso de pie—. No cabe duda de que esa mujer es tu madre. Ninguna duda. Es simplemente una formalidad.

Se dirigió a la puerta.

En cuanto le dio la espalda, Bel agarró la pluma y se lo metió en la manga, y se levantó con un movimiento ágil.

—¿Y luego? —preguntó.

Dave se dio la vuelta, con la mano ya en la manija de la puerta.

—Habrá mucho alboroto con los equipos de investigación. Con la jurisdicción competente. Y tendremos que empezar a preparar una rueda de prensa. Lo más probable es que la hagamos el lunes por la mañana. Todo cambiará cuando la prensa se entere de todo esto, así que tenemos que adelantarnos.

—No, me refiero a qué pasa ahora mismo. Esta noche. Luego.

Dave entrecerró los ojos.

—¿Dónde va a ir? —preguntó Bel—. ¿Dónde va a ir Rachel?

—¿Tu madre? —dijo, suavizando la mirada con una pequeña sonrisa que le arrugaba los bordes—. Annabel, se va a casa con ustedes.

—Ah.

Once

Estaban de pie en la sala, Bel, su padre y Rachel, sin saber qué decir, qué hacer, cómo comportarse, y la habitación bullía con la ausencia de vida.

Bel, de pronto, estaba muy interesada por sus uñas y empezó a pellizcárselas.

Su padre fue el que rompió el hielo y los salvó a todos.

—¿Te quieres dar un baño? —le preguntó a Rachel.

Una pregunta que, en realidad, no necesitaba respuesta. Llevaba un pants gris que le quedaba grande y unas pantuflas que le había dado la policía después de llevarse su ropa como prueba. Pero seguía estando sucia y el aire a su alrededor tenía un olor penetrante, estancado. Sangre, sudor, pipí y quien sabe qué más.

Solo las manos estaban medianamente limpias; se las debió de haber lavado después de que la policía terminara de recoger las muestras. El equipo médico le había limpiado también los pies, desinfectado las heridas y ampollas, y la piel en carne viva del tobillo. No hacía falta que fuera al hospital, habían dicho, solo necesitaba descansar mucho, y rehidratarse. La enviaron a casa con una caja de analgésicos.

Rachel se quedó mirándolo un buen rato.

—Sí —dijo, con una voz oscura y cavernosa, como si perteneciera a la noche—. Me encantaría darme un baño.

—Pues ya sabes dónde está el baño —dijo Charlie, incómodo, con los huesos atascados como los de Bel—. Bueno, el baño es nuevo. Lo restauramos hace unos años. Hay toallas limpias en el armario.

Rachel asintió, pero no se movió.

¿Por qué no se iba?

—Hay champú del bueno —dijo Bel, insistiendo de forma amable—. Obligo a papá a comprar lo mejor.

Rachel le sonrió. Tenía los dientes limpios, seguro pudo lavárselos, dondequiera que estuvo. Su padre debía de estar pensando lo mismo.

—Debajo del lavabo hay cepillos de dientes —añadió—. Toma lo que necesites.

—Perfecto. —Seguía sin moverse—. ¿Y ropa? ¿O la tiraron toda? Supongo que creyeron que estaba muerta, así que...

Charlie se rascó la cabeza.

—Creo que en el armario queda algo. Voy a echar un vistazo.

Rachel no dijo nada.

—Iré preparando la habitación de invitados mientras te bañas —continuó—. Meteré todo lo que encuentre tuyo en la cajonera. Y te pondré tres almohadas, recuerdo que era como te gustaba dormir.

Rachel se encogió de hombros.

—Con tal de tener una, me conformo. —Una forma rotunda de aceptar el trato. Se supone que ver que tus padres duermen en habitaciones diferentes debería ponerte triste, ¿no? Pero Bel no tenía espacio para sentir nada por eso, porque estaba esa otra cosa haciendo ruido por su estómago, como el motor que estaba encendido o apagado. Necesitaba hablar a solas con su padre.

—Muy bien —dijo por fin Rachel con las manos ocultas bajo las mangas demasiado largas—. No tardaré.

—Tómate el tiempo que necesites. —Charlie hundió la cabeza cuando Rachel pasó junto a él, como si evitara mirarla a los ojos.

Escucharon sus pasos subiendo las escaleras, hasta desvanecerse. El clic de la puerta del baño, el cerrojo.

—Voy a prepararle la habitación —dijo su padre, con los huesos desbloqueados por fin, mientras le daba un apretón a Bel en el hombro—. Siéntate, hija. Has tenido un día muy largo.

Pero Bel no podía sentarse, no mucho tiempo, y siguió a su padre arriba unos minutos después. Pasó frente al sonido selvático del baño, el vapor se colaba por la rendija de la puerta. Las salpicaduras de un cuerpo que se movía bajo el agua. Y otro sonido: ¿Rachel estaba tarareando? La canción, amable y desquiciante, hizo que a Bel se le erizaran los vellos de los brazos. Pasó corriendo por delante de la puerta, como si fuera a salir algo de ahí para atraparla.

—¿Papá? —suspiró Bel cuando lo encontró en la habitación de invitados, al lado de la de ella. Estaba poniéndole las fundas a unas almohadas nuevas. Había un montón de ropa doblada a los pies de la cama: un par de *jeans* azul claro, un par de camisetas y suéteres, y una pijama de rayas. Bel no sabía que había guardado ropa de Rachel.

—¿Papá? —murmuró de nuevo, más fuerte esta vez, por encima del ruido de la regadera.

—Dime. ¿Estás bien?

No, para nada, que pregunta tan estúpida. Pero tal vez era la que se supone que hay que hacer para fingir que todo es normal cuando nada lo volverá a ser.

—¿Tú estás bien? —le preguntó ella.

Él se quedó mirando la cama y pasó las manos por la cobija para quitar las arrugas.

—Estoy bien —dijo, pero sin confirmarlo con los ojos, quedándoselos para sí—. Es solo... sigo todavía en *shock*, simplemente. No me parece real. Como si fuera a despertarme dentro de poco y todo esto...

Bel terminó ese pensamiento por él.

—Todo esto fuera a desaparecer. Rachel fuera a desaparecer.

—Nos costará un poco acostumbrarnos —dijo mientras tomaba la ropa doblada y la metía en el primer cajón de la cajonera vacía—. ¿Puedes dejarle algo de ropa interior a tu madre, Bel?

Bel hizo una mueca con los labios, mostrando los dientes.

—Perdona —dijo él.

—Papá. —Endureció la voz, llamándole la atención. No sabía cuánto tiempo tenían. No veía a Rachel, ni la escuchaba, aunque sentía el baño muy cerca. Volvió a susurrar—. Papá. ¿Crees... que está diciendo la verdad?

Él entrecerró los ojos, mirando de un lado a otro, a la cara de Bel y más allá.

—¿Qué quieres decir?

—¿Sobre lo que le pasó? ¿Cómo desapareció y cómo ha reaparecido?

La expresión de Charlie cambió y movió la boca alrededor de unas palabras sin pronunciar. Pero luego las pronunció.

—¿Por qué iba a mentir?

Y esa pregunta no era estúpida.

—No lo sé —dijo ella.

—Mira, Bel. —La agarró por los hombros, con delicadeza, pero firme—. Creo que lo que le ha pasado es algo horrible, increíble, que cuesta creer. —Se le retorció un músculo en la mejilla, como el fantasma triste de una sonrisa—. Pero no tiene motivos para mentir, Bel, y tú no tienes ningún motivo para no creerle.

Eso dolió. Bel retrocedió para recomponerse. Pensaba que su padre estaría con ella en esto. Siempre estaba con ella. Y si él decía que Rachel estaba diciendo la verdad, Bel tenía que creérselo. Entonces, ¿por qué le costaba tanto trabajo creérselo? Esa discrepancia le cortaba la respiración.

Su padre se acercó a la mesita de noche y abrió el cajón para comprobar que estaba vacío. Luego limpió el polvo de la superficie con la manga. Y encendió una lamparita amarilla con forma de seta metálica.

—No te alegras de que haya vuelto, ¿verdad? —Bel se daba cuenta. Lo supo desde el momento en el que su padre entró en la cocina y vio a Rachel, la reconoció.

—Claro que me alegro de que haya vuelto —dijo, no, insistió—. Me alegro de que esté viva, por supuesto que sí. Es mi mujer, la mujer a la que más he querido en el mundo. Es solo que... no ha sido como imaginaba que sería, después de todo este tiempo. Estamos en *shock*, todos. Las cosas serán un poco extrañas durante un tiempo, hija, y lo siento mucho por eso. Pero eso no significa que no esté contento, ¿de acuerdo? —Le pasó el dedo por la barbilla al pasar a su lado—. Tengo a mis chicas. A mi familia. —Miró su reloj—. Son las nueve. Es tarde, pero debería preparar algo de cenar, ¿no? Ninguno ha comido nada en condiciones. —Señaló con la cabeza el baño humeante—. ¿Qué crees que se le antoje comer?

—No lo sé, no la conozco —dijo, todavía cortante. ¿Era posible que la que hubiera tenido el lapsus fuera Bel y no Rachel? A lo mejor no la había escuchado bien. Era muy despistada. Su padre había dicho que las cosas iban a ser extrañas durante un tiempo, o sea que Bel también lo sería. Se sentía extraña, desde luego.

—Pizza —dijo su padre, asintiendo y estando de acuerdo consigo mismo—. Pediré una pizza. Cada vez que había una excusa para pedir comida...

Y dejó la frase sin terminar, y dejó a Bel también. Se alejó por el pasillo justo cuando se dejó de escuchar el baño.

Se sentaron en la sala. Su padre se había sentado en el sillón, ese era su sitio, así que Bel y Rachel se sentaron en el sofá, cada una en un extremo. Bel tenía las piernas estiradas hacia delante. Era muy consciente de cada movimiento de los cojines y miraba de reojo.

Era más extraño ahora que Rachel estaba limpia y se parecía más a su versión antigua. A la Rachel Price de los videos caseros y de los carteles de su desaparición y de los boletines de noticias. La cara del misterio sin resolver, ya resuelto, con la versión de cuarenta y tres años de aquella mujer desaparecida de veintisiete años. Se había puesto su vieja pijama de rayas. Todavía estaba sonrojada por la ducha caliente, con la piel blanca y limpia, con parches rosas donde se había frotado demasiado fuerte. Los pies descalzos: agrietados y llenos de ampollas, encogidos en el sofá. El pelo húmedo, peinado hacia atrás, apartado de la cara, dejando a la vista la marca de nacimiento de la frente. Ahora olía a coco y aloe vera, y seguía siendo extraño, porque ese olor era el de Bel.

Rachel se inclinó hacia delante por otra rebanada de pizza y la colocó en el plato. No se la comió enseguida y las imágenes parpadeantes de la televisión se reproducían a través del brillo de sus ojos.

Descubrió a Bel mirándola. Sonrió y aparecieron unas arrugas que antes no se veían, duplicando la sonrisa por la piel de las mejillas. Con la barbilla puntiaguda, igual que la de Bel, que se la había robado. Parecía contenta de estar en casa. Bel intentó devolverle la sonrisa.

—Tomé el cepillo del pelo, Anna —dijo Rachel—. Disculpa, Annabel, Bel. Espero que no te importe.

—No pasa nada —dijo, forzándose a comer otra rebanada de pizza para no tener que hablar.

—Wow. —Rachel se quedó mirando la televisión—. Vaya imágenes. Casi parece un dragón de verdad. Bueno, ya saben.

Pero nadie sabía, y nadie volvió a hablar hasta que Charlie carraspeó.

—¿Tenías televisión en ese sótano? —preguntó, mirando al dragón, no a ella.

Rachel sacudió la cabeza e hizo que la mirara.

—Nada de tele. —Dio un mordisco y siguió hablando con la boca llena—. Ni libros. Me daba papel y plumas. Dibujaba. Terminé haciéndolo bastante bien. Era algo con lo que me entretenía. Y escribía historias. Muchísimas. Sobre ustedes, de hecho. —Rachel miró a Bel—. De los dos. Qué hacían. Me imaginaba nuevos capítulos de su vida. Me imaginaba nuestra vida si no me hubieran secuestrado. Las escribía y las guardaba para leerlas más adelante, meses o años después. No soy Jane Austen. —Se rio con una risa débil y controlada. ¿Quién podía reírse de algo así, al hablar de su cárcel?—. Pero me dio algo que hacer. Me mantuvo cuerda.

Nadie dijo nada durante un rato, y el silencio era demasiado, picaba al subir por la espalda de Bel.

—Queda una rebanada de pizza —dijo en voz alta, sacudiendo la caja.

—No, gracias, Rachel —dijo Charlie sin mirar—. Termínatela tú.

Bel tenía la mandíbula apretada.

—Papá, he sido yo —dijo en voz baja.

—Ah, perdona, Bel. —Se sonrojó—. Cómetelo tú, yo estoy lleno.

Rachel no reaccionó, pero parecía que estaba pensando algo, escondiéndolo de su cara.

En la televisión ya no estaba el dragón. Ahora había un hombre que se suponía que era un príncipe, empujando a una mujer contra la pared húmeda de una prisión. Levantándole el vestido. Ella le rogaba que se deuviera.

Charlie tomó el control y cambió de canal.

—Vamos a poner algo más ligero —dijo entre dientes, y dejó unos dibujos animados donde decían más palabrotas que Bel.

Rachel se quedó mirándolo con una expresión que solo podía leerse a medias.

—No me tocó —dijo—. No así. La policía me lo preguntó. Simplemente se sentaba en las escaleras a veces y me observaba. Solo se acercaba para traerme comida y papel. Creo que simplemente le gustaba tenerme allí.

—Entiendo —dijo Charlie, al cabo de un instante, porque ¿qué se supone que tenía que decir ante algo así?

—Puedes poner otra vez el dragón, si quieres —dijo ella—. Estoy bien.

—Creo que es mejor que nos vayamos a la cama. —Charlie apagó la televisión y se estiró—. Nos vendrá bien dormir largo y tendido. Hemos tenido un día... intenso. Bel, ¿puedes llevar los platos a la cocina?

Rachel se mordió el interior de las mejillas.

Bel se inclinó hacia delante para recoger los platos y los amontonó uno encima de otro. Los llevó a la cocina, los metió en el lavavajillas sin pensar en lo que estaban haciendo sus manos, con las orejas sintonizadas, escuchando.

Para cuando volvió a la sala, Charlie estaba explicando dónde guardaban ahora los vasos. Bel no sabía que habían cambiado de sitio.

—En el armario que hay encima del microondas. Creo que están mejor ahí. Por si quieres llevarte agua a la habitación, o algo.

Rachel también estaba de pie.

—¿Necesitas algo más? —le preguntó Charlie—. ¿Para ir a dormir?

—No, lo tengo todo —dijo ella. Pero la forma en la que lo dijo pareció casi una amenaza.

—Bueno. —Charlie puso una sonrisa pequeña y desesperada, que luchaba por quedarse en su cara—. Pues buenas noches, supongo. H-Hasta mañana.

—Sí —dijo ella, y se frotó los ojos con la manga de la pijama—. Buenas noches. Buenas noches, Annabel.

—Buenas noches —dijo Bel, casi quebrándose por lo raro que era todo esto de jugar a las familias. Por lo anormal que se sentía todo.

Bel no podía dormir. El corazón le latía con fuerza y se escuchaba el pulso en los oídos. Se preguntaba si el aire que entraba por la rendija de la puerta era el mismo que ya había respirado Rachel Price.

La última vez que miró el teléfono eran las tres y media. Había apagado la luz, pero no le servía de nada. El sueño bailaba delante de ella, siempre a una distancia inalcanzable. Tenía que dormir. Porque a lo mejor se despertaba y descubría que nada de esto era real. Que simplemente se había caído en las vías del tren y se había dado un golpe en la cabeza, y se lo había inventado todo a partir de ahí. Rachel Price volvería a desaparecer, como se suponía que tenía que hacer.

Pero desearlo no lo haría realidad. Rachel estaba aquí de verdad, y era real, pero eso no quería decir que su historia lo fuera. Dave Winter dijo que fue un lapsus. Y su padre creía a Rachel o, al menos, eso decía. Aunque a lo mejor lo estaba haciendo por el bien de Bel. Ella siempre había sido su prioridad. A lo mejor creía que necesitaba tener una madre.

No la necesitaba. Ya no.

Bel estaba a punto de mirar otra vez la hora, pero cuando fue a agarrar el teléfono, oyó un clic en la oscuridad. El sonido de una puerta que se abría contra la alfombra. Bel bajó el brazo y aguantó la respiración. Había una figura oscura en el quicio de la puerta, una silueta marcada por la luz de la luna.

No era su padre.

Era Rachel.

Bel se obligó a cerrar los ojos para fingir que estaba dormida. Se le aceleró el corazón, y los latidos de pánico palpitaban al ritmo de una palabra que sonaba como «pe-li-gro, pe-li-gro, pe-li-gro». El nudo del estómago crecía bajo las cobijas.

Bel escuchó a Rachel entrar en su habitación. El ligero vendaval de su respiración, dentro y fuera de su nariz.

Rachel la estaba mirando dormir.

Pero no estaba dormida.

«Vete», pensó Bel, apretando aún más los ojos. «Por favor, vete». Luchaba una batalla con su cabeza. Empujaba a Rachel a marcharse.

Debió de funcionar. Unos instantes más tarde, la puerta volvió a sonar y se cerró.

Bel abrió un ojo para comprobarlo, para buscar a un espectro en la oscuridad.

Pero Rachel se había ido.

Doce

Llegó el amanecer, por fin, una promesa amarilla que cubría el cielo y entraba por su ventana. Bel se escondió en su habitación. Su fortaleza muy mal defendida, completamente rodeada por la posibilidad de Rachel Price. Podía estar en cualquier parte, una figura con la forma de su madre, merodeando, reclamando la casa, aunque Bel hubiera vivido en ella más tiempo.

Bel esperó con una oreja pegada a la puerta, para escuchar. Oyó unos pasos en la planta de abajo, ruido en la cocina, pero no sabía si era su padre o Rachel. Parecía una sola persona, y no escuchaba voces.

La puerta de la calle dio un portazo y Bel se sobresaltó. Otros pasos, más pesados, y el ruido de unas bolsas de plástico. Debía de ser su padre, pero ¿dónde había ido? ¿Significaba eso que había dejado a Bel sola en casa con Rachel? Menos mal que no había salido de su habitación.

Ahora sí escuchaba voces, lejanas y débiles.

Bel se enderezó, le rugía el estómago.

Ahora su padre también estaba abajo, era seguro. Bueno, más seguro.

Abrió la puerta y bajó.

Charlie estaba con la cabeza metida en el refrigerador, guardando lo que había comprado.

Rachel estaba junto a la barra de la cocina y vio a Bel primero, como si hubiera estado esperando para hacerlo, entrenando los ojos en el umbral de la puerta.

—Buenos días —dijo, con una sonrisa más brillante que el sol—. Te iba a subir esto. Te preparé un café, Anna. —Se acercó a ella con una taza en las manos—. Discúlpame, Bel. No me termino de acostumbrar.

Bel no se movió para tomar el café.

—¿T-Te gusta el café? —Rachel también dudó y la sonrisa desapareció—. Perdón, no sé qué te gusta. Todavía. Quiero saberlo. Todo.

Su padre las miró y le dio un codazo con los ojos. Era normal que las cosas fueran extrañas durante un tiempo, ¿no?

Bel dio un paso adelante, concediéndole un centímetro a Rachel.

—Me gusta el café —dijo.

La sonrisa volvió a aparecer.

—¿Con leche? —Se lo dio y se rozaron los dedos. La piel de Rachel dejó una especie de brillo sobre la suya. Al menos ya se había cortado las uñas. Bel miró el café—. ¿Es demasiada leche? ¿Poca? Quiero aprender —repitió Rachel, sin retroceder, como debió hacerlo, ocupando demasiado espacio.

—Está perfecto. —Bel dio un sorbo y lo usó como excusa para apartarse y sentarse a la mesa de la cocina.

Rachel la siguió con la mirada.

—¿Quieres algo más? ¿Un jugo de naranja? ¿Te gusta el jugo?

—Estoy bien —dijo Bel, y las palabras hicieron eco dentro de la taza.

—Voy a hacer huevos y tocino para desayunar —dijo Charlie, saliendo del refrigerador y aplastando la bolsa de plástico vacía con una mano.

Okey, eso fue lo que hizo; ir por las compras. No abandonó a Bel aquí.

Buscó entre los sartenes y las ollas, y se puso manos a la obra. Sacó dos platos del cajón, luego cayó en cuenta y sacó un tercero. Colocó los tres en la barra de la cocina. Rachel se sentó en la silla frente a Bel después de servirse un café. En la taza de Santa Claus, la favorita de su padre.

—Bel —dijo Charlie mientras rompía los huevos en un tazón—. Anoche rompiste un plato al meterlo en el lavavajillas.

¿Sí? No se acordaba, pero no tuvo conciencia de sus manos, solo le prestó atención a las orejas que estaban escuchando a sus padres en la habitación de al lado. Se le debió de resbalar uno.

—Lo siento. No me di cuenta.

—No pasa nada, hija. Era solo para que lo supieras. —Él la miró y sonrió mientras colocaba el tocino en fila en el sartén.

—Oye, Anna-Bel —dijo Rachel en voz alta, retrocediendo justo a tiempo, dividiendo el nombre de Bel en dos mitades conscientes—. Ya estarás por terminar el último curso. ¿Estás en el Instituto Gorham? ¿Qué tal tu promedio? ¿Has solicitado lugar en alguna universidad?

Clavó los ojos en los de Bel.

Bel parpadeó y miró el café.

—Sí, voy al Instituto Gorham. Mi promedio está bien. —Porque bien era más fácil que «bastante normal», como había dicho el director Wheeler—. Voy a empezar el curso de Humanidades en la universidad pública White Mountains en otoño. —Era una buena elección, así se podía quedar en casa con su padre, como una promesa no pactada entre ellos, no dejar nunca al otro. Aunque ahora también habría una desconocida con ellos.

—Qué bien —dijo Rachel, con la sonrisa escondida detrás de Santa Claus—. ¿Sabes ya qué quieres hacer? Yo a tu edad no tenía ni idea, y odiaba que me preguntaran. Disculpa.

¿Pero quedaban preguntas?

—No lo sé —dijo Bel, aferrándose a esas palabras seguras y fiables.

—No pasa nada, tienes todo el tiempo del mundo para averiguarlo. ¿Y aficiones? Deportes... ¿practicas alguno?

—La verdad es que no.

Rachel parpadeó con una sonrisa tensa.

—¿Y qué te gusta hacer para divertirte?

Bel se encogió de hombros.

—Pues, no sé, estar en casa, creo.

—¿Invitas a tus amigas?

¿Por qué le estaba haciendo tantas preguntas? A Charlie no le había hecho ni una. Estaba interrogando a Bel, acorralándola. Y cuando alguien acorralaba a Bel, normalmente respondía a la defensiva. Pero esta vez se contuvo, con un esfuerzo titánico, porque no estaba preparada para la guerra; todavía no sabía si ella y Rachel estaban en el mismo bando.

—Carter viene mucho —dijo ella.

Rachel asintió con un brillo de agradecimiento en los ojos.

—¿Q-Quién es Carter?

Bel lo había olvidado: no habían coincidido. Carter sabía de Rachel, pero no al revés.

—Es mi prima —dijo Bel—. La hija de Jeff y Sherry. Nació unos meses después de que te fueras.

Se le abrieron los ojos. A lo mejor las dos habían reparado en la elección de palabras de Bel: «De que te fueras».

Rachel se llevó una mano al pecho, la de los anillos: el anillo de boda y el de compromiso. Tampoco se los había quitado en todo este tiempo.

—Qué bien. Me alegro mucho por ellos; siempre quisieron tener un bebé.

—Bueno, ya no es un bebé —dijo Bel—. Tiene casi dieciséis años.

—¿Siguen viviendo en el número diecinueve? —preguntó Rachel—. Jeff y Sherry.

—Sí. —Esta vez respondió Charlie.

—¿Y Pat, Charlie? —dijo de pronto Rachel con los ojos entornados—. ¿Sigue...?

—Sigue vivo, sí. —Charlie sorbió por la nariz mientras movía los huevos—. Fui a verlo esta mañana, de hecho. Tuvo un par de derrames, el primero fue el verano pasado. Ahora sufre demencia vascular, no recuerda gran cosa. No está muy bien. Tiene un cuidador las veinticuatro horas.

—Vaya, lo siento. —Rachel dejó la taza sobre la mesa con un ruido sordo y el café salpicó por el borde, como si Santa Claus llorara lágrimas cafés—. Tiene que ser duro. ¿Y mis padres? Debería llamarlos. —Se levantó, casi como si pretendiera hacerlo ya mismo.

—Rachel —dijo Charlie con un hilo de voz. No se dio la vuelta—. Tu padre murió hace cuatro años. Cáncer. Yo también lo siento.

Se dejó caer otra vez en la silla, la sonrisa se desvaneció músculo por músculo.

—Lo siento —volvió a decir Charlie, aunque la muerte del abuelo no fuera su culpa.

Rachel fue a «lavarse las manos para desayunar». Tardó seis minutos en volver y tenía los ojos rojos cuando lo hizo. Los huevos y las tostadas ya estaban servidos.

—Llamó Dave Winter —dijo Charlie, cortando por la mitad un trozo de tocino—. El jefe de policía —explicó al ver la confusión de la cara de Rachel. A lo mejor para él no era incomprensible—. Vendrá esta tarde para ultimar los detalles de la rueda de prensa de mañana por la mañana. Y para ver cómo estás, claro. También quieren pedirte una cita con el psiquiatra.

Rachel asintió ausente.

Dio otro bocado antes de preguntar:

—¿Conoces bien al jefe de policía?

—Hemos tenido nuestras diferencias —respondió Charlie, y tosió para ayudarse a tragar el tocino—. Me arrestó por tu asesinato, Rachel. —Tenía la mirada tímida y no la apartaba del plato.

—Ya... —dijo, igual de tímida, pasando el tenedor por los huevos esponjosos. Luego habría más preguntas sobre ese tema, pensó Bel, cuando Rachel reuniera el valor para hacerlas. Ahora mismo esto era un campo minado y, si abrías la boca, explotaban. Padres muertos y arrestos injustos, sobrinas de las que no sabía nada.

Entonces sonó el teléfono de Charlie, un descanso después de tanta tensión, que vibró molesto sobre la mesa. Él miró la pantalla y colgó sin responder, con una expresión de indiferencia.

El teléfono de Bel también sonó, vibrando sobre su regazo. Miró el nombre que aparecía en la pantalla: «Ramsey Lee», y lo dejó sonar.

—Deberías llamarlos —dijo Rachel, con los ojos sobre el dispositivo rectangular delante de Charlie, como si fuera la primera vez que veía un *smartphone* y acabara de entender su funcionamiento—. A tu hermano y a Sherry. Diles que vengan. Me gustaría verlos y conocer a su hija. Deberían saberlo antes que el resto del mundo por esa rueda de prensa de mañana. Llama a Jeff.

—Está bien.

Seguramente Rachel no se refería a ahora mismo, ni siquiera había terminado de desayunar, pero Charlie levantó el teléfono y caminó por la cocina, hasta que desapareció escaleras arriba, como si hubiera estado esperando cualquier excusa para escapar. Bel se levantó para recoger la mesa y poder escapar también, y se aferró al grave murmullo de la voz de su padre a través del techo.

Llamaron a la puerta. Un golpe incómodo, demasiado serio pero demasiado tonto a la vez, cinco golpes unidos en una sintonía. Sería el tío Jeff, que se le daba mal captar el ambiente, incluso cuando no estaba presente.

Mi padre se lo acababa de contar todo por teléfono. Se lo había repetido hasta que Jeff se lo creyó. Sabían a qué atenerse, los tres. Pero cualquiera lo habría dicho por las caras que pusieron cuando Bel abrió la puerta y vieron a Rachel detrás de ella, todavía en pijama.

—¡No puede ser! —Sherry ahogó un grito, a medio camino entre un susurro y un chillido, temblando entre los dos—. ¡No puede ser! —Ahora fue más bien un chillido, mientras pasaba corriendo al lado de Bel y envolvía a Rachel en un fuerte abrazo. Rachel se lo devolvió, igual de fuerte—. ¡No puede ser! —Sherry se separó de Rachel para mirarla, sin soltarla. Le pasó los dedos por el pelo mal cortado—. Rachel, tesoro. ¡No puedo creer que estés viva! —Sherry empezó a llorar—. ¡Todos pensábamos que no volveríamos a verte! ¡No puedo creer que estés aquí, corazón! ¡No puede ser verdad!

Sherry volvió a apretar a Rachel, con unos sollozos que las agitaron a ambas, atrapadas juntas en un terremoto.

—Te hemos extrañado muchísimo —continuó Sherry—. ¡Es un milagro!

—Hazte a un lado, Sher —dijo Jeff, entrando en casa—. Deja que la vea.

Rachel se movió para volver a estar a la vista, las lágrimas le caían sobre la sonrisa abierta.

—Hola, Jeff —graznó, pero sus ojos se fueron detrás de él, a Carter, que estaba hombro con hombro junto a Bel.

Carter le apretó la mano a Bel y Bel le apretó la mano a Carter. No siempre tenían que hablar, eso ya dijo suficiente, un lenguaje propio.

—Ven aquí —dijo Jeff, con los brazos abiertos para recibir a Rachel—. No puedo creer que hayas vuelto de verdad. Ha pasado muchísimo tiempo. Siempre mantuvimos la esperanza, pero jamás creímos... —Se apartó—. Cuánto me alegro de que hayas vuelto, Rach.

—Y yo me alegro de haber vuelto —dijo, con la mirada en la puerta, en Bel y Carter allí de pie, a contraluz.

Jeff siguió su mirada.

—Ay, Rachel. Esta es nuestra hija, Car...

—Carter. —Rachel completó el nombre por él, con un movimiento de cabeza, casi como una reverencia—. Bel ya me ha hablado de ti.

—Hola, tía Rachel. —Carter dio un paso adelante mientras saludaba con la mano—. Me alegro de conocerte.

Rachel también se movió y se encontraron a medio camino. Se dieron un abrazo.

—Yo también me alegro de conocerte, bonita —dijo Rachel, con los ojos brillantes al separarse.

«Bonita». A Bel todavía no la había llamado así, ni siquiera era capaz de llamarla por su nombre. Y ahora que lo pensaba, Rachel ni siquiera había hecho el intento de abrazar a Bel. Ni a Charlie, su marido. Las personas a las que más debería querer. Pero en cuanto Sherry y Jeff y Carter habían entrado por la puerta, habían tenido sus abrazos y sus «bonita».

—Me alegro mucho de conocerte —dijo Rachel con otra sonrisa para Carter, otra puñalada en el estómago para Bel. No eran celos, no seas tonta. Era otra cosa, un efecto secundario de lo mal que estaba esta situación, de Rachel, de todo lo que había dicho y hecho. Había algo que no cuadraba, por mucho que su padre quisiera creer lo contrario.

—¿Cuándo es tu cumpleaños, Carter?

—El diez de julio —respondió Carter, todavía demasiado cerca de Rachel. Algo dentro de Bel quería jalar a su prima, protegerla de la mirada de Rachel.

Rachel asintió.

—Entonces, Sherry, estabas embarazada cuando me secuestraron, ¿no?

—Sí, aunque todavía no se notaba.

—Es evidente que tenemos mucho de lo que ponernos al día, dieciséis años es mucho tiempo. Pero no vamos a hacerlo en el vestíbulo —dijo Rachel. Las lágrimas habían desaparecido, pero todavía tenía un ligero temblor en el labio de abajo que amenazaba con traerlas de vuelta—. Siéntense, por favor.

Jeff y Sherry entraron en la sala y saludaron a Charlie con más «¡dios mío!» y «¡no puede ser!». Rachel miró a Bel, con algo aún incomprensible en sus ojos. Luego le hizo un gesto a Carter con un «después de ti» cordial, y la siguió.

Nadie reparó en Bel. Cerró la puerta de la calle más fuerte de lo necesario.

Su padre puso otra cafetera y Sherry había traído magdalenas. Las tenía en casa, así que se le ocurrió traerlas. Aunque no parecían adecuadas. Tenían un glaseado demasiado alegre, azul y amarillo con chispas de colores, y convertían todo esto en una especie de celebración. Bel estaba llena por el desayuno: ella no quería, gracias.

Nadie preguntó nada sobre el tiempo que Rachel había estado desaparecida, pasaron de puntitas con pasos extraños por encima de esos dieciséis años. Su padre debió de haberles pedido que no lo hicieran. Rachel parecía satisfecha con eso y se centraba en todos los demás. Seguramente estaba harta de la historia de su desaparición y retorno por la cantidad de veces que había tenido que repetirla en las últimas veinticuatro horas: a Bel, a Charlie, a la Policía de Gorham, a la Policía Estatal, a los federales, a la Fiscalía del Estado. Debió de ser agotador, sobre todo al intentar recordar todos los detalles. Ya se había equivocado una vez. Bel tenía que dejar de pensar en eso, igual se podía comer una magdalena.

—Bueno, Carter, háblame de ti —dijo Rachel, estudiando a su sobrina, apretada en el sofá entre sus padres—. ¿Cuáles son las materias que más te gustan? ¿Qué haces para divertirte?

Otra vez esa pregunta. ¿Acaso Rachel se había olvidado de lo que era divertirse? ¿Esa era la consecuencia de desaparecer durante dieciséis años?

—Mi materia favorita es Lengua. —Carter se tocó la manga.

—¿En serio? —Rachel sonrió—. ¿Vas al Instituto Gorham con Bel? Yo era profesora de Lengua allí.

Carter asintió con educación. Ya lo sabía, tenía que pasar por delante del Santuario de Rachel todos los días. Rachel todavía no debía saber que era el misterio más famoso del pueblo.

—¿Cuál es tu libro favorito? —le preguntó Rachel.

Todavía no le había hecho esa pregunta a Bel. A Bel también le gustaba leer.

—Pues...

—Carter baila, Rachel —intervino Sherry con un sorbo dramático de su café—. Es bailarina. Tiene potencial para dedicarse a ello.

—¿No me digas? —dijo Rachel con los ojos iluminados—. ¡Qué bien! Me encantaría verte bailar alguna vez.

Carter se tragó un bocado de magdalena.

—En unas semanas hay una muestra en mi escuela de danza —dijo. ¿Eso era una invitación? Carter no le había dicho a Bel que fuera a verla.

—Debe de ser todo un compromiso, con todas las tareas de la escuela —dijo Rachel—. ¿Te gusta toda la danza, Carter?

—Le encanta. —Sherry respondió por ella mientras le apretaba orgullosa la rodilla a Carter—. Vive para eso.

Carter asintió de acuerdo. Le había dicho a Bel alguna vez que le resultaba más fácil dejar que su madre hablara por ella. A Sherry le encantaba hablar, y a Carter no siempre le gustaba mucho. Les iba bien así, como les debería ir a una madre y a una hija.

—Oye, Rachel. —Sherry volvió a centrar la atención en ella—. Me ha dicho Charlie que mañana habrá una rueda de prensa. ¿Estás preparada para que el mundo sepa que has vuelto? Los medios van a lanzarte mucha mierda, perdón por el lenguaje.

Parecía que Rachel no sabía muy bien qué decir.

Habló Charlie por ella. Llevaba un tiempo callado, merodeando cerca de la silla de Bel.

—No sería la primera vez que lidiamos con la mierda de los medios. Podemos volver a hacerlo. Como una familia.

—Y esta vez son buenas noticias —añadió Jeff—. Por fin tendrás una oportunidad de limpiar tu reputación definitivamente, Charlie. Ya nadie puede pensar que mataste a tu mujer.

—No tengo qué ponerme —dijo Rachel con un hilo de voz, con un destello de vergüenza mientras se miraba la pijama cuando todos los demás estaban vestidos con ropa de calle.

—Cariño —dijo Sherry haciendo un puchero y un gesto despreocupado con la mano—. No te preocupes por eso, yo te dejo algo. O quizá Bel tiene algo que te quede bien. —Sherry le dio un codazo a Bel con los ojos—. Tienen la misma talla. Bel, seguro que tienes algo para prestarle a tu madre. ¿Un vestido negro, algo elegante?

Todo el mundo se quedó esperando su respuesta.

—Sí, claro —dijo Bel—. Algo habrá.

—Gracias, Anna —dijo Rachel con una pequeña sonrisa a juego con el hilo de su voz.

Era Bel, carajo. Esperaba que alguien corrigiera a Rachel por ella, pero unos nudillos en la puerta los salvaron.

Charlie se estiró.

—¿Has pedido algo, Bel?

Ella sacudió la cabeza y lo siguió fuera de la sala para alejarse de los ojos de Rachel, que se parecían demasiado a los suyos.

Charlie abrió la puerta tomando aire.

Ramsey estaba en el umbral. James estaba a su lado, con una cámara cargada al hombro. Saba y Ash estaban detrás, en los escalones; este tenía una gorra amarilla sobre los rizos, y un micrófono colgaba por encima de todos.

—Disculpen que nos presentemos sin avisar —dijo Ramsey, con una especie de gruñido al pasarse la mano por la barba de varios días—. Los he estado llamando a los dos desde que te fuiste ayer, Bel. —Parecía afligido, como si se hubiera dado cuenta de por qué lo había hecho, como si hubiera resuelto un minimisterio dentro del misterio principal. No sabía que ese también se había resuelto. Aunque Bel estaba segura de que lo iba a descubrir en tres...—. Hemos reprogramado la recreación, pero no hemos venido por eso. —Dos...—. A ver, no sé muy bien cómo decir esto, pero ha saltado un rumor un poco extraño. Kosa, la propietaria del hotel, dice que alguien le ha dicho que Rachel ha reap...

... uno...

La vida desapareció de la cara de Ramsey de una vez, con los dientes apretados en forma de palabras inacabadas. Con los ojo abiertos de par en par. Terror o asombro o ambas.

Ahí estaba, en el vestíbulo, como si la hubieran invocado al mencionar su nombre. Llevaba dieciséis años sin funcionar, pero ahora funcionaba siempre.

—... arecido. —Ramsey susurró el resto de la frase.

Ash se puso de puntitas detrás de él, buscando con la mirada lo que había visto Ramsey, primero a Bel, hasta llegar a la mujer que había detrás de ella.

«Vaya», pronunció en silencio, y se quedó con la boca abierta.

—Hola —dijo Rachel, con los ojos entornados, sorprendida por ver a un equipo cinematográfico británico en la puerta de su casa, mirándola con estupefacción.

—¿R-Rachel? —dijo Ramsey, atónito—. ¿Rachel Price?

Rachel dio un paso adelante. Miró a Bel, luego a Charlie, como si les pidiera permiso. Ninguno dijo nada para detenerla.

—La misma. —Hundió la cabeza—. ¿Quiénes son ustedes?

—Jesús. —Silbó—. O sea, no, no me llamo Jesús. Soy Ramsey Lee, director de cine. —Le ofreció una mano y se estremeció visiblemente cuando ella la aceptó con un apretón. ¿Estaba asustado, o era lo mejor que le había pasado en la vida? Seguramente ya no le costaría encontrar una cadena que comprara su documental.

—Disculpa, es que esto me parece surrealista. —Ramsey sorbió por la nariz—. Estamos haciendo un documental sobre ti. Me parece increíble que estés viva. Después de todo este tiempo.

—Para nosotros también ha sido una sorpresa —dijo Charlie.

Para Rachel no, ella sabía que estaba viva.

—Perdón, no he tenido ocasión de hablarte de esto —le dijo Charlie a Rachel, haciendo un gesto al equipo.

—Rayos, es muy raro conocerte —continuó Ramsey—. Llevo meses investigando mucho sobre ti, es casi como si ya nos conociéramos.

—¡Espera, un momento! —dijo de pronto Charlie con un extraño tono de ira en la voz que hizo que todos retrocedieran, Rachel y Bel también—. ¿Estás grabando? —Miró la cámara sobre el hombro de James.

Ramsey retrocedió en el umbral. Los Price estaban adentro, el equipo afuera, y redibujaron las líneas entre ambas partes.

—Sí, claro —dijo sin mirar a Charlie a los ojos—. Quería ver cómo reaccionabas ante el rumor. Jamás habría imaginado que Rachel iba a estar...

—Deja de grabar. —Charlie puso la mano delante del objetivo de la cámara—. Ni siquiera ha pasado un día desde que volvió. Todavía lo estamos procesando. La investigación sigue abierta. La policía no quiere que hablemos con ustedes hasta que tengan toda la información para hacerlo público. —Charlie los empujó hacia atrás, bajaron los escalones en la misma formación, sin romper filas. Ash estaba ya en el camino, mirando a Bel, como si intentara llamar su atención. Ella se la dio durante un segundo.

«¿Estás bien?», vocalizó él.

Bel recuperó su atención.

—Mañana por la mañana habrá una rueda de prensa en el Ayuntamiento —dijo Charlie, echándolos más atrás—. Después, hablaré con la policía y veremos en qué lugar queda el documental.

—Está bien —dijo Ramsey, hundiendo rápidamente la cabeza, con un dedo levantado—, pero...

—¿Cómo se llama? —intervino Rachel, en el quicio de la puerta, con los ojos medio cerrados por el sol—. ¿El documental?

Ramsey tragó saliva y se quedó mirándola.

—*La desaparición de Rachel Price*. Pero ahora voy a tener que cambiarlo.

—¿Por cuál?

Trece

El mundo lo supo el lunes antes de mediodía.

Rachel Price, reaparecida, con un micrófono apuntándole a la cara, con un vestido de punto negro de Bel. Sentada entre Charlie y Bel, y con el jefe de policía, Dave Winter en un extremo de la mesa y un agente del FBI en el otro.

Lo estaban transmitiendo otra vez en las noticias, era la tercera vez que lo emitía este canal. Bel se miraba en la televisión, traicionada por su propia cara, por todo lo que la cámara hacía que se pareciera a Rachel, sentada a su lado.

—El sospechoso sigue en la calle —volvió a decir Dave con la vaga descripción del susodicho que había dado Rachel y un boceto en la pantalla. Podía haber sido cualquiera—. Por favor, llamen al siguiente teléfono si tienen alguna información que pueda ayudar a nuestra investigación.

Charlie y Bel no hablaron, aunque tuvieran micrófonos. Solo eran decoración, la imagen de una familia feliz reunida. Feliz, pero no mucho, les dijo Dave. No sería un final feliz hasta que detuvieran a ese hombre.

Enfocaron a Rachel para que dijera un pequeño comentario al final.

—Estoy tremendamente agradecida por estar sana y salva, de vuelta con mi hija y mi marido. Les agradecería que respetaran nuestra intimidad durante este tiempo mientras nos adaptamos a la vida normal.

«Normal» era una elección un tanto extraña; la vida ya era normal antes de su regreso. Era ella la que se había llevado esa normalidad.

No habría preguntas, gracias y buenos días. Salieron de la sala de prensa mientras los periodistas murmuraban hambrientos y saltaban los *flashes* de las cámaras, destellándoles en los ojos.

—Toma. —Rachel la sorprendió al aparecer sobre ella con un sándwich en un plato. Bel lo tomó con cuidado para no tocar la mano de Rachel—. Queso, jamón y pepinillo, cortado en triángulos. —Rachel se sentó en el sofá a su lado, vestida con los *jeans* y la camiseta que su padre había encontrado, y que le quedaban grandes—. Me dijiste que era tu favorito, ¿no, Anna?

Sí, ayer. Pero no pensaba que lo usaría en su contra de esta forma. ¿Acaso Rachel pensaba que así era como se iba a convertir otra vez en la madre de Bel? Intentar ser normal tan pronto no le parecía bien. Es más, le parecía mal.

—Gracias. —Bel miró el sándwich sin tener demasiada hambre. Dar un bocado era como una especie de derrota, pero no le quedaba otra. Rachel seguía ahí, mirándola, esperando.

Bel mordió una esquina y masticó.

—Está muy rico. Gracias —dijo.

Rachel la miró con una sonrisa cálida.

Charlie entró en la sala y se fijó en el plato de Bel. Rachel no le había preparado un sándwich a él. Tenía puesto el saco de trabajo y le colgaban las llaves de la camioneta de un dedo. Mierda.

—¿Te vas? —le preguntó Bel. Siempre preguntaba lo mismo, cada vez que lo veía tomar las llaves, era una de sus rutinas, de sus rituales. Pero ahora era más importante.

—Tengo que trabajar, hija. Le dije a Gabe que volvería hoy.

¿No podía tomarse el resto del día libre? Bel no iba a ir a la escuela; no tenía sentido. Y sabía que sería horrible, todo el mundo se quedaría mirándola ahora que ya se sabía la noticia.

—¿No puedes escaparte? —preguntó Bel. El pánico estaba apretando el nudo de su estómago. Le estaba dando la oportunidad de cambiar de opinión, de quedarse con ella.

—Estaré de regreso para la cena.

Bel se quedó mirando su teléfono. Eran las dos, todavía quedaban unas cinco horas para la cena. ¿De verdad iba a dejarla sola con Rachel?

—¿Papá?

A lo mejor Bel podía decir que tenía que ir a la escuela para la última clase. ¿Qué sería peor: las miradas o quedarse aquí?

La puerta de un coche se cerró fuera de la casa, lo bastante cerca como para llamar la atención de Bel. La de Charlie también, que se acercó a la ventana y abrió la cortina para echar un vistazo.

—Fantástico —murmuró, soltando la cortina y ocultándose detrás.

—¿Qué? —le preguntó Rachel antes que Bel.

—Una camioneta de Fox News —dijo—. Los de CNN ya están aquí. Ya empezamos. —Se limpió la nariz con la manga—. Dejen las cortinas cerradas. Que no graben nada.

Bel asintió. Rachel no.

—¿Debería ofrecerles algo? —dijo Rachel—. ¿Un café? Van a tener que estar ahí todo el día.

—Es mejor no seguirles el juego —dijo Charlie sin mirarla a los ojos—. Ya hemos pasado por esto, Rachel.

—No he dicho lo contrario —respondió ella.

Bel tragó saliva. Estaban pasando por el borde de una mina, todos. Su padre no podía dejarla aquí, ¿verdad?

—Por cierto, Charlie —dijo Rachel, interponiéndose en su camino. Ya no tenía la voz ronca y áspera, estaba más cerca de ser una voz normal. Que, por algún motivo, era peor, porque se la había robado a Bel—. ¿Me dejas la tarjeta de crédito?

Él se quedó mirándola con las manos escondidas en los bolsillos.

—Llevo aquí ya dos días —explicó, levantándose del sofá y dio un paso firme sobre un suelo tambaleante—. Necesito algunas cosas. Un teléfono. Ropa, para dejar de robársela a

Annabel. Hasta que pueda volver a acceder a mi dinero, si es que lo sigo teniendo.

—Claro. —Charlie tragó saliva—. Sí, por supuesto. —Sacó la cartera de un bolsillo—. Aquí tienes. —Se acercó y dejó la tarjeta en la mesita con un golpe seco. Se volvió a alejar, retrocediendo por el campo minado.

Las miró a las dos y se cerró el saco.

—Vamos a estar bien, ¿verdad? —dijo Rachel, con una sonrisa demasiado dulce para Bel, demasiado forzada, apretando aún más el nudo—. Nos vendrá bien pasar tiempo juntas, las dos solas. Podemos ver una película, preparar la cena juntas. Jugar a algún juego de mesa. Lo que quieras hacer, Annabel. Tú eliges.

Lo que Bel quería era que su padre se quedara aquí, impedir que se fuera. O encerrarse en su habitación, alejada de Rachel. Eso era lo que elegía.

—¿Papá?

Lo siguió hasta el vestíbulo y lo observó acercarse a la puerta, agarrar la manija.

—Papá, espera.

Bel tenía ganas de llorar. Nunca lloraba, pero ahora lo haría, solo para evitar que su padre se fuera.

—¿Todavía tenemos el Monopoly? —preguntó Rachel, detrás de ella.

Su padre abrió la puerta.

—Luego nos vemos —dijo, sin mirar atrás, aunque a Bel le escocieran los ojos al intentar que se quedara con ella.

—¿O un ajedrez? —dijo Rachel, ajena a la tormenta que se estaba formando dentro de Bel.

La puerta de la calle se cerró, llevándose a su padre, volviendo a sellar la casa detrás de él.

Bel seguía ahí de pie, abandonada con Rachel.

Afuera había una erupción de voces amortiguadas por el cristal.

—¡Charlie! ¿Cómo es tener a Rachel de vuelta en casa?

—¿Cómo está Rachel? ¿Cómo lleva la familia su vuelta tan repentina?

—¿Cómo te sientes por haber acabado por fin con las

sospechas del asesinato de tu mujer? Tiene que ser un gran alivio, ¿no?

—¿Puedes decir algo sobre...?

Un portazo. El ruido del motor de su camioneta, ahogando las voces.

—¡Charlie! ¡Charlie Price! —Su propio nombre lo perseguía mientras se alejaba.

Un extraño silencio en su funeral, espumoso en los bordes, mientras Bel volvía a la sala y evitaba la mirada de Rachel, concentrándose en la tele cuando volvieron a pasar la rueda de prensa, con un cartel de «Última hora» que declaraba: «Encuentran viva a Rachel Price tras dieciséis años dada por muerta».

Bel tragó saliva: ella había sido una de esos «dada por muerta».

Rachel apagó la tele sin preguntar y se agachó hacia la mesita de café. Agarró la tarjeta de su padre y la levantó.

—Oye —dijo, volviendo a sonreír—. Si no quieres jugar a nada, ¿qué te parece si nos vamos de compras?

Bel se quedó mirándola.

—¿Qué?

—Vamos al centro comercial. —Rachel agitó la tarjeta, como si se abanicara con ella—. Es lo que hacen las madres con sus hijas, ¿no? ¿Ir de compras? Y luego hacen desfiles de moda en la sala. Es una de las cosas que nos hemos perdido, creo. Me gustaría que lo intentáramos. Podemos comprar algo para ti también, claro. ¿Necesitas un saco nuevo? —Se guardó la tarjeta en un bolsillo mientras esperaba la respuesta de Bel.

Bel dudó y retrocedió hacia el brazo del sofá, intentando pensar en algún motivo por el que decir que no.

—¿Puedes? —dijo—. La noticia acaba de salir, la policía sigue investigando, el hombre sigue libre. ¿Puedes salir?

A Rachel no le gustó esa pregunta. Bel se dio cuenta por cómo movió los ojos. A lo mejor no era tan difícil de leer.

—Pasé quince años encerrada, Anna —dijo, con una voz delicada, con una ligera tristeza—. No tengo que volver a encerrarme por ningún motivo. Vamos, la pasaremos bien, te lo prometo.

A Bel se le hundió el estómago. Tardó un segundo en recomponerse, en ignorar el nombre equivocado, concentrándose en esa otra cosa que no estaba bien.

—Dieciséis años —dijo, recalcándolo para las dos.

Rachel hizo una pausa con una cara demacrada.

—Es lo que dije, ¿no?

—Dijiste quince.

Rachel entornó los ojos durante un segundo más, luego sacudió la cabeza con una cara inexpresiva y contenida.

—¿Sí? Perdona. Quería decir dieciséis, obviamente.

Obviamente era lo que quería decir, pero no lo había dicho. Otro lapsus inocente, como el del motor. Pero dos lapsus eran ya un patrón, ¿no? ¿Un desliz o un resbalón? Seguro que había una explicación: como que Rachel había perdido la noción del tiempo en aquel sótano, tal y como había dicho. Porque la única otra explicación era que Rachel estaba mintiendo por algún motivo, que jamás había estado encerrada, y eso no podía ser, ¿verdad? No era más que otro lapsus; el segundo del que se había dado cuenta Bel en los mismos días. ¿Por qué nunca había nadie cerca para escucharlos también?

—¿Qué me dices? —dijo Rachel, analizando a Bel tanto como Bel la analizaba a ella.

—No sé —dijo, hablando con cuidado—. Es el dinero de papá. Andamos un poco justos últimamente, no sé si deberíamos salir a gastar.

Una sonrisa apretó las mejillas de Rachel, inexpresiva, en cierto modo, reforzando la mirada de sus ojos.

—Annabel, tesoro, no te preocupes por eso. Compraremos solo lo esencial —dijo con un guiño—. Además, seguro que le pagan por el documental sobre mí que ha firmado.

Rachel tenía razón en eso, pero ese dinero era para el abuelo.

Bel se estaba quedando sin excusas porque Rachel las rebatía una por una.

—No tenemos coche. —Lo volvió a intentar.

—No pasa nada, podemos tomar el autobús de Berlín. O un taxi.

Ya no se le ocurría nada más. Jaque mate, Rachel ganaba. Parecía que Rachel y ella se irían de compras, a no ser que Bel se pudiera romper una pierna en los próximos minutos, o rompérsela a Rachel. Estarían en público, rodeadas de otra gente, pero, aun así, estaría sola con Rachel.

Un momento. Eso le dio otra idea a Bel.

—Ya sé —dijo, arrinconada en una esquina—. Podemos decirle a los del equipo del documental que vengan con nosotras.

Rachel dio un paso atrás.

—¿T-Tú crees? —dijo ella—. ¿Quieres avisarles?

—Claro. —Bel se sacudió las rodillas—. Les encantará grabarnos a las dos juntas en el centro comercial White Mountains, el primer lugar donde desapareciste; bueno, donde desaparecimos. Esas son las cosas que más les interesan. Es artístico, no sé. —Ahora fue ella la que guiñó un ojo, igual de forzada que Rachel—. Puede que esté bien tener documentos gráficos de nuestras primeras compras, marcar la ocasión. Este tipo de cosas no siempre se recuerdan. —Sonrió enseñando mucho los dientes.

—Ah, c-claro —tartamudeó Rachel—. Si es lo que quieres. Pero había pensado que podíamos aprovechar para estar las dos solas...

Buscó su nombre en los contactos y se alejó de Rachel, hacia la cocina.

Ramsey respondió al tercer tono.

—¿Bel?

—Hola, Ramsey —dijo muy alegre.

—¿Qué pasa?

—Nada, solo quería charlar.

—¿Bel? —dijo, como si pudiera ver más allá.

—Tengo una idea —dijo, en voz alta, arrastrando la voz—. Rachel y yo vamos a ir a White Mountains de compras, para tomar algunas cosas básicas. Queríamos saber si quieren venir con nosotras y grabar algunas imágenes. En plan artístico.

Ramsey respiró hondo al otro extremo de la línea.

—¿En serio?

—Sí.

—Es muy buena idea, Bel, y te lo agradezco, de verdad.

Pero ¿no prefieres pasar un poco de tiempo a solas con tu madre? Solo lleva cuarenta y ocho horas en casa.

—No, no pasa nada —dijo Bel, más contenta todavía.

Ramsey hizo una pausa. Su aliento hizo ruido en el teléfono.

—¿Estás segura? —dijo sin parecer muy convencido.

—Estoy segura. Dile a Ash que se vista normal, no queremos llamar demasiado la atención.

Ramsey resopló por el comentario.

—Estamos en tu calle, rodando algunas imágenes del exterior de tu casa.

—Genial —dijo Bel—. Podrán llegar en treinta segundos.

Colgó sin dejar hablar a Ramsey. Luego volvió a la sala y le levantó el pulgar a Rachel.

—Vienen enseguida —dijo.

—Genial. —Rachel intentó sonreír y dio una palmada—. La pasaremos bien. Gracias, Annabel.

—No hay de qué.

—Deberías terminarte el sándwich antes de que nos vayamos —dijo Rachel, señalándolo.

—No pasa nada, no tengo hambre. Pero gracias.

No eran solo palabras: ataques y contrataques, una batalla silenciosa, sándwiches y compras.

Cometer un error era comprensible, tenía sentido. Pero ¿dos? Dos parecía algo más. Sonrió a Rachel y esta le devolvió la sonrisa. Parecía auténtica, pero ¿y si no lo era? Bel no podía estar segura, lo único en lo que podía confiar era en el nudo de su estómago. Y le estaba diciendo lo que quería oír.

Puede que Rachel Price estuviera mintiendo.

Catorce

El centro comercial White Mountains tenía unas luces en el techo que hacían daño a los ojos, y una música alegre de fondo que no cumplía con su función. Al menos no con Bel, no sabía si con Rachel sí.

James tenía la cámara sobre el hombro, y Saba sujetaba el micrófono por encima de sus cabezas, peleándose para que no se moviera pese a ir caminando. Ramsey andaba con la cámara, fuera de plano, y Ash iba por detrás, con una camiseta de lunares amarillos metida en unos pantalones naranjas.

Rachel caminaba demasiado rápido, ese era el problema, como si huyera de algo, como si la cámara la persiguiera. Bel le seguía el ritmo, a su lado, pero tampoco muy cerca, a veces incluso adelantaba a Rachel, como si estuvieran en una carrera hacia una línea de meta desconocida.

—Dime, Rachel —dijo Ramsey con cautela—, ¿qué sientes al estar de vuelta aquí? En el mismo centro comercial en el que desapareciste hace dieciséis años.

—Hay algunas cosas de las que no puedo hacer comentarios, ya que la investigación sigue abierta. —No se volteó para decirlo, no le mostró su cara a la cámara.

—Claro, lo entiendo —dijo Ramsey con un gesto respetuoso de la cabeza. Ya habían tenido esta discusión cuando Ramsey intentó sacar conversación de camino aquí. Bel estaba sentada delante, a su lado, y Rachel sola detrás, observando el mundo pasar con atención, sonriendo cuando pasaban junto a algún perro o algún niño.

Ramsey lo volvió a intentar.

—¿Te parece surrealista estar aquí, ahora que sabes que este sitio tuvo un papel muy importante en el misterio de tu desaparición?

Esta vez, Rachel se dio la vuelta y sonrió ampliamente a la cámara.

—Me encantaría hablar de esto en una entrevista. Quizá mañana, cuando Anna vuelva a la escuela.

Ramsey parecía confundido con ese nombre; y no era el único. ¿Tan complicado era? Solo tenía que usar el final de su nombre en lugar del principio.

—Pero, de momento —continuó Rachel, ampliando todavía más la sonrisa, enseñando más los dientes—, lo único que quiero es llevar de compras a mi hija. Llevaba mucho tiempo esperando.

—No, claro. —Ramsey se retractó—. A partir de ahora, nos verás, pero no nos escucharás. Te lo prometo. Como si no estuviéramos.

—Perfecto —dijo Rachel, de nuevo, no de forma desagradable, pero solo podía haberlo dicho con una intención. Como algo que diría Bel. Ramsey movió ligeramente los labios, como si él también se hubiera dado cuenta. No, basta, no se parecían en nada.

No había mucha gente en el centro comercial; era lunes por la tarde, por lo general había madres y padres paseando con sus carritos de bebé. Pero todos los ojos recaían sobre ellas, eso era seguro. Si le dieran a Bel cinco dólares cada vez que alguien las miraba... La gente empezaba a murmurar cuando reconocían a la Rachel Price que salió esta mañana en las noticias, reaparecida y yendo a H&M con un equipo de rodaje detrás.

—Muy bien —dijo Rachel dentro de la tienda, rozando a Bel con el brazo—. En realidad solo necesito algunas cosas básicas. Un par de zapatos. Un saco. Alguna camiseta y pantalones. Puede que una falda, no sé. —Parpadeó, tímida e insegura—. ¿Me ayudas a buscar? Y me dices si me quedaría bien o no. Lo veo todo con la cintura bastante más alta de lo que recuerdo.

—Claro —dijo Bel otra vez, porque Rachel no paraba de atraparla—. ¿Qué colores te gustan?

—Cualquiera, la verdad —dijo Rachel con la voz dulce como la miel. No le hacía juego con los ojos—. Bueno, rojo no.

Parece que las dos habían pensado en lo mismo: la camiseta roja que llevaba cuando desapareció, en las imágenes pixeladas de este centro comercial, la misma camiseta asquerosa que había estado obligada a llevar durante dieciséis años. Si su historia era real, claro. Ya había dos señales en su contra.

—Nada de rojo —concordó Bel.

Bel se puso en marcha con la misión que la distraía del nudo de tensión en el estómago. Rachel y el equipo la siguieron como si fueran unos patitos mientras zigzagueaba por los pasillos. Una parte de ella quería alejarse y esconderse de Rachel detrás de un perchero de ropa, como nunca pudo hacer de pequeña. Provocar el pánico en las madres para demostrar que te querían de verdad; daba por hecho que era eso lo que hacían los niños. Ella era demasiado mayor para algo así, y la prueba no funcionaría porque Rachel sabía más de desapariciones que ella. Ni siquiera se conocían, imagínate quererse.

Bel tomó un par de camisas, unos suéteres finos para el día, unas botas cortas y unos tenis blancos...

—Muy versátil —dijo al pasarle los zapatos.

Unos pantalones de cuadros negros y blancos de los que Ash estaría muy envidioso. Un saco corto de punto gris...

—Esto quedará bien con todo —le dijo a Rachel al pasarle el gancho—. Puedes ponerte varias capas debajo. Para el verano, es mejor algo más ligero.

Rachel hizo un sonido con la garganta. Le brillaban los ojos, como si estuviera a punto de llorar. El saco no era para tanto.

Una falda por debajo de las rodillas color caqui, con botones. Un vestido camisero negro...

—Esto lo puedes hacer más o menos elegante con complementos. —Bel lo añadió a la pila que tenía Rachel en las manos.

Unos pants.

—Para estar a gusto en casa.

Rachel no dijo nada esta vez, y Bel miró hacia atrás para comprobar que seguía allí. Y allí estaba, llorando, intentando secarse las lágrimas con toda esa ropa en los brazos.

—¿No te gusta? —preguntó Bel, moviéndose incómoda entre dos pasillos.

—No, me encanta todo, gracias. —Rachel por fin consiguió secarse una lágrima.

Bel sintió un dolor en el estómago, algo nuevo, menos urgente que el nudo. Suavizó la expresión y le regaló a Rachel una media sonrisa.

Rachel la completó, formando una sonrisa entera.

—Gracias, Anna.

Otra vez Anna. Y ahí estaba otra vez el nudo, punzando cada vez más ahora que Bel le había vuelto a prestar atención. Rachel debió de notar el cambio.

—¿Quieres algo para ti? —dijo, abriendo los ojos—. He visto que te has quedado mirando esa camiseta verde. ¿O quieres otra cosa? También te he visto mirar ese peto. —Lo señaló con la cabeza porque seguía con las manos ocupadas—. Eso le quedaría bien a Carter, ¿no?

—No necesito nada —dijo Bel, dándose la vuelta.

Se fueron a los probadores y dejaron al equipo atrás. Tenían demasiadas prendas, cada una llevaba varios ganchos, pero la chica de la entrada hizo una excepción. Quizá reconoció a Rachel Price. Bel imaginó que tendría que acostumbrarse a eso.

—En este. —Bel colgó la ropa dentro del cubículo del final del pasillo y le hizo un gesto a Rachel para que entrara.

Rachel se movió despacio, y miró antes de entrar. Bel fue a cerrar la puerta, pero Rachel puso la mano y la detuvo.

—No hace falta que cerremos del todo —dijo con algo parecido al miedo en la voz—. No hay mucho espacio.

Poco espacio, como dieciséis años en un sótano.

Otra punzada en el estómago. A lo mejor no estaba siendo justa. Dos lapsus no convertían a Rachel en una mentirosa, ¿no? Era una situación extraña, y Rachel era extraña, pero ella también lo sería, ¿no? Si hubiera estado atrapada tanto tiempo en la oscuridad, sola.

—Claro, podemos dejarla un poco abierta —dijo Bel con amabilidad, volviendo a abrir la puerta, dándole a Rachel unos cuantos centímetros.

Se sentó afuera del probador, observando los destellos de piel y tela que aparecían por la rendija de la puerta.

—Los brasieres son más complicados que antes. —Rachel resopló desde dentro.

Bel luchó contra una sonrisa; y perdió.

—¡¿Todo bien?! —gritó.

—Casi —respondió Rachel.

Salió unos minutos después con la falda caqui rozándole las pantorrillas, combinada con una camiseta negra de holanes y unos tenis blancos. Se lo enseñó a Bel haciendo un gesto triste con las manos.

—Me gusta —dijo Bel, haciendo un esfuerzo, aunque no le saliera de forma natural—. Un momento.

Se acercó y se puso de rodillas.

—¿Qué pasa? —Rachel la miró—. ¿No me favorece?

—No, te queda genial. Son los calcetines —dijo Bel acercando las manos. Dudó y le pidió permiso con la mirada. Rachel asintió por encima de ella—. Ya no se llevan así. Tienes que bajártelos.

Bel le bajó los calcetines a Rachel, por encima del vendaje por donde había estado encadenada. Ahora que estaba tan cerca, se dio cuenta de otra cosa que sobresalía por encima de la venda.

Rachel tenía una cicatriz enorme en el interior del tobillo. Medio círculo, ya curado, con la piel blanca y fruncida. ¿De qué era? ¿De cuándo? Su padre no había dicho nada nunca, y tampoco se mencionaba en la nota de prensa que describió la marca de nacimiento de Rachel como la única característica identificativa. Debió de suceder en algún momento durante la desaparición.

—¿Mejor? —preguntó Rachel.

Bel se levantó y se echó hacia atrás.

—Sí —confirmó.

¿Por qué Rachel no lo había mencionado en su relato? El hombre nunca la tocó, o eso había dicho, entonces, ¿de dónde había salido esa cicatriz? ¿Era por alguna herida que no se podía haber hecho si hubiera estado encerrada en un sótano todo este tiempo?

—¿Siguiente? —dijo Rachel, volviendo al probador sin cerrar del todo la puerta.

No, para. Bel lo estaba intentando. Le estaba dando una oportunidad a Rachel. Probablemente fuera donde tenía las esposas, la misma herida que tenía más abajo, una versión más temprana. Apartó el nudo en el estómago; nunca le hacía caso.

Rachel volvió a salir, ahora con los pantalones de cuadros y una camisa blanca, con las botas negras y el saco.

Bel carraspeó para volver a intentarlo.

—Te queda muy bien —dijo.

Rachel levantó la mirada para observar su reflejo en el espejo, sin mirarse a los ojos.

—¿No te gusta? —preguntó Bel.

—Sí —dijo Rachel—. Pero es raro verme. —Bel no podía leer los ojos de Rachel porque no se quedaban quietos en un sitio, no paraban de mirar de arriba abajo a la persona del espejo. Se miró un perfil, luego el otro—. Estoy... guapa.

Sonó algo en la garganta de Rachel. Entre un resoplido y una risa. Bel eligió por ella y también se rio en silencio.

—Sí, es verdad. Puedes hacerlo más elegante con algo de joyería.

Rachel estiró un brazo, jalando la manga y mostrando la muñeca desnuda.

—Como esa pulsera de oro que tienes —dijo.

Bel se quedó inmóvil con la boca abierta. ¿A qué pulsera se refería?

—¿La de las calaveras? —explicó Rachel como si pudiera escuchar los pensamientos de Bel.

A Bel no le gustaba eso. Pero había algo más que no le gustaba. La risa inmóvil en su cara, amargando la sonrisa.

—Ya no la tengo.

No fue más que un segundo. Rachel abrió mucho los ojos al mirar el reflejo de Bel escondido detrás del espejo. Y desapareció, igual de rápido. Rachel dejó caer el brazo y modificó la sonrisa.

—Me habré confundido con alguna de Sherry.

El nudo estremeció el estómago de Bel.

—Sí —dijo—. Seguramente.

—Creo que ya lo tengo todo. —Rachel sonrió a Bel al volver a entrar en el probador.

Cerró la puerta y Bel dejó de sonreír, ahora que no la veía nadie, espontánea.

Esa pulsera.

La que Sam Blake le regaló a Bel por su catorce cumpleaños. La que Bel tiró al río una semana después, cuando Sam dijo lo que dijo de su padre. Rachel no podía haber visto la pulsera por casa, no estaba allí. ¿Cómo demonios sabía de su existencia?

Otra pregunta. ¿Otro lapsus?

Bel no quería, pero el nudo no paraba de insistir.

Sacó el teléfono y buscó la aplicación de Instagram. Fue a su perfil, que llevaba años sin tocar. Y a la última foto que había publicado: una *selfie* suya con Sam, Bel sonriendo a la cámara, Sam rozándole la mejilla con la nariz. Bel tenía la muñeca sobre un escritorio y la pulsera dorada capturaba la luz, se veían las dos pequeñas calaveras colgando junto al cierre. Seguramente la única foto que había de esa pulsera, la única prueba de su existencia antes de que Bel se deshiciera de ella.

Comprobó por la rendija de la puerta que Rachel estuviera todavía cambiándose. La única forma de que Rachel supiera de la existencia de esa pulsera era haber visto esa foto después de su reaparición. Pero tampoco era posible. Rachel todavía no tenía teléfono, no tenía acceso a ningún dispositivo con conexión a internet. Y no había tenido tiempo; Bel había estado con ella desde que volvió, menos cuando estuvieron en la comisaría y por las noches mientras dormía. Era imposible que Rachel hubiera visto esta foto desde el sábado. ¿Cómo rayos conocía Rachel esa pulsera si había salido de un sótano hacía dos días?

La respuesta estaba muy clara esta vez: era imposible.

Rachel sabía algo que era imposible que supiera si su historia era cierta. Lo que significaba que no lo era. Desde luego, algunas partes no; quizá nada lo fuera. Eso no era un simple lapsus. Era una mentira. Lo que quería decir que los otros dos tampoco eran errores.

Tres mentiras.

Bel la había descubierto.

Y si todo eso era mentira, ¿sobre qué más podría estar mintiendo? ¿Una parte? ¿El resto? ¿Todo? ¿No era más que eso, una historia ideada para encajar en los detalles, para resolver el misterio? Ni siquiera tenía sentido: ¿por qué iba el hombre a dejar marchar a Rachel después de tantos años? ¿Y si no había ningún hombre?

Rachel Price había desaparecido y reaparecido. Y ahora Bel lo sabía seguro: estaba mintiendo sobre parte de la historia, puede que sobre la historia entera.

La puerta se abrió y apareció Rachel con su ropa antigua, inconsciente, o fingiendo inconsciencia, con un montón de ropa en los brazos que casi le cubría la cara entera.

—¿Todo bien? —preguntó Bel intentando leerle los ojos.

Bel le bloqueó el paso y miró hacia abajo. El tablero había vuelto a cambiar. Una mentirosa y la persona que lo sabía.

—Sí. —Sorbió por la nariz.

Rachel no se daba por vencida.

—¿Quieres agua? —preguntó—. Parece que tienes calor.

—Las compras... —dijo Bel, como si eso lo explicara.

Se formaron en la fila para pagar mientras el equipo de rodaje las esperaba en la puerta de la tienda.

Un puño de acero agarró el nudo del estómago de Bel, lo retorció, lo tensó, llevándose con él todo su interior. Un punto de inflexión, y Bel no podía seguir ignorándolo.

Rachel estaba distraída mirando los calcetines, ahora era su oportunidad. Bel sacó la mano hacia el estante más cercano y tomó un bálsamo labial. Se lo metió debajo de la manga, y luego en el bolsillo de la chamarra de mezclilla, a salvo.

El cacao alimentaba el nudo de su estómago y lo exponía. Un alivio temporal, una enmienda, refrescante y necesaria, un estira y afloja, otra lucha secreta en la que Bel no tenía que elegir bando porque ella era el campo de batalla.

Bel apartó la mirada y se encontró sin querer con los ojos de Ash, que estaba junto a los accesorios, pasando el pulgar por una cinta del pelo rosa fucsia. No la había visto, ¿verdad?

El alivio no duró mucho al estar tan cerca de Rachel, avanzando hasta que: «Siguiente, por favor». El nudo se duplicó, jalando los hilos de Bel mientras Rachel sacaba la tarjeta de su padre. La punzada cálida de vergüenza llegaba justo a tiempo.

Ash no dijo nada, aunque la hubiera visto.

Cuando salieron de H&M había más gente en el centro comercial. ¿Era normal para ser un lunes por la tarde o la gente se había enterado? Todos venían a comprobarlo. No todo el mundo reconocía a Rachel a la primera, pero sabían que era alguien, algo así como: «Esa actriz de la abogada que viste de rosa». No, no era ella, pero eso no significaba que Rachel no estuviera actuando, incluso ahora, balanceando una bolsa de papel en la mano, como la que llevaba Bel.

La gente ya no se contentaba con mirar y señalar. Empezaron a sacar los teléfonos, a grabar a Rachel, a Bel y al equipo de grabación. Se tomaban *selfies* con ellas de fondo, cambiando sus caras por *likes* y comentarios. Bel se frotaba la nariz con el dedo corazón para fastidiar los videos.

Rachel se detuvo y sus zapatos rechinaron contra el suelo. Se quedó mirando hacia delante.

—Vaya. Ahora es un Starbucks. —Se mordió el interior de la mejilla y se volteó hacia Ramsey. No era consciente de que él ya sabía todo lo que había que saber—. Antes, ahí había una cafetería, Moose Mouse. Trabajé allí después de la universidad. Hacían los rollitos de canela más ricos. He estado soñando con volver a comerme uno. Annabel, tú no te acordarás, ¿no? Te llenabas la cara de azúcar.

Bel sacudió la cabeza. No, no se acordaba de los rollitos de canela, igual que no se acordaba de la desaparición de Rachel y de lo que pasó en realidad. Que no era lo mismo que lo que había contado Rachel que pasó.

—Quería que nos comiéramos uno juntas. —A Rachel se le encogió la voz y se le ensombrecieron los ojos.

James abrió el *zoom* de la cámara para tomarlas a las dos delante del Starbucks. Aunque ya no estuviera aquella cafetería, este seguía siendo el lugar de la grabación de las últimas imágenes de Rachel Price viva, antes de que ella y su hija se desvanecieran en el aire.

—Seguramente en Starbucks tengan rollitos de canela —ofreció Bel.

—No es lo mismo —dijo Rachel sorbiendo por la nariz con tristeza y retomando el paso.

Bel no tenía más opción que seguirla.

En la esquina, Rachel se acercó y se inclinó hacia ella.

—Aquí están —susurró para que ni la cámara ni el equipo la escucharan, y señaló el cartel de «Solo personal autorizado» de la puerta—. Los contenedores de reciclaje. Donde nos escondimos. —Sus ojos estaban demasiado cerca, fusionándose con Bel de una forma que le escocía.

Su secreto, que solo una de ellas recordaba. Bel parpadeó para romper el vínculo y se apartó. ¿Tenía que creer al menos esa parte de la historia? ¿Cómo habrían desaparecido, si no, con tantas cámaras de seguridad?

La última parada fue T-Mobile, para que Rachel comprara un teléfono. Ash le pidió al asistente de ventas que firmara una autorización. El chico fue muy servicial, demasiado, incluso, y mostraba a cámara su mejor perfil mientras le explicaba los contratos y los teléfonos a Rachel, mirándose el pelo en el cristal del escaparate.

Se compró el último iPhone con un contrato mensual: todo ilimitado. Bel se estremeció cuando Rachel pagó con la tarjeta de su padre.

—Puede que te resulte un poco confuso a la hora de configurarlo —dijo el chico, aferrándose a sus quince minutos de fama—. Ahora los teléfonos son táctiles. Seguro que tu hija te ayuda.

—¿Sí, Anna? Perdona, B-Bel. ¿Me ayudarás a configurar el teléfono? —Rachel la miró.

—Claro que sí —dijo el chico por ella.

Bel sonrió, porque la cámara estaba grabando.

—Claro.

Dejó a Rachel allí y se fue detrás de la cámara, al fondo de la tienda, para poder dejar de actuar. Ash también estaba allí. Una coincidencia, no pretendía irse a su lado.

—Bueno —dijo Ash en voz baja y con las manos en las caderas—. ¿Tienes alguna novedad desde el sábado?

Bel sonrió.

—Nada destacable. He estado tejiendo.

—¿En serio? —Ash movió la cabeza—. La verdad es que yo no te daría agujas.

—¿Por qué no?

—Pareces de las que apuñalan —dijo, mirándola a los ojos con un lento parpadeo.

—Gracias. —Bel asintió y se acercó a él—. Pareces una mandarina triste.

—Gracias. —Él asintió también.

Era muy molesto que disfrutara tanto con sus comentarios y que se los devolviera con una sonrisa. Se había deshecho de la mayoría de la gente, de todo el mundo, de hecho, así que Ash no debía de estar muy bien de la cabeza. Bel no sabía cómo trabajar con eso.

—Es increíble, ¿verdad? —dijo él, esta vez serio, mirando a Rachel—. Todo esto, digo. Es increíble.

Bel lo estudió en secreto, la línea de la nariz recta hasta el bulto de los labios, apretados en un pensamiento. Ella sabía a qué se refería. Increíble en el sentido de extraordinario, impactante, asombroso. ¿Pero había alguna posibilidad de que lo hubiera dejado abierto a otro significado? Que él tampoco creyera la historia de Rachel, lo que sabía, al menos; que tuviera también una pequeña duda.

Si Bel le contaba todo, ¿le creería? ¿Se pondría de su parte, tendría alguien con quien hablar?

No, era una ridiculez. Bel apartó la mirada. A Ash le dio igual. Solo estaban ahí para hacer una película, luego volverían a Inglaterra para siempre. No hacía falta que Bel lo forzara, se iría de cualquier manera.

—Sí. Increíble —dijo Bel, pero con el otro significado.

Quince

—¿Qué sientes al tener por fin a tu madre de vuelta en casa, Annabel?

—No soy Annabel —le dijo Carter a la reportera que la seguía por la acera con un micrófono en la mano y con un camarógrafo sin aliento detrás.

—Ah. —La reportera se fijó entonces en Bel, y estiró la mano por delante de Carter—. ¿Qué se siente al tener por fin a tu madre de vuelta en casa, Annabel?

Bel apartó el micrófono de un manotazo, luego otro, como unas polillas insistentes que se golpean continuamente contra un foco y que nunca consiguen lo que quieren.

—Vamos, atrás. ¡He dicho atrás! —gritó el policía abriendo los brazos uniformados, tomando al montón de periodistas gritones con una red invisible y apartándolos—. Dejen a las chicas tranquilas, solo quieren ir a clase. ¡Atrás, he dicho!

Dave Winter había enviado a un par de agentes esta mañana para que Bel pudiera cruzar el circo mediático que se había montado en su casa.

—¿Te da miedo que el hombre que secuestró a tu madre siga en libertad? ¡¿Que pueda volver por ella?! —gritó otro, escapándose de la red invisible.

No, a Bel no le daba miedo eso. Era bien recibido, porque seguramente no existía.

—No van a responder sus preguntas —dijo la otra agente, levantando la voz—. Apártense, por favor.

—¡Atrás!

Los periodistas se rindieron cuando llegaron a la esquina del cementerio y volvieron a su campamento frente al número 33.

Pero los agentes no se fueron y las acompañaban en la distancia. Asintieron cuando Bel los miró. ¿No tenían delitos de los cuales encargarse?

—¿Cómo estás? De verdad —preguntó Carter ahora que estaban solas—. Vi un video tuyo ayer en el centro comercial. Alguien lo subió a internet. ¿Te gustó ir de compras con ella?

—Estuvo bien. —Bel se encogió de hombros. No estuvo bien, en realidad, pero al menos ahora Bel lo sabía seguro, podía dejar de dudar de sí misma. Rachel Price era una mentirosa. Pero no sabía qué hacer ahora con eso, quién iba a creerle—. ¿Qué más has visto en internet?

Tenía que haber alguien más que sospechara de la historia de Rachel. Bel no podía ser la única, obvio, para eso estaban Reddit y los hilos de Twitter.

—Alguien ha publicado unas imágenes de Rachel caminando por la autopista —dijo Carter—. Me salió en TikTok, pero no quise verlo; parecía que estaba herida. Creo que la policía lo ha eliminado.

Bel la miró de reojo.

—¿Era real?

—Lo parecía.

—¿Dónde?

—En TikTok.

—No, dónde en la autopista —dijo Bel, fingiendo que la respuesta no importaba.

—A las afueras del poblado navideño.

El poblado navideño estaba en Jefferson, entre Lancaster y su casa. Mierda. Entonces sí había pruebas de que Rachel había recorrido la Ruta Federal 2. A lo mejor sí caminó esas ocho horas desde Lancaster. Bueno, los pies se los había destrozado de alguna forma, pero no pasaba nada; eso no quería decir que el resto de su desaparición y retorno fuera verdad. La mejor forma de esconder una mentira era enterrarla entre algunas verdades, eso Bel lo sabía muy bien.

—¿Estás bien? —Carter entrecerró los ojos. Bel llevaba demasiado tiempo callada y Carter la conocía muy bien.

—Nada, es que es muy raro. —¿Podía confiar en Carter para contarle sus dudas? Bel confiaba en Carter para la mayoría de las cosas, apenas había nada que no se contaran, pero esto parecía más grave, menos fácil de olvidar una vez que se le daba voz. Pero lo intentó igualmente—. Rachel es... O sea, hay un par de cosas que ha dicho que no encajan. Inconsistencias.

Carter suspiró y le dio un codazo a Bel.

—Bel, ya estás haciendo lo que haces siempre —dijo con amabilidad, como si también pasara de puntitas por un campo minado—. Siempre buscas lo malo en todo. Buscas motivos para alejar a la gente, y al final siempre los encuentras. Esto es algo bueno. Es lo que llevas toda tu vida esperando. Es un milagro que haya vuelto, Bel, la mayoría de la gente no tiene esa suerte. Y Rachel parece genial. Muy genial. Tienes que darle una oportunidad, es tu madre.

Ahora le tocaba a Bel suspirar. Eso le había dolido. Más porque Carter había mirado muy profundo en su interior y lo había entendido todo mal. Bel no apartaba a la gente, simplemente aceleraba el proceso, algo inevitable. Carter no podía tener una opinión al respecto, porque ella también se iba a ir. No lo entendía porque a ella no la abandonaba nadie, era un imán con el pelo largo y las piernas esbeltas.

—Para —dijo Carter con las cejas juntas.

—¿Que pare qué?

—De enojarte.

—No estoy enojada —mintió Bel.

—Estás intentando estarlo.

—No.

—Mentirosa. —Carter sonrió, una sonrisa menos relajada de lo normal—. Bueno, solo digo que no intentes buscar motivos. Conócela. Creo que te caería bien, seguramente.

Bel había tenido razón al dudar de si contárselo o no a

Carter, y ahora Carter podía actuar como la sensible, la razonable, apaciguar a la salvaje de su prima. Bel no era el problema, el problema era Rachel.

—Puedes pegarme si así te vas a sentir mejor.

—De acuerdo. —Bel golpeó a Carter con los nudillos en el brazo.

—Auch —se quejó y se lo frotó—. No pensaba que fueras a hacerlo, rayos.

—¿No me conocías tan bien? —respondió Bel.

—Tú lo has querido.

Carter apretó los dientes y desarmó a Bel con un golpe en las costillas, le pasó un brazo por el cuello y, cuando Bel se dobló, la atrapó. Bel agitó las piernas para intentar golpear las de Carter. ¿Por qué las tenía tan largas? Era trampa.

—Te soltaré cuando dejes de estar enojada. —Carter se rio y chocaron las mochilas.

—Nunca estoy enojada —dijo Bel, enojada—. Devuélveme mi cabeza.

Carter no la soltaba.

—Pídemelo por favor. Y di «Te quiero, Carter Price».

—Por favor y te quiero, Carter Price.

—Muy bien.

Carter le soltó el cuello y Bel se enderezó. Tenía el pelo revuelto y las mejillas sonrojadas.

—Te asesinaré mientras duermes —dijo Bel mientras se colocaba la mochila y seguía caminando.

—La policía está detrás de nosotras —susurró Carter con la mano en la boca.

—No me atraparán.

Los agentes las acompañaron por Main Street hasta que llegaron a la escuela. Ni siquiera habían entrado y ya empezaban a mirarlas. La escolta policial no ayudaba. No eran miradas silenciosas, iban seguidas de susurros de emoción, y se escuchaba el nombre de Rachel en la distancia, con un crujido fuerte en el medio.

—No mates a nadie hoy —dijo Carter sujetándole la puerta.

—No prometo nada.

Los grupos que se formaban antes de empezar las clases se

iban apartando para dejarlas pasar con un murmullo de voces que parecía una sierra cada vez más fuerte, y los estudiantes reñían para poder verlas.

—¡Ey, Bel! —Alguien gritó su nombre.

Bel miró a otro lado y lo ignoró.

—Bel, ¿cómo estás?

También ignoró ese comentario.

El pasillo se dividió y Bel y Carter tomaron caminos opuestos. Sin ella, Bel se sentía más expuesta, como un ejército de una sola persona. Se cruzó de brazos para protegerse el pecho.

Siguió caminando y pasó por delante del Santuario de Rachel. ¿No lo deberían quitar? No se hacían santuarios para la gente que no estaba muerta.

Sonó la campana justo cuando cruzó la puerta de su clase, que estalló en comentarios en cuanto la vio, llena hasta los topes. Se sentó junto a la ventana y dejó la mochila en la silla de al lado, para reservarla.

—Hola, Bel —dijo una voz grave, suspendida sobre ella.

Era el profesor Tripp, acomodándose las solapas del saco. Se vistió elegante y llevaba el pelo recogido hacia atrás.

—Fui de compras.

—No pasa nada. Pensaba que te tomarías un poco más de tiempo. Ya sabes, para acostumbrarte. —Se subió los lentes por la nariz. Parecía que el que necesitaba acostumbrarse era él.

—Me gusta demasiado venir a clase —dijo.

El profesor Tripp se agachó y puso los codos sobre la mesa.

—¿Cómo está tu madre? —Bajó la voz, pero, por supuesto, los demás compañeros se habían quedado en silencio para escuchar.

—Bien. —Luego, ante la mirada de preocupación de su profesor, añadió—: Teniendo en cuenta la situación.

Él se levantó y quitó los codos de la mesa.

—Bel, si necesitas hablar de lo que sea, ya sabes dónde encontrarme.

—Sí, ahí.

La fiebre de Rachel también lo había contagiado a él. Toda la escuela había enfermado. Hoy iba a ser un infierno, pero al menos Bel tendría las próximas siete horas para ella, sin Rachel.

Rachel estaba aquí.

No tenía que estar aquí, Bel había venido a clase para escapar de ella. Pero allí estaba cuando Bel y Carter salieron al terminar las clases, de pie, en el césped. Estaba rodeada por un grupo de profesores muy parlanchines, y la voz del director Wheeler era la que más se escuchaba.

El profesor Tripp también estaba, un poco más atrás, observándola. No parpadeaba, quizá por si Rachel se desvanecía en el medio segundo que tuviera los ojos cerrados. La otra vez fue en cuestión de minutos.

—Bueno, Rachel —canturreó el director—. ¿Tendremos que buscar alguna excusa para contratar a otra profesora de Lengua? Tu despacho te ha estado esperando.

Rachel sonrió con un gesto despreocupado de la mano.

—Todavía no estoy preparada para pensar en eso.

—Claro que no —dijo la profesora Torres—. No deberías volver a trabajar nunca más, cielo.

—Bueno, eso tampoco. La gasolina es más cara de lo que recordaba.

Eso hizo reír al público, serio y educado.

—Hola, Julian. —Rachel vio al profesor Tripp cuando su público se movió. Sus pies siguieron su mirada, abriéndose paso para darle un abrazo. Él se aferró al abrazo más tiempo del estipulado, como si fuera la prueba de que era real—. Cuánto tiempo.

—Demasiado. —El profesor Tripp sorbió por la nariz—. Te daba por muerta.

—Estoy viva —dijo Rachel, dando una vuelta en el centro del círculo—. Supongo que es extraño para los demás. Yo siempre supe que estaba viva. Nunca perdí la esperanza de volver. Quería darte las gracias, Jules. Por encontrar a Annabel hace tantos años.

—Fue una casualidad. —Se secó la nariz—. Ojalá hubiera llegado antes.

—Ojalá no sirve de nada —dijo Rachel con una sonrisa para todo el mundo—. Me gustaría que habláramos después. Me acabo de comprar un teléfono. Mi hija me ayudará a configurarlo luego. —Bel no lo hizo ayer porque fingió que se le había olvidado hacer unos deberes para poder esconderse en su habitación—. Apúntenme sus teléfonos.

—Claro, corazón. —La profesora Lawrence le apretó el hombro—. Tengo una pluma y una libreta. —Las sacó del bolso y garabateó su número, luego fue pasando la libreta a todos los que habían trabajado con Rachel anteriormente. El profesor Tripp fue el último, arrancó la hoja y se la dio a Rachel.

—Gracias. —Se llevó la hoja al pecho—. Me alegro mucho de verlos a todos. Voy a ir a buscar a mi hija... Vamos, Annabel. ¡Hola, Anna! ¡Carter!

Saludó con la mano y se abrió paso entre el grupo de profesores. Bel vio que se había puesto el saco nuevo y los pantalones de cuadros con los tenis, tan blancos que brillaban.

—Hola. —Carter habló primero cuando Rachel las alcanzó.

—Hola, chicas. —Sonrió mientras se guardaba la hoja de papel en el bolsillo del saco. Algo sonó cuando lo hizo, como un juego de llaves—. ¿Qué tal las clases?

—Bien —dijo Carter.

—Sin novedad —dijo Bel.

Rachel abrió los ojos, a la espera de algo más que una respuesta corta.

—¿Qué tal tu día, tía Rachel? —preguntó Carter.

—¡No he parado! —dijo, y se dirigió hacia Main Street mientras les indicaba con los ojos que la siguieran, forzando que se pusieran en marcha—. Resulta que hay un montón de papeleo por arreglar cuando se vuelve de entre los muertos. —Una risa seca y breve—. Más interrogatorios con la policía. Citas con el psiquiatra. También fui a la dirección de tránsito para que me dieran la licencia de manejo temporal. Volví a abrir mi cuenta bancaria, e hice una copia de las llaves de casa. Y luego me he tomado un café con mi madre. —La de los caballos estaba de vuelta, entonces. ¿Admitiría alguna vez lo equivocada que estaba sobre papá, ahora que Rachel estaba viva?—. Hablamos el domingo, pero llegó hoy, así que se quedará aquí un par de semanas. Y luego me reuní con el equipo del documental.

—Rayos, sí que has estado ocupada —dijo Carter, concediéndole a Rachel toda su atención. Pero Bel estaba mirando los tenis demasiado blancos, solo se estaban ensuciando las suelas.

—Y todavía falta —continuó Rachel, acelerando el paso. Carter le mantenía el ritmo, Bel se quedó atrás. ¿Había venido para acompañarlas a casa? El circo mediático se les iba a lanzar encima—. Esta tarde, Sherry me llevó con un concesionario a las afueras del pueblo. Me compré un coche de segunda mano. —Sacó el juego de llaves que todavía tenía el llavero del concesionario, y se lo colgó en el dedo—. No es nada del otro mundo, pero se me ha ocurrido sacarlo a dar una vuelta y venir a recogerlas. Es este.

Rachel pulsó el botón y un coche pitó, y las luces parpadearon desde el otro lado del césped que rodeaba el estacionamiento del Royalty Inn. Un Ford Escape plateado con ojos malvados y una rejilla como unos dientes apretados.

—Vamos. —Rachel atravesó el césped con paso ligero, Carter la siguió.

Bel se quedó en la acera.

—Normalmente vamos caminando —dijo—. No está muy lejos.

—Ah, ya lo sé —dijo Rachel abriendo la puerta del conductor—. Pero quería venir a buscarlas. Nunca lo llegué a hacer y, si no me daba prisa, no lo haría nunca. No te preocupes, me acuerdo cómo manejar un coche.

Bel cruzó el césped y se detuvo antes de llegar al coche. Carter estaba dudando frente a la puerta del copiloto, con una mano levantada.

—¿Delante o detrás? —le preguntó a Bel.

Rachel también estaba esperando, apoyada en el techo.

—Sube —dijo, todavía con esa sonrisa a juego con su coche nuevo.

Bel tragó saliva con los codos y la mandíbula apretados. Era evidente que Rachel quería que se sentara adelante, a su lado. Pero ¿eso no sería como si Bel pensara que todo esto estaba bien o era normal? «Sube» era algo muy simple, pero nada de lo que decía Rachel era simple, había capas, un estira y afloja entre ellas. ¿Qué ganaría Rachel si Bel aceptaba?

—¿Bel? —Carter la miró y le hizo un gesto entre la puerta de adelante y la de atrás, esperando a que respondiera.

Igual Bel podía elegir sentarse atrás, que estaba más lejos de Rachel, una especie de no, pero no dejaba de ser el asiento de atrás.

Una elección, eso o aquello, adelante o atrás, pero Bel no quería ninguna de las opciones.

—Me acabo de acordar —dijo de pronto, encogiéndose de hombros ante los ojos de ambas, y mirando al cielo en busca de la mentira—. Quedé con alguien después de clase.

Carter entrecerró los ojos.

—¿Con quién? —Lo sabía. Sabía que Bel no había quedado con nadie. Eran los mismos amigos inexistentes a los que Ramsey quería entrevistar la semana pasada.

—Con un grupo de trabajo para subir las calificaciones, de Biología. Con todo lo que ha pasado, se me había olvidado que quedamos el martes después de clase.

—Ah. —Una sombra se instaló en los ojos de Rachel, y se llevó también la sonrisa—. Pues no te entretenemos más, que te estarán esperando.

—¿Seguro? —dijo Carter intencionadamente, diciendo algo diferente con la cara, algo que Rachel no podía ver. Carter sabía, o creía saber, que Bel estaba haciendo eso que siempre hacía. Pero a Carter esto no le tocaba tan de cerca, no lo podía ver.

—Sí —dijo Bel sin dar ninguna respuesta secreta con la cara, dejando unas huellas fantasmales detrás.

—No sé cuándo acabaremos. Pero no pasa nada, volveré a casa caminando. Gracias. Hasta luego.

Bel levantó una mano para despedirse, chocando los cinco con la brisa, y se volteó en cuanto llegó a la acera. La puerta de un coche se cerró y otra se abrió. Miró atrás y vio a Carter sentada delante, al lado de Rachel, charlando, pasando por encima de la incomodidad que Bel debió dejar atrás. Se le daba bien eso, brillar más para compensar.

Bel sintió un retortijón en el estómago que estiraba el nudo. No le gustaba dejar a Carter sola con Rachel, pero ¿qué otra cosa podía hacer? Carter no la escuchaba. No pasaba nada, Rachel tardaría un par de minutos en dejar a Carter en casa en el número 19. Pero el nudo no hacía caso a razones y se alimentaba de los malos presentimientos, incluso de los más pequeños.

Bel oyó el motor arrancar y unirse al ruido de Main Street cuando Rachel se llevó a Carter. Parpadeó y ya habían desaparecido las dos, bloqueadas por una corriente de coches.

¿Y ahora qué?

Su padre estaba trabajando. Carter estaba con Rachel. El abuelo no se acordaba de quién era.

Bel era muy hogareña, su mundo era del tamaño del número 33 de la calle Milton. Pero le habían ocupado la casa, una invasión lenta con una sonrisa mordaz, y ahora Rachel tenía sus propias llaves.

Bel quería alejarse, pero no tenía adónde ir, nadie con quien quedar, nadie con quien hablar. Nadie en absoluto.

A no ser...

Dieciséis

Ash estaba saliendo del hotel cuando Bel llegó a la puerta, casi chocó con él y con la cámara que llevaba en la mano, cegada por su propio reflejo.

—Uy, hola. —Se llevó la cámara al pecho—. Ramsey me mataría si la rompo.

—Le daría un poco de chispa al documental —dijo Bel dando un paso atrás para dejarlo pasar—. Quedará un poco soso si no muere nadie.

—Estás de buen humor. —La miró de arriba abajo y ella hizo lo mismo. Una gorra hacia atrás y un overol burdeos con una camiseta de rayas—. ¿Qué haces?

—Nada —dijo ella—. Acabo de salir de clase. Mi escuela está ahí al lado. Pasaba por aquí. ¿Y tú qué haces? —preguntó ella.

—Ramsey lleva todo el día en una reunión, así que me ha pedido que grabe algunas reacciones en el pueblo, para ver qué opinan los vecinos del retorno de Rachel y demás. A eso iba.

—¿Y qué opinan los vecinos? —preguntó Bel, usando el truco de Rachel, empezando a caminar para que Ash tuviera que hacerlo también.

—Están impactados, por lo general. —Se cambió la cámara de sitio para mantener el ritmo—. Pero contentos de que la historia haya tenido un final feliz.

—Final feliz —murmuró Bel para sí. El jefe de policía dijo que no sería un final feliz de verdad hasta que el hombre que secuestró a Rachel no estuviera tras las rejas. Así que, si no existía, no habría ningún final feliz.

—¿No te lo parece? —preguntó Ash vacilante.

—¿En serio? —Se rio—. ¿Quieres indagar en mis traumas maternos?

—Parecen tus traumas más intensos. —Carraspeó—. No sé, ayer, en el centro comercial, me dio la sensación de que no estabas bien. Si todo el mundo cree que deberías estar contenta y no lo estás, he pensado que igual necesitas hablar con alguien. Alguien que no esté involucrado.

Ash era más que alguien no involucrado, era de un mundo distinto. Tenía tres hermanas mayores y una madre a las que quería lo bastante como para tatuarse el brazo.

¿Y si lo intentaba? Lo peor que podría pasar es que lo rechazara, y eso también jugaría a su favor, alejándolo por fin antes de acercarse demasiado y que Bel empezara a creer que le importaba.

No tenía nada que perder.

Y no había minas familiares por las que andar de puntitas, nadie que pensara que conocía a Bel mejor de lo que se conocía ella.

—Creo que Rachel miente —dijo de pronto, buscando una reacción en su cara.

—Vaya. —Él se mordió el labio, pero Bel no sabía qué significaba eso—. ¿Que miente sobre qué?

—Sobre su desaparición. Y también sobre su retorno. Sobre dónde ha estado estos dieciséis años.

Ash parpadeó con los ojos arrugados por la brisa de una camioneta que pasó por su lado.

—¿Y por qué lo crees?

¿Le estaba dando una oportunidad? Bel la aceptó, y habló rápido antes de que se arrepintiera.

—Se equivocó un par de veces con algunos detalles de la historia. A mí me dijo que el hombre dejó el motor encendido cuando la soltó en la carretera, pero a mi padre le dijo que lo apagó antes de bajarla del coche. También se equivocó y dijo que había estado encerrada quince años, no dieciséis. No se le habría olvidado ese número si fuera verdad, ¿no? Y ayer, en el centro comercial, me habló de una pulsera que yo tenía. La tiré al río hace años, después de que mi amiga... En fin, la única prueba que hay de la existencia de esa pulsera es una foto antigua en mi Instagram. Rachel no ha tenido acceso a internet desde que volvió, es imposible que viera mi Instagram en esas cuarenta y ocho horas. Ni siquiera ha de saber qué es Instagram. Debió de ver esa foto en otro momento. Lo que significa que quiza no estuvo encerrada en un sótano hasta el sábado por la mañana. Y otra cosa: el hombre que la tenía secuestrada hasta ahora, ¿la dejó ir sin darle ninguna explicación y ella no es capaz de dar una descripción detallada de él? Y... —Hizo una pausa y lo miró a los ojos—. No sé, supongo que es un presentimiento. Algo no está bien, no dice la verdad.

Ash se llevó los dedos a la barbilla y asintió.

—Muy bien —dijo.

—¿Muy bien? —le preguntó Bel, descruzando los brazos—. ¿No vas a decirme que estoy equivocada, que estoy exagerando, que es normal que las cosas sean un poco raras, o que la estoy alejando porque tengo problemas de abandono?

Ash apretó los labios, pero no era una sonrisa.

—¿Por qué iba a decirte eso? Das mucho miedo.

—Gracias. —Bel agachó la cabeza—. Entonces... ¿me crees?

El nudo se apretó; ella esperó.

—Sí —dijo él.

Qué fácil. No había dicho ni una frase entera. Pero, carajo, necesitaba escuchar algo así. Tuvo una sensación de ligereza que la hacía levitar. Él le creía o, al menos, eso había dicho, y con eso bastaba, de momento. Alguien de su parte, por muy ridícula que fuera.

Pasó por su lado una familia de cuatro y se quedaron mirándolos, sin preocuparse por disimular su curiosidad. El chico que vestía como un payaso y la hija de Rachel Price. Extraños, pero extraños en el mismo bando.

—Si es verdad que miente —dijo Ash cuando no hubo intrusos cerca—, habría tenido algún motivo, ¿no? Primero para desaparecer, y luego para reaparecer dieciséis años después. Si ambos momentos estaban preparados.

—No lo sé —dijo Bel. Era la primera vez que podía razonarlo, en voz alta, utilizando a Ash como un muro de contención para sus pensamientos—. Si te las arreglas para desaparecer, tan bien que todo el mundo te da por muerta, ¿cuál podría ser el motivo para volver y arriesgarte a que te descubran?

—Supongo que el motivo por el que la gente hace la mayoría de las cosas: dinero —dijo Ash, sujetando la cámara en el hueco del codo.

—Pero ¿qué dinero? —Bel hizo un gesto con las manos vacías.

—No sé —respondió Ash, arrastrando las palabras al final, como si llevaran a algún sitio, como si no fueran un bloqueo, como lo eran normalmente las de Bel—. Rachel se ha reunido hoy con Ramsey para los contratos de su participación en las entrevistas y el rodaje. No aceptó vender los derechos de su vida hasta que Ramsey le ofreció un montón de dinero. También ha negociado temas administrativos, es muy lista.

Bel se quedó quieta, pensando.

—¿Cuánto dinero?

—No sé la cantidad exacta, pero mucho más que el contrato de tu padre. Supongo que porque ella es el tema principal y, con su vuelta, Ramsey está seguro de que alguna cadena comprará el documental. De hecho, hoy tiene reuniones por Zoom con algunas de las más grandes.

A Bel se le formó un nudo en la cabeza, a juego con el del estómago, que se retorcía a medida que repasaba preguntas y posibles escenarios.

—Qué casualidad —dijo— que estén haciendo un documental sobre ella justo cuando vuelve de entre los muertos. Qué momento más oportuno para ambas partes. ¿Dónde está Ramsey? —Se volteó hacia Ash.

—En la sala de juntas, todavía está en reunión. ¿Por?

Bel señaló la cámara.

—¿Me la prestas?

—Sí, claro. —Se la dio. Pesaba más de lo que esperaba, y no se estremeció cuando se rozaron sus dedos.

Bel se fue de vuelta al hotel.

Ash la siguió, confuso.

—Oye, espera. —Tenía pánico en la voz—. No sé por qué hice eso. Devuélvemela. Chica, es muy cara.

—No te preocupes, no se me va a caer ni la voy a destrozar presa de la ira.

Llegó a la puerta principal.

—¿A qué viene eso? No me extrañaría nada que hicieras algo así. —Ash la siguió dentro del vestíbulo del hotel, mordiéndose el pulgar con ansiedad.

—¿Cómo se graba? —preguntó mientras caminaba hacia la sala de juntas.

—Devuélvemela, ¿adónde vas? —protestó Ash.

—No seas aguafiestas. Supongo que será con el botón rojo este de aquí. A no ser que eso sea para que se autodestruya.

Lo pulsó y apareció la imagen en la pantallita lateral, estaba grabando. Bel hizo un ruido de explosión soltando aire por la boca, fingiendo que se le caía la cámara y disfrutando de la mirada aterrada de Ash.

—Ha sido demasiado fácil —le dijo. Se suponía que él debía ser capaz de replicarle.

Abrió la puerta con un brazo.

—¿Qué...? —La cara de Ramsey emergió de detrás de un MacBook sobre la mesa—. Ash, te dije que tenía reuniones. Menos mal que acabo de terminar una, literalmente.

—Fue ella —dijo Ash, señalando a Bel.

—Hola, Ramsey —dijo Bel muy alegre, mirando su cara en la pantallita, que pasó de sorpresa a confusión.

—¿No te había dicho que cuidaras la cámara, Ash? —dijo él.

—Sí. —Ash se levantó la gorra y se rascó la cabeza—. Se la he dado sin querer a Bel.

—¿Por qué?

—Porque me la ha pedido.

—Siempre estás con una cámara encima de mí —dijo Bel—.

Ahora me toca a mí. ¿Qué tal el día? —Bel sonrió de oreja a oreja.

Ramsey abrió mucho los ojos.

—Pues muy bien, la verdad. He tenido conversaciones muy prometedoras con varias cadenas. Todas están desesperadas por conseguir el documental ahora que Rachel ha vuelto. Ya le hemos cambiado el nombre oficialmente a *El retorno de Rachel Price*. —Subrayó el título con los dedos, dibujando una línea en el aire.

—Qué original —dijo—. Muy buena aliteración.

—Eso pienso yo, y todos los ejecutivos también. Acabo de tener una reunión con la N grande y roja, no sé si me entiendes.

Bel lo entendía, pero puso cara como si no.

—Empieza por *N* —dijo Ramsey mientras se ponía de pie—, termina en *-etflix*.

—Perdona, no tengo ni idea de qué es eso —respondió Bel con el ceño fruncido, desarmándolo antes de intervenir.

Y su truco había funcionado. Ramsey sacudió la cabeza y sonrió mirándose los pies. Carajo, era encantadoramente desesperante, ¿verdad? Era imposible que una chica así también fuera inteligente, ¿no?

—¿Qué quieres, Bel? —Miró directamente a la cámara, como si sintiera algo.

—Nada, simplemente he pensado que ahora te tocaba a ti responder algunas preguntas. Una entrevista al revés.

—Bien, mordió el anzuelo. —Ramsey se apoyó sobre la mesa con las piernas cruzadas. Se había puesto una camisa azul intenso para la gran N roja—. ¿Qué me quieres preguntar?

—Es más un comentario que una pregunta —respondió Bel—. Estaba pensando en la increíble coincidencia de que estuvieras haciendo un documental sobre la desaparición de Rachel y que, de forma milagrosa, ella volviera de entre los muertos en pleno rodaje. Es un antes y un después increíble. Y todas esas cadenas que lo quieren, seguramente te estén ofreciendo muchísimo dinero. Fantástico, claro, porque tanto tú como Rachel se beneficiarán de eso. Qué casualidad. Aunque una persona un poco cínica podría tildarlo de sospechoso.

Ramsey apretó los labios. Sabía que Bel era esa persona un poco cínica.

—Continúa —dijo él, insistiéndole, casi como si estuviera disfrutando.

—¿Rachel y tú organizaron su reaparición para beneficiarse de la tormenta mediática? Seguramente estabas desesperado después del fracaso de tu último documental.

Ramsey hizo una mueca. Esa última frase había dolido un poco.

—No, Bel. No hicimos eso —dijo con delicadeza, con una mirada impresionada pero que la regañaba al mismo tiempo, tanto en la vida real como en la versión en miniatura de la pantallita de la cámara—. No he organizado nada. La primera vez que vi a Rachel Price fue cuando llamé a tu puerta el domingo por la mañana. No tuve contacto previo con ella; ni siquiera sabía que era una posibilidad. De verdad, Bel, pensaba que estaba muerta, como tú. Cien por ciento, no me cabía ninguna duda de que Rachel Price estaba muerta. Estoy tan impresionado como el resto del mundo de que haya vuelto. Ser testigo de algo así es algo que solo pasa una vez en la vida. Y, en cuanto a Rachel: estuvo encerrada en un sótano hasta hace tres días, es imposible que haya podido tener contacto con nadie ni organizar nada.

—Ya —dijo Bel—. O sea, que no es más que una coincidencia.

Ramsey se encogió de hombros.

—Ocurren. —La estudió con interés, de una forma muy diferente a como la miraban los vecinos. Leyéndola, no solo viéndola, fisgoneando con ojos de cineasta—. ¿Qué te hace pensar que tu madre no ha estado dieciséis años encerrada en un sótano?

—La que hace las preguntas soy yo, que para eso tengo la cámara. —La sacudió.

—Interesante —dijo Ramsey, frotándose la barbilla—. ¿Por qué crees que la reacción de tu instinto es pensar que tu madre miente, Bel?

—No lo es —dijo.

—¿Te resulta menos doloroso creer que tuvo el control,

que te abandonó a propósito? ¿Que ha vuelto por algún motivo concreto?

—Deja de hacer preguntas, yo soy la que hace las preguntas. —Bel tomó aire—. Entonces, ¿por qué elegiste a Rachel? ¿Por qué decidiste que ella sería tu próximo proyecto?

—¿La verdad? —dijo Ramsey, cruzando las piernas hacia el otro lado y mirando a Ash—. No conocía el caso de Rachel Price. Sé que aquí es muy grande, pero en Estados Unidos hay muchos asesinatos y personas desaparecidas. Empecé a investigarlo cuando estaba en Maine. Tuiteé algo sobre tener que abandonar el rodaje de mi último documental y alguien me respondió diciendo que el caso de Rachel Price podía ser interesante para un documental, por si estaba buscando ideas. Lo busqué en Google por rencor, y lo demás ya te lo sabes. Así que todo fue por esa persona desconocida que me respondió. No hay ninguna conspiración. Pero volvamos por qué tú sí querías que hubiera una.

—No —dijo Bel tajante, siguiéndole el juego—. Y en toda la investigación que hiciste, ¿encontraste algo que contradijera lo que Rachel dice que le pasó?

Ramsey la volvió a estudiar, y ella deseó que dejara de hacerlo. Era capaz de psicoanalizarla, pero ella también sabía hacer eso. Ir a la yugular, hacer otro comentario sobre su documental fracasado.

—Bueno —dijo él—, mañana y el jueves grabamos su entrevista, así que todavía no sé su parte de la historia completa, ni más de lo que nos permite saber la policía. Pero no, de momento no hay ninguna contradicción, ningún motivo para no creer todo lo que dice. A no ser que tengas en cuenta a toda esa gente que creyó haberla visto durante todos estos años. En Brasil. En París. —Ramsey se rio con un sonido susurrante.

—Un momento. —Bel lo detuvo y rebuscó en sus recuerdos—. Dijiste que alguien la vio hace poco, en New Hampshire. ¿Dónde fue? ¿Quién?

—¿En serio? —preguntó Ramsey.

—En serio —respondió ella.

—Está bien. —Cedió con una palmada en los muslos. Bel

lo siguió con la cámara cuando volvió a la computadora y empezó a escribir y a cliquear.

—Fue en North Conway —dijo—. Espera, estoy buscando los documentos. Aquí. Sí. North Conway. Una mujer que se llama Alice Moore. Publicó en Facebook, en enero, que había entrado en su tienda una persona y ella juraba que era Rachel Price.

—¿Dónde la puedo encontrar? —preguntó Bel—. ¿Cómo se llama la tienda?

—Es la dueña de una pequeña tienda de ropa —dijo, echando un vistazo a sus notas—. Se llama Baa-Baa Boutique. Pero...

—Genial. —Bel se acercó más para dejar la cámara, todavía grabando, sobre la mesa, atrapando dentro a Ramsey—. Envíale la dirección a Ash.

—¿Eh? —dijo Ash al oír su nombre.

—Bel —empezó a decir Ramsey—. No sé si debe...

—Vamos, Ash —dijo Bel, dándole una palmada en la espalda—. Vámonos. Conduces tú.

—Yo... ¿qué? —Tenía cara de espanto—. Pero no tengo...

—Toma —dijo Ramsey, con otro tono y una luz nueva en los ojos. Buscó en el bolsillo trasero del pantalón y le lanzó un juego de llaves desde el otro lado de la sala. Ash las agarró con torpeza, alternando la mirada entre los dos, como un ciervo ante los faros de un coche—. Se conduce por la derecha, ¿te acuerdas?

—Pero...

—¡Ash! —dijeron los dos. Bel ya estaba esperándolo en la puerta y dio una palmada impaciente.

—Toma la cámara —dijo Ramsey, que la tomó y se la apretó a Ash en el pecho mientras le guiñaba un ojo, aunque Bel no lo vio. Y le susurró—: Con mano firme, procura enmarcar bien la imagen.

—Ah, o-okey —tartamudeó Ash, entendiéndolo todo.

—¡Un momento! —Ramsey fue corriendo a la mesa—. Las autorizaciones. La gente tiene que firmarlas —dijo, dándole unas cuantas a Ash—. ¿Tienes plumas?

—Carajo, yo tengo plumas —dijo Bel—. Vámonos de una maldita vez, antes de que cambie de opinión. Gracias.

Diecisiete

Se escucharon cláxones y gritos cuando Ash salió de la carretera principal y empezó a estacionarse junto a la biblioteca de North Conway.

—Las carreteras de este país son un infierno —dijo, pidiendo disculpas con la mano por fuera de la ventanilla y apagando el motor.

—Es que tú conduces fatal —dijo Bel.

Él le lanzó una mirada y se volvió a poner la gorra.

—Y tú eres una copiloto horrible. Podrías avisarme con un poco más de tiempo en lugar de darme un grito para que gire.

—No habría sido tan divertido. —Bel tomó la mochila y abrió la puerta del coche.

—No tienes remedio —murmuró Ash entre dientes mientras salía por el otro lado. Tomó la cámara del asiento trasero, pasó los dedos por el micrófono y comprobó que tuviera batería. Luego tomó la mochila, una de esas mochilas pequeñas de cuero. Estaba ridículo.

—Bonita mochila.

—Es de mi madre —dijo él—. Tiene un talento especial para conseguir ofertas de segunda mano para ella y para mis hermanas.

Bel asintió, con los ojos muy abiertos y poco amables para contradecir su sonrisa. Ella nunca se compraba cosas de segunda mano, ni las regalaba. Solo le dejaba cosas a Carter cuando eran niñas y le quedaban pequeños los *jeans*.

Cruzaron la carretera. Bel no apartaba la mirada de la tienda Baa-Baa Boutique que tenía en frente. El aparador era pintoresco: listones de madera pintados de blanco y azul, muy marinero, aunque el mar quedaba bastante lejos. Estaba junto a una tienda que se llamaba World Magic Gifts, con un aparador lleno de atrapasueños y astas, y unas esculturas que observaban a Bel y Ash acercándose.

Ash pulsó el botón de grabar en la cámara, centrando el plano en Bel, y luego lo abrió para mostrar el nombre de la tienda y el logo de la ovejita.

—¿No tienes que decir «acción» o «rodando» o algo así?

—Acción, o rodando, o algo así —dijo con una sonrisa torcida.

Bel abrió la puerta y sonó una pequeña campanita sobre su cabeza. No le sujetó la puerta a Ash y dejó que se peleara con ella. Pasó por delante de un exhibidor de ropa. La primera prenda que había era una camiseta amarilla en la que decía: «*Pugs, not drugs*» con un Pug triste y gordinflón en el centro. El tipo de prenda que se pondría Ash. Se dio la vuelta y lo descubrió mirándola y agarrándola.

—Concéntrate —dijo ella, chasqueando los dedos—. No hemos venido de compras.

—Es que está muy triste, pobrecito. —Ash hizo un puchero—. Necesita un hogar donde lo quieran.

Bel puso los ojos en blanco mirando a los lentes de la cámara, las dos confabulando frente a Ash. Caminó hacia el mostrador, donde había una mujer de unos cuarenta y tantos escribiendo unas etiquetas, con una camiseta de rayas azules y blancas que hacían juego con la fachada de la tienda.

—Bienvenidos a Baa-Baa Boutique —dijo, aburrida, con los ojos vidriosos hasta que vio a Ash. Entonces se puso recta, estiró el cuello y se acomodó el pelo oscuro hacia un lado—. ¿Les puedo ayudar en algo? —les preguntó.

—Queríamos ver a la propietaria, Alice Moore —dijo Bel, sin conseguir arrebatarle a Ash toda la atención de la mujer.

—Soy yo —dijo con unas líneas alrededor de la boca al fijarse en la cámara que llevaba Ash—. ¿Qué...?

—Estamos haciendo un documental —explicó Bel—. *La desaparición de Rachel Price.*

Ash tosió.

—En realidad es *El retorno de Rachel Price.*

—Oh. Sí, las noticias... Es increíble, la verdad... —Alice se quedó callada y por fin miró a Bel—. Tú te pareces mucho a... debes de ser s-su...

Bel dejó que Alice tartamudeara y las dejó colgando, a ella y a su frase sin terminar.

—Sí, esta es Bel —intervino Ash—. La hija de Rachel.

—Ay, tesoro. —Alice le concedió a Bel toda su atención—. Tienes que estar contentísima de que tu madre por fin esté contigo.

—Sí, eso parece —dijo Bel, dejando otro hueco incómodo para Ash.

—¿Te importaría firmar esta autorización? —dijo, sacando una hoja de la mochila ridículamente pequeña—. Para dar consentimiento de que tu cara y tu voz salgan en el documental.

—Sí, claro. —Alice tomó el formulario, lo firmó después de echarle un vistazo rápido, sin leerlo, y se lo devolvió—. Aunque no sé muy bien por qué me entrevistan a mí. Ni siquiera conozco a nadie que conozca a Rachel.

—En realidad —dijo Bel, tomando el control—, hemos venido a preguntarte sobre algo que publicaste en Facebook en enero. Que pensabas haber visto a Rachel Price aquí, en tu tienda.

—Ah, sí. —A Alice se le desmoronó la cara, susurró una risa y los hizo partícipes de la broma—. Evidentemente, me equivoqué. Ahora que sabemos dónde ha estado la pobre Rachel, no podía ser ella.

—Pero ¿nos puedes decir algo de lo que viste, de esa mujer? Aunque ahora sepamos que no podía ser Rachel —insistió Bel.

La mujer entrecerró los ojos.

—No lo entiendo.

—Mmm. —Bel dio un paso atrás, llevándose la mano a la boca, como si fueran amigas de toda la vida. Así hablaban las amigas, ¿no?—. Es simplemente relleno para el documental, un poco de historia para llegar a las partes más jugosas, para que se vea lo conocido que era el caso de Rachel antes de que volviera. —Bel no le dejó espacio para no entender, insistiendo de nuevo. Puede que esta mujer tuviera las respuestas para destapar las mentiras de Rachel y Bel estaba dispuesta a conseguirlas—. ¿Qué nos puedes contar de la mujer que viste?

Alice hizo una pausa y carraspeó.

—Pues, no sé, no la vi muy bien, igual por eso estaba tan segura de que era Rachel. Llevaba una mascarilla, de esas quirúrgicas, para el covid, así que solo le vi los ojos. También llevaba un gorro de lana, hacía muchísimo frío en la calle. Tenía el pelo largo, casi hasta la cintura, rubio oscuro, como Rachel cuando desapareció. No interactuamos demasiado, solo cuando se acercó al mostrador, y no recuerdo nada destacable. Pero la miré a los ojos y tuve una sensación de: «Dios mío, se parece a Rachel Price». No le dije nada, y luego me lo reproché, cuando estaba convencida de que era ella. Tenía que contárselo a alguien, por si acaso, para que no pareciera un secreto. Así que lo puse en Facebook. Aunque, si le hubiera dicho algo, sería lo que me estaría reprochando ahora, porque es evidente que no podía ser tu madre.

—Claro —dijo Bel, pero no lo decía en serio, porque era posible que esa mujer fuera la auténtica Rachel Price y, ¿quién se lo tendría que reprochar, entonces? Pero, si era Rachel, Bel necesitaba pruebas. Evidencias—. ¿Tienes cámaras en la tienda? ¿Es posible que grabaran a esta mujer?

—Sí —dijo Alice—. Revisé las imágenes el día siguiente para ver si me estaba volviendo loca.

—¿Podemos verlas? —insistió Bel.

—Ya no las tengo. Se borran cada semana.

Bel se desinfló.

—Pero hice una captura de la imagen más clara, cuando estaba justo donde estás tú ahora. No es de la mejor calidad, pero creo que todavía la tengo en el teléfono. Espera.

Bel y Ash esperaron e intercambiaron miradas mientras Alice deslizaba la pantalla de su teléfono.

—Disculpen, es que tengo muchas fotos de mi perrito —dijo sin levantar la mirada—. Aquí está.

Les enseñó la foto en el teléfono. Ash la amplió, y luego la devolvió a su tamaño original para ver la reacción de Bel. Ella se acercó a la pantalla con los ojos entornados. Había una mujer con un abrigo de color oscuro y un cubrebocas, el pelo de un color parecido al de Rachel, lo bastante largo como para que se le quedara atrapado en el codo al acomodarse el cubrebocas, posición en la que estaba congelada. No se le veía mucho la cara; el gorro le cubría la zona donde debería estar la marca de nacimiento. Podía ser Rachel, no había nada que lo descartara, con el cubrebocas y el gorro como disfraz, camuflándose a plena vista. O podía ser otra mujer pálida cualquiera con el mismo color de pelo. Eran bastante normales por aquí.

—¿Me la puedes mandar por AirDrop? —dijo Bel.

—Por favor —añadió Ash por ella.

Alice se quedó mirándola sin parpadear.

—No sé qué es eso.

—Dámelo —dijo Bel impaciente, y le quitó el teléfono a Alice. Pulsó la espiral azul, esperó a que encontrara su teléfono, y aceptó la foto en su dispositivo. Le devolvió el teléfono a Alice sin mirarla.

—Gracias —añadió otra vez Ash, pero Bel solo estaba escuchando a medias mientras ampliaba la cara pixelada con apenas un tercio descubierto. Era imposible saberlo con seguridad, su instinto oscilaba entre el sí y el no. Ella quería sacar esa idea de su mente, pero si esa era Rachel, ¿qué hacía aquí?

—¿Se acercó al mostrador? —preguntó Bel, pero esa no era la verdadera pregunta—. ¿Compró algo?

Alice asintió, como si eso fuera respuesta suficiente.

—¿Y? —dijo Bel, molesta por tener que hacerlo—. ¿Qué compró?

—Un par de cosas, si no recuerdo mal. —Alice se frotó la cara, como si la mirada de Bel la hubiera quemado. Ojalá—. Pagó en efectivo, pese al cartel que dice que preferimos tarjeta. —Hizo una pausa para señalar dicho cartel—. Creo que compró unos *jeans* y una camiseta, y listo.

Bel sintió un cosquilleo en las orejas, y otro en la bola de tensión de su estómago, que estaba escuchando.

—¿Una camiseta cómo?

—Una camiseta básica de manga larga. Roja, creo. No tengo nada de colores aburridos.

A Bel se le aceleró el pulso.

—Una camiseta roja de manga larga —dijo, repitiéndolo para asegurarse de que lo había oído bien.

—Eso es.

—¿Y los *jeans* eran negros?

—Creo que sí. Es más versátil que el azul, ¿verdad? Se pueden usar también de noche.

Bel se quedó inmóvil y procesó toda esa información. Alice no era consciente de lo que acababa de decir. A lo mejor solo reconoció a Rachel Price por la foto que usaron para los carteles de su desaparición y para las noticias: Rachel con una camiseta blanca. No sabía la importancia de una camiseta de manga larga roja y unos *jeans* negros. La ropa que llevaba Rachel cuando desapareció. La misma ropa que tenía que llevar cuando reapareciera, desgarrada y manchada.

—¿Bel? —dijo Ash, sin comprender la pausa, o igual sí la había entendido y quería ver si estaba bien.

Bel lo ignoró.

—¿Tus prendas tienen etiquetas?

—Claro. —Alice sonrió—. Baa-Baa Boutique es un nombre demasiado lindo como para no ponerlo en toda la ropa. ¿Quieres que te ayude con algo? ¿Buscas alguna prenda para tu madre?

Bel no habló, así que Ash volvió a intervenir, moviéndose incómodo.

—A mí me gusta la camiseta del Pug...

—No, nos tenemos que ir —dijo Bel, agarrando a Ash por el peto y volteándolo. La cámara grabó un plano corto de su barbilla—. Adiós, gracias. ¡Adiós! —gritó mirando hacia atrás mientras empujaba la puerta y hacía sonar la campanita sobre ellos, frenética y estridente.

No dijeron nada hasta llegar al coche, y Bel se dio cuenta de que lo había estado agarrando todo el trayecto. Lo soltó y subieron. Ash seguía grabando, con la cámara hacia ella sobre su regazo.

—¿Qué? —Sorbió por la nariz—. ¿Crees que era ella? La foto estaba demasiado borrosa y la mujer llevaba demasiada ropa.

—No, sí, no —dijo Bel, sin saber cuál iba primero—. Sí, la foto no es muy clara, podría ser ella, o podría no serlo. Evidentemente debió cortarse el pelo después. Pero ¿lo que compró?

—¿Camiseta roja y *jeans* negros? —preguntó, inseguro.

—Ash, con todo el respeto; bueno, igual con todo no, ¿has prestado algo de atención al documental que estás grabando? —Lo atacó con la cámara como una barrera entre ellos—. Es la ropa que llevaba Rachel el día que desapareció. La misma ropa que llevaba cuando la encontré yendo a casa el sábado. Sucia, rota, llena de agujeros, como si hubiera estado dieciséis años con la misma ropa. Pero ¿y si no es así y simplemente es lo que ella quiere que parezca?

A Ash le cambió la mirada.

—O sea, que estás diciendo...

—Estoy diciendo que, en caso de que ya no tuviera la ropa con la que desapareció, habría tenido que comprar algo lo más parecido posible para su gran retorno organizado. Si es así, cabe la posibilidad de que sí fuera ella quien estuvo aquí en enero. Cerca, pero disfrazada. Con un cubrebocas para el covid. Eso podría explicar cómo ha estado moviéndose, al menos durante los últimos cuatro años, y ocultando su identidad. ¿Se pueden envejecer tanto una camiseta y unos *jeans*, conseguir que queden para hacer trapos en cuestión de meses?

—Probablemente —dijo Ash—. Con determinación. Pero lo que esa mujer recuerda que compró no es una prueba fehaciente.

Bel lo sabía, sabía que necesitaba más, algo más concreto, si pretendía exponer a Rachel como mentirosa. Convencer a su padre y a la policía. Pero esto era más que una simple coincidencia, estaba segura. Podía dejar pasar una casualidad: la coincidencia del rodaje del documental con el retorno de Rachel. Pero no podía dejar pasar otra. La ropa significaba algo: se encendió una cerilla en su interior y ardía en su panza, eso era una prueba suficiente de que su presentimiento había estado en lo cierto todo el tiempo.

—Dime qué estás pensando —dijo Ash.

—Hablas igual que Ramsey —respondió con una gran energía trepándole por la espalda. Giró la cabeza para dejar que saliera, tronándose el cuello—. Su desaparición no sé, pero empieza a parecer que Rachel organizó su retorno, que hace más de unos días que volvió. Lo que significa que ese sótano no puede ser real. El hombre no puede ser real. Y, por algún motivo, ella quiere hacer creer que sí lo son. —Dudó un instante—. ¿Parece una locura?

Ash sacudió la cabeza.

—No. O sea, tú estás loca, pero no por eso.

Ella le sonrió, esta vez una sonrisa de verdad que no tuvo que pensarse dos veces.

—Chica, creo que hemos hecho un trabajo excelente ahí dentro, los dos juntos —dijo, frotándose la nariz—. Lo típico de policía bueno, policía malo.

—¿Quién era el policía malo? —preguntó Bel, todavía sonriendo, a propósito esta vez.

Ash la miró boquiabierto.

—Ya basta, ¿es en serio?

Dieciocho

Bel dejó de sonreír cuando Ash la dejó en casa.

Rachel ocupó el sitio de su padre y estacionó su coche nuevo delante del garaje, donde antes vivía su camioneta. La camioneta no estaba, así que su padre no había llegado de trabajar todavía. Fantástico. No estaba su padre, pero sí la CNN, la NBC, el ABC y la FOX.

—Ya nos veremos —dijo Ash mientras ella bajaba.

—Supongo —dijo Bel—, estoy obligada por contrato.

—Es siempre un placer, Bel. —Estiró la mano y le hizo un saludo cuando ella cerró la puerta del coche. Intentaba ser más listo que ella; se iba a enterar la próxima vez.

Bel fue hacia la puerta de casa ignorando a los cuatro reporteros que no paraban de gritarle preguntas desde el otro lado de la línea de propiedad, una frontera invisible que no podían cruzar. Ella fingió que el sonido tampoco podía atravesarla.

Bel miró el coche de Rachel. Hacía tres días que había vuelto y ya se estaba apoderando de todo, empujando a los demás a marcharse, reclamando su territorio. Bel había hecho progresos hoy: un aliado, una pista; pero no era suficiente. Necesitaba más pruebas para recuperar su casa de las manos de Rachel Price. Porque a eso se reduciría todo, ¿no? Una o la otra.

Introdujo la llave en la cerradura. Al menos todavía tenía su habitación, el último espacio seguro que Rachel no podía quitarle. Iba a ir directo y se encerraría allí hasta que llegara su padre con la excusa de los deberes.

Bel abrió la puerta aguantando la respiración, preparándose para volver a enfrentarse a Rachel, aunque nunca se sentía lo bastante preparada.

En el vestíbulo no había nadie.

Bel apretó la mandíbula y cruzó la sala. Rachel tampoco estaba allí, ni en la cocina, aunque el horno estaba encendido, con ese ruidito que hacía. ¿Rachel no estaba en casa? ¿A lo mejor había salido a dar un paseo?

Algo se le encendió en el estómago, ese instinto de gritar en una casa vacía para que deje de estarlo, pero Bel se deshizo de esa sensación, la anuló. ¿Por qué iba a llamar a Rachel? No quería saber dónde estaba. Esto era un golpe de suerte, podía esconderse en su habitación sin tener que poner excusas.

Subió las escaleras sin pisar el escalón que crujía. Se paró arriba. La puerta de la habitación de invitados —era importante llamarla así, no la habitación de Rachel— estaba abierta y vacía. Pero la puerta del baño estaba cerrada. No se escuchaba el agua correr, ¿pero igual Rachel estaba en la tina?

Bel caminó de puntitas, por si acaso. No quería que Rachel supiera que había llegado y forzarla a reaparecer otra vez.

Llegó a la puerta de su habitación y la abrió.

Alguien ahogó un grito y Bel se quedó inmóvil, con la garganta cerrada, tosiendo para poder respirar.

Rachel estaba en su habitación, junto al estante.

—Ah, Anna —dijo Rachel. El grito ahogado se convirtió en una risa tímida. Tenía un libro en la mano, pegado al pecho, como un escudo—. No te escuché entrar.

Porque no tenía que escucharla. Y tampoco tenía que estar aquí arriba, en la habitación de Bel, en su espacio seguro.

Bel tiró la mochila al suelo con un ruido sordo.

—¿Qué estás...? —empezó a decir, sin saber cómo terminar la pregunta, porque «¿qué estás haciendo aquí?» implicaba más que su habitación.

—Perdón —dijo Rachel, moviendo los pies en la alfombra—. Estaba buscando un libro, Carter me dijo que te gusta mucho leer. Había pensado tomarte uno prestado. Espero que no te importe.

A Bel le importaba, y ahora mismo no sabía cómo fingir lo contrario. Rachel se había cubierto de gloria al entrar donde no debía. El corazón le latía fuerte contra las costillas, el instinto de lucha o huida era muy intenso.

Rachel levantó el libro y le dio la vuelta para que la cubierta batiera como unas alas atrapadas.

—Este está muy bien —dijo. Bel reconoció la cubierta verde. *El ladrón de recuerdos.* Era uno de sus favoritos, lo había sido siempre—. Es de mis favoritos —dijo entonces Rachel, robándole eso también.

—No está mal —dijo Bel—. Aunque es un poco aburrido a veces.

Rachel miró el libro y pasó los dedos por las esquinas y los bordes de las páginas que se habían doblado alguna vez.

—¿Te regaló alguien este libro o...? —dijo, forzada, intentando dar conversación. A lo mejor Bel la había confundido.

—No, lo compré hace unos años. El abuelo me lo leía cuando era pequeña, quería volver a leerlo ya más mayor.

—Qué bonito. —Rachel dejó el libro en el hueco del estante y la fila volvió a quedar completa—. Que tu abuelo te leyera.

—Empezó cuando metieron a papá en la cárcel por tu asesinato —dijo Bel, recuperando su posición y dando un paso adelante.

Rachel asintió, mascando sus pensamientos secretos, observándolos con atención.

—Debería ir a verlo. Al padre de Charlie.

—Seguramente no recuerda gran cosa —dijo Bel, marcando tantos como podía—. Se ha olvidado de quiénes somos Carter y yo, y eso que siempre hemos estado aquí.

Rachel mascó con más fuerza, esta vez el interior de sus mejillas, luego parpadeó y cambió de expresión.

—Carter se acaba de ir. Es muy linda, ¿verdad? No se podía quedar a cenar, pero me ha ayudado a configurar el teléfono.

Ya está todo, solo tengo que practicar. —Se llevó las manos a la espalda, donde no podían verse, y se le movió el hombro—. Sé que ayer tenías muchas cosas que hacer. Pero ya está configurado, y me ha guardado también tu número.

Gracias, Carter.

—Te voy a escribir para que tú guardes el mío —continuó Rachel—. Puedes llamarme cuando quieras. Lo sabes, ¿no? Cuando quieras.

—Claro —dijo Bel. Cuando quiera, pero no en los últimos dieciséis años, los años en los que se tendía a necesitar más a las madres.

Bel dio otro paso adelante y dejó la puerta libre. Quería que Rachel se fuera, aunque no sabía si volvería a sentirse segura en su habitación ahora que Rachel había dejado su marca en todo lo que había tocado y mirado. ¿Cuánto tiempo llevaba husmeando? ¿Se había sentado en la cama? ¿Había abierto el cajón de la mesita de noche, o el armario? ¿Había encontrado la colección de objetos robados de Bel?

—Voy a grabar mi entrevista mañana y pasado —dijo Rachel, cambiando de tema y encontrando otro motivo para quedarse.

—Genial.

—Llamé a Ramsey para probar el teléfono. —Se frotó un ojo—. Se le ocurrió una idea: que hagamos una cena familiar el viernes por la noche, todos juntos: nosotros, Jeff, Sherry, Carter, mi madre, tu abuelo y su cuidador. ¿Cómo se llamaba?

—Yordan.

—Yordan. Ramsey contratará un cáterin para que venga y así no tenemos que cocinar nosotros. Puedes ayudarme a elegir el menú, si quieres. Grabarán la cena para el documental. Puede ser divertido, ¿verdad? Estar todos juntos otra vez.

«Divertido» no era la palabra que usaría Bel. Pero, al menos, la casa estaría llena de gente, de voces, y no de este toma y daca a solas con Rachel.

—Será agradable estar con toda la familia.

Rachel le sonrió.

—Podemos pedir lo que queramos. ¿Filetes? ¿Paella?

—A papá no le gustan los camarones. La última vez se puso muy mal.

Desapareció un lado de la sonrisa.

—¿Cómo te fue con el grupo de trabajo? —preguntó Rachel.

—Bien.

—Ramsey me dijo que te vio después de clase —dijo Rachel.

Carajo. Bel había descubierto varias de las mentiras de Rachel, pero ella estaba a punto de hacer lo mismo. A no ser que Bel pensara rápido.

—Ah, sí, pasé por el hotel —dijo Bel, inventándoselo sobre la marcha—. Tenía cinco minutos antes de la reunión con el grupo de trabajo y me acordé de que me había dejado la liga del pelo allí cuando grabé mi entrevista. Fui a ver si estaba en objetos perdidos.

Era lo bastante convincente. No había lagunas, a no ser que Rachel indagara de verdad.

Rachel asintió.

—¿Y hubo suerte?

—Para nada.

Ramsey no le habría dicho a Rachel de lo que habían hablado, ¿verdad? Que Bel iba tras Rachel, que estaba empezando a descubrir sus mentiras. No, seguro que no. Bel lo vio en la luz de sus ojos, había visto una oportunidad en las sospechas de Bel. Y no podía estar aprovechándose de ella si era ella la que se estaba aprovechando de ellos. Usándolos para documentar cualquier prueba que encontrara, un registro permanente. Rascándose la espalda los unos a los otros y usando a Ash para hacerlo.

—¿Vendrá tu padre a cenar? —preguntó Rachel, cambiando otra vez de tema, lo que quería decir que Bel la había convencido, había cubierto sus propias huellas.

—A esta hora ya suele estar en casa —dijo.

—Esta noche hay lasaña. Precocinada, no he tenido tiempo de hacerla yo —dijo Rachel, casi con culpabilidad—. ¿Te gusta la lasaña?

Si Bel tenía que responder una vez más si le gustaba o no algo, puede que gritara.

—¿Hola? —Sonó la voz de Charlie—. ¿Hija?

Menos mal.

Su padre estaba en casa, y eso estaba bien, porque no era casa sin él.

Diecinueve

Cuando Bel volvió de clase al día siguiente, fuera ya solo estaban la FOX, la CNN y el ABC. Un canal de noticias menos. Si seguían la lógica de la canción infantil, el sábado ya no quedaría ninguno. Ya no serían noticia. Hasta que volviera a estallar algo, como que Rachel se lo había inventado todo, entonces volverían a toda prisa y la canción volvería a empezar. «Otras diez camionetas esperando en la entrada».

—¡Pásala genial en danza! —le gritó Bel a Carter cuando siguió caminando por la calle Milton y se colocaba la capucha para ignorar a los reporteros.

Bel rebuscó las llaves en el bolsillo. No se dio cuenta hasta que levantó la mirada. La camioneta de su padre no estaba, pero tampoco el coche de Rachel.

¿Había salido? A lo mejor estaba en el Royalty Inn grabando la entrevista con Ramsey. Bel debería haberse fijado en el estacionamiento al pasar.

Abrió la puerta y entró en casa con el corazón acelerado, por si acaso.

—¡¿Hola?! —gritó, para estar segura.

No respondió nadie.

Cruzó la sala. Lo volvió a intentar.

—¿Hola? ¿Papá? ¿Rachel? ¿Están aquí? —Con la mano en

el barandal, miró arriba de las escaleras—. ¿Rachel? ¿Mamá? —dijo, para probar—. ¿Mamita querida?

Nada. Ni un ruido. Estaba sola en casa.

Suspiró y se llevó una mano al pecho para calmarse las pulsaciones. Se quitó los zapatos y tiró la mochila, dejándolos donde cayeron. Rachel no paraba de ordenarlo todo, pese a que no sabía dónde iba nada: ponía los platos donde iban los tazones, las tazas donde los vasos y los zapatos de Bel en el armario del vestíbulo. Así que Bel iba a disfrutar dejándolos ahí ahora que Rachel no estaba y tenía la casa para ella sola.

La casa para ella sola.

Bel era idiota: no se había dado cuenta de lo que suponía eso. No era solo una oportunidad para dejar los zapatos por medio, sino una oportunidad para buscar respuestas sin los ojos entrometidos de Rachel. Ella lo había hecho antes, ayer estuvo husmeando en la habitación de Bel, así que ahora le tocaba a ella, ojo por ojo. Igual había dejado algo en su habitación, algo de verdad, concreto, que Bel podía usar para descubrir sus mentiras.

Ya había perdido mucho tiempo, Rachel podría llegar en cualquier momento.

Bel corrió escaleras arriba, pisando incluso el escalón que crujía, y fue a toda prisa hacia la habitación de invitados. Agarró la manija, abrió la puerta y entró. Si ahí también había una frontera invisible, no era lo bastante sólida como para impedirle el paso.

La cama estaba hecha, casi demasiado perfecta, como si fuera utilería y no un sitio real en el que dormía alguien. El sol de la tarde entraba por las cortinas abiertas, capturando la habitación en un brillo amarillo estático, atrapando también a Bel al adentrarse más y agacharse para mirar debajo de la cama. Nada, solo polvo.

Primero la cajonera. Encima había varias cosas: un bote de desodorante, dos cremas hidratantes y una vela aromática. Bel abrió el primer cajón. Ropa interior, brasieres y calcetines; lo que había comprado en H&M. Rebuscó entre las prendas para ver si Rachel había escondido algo, pero no hubo suerte.

El siguiente cajón tenía camisetas dobladas, las nuevas y la vieja que había sacado su padre.

Una falda, pantalones y *jeans* en el de abajo. Rachel debía de haberse puesto el vestido camisero para la entrevista.

Nada en el último cajón.

Bel se dio la vuelta y notó un movimiento por el rabillo del ojo. Se fue hacia él. Una silueta fantasmal, oscura, que la acechaba. Bel parpadeó y suspiró aliviada. Era una toalla de color gris carbón colgada detrás de la puerta, que seguía meciéndose ligeramente después de haberla abierto.

Bel miró más allá, al pasillo, centrando el oído, buscando cualquier sonido. Los reporteros de afuera debían funcionar como una alarma, ¿no? Advirtiéndole cuando volviera Rachel con sus preguntas a gritos desesperados. Era así, pero tampoco la tranquilizaba demasiado. Se notaba tensa, incluso por los sonidos que hacía su propio cuerpo, como si se apretaran unos tornillos en su interior.

Se acercó a la mesita de noche.

Había un cargador de iPhone enrollado en la base de la lámpara y enchufado detrás. Un vaso de agua del que quedaban al menos dos sorbos. Ningún libro, pero sí un trozo de papel doblado, con una pluma encima en diagonal para que no se desdoblara.

Bel apartó la pluma para ver lo que había escrito con la letra de Rachel.

Cosas que hacer:

- ☐ *Elegir el menú para el viernes*
- ☐ *Cita con el oculista*
- ☐ *Cita con el dentista*
- ☐ *Seguro*
- ☐ *Annabel*

Bel repasó su nombre con la mirada al final de la lista. Le pasó el dedo por encima. ¿Qué demonios significaba? Su nombre como una cosa que hacer, debajo del seguro y el dentista. Las cajas no estaban marcadas, así que todavía no había terminado ninguna tarea. ¿Y qué quería decir exactamente Rachel con esto? ¿Qué tenía pensado hacerle?

Bel sintió un escalofrío en la espalda, frío e incómodo, aunque en la habitación hacía calor. Dejó la pluma donde la había encontrado y se fijó en la manija del cajón de la mesita de noche. Un lugar para los secretos, donde Bel guardaba los suyos, y el último sitio donde podían estar. Sus dedos agarraron la manija rectangular. Jaló el cajón y la madera rechinó contra las muecas.

Adentro estaba la caja vacía del iPhone con el recibo encima. Un bálsamo labial. Un paquete de clínex. Y ya. No, no podía ser. Bel había revisado toda la habitación. Tenía que haber algo, necesitaba algo.

El cajón no se abría más y crujió cuando Bel lo forzó. Apartó la caja del iPhone a un lado para comprobar detrás.

Espera, había algo. Algo pequeño y rosa, enterrado al fondo.

Bel metió la mano, lo agarró, era pequeño y suave.

Lo sacó y lo llevó a la luz.

Rosa pálido con volantes arriba.

Era el calcetín de un bebé, casi no pesaba nada, enrollado en la palma de su mano.

Bel lo estudió, lo levantó y lo balanceó. No podía creer que sus pies hubieran sido tan pequeños. Porque este calcetín era suyo, ¿no? Tenía que serlo, de antes de que Rachel desapareciera. ¿Pero qué hacía aquí?

Este cajón estaba vacío la primera noche que Rachel reapareció, cuando su padre le preparó la habitación. Bel estuvo aquí cuando su padre comprobó la mesita de noche y le sopló el polvo. Este calcetín no estaba. ¿Cómo había llegado aquí?

Solo había una explicación: Rachel debió de haberlo traído. Meterlo en el cajón, al fondo, como si intentara esconderlo.

¿Pero cómo era posible? Si Rachel hubiera tenido este calcetín cuando reapareció, en el bolsillo, a lo mejor la policía se lo habría llevado como prueba, con el resto de su ropa. Pero el calcetín no estaba con las pruebas, estaba aquí. ¿Rachel lo pudo haber ocultado en algún sitio antes de ir a la policía? En algún sitio de la casa, o del pueblo de camino a comisaría. Tuvo mucho tiempo los días después para ir a recogerlo y esconderlo en el cajón. Esa era la única posibilidad, a no ser que su padre hubiera guardado algunas de las cosas de cuando

Bel era un bebé, en el ático, quizá, y Rachel las hubiera encontrado.

Pero si Rachel había traído el calcetín a casa, ¿por qué tenía un calcetín de cuando Bel era bebé? ¿Cuánto tiempo hacía que lo tenía? ¿Desde que desapareció?

Bel pasó los dedos por el calcetín diminuto y lo examinó. Parecía viejo, fino y gastado, como si esta no fuera la primera vez que lo acariciaban intentando sacar algo de él.

Bel no veía otra forma, otro origen para este calcetín de bebé que tenía en las manos. Y, si era verdad, si Rachel se había llevado un recuerdo de Bel el día que desapareció, lo demostraba, ¿no? Que sabía que iba a desaparecer, que lo planeó, lo eligió. No te llevas un recuerdo de tu hija si no planeas marcharte para siempre y abandonarla en el asiento trasero de tu coche.

El avistamiento en North Conway de hacía tres meses: los *jeans* negros y la camiseta roja demostraban que Rachel había planeado su retorno. Y aquí, este calcetín de bebé revelaba la otra mitad de la historia: que Rachel también planeó su desaparición, que eligió marcharse, como Bel siempre había sabido, en el fondo.

Ahora, enfrentarse a la verdad no le dolía, lo sentía como una victoria, una confirmación. A Rachel le importaba lo justo como para llevarse el calcetín de Bel, pero no lo suficiente para quedarse. El calcetín era la prueba, todavía muy débil para los demás, pero suficiente para que Bel continuara. Para averiguar por qué Rachel decidió desaparecer y luego reaparecer, y qué había hecho en los dieciséis años que separaban un momento del otro, además de aferrarse al calcetín de Bel.

El nudo se retorcía en su estómago, jalando sus entrañas.

Bel cerró el puño alrededor del calcetín de bebé, atrapando los dedos bajo el pulgar.

¿Y por qué no? Había sido suyo antes, Rachel no tenía por qué guardarlo. Se llevó el calcetín y dejó la habitación de invitados tal y como la había encontrado.

Fue a su habitación, que ya no le parecía tan segura.

Escondió el calcetín en su mesita de noche, enterrado bajo todos los demás secretos.

Veinte

«Abandonar algo que amas es muy duro. No sé si volveré a hacer otro documental». Seiscientos veintinueve me gusta, cuarenta y un retuits, once respuestas.

A Bel se le iluminaron los ojos. Por fin había encontrado el tuit que @DirectorRamseyLee publicó el pasado octubre. Debía de ser este.

Era jueves por la noche, estaba sentada en su cama con la computadora sobre las rodillas y le rugía el estómago porque no había cenado mucho.

Hizo clic en las respuestas y deslizó hacia abajo.

«¡No te rindas!».

«¡Me encantó *Perro de la nieve*, lloré un montón!».

Y entonces:

«¿Has oído hablar del caso de Rachel Price? Si quieres una historia nueva, podría ser un documental muy interesante. Me parece increíble que todavía no lo haya hecho nadie».

Por un tal Lucas Ayer, sin foto de perfil. Bel hizo clic en su nombre, no tenía seguidores y no seguía a nadie. Ese tuit había sido el primero y el último, y se había unido a Twitter en octubre de 2023, como si hubiera creado la cuenta expresamente para eso. Bel entornó los ojos para estudiar la cara gris vacía de Lucas, pero no encontró nada.

La computadora tembló en sus manos, un ruido horrible llenó la casa, agudo y raspado, y desapareció de pronto.

Alguien estaba taladrando. Arriba. Y no era su padre, porque la televisión estaba encendida en la sala.

El ruido volvió a empezar.

Bel dejó que la computadora cayera de sus piernas, se levantó y siguió el ruido.

Abrió la puerta y dudó en el pasillo.

Rachel estaba de rodillas en la puerta de la habitación de invitados, con el taladro sobre el agujero del cerrojo en el marco, cortando los bordes. En el suelo, a su lado, había una caja abierta del que asomaba una manija plateada nueva. «Manija con palanca de bloqueo. Se cierra por ambas partes», ponía en la caja.

Rachel paró el taladro y sopló el aserrín.

—¿Qué haces? —preguntó Bel.

Rachel se estremeció, apretó el gatillo sin querer y el taladro rugió.

—Me has asustado, Anna... Bel. Perdona. Bel.

Pero Rachel la había asustado a ella más veces.

—¿Estás poniendo un cerrojo en tu puerta? —Bel se acercó y golpeó la caja con el pie.

—Sí. —Rachel sacó la nueva manija y se la enseñó. Tenía un interruptor para girarlo desde adentro, y una cerradura con llave para la parte de afuera—. No he estado durmiendo muy bien —dijo, frotándose los ojos con la manga—. Supongo que porque sé que sigue en libertad, que podría estar en cualquier sitio. El hombre que me secuestró. He pensado que, saber que puedo encerrarme, igual me ayuda a dormir. Merece la pena intentarlo.

Bel asintió, como si tuviera sentido, sin mirar a Rachel a los ojos.

—Este se cierra también por fuera. —Señaló la caja—. Con una llave.

—Claro, es verdad —dijo Rachel, como si no se hubiera dado cuenta hasta ahora, devolviendo la atención al taladro y evitando también la mirada de Bel. Cambió la configuración y volvió a apretar el gatillo para quitar los tornillos de la manija de la puerta actual, sacudiendo otra vez la casa.

Rachel sabía que la cerradura se bloqueaba por los dos lados, ¿verdad? Por eso lo había comprado. No era para poder dormir. Era para poder cerrar la habitación cuando no estaba en casa y que no entraran intrusos. Debía de haberse dado cuenta de que Bel estuvo en su habitación ayer y que se llevó el calcetín rosa.

¿Rachel sabía que Bel sabía que estaba mintiendo? ¿O que lo sospechaba, al menos? Bel no quería quedarse a comprobarlo. Fue a las escaleras y bajó.

Su padre estaba en su sillón, con una cerveza en la mano, viendo reposiciones de béisbol con el volumen demasiado alto.

Bel se paró detrás del sillón, quería estar cerca de él sin que él lo supiera, fingir que volvían a estar los dos solos, sin los turnos y las distancias que Rachel había creado.

—Has vuelto tarde hoy —dijo—. No has venido a cenar.

Él dio un sorbo.

—Tenía trabajo. —No apartó la mirada de la tele.

—¿Y ayer?

Bel se agachó y lo abrazó, rodeó con los brazos el cuello cálido y aplastó la cara contra su nuca. Tendría que soltarlo pronto, antes de que le preguntara qué pasaba, pero no quería hacerlo. Él estaba evitando ir a casa y cada día trabajaba hasta más tarde. Pronto dejaría de aparecer, directamente. Bel sabía por qué. Todos sabían por qué, y no iba a permitir que eso ocurriera.

—Hay problemas en el trabajo —dijo—. No puedo hacer nada.

No, no podía. Pero Bel sí. Por una vez, no era su padre el que debía preocuparse. Esta vez podía ser Bel la que se preocupara, la que planeara y la que solucionara. Rachel solo llevaba aquí cinco días y ya lo estaba alejando, Bel lo notaba. Su padre le había dicho que creía la historia de Rachel, palabra por palabra. Pero era evidente que su vuelta había cambiado algo en él.

Una parte de Bel lo supo desde el instante en el que vio su cara cuando se dio cuenta de que Rachel había vuelto, que todo se reduciría a una elección: una o la otra. Por eso tenía que luchar: para encontrar pruebas de que Rachel Price era una mentirosa y deshacerse de ella antes de que ella se deshiciera de su padre.

—¿Está bien, hija? —dijo Charlie, dándole golpecitos en los brazos hasta que lo soltó—. ¿Qué está haciendo?

Se refería a Rachel.

—Poner un cerrojo en la puerta de la habitación de invitados.

—Muy bien —dijo. ¿Ya está? Qué tranquilidad, como si ni siquiera supiera que formaba parte de esta guerra.

Bel se sentó en el sofá, en la parte que estaba más cerca de él.

—Alguien dejó abierta la ventana de la sala anoche —dijo—. No sé si fuiste tú o ella.

Bel tampoco lo sabía.

—Disculpa —dijo, por si acaso—. Oye, papá.

—Dime, Bel. —Levantó la cerveza.

—¿Guardaste algunas cosas de cuando yo era bebé? ¿Juguetes, ropa? ¿Están en el ático?

—No. —Siguió la pelota de béisbol con la mirada—. No tengo nada de eso. Lo doné todo, y lo que no, se lo di a Jeff y a Sherry para Carter. ¿Por?

—No, por nada. Los del documental me han preguntado que si teníamos algo —mintió con facilidad, aunque era su padre y no quería hacerle eso.

Él gruñó y dio otro sorbo a la cerveza.

El taladro volvió a sonar, temblando y rugiendo. Se convirtió poco a poco en el ruido estridente de un grito.

Su padre agarró el control y subió el volumen.

Y, otra vez, cada vez más fuerte, cada uno en una oreja de Bel, los comentaristas gritaban por encima del grito del taladro.

Cada vez más fuerte, cada vez más insistente.

Veintiuno

La casa estaba irreconocible, el equipo de rodaje se había adueñado de ella y lo habían reacomodado todo.

Habían quitado el sofá y el sillón de su padre para hacer sitio, la mesa de la cocina estaba aquí, abierta para poder sentar a nueve personas, con cuatro sillas de comedor de Jerry y Sherry. El abuelo no necesitaba silla, venía con la suya.

Había dos cámaras montadas para grabar los dos extremos de la mesa. Ash estaba detrás de una de ellas, la cámara más pequeña, colocando las patas del trípode. *Jeans* acampanados y una camiseta verde fluorescente cubierta de manzanas contentas: *mantentas*. James estaba enfrente de él. Las cámaras estaban estratégicamente colocadas para que ellos no salieran en el plano. Bel había estado observando cómo llegaban a esa solución, disfrutando cada vez que le daban alguna orden a Ash, de cómo andaba, de cómo cerraba un ojo para estudiar el visor. No habían tenido tiempo de decirse ni una palabra, y menos mal, porque era muy difícil repeler a alguien con una sola palabra.

Ramsey estaba concentrado con los focos, moviéndolos escasos milímetros, viendo lo que los demás no podían ver. Saba estaba al fondo con los audífonos y el equipo de audio: ya estaban todos los micrófonos instalados.

Los dos cocineros estaban en la cocina, calentando en el

horno la comida que habían preparado con anterioridad. Rachel observaba el caos y Bel la observaba a ella. Había movimiento y conversaciones por todas partes. Quince personas en una casa para dos.

El abuelo ya estaba presidiendo la mesa en un extremo, y Yordan a su lado para ayudarlo con la comida. El abuelo parecía tan perdido como se sentía Bel.

Se tocó la pulsera nueva que tenía en la muñeca. La cadena le resultó fría contra su hueso. Rachel se la había regalado antes de que llegara todo el mundo. Dijo que tenía que compensar muchos cumpleaños y Navidades.

—Hola —dijo Carter abriéndose camino hacia Bel entre todo el caos.

—Hola.

—¿Bien? —Carter le dio un golpecito con el codo—. ¿Ya recuperaste la normalidad?

Para nada. Las cosas eran menos normales que nunca, y ella estaba aún más convencida de que Rachel era una mentirosa. Pero no podía decir eso, porque tenía un micrófono y Saba la estaba escuchando.

—Sí —dijo, obviamente sin seguridad alguna, porque Carter hizo una mueca—. Gracias por ayudarla a elegir la pulsera. —Bel le enseñó la cadena dorada contra la piel pálida de su muñeca. Esta no tenía calaveras, pero era una especie de mensaje, después de que a Rachel se le escapara lo de la antigua pulsera de Bel en el centro comercial.

Carter asintió.

—Rachel quería comprarte algo que te encantara. Y yo soy la que mejor te conoce. Se está esforzando mucho.

—Sí, ya lo sé —dijo Bel, porque por mucho que tuviera que decir sobre Rachel, no podía decir que no se estaba esforzando. Tenías que esforzarte para escapar con una mentira como que has estado dieciséis años desaparecida y has reaparecido. No era solo una pulsera, ¿verdad? Era un contraataque después de que Bel entrara en su habitación y se llevara el calcetín. Un cerrojo para que no vuelva a entrar, y una pulsera para que no diga nada.

—¡Los aperitivos ya están listos! —gritó Ramsey saliendo

de la cocina—. Siéntense, por favor. Ash, James, empezamos a grabar. Rachel, ¿puedes sentarte en medio? En este lado.

—Claro. —Rachel sonrió y se dejó caer en la silla con su copa de vino tinto.

Bel sabía qué iba a pasar, así que fue más rápida que Ramsey y se sentó en el otro lado, enfrente de Rachel. Ramsey la miró con los ojos muy abiertos. Se acercó y se agachó para susurrarle:

—Había pensado que te sentaras al lado de tu madre —dijo con prudencia.

—Ya me senté. —Bel le sonrió. Ya era demasiado tarde, de todos modos, la madre de Rachel se había sentado a su izquierda y Carter a la derecha, mientras el resto de la familia se acercaba a la mesa.

Ramsey se mordió el labio.

—En realidad, que estés en frente queda mejor —dijo, en voz baja y reservada, como si quisiera arrebatarle la victoria. Se fue hacia Charlie, que ya iba por la tercera cerveza, sin etiquetas para no hacer publicidad.

Las conversaciones se calmaron y todos esperaban que les dijeran qué hacer. Jeff estaba en un extremo de la mesa, luego Carter, Rachel, la abuela Susan (la de los caballos), Yordan y el abuelo en el otro extremo, su padre, Bel y Sherry.

—Me alegro de volver a verte, Pat —dijo Rachel, acabando con el silencio incómodo y observando al abuelo mientras le daba otro sorbo al vino.

Al abuelo se le ensombrecieron los ojos. Yordan le susurró algo al oído.

—Ra-chel —repitió el abuelo, rompiéndolo en dos, como si no fuera un nombre.

Aparecieron los meseros con dos charolas cada uno, y empezaron a servir desde el centro hacia fuera. Rachel y Bel las primeras. Tartaleta de queso de cabra y cebolla morada. Había sido sugerencia de Bel, no pensaba que Rachel fuera a aceptar. Levantó la mirada y descubrió a Rachel sonriéndole. Bel levantó el cuchillo y el tenedor como respuesta.

—A comer —dijo Rachel, como si esta fuera su casa y ella fuera la anfitriona.

Carter dio el primer mordisco.

—Está superrico.

—Lo eligió Anna —dijo Rachel—. Perdón. Bel. No termino de acostumbrarme.

—Es verdad. —Sherry se giró hacia Bel—. Se me había olvidado que antes te llamábamos Anna. Cuánto tiempo. —Volvió a mirar a Rachel—. Tenía unos seis años cuando insistió en que la llamáramos Bel. Era muy necia. Por eso tengo la sensación de que siempre ha sido Bel.

—Bueno —dijo Rachel—, yo no recibí el aviso.

—No, claro. —Sherry sonrió—. Tienes que acostumbrarte a muchas cosas nuevas. Del mundo también. Ha cambiado mucho. Hoy en día no se puede decir nada sin ofender a alguien. —Sherry pausó el tenedor antes de llevárselo a la boca—. Qué bonito es lo que llevas puesto, Rachel. —Una especie de ofrenda de paz.

Rachel se miró la camiseta.

—Gracias. Lo eligió Anna, carajo, Bel. —Cerró el puño de una mano y los nudillos empujaron como si fueran montañas.

La abuela se estremeció con el «carajo». ¿En serio?, se supone que su hija había estado dieciséis años encerrada en un sótano, ¿y lo que le resultaba desagradable era esa palabra de cinco letras?

—No, pero en serio, estás guapísima, Rachel —continuó Sherry—. Muy delgada. Supongo que no hay mejor dieta que dieciséis años de cautividad.

A alguien se le cayó el tenedor.

Carter se quedó boquiabierta.

—Mamá —protestó, con la mirada herida, mirándola fijamente desde el otro lado de la mesa—. ¡No digas eso!

Sherry miró un instante a la cámara, luego forzó una risa.

—Ay, no seas tonta —dijo—. Rachel sabe que es una broma, ¿verdad?

Rachel la miró con una sonrisa forzada, Bel lo notó, aunque iba dirigida a Sherry. Parecía que la familia Price tenía más bombas a punto de estallar incluso después de dieciséis años. Todavía no habían terminado los aperitivos y ya había explotado una. ¿Dónde habían quedado esas lágrimas de felicidad de hacía unos días?

—¿Alguien quiere más vino? —Rachel agarró el cuello de la botella—. ¿Jeff? ¿Yordan? Por cierto, encantada de conocerte, Yordan. ¿Eres de Bulgaria?

—¿Yo puedo beber? —preguntó Bel, lanzando una bomba.

—Pues... —empezó a decir Rachel justo cuando su padre resopló.

—No.

—Quizá en otra ocasión —añadió Rachel.

—Dije que no. —Charlie endureció la voz y apuñaló el último trozo de tartaleta sin mirar a Rachel a los ojos.

Bel se acordó de lo que su padre le había dicho a Ramsey, eso de que, para él, Rachel iluminaba las habitaciones. Pues parecía que ya había dejado de hacerlo, es más, él solía irse en cuanto ella entraba a una habitación. Pero ahora estaban atrapados juntos por toda la familia y dos cámaras, cada uno sentado en un lado de la mesa. Bel había elegido en qué lado sentarse.

—Dime, Susan —dijo Charlie, con un brillo en los ojos por el foco más cercano—. Quería saber si tenías algo que decirme a mí y al resto de la familia, ahora que Rachel ha vuelto, vivita y coleando.

La abuela soltó el tenedor con delicadeza.

—Pues que estoy muy contenta y muy agradecida por que mi hija esté sana y salva. Es una pena que Edward no haya vivido para presenciar su vuelta. —Se le nublaron los ojos al darle una palmadita a Rachel en el hombro.

—¿Eso es todo? —insistió Charlie con una sonrisa incrédula—. ¿No vas a disculparte?

—No te molestes, papá —dijo Bel tranquilamente.

—¿Qué pasa? —Rachel soltó la copa de vino y alternó la mirada entre los dos lados de su familia.

—Nada, tesoro. —La abuela agarró a Rachel por el brazo—. Esta noche estamos celebrando.

—No eres capaz de hacerlo, ¿verdad? —Charlie se rio—. Eres demasiado orgullosa como para pedir perdón incluso ahora. Yo no maté a Rachel, ¿verdad? La tienes sentada a tu lado.

—¿Mamá? —Rachel la miró.

La abuela se colocó nerviosa el pañuelo.

—Estaba convencida de que él te había matado. No había otra respuesta posible. Tenía que ser él. —Se secó una lágrima que Bel no vio.

—No pasa nada —dijo Rachel con delicadeza.

—Claro que pasa —intervino Bel, con menos delicadeza.

El abuelo seguía la conversación con los ojos, con un tenedor flotando delante de la boca, porque Yordan también estaba distraído.

—Lo siento, Charlie, ¿de acuerdo? —La abuela se secó la cara con el pañuelo—. Lo entenderías si le hubiera pasado algo a Annabel, si se hubiera desvanecido de la misma forma.

—Ojalá —murmuró Bel, y ahora mismo, deseaba hacerlo. Creía que esta cena sería un alto el fuego, que todo el mundo haría gala de su mejor comportamiento, pero iban por el primer plato de tres y ya estaban discutiendo. Ramsey estaba en la puerta de la cocina, observando con atención. Tenía que estar encantado.

—No pasa nada, mamá. Charlie jamás me haría daño —dijo Rachel; no, anunció, como si él no estuviera aquí. Su padre se tensó; Bel lo notaba en el aire que la rodeaba. Era un poco confuso: Rachel estaba defendiendo a su padre. Ese siempre había sido el trabajo de Bel. Siempre.

—Ahora todo el mundo creerá que soy la mala de la película. —La abuela se sonó la nariz con la servilleta.

—No es verdad. —Rachel le acarició la espalda a su madre—. Si pensabas que había pasado eso, me imagino que estos últimos años teniendo que verlo han sido muy duros para ti. Lo entiendo.

—Bueno, no era mucho problema —dijo Charlie, consiguiendo por fin que Rachel lo mirara.

—¿A qué te refieres?

—Apenas veíamos a tus padres.

Una sombra atravesó la cara de Rachel; un dolor que Bel no entendía.

—¿Mamá? —dijo Rachel, con un tono áspero—. ¿No venían a verlos? ¿Ni en los cumpleaños? ¿Ni una vez al año?

La abuela se separó de su hija al notar el cambio, el peligro.

—Habría sido demasiado duro verle la cara. Pensábamos que...

—¿Y a Annabel? —soltó Rachel.

La abuela se estremeció, pero Rachel no había terminado.

—No puedo creerlo. Annabel era muy pequeña, los necesitaba. Debieron estar pendientes de ella cuando yo no pude estarlo.

—Pensábamos que era un asesino —protestó la abuela.

—¡Pues no lo es! —gritó Rachel—. Pero, en realidad, eso significa que preferiste dejar a mi hija sola con el hombre que pensabas que me había matado, ¿no?

—Lo siento. Pensé en pedir la custodia, pero... —La abuela dejó caer la cabeza, rompiendo el contacto visual. Una desconexión más grande que dieciséis años.

Un poco fuerte que Rachel se enojara con otra persona por abandonar a Bel.

—¿Terminaron? —dijo Jeff frotándose incómodo el codo—. De comer, digo.

Entraron los meseros para llevarse los platos y la mesa se convirtió en un murmullo de conversaciones inseguras. Charlie comprobó si su padre tenía que irse ya a casa. Cualquier excusa para irse, para huir. Sherry estaba hablando con Jeff, así que Bel no tenía a nadie con quién hablar. Se quitó el micrófono del cuello y se lo llevó a la boca.

—Creo que la cena va genial —susurró—. Una familia feliz.

En la esquina del fondo, vio la reacción de Saba. La de Ash también, que se agarraba los audífonos detrás de la cámara B. Tosió para disimular una risa, y estaba bien, porque lo había dicho para él.

Carter también estaba sola. Rachel y la abuela Susan seguían discutiendo. Parecía molesta; a Carter no le gustaban los conflictos, aunque ella no formara parte de ellos. Bel le dio una patada por debajo de la mesa, rezando por que fuera su pierna y no la de Rachel. Carter se sobresaltó y la miró desde el otro lado. Su ceño fruncido se convirtió en una sonrisa, pero no arregló la mirada en sus ojos.

Llegaron dos charolas de plata enormes, llenas de paella y cucharas para servir.

Charlie agarró una cuchara y se sirvió sin levantar la mirada del plato.

—Se lo dije —dijo Bel en voz baja.

—No te preocupes, hija, de todos modos, no tengo mucha hambre.

En frente, Rachel le pasó primero la charola a Carter. Esta sonrió educadamente y se echó dos cucharadas de paella en su plato, dos rocas de arroz y guisantes.

—No te sirvas mucho, cariño —dijo Sherry desde el otro lado de la mesa—. Este fin de semana tienes ensayo. No le des una excusa a la señorita Dunn para que no te ponga en la primera fila.

Carter no dijo nada cuando le devolvió la charola a Rachel. Ella le devolvió la sonrisa educada, un intercambio, pero la suya parecía más forzada, le costaba estirar las comisuras de la boca.

—Baile por aquí, baile por allá —dijo Jeff, esperando a que le llegara una de las charolas.

—Es importante para ella, Jeff —dijo Sherry tajante—. Podrías interesarte un poco más.

—Me intereso mucho —resopló—. Hace un par de días le dejé que se gastara doscientos dólares de mi tarjeta de crédito en algo para el baile. ¿Qué era, Car? ¿Unos leotardos nuevos o algo así?

Carter se quedó mirando su plato, asintiendo con la cabeza en un movimiento minúsculo.

—Mira lo que has conseguido, la estás avergonzando, Jeff. —Sherry le quitó a Bel la charola de las manos—. Es una inversión en su futuro.

—No dije nada —dijo Jeff con una risa incómoda—. Simplemente comento que, de haber sabido que todo esto del baile sería tan caro, habría sido una mente criminal en la *dark web* en lugar de trabajar en un centro deportivo. Mi amigo Bob, de Vermont, hace... ay, que están grabando. Nada, no importa.

Sherry suspiró con un sonido parecido al de un muelle, y

se giró para abandonar al tío Jeff en una esquina. Ninguna parte de la mesa estaba a salvo de arranques y estallidos, por lo visto. Saltaban por todas partes desde la vuelta de Rachel, era culpa suya. Aunque Bel todavía no lo sabía, la tensión se notaba en el ambiente. ¿Por qué habían organizado esta cena?

Bel miró al frente. Rachel escondía sus ojos y hacía surcos en la paella con el tenedor. Menos mal, por lo menos ella tampoco se la estaba pasando bien.

Nadie estaba comiendo, menos el abuelo, que masticaba despacio, absorto en su propio mundo, ajeno a las explosiones que estallaban a su alrededor. Carter también estaba comiendo, casi se había terminado el plato, puede que para no tener que hablar y que la arrastraran al caos.

Rachel siguió los ojos de Bel hacia Carter y, sin decir nada, tomó la charola y le sirvió otra cucharada en el plato.

Sherry se estremeció, levantó el dedo e intentó tragar lo que tenía en la boca. Pero retiró el dedo y no dijo nada, simplemente volvió a suspirar, más fuerte esta vez, como dos muelles.

—Gracias —le dijo Carter a Rachel en voz baja y con la boca medio torcida en una especie de sonrisa.

—No hay de qué, Carter. —La voz de Rachel hizo eco al hundir la cara en la copa de vino.

Sherry dio un sorbo largo de la suya.

—¿Alguien más tiene calor? —Jeff se pasó los dedos por el cuello de la camisa—. ¿Abro una ventana?

Ramsey estaba atónito, como en trance. Tenía que estar adorando todo esto: no tenía que dirigir ni forzar nada, la cena iba cuesta abajo y sin frenos sin necesidad de ayuda.

—Bueno, Charlie. —Rachel desmenuzó un trozo de pollo—. Carter me contó que tuviste novia unos dos años, todavía no me has hablado de ella. ¿Incluso estuvo viviendo aquí unos meses? —Las palabras se sumergieron como una pregunta y se le clavaron a propósito. ¿Por qué le había dicho Carter algo así? ¿De parte de quién estaba?

Charlie le dio un sorbo a la cerveza.

—No había encontrado todavía el momento de sacar el

tema... en privado. —Hizo énfasis en esa palabra—. Fue hace mucho, Bel tenía diez años.

—Once —intervino Bel, mirando a Rachel, encajando los codos para montar un escudo para ella y su padre, y preparó el sarcasmo.

—Por lo visto, esta mujer era la portavoz del jurado en el juicio contra ti por mi asesinato —dijo Rachel, con una risa entre dientes y girando un camarón en el tenedor.

Charlie soltó la botella de cerveza vacía.

—Fue una coincidencia. Ellen y yo nos encontramos años después. Me reconoció.

Ellen era simpática, a Bel le caía bien. Y ese era el problema, porque sabía que terminaría yéndose, como todo el mundo. Así que Bel la apartó primero, le dijo que no necesitaba ni quería una nueva madre. Los niños podían ser muy crueles, especialmente Bel la que más. Ellen hizo las maletas al día siguiente.

—Debió de ser bastante raro, supongo —dijo Rachel masticando el camarón—. Salir con la mujer que te declaró inocente del asesinato de tu esposa.

—Al menos él esperó a que no estuvieras —murmuró Sherry, y se limpió la boca con la manga. Nadie más lo escuchó, estaban esperando la respuesta de Charlie, pero Bel sí lo había oído, estaba sentada a su lado. Se giró y estudió a su tía, que tenía los labios apretados en una línea tensa. ¿Qué había querido decir? ¿Que Rachel había estado con otra persona antes de desaparecer? En la prensa no se había mencionado nada de ninguna relación. ¿No habría sido algo importante? ¿Un posible sospechoso? ¿Qué había querido decir Sherry? Bel apartó todo eso en el nudo y dejó que se alimentara de su estómago casi vacío.

—Me sentía solo —dijo Charlie, con una voz comedida y equilibrada—. Me pasé años llorándote. Todo el mundo me decía que tenía que pasar página. Fue difícil y no duró, así que no entiendo qué necesidad tenías de sacar el tema ahora.

—Solo quería sacar un tema de conversación. —Rachel dejó colgando el tenedor, que arañó el plato—. Es lo que se hace en las cenas. Apenas has estado en casa desde que he vuelto, así que tampoco hemos tenido muchas ocasiones de hablar en privado. —Hizo énfasis en la palabra de la misma forma que él.

Su padre dejó caer las manos a las piernas, cerró los puños y se le movió un músculo de la mandíbula.

Bel no sabía qué decir, cómo defenderlo, porque Rachel tenía razón, su padre había estado evitando estar en casa, ¿pero de quién pensaba ella que era la culpa?

—Creo que deberíamos dejarlo aquí —dijo, mirando al abuelo.

—Van a sacar el postre —interrumpió Ramsey por primera vez, sorprendiendo a los meseros y evitando que su padre se levantara.

Apretó la mandíbula, como si pudiera aguantar hasta acabar el postre, lo que significaba que Bel también podía, por muy incómoda que estuviera. Con ese nudo que tenía en el estómago girando, atiborrándose con todas las cosas sin decir o dichas a medias. ¿Qué había querido decir Sherry?

Se llevaron su plato y le pusieron otro delante. Tarta de manzana con una cucharada densa de nata. Otra de las cosas que había sugerido ella. ¿A qué estaba jugando Rachel?

—Dime, Pat. —Rachel volvió a mirar al abuelo—. En un par de semanas cumples ochenta y cinco. No lo puedo creer, ¿dónde han ido a parar todos esos años?

Sí, exacto, ¿dónde han ido a parar todos esos años, Rachel? El abuelo se quedó mirando a la nada, como si no la hubiera oído.

—Por favor, deja de hacerle preguntas —dijo Charlie—. No recuerda nada. Lo vas a estresar.

—Solo le he preguntado por su cumpleaños.

—Alguien quiere el deshuesadero, ¿no? El agente inmobiliario... —dijo el abuelo.

—Carter —murmuró Sherry en voz baja.

Carter dudó y soltó la cuchara.

—Con la nata está muy rica —le dijo Rachel.

—¿Sherry? —dijo Jeff.

El nudo en el estómago de Bel creció, jalando cada vez más, lo contrario a una explosión, como si fuera a desmoronarse y derrumbarse sobre él.

—¿Dónde está Maria? —preguntó el abuelo con un cambio de tono y los ojos severos y crueles.

—Papá. —Charlie apoyó una mano en el brazo del abuelo—. Mamá no está...

—Carter —volvió a murmurar Sherry, o la serpiente que tenía dentro.

—Solo se está comiendo un postre, Sherry —dijo Rachel.

—Rachel, creo que... —empezó a decir la abuela Susan.

—¿Maria?

—Tranquilo, papá.

Bel no pudo soportarlo más.

—¡Eh! —gritó por encima del ruido, y todos la miraron—. ¡Ey! ¿Y si brindamos? —Se puso de pie y la silla rechinó contra el suelo. Agarró el vaso medio lleno de limonada.

—Muy buena idea, Bel —dijo Sherry, usando su nombre como una especie de arma contra Rachel.

Rachel la ignoró, levantó su copa de vino y sonrió a Bel.

Bel esperó a que todos se unieran con sus copas, menos el abuelo, que seguía buscando a Maria. Ella los miró a todos, incluso a quienes estaban detrás de las cámaras, y levantó bien alto su vaso, apretándolo demasiado fuerte.

Carraspeó.

—Por la familia más disfuncional de Estados Unidos. ¡Salud!

Veintidós

Bel se terminó su bebida de un trago y se golpeó con el vaso vacío en la cabeza.

—¡Annabel! —La abuela Susan ahogó un grito.

—¡Salud! —Yordan sonrió, porque seguramente no hubiera escuchado la primera parte.

—No tiene gracia, Bel. Siéntate —dijo su padre.

—¡No le hables así! —saltó Rachel, con los ojos en llamas y dando un golpe sobre la mesa.

La copa de vino se cayó y derramó un charco de sangre sobre el mantel blanco, una mancha como un tenedor rojo que iba hacia Bel.

El abuelo empezó a reírse y Sherry empezó a llorar.

—Se acabó la cena. —Charlie se levantó haciendo un gesto a las cámaras.

—¡¿Papá?! —gritó Bel detrás de él. Pero desapareció por el vestíbulo y, al cabo de dos segundos, la puerta de la calle dio un portazo. Bel se sentía mal, porque a lo mejor había sido ella la que lo había echado. No, había sido Rachel. Todo esto era por Rachel. Bel le lanzó una mirada envenenada.

—Ven, Carter, vámonos. —Sherry sorbió por la nariz y agarró a Carter del brazo, apartándola de la mesa.

—Se supone que debía ser una noche agradable —dijo Rachel, en voz baja, casi para sí. Casi, si no tuviera un micrófono enganchado en la camiseta.

Saba salió corriendo detrás de Sherry y Carter, y las alcanzó en el vestíbulo.

Yordan se levantó y agarró la silla de ruedas del abuelo.

—No te preocupes, Yordan —dijo Jeff, acercándose a ellos—. Yo me encargo de meter a papá en el coche. Termínate el postre, sin prisa.

Jeff empujó la silla de ruedas del abuelo hacia la puerta donde estaba la rampa.

—Vámonos, papá —dijo en voz alta, llevándolo fuera.

La abuela Susan fue la siguiente en irse, no sin antes hacer una pausa larga para mirar a Bel y sacudir la cabeza.

—Un placer, como siempre. —Bel levantó la mano.

Rachel se fue a la cocina diciéndole algo en voz baja a Ramsey y a los meseros.

—La tarta está muy rica —le dijo Yordan a Bel, incómodo. Solo quedaban ellos en la mesa.

—Es la mejor —dijo Bel, y se fue, dejando a Yordan como el último sobreviviente, y ni siquiera era de la familia.

Bel miró a Ash con los ojos entrecerrados, y le hizo un gesto para que fuera al vestíbulo. Él dejó la cámara y obedeció.

Sherry y Carter ya se habían ido, y habían dejado la puerta de la calle abierta.

—Ey —dijo Ash, casi sin aliento—. Eres tan...

—¿Puedes apagarme? —Se giró para enseñarle el trasero.

—¿Qué? Ah.

Ash se puso a tocarle la caja que tenía enganchada a los *jeans*. La desenganchó y le quitó el micrófono que llevaba en la camiseta, rozándole la clavícula. Bel se estremeció, pero era por la brisa que entraba por la puerta.

—Eres tan... —lo volvió a intentar.

—Ya. —Ella se mordió el labio—. Si sigues bromeando conmigo, formarás parte de esta familia.

—Ni en sueños. —Ash tragó saliva.

—Necesito tomar aire —dijo Bel, dirigiéndose al rectángulo oscuro del exterior.

—Sí... y-yo también. —Ash la siguió.

Había dos camionetas nuevas estacionadas en la calle, pero ni rastro de reporteros.

Carretera arriba, el tío Jeff ya había metido al abuelo en su coche amarillo, el que usaba ahora Yordan, porque el abuelo ya no podía conducir. Jeff estaba plegando la silla de ruedas, agachado hacia delante para hablar con el abuelo.

Al otro lado de la calle, Bel vio la silueta de la señora Nelson contra el brillo amarillo de la puerta de su casa, mirando descaradamente. Disfrutando del espectáculo, como siempre.

—Ven por aquí —dijo Bel mientras bajaba los escalones, llevando a Ash al patio.

—Eres tan... —dijo Ash otra vez.

—Ya lo sé, no paras de decirlo —respondió Bel—. Escucha, hace un par de días encontré algo.

—¿Qué?

—Un calcetín de cuando yo era bebé en la mesita de noche de Rachel. Lo que significa que: A) lo escondió en algún sitio cuando volvió para que la policía no se lo llevara como prueba; y B) si se llevó un recuerdo de su hija hace dieciséis años, puede que planeara su desaparición, ¿no?

—Puede... —dijo Ash, como un loro—. O también puede ser que tuviera el calcetín encima cuando la secuestraron, en el bolsillo o algo. Y lo guardó todo el tiempo.

Bel lo miró con rabia.

—Estoy haciendo de abogado del diablo —dijo—. Si lo que quieres son pruebas, eso sigue sin ser suficiente. Necesitas algo que no pueda explicarse.

Bel miró el brillo de las ventanas de la cocina, y las siluetas de Rachel y Ramsey moviéndose dentro.

—¿Qué tal estuvo su entrevista? —preguntó Bel.

Ash carraspeó.

—No hubo ninguna inconsistencia —dijo, porque sabía lo que ella le estaba preguntando en realidad—. No cambió ningún detalle cuando Ramsey repitió las preguntas. Se emocionó donde tenía que emocionarse. Explicó lo que no podía responder porque la policía le dijo que eso interferiría en la investigación. Habló mucho de ti, en realidad. —Ash hizo una pausa para rascarse la cabeza, casi como si se sintiera mal por ello.

—¿De mí?

—Dijo que no se rindió porque pensaba que tú necesitabas que volviera. Su motivación para seguir viva, para luchar. Que se había perdido muchos momentos de tu vida, pero que está decidida a compensar cada día que no ha estado.

—Al carajo —replicó Bel, y volvió a mirar la silueta de Rachel en la ventana—. Tú también lo notas, ¿verdad? Que hay algo que no encaja desde que volvió.

Ash se quedó de pie a su lado.

—Sí, parece que toda la familia está un poco tensa, claro. Pero supongo que es una situación tensa.

—Tengo que sacarla de casa. —Con mucha más urgencia ahora que empezaba a notar que su padre se estaba alejando. Lo había elegido a él, siempre lo elegiría a él, así que Rachel tenía que irse—. La única forma de hacerlo es demostrar que miente. Exponerla. Si todavía no consigo demostrar que planeó su retorno, tengo que usar otra cosa. Concentrarme en su desaparición.

—Con todo respeto —dijo Ash, lo que era una pena, porque a Bel le encantaba hacer intercambios de falta de respeto, sobre todo con él—. Pero cientos de agentes de policía y del FBI y periodistas ya intentaron eso, ¿no? Y no encontraron nada. Por eso su desaparición siempre fue un misterio tan grande.

Bel lo ignoró con un destello en los ojos, como si brillaran en la oscuridad.

—¿Qué es lo que hace falta para desaparecer de verdad durante tanto tiempo? Dinero. —Hizo una marca con el dedo en el aire.

—Mucho —dijo Ash—. Al menos al principio. Pero Rachel no tenía dinero cuando desapareció. Encontraron la cartera en el coche, contigo, las tarjetas en casa, y llevaba varios días sin sacar dinero del banco.

—A lo mejor fue sacando dinero poco a poco durante un periodo de tiempo —dijo Bel—, para no hacer saltar las alarmas. O a lo mejor consiguió dinero de otra parte. De otra persona. Qué más: ¿una identidad nueva?

Ash asintió.

—Habría necesitado otra identidad con un nombre diferente. Para poder vivir tranquila dieciséis años, para ganar dinero. Y también cambiar su aspecto. Una licencia de manejo. A lo mejor un pasaporte, si no estaba en Estados Unidos. Todo eso cuesta dinero.

—Así que volvemos al dinero —dijo Bel—. ¿Qué más? ¿Alguien que la ayudara?

—Un motivo —dijo Ash, sombrío.

—¿Qué?

—Necesitaría un motivo, para hacer tanto esfuerzo, Bel. La gente no decide desaparecer sin más de la noche a la mañana. Debía de tener algún motivo. Una razón. —La palabra zumbó como una abeja atrapada—. Algo que hubiera hecho, o que hubiera hecho otra persona, o que estuviera a punto de hacer. Algo de lo que estuviera huyendo.

Bel pensó en la abuela Susan, en el departamento de Policía de Gorham, y adónde les había llevado todo: a señalar por error a su padre.

—A lo mejor no estaba huyendo de algo, si no yendo hacia algo.

—¿Qué quieres decir? —Ash se pasó el dedo por el antebrazo tatuado, frotándolo contra el aire fresco de la noche.

—¿Te has enterado de lo que ha dicho Sherry cuando Rachel empezó a acribillar a mi padre con preguntas sobre Ellen?

Ash negó con la cabeza.

—Ha dicho: «Al menos él esperó a que no estuvieras».

Ash se quedó boquiabierto.

—No me había enterado, no.

—Con suerte, los micrófonos sí. Y esa frase sonaba a que...

—A que Sherry cree que Rachel tuvo una relación con otra persona antes de desaparecer. —Ash terminó la frase por ella.

—Exacto —dijo Bel—. Un motivo. —Esta vez, la palabra burbujeó en su boca. Otro intercambio—. Tengo que averiguar de quién estaba hablando. No se lo ha contado a la policía, pero creo que puedo conseguir que me lo diga a mí. Sé qué botones apretar.

Bel se había pasado toda su vida aprendiendo a presionar

a la gente, y ya había alguna historia entre Rachel y Sherry, enterrada bajo dieciséis años. Solo tenía que encontrarla.

Bel se tronó los nudillos, como una ramita que se rompe, sin parar de mirar la sombra oscura de su madre. Hizo otra promesa silenciosa en la oscuridad.

Veintitrés

Su padre ya se había ido cuando Bel se despertó. «En el trabajo», le había escrito en un mensaje. Pero era sábado, y podía haberle escrito perfectamente: «En cualquier sitio menos en casa». Bel lo sabía.

—Me voy —dijo, y agarró sus zapatos del lugar donde no debían estar.

—¿A dónde? —Rachel se levantó de un salto del sofá, como si ella también quisiera ir.

—Quedé de ver a unos amigos. —La detuvo Bel—. Me caería bien hacer algo normal. —Tenía que ir con su padre. No habían hablado de la cena.

—Ah —dijo Rachel, volviéndose a sentar, cubriéndose las heridas con los brazos cruzados, porque sabía perfectamente que «normal» no la incluía a ella—. Tengo el día para mí sola, entonces. Llámame si necesitas algo, Anna. Mierda. Bel. Estoy intentando acostumbrarme, te lo prometo. Solo hace una semana que lo sé.

Bel la miró con la cara arrugada, como una aproximación a una sonrisa.

—Adiós, Rachel.

Cerró la puerta al salir, más fuerte de lo necesario.

Afuera había una camioneta de un canal de noticias. No había ningún reportero. Pero había otra cosa, un coche de policía en frente de la casa de la señora Nelson. Bel vio al jefe de policía, Dave Winter, hablando con la señora Chismosa en la puerta mientras tomaba notas en un cuaderno.

Bel tenía que hablar con él para que la policía se centrara en la reaparición mientras ella investigaba la desaparición y que Rachel se quedara atrapada en medio. Cruzó la carretera.

La señora Nelson la miró con recelo. ¿Por qué? ¿No le gustaba que se acercara tanto, o no le gustaba que Bel le devolviera la mirada?

—Hola. —Bel levantó una mano para saludar—. ¿Todo bien?

Dave giró la cabeza sobre el hombro y la miró.

—Annabel. Iba a pasar por tu casa ahora. ¿Cómo va todo? ¿Se están adaptando todos bien?

—Sí —dijo Bel metiéndose las manos en los bolsillos—. Se siente muy cómoda.

—Me alegro. —Mordisqueó la pluma—. La señora Nelson me estaba contando que ha visto a un hombre en la calle, mirando tu casa. Bien entrada la noche.

—Estaba ahí. —La señora Nelson señaló justo cuando el pelo gris le ondeó con la brisa—. Escondido bajo ese árbol. Lo vi a las cuatro de la mañana, cuando dejé salir al gato. No es la primera vez que lo veo esta semana. Lleva una gorra para esconderse la cara.

—Gracias, señora Nelson —dijo Dave. La forma educada de decirle que se callara la boca—. Annabel, ¿has visto a algún hombre así merodeando por tu casa?

—Sí, a un montón. Se llaman reporteros. Salen de las camionetas. —Hizo un gesto a la última que quedaba—. Hoy es el primer día que hemos estado tranquilos.

La señora Nelson sacudió la cabeza.

—No, no estaba con ellos. Se pasa horas ahí de pie, observando la casa.

—Muy bien, señora Nelson. —Dave cerró el cuaderno—. ¿Por qué no entra y prepara un café? Enseguida voy para tomarle la declaración completa.

—Solo tengo descafeinado —resopló, volviendo a entrar y cerrando la puerta.

—Descafeinado —murmuró Dave mientras bajaba a la acera—. Ahora en serio, ¿has visto a alguien sospechoso afuera de tu casa?

¿Afuera? No. La única sospechosa es la mujer que vive adentro.

—No —respondió Bel.

—Porque el hombre que secuestró a tu madre sigue ahí afuera. Y, hasta que lo encontremos, sigue siendo un peligro para Rachel y para tu familia.

No sabía que el peligro estaba ya dentro de la casa. Y que ese hombre no existía. Pero sí que había otro hombre, y Bel iba a descubrir quién era.

—No he visto nada. Lo siento —dijo—. Por cierto, ¿están los resultados de las pruebas de ADN? ¿Es Rachel Price seguro?

Dave resopló, pero se calló al ver su cara.

—Perdón, pensaba que lo decías de broma. Sí, sí, han llegado. Es ella, cien por cien. Pero tú ya lo sabías, ¿no?

—Sí. Era una broma, me descubriste. —Levantó las manos y miró el arma del policía—. ¿Han encontrado ya la bolsa de tela? En la carretera de Lancaster donde la dejó ese hombre.

David se rascó la cabeza.

—Sí. Justo donde dijo ella.

Mierda.

—¿Y ha dado algo?

Dave se quedó pensando un instante.

—Tiene el ADN de ella, pero es el único que hemos encontrado. Todavía no hay nada del hombre que se la llevó.

Porque los hombres inexistentes no tenían ADN. Dave debió de leer la decepción en su cara como miedo.

—No te preocupes —dijo—. Estamos buscando por todas partes a este hombre y comprobando matrículas. Pronto daremos con algo.

—¿Y la ropa de ella? —preguntó Bel. La policía no le servía de nada si lo único que estaba haciendo era buscar a un hombre al que no encontrarían nunca.

—Solo está el ADN de Rachel. Bueno, y el tuyo, de cuando la encontraste.

—Pero ¿había alguna etiqueta dentro de la ropa? ¿Saben de dónde es?

Dave frunció el ceño, un poco confuso.

—No había nada, me temo. La ropa estaba muy desgastada, era lo que había llevado prácticamente todos los días desde que desapareció. No se acordaba dónde la compró.

Mierda otra vez. Qué casualidad que las etiquetas hubieran desaparecido, ¿no? Eso era porque Rachel las compró en Baa-Baa Boutique hacía apenas unos meses. Era evidente que estaba ocultando las huellas para su retorno, hasta el más mínimo detalle. Si la cagó en algo, tuvo que ser en la desaparición. Tuvo que tener menos tiempo para planear eso.

Esta conversación no había servido de nada, el jefe de policía se había agarrado al meñique de Rachel. Pero daba igual, Bel podía hacerlo sola.

—Me tengo que ir —dijo Bel.

Se fue corriendo, un poco, para alejarse de él, pasando por delante de los números 30 y 28. Cruzó de vuelta al lado extraño.

Tardó otros cuarenta segundos en llegar a la puerta del número 19: la casa de Jeff y Sherry, pintada de verde azulado en la parte de abajo y blanca en la mitad superior, con contraventanas a juego. Tocó el timbre como hacía siempre, para que supieran que era ella, con el ritmo de *Baby Shark*, que no le molestaba a nadie.

—Bel, eso es muy molesto —dijo Sherry al abrir la puerta. Su tía estaba sin peinar, con la cara lavada y estresada, limpia del maquillaje para la tele de anoche—. Voy a llevar a Carter a *ballet* en una hora.

—Es tiempo más que suficiente para una visita de tu sobrina favorita. —Bel entró en la casa y se fue a la cocina.

—¡Dos segundos! —gritó Carter desde arriba.

—¡Tranquila! —gritó Bel. Y lo decía en serio. No sabía si Sherry se abriría de la misma forma estando Carter delante. Pero era difícil encontrar el momento en el que Sherry estuviera en casa y Carter no, tenía la costumbre de seguir a su hija, aunque ella no tenía dieciséis años que compensar.

Bel fue a el refrigerador. Había una vieja foto de una niña

pequeña con un tutú pegada con un imán de Bob Esponja. Era Sherry, no Carter. Eran inconfundibles. Bel sacó una Coca-Cola Light.

—Bueno... —dijo Sherry, apoyándose en el marco de la puerta—. ¿Has hablado con tu madre desde anoche?

—No mucho. —Bel absorbió la espuma que se formó al abrir la lata—. No ha dicho nada durante el desayuno. Y mi padre se ha ido temprano otra vez.

Sherry asintió. Pero Bel necesitaba mucho más que eso.

—Lo de anoche fue interesante —dijo, con una sonrisa y una ceja levantada para que Sherry supiera que Bel estaba de su parte.

—Sí —dijo Sherry con un extraño tono en su voz otra vez—. Creo que esa cena no fue una buena idea. Es demasiado pronto. Las emociones están a flor de piel, ¿no? Sabe Dios cómo estarás tú en esa casa, sin poder escapar.

Bueno, Dios no lo sabía. Pero Carter y Ash sí.

—Cierto —dijo Bel—. Ha sido interesante.

—¿Qué ha sido interesante? —Carter apareció por la puerta, pasando junto a su madre.

Extendió una mano, pidiéndole sin palabras un sorbo a Bel. Ella le pasó la lata.

—Todo —dijo Bel, molesta por haber malgastado esos segundos sin Carter—. Desde que volvió.

—Se está esforzando —dijo Carter en voz baja, apretando la lata con los dedos—. Creo que nos podemos esforzar un poco los demás también.

—Lo estamos haciendo, cariño. —Sherry se enderezó—. Pero no es tan fácil después de dieciséis años. La desaparición de Rachel no fue solo sobre ella, afectó a toda la gente de su entorno. Es normal que haya... —Se quedó callada.

—¿Tensión? —sugirió Bel.

—Sí —dijo Sherry—. Es un ajuste.

Otra vez esa palabra.

—Bueno, es... —empezó a decir Carter, pero la interrumpió el timbre. Una nota larga y sostenida. Le dio la lata a Bel—. Es mi paquete. —Salió a toda prisa de la cocina—. ¡Cosas de baile! —gritó mirando hacia atrás, y abrió la puerta.

Un murmullo grave.

—Sí, soy yo. Gracias. —La voz clara y alegre de Carter. La puerta volvió a cerrarse—. ¡Voy a guardarlo! —gritó mientras subía las escaleras.

Perfecto, era la oportunidad de Bel para llevar la conversación adonde ella quería, de presionar en los puntos de inflexión.

—Carter siempre intenta ver lo bueno de todo el mundo —dijo Bel, porque quería que Sherry supiera que ella tampoco creía que Rachel fuera tan buena. Y Bel sabía que anoche estuvo molesta, que Rachel la pisoteó y usó a Carter para hacerlo. Aunque, ¿a quién había intentado hacer enojar a Rachel?, ¿a Sherry o a Bel?

—Sí. —Sherry suspiró, levantó la mirada al techo y llevándose su mente con ella.

—Creo que mi padre no está contento —dijo Bel, presionando un poco más.

—¿No? —Sherry la miró.

—No. Creo que las cosas son un poco más complicadas que empezar donde las dejaron hace dieciséis años.

—Bueno... —dijo Sherry, con prudencia. Bel lo sabía por cómo había torcido la boca, casi cediendo. «Vamos, tía Sherry». Necesitaba un último empujón.

Bel fue directo al grano, no sabía cuánto tiempo iban a seguir solas.

—Creo que estamos en el mismo bando, Sherry. En el bando de papá. Las dos queremos que sea feliz, ¿verdad?

—¿Verdad? —Sherry se aferró a la palabra y entrecerró los ojos.

—Escuché lo que dijiste anoche para defenderlo.

Sherry se cubrió la boca con una mano.

—Espero que no lo grabaran. No debería haberlo dicho.

—No, claro que sí. —Bel se acercó y bajó la voz—. Parecía que pensabas que Rachel estuvo con otra persona antes de desaparecer.

Más un empujón que una presión.

Sherry miró más allá de Bel.

—Por favor, Sherry. —Bel dio otro paso adelante—. Ya no

tengo dos años. Es mi familia. Quiero ayudar a papá, me necesita. ¿Cómo voy a llegar a conocer a Rachel si se me ocultan cosas? Quiero entenderla.

Sherry suspiró, desinflando el muelle dentro de su garganta.

—No estoy segura. Es simplemente algo que vi, una sensación que tuve, en aquel momento.

—¿Qué viste? —dijo Bel, apartándose ahora que había conseguido abrir a Sherry, para darle espacio.

El cambio en la cara de Sherry fue instantáneo y bajó la voz hasta un susurro. A Sherry le encantaban los chismes, a sus ojos se les daba fatal guardar secretos y se les escapaban cada vez que parpadeaba.

—Había un chico. Eran amigos. Bueno, eso decía Rachel. Era evidente que él quería algo más, era como un perrito faldero. Los vi juntos puede que un par de días antes de que desapareciera. Salían de la escuela e iban hacia su coche, por la nieve. Parecían muy cómodos, la verdad, como si hubieran cruzado una línea. Eso es todo lo que vi.

—¿Quién era él?

—Esa es la cosa —respondió Sherry, disfrutando cada vez más de esto—. Porque yo siempre me pregunté si fue él quien la mató. No solo eran amigos, se veían continuamente en el trabajo. Además, él fue el primero en llegar a la escena cuando desapareció. El hombre que te encontró.

—¿El profesor Tripp? —Bel sintió la garganta pegajosa y su respiración se quedó atrapada ahí. Algo que volvía a parecer una traición. Se lo imaginó con el cabello pelirrojo y sus lentes de pasta, cuando le preguntó: «¿Qué tal tu madre?». Algo ridículo, porque era evidente que él sabía más de Rachel que Bel.

—¿Por qué nunca dijiste nada? ¿Por qué no le hablaste a la policía del profesor Tripp? Seguro que te hicieron alguna pregunta de ese estilo, ¿no?

Sherry se estremeció y se apoyó contra el refrigerador.

—La policía ya lo había investigado, claro. Sus huellas estaban por toda la escena del crimen por haberte encontrado. Pero no encontraron nada.

—Aun así —insistió Bel—. ¿No deberías habérselo dicho?

—No hablar puede servir de algo, Bel, tesoro. Piénsalo bien.

Bel intentó pensarlo bien, pero no encontró nada.

Sherry suspiró.

—Si yo le hubiera dicho a la policía lo que pensaba de Julian Tripp, nos habría perjudicado, habría perjudicado a tu padre. La policía habría tenido otro motivo para señalar a Charlie. Ya lo estaban investigando como sospechoso, no quería darles otra razón, un posible móvil para asesinar a Rachel. La familia es lo primero. Siempre.

—La familia es lo primero —acordó Bel, agradecida porque el primer instinto de Sherry hubiera sido proteger a su padre. Eso era lo que Bel intentaba hacer ahora.

—Además —dijo Sherry—, ya da igual. Es evidente que Julian Tripp no la mató. Nadie la mató.

Pero ahí la tía Sherry se equivocaba. Ahora sí importaba. No, el profesor Tripp no había matado a Rachel, pero podía haber estado involucrado de alguna otra forma. A lo mejor él fue el motivo por el que Rachel fingió su desaparición, o quizá él la ayudó manteniéndolo en secreto todo este tiempo. Sea como sea, el profesor Tripp era la clave para desarmar las mentiras de Rachel, Bel estaba segura, y el nudo de su estómago, también.

«Si necesitas hablar de lo que sea, Bel —había dicho el profesor Tripp—, ya sabes dónde encontrarme».

Y resulta que sí que tenían que hablar. Y, para su desgracia, Bel sabía dónde vivía.

Veinticuatro

—¿Me lo puedes repetir?

—¿En serio? ¿Estoy hablando sola o qué? —Bel levantó los ojos y miró a Ash, que ondeaba al viento unos pantalones de campana de cuadros escoceses y llevaba una gorra al revés—. Eres el peor ayudante que existe.

Ash sacudió la cabeza y le ocultó una sonrisa retorcida.

—Yo te escuché. Es para la cámara. Ramsey me dijo que si vamos a reunirnos, a hablar sobre Rachel, a investigarla, ¿te parece bien que lo grabe? —Levantó la cámara e hizo un par de pucheros—. Si no te parece muy explotador. —Se trabó con su propia lengua.

—Todo el documental es explotador. —Bel se encogió de hombros y dobló por una carretera secundaria—. Pero no puedes explotarme si yo te exploto a ti.

—Está bien... —dijo, parpadeando inseguro—. Solo quiero hacer un buen trabajo para Ramsey. Confía en mí porque soy el único en el que confías tú.

—No confío en ti.

—Un poco sí.

—No.

—¿Una pizca?

—No.

—¿Un mínimo?

—No.

—Bueno, tú eres la que ha venido a buscarme hoy —dijo, con las mejillas ligeramente sonrojadas y un mechón de pelo sobresaliéndole por el hueco de la gorra.

—Porque quiero que esto quede grabado, podría ser una prueba. —Bel imitó su sonrisa, más dulce, más letal—. No confío en ti, y no me caes bien y, desde luego, no te necesito. —Ash se estremeció. Justo en el blanco—. Pero me viene bien tu ayuda, y Ramsey y tú quieren hacer un peliculón, ¿no?

—Sí...

—Pues ya está, asunto arreglado. —Sorbió por la nariz—. Puedes empezar a grabar.

Ash estiró los labios en una sonrisa a medias. ¿En serio? ¿Seguía sonriendo después de aquello? ¿Qué demonios le pasaba?

Apuntó la cámara hacia Bel y sacó la pantallita lateral. Sonó un silbido cuando apretó el botón de grabar.

—¿Qué quieres que diga? —preguntó Bel acelerando el paso.

—Podrías ponernos al día en lo que ha pasado, en cómo te sientes. ¿Qué objetivo tienes ahora? —dijo Ash como una pobre imitación de Ramsey.

—Vamos a investigar la desaparición de Rachel. No está diciendo la verdad sobre lo que le pasó. Creo que planeó tanto su desaparición como su retorno. En la cena de anoche, que fue de maravilla y para nada incómoda, mi tía Sherry dio a entender que Rachel podía haber tenido algún tipo de relación antes de desaparecer.

Los árboles se estremecieron sobre ella en la calle alineada de casas, susurrando cosas desconocidas, cediéndole sus secretos al viento.

—Nadie sabía nada de esto —continuó Bel, casi sin aliento por estar hablando mientras andaba—. Esta mañana fui a ver a Sherry y me dijo que se refería a Julian Tripp, un profesor de mi escuela, y también el hombre que me encontró en aquel coche hace dieciséis años. Rachel y él eran compañeros, amigos, pero puede que hubiera algo más. Sherry los vio a él y a Rachel acaramelados, subiendo al coche del profesor Tripp un par de días antes de que Rachel desapareciera. Así que estamos yendo a su casa para preguntarle.

Ash asintió, como si esperara a que dijera algo más.

—¿Y mi objetivo? —dijo Bel—. Mi objetivo es descubrir la maldita verdad y sacar a esa mentirosa de mi casa. ¿Te sirve?

Ash tragó saliva, alternando la mirada entre la Bel de la pantallita de la cámara y la Bel real, buscando sus ojos y aferrándose a ellos.

—Sí, me sirve, desde luego.

Bel levanto las manos, victoriosa, y se llevó el trofeo invisible a cada uno de los hombros.

—Pero, evidentemente, el profesor Tripp no desapareció —dijo Ash—, así que no es que huyeran juntos ni nada por el estilo.

—Vaya, gracias, Sherlock. —El trofeo de Bel se desvaneció y dio una palmada—. Pero a lo mejor él es el motivo por el que se fue, o la ayudó. Estoy segura de que sabe algo. Tiene que saber algo. Es esa casa, al fondo. —Bel la señaló con los ojos.

Ash hizo *zoom* a la casa y luego volvió a abrir el plano.

—¿Cómo sabes dónde vive tu profesor?

—Hizo una venta de garaje hace unos años. Vine con mi amiga Sam. —Bel le robó algo, pero no se acordaba de qué. Igual que no se acordaba de cómo Sam la hacía reír a menudo.

Se acercaron al camino de la casa del profesor Tripp. El jardín estaba descuidado. El buzón, oxidado y triste.

Ash bajó la cámara y la siguió hasta la puerta.

—¿Qué haces? —Bel chasqueó la lengua—. Sigue grabando.

—No puedo —dijo Ash, dividido entre las dos: Bel y la cámara—. Tiene que aceptar primero. Y firmar una autorización...

—Ya hizo una entrevista. Seguro que estará encantado de hacer otra. Sigue grabando.

—Sigue grabando —la imitó Ash, y volvió a levantar la cámara, capturando a Bel en ella—. Por cierto, Ramsey —susurró al micrófono—, me está obligando a hacer esto en contra de mi voluntad, por si algo sale mal y alguien nos demanda. Pero fue idea tuya, así que...

Bel le lanzó una mirada furiosa, cerró el puño y golpeó la puerta. Seis golpes, fuertes y urgentes.

Ash le agarró la mano antes de que diera el séptimo.

—Detente —soltó—. ¿Por qué no puedes llamar con más cuidado?

Una tos amortiguada detrás de la puerta y el ruido de una cadena. La puerta se abrió, solo una rendija, y apareció la cara grisácea del profesor Tripp. Tenía los ojos abatidos y el sol se le reflejaba en los lentes.

—Todavía no lo ten... —empezó a decir, pero se calló cuando levantó la mirada y los vio a los dos—. Ah. —Su cara se dividió con una sonrisa cautelosa, abrió del todo la puerta y estiró los hombros. Tenía una camiseta amarilla y un pants gris, con las manos en los bolsillos—. ¿Qué haces aquí, Bel? —dijo, y la dura roca de su nuez subió y bajó—. ¿Pasa algo? ¿Rachel está bien?

—Estupenda. —Bel enseñó los dientes y sus ojos pasaron del profesor Tripp al pasillo detrás de él. Una mancha oscura en la alfombra, debajo de sus pies descalzos. Una torre de cajas de cartón casi tan alta como él, llenas de latas de cerveza vacías con las marcas de unos dedos fantasmales sobre el metal.

Descubrió a Bel mirando y volvió a cerrar un poco la puerta para bloquearle la vista.

—Queríamos preguntarte si te importaría hacer otra entrevista, para el documental —dijo—. Ahora que Rachel ha vuelto, estamos volviendo a entrevistar a todo el mundo. ¿Verdad, Ash?

—S-Sí. —Ash tosió y su codo rozó el de Bel.

—Ahora mismo no tengo tiempo —dijo el profesor Tripp. Desprendía un olor a alcohol rancio que cubría el ambiente a su alrededor. Los círculos oscuros debajo de los ojos cobraban sentido ahora, al igual que el tinte grisáceo de su cara. Bel no se había preocupado en fijarse en estas señales antes.

—Claro que sí, serán solo un par de minutos —dijo Bel.

El señor Tripp se pasó un dedo por el cristal de los lentes.

—Justo iba a salir.

—No lo parece. —Bel inclinó la cabeza—. Además, la gente pensará que es un poco raro que estuvieras dispuesto a hablar cuando se daba a Rachel por muerta, y no ahora que está viva. Parecería que te alegrabas de su muerte, o algo así. —Se rio.

El profesor Tripp parpadeó. Tenía los ojos aumentados por los lentes.

—Eso no...

—¿Cómo te sentiste cuando te enteraste de que Rachel había vuelto de entre los muertos? —preguntó Bel, juntando las yemas de los dedos, como hacía Ramsey a veces.

El profesor Tripp miró a la cámara y parpadeó un poco más. Se pasó la mano por el pelo.

—Bueno, me impactó bastante, como al resto del mundo. Pensé que debía de tratarse de un error, que sería alguna otra mujer. Luego, cuando vi a Rachel en la escuela, un par de días después, me... alegré. Me alegré mucho de que estuviera viva. No creía que fuera posible. Esto demuestra que, a veces, incluso después de una tragedia, pueden pasarle cosas buenas a la gente buena.

La gente buena no planificaba su propia desaparición, ni hacen vivir un infierno a sus familias.

—¿Eras muy amigo de Rachel cuando desapareció? —dijo Bel, consciente de la presencia de Ash detrás de ella—. ¿Se veían fuera del trabajo?

Al profesor Tripp se le deslizaron los lentes por la nariz.

—La verdad es que no. Era una compañera de trabajo y una amiga, quiero creer, pero no nos veíamos fuera del trabajo.

—¿En serio? ¿Ni siquiera en la puerta?

—¿A qué te refieres?

—¿Alguna vez llevaste a Rachel a casa desde el trabajo? Él se mordió el interior de las mejillas.

—No —dijo—. Nunca se ha subido a mi coche.

Mentiroso.

—Qué raro. —Bel infló las mejillas—. Mi tía Sherry vio a Rachel entrar en tu coche un par de días antes de su desaparición.

—Seguramente es un error.

—O tú estás mintiendo —dijo Bel, con una sonrisa sin enseñar los dientes—. Es un poco sospechoso, ¿no? Teniendo en cuenta que tú fuiste también la primera persona que llegó a la escena de la desaparición, el que me encontró. Tus huellas estaban por todo el coche. ¿Es porque ayudaste a Rachel a desaparecer? ¿Sabes dónde ha estado todo este tiempo? ¿Sigues enamorado de ella?

Ash se puso tenso.

Al profesor Tripp le cambió la cara: sacó la mandíbula hacia afuera y frunció el ceño, que le eclipsó los ojos.

Bel esperó, lista para la pelea. ¿Acaso él no sabía que se había pasado toda su vida peleando?

—Nos vemos el lunes por la mañana, Annabel —dijo, con un tono grave y los dientes apretados. Como una amenaza.

El profesor Tripp dio un paso atrás, miró a la cámara una última vez, y cerró la puerta de un portazo en sus narices. Un trueno sin tormenta.

Veinticinco

—Llevas todo el día afuera. —Su padre habló desde su sillón, con una cerveza en la mano.

—Como tú —dijo Bel.

—Estamos como locos en el trabajo, hija. —No apartó la vista de la televisión.

Pues como en casa.

—¿Ha pasado algo?

Bel se quedó quieta. ¿A qué se refería? Han pasado muchas cosas, pero nada que él debiera saber.

—No sé...

—Había una taza rota. —Por fin la miró—. Era mi taza favorita.

—¿Santa Claus?

—La he tenido que tirar. ¿Fue alguna de ustedes?

A Bel no le gustaba eso, que la metieran en el mismo saco que a Rachel. Pero Bel fue la que bebió en esa taza esta mañana. Rachel le había preparado un café, todavía no se había enterado de que la taza de Santa Claus era de su padre. ¿La había roto Bel? No se acordaba. Se lo bebió muy rápido, tenía prisa por alejarse de Rachel. Ya le había pasado antes eso de hacer cosas sin cuidado, despistada. A no ser que Rachel sí supiera que era la taza favorita de su padre y la hubiera roto a propósito, alejándolo cada día un poco más.

—No lo sé, lo siento, papá. —Bel se sentó—. Te compraré una nueva.

—No importa —dijo su padre.

Pero sí importaba.

—Tengo que hablar contigo. —Su padre se inclinó hacia delante para tomar el control y pausó la tele—. Me acaba de llamar el director de tu escuela. Dice que has ido a casa de un profesor. El profesor Tripp. Que lo acosaste.

A Bel se le ensombreció la mirada y se le cerró el estómago.

—Rata asquerosa —dijo, imaginándoselo ahí de pie con sus lentes.

—Parece ser que le has estado haciendo unas preguntas un poco raras sobre Rachel. ¿Qué pasa, hija? —dijo, con las manos inmóviles en el regazo.

Atrapada.

Pero no pasaba nada. No tenía pruebas suficientes para la policía, pero sí para su padre. Él estaba de su parte, siempre. Bel miró a las escaleras.

—¿Dónde está Rachel?

—Se está dando un baño.

Bel apretó los dedos y bajó la voz.

—Creo que está mintiendo, papá. Miente sobre todo. —Su padre se enderezó y el sillón crujió bajo su peso—. Sobre la desaparición, la reaparición. Lo planeó todo. No creo que la secuestrara nadie. Ha habido algunas inconsistencias en su historia, cosas que sabe que no podría saber si se hubiera pasado dieciséis años en un sótano. Estuvo en North Conway hace unos meses, en la calle, libre, comprando ropa como la que tenía cuando desapareció. Fue todo un plan. Y creo que el profesor Tripp sabe algo. Rachel es una mentirosa, papá, y no sé qué quiere, pero tenemos que averiguar lo que pasó de verdad para poder...

—Suficiente, Bel —dijo, amable pero firme, interrumpiéndola—. Ya lo hemos hablado. Rachel no miente.

—Pero...

—No quiero escuchar nada más. —Arrancó una esquina de la etiqueta de la cerveza—. Rachel está diciendo la verdad de lo que le pasó. Por supuesto que sí, ¿cómo si no ha podido estar desaparecida tanto tiempo? —Se le endureció la mirada y la etiqueta de la cerveza se terminó de despegar—. Créeme. La conozco mejor que tú. Yo le creo, ¿okey, hija? Eso debería bastar también para ti. Quiero que dejes esto. ¿Por favor?

Un puñetazo en el estómago que le dejó unas marcas de nudillos que no se fueron. Se suponía que su padre estaba de su lado. ¿Por qué no lo veía?

—Sabes que hay algo que no encaja —lo volvió a intentar, desesperada—. No has sido el mismo desde que llegó. Evitas estar en casa, te pasas el día en el trabajo. Apenas te veo.

Su padre suspiró.

—Las cosas son complicadas. La vida es así, hija. Solo ha pasado una semana, necesitamos más tiempo para acostumbrarnos a un cambio tan importante. Tanto tú como yo. Por favor, Bel, déjalo. Solo vas a hacer que sea más difícil. ¿Me lo prometes?

Bel ya había hecho una promesa: deshacerse de Rachel, volver a su vida antes de que Rachel reapareciera y lo jodiera todo, a cuando los dos eran felices. Bel eligió a su padre. Era su constante, el que jamás se iría. Siempre lo elegiría a él. Pero él no le estaba pidiendo que eligiera, le estaba pidiendo que lo dejara, que aceptara a Rachel, hacer otra promesa.

A lo mejor podían coexistir todos en esta casa, juntos.

Bel tenía que intentarlo, porque se lo estaba pidiendo su padre. Su padre le creía a Rachel, y eso debería ser suficiente para ella también. Debería.

Bel se desinfló, pero el nudo del estómago creció, jalando con más fuerza.

—Está bien —dijo en voz baja—. Lo prometo.

Su padre le sonrió y levantó la cerveza hacia ella.

—El director Wheeler me ha dicho que estabas con alguien del equipo de rodaje.

—Sí —dijo—. Ash. El asistente de cámara.

Su padre tosió.

—Ve con cuidado. Quieren contar la historia más interesante y sensacionalista, y nos quieren usar para ello. Organizan situaciones tensas para que reaccionemos delante de las cámaras. Intentan manipularte con todo esto de Rachel, hija. Creo que no deberías volver a estar a solas con Ash.

Bel sorbió por la nariz.

—Sí, tienes razón. —Porque su padre siempre tenía razón. Y Ash se estaba acercando demasiado, además. Tenía que haber algún motivo por el que él fuera el único que se creía su teoría sobre Rachel, ¿verdad?

—Solo quiero protegerte. —Su padre volvió a tomar el control y dejó el dedo sobrevolando encima del botón.

—¿Podemos hacer algo mañana? —Bel habló rápido, antes de que pudiera darle al botón—. Tú y yo. Bueno, y Rachel, supongo. Los tres. ¿Una ruta de senderismo, o algo así? Te extraño. —Él no lo sabía, pero era una de las cosas que más le costaba decir. Se había desnudado, se había abierto el pecho costilla a costilla y había dejado el corazón latiendo sin protección. Se estaba esforzando.

La cara de su padre se suavizó con una sonrisa.

—Claro, hija. Lo que quieras.

Arriba, oyeron abrirse la puerta del baño. Los pasos suaves de los pies descalzos de Rachel contra la alfombra. Ellos aquí abajo, ella ahí arriba. ¿Había escuchado lo que Bel había dicho de ella? ¿Estaba intentando enterarse? A lo mejor...

No, daba igual. Bel iba a dejar el tema.

Iba a intentar de verdad olvidarlo, ignorar esa sensación en el estómago.

Bel aguantó la respiración, esperando, escuchando. Y lo escuchó. El clic de la puerta de la habitación de invitados cerrándose, el doble clic cuando Rachel se encerró dentro.

Veintiséis

Bel se despertó con un sobresalto. Tenía algo duro contra la mejilla y una cara flotando a centímetros de la suya en el brillo de la mañana.

Parpadeó y la otra persona también.

Bel farfulló algo y se frotó el sueño de los ojos.

—Hola, dormilona —dijo Carter mientras se sentaba en la cama y arrastraba el cuerpo de Bel hacia la pendiente que había creado.

—Pensaba que eras Rachel, rayos. —Bel se llevó las manos al pecho, reubicando los latidos de su corazón sobresaltado—. ¿Me has dado con el dedo en la boca? —dijo, tocándose con la lengua seca.

—Tú me das todo el rato —dijo Carter, dándole la espalda.

—No en la boca mientras duermes, friki. —Bel le dio una patada amortiguada por el edredón—. Creo que soy una mala influencia para ti.

—Te he llamado dos veces y no te has despertado, así que he tenido que recurrir a medidas drásticas.

—Te voy a enseñar yo a ti medidas drásticas. —Bel le dio otra patada, con los dos pies, hasta que a Carter no le quedó más opción que caerse de la cama.

Se levantó agarrando el asa de su mochila amarilla, que arrastraba por el suelo.

—¿Qué tal estuvo el *ballet* ayer? —preguntó Bel mientras se recogía el pelo estático en una cola de caballo.

—Bien —dijo Carter tajante, como queriendo cambiar rápido de conversación—. Podríamos hacer algo hoy, mi madre me está volviendo loca.

Carter no sabía cuál era el significado real de esa frase.

—Podríamos hacer galletas con Rachel o algo —continuó Carter—. O ir al cine. Lo que sea, pero entretenme, te lo suplico.

Bel sacó las piernas de abajo del edredón y salió de la cama.

—Mi padre y yo habíamos pensado ir a hacer senderismo. Puedes venir si quieres. —Tomó una sudadera que había en el suelo y se la puso—. ¿Está abajo?

—No lo he visto. —Carter fue hacia la puerta—. Pero Rachel sí está abajo. Me ha dicho que iba a intentar hacer tortitas.

—Suena a amenaza.

—Bel —dijo Carter dándole un codazo en las costillas.

Bajaron juntas y Bel usó a Carter como escudo al entrar en la cocina.

—Buenos días An-ah-Bel. Casi lo consigo esta vez —dijo Rachel mientras levantaba con cuidado el borde de una tortita grumosa, mirándolas con una sonrisa.

Rachel parecía cansada, tenía círculos oscuros debajo de los ojos, como si la cerradura en la puerta de la habitación no hubiera servido de nada y siguiera sin dormir bien.

—Buenos días. —Bel se tronó el cuello. Ella, sin embargo, había dormido demasiado bien.

—Hay café en la cafetera, sírvete —dijo Rachel—. Carter, ¿tú también quieres tortitas?

—Sí, por favor. —Carter sonrió y se sentó a la mesa. Pero su sonrisa desapareció—. S-si no te importa.

—Claro que no. Es más, te doy la primera tanda. —Rachel deslizó las tortitas en un plato.

—¿Dónde está papá? —preguntó Bel mientras se servía el café en su taza favorita, lisa con una B amarilla. B de Bel, no A de Anna.

—No lo he visto. —Rachel volvió a la sartén y echó más masa.

—¿Está en casa?

—Creo que no.

Bel no se fiaba de su respuesta.

—¡¿Papá?! —gritó, acercándose a las escaleras—. ¡¿Papá?! —gritó otra vez.

Nada.

—No está. —Bel volvió a la cocina y Rachel le dio un plato con tres tortitas con chispas de chocolate.

A lo mejor había ido a comprar bocadillos para la excursión. Bel se sentó y sacó el teléfono. No tenía mensajes de su padre. Solo uno de Ash: «Avísame si quieres hacer algo hoy». No le debería haber dado su número, había sido un error. Su padre tenía razón: no podían confiar en el equipo de rodaje.

Se metió un trozo de tortita en la boca y la masa se convirtió en una pasta. Tragó y se volvió a levantar arrastrando la silla.

—¿Dónde va...? —empezó a decir Rachel mientras se sentaba.

Bel no respondió. Fue a la puerta de la calle. El nudo del estómago se estaba haciendo notar, estirándose y bostezando. Abrió la puerta y se quedó en el umbral, mirando la calle de arriba abajo, como si pudiera convocar a su padre. Volvería del súper en cualquier momento, si es que había ido allí. La calle estaba tranquila, demasiado tranquila, como si faltara algo: no había ninguna camioneta afuera. Ni una. Rachel Price se había convertido oficialmente en viejas noticias a los ocho días. ¿Era el principio del fin?

Los ojos de Bel percibieron otra cosa, algo que estaba ahí pero que no debería. La camioneta de su padre. Estaba ahí, estacionada delante del garaje, en su sitio de siempre. El coche de Rachel estaba al lado. Entonces... no había ido al súper.

—¡¿Papá?! —Bel volvió a gritar hacia la casa y cerró la puerta a su espalda.

Bel miró a todas partes, con la mano en la manija de la puerta, ni afuera, ni adentro.

—No tiene sentido —murmuró para sí—. La camioneta de papá está ahí afuera, pero él no está.

—Cómete tus tortitas o me las como yo. —Carter balanceaba las piernas mientras comía.

—¿Lo has visto esta mañana? —le preguntó Bel a Rachel.

—No. —Rachel tragó—. Debió de salir antes de que yo me levantara. No me he enterado de nada.

—Pero la camioneta está ahí.

Rachel partió una tortita por la mitad.

—A lo mejor había quedado con alguien.

—Había quedado —dijo Bel—, conmigo. Se suponía que íbamos a hacer senderismo. Me lo prometió.

Los dos hicieron promesas anoche, y Bel estaba cumpliendo la suya. ¿Dónde se había metido él?

Lo llamó con el teléfono demasiado apretado a la oreja.

Ni siquiera dio tono.

«Hola, estás llamando a... Charlie Price —intervino su voz, ronca y pregrabada—, que ahora no puede atenderte. Por favor, deja un mensaje después de la señal».

—Qué raro. Ha saltado directamente el contestador.

Bel abrió los mensajes con su padre. Escribió: «Papá, ¿dónde estás? Llámame».

Ni siquiera se envió. La cajita azul se quedó esperando, atascada en algún lugar entre su teléfono y el de su padre.

—An-B-Bel, las tortitas.

—No tengo hambre. —Bel se fue. No tenía espacio en el estómago, el nudo no paraba de girar y de crecer, alimentándose de cada pensamiento negativo y de una pregunta: ¿dónde estaba su padre?

Se sentó en el sillón de su padre y esperó.

Intentó otro número.

—Bryson Auto, soy Gabe, ¿en qué puedo ayudarte?

Bel carraspeó.

—Hola, Gabe. Soy Bel Price, la hija de Charlie.

—Hola, Bel. ¿Cómo estás? —dijo Gabe con una voz que sonaba como un silbido entre los dientes.

—¿Está mi padre ahí? ¿Trabaja hoy? Me dijo que estaría en casa, pero no lo encuentro.

Dos respiraciones se colaron por el altavoz hasta su oído.

—No, no está aquí. No suele trabajar los fines de semana.

—Ya. —Bel se mordió el pulgar—. Pero han tenido mucho trabajo, ayer trabajó hasta tarde, toda la semana ha estado trabajando hasta tarde, pensaba que...

—En todo caso, se ha estado yendo pronto. Asuntos familiares, decía —respondió Gabe. Se oyó el ruido de alguna herramienta de fondo—. Ayer tampoco vino. Pero, escucha, si lo veo le digo que te llame, ¿de acuerdo?

—S-Sí, gracias. —Bel se quedó mirando el teléfono antes de colgar. Y después también.

Su padre no había ido a trabajar ayer, no había estado toda la semana trabajando hasta tarde, como le había dicho, pero no había ido a cenar ningún día. Y le decía a Bel que estaba trabajando y en el trabajo decían que estaba en casa. ¿Dónde había estado de verdad? ¿Y dónde estaba ahora?

—¿Sigues sin localizarlo? —dijo la voz de Rachel detrás de ella, y se asustó.

Sacudió la cabeza.

—Bueno... podemos ir de excursión nosotras. Tú, Carter y yo —dijo Rachel—. Si es eso lo que querías hacer hoy. Podemos hacer la ruta de la mina Mascot.

—La han cerrado —dijo Carter, levantándose al otro lado de Bel, atrapándola entre las dos—. Unos chicos de la escuela abrieron la reja de la mina. Yo no estaba —aclaró, levantando las manos.

—Vayan ustedes —dijo Bel, sacándose del plan—. Yo voy a esperar a papá. Me dijo que hoy se quedaría en casa. No creo que tarde.

No tenía ningún motivo para creer otra cosa, porque su padre era el que siempre volvía. Y Bel lo esperaría aquí para demostrar que tenía razón.

Carter y Rachel jugaron al Monopoly. Se suponía que Bel también estaba jugando: tiraba los dados, pero no compraba nada y no le importaba pasarse tres turnos en la cárcel.

Llamaba a su padre cada treinta minutos. Contestador. Contestador. Contestador. El mensaje todavía no se había enviado. ¿Por qué tenía el teléfono apagado? No lo hacía nunca.

Carter se fue y Rachel se quedó merodeando alrededor de Bel.

—Seguro que vendrá luego. —Estiró el brazo, como si fuera a colocarle la mano en el hombro a Bel.

Pero Bel se apartó antes de que lo hiciera.

—Voy a ir a buscarlo —anunció, y subió corriendo las escaleras para vestirse.

Bel pasó por delante del Royalty Inn y de la escuela, los dos muy tranquilos al ser domingo. Subió hasta Bryson Auto, para ver si Gabe se podía haber equivocado. Había otra persona trabajando, arreglando un coche rojo, y un par de piernas con botas sobresalían por debajo.

—¿Papá?

El hombre salió de debajo del coche; no era él.

—Perdona.

Se quedó afuera y llamó a Jeff.

—¿Sabes algo de mi padre? —dijo en cuanto contestó—. Desde anoche.

—Hola a ti también. No, no sé nada. ¿Por qué? ¿No está en casa?

—Ni en el trabajo —dijo Bel—. Y tiene el teléfono apagado.

—Seguro que no le ha pasado nada, no te preocupes —dijo, y a Bel le pareció muy perspicaz de su parte, porque ya estaba preocupada, el corazón le latía en la garganta a un ritmo acelerado hacia el pánico.

¿Dónde estaba? ¿Dónde estaba?

Lo buscó en todas las cafeterías y bares de Gorham. Lo volvió a intentar.

—Lo siento, eres menor de edad, afuera.

Le envió otro mensaje. Lo volvió a llamar. Su cuerpo la traicionó y se relajó al escuchar el sonido de su voz grabada. «Charlie Price». Idiota, no era él. Y el corazón se le volvía a acelerar.

Marcó el número fijo de la casa del abuelo y le preguntó a Yordan si lo había visto.

—Desde el viernes por la noche no, lo siento.

¿Qué iba a hacer Bel?

Volvió a casa, por si se hubieran cruzado por el camino. Ramsey estaba en la puerta del hotel cuando pasó, subiéndose el cierre de la chamarra.

—Vaya. —Una sonrisa en la cara, familiar y simpática—. Qué coincidencia. ¿Tienes un momento?

No.

—Perdona, no puedo. —Pasó por delante de él—. Estoy buscando a mi padre.

—¿Por qué? —La voz de Ramsey flotó detrás de ella—. ¿Ha desaparecido?

Lo dijo como una broma, pero angustió a Bel al darle forma a su peor pesadilla.

—¡No! —gritó hacia atrás—. Estará en casa.

No estaba en casa.

Esperó otra hora. Luego dos. Respondía a Rachel con monosílabos sin apartar los ojos de la puerta de la calle, deseando que se abriera.

—Seguro que viene a cenar —dijo Rachel con la mirada fija en las manos de Bel, que se movían nerviosas sobre sus piernas, apretando el nudo del estómago—. ¿Te gusta el salmón?

A las siete, Bel fue al dormitorio de su padre.

La cama estaba sin hacer. Eso no era raro, su padre solía dejar las sábanas hechas una bola, como una pista de por dónde se había levantado. Bel pasó los dedos por la almohada, como si la tela pudiera decirle algo. Dónde había ido después de levantarse esta mañana, qué estaba pensando.

Fue al armario después. Analizó los ganchos: algunos estaban vacíos y se balancearon cuando pasó la mano, pero las prendas que faltaban estarían seguramente en la ropa sucia. Faltaba otra cosa. La bolsa de tela caqui donde su padre guardaba la ropa cada vez que se iban un fin de semana. La bolsa había desaparecido, no estaba en su sitio, en el suelo del armario. Tampoco estaba en ningún otro sitio. No estaba aquí.

—Mierda. —El nudo se hizo más grande que el estómago de Bel y buscó más sitios que convertir en su hogar.

¿Dónde estaba la bolsa? Su padre no podía haber preparado una maleta, porque eso solo lo haría alguien que quisiera marcharse. Y su padre no haría eso. Su padre no se iría.

—¿Has encontrado algo? —preguntó Rachel al final de las escaleras.

—No. —Bel se encogió de hombros y evitó su mirada.

Se acercó al aparador del vestíbulo, donde su padre dejaba las llaves y la cartera. La cartera no estaba, pero las llaves, tanto de la camioneta como las de la casa, sí. Bel las tomó para asegurarse y analizó el llavero: una foto de los dos, en Story Land, de su doceavo cumpleaños. Su padre no se había llevado la camioneta, pero ¿no necesitaría las llaves de casa para volver cuando estuviera preparado?

Bel abrió el cajón del aparador. Papeles y facturas. Llevó la mano hasta el fondo, donde guardaban los pasaportes.

Solo había uno. Comprobó el resto del cajón. Sacó el pasaporte y abrió la página de la foto. Annabel Price, y su cara inmóvil, mirándola.

¿Dónde estaba el pasaporte de su padre? Tenía que estar aquí, con el suyo.

No, no, no. El nudo se retorció y jaló en lo más profundo de sus entrañas. Bel retorció los dedos con él. El corazón había pasado al modo de pánico y latía cada vez más fuerte.

Pasaba algo. Pasaba algo muy muy malo.

—¿Cenamos?

No, porque estaba esperando a su padre. No tenía las llaves, así que alguien tenía que abrirle. Bel iba a esperar aquí, junto a la puerta, para ser ese alguien.

Se quedó observando la calle cada vez más oscura por la ventana, con la cara entre las rendijas de la persiana, con los ojos pendientes de cualquier señal de movimiento: una mujer paseando a un perro con un collar LED verde, un chico en un monopatín, un chico más grande detrás de él, un hombre caminando deprisa, colocándose una gorra.

Bel miró la hora en su teléfono. Volvería a las nueve para cenar, con una sonrisa tranquila y una explicación sencilla de dónde había estado y por qué tenía el teléfono apagado.

Las nueve era la hora límite. Tenía que haber vuelto para entonces.

Pero esa hora también pasó.

—¿Quieres que te caliente esto, Anna, perdón, Bel? Deberías sentarte.

Bel esperó hasta las 21:59.

Entonces desbloqueó su teléfono y marcó otro número.

El del jefe de policía, Dave Winter.

El sonido repicó por el cuerpo de Bel, haciéndole eco en el pecho vacío, y sonó un clic cuando respondió.

—Hola, soy Bel, Annabel Price. Mi padre ha desaparecido.

Veintisiete

—¿Su pasaporte tampoco está?

Dave Winter la miró desde el otro lado de la mesa, golpeando la pluma contra el cuaderno, que entraba y salía de un rayo de sol de la mañana.

—No. Lo he buscado por todas partes —dijo Bel sin aliento por las explicaciones—. Pero, lo que intento decir, es que mi padre no se iría así. De verdad. Le ha pasado algo. Algo malo.

—Pero parece como si hubiera hecho una maleta, ¿no? ¿Falta ropa? ¿La cartera?

—Sí. —Bel se agarró a la palabra, pidiéndole prestados a la tía Sherry sus muelles. Con las manos apretadas, dejando las marcas de medias lunas de las uñas—. Pero, te lo repito, él no me abandonaría. No es propio de él. Eso es lo que preguntas, ¿no? Era lo que decían los informes sobre Rachel. Ha pasado algo malo y quiero poner una denuncia de desaparición. Tienes que buscarlo. Es urgente. Ya ha pasado demasiado tiempo, deberíamos haber hecho esto anoche.

Dave Winter suspiró e hizo clic en la pluma.

—Annabel, entiendo que esto te parezca una emergencia. Pero, como una persona adulta, tu padre tiene el derecho legal de desaparecer sin decírselo a su familia, si es lo que quiere. Sinceramente, por lo que me cuentas, todo parece apuntar a que se ha ido voluntariamente, no hay nada que indique que se trate de un crimen. La maleta hecha, se ha llevado el pasaporte y la cartera.

Bel sacudió la cabeza.

—Alguien nos quiere hacer creer eso. ¿Por qué no se ha llevado la camioneta si ha decidido irse?

Dave volvió a suspirar, agarró la pluma y pasó un par de hojas.

—¿Cuándo lo viste por última vez?

—El sábado a las diez de la noche, cuando me fui a la cama. —Bel se inclinó hacia delante y separó las manos—. No sé cuándo ha desaparecido, en algún momento antes del amanecer. Pero eso significa que ya han pasado casi treinta y seis horas desde que se le vio por última vez. Nadie sabe nada de él y ha tenido el teléfono apagado todo el tiempo. Tienes que empezar a buscarlo. Ya.

Le temblaron las piernas debajo de la mesa. Solo habían pasado nueve días desde la última vez que estuvo aquí, hablando de una reaparición, no de una desaparición. Los bandos volvían a cambiar. Y Dave Winter seguía sin escucharla.

—No creo que podamos hacer nada.

—¿Qué quieres decir? —Bel se puso recta y apretó la mandíbula. El nudo de su estómago escupía chispas—. Puedes hacer exactamente lo mismo que hiciste la última vez que uno de mis padres desapareció. Buscarlo. Rastrear el teléfono. Usar perros olfateadores. Todo.

—No puedo justificar una investigación completa —dijo, intentando hacerse comprender, pero sin éxito—. La desaparición de tu madre fue diferente, las circunstancias eran sospechosas y había evidencias de que estaba en peligro. Tu padre... un hombre adulto tiene derecho a desaparecer durante un día o dos si es lo que quiere. Es comprensible, teniendo en cuenta la situación. Seguramente la vuelta de Rachel no ha sido fácil para tu familia. La señora Nelson me contó que le pareció escuchar una discusión en tu casa el viernes. Vio a tu padre salir enojado a la calle. No es más que estrés, se está desahogando. Estoy seguro de que volverá en un par de días.

—Te equivocas. —Bel golpeó los puños contra la mesa y las hojas del cuaderno se movieron—. Ya te has equivocado antes.

Dijiste que volvería anoche. Y no lo hizo. Le ha pasado algo malo. Las circunstancias son sospechosas y está en peligro.

—¿En peligro por qué?

—¡Por Rachel! —El nudo de su estómago explotó y Bel también. La nueva promesa que le había hecho a su padre se rompió y quedó olvidada—. Tiene que ver con Rachel. Solo hace una semana que ha vuelto ¿y ahora desaparece mi padre? Está relacionado. Seguro que tiene algo que ver con ella.

No solo algo. Todo tenía que ver con ella. Rachel era una mentirosa, había organizado la desaparición y ahora había hecho desaparecer a su padre. Bel debería haberse esforzado más, actuar más rápido, para encontrar las pruebas y sacar a Rachel de su vida. Ahora puede que fuera demasiado tarde. Su padre ya no estaba, lo peor ya había ocurrido. Lo último que le pidió fue que confiara en Rachel, y ella se lo había arrebatado.

—Estoy seguro de que está relacionado —dijo Dave—. La vuelta de Rachel después de su presunta muerte durante todo este tiempo ha sido un evento sin precedentes. Y el estrés de ser consciente de que el hombre que la secuestró sigue en libertad... creo que a mí también me gustaría tomarme un descanso de algo así.

—¡Mi padre no se ha ido! —gritó Bel con los dos puños sobre la mesa.

—Annabel, tienes que tra...

—¡No me digas que me tranquilice! —Apuntó con los ojos y disparó fuego—. Tú tienes que hacer tu trabajo. Poner una denuncia de desaparición y buscarlo.

Dave abrió la boca en silencio y acumuló otro suspiro. La ira no iba a presionarlo, pero lo conseguiría de otra forma.

—Se lo debes —dijo Bel, con un tono oscuro, en voz baja—. Se lo debes y lo sabes. Ya te equivocaste una vez con él. Estabas convencido de que había asesinado a Rachel. Lo encerraste, lo llevaste a juicio. Estabas equivocado y le hiciste pasar por un infierno. Esta es tu oportunidad de hacer lo correcto. Se lo debes. Por favor. Ayúdame a encontrarlo.

La boca de Dave siguió abierta, pero algo cambió en sus ojos, y en sus hombros.

—Está bien —dijo amablemente. Tamborileó con los dedos sobre la mesa, como arañas bailarinas—. Voy a necesitar una declaración escrita para la denuncia. Con todo lujo de detalles: compañía y número de teléfono. Tardarán unos días en entregarnos sus registros telefónicos. También necesito su información bancaria, si la tienes, y los papeles que tenga en casa.

—Sí —dijo Bel, otra vez sin aliento. Y con una sensación nueva: esperanza. Era pequeña y frágil, y alimentó el nudo con ella—. Puedo ir ahora mismo.

—Irá un agente a casa para hacer un registro. Y también necesitaremos una declaración de Rachel.

—Gracias —dijo ella con la garganta seca y ronca. Los ojos también, por haberse pasado toda la noche frotándoselos, luchando por no quedarse dormida, sin despegar la mirada de la puerta por si Rachel también iba por ella.

Dave se puso de pie y golpeó los nudillos contra la superficie.

—No me lo agradezcas —dijo, con el cuaderno contra el pecho y los ojos pesados y tristes—. Como bien has dicho, se lo debo.

Bel asintió. Todos se lo debían.

Bel no volvió a casa hasta que anocheció. Cerró la puerta de la calle y se estremeció con el ruido del cerrojo, que la delató. Estaba en casa, aunque ya no la sentía suya; el ambiente era diferente, se quedaba atrapado en los oídos y amplificaba cada crujido y cada suspiro que se suponía que tenía que hacer una casa. Y también los que se suponía que no tenía que hacer: pasos en la sala, amortiguados e insidiosos.

Apareció la cabeza de Rachel en la esquina, luego el resto del cuerpo, y atrapó a Bel en el vestíbulo.

—An-B-Bel. ¿Dónde estabas?

Bel se quitó la chamarra.

—En casa de Jeff y Sherry. ¿Y tú? —Le disparó de vuelta la pregunta.

Rachel torció la boca y se le afiló la barbilla.

—Cuando los agentes terminaron de registrar aquí, fui a la

comisaría a prestar declaración con el jefe de policía. Le he dicho que la última vez que vi a Charlie fue justo antes de darme un baño aquella noche. Que no lo escuché marcharse, pero que debió de hacerlo a lo largo de la noche.

Bel dio un paso adelante, obligando a Rachel a dar uno hacia atrás, liberándola.

—Pensaba que no estabas durmiendo muy bien —dijo ella, caminando hacia la cocina. Rachel la siguió—. Qué raro que no escucharas nada. —Había utilizado una mentira para destapar otra.

Bel se acercó al refrigerador y sacó el cartón de jugo de manzana que había comprado Rachel. Decía que lo había extrañado cuando estuvo en aquel sótano.

—No debió de hacer ruido —dijo Rachel desde la puerta.

—Debe ser. —Bel dio un sorbo directamente del cartón. Rachel no reaccionó.

—Todo estará bien —dijo—. Te lo prometo.

Bel inclinó la cabeza hacia atrás y vació el cartón, luego se secó la boca con la manga.

—¿Dónde estuviste el resto del día? No tardas seis horas en presentar una declaración.

—Por ahí, conduciendo —dijo Rachel—, a los sitios en los que pensaba que podría estar. Buscándolo.

Bel apretó el cartón vacío y lo aplastó. Lo tiró a la basura, sobre un vaso rojo de café para llevar con un logo de una vaca soplando el líquido caliente. Rachel debía de haber parado en una cafetería cuando estaba buscando a su padre.

—Y no lo has encontrado, ¿no? —Bel se dio la vuelta.

Rachel había entrado en la habitación mientras Bel le daba la espalda, recorriendo el suelo con pasos silenciosos. Las dos rodeaban a la otra en un estira y afloja, preparándose.

—No, no lo he encontrado —dijo Rachel.

—Yo lo encontraré. —Bel la miró a los ojos—. Lo encontraré y lo traeré a casa. —Lo dijo como una promesa, pero pretendía que fuera una amenaza.

Rachel parpadeó.

—Hay *risotto* para cenar. ¿Te gusta el *risotto*?

—Ya cené.

Veintiocho

Sonó el timbre, un grito que partió la casa en dos, haciendo retumbar la tierra como si fuera a temblar.

—¡Voy yo! —Bel bajó las escaleras a toda prisa, reclamando ese lado como propio. Rachel igual era más silenciosa moviéndose, pero Bel se movía más rápido.

Abrió la puerta de la calle y vio a Dave Winter en el umbral, con su uniforme oscuro.

—¡Annabel! —gritó un reportero desde la calle—. ¿Qué te hace pensar que tu padre ha desaparecido?

El mismo al que Bel le dijo que la dejara en paz hacía un rato, directamente al micrófono.

Las camionetas blancas volvieron anoche, cuando salió la noticia de la desaparición de Charlie Price tan solo una semana después de que su mujer regresó de entre los muertos. Un padre entraba, el otro salía. Eran una familia con una puerta giratoria. Era la historia del momento, teniendo en cuenta que había aparecido también una camioneta de la BBC. Una «fuente cercana a la familia» fue quien avisó a la prensa. Seguramente fuera la abuela Susan, ya lo había hecho antes, la maldita cogedora de caballos.

—¡Salga de la propiedad, caballero! ¡No me haga bajar! —gritó Dave, moviendo las manos para reconducir a la manada de periodistas.

—Hola —le dijo Bel a la nuca torcida y roja del policía.

Él se dio la vuelta con la boca apretada en una línea.

—Annabel, bien, estás aquí. ¿Está tu madre? Tengo novedades.

Le dio un vuelco el corazón, que se le aferró a la base de la garganta. ¿Las novedades eran buenas? ¿O era lo peor que podía pasar?

—Pasa. —Le hizo un gesto para que entrara y deseó que se moviera más rápido. El nudo no paraba de enrollarse en su estómago, arrancando un trozo de ella cada vez.

—Hola, Rachel —dijo Dave, levantando la comisura de la boca casi en una sonrisa. ¿Sonreiría si hubiera ido a decirles que habían encontrado a su padre muerto? No sonreiría si estuviera muerto, ¿no? Mierda.

Bel buscó en su cara alguna otra señal, también en la de Rachel. ¿Ella ya sabía lo que había venido Dave a decirles? Si lo había matado Rachel, Bel la mataría; eso era otra promesa.

—¿Quieres un café o...? —le ofreció Rachel.

—¿Qué pasa? —Bel no podía esperar más. Su padre llevaba casi cuatro días desaparecido y, cada vez que lo llamaba, saltaba directamente el buzón de voz. «Has llamado a Charlie Price», aunque seguía sin ser localizado.

—Un par de cosas. —Dave se metió las manos en los bolsillos—. Hemos solicitado los registros telefónicos del celular de tu padre. Todavía los estamos esperando, no los envían de la noche a la mañana. —Dave sacó una mano y la dejó caer a su costado—. Pero hemos conseguido acceder a la cuenta bancaria de Charlie.

—¿Y? —dijo Bel, bloqueándolo para obligarle a que hablara con ella y no con Rachel.

—Ha habido actividad en los últimos cuatro días. Ha sacado dinero y ha hecho algunas compras... en Vermont.

—¿Vermont? —dijo Rachel, subiendo la voz al final.

Dave la miró.

—Estamos trabajando con la policía estatal, estamos usando esta información para localizarlo. Pero son buenas noticias. —Miró a Bel al decir eso último con una cara un poco más suave—. Esto significa que tu padre está bien, que está en Vermont para relajarse un poco, para tener un poco de tranquilidad. Lo que pensamos en un principio. Seguramente vuelva a casa cuando se sienta preparado.

Bel se quedó inmóvil pero su cabeza no paraba de darle vueltas a lo que acababa de escuchar. ¿Su padre estaba en Vermont? Eran buenas noticias, ¿no? Tal y como había dicho Dave. Mucho mejor que las peores noticias posibles. Entonces, ¿por qué tenía una sensación de vacío en el estómago que se alimentaba de ese resquicio de esperanza? Porque Bel lo conocía mejor que nadie. Su padre no la abandonaría, no se iría a Vermont sin decírselo, no tendría el teléfono apagado y no dejaría que se preocupara tanto. Él no haría algo así. Y a lo mejor nada de esto era tan simple como «tranquilizarse» o «tener un poco de espacio». Había desaparecido sin dejar rastro, solo que ahora habían encontrado un rastro... en Vermont.

—Son buenas noticias —dijo Rachel, tranquila.

—Pero vas a seguir buscándolo, ¿no? —dijo Bel, nada tranquila.

—Como he dicho, estamos trabajando con la policía estatal de Vermont para localizarlo cuando vuelva a utilizar la tarjeta. Y estamos esperando los registros telefónicos. El celular de una persona puede dar mucha información.

Los ojos de Bel siguieron a su mente y se posaron en el rectángulo negro sobre la mesita de café.

No era el teléfono de su padre, sino el de Rachel.

Dave seguía hablándole.

—Voy a seguir buscando a tu padre, pero no tienes de qué preocuparte, no hace falta que sigas poniendo carteles por toda la ciudad. Aunque agradezco toda la ayuda posible. Lo mejor será que vuelvas a clases, que vuelvas a la normalidad.

—Hoy fui —respondió Bel. Solo por un motivo: no para volver a la normalidad, sino para arrinconar al profesor Tripp, para obligarlo a que le diera respuestas. Pero él no había ido. Estaba enfermo, toda la semana, por lo visto. ¿Cuánto tiempo iba a seguir evitándola?

—Les diré algo en cuanto sepa más. —Dave hundió la cabeza como si le hiciera una reverencia a Rachel—. Avísenme si los reporteros las molestan mucho.

—Gracias, Dave —dijo Rachel con una sonrisa vacía—. Te acompaño a la puerta.

El murmullo lejano de sus voces se movió hasta el vestíbulo. Bel no los acompañó, haciéndole caso a su instinto y escuchando a su cabeza, porque a veces no estaban en el mismo bando. Si existiera la posibilidad de que su padre se hubiera marchado voluntariamente, de que se hubiera ido a Vermont, lo habría hecho por culpa de Rachel, para alejarse de ella. Y a lo mejor no iba a volver hasta que se expusieran las mentiras de Rachel y se largara de casa. A lo mejor tenía miedo de lo que pasó la última vez, de que volvieran a señalarlo, y había preferido huir a tener que volver a enfrentarse a eso. Se viera por donde se viera —cabeza o instinto—, el camino a seguir era el mismo: demostrar que Rachel estaba mintiendo y descubrir por qué desapareció en realidad, y reapareció dieciséis años después. Rachel era la forma de volver con su padre.

Y si Bel no conseguía ninguna respuesta del profesor Tripp, entonces tendría que conseguirlas de la propia Rachel.

Quizá evitarla no había sido lo correcto, estar todo el día fuera de casa, encerrarse en su dormitorio. A lo mejor era el momento de cambiar el centro de atención. Estudiar a Rachel. Mostrar interés, pasar tiempo con ella. Esperar a que le diera la mano y así tomarle el brazo. Ya se sabe lo que dice el refrán sobre los enemigos y los amigos.

El ruido de los reporteros aumentó cuando se abrió la puerta, y Dave gritó para despedirse. Bel miró otra vez el teléfono de Rachel, sin vigilancia. «El celular de una persona puede dar mucha información».

Le picaban los dedos, se extendían y estiraban, probando el aire. Rachel tenía el teléfono del profesor Tripp, seguro que habían hablado. A lo mejor las respuestas estaban justo ahí, detrás de esa pantalla de cristal.

Dio un paso hacia el teléfono, lo agarró, y se detuvo porque notó un cambio. Rachel había entrado en la habitación, sin hacer ruido, y la observaba.

—Qué buenas noticias, ¿verdad? —dijo Rachel—. Lo de la cuenta del banco. Sé que estabas preocupada. Has estado muy callada y distante.

Bel asintió. Estaba a punto de ser lo opuesto a distante. Iba a acercarse en lugar de huir. Necesitaba que Rachel se alejara del teléfono el tiempo suficiente como para revisarlo todo. Y para eso tenía que desbloquearlo. Por suerte, los dos problemas llevaban a la misma persona.

—Oye, Rachel —dijo, alegre y sonriente—. Creo que voy a decirle a Carter que venga esta noche, así nos distraemos —dijo, pero, en realidad, quería decir «así te distraes»—. Podríamos hacer galletas o algo así. Pasar tiempo las tres.

A Rachel le brillaron los ojos y su boca se torció en una sonrisa.

—Qué buena idea, A... B-Bel. Me encantaría.

—¿Qué? —Carter replicó cuando Bel la arrastró dentro.

—Te he dicho que vinieras ya, no en diez minutos —soltó Bel a su prima y se fue a la sala. El corazón le latía con fuerza contra las costillas y le hacía eco en los oídos. ¿Lo escucharía también Carter?

—Estaba bañándome. —Carter la miró y leyó sus nervios como otra cosa—. No me dijiste que fuera una emergencia. ¿Hay alguna noticia sobre el t-tío Charlie?

—No. Bueno, s-sí. Luego te cuento. —No tenían que estar en silencio, pero sí tenían que ser rápidas—. Rachel ha ido a comprar, puede volver en cualquier momento.

Bel había insistido en hacer galletas de mantequilla de cacahuate, porque sabía que no había mantequilla de cacahuate y sabía que Rachel se ofrecería a ir a comprar para agarrar la ramita de olivo que Bel le había puesto delante.

—Ayudaste a Rachel a configurar su teléfono, ¿no?

—Sí —dijo Carter con los ojos entrecerrados—. Porque tú la estabas evitando.

—¿Sabes cuál es la contraseña?

Carter entrecerró aún más los ojos.

—¿Para qué?

Pero, a juzgar por lo apretada que tenía la boca, ya sabía para qué.

—Necesito que me digas la contraseña.

—¿Por qué necesitas revisarle el teléfono? —Lo dijo molesta.

—Porque —Bel bajó la voz, aunque Rachel no estaba en casa. No creía que fuera algo que pudiera decir en voz alta, pertenecía a los susurros— sigo pensando que Rachel miente sobre su desaparición y estoy bastante segura de que ella es el motivo por el que mi padre ha desaparecido ahora.

—Bel, eso...

—A veces tienes que hacerle caso a tu instinto, Carter. Sé que eso fue lo que pasó, solo tengo que demostrarlo, y puede que las respuestas estén en su teléfono. Necesito tu ayuda, por mi padre.

Carter dudó y miró a Bel de arriba abajo.

—Lo conoces a él desde hace más tiempo que a Rachel —continuó Bel, intentando ser amable, insistiendo, pero no como para espantarla—. ¿Por favor? ¿Por mí?

—Bel, debería decirt...

Bel le chistó cuando captó un sonido nuevo. El rechinido de unas ruedas contra la grava de la entrada, el grito reanimado de los reporteros. La alarma, la sirena de aviso.

—Llegó Rachel —dijo Bel—. Rápido, Carter. —La agarró por los brazos—. Dime la contraseña.

Se cerró la puerta de un coche y las voces chillaron como pájaros.

Carter cedió con otro suspiro y una advertencia en la voz.

—Es cinco, seis, siete, ocho. Como cuando se cuenta en música.

—Cinco, seis, siete, ocho —murmuró Bel para recordarlo—. Gracias. Te quiero.

Carter gruñó.

—Ah, otra cosa. —Bel habló rápido, adelantándose al sonido de los pasos de Rachel hacia la puerta—. Vamos a hacer galletas. Necesito que la distraigas mientras yo agarro su teléfono y lo reviso.

—Bel —replicó Carter.

—Solo tienes que mantenerla ocupada, se te da bien.

Carter abrió la boca para protestar, pero era demasiado

tarde. El sonido de la puerta abriéndose y el crujido de las bolsas de la compra.

—¡Ya estoy aquí! —La voz de Rachel flotó hasta la sala.

—¡Genial! —respondió Bel—. Carter ya llegó e insiste en ser la repostera jefa. —Le guiñó un ojo a Carter justo cuando Rachel entraba en la sala.

Tenía las mejillas sonrojadas y una sonrisa que le llegaba a los ojos.

—Hola, Carter —dijo—. A mí me parece bien, estoy dispuesta a seguir tus órdenes.

—Yo no voy a dar órdenes —dijo Carter—. Trabajaremos en equipo. —Enseñó los dientes con esa última palabra, mirando a Bel. Buena chica.

Carter fue a ayudar a Rachel con las bolsas.

—Encontré una receta en internet. Podemos utilizar mi teléfono —dijo Bel. Sacó el teléfono y lo desbloqueó con su cara.

Apareció un mensaje en la pantalla, de Ash: «Estoy aquí». Bel le había escrito a la vez que a Carter: «Ven a mi casa, ya. Trae la cámara. Espera en el garaje, la puerta lateral está abierta. Que no te vean los reporteros».

A lo que Ash respondió: «¿Vas a asesinarme? Ya voy».

—¿La tienes?

Bel levantó la mirada.

—Sí. Harina, mantequilla, mantequilla de cacahuate, huevos... —Enumeró el resto de los ingredientes mientras seguía a Rachel y a Carter hasta la cocina.

No apartaba la mirada de Rachel, que soltó una bolsa en la barra de la cocina y dejó las llaves al lado. Pero ¿y el teléfono?

—Compré harina —dijo Rachel—. No sabía cuánto tiempo hacía que tenías la otra.

Rachel palpó los bolsillos de su chamarra. Metió la mano dentro y sacó el teléfono. Bel se detuvo, solo movía los ojos. Rachel miró rápidamente la pantalla y dejó el teléfono bocabajo en la mesa de la cocina.

—Voy a colgar la chamarra. —Rachel se quitó la chamarra y se la colgó en un brazo—. A-B-Bel, ¿puedes sacar el tazón para la mezcla? No tengo ni idea de dónde lo metió tu padre.

—Claro. —Bel fue hacia el armario como excusa para acercarse a la mesa y estudiar la posición del teléfono. Estaba a medio camino entre el sitio donde se sentaba siempre Bel y el de su padre, en ángulo, a unos centímetros del borde. Parpadeó para mirarlo con la vista fresca y recordar el lugar exacto.

Carter la observaba mientras Rachel estaba afuera de la cocina.

Bel se llevó un dedo a la boca antes de que Carter pudiera decir nada.

—¡Alexa! —gritó Rachel, de vuelta en la cocina, y Bel se estremeció. Acababa de comprender que tenía que hacer una pausa después de gritar el nombre—. Pon música alegre y relajada.

—Aquí tienes una lista de música alegre y relajada.

Bel le dio el tazón.

—Gracias, cariño. Esto ha sido muy buena idea.

Bel asintió, sorprendida de que Rachel se hubiera creído toda esta pantomima de ser amable.

—¿Cuánta mantequilla? —preguntó Carter yendo al refrigerador.

—Una taza. Voy a dejar la receta aquí en mi teléfono. —Bel lo dejó sobre la barra de la cocina. ¿Ves? Bel se atrevía a dejarle su teléfono a Rachel. Una especie de intercambio. Sus ojos se fueron para el otro. No podía agarrarlo sin más, Rachel estaba justo ahí, mirándola.

—Chicas, si sobra algo, ¿se lo llevo a su abuelo? —Rachel le dio un paquete de azúcar a Carter.

—Seguro que le gusta —dijo Carter, agarrando el paquete de azúcar, sin estremecerse cuando su mano rozó la de Rachel.

—Por cierto —continuó Rachel—, Annabel, mientras tu padre no está, ¿debería preguntarle a Yordan si necesita ayuda con Pat? No sé, ¿con la limpieza de la casa o algo? ¿Yordan lo saca todos los días a pasear?

—El abuelo no puede caminar —dijo Bel, pero se olvidó de que estaba fingiendo ser amable y añadió una sonrisa incómoda para suavizar la frase—. Pero no te preocupes, Yordan se encarga de todo. Y el tío Jeff puede ayudar también.

Pero este desvío a su abuelo, le dio a Bel una idea.

—Aunque me parece buena idea llevarle las galletas. El abuelo seguramente esté confundido por no saber dónde está mi padre. Le llevaré una lonchera, tú no sabes dónde viven.

Bel abrió el armario y se deslizaron las tapaderas de las loncheras. Tomó dos recipientes, uno transparente y otro azul oscuro, y sus tapaderas correspondientes.

—Aquí los dejo. —Los llevó hasta la mesa de la cocina y los dejó al lado del teléfono para que Rachel no pudiera verlo.

Y, como había hecho cientos de veces con las cosas pequeñas e insignificantes para alimentar el nudo de su estómago, tomó el teléfono. Los dedos contra los bordes fríos. Dobló la mano para metérselo por la manga hasta que desapareció. Se llevó la mano al pecho para sujetarlo.

Listo.

Rachel no era la única experta en desapariciones.

Carter miró a Bel y puso los ojos en blanco.

—Voy a hacer pipí. —Bel salió al vestíbulo. Cuando ya no estaba a la vista, se metió el teléfono en el bolsillo trasero del pantalón.

Esperó, intentando pensar en algo que le llevara más tiempo que «voy a hacer pipí». Bel miró a su alrededor para inspirarse. ¿Podía decir que se encontraba mal? No, no saldría bien, Rachel querría estar con ella, como si fuera su madre.

Vamos, algo, lo que sea. Un montón de zapatos junto a la puerta. El murmullo de los reporteros afuera. Una carta en el aparador dirigida a Charlie Price, porque los desaparecidos no dejaban de recibir correo.

De pronto, una idea.

Bel agarró la carta de forma que la dirección miraba hacia ella y no hacia afuera.

Fue a la cocina y cambió la expresión a una más plana.

—Oye —dijo desde la puerta—. Dejaron aquí una carta para la señora Nelson. Parece importante, quizá es algo de médicos o del seguro. —Fingió que analizaba el sobre—. Voy a acercarme a dejársela. Ahora vuelvo —dijo, y se dio la vuelta antes de que ninguna pudiera protestar.

—¿Precalentamos el horno? —preguntó Rachel.

Todas estaban interpretando perfectamente su papel. Bel soltó la carta donde la había encontrado y abrió la puerta.

Los reporteros se tambalearon de sus camionetas, con las cámaras y micrófonos a cuestas, y una mirada esperanzada en los ojos.

—Annabel esto.

Y:

—Annabel lo otro.

Bel los ignoró, bajó los escalones hacia el garaje, se sacó el teléfono de Rachel del bolsillo y vio su propio reflejo en la pantalla oscura, sin iluminar.

Veintinueve

—Carajo, qué susto me has dado —dijo Ash, llevándose una mano al pecho cubierto de fresas y dando un paso atrás hacia un rastrillo. Ahogó un grito y se apartó de eso también.

—¿Los reporteros gritando mi nombre no te han servido de aviso? —Bel pasó con cuidado al lado del cortacésped cubierto con una lona—. A ver —dijo, enseñándole el teléfono—. Mi padre desapareció.

—Lo he visto en las noticias.

Se le nublaron los ojos y capturó los suyos cuando ella miró, como si le molestara que ella no se lo hubiera dicho a él primero.

—¿Qué pasó? —preguntó.

—Desapareció el sábado por la noche. Tiene el teléfono apagado. Parece que hizo una maleta y se llevó el pasaporte, pero no se ha ido por el estrés, él no haría algo así. —No hizo ninguna pausa, así que no dejó hueco para que Ash discrepara o hiciera de abogado del diablo, el diablo jugaba de parte de Rachel—. Ella está detrás, estoy segura, y él está en peligro. Tenemos que descubrir la verdad, tenemos que salvar a mi padre.

—¿Ha desaparecido de verdad?

—Ha desaparecido. —Su mayor miedo se había hecho realidad en dos palabras, cruel y sin fin. Le tembló el labio y sintió una picadura detrás de los ojos. Pero aguantó. Aquí no, delante de Ash no, carajo—. Parece que la princesa tiene un fetiche con las desapariciones —dijo, y sorbió por la nariz, cínica, para esconderse—. Pronto me tocará a mí.

—Lo siento, Bel.

Fue a darle la mano, pero no había tiempo para manitas, no iba a ayudar en nada.

—¿Estás grabando? —preguntó ella, dando un paso atrás.

—¿Debería?

Bel asintió y esperó a que Ash abriera la pantalla de la cámara. Oyó el bip cuando pulsó el botón de grabar, y él le levantó el pulgar con la mano libre.

Bel enseñó el teléfono a la cámara.

—El teléfono de Rachel —dijo.

Ash abrió mucho los ojos.

—¿Cómo?

Bel disfrutó de esa mirada en su cara.

—Carter la está distrayendo dentro. No tenemos mucho tiempo. Hay que averiguar lo que sea que estén ocultando Rachel y el profesor Tripp. Él sabe algo, ¿por qué iba a mentir y a cerrarnos la puerta en las narices si no? Lleva toda la semana de baja, quizá sepa lo que Rachel le ha hecho a mi padre, a lo mejor la ayudó.

—Okey. —Ash estiró la palabra durante unos segundos—. ¿Y ahora quieres que te grabe a ti cometiendo un delito?

—He hecho cosas peores. —Bel parpadeó—. Y estoy dispuesta a hacer cosas aún peores con tal de encontrarlo.

Le dio con el dedo a la pantalla del teléfono. Se iluminó el fondo de pantalla, una foto antigua que tenían enmarcada; Rachel con Bel de bebé sobre la cadera, mirándose la una a la otra, la cara más joven de Rachel con una sonrisa. Bel quería los secretos de esa mujer, de la Rachel antes de desaparecer, y también de la que estaba dentro de la casa.

Bel deslizó el dedo hacia arriba. Intentó el reconocimiento facial, pero la pantalla tembló cuando no lo consiguió y apareció el teclado. El pulgar de Bel se movió por la pantalla para pulsar cinco, seis, siete y ocho.

El teléfono se desbloqueó.

—Estoy dentro —dijo, y Ash se acercó, apuntando la cámara hacia abajo para grabar la pantalla.

Bel pulsó el icono verde de los mensajes para abrir todas las conversaciones de Rachel. Había un mensaje sin leer de Sherry, de hacía diez minutos: «Que Carter vuelva a casa para cenar, gracias».

Deslizó hacia abajo por la lista: Carter, Jeff, unas cuantas notificaciones de entregas de Amazon. El nombre de Bel debajo, y le sorprendió ver que lo había guardado bien: Bel, no Anna.

Y entonces, bingo, Julian Tripp.

Bel abrió el hilo de mensajes y colocó el teléfono de modo que la cámara también pudiera verlo. Deslizó hacia arriba, hacia el primero de todos, con la mirada atenta.

El primer mensaje era de Rachel, el martes pasado: «Hola, soy Rachel Price. Ya tengo el teléfono configurado, estoy escribiendo a todo el mundo para que se guarden mi número».

El profesor Tripp contestó cuatro minutos después: «Hola, Rachel. Cuánto me ha alegrado verte, ha sido surrealista. Espero que estés volviendo a la normalidad, avísame si te puedo ayudar en algo. Me encantaría que nos viéramos, tenemos que ponernos al día de estos dieciséis años. ¡Yo hasta estuve casado un tiempo!».

—«Ponernos al día de estos dieciséis años» —leyó Ash desde la pantalla—. Y le dice que ha estado casado. Parece que no estuvieron en contacto durante su desaparición, ¿no?

—Supongo. Pero... —Afiló la palabra hasta convertirla en un punto—. Es evidente que oculta algo sobre Rachel. Sobre su desaparición. —Leyó la respuesta de Rachel—: «Sí, deberíamos vernos algún día».

—Es muy contundente —dijo Ash—. Como si no quisiera verlo.

El profesor Tripp le volvió a escribir, dos días después, un mensaje bastante más largo. Ash lo leyó en voz alta:

—«Me encantó verte en la tienda. Espero que te las hayas arreglado con la cerradura. No quiero volver a sacar el tema, pero necesito que me lo devuelvas cuanto antes. Sé que ahora mismo las cosas están complicadas, pero avísame». —Ash terminó y se quedó mirando la pantalla a través de la cámara—. ¿A qué se refiere? ¿Qué quiere que le devuelva?

—«No quiero volver a sacar el tema, pero necesito que me lo devuelvas». —Bel lo leyó otra vez, entonando las palabras de otra forma para ver si el significado quedaba más claro.

—¿Algo que le dio a Rachel antes de que desapareciera? —dijo Ash—. Y ahora quiere que se lo devuelva.

Bel fue a la respuesta de Rachel, el último mensaje que le escribió.

—«Ya lo hablamos en otro momento».

Julian había enviado un último mensaje el viernes por la mañana.

—«*OK*» —leyó Ash—. «Pero tengo bastante prisa. Avísame».

—Me lleva el diablo —gruñó Bel—. ¿Ya está? ¿Por qué la gente no etiqueta mejor sus conversaciones crípticas? ¿Cómo vamos a averiguar de qué están hablando?

—¿Le escribimos? —dijo Ash inseguro—. Podríamos escribirle ahora, haciéndonos pasar por Rachel. No va a hablar contigo, pero con ella sí. Podemos hacernos pasar por ella. —Ash la miró por encima de la cámara, con los ojos vidriosos y muy abiertos. Se le fueron durante un segundo a su boca.

Bel lo dudó.

—No. Puede que tarde mucho en responder. Tengo que volver rápido o Rachel sospechará que pasa algo. Y, si responde más tarde, cuando Rachel tome el teléfono, sabrá que se lo quité y lo que hice. No puede saber que voy detrás de ella. —Tenía que decir más cosas, pero no las quería decir, no quería nombrarlo y que fuera real. Que Rachel era peligrosa, que Rachel le daba miedo, que Rachel ya le había quitado demasiado y Bel no quería darle otro motivo para que le quitara nada más.

Pero Ash asintió, como si ella hubiera dicho todas esas cosas y él lo entendiera. Aunque era una estupidez, en realidad, porque él no la conocía en absoluto y ella quería que dejara de fingir que sí. Pero él seguía asintiendo con un brillo diferente en los ojos.

—Bueno, pero podrías llamarlo.

—¿Estás drogado?

—No, escucha. Seguramente me pegues por decir esto, pero Rachel y tú suenan casi exactamente igual. Tienes, literalmente, la misma voz. Puedes llamarlo haciéndote pasar por Rachel y no se va a dar cuenta, siempre que lo hagas bien.

—No puedo ser Rachel.

—Claro que puedes. —Buscó sus ojos—. Luego puedes borrar el registro de la llamada y Rachel no lo sabrá nunca. No tienes nada que perder si no se lo cree. Pero solo tienes unos minutos y necesitas las respuestas.

Claro que necesitaba las respuestas, por su padre, pero era imposible que...

—¿Tienes miedo? —dijo Ash, empujándola, y ella lo sabía, pero se dejó empujar.

—No tengo miedo de nada. —Desbloqueó el teléfono—. Puedo ser Rachel —dijo, más para ella que otra cosa, mientras pulsaba en la información de contacto de Julian Tripp y el pulgar se le quedaba flotando sobre el botón azul de llamada—. Soy Rachel —susurró mientras se retaba así misma y pensaba en su padre, pulsando el botón con el pulgar.

«Llamando a Julian Tripp...».

El tono de llamada sonó contra su oído.

—Pon el manos libres —le indicó Ash, enderezando la cámara—. Así se te amortiguará la voz.

Bel pulsó en el altavoz justo cuando sonó un clic y dejó de oírse el tono de llamada. Un silencio estático.

—Hola, ¿Rachel? —La voz del profesor Tripp sonó por el altavoz.

Bel carraspeó, observando a Ash mientras se transformaba en Rachel.

—Hola, J-Julian. Perdona que no te haya dicho nada todavía, han sido unos días muy ajetreados. No sé si te has enterado de lo de Charlie...

—Sí me enteré. Lo siento. ¿Tienes alguna idea de dónde podría estar?

¿Eso significaba que podían descartar que el profesor Tripp tuviera algo que ver con la desaparición de su padre? Ash se dio cuenta de la pausa que hizo y le hizo un gesto para que continuara.

—No —dijo ella—. Creo que la situación es muy estresante para todos. La policía cree que volverá pronto.

—Bueno, supongo que algo es algo —respondió el profesor Tripp. Estaba funcionando: de verdad creía que era Rachel—. Bueno... —dijo, dejando un rastro para que ella lo recogiera.

Pero Bel no sabía cómo hacerlo. Miró a Ash, que tenía los labios separados, medio formados alrededor de una palabra que podía haber sido «mensaje».

—Con respecto a tu mensaje —dijo Bel—, me ha parecido mejor que lo hablemos.

—No, claro, lo entiendo —el profesor Tripp sorbió por la nariz—. Siento mucho volver a pedírtelo tan pronto, pero es que es mucho dinero.

El corazón de Bel golpeó contra las costillas y miró a Ash. «Dinero», vocalizó. El profesor Tripp le había dado dinero a Rachel antes de que desapareciera. Esto lo cambiaba todo.

«¿Cuánto?», vocalizó Ash, señalando el teléfono con el dedo.

—Rachel, ¿estás bien? —dijo la voz del profesor Tripp.

—Sí, sí. —Bel sorbió por la nariz—. Lo entiendo, claro. Eh... ha pasado mucho tiempo, han pasado muchas cosas, no recuerdo cuánto era exactamente...

Ash entrecerró los ojos y Bel rezó para no haberla cagado tan pronto.

—Fueron tres mil dólares, Rachel.

El corazón se le salió de las costillas y se le fue a la garganta. Silenció el micrófono con la mano temblorosa.

—¡Maldita sea! —gritó, con una risa de por medio que le rompió la voz.

Ash captó la risa y la ahogó.

—Sigue —susurró justo cuando el profesor Tripp dijo:

—Rachel, ¿sigues ahí?

Bel volvió a activar el micrófono y borró la sonrisa de la cara.

—Perdona... —dijo, pero el profesor Tripp no la dejó terminar.

—Sé que es incómodo... me da vergüenza pedírtelo, pero siempre pensé que me lo devolverías cuando pudieras. Luego pensé que habías muerto, como todo el mundo. Pero ahora que no lo estás... mi vida no ha sido precisamente fácil. Tengo que pagar facturas médicas. Deudas. He pedido mucho dinero prestado. Me vendría genial que me lo devolvieras.

—No, claro —dijo Bel—. Lo entiendo. —Aunque no lo entendía, aunque una parte diminuta de ella quería estar de parte de Rachel en esto, un hombre al que le interesaba más recuperar su dinero que su amiga que había vuelto de entre los muertos—. Las cosas están un poco complicadas, solo llevo una semana y media aquí. Pero te devolveré todo lo que te debo, te lo prometo.

Al otro lado del teléfono, el profesor Tripp tomó aire, demasiado, casi al borde del llanto.

—Muy bien. Me dejas más tranquilo. Gracias.

—No me las des. —Bel se aguantó lo que quería decir en realidad, quizá Rachel también hubiera tenido que hacerlo—. No le dijiste a nadie que me habías dejado dinero, ¿verdad?

Ash volvió a arrugar la cara, los ojos y la boca.

—No, claro que no. No se lo dije a la policía, me daba miedo que pensaran que yo tuve algo que ver con tu desaparición, que es evidente que no. Sobre todo porque fui yo el que encontró tu coche y a Bel. Pero no habría servido de nada, de todos modos, el dinero no tuvo nada que ver con que ese hombre te sacara de tu coche, ¿no?

—No —dijo ella, repasándolo mentalmente, convirtiendo sus pensamientos en los de Rachel—. No, está bien que no se lo dijeras a nadie. —Bel tomó aire y se adentró en un ambiente más turbulento—. ¿Cuándo me dejaste el dinero? No fue mucho antes de aquello, ¿no?

—Por eso lo mantuve en secreto. Me lo pediste el viernes y te lo di el lunes después de clase, cuando te llevé a casa.

Eso fue cuando los vio la tía Sherry, cuando sobrepasaron un límite. Pero a lo mejor ella lo interpretó mal y el motivo por el que parecían acaramelados era porque uno le estaba dando una cantidad grande de dinero a la otra, porque era su secreto.

—¿Eso fue solo dos días antes de que ell... yo desapareciera? —dijo Bel. Ash agitó las manos y ella hizo lo mismo, vocalizando que se callara la boca.

—Exacto —dijo el profesor Tripp—. ¿No estás enojada porque no se lo dije a nadie?

—Claro que no, Julian. —Bel hizo una mueca.

Silencio, la saliva acumulándosele en la boca al otro lado del teléfono.

—¿Rachel? —El sonido de su nombre atravesó a Bel.

—¿Sí? —respondió ella.

—Sé que, en realidad, no es importante después de todo lo que has pasado. Pero la intriga siempre ha estado merodeándome la cabeza. Nunca me dijiste para qué querías el dinero, solo que no tenías acceso al tuyo y que lo necesitabas, que era una emergencia. —Sorbió por la nariz—. Cuando te lo di, dijiste que te había salvado la vida, y yo pensé que no era más que una forma de hablar, un agradecimiento. Pero luego desapareciste y me pregunté si a lo mejor era otra cosa y que te equivocaste, que el dinero no te salvó la vida.

Bel se quedó inmóvil y buscó las palabras en los ojos de Ash. Pero él tampoco las sabía, y se encogió de hombros detrás de la cámara.

—No te lo puedo decir.

—Vamos, Rachel. —El profesor Tripp sorbió por la nariz—. Sabía que pasaba algo. Llevabas semanas comportándote de forma extraña, meses, incluso. Nerviosa, paranoica. Perdiste mucho peso, la ropa te quedaba grande. Dejaste de venir los miércoles por la noche a tomar vino después de clase. Necesitabas dinero y estabas asustada. ¿De quién tenías miedo, Rachel? No conocías al hombre que te secuestró. Siempre creí que fue Charlie, tenía sentido cuando lo arrestaron por tu asesinato. Estaba tan preocupado que aquel lunes puse una tr...

—No —soltó Bel, hablando desde su propio instinto, no el de Rachel—. Charlie no me daba miedo.

El profesor Tripp hizo una pausa.

—Pero tenías miedo de alguien. ¿De quién? ¿Del hermano de Charlie?

—¿Jeff? —Bel entrecerró los ojos—. ¿Por qué iba a darme miedo el ti...? —Se detuvo y se llevó una mano a la boca.

Ash arrugó la cara, con un ojo abierto y otro cerrado, y se quedó muy quieto.

Bel continuó.

—Quiero decir, no creo...

—¿Annabel, eres tú? —Los altavoces temblaron con su voz, que ahora tenía un tono oscuro.

Bel pulsó el botón rojo para colgar con el teléfono alejado de ella, como si hubiera una cuenta atrás para su autodestrucción.

—Bueno —dijo Ash, sin aliento por algún motivo, todavía muy quieto—. Estaba claro que la ibas a cagar en algún momento.

Bel se fue al registro de llamadas y borró la entrada de Julian Tripp, haciendo desaparecer todo rastro de lo que acababan de hacer. Tenía la piel de gallina.

—¿Crees que se lo contará a Rachel?

—Seguramente no —dijo Ash—. Nos ha confesado que le ocultó información a la policía para no parecer sospechoso. Creo que va a querer que lo mantengamos en secreto tanto como nosotros.

Bel sintió un poco de tranquilidad con ese «nosotros». Una tranquilidad de la que se arrepintió enseguida, alimentando el nudo del estómago. No había ningún nosotros. Bel solo podía contar con una persona, y había desaparecido.

—Valió la pena —dijo, tronándose el cuello—. Tres mil dólares en efectivo dos días antes de que desapareciera. Eso es un jaque mate, ¿no? Es bastante dinero como para empezar de cero en otro sitio. Para hacerte desaparecer.

Ash torció la boca.

—Acabamos de demostrarlo, ¿verdad? —A Bel le brillaron los ojos en la oscuridad—. Que a Rachel Price no la secuestraron, que se fue voluntariamente. Que planeó su propia desaparición.

Ash dudó y se mordió el labio.

—Pero no es suficiente para la policía ni para un tribunal. De hecho, creo que en Estados Unidos es ilegal grabar a alguien sin su consentimiento. Ya se preocupará Ramsey por eso. Pero... sí, creo que es lo que acabamos de hacer.

Una sonrisa jaló los bordes de la boca de Bel. Se rindió y guiñó a la cámara en las manos de Ash.

—Lo sabía.

—Pero seguimos sin saber dónde estuvo. Por qué se fue. Por qué ha vuelto.

—Lo sabremos. Tenemos que hacerlo para encontrar a mi padre —dijo Bel, volviendo a meterse el teléfono de Rachel en la manga—. Tengo que irme, ya he estado fuera mucho tiempo.

—De acuerdo. —Los labios de Ash se separaron como si quisiera decir algo más, pero se contuvo.

—Hasta luego, cocodrilo. —Bel se despidió con la mano como si fuera cualquier otra persona, y fue hacia la puerta.

—No pasaste de caimán —respondió Ash, grabándola mientras salía del garaje hacia el sol bajo de la tarde.

Los reporteros fueron hacia ella.

—Annabel, por favor.

—Annabel, espera.

Los ignoró sin ser capaz de cambiar la sonrisa, y se la cubrió con la otra manga.

—¡¿A dónde fue tu padre?! —gritó el de la CNN.

Subió los escalones del porche, agarró la manija de la puerta y abrió.

Un olor a vainilla la envolvió cuando entró en casa.

—¡Aquí estoy! —gritó en la puerta de la cocina, observando a Rachel y Carter voltear con una mirada similar en los ojos y las mejillas sonrojadas—. Perdón —dijo antes de que alguna preguntara—. La señora Nelson no se callaba la boca. Está muy sola, supongo. ¿Qué tal van las galletas?

—Ya están listas —dijo Carter con firmeza—. Están en el horno.

Bel cambió la cara para fingir decepción. Rachel le sonrió.

—Al menos no te has perdido la parte de comerlas —dijo.

—Ni la de limpiar —añadió Carter.

Bel entendió la indirecta, entró en la cocina y se fue hacia la mesa.

—¿Cuánto les falta? —preguntó, con la esperanza de que respondiera la persona correcta.

Rachel se agachó para comprobar el temporizador del horno y Bel actuó rápido. Estiró el brazo y deslizó el teléfono de Rachel. Lo colocó donde lo encontró, escondido detrás de la fiambrera, y lo rotó en diagonal.

Bel apartó la mano justo a tiempo.

—Cuatro minutos —dijo Rachel dándose la vuelta.

—Huelen superbién.

Bel se unió a Carter en el fregadero y se remangó. Carter le lanzó una mirada, y Bel hizo lo mismo. Parpadeos en lugar de palabras.

Oyó un resoplido detrás de ella, no era un suspiro propiamente dicho, ni un grito ahogado, simplemente una respiración atragantada a medio camino.

Bel se dio la vuelta.

Rachel estaba junto a la mesa de la cocina mirando su teléfono.

Bel dejó de respirar.

Rachel pasó los dedos por la superficie de madera, hasta el teléfono. Y, con un movimiento rápido, lo giró de una diagonal a la otra, golpeando con los dedos a los lados, estudiándolo.

Rachel levantó la mirada de pronto, y descubrió a Bel mirándola.

La miró con una sonrisa cálida y dulce como la vainilla.

Bel le devolvió la sonrisa, con labios apretados, sin dientes.

Treinta

Bel se detuvo frente al número 39, la habitación de hotel de Ash. Se acomodó el cabello y levantó las cejas.

La puerta se abrió antes de que le diera tiempo a llamar.

Era Ramsey, que agachó la cabeza antes de salir de la habitación.

Sus ojos se aferraron a los de ella mientras cerraba la puerta.

—Hola, Bel.

—Hola —dijo, incómoda porque la hubiera encontrado allí—. Me ha dicho Ash que venga, que ha encontrado algo —explicó.

Ramsey asintió y puso media sonrisa.

—Okey —dijo, ya sin sonreír—. Hemos descubierto algo que queremos enseñarte.

Pasó a su lado y se alejó.

—¿Tú no vienes? —preguntó.

Ramsey se volteó, ahora con la sonrisa hacia el otro lado.

—Claro que no. Un buen director sabe cuándo está entorpeciendo su propia película. —Le chasqueó los dedos, como dos armas pequeñas hechas de piel, y siguió caminando hasta desaparecer por la esquina.

Bel golpeó la puerta con el puño.

Apenas se abrió y la cara de Ash apareció en la rendija.

—¿Por qué llamas como un asesino en serie? —preguntó la cabeza flotante.

—¿Estás desnudo?

—No. —Sus ojos iban de un lado a otro, confusos.

—Pues abre la puerta —dijo Bel, empujándola.

Entró a la lúgubre habitación. Las cortinas enmarcaban el cielo de la tarde. Había una computadora en el escritorio, que brillaba con un blanco fantasmagórico y con una pequeña cámara conectada. A su lado, un revoltijo de cables. La silla del escritorio y el sillón de la habitación estaban en frente.

—Has dejado unos calzones en la cama —señaló Bel en un intento de avergonzarlo.

Ash asintió, intentando no avergonzarse.

—En realidad, esos viven ahí.

Se fue hacia el escritorio, murmurando para sí.

—Tengo que cambiar la tarjeta de la cámara. —Rebuscó entre un montón de carcasas de plástico, algunas marcadas con una X roja—. Por eso es importante etiquetarlas, dice Ramsey. Aquí. —Abrió una, sacó una tarjeta SD y la metió en la cámara de mano.

—¿Son todas las grabaciones del documental?

—Todo lo que yo he grabado —dijo él—. Ramsey está editando las primeras imágenes para las cadenas, pero todavía no quiere mostrar lo que hemos grabado contigo hasta no estar seguros de lo que tenemos. Tengo que ir rotando las tarjetas de memoria y recordando cuáles están llenas, y cuáles he subido y borrado —señaló, haciéndole un *tour* por el caótico escritorio—. Lo guardo todo aquí. —Golpeó con los dedos un disco duro externo conectado a la laptop.

—Un almacenamiento externo, qué emocionante. —Bel chasqueó la lengua.

—No puedo pasar el día por ahí contigo.

—Porque no quieres.

—No, eres una compañía horrible.

El teléfono de Bel vibró en su bolsillo, salvándola de este momento intencionadamente incómodo. Lo sacó y ahogó un grito.

—Es el jefe de policía, sobre mi padre.

—Tómalo —dijo Ash, girándose y apartando los ojos, como si así no fuera a escuchar.

Bel se llevó el teléfono a la oreja y habló antes de que lo hiciera Dave Winter.

—¿Hay alguna novedad? ¿Lo encontraste?

La línea crujió con la respiración de Dave.

—Hola, Annabel. No, aún no lo hemos encontrado, pero tenemos algo. Ya nos ha llegado el registro de llamadas de su teléfono.

Bel se apartó y sus botas resbalaron por la alfombra.

—¿Y?

—Tu padre hizo una única llamada la noche que desapareció. En plena noche, a las tres y veinte de la madrugada, exactamente. Fue una llamada de apenas unos segundos, pero la hemos localizado gracias a una antena telefónica cerca de Danville, Vermont. Así que estaba allí cuando la hizo.

—¿A quién llamó? —dijo Bel, intentando no presionarlo y asimilándolo todo.

—El número pertenece a Robert Meyer, que vive a las afueras de Barton, Vermont. Quería preguntarte si sabes quién es. ¿Has escuchado ese nombre antes? ¿Es amigo de tu padre?

Bel rebuscó en sus recuerdos, los alineó frente a ese nombre.

—Robert Meyer. No, no me suena de nada —dijo, molesta por no conocerlo, por el bien de su padre.

—No pasa nada —dijo Dave—. Rachel tampoco sabe quién es.

—¿Has hablado con Rachel?

—La he llamado a ella antes —dijo Dave, ajeno a su traición por llamar a Rachel, por hacerle saber que su plan estaba saliendo a la perfección—. La policía estatal va a ir a hablar con este tal Robert Meyer, a ver qué sabe. Te avisaré si nos cuenta algo de utilidad. Danville está de camino a Barton, así que tiene pinta de que tu padre se dirigía allí.

¿Pero cómo, si su camioneta estaba en casa?

—¿Algo más? —dijo. La voz le resbaló y se le agarró en la garganta.

—¿Cómo?

—El registro de llamadas. ¿Hizo alguna más? —Solo había

un nombre que le importaba: el suyo. Que ella hubiera sido la última persona a la que su padre intentó localizar, aunque no tenía ninguna llamada perdida.

—No —dijo Dave, sin ser consciente de lo grande que era ese no—. Parece que apagó el teléfono después de esa última llamada. Y lleva apagado desde entonces.

A Bel se le hundió el corazón y se le congeló en el estómago, haciéndose amigo del nudo que ya vivía allí siempre.

—Lleva seis días fuera —dijo. No era una pregunta, sino un recordatorio de la promesa de Dave, de lo que le debía a Charlie Price, aquí, al otro lado de toda su historia.

—Estamos en ello. Hubo un par de movimientos más en la tarjeta, uno el jueves y otro hoy, también estamos rastreándolos. No creo que tardemos mucho, Annabel.

—Entiendo. —Dudó si colgar o no. ¿Debería contarle lo de Julian Tripp? ¿Lo de los tres mil dólares?—. Agente Winters...

—Llámame Dave, tesoro. Ya nos conocemos bastante.

Y eso fue suficiente como para hacerle cambiar de opinión. No, no se lo iba a decir. Quería que Dave se centrara en encontrar a su padre. Tenía las herramientas para ello y ella no. No debía distraerlo con Rachel. Descubrir a Rachel era trabajo de Bel, su responsabilidad.

—¿Te importa llamarme a mí antes con las novedades, no a Rachel? Quiere que me encargue yo de todo esto, sigue un poco abrumada.

La línea volvió a crujir.

—Claro —dijo—. ¿Estás bien?

Oh, estaban perfectamente.

—Tengo que colgar —dijo. La despedida de Dave sonaba cada vez más distante cuando se apartó el teléfono de la oreja y pulsó el botón rojo.

—¿Quién es Robert Meyer? —pregunto Ash, volviendo a mirarla.

—No lo sé. Vive en Vermont. Fue la última persona a la que llamó mi padre la noche que desapareció.

—¿Tu padre está en Vermont?

—O eso es lo que Rachel quiere que pensemos.

El teléfono de Bel se iluminó con un mensaje. Carajo, hoy era Miss Popularidad. Primero Ash, luego Dave Winter y ahora Carter:

«¿Puedo quedarme a dormir en tu casa? No soporto a mi madre».

Bel escribió una respuesta:

«No puedo, lo siento, no estoy en casa».

Volvió a guardarse el teléfono en el bolsillo de la chamarra y se quedó mirando a Ash, expectante.

—Bueno... no me has hecho venir para que insulte ese suéter tan feo, ¿no? Me dijiste que habías encontrado algo.

—Sí, exacto. Cuando editamos la escena de la cena. Espera, tengo que encender la cámara.

Sacó la pantalla de la cámara y pulsó el botón de grabar. Golpeó los dedos frente al lente, como si fuera una claqueta improvisada. Había libros en el escritorio, *La chica que desapareció dos veces* encima de todos los demás, un antiguo libro sobre Rachel. Ash colocó la cámara encima del montón de libros, apuntando hacia ellos.

—Siéntate aquí. —Señaló con la mano la silla acolchada más cerca de la cámara, haciendo volar las partículas de polvo.

Bel se sentó.

Ash también, acercando demasiado la silla, y se inclinó hacia la computadora.

Se quedó quieto. La respiración de Bel sobre su cuello expuesto.

Bel miró la forma de su boca, y él miró la de la suya. Pasó un segundo, el corazón de Bel estaba fuera de control, latiendo demasiadas veces, y volvió a buscar sus ojos verdes.

Mierda.

Parpadeó y se echó hacia atrás, reclinándose en la silla. Ash tosió contra el puño y colocó la cámara en posición. Justo a tiempo, como si hubieran estado a punto de cruzar una línea invisible. Menos mal que la cámara estaba entre ellos para sujetar esa línea. Porque eso habría sido una estupidez. Y sin sentido. Ash se iría para siempre cuando terminaran la película. Eso era todo lo que eran el uno para el otro. El tema y el asistente de cámara.

Bel apartó la silla unos centímetros. El lado de él y el lado de ella.

Más le valía a él quedarse fuera del de ella.

—¿Es algo de mi padre? —preguntó ella. Ash se giró hacia la computadora. Hizo clic en una carpeta con el nombre «Cena»—. ¿De Rachel?

—Ahora lo verás. —Hizo doble clic en un archivo de audio—. Bueno, ahora lo escucharás.

La flecha en la pantalla se movió hasta el botón de reproducir al mismo tiempo que la mano de Ash en el panel táctil de la computadora.

—Estaba repasando el audio de la cena, para ver si tu padre había dicho algo cuando salió al porche, si había dado alguna pista de dónde estaba ahora.

Bel se inclinó hacia delante, olvidándose de su lado.

—¿Y lo hizo?

Ash sacudió la cabeza.

—Dijo «por el amor de Dios», nada más, y apagó la caja del micrófono. Pero hubo alguien que no lo hizo. Alguien que se olvidó de que llevaba un micrófono y de que lo estaban grabando.

Bel lo miró y parpadeó.

—Tu tío Jeff —respondió—. Jeff fue a ayudar a su padre a entrar en el coche después de que todo el mundo se levantara de la mesa.

—Sí, me acuerdo —dijo Bel.

—Esta es la conversación que tuvieron, lo que captó el micrófono.

Ash pulsó reproducir.

Ruido.

Una respiración.

—¿Estás, papá? —La voz ronca de Jeff, casi sin aliento por el esfuerzo—. Voy a ponerte el cinturón.

—Y-Yo... —tartamudeó el abuelo.

—Tranquilo, yo te lo pongo.

Más ruido.

Un clic.

—Papá. —La voz de Jeff bajó hasta un susurro. Bel cerró

los ojos para concentrar los oídos—. Tengo que hacerte una pregunta y necesito que recuerdes.

Un ruido de movimiento, una cacofonía de ropa rozándose.

Ash lo pausó.

—Aquí hay algo más, pero suena demasiado bajo y no se escucha con tanto ruido. Lo he intentado.

Volvió a reproducirlo.

Un gruñido profundo, el ruido que hacía el abuelo cuando buscaba las palabras.

—No sé quién es —dijo.

La voz de Jeff volvió con más claridad.

—Sí, papá, sí lo sabes. ¿Dónde estaba? ¿Dónde la encontraron?

—No lo sé.

—Papá, necesito que lo intentes. Es importante.

—No... Quiero irme a casa —dijo el abuelo con voz frágil, cada sílaba le costaba trabajo—. ¿Dónde está... Y-Y...?

—¿Yordan? —Jeff suspiró, sonó el roce de los dedos contra la barba incipiente—. Voy a buscarlo. No te muevas, papá.

—Eso es todo. —Ash paró el archivo y el silencio repentino zumbó en los oídos de Bel—. Saba le quitó el micrófono cuando volvió a entrar.

Bel abrió y cerró la boca, mascando el aire mientras buscaba las palabras con la misma suerte que su abuelo.

—¿Qué?

Fue todo lo que se le ocurrió.

—Ya. —Ash hablaba en voz baja y ligera—. Te escribí en cuanto lo escuchamos.

—«¿Dónde estaba?» —citó Bel a su tío—. «¿Dónde la encontraron?». Se refiere a Rachel, ¿no? —Buscó la confirmación en los ojos de Ash.

—Es lo que pensamos, sí.

Bel lo pensó bien, bifurcando caminos de «y si» y «pero», entrando mentalmente en cada uno de los caminos y desandando sus pasos.

—Un momento —dijo, también para sí misma—. Jeff cree que el abuelo sabe algo de Rachel. De dónde ha estado estos dieciséis años, y de su retorno. «¿Dónde la encontraron?», parece que volvió porque la encontraron... ¿pero a quiénes se refiere?

Ash la miró. Demasiado contacto visual, luego no suficiente.

—Parece que Jeff tampoco obtuvo las respuestas que esperaba.

—¿Pero por qué Jeff cree que el abuelo sabe algo de Rachel? Tiene demencia, no sabe nada.

Ash se encogió de hombros.

—Tu tío parece convencido de que tiene las respuestas, se le nota la desesperación en la voz.

Bel mascó eso también.

—Carajo. —Se echó hacia atrás en la silla y se enterró los dedos en el pelo.

—Eso me ha hecho preguntarme —dijo Ash—, si tenía algo que ver con lo que dijo Julian Tripp. Rachel comentó algo de salvarle la vida y tenía miedo de alguien, también sacó el nombre de Jeff.

Bel intentó ordenarlo todo dibujando líneas en su mente. ¿Rachel tenía miedo de Jeff? ¿Rachel planeó su desaparición y le pidió dinero al profesor Tripp para que nadie sospechara que se fue voluntariamente? ¿El abuelo sabía algo de Rachel? ¿Jeff sabía que el abuelo sabía algo, pero no sabía qué? ¿Cómo encajaba todo esto?

—Sea lo que sea que Jeff cree que mi abuelo sabe de Rachel, no ha dicho nada y ahora mi padre ha desaparecido. —Bel apretó la mandíbula—. Pero no lo va a esconder mucho más tiempo. Me lo va a contar. Mañana.

Bel podía hacerlo. Podía conseguir que el tío Jeff hablara, igual que con Sherry. Porque había algo más escondido entre los miembros de la familia Price, algo que la vuelta de Rachel había perturbado.

Debajo de las minas también había secretos.

Treinta y uno

Bel dudó con la llave en la cerradura. Sintió un escalofrío por la espalda que le erizaba de los vellos de la nuca. Ese preaviso, esa respuesta instintiva al peligro.

Bel miró por encima del hombro y buscó por la oscuridad. Sus ojos recayeron en los árboles al otro lado de la calle, en sus sombras danzantes que les daban forma de caras al acecho. Pero sus ojos se confundían, el peligro no venía de ahí, estaba al otro lado de la puerta.

Giró la llave en la cerradura y empujó la puerta. Entró en una zona de guerra latente.

Unas risas y unas voces cálidas, el olor a mantequilla y dulce. Eso no se lo esperaba.

—An-Bel, ¿eres tú? —Se escuchó la voz de Rachel, que la esperaba al doblar la esquina.

Bel soltó la mochila, se quitó los zapatos y los dejó en medio.

—¡Cariño, ya estoy en casa! —dijo con voz oscura, para sí, siguiendo los sonidos de la tele hasta la sala.

—Hola, cielo. —Los ojos de Rachel brillaron en la habitación a oscuras y se posaron en Bel. La televisión le iluminaba la cara con cada fotograma, con *flashes* de luz blanca que le dejaban luego un brillo verde.

Estaba en el sofá, con las piernas tapadas con una manta de cuadros. Y no estaba sola.

Carter estaba en el otro extremo. Con las piernas escondidas bajo la misma manta.

Entre las dos, un tazón de palomitas medio vacío.

Rachel agarró otro montón.

—Estamos viendo una película. Ven, hay sitio de sobra. —Tomó el tazón de palomitas y se lo puso en el regazo.

Bel le lanzó una mirada a Carter, su cara brillaba con los mismos colores que la de Rachel.

—Estamos viendo *Entre navajas y secretos* —dijo Carter, aunque seguro que esa no era la pregunta que había en los ojos de Bel.

—Te dije que no estaba en casa. —Bel se quedó inmóvil en el mismo sitio.

—Está bien. —Las manos de Carter desaparecieron debajo de la manta—. Cuando me respondiste, ya estaba aquí. Rachel me dijo que me podía quedar a dormir. Ella tampoco tenía ningún plan, así que pusimos la peli. ¿La has visto, Bel? Creo que te gustaría.

A Bel le daba igual si le gustaría o no la película, lo que no le gustaba para nada era todo esto. Que estuvieran las dos juntas, sin ella. El ácido se le revolvió en el estómago y el nudo nadaba en él. Era un movimiento calculado. Rachel estaba cambiando las piezas del tablero, intentando llevarse a Carter a su lado.

Pero Bel no iba a renunciar tan fácilmente.

—¿De qué trata? —Bel alegró la voz y se acercó al sofá, tapándole la tele a Rachel y dejándola completamente en la sombra.

—De un asesinato misterioso —dijo Carter—, y de una familia disfuncional.

—Ya me enganchaste.

Bel se sentó en el medio, entre las dos, con el cuerpo a modo de barricada entre Carter y Rachel, reclamando a su prima, que todavía no veía quién era Rachel en realidad.

Encogió las piernas debajo de la manta y la jaló hasta que le destapó los pies a Rachel.

Rachel le ofreció palomitas.

Bel dudó, pero tomó un puñado. Vaya simulación: madre e hija, y Carter.

—Es él, está claro. —Rachel señaló a la pantalla, intentando poner a Bel al día, o para demostrarle que a ella se le daban mejor estas cosas.

—No hay ninguna camioneta afuera. —Bel habló por encima del personaje.

—Se han ido antes —dijo Rachel—. Supongo que en algún momento tendrán que dormir.

—O la desaparición de papá no les importa tanto como tu retorno —dijo Bel, mirando hacia delante, porque no podría ocultar cuál le importaba más a ella, y estaba intentando acercarse a Rachel, estudiarla para averiguar cómo destruirla. Y mira qué bien lo estaba haciendo. Tan cerca que podía oír su suave respiración.

—Volverá, Bel. —Carter apretó la planta del pie contra la de Bel—. La policía de Vermont lo encontrará y volverá a casa. ¿Verdad? —Se inclinó hacia delante para mirar a Rachel.

Rachel paró la mano sobre las palomitas, alternando la mirada entre Carter y Bel.

—Claro, estoy segura —respondió. Bel podía leer mejor a Rachel, se había dado cuenta de que Carter la había puesto en un aprieto. A lo mejor Carter no estaba perdida del todo. Y a lo mejor su padre, tampoco.

—Más le vale —añadió Bel, como una amenaza, porque lo era.

Rachel volvió a mirar a la televisión.

—El viernes es el ochenta y cinco cumpleaños de su abuelo —dijo. No era una pregunta—. Carter me ha dicho que tu padre organiza una cena familiar aquí cada año. Y que la tradición es cenar macarrones con queso. Podemos hacerlo, aunque no haya vuelto todavía.

Bel tragó saliva. Intentó no mover la cabeza, pero miró a Rachel de reojo. El brillo de la tele se reflejaba en el cristal de sus ojos. ¿Qué había querido decir con eso? ¿Se le había escapado algo? ¿Sabía que su padre no iba a volver la semana que viene? ¿Que no iba a volver nunca, porque ella se había encargado de ello?

—Sí. —Bel sorbió por la nariz—. Estaría bien.

Rachel agarró otro puñado de palomitas. Bel se estremeció por el ruido que hicieron en su boca.

—¿Yordan saca a pasear a tu abuelo? —preguntó Rachel. Bel estaba demasiado cerca, le olía el aliento a mantequilla—. No es bueno que se pase todo el día en casa.

Bel estaba a punto de contestar, pero se contuvo. No era la primera vez que Rachel preguntaba por su abuelo y Yordan, por su rutina. Bel se daba cuenta de ese tipo de cosas ahora que no estaba evitando a Rachel constantemente. ¿Quería decir algo, o simplemente Rachel intentaba que pareciera que le importaba?

—El abuelo está bien —dijo Bel, impidiendo lo que fuera que estuviera intentando Rachel. Una bola curva para quitársela de encima, devolviéndole a Rachel todas sus preguntas—. ¿Te gustan los macarrones con queso?

Apareció una sonrisa en los labios de Rachel.

—Sí.

La película terminó y en el fondo del tazón solo quedaron migajas y maíz sin estallar.

—Deberíamos hacer esto más veces —dijo Rachel con un brillo en los ojos a juego con el brillo de sus dientes—. Si quieren. Noche de cine. Las tres. La pasé bien.

—Yo también —dijo Bel, al mismo tiempo que Carter. Se rieron y Rachel lo fastidió todo disfrutando del momento.

—¿Y si lo hacemos una vez a la semana? Tengo que ponerme al día con muchas películas. —Rachel se puso de pie y el maíz se movió en el tazón cuando lo recogió—. Carter, ¿dónde quieres dormir? Si quieres te preparo la cama de Charlie.

Bel se quedó rígida, y Carter debió de sentirlo, por los pies.

—No te preocupes. —Carter le sonrió—. Dormiré con Bel, como siempre.

—Perfecto. —Rachel sonrió, y a lo mejor a Bel se le estaba dando peor todo esto, pero su sonrisa no parecía falsa.

Bel volvió de lavarse los dientes a toda prisa para que Rachel no la viera con sus ojos brillando en la oscuridad.

—¡Buenas noches, chicas! —gritó Rachel desde la habitación de invitados, con una rendija de la puerta abierta, sin cerrar con el cerrojo, ni siquiera cerrada del todo.

Bel se estremeció con un escalofrío, aunque en la casa hacía una temperatura agradable.

—¡Buenas noches! —gritó Carter desde la habitación de Bel. Esta también lo dijo, medio segundo después, con un eco más profundo y oscuro.

Llegó a su habitación y cerró la puerta, luego se apoyó en ella.

Carter ya estaba en la cama, en el lado de siempre.

—¿Y? —Bel apagó la luz del techo y se metió en la cama.

—¿Qué? —contestó Carter.

Bel puso los pies fríos en las piernas desnudas de Carter. Ella le dio una patada.

—¿Rachel? —dijo Bel, bajando la voz hasta un susurro. No confiaba en Rachel, ni en su puerta sin cerrar. Podría estar fuera, escuchando.

—¿Qué pasa con ella? —dijo Carter, sin entender nada, sin bajar la voz—. Me dijo que no tenía planes y que si veíamos una película mientras esperábamos a que volvieras a casa. No quería estar en mi casa. Ya está. Nos lo hemos pasado bien, ¿no?

Bel no podía decir que sí.

—¿Por qué te pones a la defensiva?

—No estoy a la defensiva —soltó Carter con los brazos cruzados.

—Sí.

—Porque sé que vas a buscar algún motivo para que te moleste.

—No —dijo Bel.

—Sí —respondió Carter.

—No me molesta. Pero tenemos que ir con cuidado con ella, ¿okey? —respondió Bel.

—¿Pero por qué? Rachel es muy linda. Es linda con las dos y ha vivido un infierno. ¿Por qué siempre tienes que hacer lo mismo?

—No estoy haciendo nada —dijo Bel—. Es Rachel. Ella es la que lo está haciendo todo. Solo hace una semana que volvió con esa historia inventada sobre dónde ha estado estos últimos dieciséis años, ¿y de pronto desaparece mi padre? Claro que quiere que pienses que es linda.

—Bel. —Una advertencia.

—Carter. —Otra advertencia—. ¿Te ha dicho algo?

—¿Sobre qué? —Carter cruzó los brazos hacia el otro lado y miró al techo.

—Sobre cualquier cosa. ¿Sobre mi padre? ¿Sobre tus padres? ¿Sobre por qué decidió desaparecer y mentir al respecto? ¿Algún desliz?

—Puede. —Carter se mordió el labio—. Me dijo que era una mente perversa y que tenía un plan para dominar el mundo.

—Carter. —Bel se giró para mirarla con una última advertencia.

—No, nada. —Carter suspiró—. Me ha preguntado por la escuela y por el baile, y luego hemos hablado de la película. Nada sospechoso, lo siento, Bel —lo dijo como si no lo sintiera ni un poquito. Levantó un brazo y lo volvió a dejar caer sobre la cobija, formando una línea recta entre ella y Bel, su propia barricada.

Bel apagó la luz y se quedaron completamente a oscuras. Ahora le tocaba a ella mirar al techo. ¿A quién iba a convencer si ni siquiera podía convencer a Carter? ¿Había ganado ya Rachel?

No, porque Bel todavía tenía un plan, otra jugada. Jeff sabía algo de Rachel, o creía que su abuelo lo sabía. El tío Jeff era el camino para conseguir lo que quería: que su padre volviera a casa y que Rachel se fuera, como se suponía que debería haber sido.

Bel no se había centrado en su tío desde la vuelta de Rachel, pero igual debería haberlo hecho.

—¿Tu padre te ha dicho algo? —dijo Bel, con prudencia, algo que solo podía preguntar a oscuras.

—¿De Rachel? —Carter se movió, la cobija también—. No. O sea, sí, ha hablado de ella, claro. De su vuelta, del estrés de toda la sensación y de por qué cree que el tío Charlie se ha ido para tener un poco de espacio. Pero se alegra de que haya vuelto.

Bel pensó en eso. Podía contarle lo del audio, lo que descubrieron a Jeff diciéndole a su abuelo. ¿Pero y si luego Carter se lo contaba a Rachel y los dejaba sin ventaja?

—¿Se ha comportado de forma extraña? Desde que ha vuelto Rachel, digo.

Una pausa, el roce del pelo de Carter contra la almohada.

—No —dijo—. ¿Por qué?

—Nada, por curiosidad.

El blanco de los ojos de Carter brillaba enfrente de ella. Un parpadeo lento se lo llevó.

—Bueno, un poco igual sí —dijo Carter—. Pero todos hemos estado comportándonos de forma extraña desde que volvió Rachel. —Otro parpadeo—. Sobre todo tú.

Carter se giró y le dio la espalda a Bel.

—Me voy a dormir —dijo.

Treinta y dos

La campana sobre la puerta sonó y puso nerviosa a Bel.

Entró en la tienda, cruzó el pasillo de acampada, luego el de *hockey*, hasta la puerta de la sala de descanso, ignoró el cartel de «Solo personal autorizado» y la abrió.

El tío Jeff estaba dentro preparándose un café. La cafetera escupía.

—Bel —dijo—. ¿Qué haces? No puedes estar aquí.

—He venido a hablar contigo. —Apretó la mandíbula.

—Oh, oh, ¿me he metido en un lío? —preguntó mientras echaba leche al café.

—Dímelo tú.

—¿Es por Carter? —Dio un sorbo—. Anoche durmió contigo, ¿no? Sherry y ella han estado... bueno, ya sabes cómo son las adolescentes.

—Sí, yo soy una adolescente —dijo Bel—. Pero no se trata de Carter.

—¿Tu padre? —Jeff levantó la mirada con arrugas alrededor de los ojos—. Seguro que mañana ya está de vuelta. Tiene sentido. Una semana afuera para aclararse la cabeza. La policía no parece preocupada.

—Tampoco es de papá —dijo Bel—. Es Rachel.

Jeff dio otro sorbo, como si fuera a propósito, para ganar tiempo.

—¿Qué pasa?

Bel no sabía muy bien cómo abordar el tema: contándoselo todo, o solo un poco y guardándose el resto para más tarde.

—Creo que sabes algo de ella que no has dicho.

Abrió la boca y la volvió a cerrar.

—Sé lo mismo que tú —dijo, y tosió, guardándose la mentira en el puño. Porque Bel sabía que su tío estaba mintiendo y podía demostrarlo.

—Te voy a enseñar una cosa. —Bel señaló la mesa, donde estaba el teléfono de Jeff con la pantalla hacia arriba. Se sentó y sacó el suyo. Esperó a que su tío se sentara enfrente de ella—. La semana pasada, cuando cenamos toda la familia, ayudaste al abuelo a subir al coche.

—Sí —dijo Jeff, mirándola, con el café en la mesa—. ¿Y qué...?

—Llevabas el micrófono. Y grabó todo lo que dijiste.

Bel observó a Jeff, que tragó saliva con demasiada fuerza. Había cerrado una mano en un puño y los montes huesudos de los nudillos empujaban la piel, delatándolo.

—¿Quieres oírlo? —No esperó a que respondiera. Buscó el archivo de audio y pulsó reproducir con el volumen al máximo.

—*¿Ya estás, papá?* —La voz de Jeff de la semana pasada, metálica y estática a través de los altavoces del teléfono.

Bel miró a su tío, enfrente de ella, mientras el de la semana pasada hablaba. Se pasó una mano por la nuca.

—*Voy a ponerte el cinturón.*

—*Y-Yo...* —tartamudeó el abuelo.

—*Tranquilo, yo te lo pongo.*

Ruido. Un clic.

—*Papá.* —Una pausa—. *Tengo que hacerte una pregunta y necesito que recuerdes.*

Jeff se tapó la cara con las manos, apoyando los codos sobre la mesa.

El ruido de la tela rozando el micrófono.

—*No sé quién es* —dijo el abuelo.

—*Sí, papá* —insistió Jeff, el actual aún con la cara tapada—, *lo sabes. ¿Dónde estaba? ¿Dónde la encontraron?*

—No lo sé.

—Papá, necesito que lo intentes. Es importante.

Bel paró el audio y la habitación se quedó demasiado en silencio. Bel usó el silencio en contra de Jeff, y se quedó mirándolo hasta que se destapó la cara.

—Bel, te lo puedo explicar —dijo, con los ojos muy abiertos ante los faros de su mirada.

—¿Sí? —Ella carraspeó—. ¿Por qué crees que el abuelo sabe dónde estaba Rachel? ¿Que sabe quién la encontró, y cuándo?

Jeff dudó, parpadeó rápido y se retorcieron los músculos alrededor de su boca.

—Eh... —dijo—. Sí, le pregunté por Rachel. Yo no sé nada, te lo juro. Pero tu abuelo dijo algo raro de ella, así que estaba intentando que me diera más detalles. Ahora creo que simplemente estaba confundido.

Bel entrecerró los ojos.

—El abuelo no dijo nada de Rachel antes de que tú sacaras el tema. Está todo grabado.

—No. —Jeff sacudió la cabeza, demasiado tiempo y demasiado rápido, y se le ensombrecieron los ojos—. En la cena no. Un par de días antes, cuando yo estaba en su casa.

—¿Qué dijo? —insistió Bel.

—No lo recuerdo exactamente. —Jeff tosió—. Algo de Rachel. De encontrarla. A lo mejor se había acordado de algún recuerdo antiguo y pareció que hablaba de su reaparición. Está confundido. No podemos fiarnos de sus recuerdos. Pero quise comprobarlo cuando me quedé a solas con él, después de que la viera, para ver si había encendido algo. Obviamente, no se acordaba. No debí haberlo hecho, no es justo.

Bel tenía la sensación de que seguía mintiéndole. Volvió a toser para cubrirlo, manteniendo el contacto visual con su reflejo en la pantalla del teléfono de Bel, pero no con ella.

—Entonces, ¿el abuelo sabe algo de Rachel o no? —Endureció la voz e intentó captar su mirada.

—No lo sé. No lo creo.

Bel dejó caer una mano sobre la mesa con un ruido sordo que por fin llamó la atención de su tío.

—¿Y no sabes nada más sobre su desaparición o retorno?

—No, no sé nada —dijo. Puede que estuviera mintiendo, o puede que no. A Jeff no le gustaban los conflictos y Bel vivía por ellos. Eran completamente diferentes. Pero no le gustó la forma en la que enfatizó la palabra «sé», como si sospechara algo, o medio creyera otra cosa, y ella hubiera elegido la palabra equivocada.

—¿Estás seguro? —Le dio otra oportunidad.

—Sí.

—¿Rachel tuvo alguna vez algún motivo para tenerte miedo?

A Jeff se le ensombreció la cara y las cejas le eclipsaron el blanco de los ojos.

—¿Miedo a mí? No —dijo en voz baja—. ¿Por qué lo preguntas? Siempre me ha caído muy bien Rachel, y yo a ella, creo.

—¿Y ahora?

Jeff se encogió de hombros.

—Es familia, por supuesto.

—La familia es lo primero —dijo Bel, imitando las palabras de Sherry. Pero Rachel era menos familia que otros, mucho menos que su padre. Y si Jeff sabía algo que pudiera ayudarla a traerlo de vuelta a casa...

—¿Sabes dónde está mi padre? ¿Te dijo algo de que quisiera irse después de que Rachel volviera?

Jeff sacudió la cabeza.

—No sé dónde está, pero sé que volverá. Es el corazón de esta familia. Nunca me dijo nada, pero era evidente lo abrumado que...

A Jeff lo interrumpió su teléfono, que empezó a vibrar contra la mesa, girando mientras lo hacía, como si le picara la espalda.

Los dos miraron la pantalla.

Una llamada entrante de Bob.

El amigo de Jeff, del que siempre hablaba, incluso aunque no encajara en la conversación. Bob, de Vermont.

El corazón de Bel le dio un brinco hasta la garganta.

Carajo. Espera un momento.

Jeff movió la mano para rechazar la llamada, pero Bel se la apartó.

—Bob de Vermont —dijo, con urgencia en la voz, que le rechinó en la garganta—. ¿Su nombre completo es Robert Meyer?

Jeff entrecerró los ojos.

Bel dio una palmada para que se centrara.

—Sí.

—¡Mierda! —Bel levantó el teléfono antes que su tío.

—Oye, dame...

Bel aceptó la llamada y se llevó el teléfono a la oreja.

Jeff se levantó y Bel se apartó de él de un salto.

—¿Hola? —dijo una voz ronca al otro lado de la línea. Bob de Vermont no era solo un nombre, sino también una voz—. Jeff, tengo que hablar contigo.

—Hola, Bob —dijo Bel, apartándose más de Jeff, con un baile de dos pasos, y con la mano estirada para que no se acercara.

—No eres Jeff.

Bob de Vermont era muy observador, eso se lo iba a conceder.

—No —dijo—. Soy Bel, su sobrina.

—¿La hija de Charlie?

—La hija de Charlie —repitió ella—. Hablando de Charlie, tengo que preguntarte algo.

—Ya sé lo que vas a decir. —Un suspiro que le hizo cosquillas al altavoz.

—Eres la última persona a la que llamó mi padre antes de desaparecer —continuó Bel igualmente, abriéndose paso—. El sábado pasado a las tres de la mañana, la noche que desapareció. ¿Qué te dijo, Bob? Necesito saberlo urgentemente —añadió, con una voz apretada y desesperada que se aferraba a las paredes de su garganta.

Otro suspiro. Observador y suspirante, este Bob de Vermont. Pero puede que fuera la única persona que supiera dónde estaba su padre.

—Ya lo he hablado con la policía estatal. Acabo de volver de un interrogatorio, quería avisar a Jeff.

A Bel no le importaba nada de eso.

—¿Qué te dijo mi padre por teléfono? Es importante.

—No me dijo nada —dijo Bob, afilando las consonantes—. La llamada fue de unos segundos. La tomé, dije: «Hola, ¿quién es?» y no respondió nadie. Solo escuché el viento, como si hubiera alguien al otro lado, pero que no decía nada. Es todo. No sé nada más, como le he dicho a la policía.

Bel aguantó la respiración, la atrapó entre sus mejillas, para pensar. Si su padre no dijo nada, quizá no fue el que llamó, puede que fuera Rachel con su teléfono. O, la opción tres: Bob de Vermont le estaba mintiendo.

—¿Qué dice? —preguntó Jeff con un susurro.

Ella lo ignoró.

—Mi padre llamó desde Danville, Vermont. ¿Probablemente fuera a verte? —No era una pregunta, pero Bel lo pronunció como tal.

—Pues nunca llegó, y no sé nada más de él. Y no sé por qué diablos me metieron en sus disputas familiares. Ahora la policía no para de hacerme preguntas.

—¿Qué tipo de preguntas? —Bel miró a Jeff e intentó recordar todos los comentarios que había hecho sobre Bob a lo largo de los años. ¿No dijo alguna vez algo de la *dark web*?

—Sobre mi estilo de vida y de por qué no formo parte del sistema —continuó Bob.

—¿Y qué hay de tus actividades *online*? —preguntó Bel de la forma más agradable que pudo.

—Ahora pareces policía tú también. —Bob resopló—. Y no, antes de que me lo preguntes también, no le vendí a tu padre una identidad falsa. No lo he visto, te lo prometo.

Bel hizo una pausa. Puede que Bob le hubiera hecho una promesa, pero ella tenía algo de mucho más valor.

—¿Vendes identidades falsas? —preguntó, aferrándose al hilo que le había lanzado.

Una pausa.

—No...

—Está bien, pero, en el hipotético caso de que supieras ese tipo de cosas, ¿cuánto costaría comprar una identidad nueva? ¿Pasaporte? ¿Licencia de manejo?

—Ya te lo he dicho, no tengo ni idea de esas cosas —respondió Bob, haciendo énfasis en la negación.

—¿Tres mil dólares? —dijo Bel, probando suerte—. ¿Eso sería suficiente?

Bob respiró y la línea crujió.

—Creo que eso sería más que suficiente —dijo con cautela.

A Bel le dio un vuelco el estómago y el nudo cayó con fuerza.

Su padre no había ido a Vermont para ver a Bob, se lo había prometido. Pero puede que otra persona sí.

Lo volvió a intentar, no tenía nada que perder, aunque el tío Jeff estuviera allí.

—Hace dieciséis años, ¿acudió Rachel Price a ti para comprar una nueva identidad? Habría tenido el dinero en efectivo para pagarte.

A Jeff se le ensombrecieron los ojos mientras esperaba las respuestas en la cara de Bel.

Bob tosió, y Bel no pudo evitar pensar que, si se parecía en algo a Jeff, a continuación vendría una mentira.

Esperó.

—No, nada de eso —dijo Bob despacio y con claridad—. Nunca he visto a Rachel Price. Se lo habría dicho a Jeff de haberlo hecho, ¿no crees? Así le habría ahorrado a tu familia todo ese sufrimiento durante todos estos años. Nunca acudió a mí, eso también te lo prometo. Ninguno de los dos. Por eso no entiendo por qué me ha llamado tu padre y me ha metido en todo esto. Pero quiero mantenerme al margen, ¿me oyes?

Bel se desinfló. ¿Y si mentía sobre una pero no sobre el otro? Podía creerse sus respuestas o no.

—Alto y claro, Bob de Vermont —dijo ella.

La línea sonó y se cortó.

—Qué hombre más simpático. —Bel le devolvió el teléfono a su tío.

Él lo agarró con torpeza y se lo llevó contra el pecho.

—¿Qué te ha dicho?

—Un montón de nada. —Bel sorbió por la nariz—. Mi padre lo llamó aquella noche, pero no dijo nada, parece ser. Bob no lo ha visto.

Jeff asintió.

—Entonces es verdad. Confío en Bob, nunca miente.

—Claro que no. Los delincuentes de la *dark web* son los más honestos, tío Jeff.

Él dudó un momento, y parpadeó despacio.

—¿Por qué crees que tu madre miente sobre su desaparición?

—No lo creo. —Bel se encogió de hombros—. ¿Tú sí? —Se la devolvió.

—No... —La voz de Jeff se alejó de él.

—Genial, me alegro de que estemos de acuerdo.

Jeff tosió contra el puño cerrado.

—No le digas nada a Rachel de la llamada —dijo Bel mientras tomaba su teléfono—. O le diré que crees que sabes dónde ha estado en realidad todos estos años.

Jeff se movió incómodo, con los hombros casi rozando las orejas.

—Trato hecho —dijo mirando al suelo.

—Genial. —Bel abrió la puerta con el pie y dejó libre a Jeff. Le levantó el pulgar—. La familia es lo primero.

Cada uno le daba cada vez más información sobre Rachel, poco a poco. Y mucha más sobre ellos mismos.

La familia es lo primero, el siguiente era el abuelo.

Treinta y tres

—Hola, Yordan.

Bel enseñó los dientes en una amplia sonrisa, con demasiadas ganas, a juzgar por la cara de alarma de Yordan.

—Hola, Annabel —dijo, abriendo del todo la puerta—. No esperábamos visita. Le estoy preparando la comida a tu abuelo.

—Genial, te ayudo. —Bel no le dejó elección. Cruzó el umbral y golpeó la puerta contra la mano de Yordan. Una ola de calor la envolvió al entrar, y le picaron los ojos.

Yordan asintió al ver su cara.

—Tu abuelo tiene mucho frío.

Bel lo siguió por el pasillo. Las escaleras serpenteaban a la derecha.

El abuelo ya no podía subir a la planta de arriba, la casa se le había reducido a la mitad. El estudio era ahora su dormitorio, y Yordan dormía arriba, en la habitación donde creció su padre. Había mucha historia aquí, eran los ladrillos de la familia Price. La abuela a la que Bel no conoció murió aquí. Se cayó por las escaleras y se dio un mal golpe en la cabeza. Bel y Carter intentaban invocar a su fantasma antes de que la idea de los fantasmas fuera algo a lo que temer. «Abuela Price, mira cómo me paro de manos. Abuela Price, ¿el demonio es real?».

El abuelo estaba en la sala, en su sillón, en el que solían leer juntos.

—Pat, han venido a verte. —Yordan vocalizaba exageradamente cada palabra—. Tu nieta Annabel. ¿Has visto qué detalle?

Bel entró en la vista de su abuelo y se sentó en el sofá enfrente de él.

—Hola, abu, me alegro de verte. —Imitó a Yordan, exagerando la pronunciación de cada consonante.

—Voy a la cocina —le dijo Yordan—. ¿Quieres algo? ¿Un café?

—No, gracias.

Yordan salió de la sala con pasos silenciosos sobre la alfombra, y los dejó solos.

Bel no había vuelto a estar a solas con su abuelo desde que sufrió el primer derrame el verano pasado. Su padre siempre estaba allí para tomar la iniciativa, para intervenir cuando el abuelo estaba confundido, para ser la cara familiar entre todos los recuerdos rotos.

—Qué calor hace aquí, ¿verdad? —dijo Bel, que había empezado a sudar.

El abuelo hizo un ruido con la garganta.

—¿Te la pasaste bien en la cena familiar el otro día, abuelo? —dijo en voz muy alta—. ¿Te gustó la paella?

El abuelo levantó un dedo tembloroso y la miró.

—¿Charlie?

—Papá no está. —Le dolía tener que decir eso—. Se ha ido unos días, ¿te acuerdas? Volverá pronto, te lo prometo.

El abuelo asintió hacia arriba, en lugar de hacia abajo, y se le estiró la piel del cuello.

—¿Tienes ganas de celebrar tu cumpleaños la semana que viene?

El abuelo se quedó mirándola sin parpadear. A lo mejor había hablado muy rápido. O puede que fuera lo que decía su padre: el abuelo no se acordaba de Bel, pertenecía a ese tiempo perdido. A lo mejor Rachel también. Bel sabía mejor que nadie cómo era eso. Qué ruin era la memoria, ¿no? Lo que no estaba, no estaba, por mucho que intentaras sacudirlo. Pero

Bel tenía que preguntarle igualmente, no le quedaba otra opción.

—¿Quién eres? —le preguntó el abuelo, justo a tiempo.

—Soy Bel. Annabel. La hija de Charlie.

—¿Rachel? —dijo el abuelo, y a Bel se le erizaron los vellos de la nuca.

—No. Soy la hija de Rachel. —Le resultó extraño afirmarlo de forma tan simple, cuando era de todo menos simple.

El abuelo hundió los ojos en su cara.

—¿Rachel?

—Rachel es mi madre. —Bel lo formuló de otra forma y le pareció igual de extraño, como si fuera una palabra prohibida—. ¿Te acuerdas de Rachel?

Se le movió la cabeza. No era un asentimiento del todo, pero casi. Bel aceptaría todas las señales que pudiera. Era una estupidez centrar las esperanzas en un hombre que no se acordaba de nada, pero era lo que había. Las mismas esperanzas que se centraron un tiempo en Bel, en un bebé que apenas hablaba.

—Rachel desapareció, ¿lo sabes? —preguntó Bel, más despacio, metiendo las manos entre las rodillas.

Un parpadeo en los ojos del abuelo. Una mano en el regazo.

—¿Charlie?

—Sí, la mujer de Charlie, Rachel.

El abuelo miró por encima del hombro, hacia el pasillo. ¿Estaba buscando a Yordan?

—¿Abu?

—... ¿fue un accidente? —murmuró—. Nadie quería matarla.

—Nadie la mató, abuelo —dijo Bel. Empezaba a sentir el sofoco de la frustración—. Rachel ha vuelto, ¿te acuerdas? Has estado con ella.

El abuelo torció la boca.

—¿Sabes dónde estuvo antes de volver, abuelo? ¿La encontró alguien? ¿Te acuerdas?

Bel necesitaba que se acordara.

—Abuelo, por favor. —Bel se acercó al borde del sofá—. Dime qué sabes de Rachel. No puedo ayudar a papá si tú no me ayudas a mí.

El abuelo se quedó mirándola, desconcertado, sin verla, moviendo la boca, pero sin decir nada.

—¿Rachel? —Bel lo volvió a intentar.

No reaccionó.

Esto no tenía sentido y ella lo sabía, al igual que el nudo en su estómago, que se estaba retorciendo en sus cuerdas. El abuelo no sabía nada y, aunque alguna vez lo hiciera, lo había perdido, junto con el resto de sus recuerdos rotos, junto con sus dos nietas olvidadas. Jeff debió de leer demasiado en los balbuceos confusos del abuelo. Maldito Jeff, la había enviado en la dirección equivocada.

—Da igual, abuelo. —Bel se rindió y se secó la frente con el dorso de la mano—. Perdona.

La cabeza de Yordan apareció en la puerta.

—¡Pat, la comida estará lista dentro de poco! —gritó, mirando a Bel con recelo y la boca reacia.

—¿Qué? —soltó Bel, borrando la expresión de su cara.

—P-Perdona. —Se tropezó y se tambaleó hacia delante—. No he podido evitar escucharte.

—¿Ah, no? —dijo, con una decepción rancia y molesta.

Yordan levantó las manos.

—Es una casa pequeña y estabas hablando muy alto, no lo he hecho a propósito. —Se adentró en la sala—. Siento que tu abuelo no pueda responder a tus preguntas. Estoy seguro de que lo has intentado, ¿verdad, Pat?

El abuelo gruñó.

—¿Podemos hablar un momento? —le preguntó Yordan, señalando con el pulgar por encima de su hombro. Bel se levantó y lo acompañó a la cocina, donde la comida del abuelo se calentaba bajo la luz amarilla del microondas.

—Perdona. —Levantó las cejas pobladas y se le arrugó la frente—. No me gusta hablar delante de él como si no estuviera. No te lo tomes a mal, a mí tampoco me reconoce la mayoría de los días, pero no es familia mía. Debe de ser duro.

—No pasa nada. —Bel sorbió por la nariz. Tampoco es que su abuelo se hubiera olvidado de ella a propósito. Irse voluntariamente era mucho peor: que se lo preguntaran a Rachel.

—Se confunde, le cuestan más los recuerdos de hace mucho tiempo. Pero le querías preguntar algo sobre Rachel, ¿no? Igual yo puedo ayudarte.

Bel inclinó la cabeza, como pidiéndole sin palabras que continuara.

—Claro que recuerda a Rachel —dijo Yordan, mirando el reloj del microondas—. Puede que una versión más joven de ella, de antes de que desapareciera. A veces habla de ella. Por lo general es «la novia de Charlie, Rachel», y dice que le gustan los libros y que es profesora de Lengua. Ayer vino a tomar un café, de hecho. También sin avisar. —Yordan apretó los labios en una sonrisa sin enseñar los dientes. Bel prefería que no lo hiciera; agruparla así con Rachel—. Parecía que Pat la reconocía, que sabía quién era. Así que eso responde a una de tus preguntas.

El nudo se revolvió en el estómago de Bel.

—¿Vino Rachel?

Yordan asintió.

—Quería ver a Pat, ver cómo estaba sin Charlie. Preguntó si podía venir a tomar un café.

—¿De qué hablaron?

—De nada importante. Que la casa estaba exactamente igual que la última vez que Rachel estuvo aquí. Les preparé un café y me fui a doblar la ropa limpia para que estuvieran un rato a solas.

—¿Y no te enteraste de lo que hablaron? —preguntó Bel—. Pensaba que era una casa pequeña.

—Estaba arriba —respondió Yordan—. Los dejé solos cinco minutos. Pero... —Hizo una pausa y volvió a arrugar los labios, como si se estuviera conteniendo.

—¿Yordan?

Desarrugó la boca.

—No digo que fuera nada malo, pero me resultó extraño. Cuando bajé, Rachel no estaba aquí, donde la dejé. —Señaló la mesa del comedor—. Tu abuelo estaba ahí con los dos cafés, pero Rachel no. Grité su nombre, pero no contestó.

—¿A dónde fue?

Un zumbido insistente llenó la habitación. Yordan miró al

microondas. Bel carraspeó para que volviera a prestarle atención a ella.

—Me la encontré en la sala —dijo—. Le pregunté que qué estaba haciendo, si estaba buscando algo, y dijo que solo estaba mirando si había cambiado algo. Luego me dio las gracias por el café, que no se había terminado, y se fue.

Bel escuchó un clic al encajar la mandíbula, apretando los dientes de atrás, mordiendo a la nada, mordiendo algo.

—¿En la sala, dónde, exactamente?

Yordan se giró hacia el microondas.

—Cerca de la chimenea, pero se fue en cuanto entré.

—¿Se llevó algo?

—No, claro que no —replicó Yordan mientras sacaba el plato caliente del microondas. Zanahorias y un trozo de pastel de carne de pollo.

Bel intentó recrear la escena: la chimenea al fondo de la sala, más atrás del sofá y los estantes. No se le ocurría nada que pudiera interesar a Rachel cerca de la chimenea. Solo era una sala normal donde vivió una vez una familia, y en la que ahora vivía un viejo que solo se acordaba de la mitad.

¿Qué había intentado hacer Rachel? Porque no se trataba solo de una visita sin avisar, ¿no? No, ya le había hecho varias preguntas a Bel y a Carter sobre la rutina del abuelo, y si Yordan lo sacaba a pasear. Ambas cosas llevaban a la misma conclusión: Rachel quería algo que había en esta casa, algo que quería mantener en secreto. Y si era importante para Rachel, también lo era para Bel.

—Yordan —dijo Bel, intentando sonar simpática, pero fracasando estrepitosamente.

—Dime —respondió Yordan, porque no la conocía lo suficiente.

—Creo que a mi padre no le dio tiempo a decirte esto, con todo lo que está pasando —dijo, pensando sobre la marcha—. Pero él siempre lleva al abuelo al parque Moose Brook. A dar un paseo, a pescar. —Era mentira; eso solo lo habían hecho una vez en la vida—. Mi padre pensaba volver a llevarlo este año. Sé que es diferente, por el derrame y todo eso, y que no podrían hacer la ruta de senderismo, pero hay unas carreteras por las que la silla de ruedas sí puede ir. Mañana habrá buen clima, podrías llevarlo tú. Una hora o dos. Un paseo, a comer algo. Al abuelo le gustaría mucho, creo. Así se distrae y no piensa en la desaparición de mi padre. —Eso fue lo único que Bel no tuvo que fingir: la forma en la que se le estresaban los ojos al pensar en que su padre no estaba.

Yordan apretó los labios de una forma que Bel no supo interpretar: tampoco lo conocía lo suficiente.

—Si eso es lo que quería hacer tu padre —dijo, o preguntó, o algo intermedio.

—Sí. —Bel se lanzó—. Eso es. —Su padre lo sostenía todo aunque no estuviera—. Jeff también podría ir, así el abuelo está con uno de sus hijos, al menos.

—Bueno —dijo Yordan reticente, dividiendo en dos la palabra, como si supiera que le estaba mintiendo, pero no le importara seguirle el rollo porque negarse era más complicado. Y, efectivamente, Bel le habría complicado mucho decir que no—. ¿A qué hora?

—Puedes salir como a las once —sugirió Bel, continuando con la mentira, intentando calcular el tiempo—. Sí, a las once, mañana. Le diré a Jeff que venga por ustedes.

Al carajo el tío Jeff: se había equivocado, así que ahora tenía planes para mañana.

Igual que ella y Ash.

Y Rachel.

Mañana sería un día muy ajetreado para todos.

—Está bien.

—Genial —dijo Bel. Mejor que bien.

—¡Rachel! —Bel cerró la puerta de la calle al entrar. El doble clic del cerrojo sonó como una cuenta atrás—. ¡Ya estoy aquí!

Bel esperó escuchar los crujidos y los suspiros de una persona viva por toda la casa. Rachel era muy silenciosa, se movía con pasos delicados y letales. Bel aprendía cada día más sobre ella. Cómo caminaba, cómo parpadeaba cuando estaba cansada, cómo movía los dedos y los apretaba contra los pulgares cuando no pensaba.

Rachel apareció por la puerta sin hacer ni un ruido, con la cara dividida en dos por una sonrisa.

—¿Estás teniendo un buen día? —preguntó, dando un paso atrás para dejar que Bel entrara en el salón.

Bel tiró la chamarra en el sofá. Estaba teniendo un día genial.

—No está mal —dijo.

Rachel asintió.

—Oye, ¿Carter estaba bien esta mañana? La he notado muy callada en el desayuno.

—Sí, no le pasa nada. —Bel sabía lo que estaba intentando hacer Rachel: usar a Carter en su contra, pero Bel se negaba a seguirle el juego—. Creo que estamos todos preocupados por papá. Lo echo de menos —añadió, jugando a su propio juego.

Rachel miró al suelo y se puso a juguetear con las arrugas de los *jeans*.

—Ya lo sé, cariño —dijo—. Lo siento.

¿Por qué?, quería preguntar Bel, pero sabía que sería un error. Rachel no podía saber que Bel dudaba de ella, al menos no hasta que fuera demasiado tarde.

—El abuelo también lo extraña —dijo Bel sin quitarle los ojos de encima—. Fui a verlo y no para de decir su nombre, no entiende lo que está pasando.

Rachel tragó saliva.

—Debe de ser duro. —Eso y nada era lo mismo.

Bel carraspeó.

—Sobre todo con su cumpleaños a la vuelta de la esquina. Papá lo lleva al parque Moose Brooke a dar un paseo todos los años. Yordan me ha dicho que lo va a llevar igualmente, como regalo. —Rachel movió los ojos debajo de los párpados—. Mañana se supone que va a hacer un buen día y hay varios caminos por los que puede pasar la silla de ruedas. Yo no voy a ir, el abuelo no se acuerda de mí, solo lo confundiría más, pero Jeff sí irá. Evidentemente, no es lo mismo que papá, pero... algo es algo.

Ahora le tocaba a Bel mirar al suelo. No quería que Rachel se sintiera observada.

Vamos, muerde el anzuelo, cae en la trampa.

Esto era justo lo que Rachel quería: el abuelo y Yordan fuera de casa durante un par de horas, para poder entrar y hacer lo que fuera que tuviera que hacer. Bel sabría si había caído en la trampa cuando le preguntara a qué hora se iban a ir. Vamos, Rachel.

—Qué buena idea —dijo, llevándose el pulgar a la boca—. Igual podría ir yo también. ¿A qué hora se van?

Bingo.

Bel intentó no sonreír.

—Yordan me ha dicho que saldrían a las once y media.

Rachel volvió a asentir con unos movimientos pequeños, como inconscientes, pero Bel sabía que no era así.

—Creo que tengo médico a las doce —dijo, inventándose ya excusas—. Miraré mi agenda.

Rachel salió silenciosamente hacia el vestíbulo y subió las escaleras.

Bel esperó unos segundos y sacó su teléfono. Le escribió un mensaje a Ash:

«¿Tienes alguna cámara más pequeña? ¿Una que no se vea?».

Lo leyó en cuestión de segundos. A Bel se le apretó el estómago al ver aparecer los tres puntos en la pantalla.

Llegó su respuesta.

«¿Qué rayos vamos a hacer ahora?».

—¿A quién le sonríes así? —preguntó Rachel, otra vez en la sala, sonriendo ella también. Bel no la había oído llegar.

—A nadie. —Bel se guardó el teléfono—. Es Ash. —No se le ocurrió una mentira mejor.

—¿Del equipo del documental? —preguntó Rachel, con la sonrisa todavía más grande—. Es muy guapo. —Le guiñó un ojo.

A Bel se le calentaron las mejillas y se le tiñeron de rosa.

—Qué va.

Rachel se rio.

—Cállate, Rachel —dijo Bel, también riéndose, pero solo porque lo hacía Rachel.

Rachel paró de reírse con un suspiro, aunque la sonrisa seguía ahí, en las arrugas de sus ojos.

—Oye, B-Bel —dijo, dudando—. Sé que solo hace dos semanas que estamos juntas, y para ti todo debe de ser todavía muy raro. Pero no tienes que llamarme Rachel. Puedes llamarme mamá. —Movió los dedos y los apretó contra los pulgares—. Si te sientes cómoda, claro.

Un silencio incómodo en la tierra de nadie que había entre las dos. Habían cruzado una línea y ahora Bel no sabía qué hacer. También movió los dedos y se tocó las puntas del pelo. No era mala idea. Bel quería que Rachel confiara en ella, necesitaba que lo hiciera, para que no se diera cuenta de que se acercaba el final. Y se estaba acercando. Mañana, Bel la descubriría.

Bel carraspeó, dio un paso hacia Rachel, cruzando la frontera.

—¿Preparamos juntas la cena hoy, Ra-m-mamá?

Rachel sonrió.

Treinta y cuatro

A Bel le cayó una hoja en los ojos. Se frotó para quitársela y chocó el codo contra el de Ash.

—Cuidado con la cámara —replicó, esquivando una rama. Estaban escondidos detrás de los árboles que se alineaban en Madison Avenue, enfrente de la casa del abuelo—. ¿Qué hora es?

Bel miró su teléfono.

—Las once y un minuto. Le dije a Rachel que a las once y media. No tenemos mucho tiempo para prepararnos.

—No hace falta. —Ash giró la cámara y capturó la mirada nerviosa en su cara.

—Date prisa, Yordan —susurró, observando cómo Yordan por fin metía al abuelo en el asiento del copiloto del coche amarillo. Plegó la silla de ruedas y la metió en el maletero, luego subió él al coche. Arrancó el motor.

—Que disfrutes del paseo, abuelo —dijo Bel mientras el coche daba marcha atrás y pasaba por delante de ellos—. Vamos.

Cruzaron la calle vacía, Bel, la cámara, Ash. Había una línea negra delante del jardín. Era la sombra del cable telefónico que tenían encima. También lo cruzaron, no había marcha atrás.

Junto a los escalones de la puerta había un barril de madera con flores de plástico y un sapo horroroso de cerámica que tenía una caña de pescar.

Bel tomó el sapo por la cabeza. Debajo, había una llave plateada rodeada de polvo. La agarró.

—Todo el mundo sabe que mi abuelo tiene una llave de repuesto debajo del sapo. Siempre la ha tenido.

Contaba con que Rachel también lo supiera.

—Muévete —dijo, apartando a Ash con un empujón. Metió la llave en la cerradura y abrió la puerta—. Tenemos que acordarnos de volver a esconder la llave antes de irnos.

—Roger.

—El sapo se llama Barry. —Entró en la sofocante casa del abuelo—. Se lo puso Carter.

—No, quería decir... —empezó a decir Ash, cayendo en la trampa—. Ya sabes qué quería decir. —Se había dado cuenta—. Demonios, qué calor hace aquí.

Cerró la puerta al entrar con la cámara en las manos.

—Por aquí. —Bel le indicó el camino a la sala, donde hacía más calor todavía—. Yordan encontró a Rachel husmeando por aquí, en la sala —dijo mirando a la cámara—. Junto a la chimenea. —Bel fue hacia allí, mirando a su alrededor. Desde la cesta de madera a los pies, hasta el mueble de la tele, hasta el aparador de debajo de la ventana del fondo—. Tenemos que averiguar qué busca. Es importante, estoy segura.

Esperó a que Ash llegara a su lado. Le había dicho que se vistiera de incógnito que, para Ash, significaba un suéter tejido color amarillo con cuello alto y un peto de mezclilla. Como un Minion.

—El estante es el mejor sitio para esconder la cámara. —Bel señaló el estante, donde se amontonaban un montón de libros con un orden que solo entendía su abuelo. Había muchos que reconocía de cuando se los leía—. Es menos probable que ahí la vea, ¿no? ¿Traes la cámara pequeña?

—Claro. —Ash se quitó la mochila y abrió el cierre con una mano—. Pero ¿nadie te ha dicho que es de mala educación preguntarle a un chico por el tamaño de su cámara?

Bel se rio, pero luego se arrepintió porque Ash estaba sonriendo, encantado con la recepción de su chiste.

—Date prisa —dijo—. Rachel todavía estaba en casa cuando me fui, pero no sabemos cuándo podría aparecer.

—Me estoy dando prisa. —Sacó un pequeño rectángulo negro con un lente diminuto enganchado a un cable negro. No era más grande que su mano—. ¿Así de pequeño está bien?

—Servirá. —Endureció la cara para no darle el gusto.

—Es para grabar con discreción, según Ramsey. Vamos a instalarla —dijo Ash, y soltó la cámara en la mesa del café para liberarse las manos, todavía grabando—. Necesitamos un enchufe.

—Hay uno detrás del estante, creo.

Ash se puso de rodillas y sacó algunos libros del entrepaño de abajo.

—Ya lo veo. Perfecto, podemos esconder el cable detrás de los libros. ¿Dónde ponemos la cámara?

Se la quitó de las manos sin preguntarle, y sus dedos se rozaron.

—Soy asistente de cámara —explicó al ver la mirada amarga que había puesto Bel.

—Y yo soy el cerebro de la operación.

—Eso está por verse.

Ash colocó la cámara en el segundo entrepaño más alto, a la altura de la cabeza, más o menos, escondida entre dos montones horizontales de libros. Los lomos eran oscuros, negros, por lo general, así que la cámara se fundía perfectamente entre ellos. Solo se veía si la buscabas. Y Rachel no iba a buscarla, iba a buscar otra cosa.

—¿Así bien? —preguntó Ash.

Bel asintió.

—Voy a pasar el cable por aquí detrás. —Tenía la lengua entre los dientes, concentrado.

—Como hiciste por dentro de mi camiseta el día que nos conocimos —dijo Bel con la intención de incomodarlo, porque era divertido y necesitaba distraerse del nudo del estómago.

—Eso no fue así —dijo él con frialdad—. Soy demasiado raro para eso.

—También me tocaste el trasero.

—Bel, intento concentrarme —dijo, enchufando el cable a la corriente—. Necesito la contraseña del wifi para configurarla. Ve a buscarla.

La estaba echando porque no se podía echar a sí mismo.

—La tengo —dijo ella, porque sabía dónde buscar. En el mueble de la tele había un trozo de papel con la letra de papá, el doble de grande de su tamaño normal.

«Contraseña del wifi: PatPrice123».

Bel pasó los dedos por las palabras, algo que él había tocado.

Ash volvió a colocar los libros en el estante y se levantó para admirar el montaje.

—Somos unos espías bastante buenos. Me llamo Maddox, Ash Maddox.

—Me llamo «Date prisa, carajo, y enciéndela».

—Bueno, bueno, enojona —dijo con la voz cada vez más aguda—. Esas no son formas de hablarle a tu marido espía.

—Sacas lo mejor de mí, corazón. —Le sonrió, todavía intentando alejarlo, aunque había una pequeña parte de ella que ya no quería hacerlo.

—Claro, es que eres muy dura —dijo Ash con una mirada cómplice mientras sacaba un iPad—. Una chica dura que come sentimientos para desayunar.

—Y para almorzar —añadió.

—Y niños para cenar —dijo él con una voz grave.

Bel sonrió, pero no le gustaba eso. Ash pensaba que la conocía. Que la conocía lo bastante como para saber lo que estaba haciendo.

—¿Contraseña? —Abrió la configuración en la pantalla.

—PatPrice123.

Ash la escribió.

—Espera.

Pulsó un botón de la cámara. Sonó una sola vez y no se encendió ninguna luz que la pudiera delatar.

—Conectada —dijo Ash con la mirada en la pantalla del iPad. Se la enseñó a Bel para que la viera.

Se quedaron de pie hombro con hombro, mirando a dos personas de pie hombro con hombro, que miraban un iPad.

Uno iba vestido como un Minion. La otra tenía una sonrisa secreta.

Bel saludó y su versión en miniatura hizo lo mismo con un segundo de retraso.

—Somos nosotros —dijo ella. Se veía casi toda la sala, desde la chimenea al fondo, hasta el sillón del abuelo y la tele, con una calidad de imagen mejor de lo que esperaba.

Levantó la mirada del Ash de la pantalla al Ash que estaba a unos centímetros de ella, y lo miró a los ojos.

—La vamos a descubrir, ¿verdad? Tendremos pruebas, en video. Arruinaremos su documental.

—Bueno. —Ash se rascó la nariz—. No es su documental.

—*¿El retorno de Rachel Price?* —dijo, con la voz más severa, porque Bel no soportaba a los ingenuos, y Ash era un ingenuo, sin duda.

—Bueno, gracias, pero sé cómo se llama. —Él sonrió—. El documental no es sobre Rachel. Es sobre ti.

Bel se quedó mirándolo y parpadeó.

—Ramsey me dijo que, después de tu primera entrevista, se dio cuenta de que había algo en ti. Que, incluso después de la vuelta de Rachel y de que todo cambiara, tú seguías siendo la protagonista.

—¿A qué te refieres? —Se le encogió el estómago, olvidándose del nudo.

—Eres el alma del documental. Eso dice Ramsey, y él es experto. —Ash hizo una pausa y se mordió el labio, mirando el de ella—. Puede que tu nombre no aparezca en el título, pero el documental trata de la persona a la que más cambió la historia. Y Ramsey dice que eres tú.

A Bel se le fue el corazón a la garganta, se le electrificó la piel y soltaba chispas por donde se rozaba con la de Ash.

—Puaj —dijo, intentando fastidiar el momento. Pero fracasó.

Bel miró el iPad y vio cómo la estaba mirando Ash. La suave curva de su boca abierta, la llama ardiente en sus ojos. Qué ridículo, ¿no? En la pantalla, una de las manos de Ash flotó hacia ella. Bel se vio agarrándolo por el peto y jalándolo.

Levantó la mirada.

Sus ojos se encontraron.

Luego sus labios.

La mano cálida de Ash la agarró por la nuca, y sintió un escalofrío diferente, uno que se movía hacia abajo. El labio de Bel se deslizó entre los de él, separándolos, como si fuera lo más fácil del mundo. No parecía sin sentido, parecía que todo había estado preparando este momento, un brillo que hacía que se olvidara de la existencia del nudo en el estómago. La nariz de Ash se chocó con la suya y los bordes del iPad se apretaban contra sus panzas.

Bel se apartó primero, con los ojos pesados y los labios hinchados.

—Oh, oh —susurró Ash, rozándole el aliento contra la mejilla.

Su voz la trajo de vuelta a su cuerpo, a esta habitación donde hacía demasiado calor, y Bel se acordó de lo expuesta que estaba, de lo indefensa, de lo estúpida que era. Deseó que volviera el nudo, y volvió, tragándosela entera.

—Tienes razón. —Dio un paso atrás, sin mirarlo. ¿Por qué debería mirarlo? Se iría dentro de poco y la dejaría aquí. Darle importancia era lo más estúpido que podía hacer. Y no le importaba, de verdad—. No deberíamos haberlo hecho.

A Ash se le ensombrecieron los ojos.

—No me refería a eso.

Bel se secó la boca con la manga.

—Estaba jugando contigo —dijo ella—. Ya sabes la dinámica que tenemos. Somos desagradables los dos.

—Para mí no ha sido desagradable.

Ella se quedó mirándolo.

—Claro, Bel. —Una pequeña sonrisa retorcida con los ojos tristes—. Tienes razón. Me resultas increíblemente desagradable, pero tengo que seguirte el juego porque es mi trabajo y estoy haciéndole un favor a mi cuñado.

—Bien. —Así mejor, mucho mejor—. Vámonos, Rachel podría llegar en cualquier momento.

Ash se metió el iPad debajo de un brazo, se puso la mochila y tomó la cámara. Bel podría ofrecerse a llevar algo, pero estaba intentando ser desagradable para deshacer lo que acababan de hacer. Además, él era el asistente de cámara. Y Bel era el corazón, algo estúpido si se detenía a pensarlo con claridad. Ramsey se equivocaba. Ella no sería la que cambiaría. De hecho, si Bel se salía con la suya, todo volvería a ser como era antes de que aparecieran estas cámaras. Rachel se iría y volverían a estar Bel y su padre, como tenía que ser.

Bel cerró la puerta y bajó los escalones detrás de Ash. Volvió a dejar la llave debajo del sapo de cerámica, lista para Rachel.

Volvieron a cruzar la carretera y se escondieron detrás de los árboles y arbustos que alineaban el otro lado, bajo el sonido constante de los coches de Main Street.

Ash soltó la mochila cuando se alejaron lo suficiente.

—¿Me sujetas el iPad? —dijo, pasándoselo sin mirarla a los ojos—. Así te grabo mientras tú lo observas.

—Claro. Soy el alma —dijo, también sin mirarlo a los ojos.

La pantalla mostraba la sala vacía, a la espera. Bel y Ash tenían que estar por ahí, en algún lugar de la pantalla, escondidos y diminutos, detrás del muro verde pixelado.

—¿Qué hora es? —preguntó Ash.

Bel miró la parte superior de la pantalla.

—Las once y veintinueve. Con un poco de suerte, dejamos de perder más tiempo —dijo. Otra puñalada. Ash retrocedió.

Miraba de la imagen de la sala vacía a la hora en la parte superior de la pantalla mientras contaba los minutos.

—Va a aparecer, estoy segura.

Once y media.

El nudo empezó a girar, comiéndosela. ¿Estaba equivocada? No podía equivocarse, vamos, Rachel.

Once y treinta y uno, y el ruido de unos neumáticos hacia ellos, saliendo de Main Street. Ash aguantó la respiración y Bel resopló.

«Por favor, que no sean el abuelo y Yordan», pensó, esperando no ver una mancha amarillo chillón entre las hojas.

Y no lo vio.

Vio algo plateado. Un Ford Escape plateado, con unos ojos malvados como faros.

La forma borrosa de Rachel al volante.

Bien.

Bel y Ash se miraron, y ella puso una sonrisa malvada que no compartió con él.

—Parece que la conoces bastante bien —dijo Ash, pero Bel no sabía si estaba intentando ser desagradable.

Rachel se estacionó en el jardín delantero de la casa del abuelo.

Ash giró la cámara e hizo *zoom* para capturar a Rachel mientras salía del coche y cerraba la puerta.

Bel entrecerró los ojos. El corazón latía detrás de ellos.

Rachel se acercó a la casa, sin mirar hacia atrás, comportándose como si ese fuera su sitio. Fue hasta el sapo de cerámica. Se agachó, desapareció de la vista, tapada por el coche pero, cuando se levantó, tenía algo pequeño en la mano.

—Tiene la llave —susurró Ash—. Bien hecho, Barry.

Rachel subió los escalones de dos en dos, metió la llave en la cerradura y abrió la puerta. Entró y cerró. El ruido no les llegó al otro lado de la calle.

—Está dentro. —Bel miró al iPad, y lo inclinó para que Ash y la cámara pudieran verlo.

La sala vacía.

Bel contó los segundos hasta que Rachel apareció en el plano. Pasó junto al sillón de cuero del abuelo.

Se quedó ahí parada y se recogió el pelo en una cola de caballo, dejando el cuello expuesto.

Empezó a moverse otra vez, más allá del sofá.

—¿A qué esperas, Rachel? —le preguntó Bel a través de la pantalla. Tenía la sensación, en el fondo, de que, fuera lo que fuera, supondría el principio del fin para Rachel. Para todos.

Rachel se hizo más grande en la pantalla al acercarse a la cámara.

Directo a la cámara.

La cara y los ojos le cambiaron al mirarla fijamente.

—Mierda, no ha... —empezó a decir Ash.

Rachel se paró con una mano en el aire. Dio otro paso más, con la cabeza inclinada, mirándolos fijamente a través de la cámara oculta.

—Mierda, sí —respondió Bel. Sintió un escalofrío cuando Rachel y ella se miraron fijamente a través de la pantalla. No, no, no. ¿Cómo la había encontrado tan rápido? Estaba bien escondida.

Rachel frunció el ceño. Su mano se tragó su cara al ir a agarrar la cámara. Cubrió el lente con el brillo rosado de la carne, tapando toda la pantalla.

Lo vieron todo negro. Era la parte de atrás del estante.

La había descubierto. Se acabó.

Treinta y cinco

—No, no, no. —Bel se quedó mirando la pantalla negra vacía.

—Ssh —susurró Ash—. Que a lo mejor te oye.

—No es justo, no tenía que terminar así.

—Lo siento —ofreció Ash, pero no era suficiente, en absoluto.

—No. —Bel le dio el iPad, que ya no le servía de nada—. No va a salir ganando.

—¿Adónde vas? —Ash le agarró la mano.

—Tengo que averiguar a qué ha venido.

—Bel. —Su nombre sonó como un grito ahogado, pero ella ya estaba huyendo de él, cruzando la carretera. Saltando sobre la sombra del cable hacia el lado izquierdo de la casa, agachándose debajo de las ventanas frontales.

Dobló la esquina con una mano en los listones de madera para estabilizarse. El corazón intentaba arrastrarla y alejarla de allí. Pero no lo escuchaba, la cabeza le daba vueltas y le decía que esta era su oportunidad para acabar con Rachel.

Bel subió tres escalones más y se tiró de rodillas debajo de la ventana, la que estaba en la pared del fondo de la sala, junto a la chimenea, por encima del aparador.

Si Rachel estaba distraída buscando lo que quiera que estuviera buscando, no vería a Bel. Colocó los pies y despacio, despacio, se levantó, estirando lentamente las piernas.

Se detuvo cuando empezó a ver por encima de la cornisa, observando por el borde inferior del cristal.

Su propio reflejo se puso en medio y oscureció la habitación que estaba delante.

Bel se acercó más, presionó la nariz contra el cristal y se colocó las manos alrededor de los ojos.

La habitación apareció.

Y Rachel también, completamente inmóvil, mirándola a ella.

El corazón de Bel se lo había dicho, intentando escapar de su pecho.

Rachel inclinó la cabeza.

—¡¿Annabel?! —gritó con la voz amortiguada por el cristal.

Mierda.

Bel se puso de pie del todo, con las manos todavía alrededor de los ojos contra el cristal.

—¡Hola! —Niveló la voz para suavizar el miedo—. Pensaba que había alguien dentro.

Rachel sonrió, pero la sonrisa no le llegó a los ojos.

—Entra. —Le señaló la puerta con los dedos.

Mierda y mierda.

—¡Okey! —Bel sonrió y retrocedió hasta que solo se vio a sí misma otra vez, y su sonrisa ni siquiera la convencía a ella.

Dobló la esquina mientras pensaba algunas excusas, descartando las que no le servirían, las que Rachel no se creería.

Ash debería haberla visto ya. Bel agitó el brazo en dirección a él para decirle que se fuera. Se pasó la mano dos veces por el cuello para decirle que se había acabado, que estaba muerta, doblemente muerta. Rachel había picado el anzuelo, pero el plan se había desmoronado.

Terminó de subir los escalones y la puerta se abrió. Rachel estaba de pie en el calor del interior de la casa, con una mirada indescifrable en la cara.

—Hola. —Se movió hacia atrás para dejarle paso a Bel.

—Hola —dijo Bel, más alegre, para confundirla—. Qué casualidad —dijo, porque todavía no sabía qué iba a decir, ni cuál era la casualidad.

—¿Qué haces aquí? —preguntó Rachel.

Bel estaba arrinconada y se le ocurrió una mentira.

—No encuentro mi botella de agua y he pensado que a lo mejor la dejé ayer aquí. ¿La viste dentro? —Bel entró a la casa, a la sala—. Un momento. —Entrecerró los ojos a propósito—. ¿Qué haces tú aquí? ¿No tenías cita con el médico?

Porque puede que Rachel hubiera descubierto a Bel, pero ella también descubrió a Rachel. Un empate, una prueba para ambas. Bel creía que la había superado, ahora le tocaba a Rachel.

—Ah, no, me había equivocado de día —dijo Rachel, apoyándose con las dos manos en el respaldo del sillón del abuelo.

—¿No me digas?

—Sí. Y he venido para ir a pasear con el abuelo. Pero parece que no he llegado a tiempo.

Bel asintió, como si tuviera sentido. Luego se quedó quieta, con la barbilla hacia arriba, como si se le acabara de ocurrir algo.

—¿Y cómo has entrado, entonces?

Rachel movió las manos por el cuero, tranquila.

—Cuando me he dado cuenta de que no había nadie, he entrado con la llave de repuesto. —Hizo una pausa—. Es el cumpleaños de Pat la semana que viene y no sabía qué comprarle, así que quería echar un vistazo por aquí para ver qué cosas le gustan.

Bel completó un asentimiento. No era una mentira tan buena como la suya.

Rachel señaló hacia el estante.

—Aunque creo que me descubrieron. He visto una cámara en el estante.

Bel siguió la línea del dedo de Rachel, volteando, buscando como si no supiera exactamente dónde estaba.

—Ah, sí. —Un gesto despreocupado con la mano—. La puso papá hace unos meses, para controlar al abuelo durante el día, antes del segundo derrame. Creo que está desconectada. Como ya está Yordan, no la ha vuelto a encender.

Rachel dobló la barbilla.

—Claro, tiene sentido.

Sí, tenía sentido. Y Bel estaba muy satisfecha.

—¿Por qué estabas mirando por la ventana? —dijo Rachel, devolviéndosela.

—Me pareció escuchar a alguien dentro —respondió Bel—. Y la llave de repuesto no estaba debajo de la rana. —Rachel no iba a hacerla caer.

—¿No has visto mi coche afuera? —Rachel entrecerró los ojos.

—He visto un coche, pero no sabía que era el tuyo, todavía no me sé la placa. Menos mal que solo eras tú —dijo, con una risa susurrante, como si pensara que con Rachel estaba a salvo, como si Rachel no fuera la persona más peligrosa para ella.

—Sí, menos mal. —Rachel miró detrás de ella, a la puerta que daba al pasillo. Tenía los ojos clavados en la escalera, subiendo los escalones uno a uno, mientras el silencio se estiraba entre ellas y le salían dientes.

Bel analizó la cara de Rachel, buscó las señales que estaba aprendiendo, los movimientos, las arrugas. ¿Rachel lo sabía? ¿Quién había descubierto a quién realmente?

—Oye, ¿nos vamos a casa? —dijo Rachel, rompiendo el silencio, ofreciéndole una salida—. ¿Te llevo?

Bel no podía decir que no.

Treinta y seis

—Gracias por venir, Annabel.

Dave Winter estaba sentado enfrente de ella, la luz estridente de la sala de interrogatorios se reflejaba en su placa.

—¿Qué ha pasado? ¿Algo malo?

Era algo malo, Bel lo sabía. El nudo hacía acrobacias en el pozo vacío de su estómago, sin nada a qué agarrarse.

Su padre llevaba ya diez días desaparecido. Era algo temporal, una prueba, un problema que Bel sabía cómo solucionar. No podían arrebatárselo, Bel no sabía cómo vivir sin él.

—Esto te va a resultar muy duro, Annabel.

Y lo sería mucho más si él no se daba prisa en decírselo, carajo.

Bel apretó la mandíbula para prepararse.

Si su padre estaba muerto, también lo estaba Rachel.

—Hemos rastreado su tarjeta de crédito —dijo Dave, con los hombros tensos, levantados hasta las orejas—. Obtuvimos una pista nueva en un cajero y la policía estatal de Vermont pudo llegar al lugar. No era tu padre el que estaba usando la tarjeta. Era un universitario, de veintidós años, que se llamaba Matthew Abbey. La policía lo interrogó sobre su relación con Charlie Price. Pero no la hay. —Resopló—. El chico dice que encontró la tarjeta debajo de una mesa en un restaurante al que fue el lunes pasado.

—¿Qué restaurante? —preguntó Bel, agarrándose las manos, aguantando.

Dave miró sus notas y pasó de página.

—En Vermont. How Cow Café, cerca de Barton.

Bel reconoció el pueblo.

—Ahí es donde vive Robert Meyer.

Dave asintió.

—Él afirma no haber visto a tu padre aquella noche, y que no le dijo nada en aquella última llamada de teléfono. Pero que la tarjeta estuviera allí, indica que tu padre estaba en la zona.

Y eso seguía sin responder si Bob de Vermont había mentido a Bel o no.

—A Matthew Abbey se le ha acusado por fraude, pero no nos ha dado ninguna otra pista sobre el paradero de Charlie, más allá de que estuvo en aquel restaurante el lunes. Y, antes de que lo preguntes, no, no hay cámaras.

—Bien —dijo Bel. Eran noticias, y no eran tan malas. Incluso buenas, podría decirse. Demostraba que su padre no estaba viajando por Vermont y gastando dinero en hamburguesas y cerveza como si hubiera desaparecido voluntariamente—. ¿Qué más?

Dave suspiró y se tomó unos segundos para pasarse los dedos por la boca. Lo peor estaba por llegar, evidentemente. Las malas noticias y, luego, las noticias muy malas.

—¿Qué? —Bel estalló, con algo tenso al fondo de la garganta, ese temblor de antes de llorar o de antes de vomitar, un punto intermedio.

—Hemos encontrado algo más —dijo Dave con delicadeza.

La mente de Bel se adelantó, se perdió. Mierda. No, ¿qué más habían encontrado? Su cuerpo no. No, no, no.

—Hemos encontrado su teléfono y su pasaporte. El teléfono estaba apagado, como ya sabíamos. Encontraron las dos cosas juntas, al lado de una conserjería, en un bote de basura de un aeropuerto privado en Vermont. —Dave hizo una pausa—. En la frontera con Canadá.

No dijo nada más, como si fuera suficiente, como si fuera la historia completa: inicio, nudo, desenlace.

—¿Qué intentas decirme? —Bel se inclinó hacia delante,

dejando sobre la mesa las sombras de su pelo, con el estómago en caída libre hacia el fin del mundo.

—Annabel —dijo, todavía con más delicadeza—. No creo que tu padre siga en el país. Parece que quería irse, que se marchó de forma voluntaria. La tarjeta de crédito nos despistó durante un tiempo, pero seguramente cruzó la frontera la semana pasada. —Dave carraspeó—. Probablemente se subió a un avión privado del que no teníamos ni idea, porque, bueno, la teoría que barajamos es que tiró el pasaporte porque consiguió uno nuevo, con una nueva identidad.

Bel sacudió la cabeza.

Dave continuó:

—Creemos que por eso fue a ver a Robert Meyer. Un individuo relacionado con actividades delictivas *online* que podría estar metido en ese tipo de cosas.

—No.

—Lo siento, Annabel —dijo Dave, y parecía sincero. Tenía los ojos pesados y la barbilla arrugada—. De verdad que quería ayudarte a encontrarlo, después de... todo. Pero todo apunta a que Charlie se ha ido voluntariamente, que ha salido del país, posiblemente con otro nombre. No es un delito dejar atrás tu antigua vida, por mucho que duela.

—No —dijo Bel, con un hilo de voz que abandonó su piel.

—Ya no está dentro de nuestra jurisdicción. Lo siento mucho, no podemos seguir buscándolo. —A Dave se le ensombrecieron más rápido los ojos—. Quiero ser sincero contigo, Annabel, porque hemos pasado por mucho juntos. La desaparición de tu madre... tú eras gran parte del motivo por el que estuve tanto tiempo investigando ese caso. Esa pobre niña abandonada en el asiento trasero. Luego, todo lo que ocurrió con Phillip Alves, y todo lo que ha pasado desde la vuelta de Rachel. Quiero que seas capaz de confiar en mí. No podemos seguir buscando a Charlie y, si te soy sincero, parece que él no quiere que lo encuentren.

Bel dio un portazo y una explosión de sonido hizo eco por los pasillos y las trincheras del número 33. Dio también un portazo con la puerta de su habitación y se tiró bocabajo en la cama, enterrando la cabeza entre los cojines.

No hubo ninguna reacción a la doble explosión, ningún paso, ningún golpe en su puerta. Rachel debía de estar afuera. Bien, porque Bel no se veía capaz de verla ahora mismo. Si lo hacía, sabía que estallaría por fin una guerra fría entre ellas, iniciada por Bel.

Su padre no había elegido desaparecer en Canadá, dejar atrás su antigua vida con Bel en ella. Dave Winter se equivocaba. Le parecía increíble que le hubiera pedido que confiara en él. Bel no confiaba en él; no confiaba en nadie.

Bel golpeó un cojín con el puño cerrado, luego otro. Era Rachel, era Rachel, era Rachel y ella era la única capaz de verlo. La alternativa era apoyar la teoría de Dave Winter, creer que su padre había elegido marcharse, abandonarla, y Bel jamás aceptaría algo así. Eso dolía mucho, mucho más.

Bel se giró y se quedó mirando al techo.

La tarjeta de crédito que dejaron en el restaurante para que alguien la encontrara, para distraer a la policía. Tenía que haber sido Rachel, ¿verdad? Y también tuvo que planear la llamada de teléfono a Bob de Vermont. Debió dejar el teléfono y el pasaporte para que pareciera que su padre había cruzado la frontera. Rachel era experta en desapariciones, al fin y al cabo. Puede que simplemente hubiera recreado la suya. Pero ¿cómo podía demostrarlo Bel, ahora que la policía se había rendido y estaba sola?

No sabían dónde tiraron el teléfono y el pasaporte, pero la tarjeta de crédito tuvieron que dejarla el lunes pasado, o el domingo, para que el estudiante la encontrara el lunes por la tarde.

¿Dónde estaba Rachel esos dos primeros días de la desaparición de su padre? El domingo estaba aquí, en casa. Pero el lunes...

Entonces recordó algo. En la cocina, aquella noche. Bel tirando el cartón de jugo de manzana. Solo se lo había bebido para hacer enojar a Rachel. En la basura había un vaso de café para llevar, ¿verdad? A eso era a lo que se estaba agarrando, su mente intentaba sacarlo, recordar el logo. Un momento,

¿cómo se llamaba el restaurante donde encontraron la tarjeta de su padre?

El How Cow Café. Lo volvió a escuchar con la voz de Dave Winter, llamando su atención.

Bel tomó la computadora que estaba a los pies de la cama. Pulsó el botón y deseó que despertara más rápido.

Escribió «How Cow Café Vermont» en Google y pulsó enter. La computadora se hundía y se levantaba mientras escribía.

Una página de resultados.

La página del restaurante y una imagen del logo.

Un fondo rojo. Una vaca blanca contra él, con los labios hacia afuera como si soplara la taza de café. Era el mismo, ¿verdad? Era lo mismo que vio en la basura la semana pasada. No lo recordaba tan claro, su mente no había reparado en ello porque no pensaba que fuera importante. Pero recordaba lo suficiente, y esto no podía ser una coincidencia.

El lunes pasado, Rachel dejó la tarjeta de crédito en aquel restaurante en Barton, Vermont, de camino a soltar el teléfono y el pasaporte más al norte, en el aeropuerto. Pensó en pedirse un café para mantenerse despierta. Se lo tomó en el coche, de camino a Gorham. Lo metió en casa y lo tiró a la basura. Lo planeó todo, pero no pensó en que Bel lo vería.

Eso era una prueba. Una prueba real de que era Rachel la que estaba haciendo que pareciera que su padre había desaparecido. Si Bel lo había descubierto, Dave Winter tendría que confiar en ella, ¿no?

Bel no perdió ni un segundo más.

Salió a toda prisa de su habitación y bajó las escaleras como un rayo.

En la cocina, abrió el armario y el cubo doble de basura golpeó contra la bisagra.

Los dos cubos estaban casi vacíos. Sus contenidos estaban enterrados en el fondo, escondidos por los pliegues de las bolsas de basura.

Bel metió la mano. Sacó montones y los llevó a la luz para verlos bien.

Cáscaras de huevo y pieles de plátano.

Envoltorios de plástico.

Café molido usado, que sangraba por sus dedos. El vaso no estaba en este.

El otro lado era más prometedor; rollos de papel higiénico vacíos y trozos de papel. Pero Bel metió las dos manos y no encontró el vaso.

Rachel debía de haber sacado la basura. Estaría en los botes de afuera.

Bel volvía a estar de pie y volaba por la casa.

Se chocó con la puerta de la calle, y la dejó abierta cuando bajó a toda velocidad los escalones hasta los botes de basura. Estaban los dos afuera, junto a la acera, porque su padre era el que se encargaba de meterlos.

Bel se detuvo delante de ellos.

Primero el bote metálico. Bel desenganchó la liga elástica de la tapadera. Era temporada de osos, ¿no lo sabías?

Quitó la tapadera y la soltó en el suelo. Cayó de lado y empezó a rodar sobre sus bordes, como si esto no fuera más que un juego, como un redoble de tambores.

Bel miró dentro. Solo había una bolsa, arrugada en el fondo. Metió el brazo. El metal frío le presionó la axila. Agarró la bolsa y la sacó.

Deshizo el nudo con dedos torpes.

Lo soltó, y también el olor, con toques ácidos contra el aire de la primavera.

Bel tiró de la bolsa y la abrió más. Metió la mano y removió el contenido, estremeciéndose cada vez que tocaba algo húmedo.

Dentro de la bolsa estaba demasiado oscuro como para ver nada, y confiaba más en sus ojos que en sus dedos, que le mentían, convirtiéndolo todo en arañas y babosas.

Bel se levantó y volcó la bolsa. La basura cayó por todas partes y un envoltorio se quedó enganchado en sus botas.

Se agachó en medio de la porquería y pasó las manos por el contenido de la bolsa. Huesos de manzana y troncos de brócoli, la cena de anoche; pequeños trozos de plástico, papel arrugado con manchas de grasa, la piel de una cebolla, un trozo de queso mohoso. Bel lo comprobó todo. El vaso tampoco estaba ahí.

Pero no se iba a rendir. Rachel podía haberlo tirado al reciclaje. Tenía que haberlo hecho.

Bel levantó la tapadera del cubo de reciclaje y vio trozos de cartón y papel doblado moviéndose delante de ella.

El corazón le dio un vuelco y se le empezó a acumular una presión en la cara que se le acercaba a los ojos. Bel agarró el bote de basura y le dio la vuelta, volcando el contenido sobre el césped. Lo sacudió para que cayeran los trozos tímidos que se habían quedado pegados al fondo.

Se tiró al suelo de rodillas y miró debajo y dentro de cajas vacías. Revolviendo cartones, paquetes, moviendo los ojos más rápido que las manos. Ellos lo sabían antes que ella. El vaso tampoco estaba aquí.

Bel lo volvió a comprobar todo, la basura y el reciclaje, la porquería le resbalaba por los *jeans* y la mugre se le acumulaba bajo las uñas, con la esperanza de cambiar la respuesta si lo deseaba lo suficientemente fuerte. Tenía que estar aquí. Por favor, por favor.

Se tiró al suelo, sentada en medio del remolino desesperado de basura, que se acumulaba a su alrededor, con las manos sucias y vacías.

No estaba aquí. No estaba aquí y Rachel había vuelto a ganar.

Bel le dio una patada a la basura y le salió un gruñido salvaje de la garganta, encendiendo la ira roja en su interior otra vez.

—¿Qué haces ahí? —preguntó una voz pequeña detrás de ella. Frágil y familiar.

La señora Chismosa del número 32, chismoseando como siempre, haciendo honor a su nombre. De pie en la acera, con los brazos agarrados en la espalda, mirando a Bel en medio del montón de basura, con el ceño fruncido.

—Estoy sacando la basura —dijo Bel, casi histérica, con los brazos abiertos, señalando el trono de basura.

—No deberías haberla sacado. —La señora Nelson chasqueó la lengua en la última palabra—. Hoy es martes. La basura la recogen los lunes por la mañana.

Bel sintió cómo se le hundía el estómago junto al pozo de

ira roja. Ya está. El vaso había estado ahí. Pero Bel había llegado tarde. Un día y medio tarde, y su prueba había desaparecido, perdida para siempre.

—¡Carajo! —soltó, y empezó a dar patadas de nuevo.

La señora Nelson se sobresaltó.

—No pasa nada, tesoro. Vuelven a pasar la semana que viene.

Bel no podía llorar, así que se rio mirándose las manos sucias.

La señora Nelson también se rio nerviosa, balanceándose sobre los talones.

—Deberías limpiar todo eso y ponerle la liga a los botes. No vaya a ser que atraigas a los osos. Es temporada de osos...

—Ya sé que es temporada de osos pardos —saltó Bel, limpiándose las manos en los *jeans*.

—Ya, bueno. —La señora Nelson se miró las manos limpias—. Oye, una pregunta. La semana que viene es el cumpleaños de tu abuelo, ¿verdad?

—El viernes —murmuró Bel, sin levantar la mirada. Porque era una especie de fecha límite en su cabeza. Una pequeña voz le decía que si su padre no había vuelto para entonces, jamás volvería.

—Era uno de mis principales clientes, ¿sabes? —dijo, como si fuera culpa de Bel—. Pat venía a la librería una semana sí y una no. Ya no viene nunca.

—No —dijo Bel, porque no quería tener esta conversación, ni ninguna conversación, mientras estaba allí sentada en este montón apestoso de basura sin tener forma de traer a su padre de vuelta a casa.

—Me preguntaba si a lo mejor le gustaría que le trajera unos libros por su cumpleaños. ¿Te parece una buena idea? —dijo la señora Nelson, mirándola.

—Una muy buena idea, señora Nelson, solo que ya no puede leer. Ni siquiera recuerda quién soy.

Olvidar era otra forma de marcharse, y todo el mundo se terminaba marchando. Con suerte, la señora Nelson también, porque era muy complicado desmoronarse bajo su atenta mirada.

—Oh. —Soltó una respiración que silbó entre sus dientes. Pero no se iba. Se acercó más, de hecho.

—He intentado localizar al jefe Winter hoy —dijo—. ¿Tienes idea de si la policía sabe algo más de aquel hombre?

—¿Qué hombre? —preguntó Bel, apretando los dientes hasta que le dolió.

—El que ha estado vigilando tu casa.

—¡No hay ningún hombre! —Bel explotó y la ira roja estaba ahora detrás de sus ojos—. ¡No hay ningún hombre, carajo! Rachel se lo inventó, ¿te enteras? ¡Y ha secuestrado a mi padre y es culpa mía, no debería haberla perdido de vista!

La señora Nelson dio un paso atrás y parpadeó despacio.

Bel soltó una respiración larga, intentando recuperarse.

—Era un reportero, señora Nelson. ¿Las camionetas blancas? Había muchos hombres vigilando la casa. Ya se han ido todos.

Bel se puso de rodillas y recogió la bolsa de basura, que se llenó con un soplo de brisa.

—Me alegro de verla, señora Nelson —dijo Bel, con la esperanza de que entendiera la indirecta y la dejara sola. Pero Bel no podía permitir que se fuera sin un último golpe, sin compartir otro poco de esa rabia que le hervía tan próxima a la superficie—. Y quizá tú también deberías dejar de vigilar nuestra casa. Todos sabemos que lo haces. Es más, he escuchado a algún vecino referirse a ti como la señora Chismosa.

A la señora Nelson se le desplomó la cara y formó una línea recta con la boca, pero Bel no se sintió mejor.

Por fin se marchó, sin decir adiós, mientras Bel recogía montones de basura y los tiraba en la bolsa.

Tenía que limpiarlo todo antes de que llegara Rachel. Porque si Rachel no sabía que pasaba algo, todavía quedaba una oportunidad. Su padre no estaba en Canadá, Bel y el nudo de su estómago lo sabían, pero tenía que estar en algún sitio, igual que Rachel estuvo en algún sitio durante esos dieciséis años.

Lo que le dijo a la señora Nelson era verdad: no debería haber perdido de vista tanto a Rachel. Fue un error evitarla tanto al principio, estar tanto fuera de casa y fuera de su camino. Lo único que había conseguido era darle tiempo a Rachel para planear y llevar a cabo su plan, y ahora su padre había desaparecido.

Pero se acabó.

Bel ya había dejado entrar a Rachel, habían pasado tiempo juntas, había fingido entablar un vínculo con ella, madre e hija. Eso la había acercado a la verdad, pero tenía que ir un paso más allá.

Vigilarla cada segundo, no separarse de ella, convertirse en su sombra.

Porque Rachel la llevaría hasta su padre.

—No te perderé de vista.

Treinta y siete

Bel estaba despierta antes de abrir los ojos, un grito ahogado la obligó a despertarse.

Se sentó en la cama. Miró el teléfono en la mesilla de noche: 2:04 de la madrugada. Algo debía de haberla despertado, pero ¿la habían empujado o habían tirado de ella? ¿Una pesadilla o...?

Oyó un ruido abajo.

Un crujido, unos pasos silenciosos.

Rachel estaba despierta y estaba caminando por la casa.

Debía de estar intentando ir a algún sitio, pensando que Bel estaba dormida.

Pues Bel no estaba dormida, había bebido mucho café, y las dos últimas noches se había asegurado de no dormir profundamente, despertándose cada poco. Para que Rachel no fuera a ningún sitio en mitad de la noche. Pero era justo lo que estaba intentando.

Bel sacó las piernas de la cama y se movió lo más despacio que pudo.

Sabía que Rachel intentaría algo así. Bel no le había dejado otra opción; había sido su compañera inseparable durante los dos últimos días. Fingió estar enferma para no ir a clase, no iba a permitir que Rachel saliera sola de casa.

«Tengo que ir al banco».

«Te acompaño».

Si Rachel se había dado cuenta, no lo había mostrado, no dudó nunca.

«No pasa nada, B-Bel, a mí tampoco me gusta estar sola».

Bel escuchó otro movimiento de unos zapatos abajo. Un ruido sordo amortiguado; algo que tomaba y volvía a soltar.

Se puso una sudadera y agarró su teléfono. Navegó por los mensajes con Ash; no se escribían desde el martes. Escribió: «Espero que esto te despierte. Rachel se está escabullendo a algún sitio, voy a seguirla. Ven con la cámara. Creo que ya la tenemos».

Se metió el teléfono en el bolsillo frontal de la sudadera y se fue de puntitas hasta la puerta, con los pies tan ligeros como los de Rachel.

Aunque Rachel ya no estaba siendo silenciosa. Bel todavía podía oírla, revolviendo cosas abajo, merodeando, dándole forma a la oscuridad con el sonido de sus pasos. Seguramente pensaba que no le hacía falta no hacer ruido si Bel estaba dormida y Charlie había desaparecido.

Bel abrió despacio la puerta, y maldijo cuando el borde raspó contra la alfombra. Salió al pasillo. Rachel iría pronto a la puerta de la calle, Bel estaba segura. Luego, seguramente, a su coche, que era el primer problema de Bel. Pero la podía seguir con la bici. Estaba en el garaje y podía ir muy rápido, podía perderlo todo si no lo era. O si Ash salía ya mismo, a lo mejor llegaría a tiempo con un coche, la recogería y seguirían el rastro de Rachel.

¿Ves? Ella también podía hacer planes.

Bel era una sombra entre las sombras, una forma oscura entre formas oscuras, de pie en lo alto de las escaleras. Las bajó, con todo el peso sobre los dedos de los pies antes de bajar los talones, un sonido silencioso entre sonidos silenciosos.

Pasó por encima del escalón que crujía, a tres escalones del final. Miró hacia la sala.

Rachel seguía allí, escuchaba los rasguños de los zapatos contra la alfombra, el roce la tela, los latidos del corazón de Bel en sus propios oídos.

Si Bel iba a la cocina, podría ver qué tramaba Rachel desde

la puerta abierta que juntaba las dos habitaciones. Prepararse para seguirla en cuanto Rachel se fuera.

Bel bajó los últimos escalones, cruzó el vestíbulo y llegó a la cocina. Sintió las baldosas frías contra los calcetines. Aquí también estaba completamente oscuro, no había ninguna luz encendida abajo, solo el ligero brillo plateado de la luna. Si Rachel pensaba que Bel estaba dormida, ¿por qué no había encendido ninguna luz?

Se deslizó por la barra de la cocina, escondida de Rachel por la pared que había entre ellas, pasó la mesa de la cocina, sorteando las patas de las sillas. Bel se apretó contra la pared y colocó tres dedos en el marco abierto. Se inclinó sobre ellos, se acercó más, sigilosa, con la cabeza flotando por el hueco, y los ojos muy abiertos, buscando.

Rachel estaba de pie, de espaldas a ella, junto al mueble de la televisión. Tenía algo en las manos y lo estaba mirando. Bel reconoció el marco de la foto. Sabía exactamente qué foto era: su padre y ella, en una comida familiar en Rosa's Pizza. Su padre le pasaba el brazo sobre el hombro. Carter salía borrosa, caminando por el fondo.

¿Por qué le interesaba tanto a Rachel esta foto? Había tenido semanas para analizarla si hubiera querido.

Rachel se inclinó para volver a colocarla, con un ruido casi inaudible cuando tocó la superficie de la mesa.

Se incorporó en la oscuridad, completamente de pie, demasiado alta, quince centímetros demasiado alta, moviendo los hombros, cada vez más anchos de lo que deberían.

A Bel se le desbocó el corazón y sintió el calor de su instinto de lucha o huida debajo de la piel. Parpadeó para romper la oscuridad, para ver qué le daba miedo ver. Se acercó un poco más para estar segura.

No era Rachel. Era un hombre.

Bel no pudo evitar que se escapara un sonido de sorpresa de su garganta.

El hombre se dio la vuelta, girando la cabeza hacia ella. Tenía el mismo aspecto, la oscuridad robaba cualquier sentido de dirección. Se quedaron mirándose, las dos siluetas oscuras, ella aquí, él allí, congelados e inmóviles.

Hasta que Bel se movió cuando el instinto se apoderó de ella. Sin apartar los ojos de la silueta, serpenteó la mano por la pared, acercando la punta de los dedos al frío plástico del interruptor.

Un breve destello de esperanza antes de que se encendiera la luz, de que la sombra que había delante de ella fuera su padre, que por fin había vuelto a casa.

Pulsó el interruptor y le lloraron los ojos por el repentino resplandor amarillo.

Bel parpadeó.

No era su padre.

Pero tampoco era un desconocido; conocía esa cara, esa mirada.

Un hombre de unos cincuenta años, diez años más mayor que la última vez que lo vio. Pelo oscuro, rapado casi al cero, grisáceo alrededor de las orejas largas, cubierto con una gorra. Los ojos muy abiertos con demasiado blanco que hacía que pareciera que siempre estaba sorprendido.

—No deberías estar aquí. —Bel intentó que no se le notara el miedo en la voz, pero fracasó—. Tienes una orden de alejamiento, Phillip.

Phillip Alves sonrió, cobrando vida por fin bajo la luz, desbloqueando los brazos, dejándolos colgar a los lados.

—Ups —dijo, con una risa que sonaba como un perro sufriendo, jadeante e inquietante—. En mi defensa diré que tú tampoco deberías estar aquí. Pensaba que la casa estaba vacía.

¿Vacía? El mundo se puso patas arriba en la cabeza de Bel. La casa no estaba vacía, y Bel no estaba sola, porque si no era Rachel la que estaba merodeando por la sala, entonces debería estar arriba, en la cama.

—¡Rachel! —gritó Bel mientras cruzaba la cocina hacia el vestíbulo—. ¡Rachel! —Más fuerte—. ¡Mamá!

—No está —dijo Phillip. Se había acercado más cuando los ojos de Bel no estaban ahí para impedírselo.

—¿Mamá?

—Te dije que Rachel no está. —Phillip levantó la voz por encima de sus gritos—. ¿Por qué no me escuchas? La vi marcharse hace veinte minutos.

Bel se quedó inmóvil, con los labios medio colocados alrededor de la palabra «mamá», tragándosela, densa y gelatinosa. Rachel no estaba. Rachel se había ido y Bel no se había enterado, había perdido su oportunidad. Rachel no estaba y Bel deseaba que estuviera por otro motivo.

—¿Has vuelto a vigilar nuestra casa, Phillip? —Bel bajó la voz, suavizando el tono, casi amable, intentando deshacer el daño que habían provocado sus gritos. El aire palpitaba con la presencia de este hombre, apretándole los oídos. Bel no sabía de qué era capaz, y no sabía si su lengua afilada conseguiría desquiciarlo.

Él asintió.

—Desde que Rachel volvió.

Bel asintió también, cagándose en la señora Nelson por tener razón, y en ella misma por no creerle.

—Okey. Bueno, como has dicho, Rachel no está, así que tal vez lo mejor es que vuelvas en otro momento.

Otra vez esa risa jadeante, con los ojos muy abiertos.

—¿Cómo le ha ido a tu mamá? —dijo, secándose la boca con la manga—. Desde que volvió.

—Um... —Bel no sabía qué hacer, cómo conseguir que se marchara. Quizá lo mejor era hacer que siguiera hablando, tener una conversación amable. Había escrito a Ash y podía estar de camino. A no ser que estuviera dormido y con el teléfono en silencio. A lo mejor la buena de la señora Nelson había visto a Phillip meterse a su casa y ya había llamado a la policía. Mierda, no, Bel le había dicho que dejara de vigilar su casa, que no se metiera donde no la llamaban. No era consciente que podría necesitarla pronto. La había soltado y la única perjudicada era ella.

—¡Eo! —Phillip agitó la mano.

—Perdona. —Bel tragó saliva. No debería hacerle esperar. Podía hablar de Rachel mientras pensaba qué hacer, podía hablar su idioma. Una obsesión que dieciséis años no podían eliminar, porque aquí estaba de nuevo, justo donde empezaron.

—Bien, le ha ido bien —dijo Bel.

—¿Bien? —Phillip no aceptó esa respuesta.

—Ha sido un reajuste —dijo Bel, reutilizando la palabra que usaban todos—. Pero está bien.

—¿Bien? —La palabra se resquebrajó en la boca de Phillip. Tampoco le gustaba esa respuesta.

—A ver —dijo, intentándolo de nuevo—, no todo ha sido bueno. Es un poco extraño que alguien vuelva después de tanto tiempo. Ha habido desacuerdos, han salido a la luz algunas cosas que estaban olvidadas, ya sabes.

Phillip hizo un ruido desde el fondo de la garganta.

—¿Te ha contado algo? ¿Sobre dónde ha estado?

—La encerraron en un sótano. —Bel tragó saliva—. No conocía al hombre que la secuestró.

Phillip se volvió a reír.

—Okey, okey —dijo, levantando las manos y moviendo los dedos—. ¿Y dónde estuvo de verdad?

Bel se frotó la nuca para pensar. ¿Qué era lo que quería escuchar Phillip? ¿Qué tenía que decir Bel para que se fuera?

—Estaba en un sótano.

—Ya veo —dijo, caricaturesco y cruel, burlándose de ella, balanceando la cabeza—. Entonces, ¿por qué ha huido tu padre? —Dio un paso hacia ella—. Rachel Price vuelve y, una semana después, Charlie Price se larga. Un poco sospechoso, ¿no te parece? Y no me digas que no es más que una coincidencia, siempre te he considerado una chica inteligente.

Bel volvió a sentir la ira en el estómago, pero le dijo que ahora no era el momento. Tenía que mantener la cabeza fría.

—Mi padre no ha huido —dijo con calma.

—Claro-que-sí —replicó Phillip, mascullando las palabras, disfrutando.

Bel tomó aire para que el corazón le latiera más despacio. «Vamos, Ash, por favor, despierta, ven».

—No. Él no haría algo así.

Phillip apretó los labios, como si estuviera intentando no reírse otra vez. Menos mal que no lo hizo.

—Claro que sí —dijo—. Yo lo vi.

Bel abandonó lo que iba a decir.

—¿Qué dijiste? —preguntó.

La miró fijamente con esos ojos extraños.

—Ahora sí me escuchaste.

—¿Cómo que lo viste? —Esta vez fue Bel la que dio un paso adelante, aunque se arrepintió.

—Estaba vigilando la casa —dijo, sin más—. Era tarde, como las dos de la madrugada o algo así, y vi a tu padre salir por la puerta. Había hecho una maleta. Cerró la puerta con mucho cuidado, como si no quisiera despertar a nadie.

Bel sacudió la cabeza.

—¿Cuándo?

—Ya sabes cuándo. La noche que se fue, el sábado pasado. Se metió en la camioneta y se fue. Yo estaba en la acera de enfrente. Pensé que igual me había visto y que volvería, así que me fui.

Bel seguía sacudiendo la cabeza, no había parado.

—No, imposible. Su camioneta estaba afuera por la mañana, no pudo irse en la camioneta.

Phillip se encogió de hombros, con las manos flotando en el aire junto a sus orejas.

—No te creo —dijo ella.

—Yo solo te digo lo que vi.

—¿Estaba solo?

—Estaba solo. —Se pasó la lengua para humedecerse los labios.

Bel seguía sin creerlo. Phillip era un mentiroso. Claro que era un mentiroso: era un acosador, inestable, lo perdió todo porque no podía olvidarse del misterio de Rachel Price. Seguía sin hacerlo. Tenía aún más que perder.

—Bueno, dime, ¿por qué crees que ha huido tu padre? —Phillip se apoyó en el respaldo del sofá y se acomodó.

—No ha huido.

—Rachel te habrá contado algo.

Bel cambió el peso de una pierna a la otra.

—Me ha contado que un hombre la encerró en un sótano durante dieciséis años, y luego la dejó ir.

—Y una mierda —soltó Phillip en un grito susurrado que Bel recordaba perfectamente—. Tienes que saber algo.

—No sé nada —dijo Bel. Aunque sí sabía. Sabía mucho más que algo. Pero ¿por qué se merecía Phillip Alves esas respuestas cuando a ella no se las había dado nadie? Que se vaya al diablo.

—Dímelo. —Se puso recto y se rascó la nuca, dejándose una marca roja.

—¡Que no sé nada! —Volvía a ser aquella niña de ocho años, sentada en el asiento trasero de un coche mientras un desconocido vestido de policía le gritaba.

—Vamos —dijo Phillip con ese grito jadeante, mucho peor que si hubiera gritado sin más—. Has vivido en esta casa con los dos. Algo sabrás. Algo habrás visto, algo habrás oído.

—No. —Bel notó el cambio en Phillip, la rabia, cómo se extendía la marca roja desde el cuello hasta la cara.

«Vamos, Ash. Vamos, señora Nelson». No iba a venir nadie, ¿verdad? Bel estaba sola.

No del todo. Tenía su teléfono a mano, en el bolsillo frontal de la sudadera. ¿Podría llamar a emergencias sin que Phillip lo viera? No, era pantalla táctil, no podía marcar sin mirar la pantalla. Aun así, metió una mano en el bolsillo para tocar el teléfono, para asegurarse de que estaba ahí.

—Seguro que sabes algo. Tengo que saber qué pasó de verdad. He esperado demasiado.

No había esperado tanto como Bel, no eran sus padres, no era su vida la que se estaba desmoronando. Se le empezó a acumular un destello de ira en el nudo del estómago, pero no podía dejarlo salir, así que escuchó al miedo.

—¿Por qué no puedes creer lo que dice Rachel que le pasó? —preguntó Bel para intentar calmarlo.

—Necesito respuestas mejores. La verdad. Si su historia fuera verdad, tu padre no se habría escapado.

—¿Y si Rachel le ha hecho algo? —dijo Bel, dejando escapar la verdad.

—¿Por qué le iba a hacer algo si él no le hizo nada? —Phillip sonrió porque pensaba que la había atrapado con esa pregunta—. Vi cómo se marchaba, acuérdate. Ella no iba con él.

Bel exhaló.

—Mi padre no tuvo nada que ver con la desaparición de Rachel, ella misma lo ha dicho. Tenía una coartada.

—Claro. —Phillip volvió a reírse de ella.

—Lo declararon inocente —dijo Bel, soportando al tipo aunque quisiera estallar contra él. Este hombre había convertido su historia en propia y no se merecía nada de ella—. No viste su cara cuando Rachel volvió. No sabía que estaba viva, eso te lo puedo asegurar. Lo conozco mejor que nadie. Estuvo en el hospital aquel día, y luego condujo a casa. No tuvo nada que ver.

Phillip se dobló hacia delante con esa horrible risa jadeante y el sonido se metió dentro de Bel.

Ella agarró con más fuerza su teléfono.

—¿De qué te ríes? —preguntó, aunque no sabía si quería saber la respuesta por temor a que Phillip Alves fuera el final del camino que ella había elegido. ¿Sonaba así cuando hablaba de Rachel?

—¿Sabes? —dijo Phillip sin parar de reírse—. Esta no es la primera vez que he entrado en esta casa. Casi me descubren también aquella vez.

—¿Qué dices? —Bel volvió a cambiar el peso de una pierna a otra, temblorosa.

—Estuve aquí hace dieciséis años. Entré de la misma forma. La cerradura de esa ventana está rota, por cierto. —Señaló hacia atrás por encima del hombro—. Deberías arreglarla. En fin. —Abrió aún más los ojos y no parpadeó—. Creí que encontraría algunas pruebas cuando no hubiera nadie en casa. La policía estaba empezando a investigar a tu padre, creo que era abril, antes de que lo detuvieran. Sabía que era yo el que tenía que descubrir quién había matado a Rachel. Estaba en la cocina cuando oí un coche parar enfrente. No me dio tiempo a salir, así que subí. Y entré en la primera puerta que vi. Resulta que era tu habitación, había una cuna en la esquina.

El lugar seguro de Bel. Quizá nunca había sido tan seguro.

—Me escondí en tu habitación y me quedé escuchando atentamente. Entró Charlie. Estaba con alguien, con otro hombre. No reconocí la otra voz. No lo escuché todo, pero estaban discutiendo por algo. «Ssh, vas a despertar a Annabel», dijo tu padre, así que tú también estarías.

Phillip no la miraba, estaba mirando a un punto a lo lejos, por encima de su hombro, perdido en su recuerdo. A lo mejor esta era la oportunidad de Bel, mientras estaba distraído. Se movió hacia atrás y escondió un brazo en el marco de la puerta de la cocina, cambiando la mano que tenía en el bolsillo.

—No escuché mucho, hablaban muy bajito para no despertarte —dijo Phillip, como si fuera culpa suya. Bel cerró los dedos alrededor del teléfono y empezó a llevarlo despacio a un lado.

—Pero Charlie estaba enojado porque sabía que la policía lo estaba investigando como el principal sospechoso. Gritó algo y lo escuché. No lo olvidaré jamás.

Phillip todavía no había parpadeado y se le empezaron a humedecer los ojos extraños que tenía. Bel miró al suelo y sacó la pantalla del teléfono del bolsillo de la sudadera. No le captó la cara, así que le pidió la contraseña, pero Bel pulsó el botón de emergencia.

Phillip seguía sin mirarla y carraspeó para continuar hablando.

—Tu padre dijo: «Me da igual que lo sientas. Dijimos a las dos en punto. No has cumplido con la hora y ahora mira lo que ha pasado».

Apareció el teclado. Bel pulsó el 9, el pulgar flotó sobre el 1, echó un vistazo para comprobar que no había peligro.

Lo había.

Ahogó un grito y lo convirtió en una tos. Phillip la estaba mirando, esperando una respuesta. Pero no podía ver lo que estaba haciendo con la mano izquierda detrás de la pared.

—Eso podía haber sido por cualquier cosa. —Bel le sostuvo la mirada, pero no iba a encontrar el 1 sin mirar—. Seguramente estuvieran hablando de otra cosa, de que esa persona había llegado tarde a comer o algo así.

Phillip se tronó el cuello con una sonrisa retorcida.

—Estaban hablando de Rachel. De la investigación de la policía —dijo, como si pensara que la había vuelto a atrapar.

—Rachel desapareció sobre las seis —replicó ella. Le picaban los ojos con las ansias de mirar hacia abajo. Lo permitió y encontró el 1, lo pulsó dos veces y volvió a levantar la mirada.

—Pero la coartada de tu padre empezaba a las dos, ¿no? —Phillip sonrió—. A esa hora se cortó la mano.

Bel fingió que estaba pensando y volvió a bajar la mirada, pero no llegó al suelo, se quedó en el teléfono. Encontró el botón de llamada y el pulgar siguió a sus ojos hacia él.

—¡Oye! ¿Qué estás haciendo?

Unos pasos pesados y de pronto tenía a Phillip encima. Le dio un manotazo en la mano y el teléfono se estrelló contra las baldosas.

—¿Qué haces? ¿Estabas llamando a la policía? —Le ardían los ojos y tenía a Bel agarrada por la muñeca, apretando demasiado fuerte.

—No. —Bel forcejeó contra su puño de acero, la adrenalina ocultaba el dolor—. Te quería enseñar una cosa. Unas pruebas que he encontrado. Sobre Rachel.

—Ah. —Phillip retrocedió, todavía formando con la boca el fantasma del sonido mientras la soltaba. Se giró hacia donde había caído el teléfono y se agachó a recogerlo.

—¡Vete al carajo! —Bel gruñó y cargó contra Phillip. No debería haberle dado la espalda, ya no tenía ocho años, ni era un bebé abandonado en el asiento trasero de un coche. Lo empujó, se cayó y rodó por el impulso.

Bel no esperó a ver la mirada de sorpresa en sus ojos. Salió corriendo hacia la puerta de atrás y bajó el picaporte.

Phillip se había levantado demasiado rápido, Bel notó el aire moviéndose detrás de ella.

Jaló la puerta cuando él la agarró del cabello y le echó la cabeza hacia atrás, dejándole el cuello expuesto.

Bel levantó el codo y le golpeó en la cara, justo entre los ojos. Oyó un crujido.

Phillip gritó y se llevó las manos a la cara llena de sangre.

Bel salió a la oscuridad de la noche. Cruzó el patio en tres zancadas, hacia el césped húmedo que le empapó los calcetines.

—¡Ayuda! —gritó—. ¡Soc...!

La volvió a agarrar del cabello, que le rasgó el cuero cabelludo.

Se resbaló por la fuerza del jalón y se cayó al césped. Todo el aire abandonó sus pulmones por el golpe.

Phillip también se cayó y le clavó las muñecas al suelo.

—¿Qué pruebas tienes? —Jadeó mientras un hilo de sangre le salía de la nariz y le caía a Bel en la cara, deslizándose en su pelo—. ¿Qué sabes?

—¡Socorro! —gritó Bel—. ¡Señora Nelson!

Phillip le soltó una muñeca y le puso la mano en la boca para acallar sus gritos. Bel notó el sabor salado de la mano húmeda. Pero no podía taparle la boca y sujetarla por las dos manos al mismo tiempo. Levantó la mano libre con los dedos estirados y le arañó los ojos extraños. Notó algo suave y húmedo.

Phillip gritó, con los ojos entrecerrados, sujetándola de nuevo por las dos muñecas y dejándole la boca libre.

—¡Dime lo que sabes! —gruñó él.

—¡No sé nada! —Bel hizo fuerza contra el césped, intentando soltarse de él. Vamos, señora Nelson. Vamos, Ash. Ayúdenme. Por favor.

—¡Tengo que saberlo! —El grito jaló de los tendones de su cuello, vigoroso y rojo de rabia.

—¡Vete al diablo! —Bel le escupió en la cara y le dio con la rodilla en el pecho—. No tienes que saber nada. ¡Yo soy la que tiene que saberlo! ¿Por qué mierda te mereces tú ninguna respuesta?

—¡Dímelo!

—¡No!

Un grito. Pero no era de Bel ni tampoco de Phillip.

Aparecieron dos manos pálidas de la oscuridad.

Quitaron a Phillip de encima de ella, que salió rodando por el césped iluminado por la luna.

Bel miró hacia arriba, con la respiración acelerada e irregular.

Rachel estaba allí, contra el cielo sin estrellas.

Tenía los ojos brillantes y crueles, y la boca abierta, enseñando todos los dientes. Miró a Phillip y volvió a gruñir. Un sonido terrible y desesperado, pero Bel ya no tenía miedo, ya no estaba sola.

—¡Te voy a matar! —gritó Rachel. Se agachó y tomó el rastrillo—. ¡Si vuelves a tocar a mi hija, te mato! —Levantó el rastrillo por encima de su cabeza y se tambaleó hacia Phillip.

Iba a hacerlo.

Rachel balanceó el rastrillo, pero Phillip se arrastró hacia atrás y solo le alcanzó un tobillo. Gritó. Rachel volvió a echar el rastrillo hacia atrás para intentarlo de nuevo.

Phillip no le dio oportunidad. Se levantó y salió corriendo por el césped oscuro, hacia los árboles de la parte de atrás, y desapareció en la noche.

Rachel tiró el rastrillo.

Bel se sentó.

Rachel volvió a mirarla, pero sus ojos ya no eran crueles, solo brillaban. Corrió hacia ella y se tiró de rodillas al lado de Bel.

—¿Estás bien? —dijo, sujetando con delicadeza la cabeza de Bel—. Estás herida.

Bel se miró la sudadera gris, manchada de salpicaduras rojas.

—No es mía —dijo—. Creo que le he roto la nariz.

—¿Estás bien? —volvió a preguntar Rachel, y puede que no se refiriera a la sangre.

—Sí. —A Bel se le quebró la voz—. ¿Dónde estabas?

—Lo siento. —Rachel tiró de Bel y la rodeó con los brazos, con una mano apretándole la cabeza, como si estuviera hecha para encajar en ese preciso lugar—. Perdóname.

Bel quería apartarse de ella, pero también quería quedarse así un instante, agotada, sintiendo los escalofríos y el cuerpo de Rachel cálido contra ellos. El cuerpo de Bel la estaba traicionando, se estaba olvidando de que debería tenerle miedo a Rachel.

—Era Phillip Alves —dijo Bel, dándose un motivo para apartarse—. La policía te ha hablado de él, ¿no? Estaba obsesionado contigo, con el caso. El que me secuestró cuando yo tenía ocho años.

Rachel la observó detenidamente. No había estrellas en el cielo, pero sí en sus ojos.

—No permitiré que se acerque a ti, te lo prometo —dijo Rachel—. Mi trabajo es protegerte.

—No estabas aquí —susurró.

—Tengo que llamar a la policía —dijo Rachel, secándose los ojos. Pasó una mano por la manga de Bel y se levantó—. Y ahora vamos dentro, ¿okey?

Rachel marcó en su teléfono y se lo llevó a la oreja.

Bel escuchó el tono de llamada clavándose en el silencio de la noche, al igual que debían de haber hecho sus gritos.

Un clic.

—¿Agente Winter? —Rachel se dio la vuelta y miró a la parte trasera de la casa—. Soy Rachel Price. Es una emergencia. Phillip Alves ha estado en nuestra casa y ha atacado a Bel.

—¡Estoy bien! —gritó Bel. Se levantó y se sacudió el césped húmedo de las piernas.

—Sí —dijo Rachel, en respuesta a una pregunta que Bel no había oído—. Sí. —Otra—. Ha huido por el patio trasero. Envía una patrulla. Tienes que atraparlo.

Rachel se dio la vuelta y miró a Bel en la oscuridad. El brillo amarillo de la casa le iluminaba media cara, y el brillo gris de la luna, la otra mitad. Tomó aire.

—Es él, Dave. Phillip Alves. Al que buscan. El hombre que me secuestró.

Treinta y ocho

Rachel apagó el motor, sacó la llave y la sujetó como si pudiera abrir algo más.

—B-Bel, podemos cancelar la cena del cumpleaños de tu abuelo, después de lo de anoche...

Bel se encogió de hombros.

—No, estoy bien —dijo, porque no sabía muy bien cómo estaba. Pensaba en los grandes ojos de Phillip, en su risa estridente. Era Phillip, el hombre que encerró a Rachel en su sótano durante dieciséis años y luego la dejó marchar.

—Se acabó —dijo Rachel, acercándose a ella, apretándole la mano. Bel no se estremeció, estaba demasiado cansada, ya no sabía qué creer. Si habían encontrado al hombre, ¿significaba que Rachel no había mentido sobre nada? ¿Que ella se había equivocado?

—Vamos. —Rachel salió del coche, y Bel hizo lo mismo por el otro lado.

La señora Nelson estaba de pie en la puerta de su casa, observando, como hizo anoche cuando apareció la policía. Bel la miró y asintió. Una disculpa, una tregua.

—¿Bel? —Una voz navegó por la calle.

Era Ash, corriendo hacia ellas, con un suéter azul marino con pájaros blancos.

Bel miró a Rachel.

—Yo voy entrando —dijo Rachel—. Y empiezo a limpiar.

Bel esperó a que cerrara la puerta al entrar.

Ash habló primero.

—Te estaba esperando. Recibí tu mensaje. Perdona, tenía el teléfono en silencio. —La preocupación le jaló de las cejas—. ¿Qué pasó? ¿Seguiste a Rachel? ¿A dónde fue? ¿Qué hacía? Me dijeron que vino la policía. ¿Qué descubriste?

Bel tomó aire, consciente de que tendría que explicárselo todo, pero sin saber cómo hacerlo. Le hizo un gesto para que la siguiera, lejos de la casa, hacia el cementerio.

—La policía no vino por Rachel, sino por Phillip Alves.

—¿Phillip Alves? —murmuró Ash—. ¿El loco que estaba obsesionado con el caso? ¿El que te secuestró?

—Entró en casa cuando vio salir a Rachel. Estaba buscando pruebas. Pero yo estaba dentro. Pensaba que tenía información sobre Rachel. Se enojó.

Ash se movió y sus pasos se sincronizaron con los de Bel. Casi la agarra de la mano.

—¿Te hizo daño?

—Pudo haberlo hecho —dijo Bel—, si Rachel no hubiera aparecido justo a tiempo. Lo amenazó y él huyó.

—¿Te salvó? —preguntó Ash.

Bel no quería responder a eso. Rachel no debió haberse ido, para empezar. Y, si no estaba mintiendo, ¿por qué se escabulló de casa tan tarde? Era todo demasiado confuso, ¿dónde estaban las líneas de batalla? ¿Quién estaba de parte de quién?

—Eso no es todo —dijo Bel—. Acabamos de volver de comisaría, de prestar declaración. Rachel dice que es él. Que Phillip Alves es quien la secuestró.

Ash se detuvo.

—¿Es Phillip?

—Eso dice Rachel.

Ash juntó las cejas.

—Pero... —Se calló—. Phillip estuvo en la cárcel tres años después de secuestrarte, ¿no?

Bel arrastró los pies, que rechinaron contra la acera.

—Rachel dice que hubo un periodo largo de tiempo en el

que el hombre no se acercaba lo suficiente a ella, no encendía las luces y se cubría la cara cuando le dejaba la comida. Podía haber sido otra persona y ella no se dio cuenta. Un hermano, un amigo.

—Phillip Alves. —Ash lo pronunció haciendo énfasis en cada sílaba, como si no terminara de encajarle.

—La policía le enseñó la foto de Phillip cuando volvió y le preguntó si era él —dijo Bel—. Entonces dijo que no. No lo reconoció sino hasta que lo vio en persona. Por la forma en la que se movía, por cómo respiraba.

—Increíble —dijo Ash, pero ¿en qué sentido? Siguieron caminando hacia el cementerio. Las hojas rojas se esparcían por el césped—. ¿Y ahora tienen que encontrarlo?

—Ya lo han encontrado. La policía estatal lo retuvo unas horas después en la autopista, la Ruta Federal 2. Lo han detenido y el FBI lo está interrogando. Le rompí la nariz, por cierto —dijo, para que él supiera que no necesitaba a Rachel, que podía haberse defendido sola.

—Phillip Alves —repitió Ash, dejando el nombre ahí, flotando delante de ellos, atravesándolo.

—¿Por qué no paras de decirlo así? —soltó Bel.

Ash dejó de caminar.

—No sé, es que... ¿le crees?

El nudo se retorció en el estómago de Bel. Volvió a una respuesta segura para esconderse detrás de ella.

—No lo sé.

—¿Y qué pasa con todo lo que hemos descubierto? Si la respuesta era que Phillip Alves, un desconocido, la secuestró, ¿por qué le pidió esa cantidad de dinero a Julian Tripp antes de desaparecer?

—No lo sé. —Bel se escondió aún más detrás de esas palabras—. ¿A lo mejor los tres mil dólares eran para otra cosa? No para huir.

—¿Y qué pasa con la mujer que la vio en enero? ¿Con la camiseta roja y los *jeans* negros?

—Puede que no fuera Rachel.

—¿Qué quería encontrar tan desesperadamente en casa de tu abuelo?

—No lo sé. A lo mejor ni siquiera importa. —Y a lo mejor el vaso que vio en la basura era otro vaso con una vaca. No sería muy extraño.

Ash se quedó mirándola, como si no entendiera nada, y quizá Bel tampoco lo hiciera. ¿Por qué estaba defendiendo ahora a Rachel, poniéndose de su parte aunque no le sonara bien ni siquiera decirlo? Porque la otra opción, si no era Phillip Alves, era creer lo que él había dicho, quién creía él que secuestró a Rachel después de estar dieciséis años obsesionado con el tema. Su padre, que se marchó con una maleta hecha en mitad de la noche; su padre, que habló con un hombre sin identificar sobre su coartada unos meses después de la desaparición de Rachel. Bel podía elegir creer a Rachel o creer a Phillip Alves, y Rachel era la opción más fácil, no dolía tanto.

—Phillip Alves —dijo Ash una vez más.

—Deja de decirlo con ese tono.

—Lo siento. —La miró bajo la sombra de un árbol rojo—. Supongo que pensaba que la respuesta sería alguien más cercano.

Bel inclinó la barbilla.

—¿Más cercano? ¿A qué te refieres?

—N-nada —rectificó—. Es que me parecía...

—No te referirás a mi padre, ¿no?

—No he dicho eso —dijo Ash, levantando las manos, pasando de puntitas por la mina que acababa de activar.

—Pero es a lo que te refieres, ¿verdad? —Bel apretó la mandíbula y endureció la mirada—. ¿Por qué pasa siempre lo mismo? Tenía una coartada, carajo. —Su mente se cerró y bloqueó el discurso inconexo de Phillip—. Tiene que ser Phillip. Mi padre no hizo nada. Estoy segura, Ash. —Lo sabía, tenía que creerlo. Estaba sola en el mundo sin él—. Y a lo mejor me equivoco, a lo mejor es cierto que me ha abandonado, que ha huido a Canadá. A lo mejor pensó, con la vuelta de Rachel, que la gente volvería a sospechar que tuvo algo que ver con su desaparición, justo como estás haciendo tú ahora. A lo mejor sabía que la gente volvería a culparlo, y se asustó. Y ahora, cuando se sepa que han arrestado a Phillip, cuando por fin haya una respuesta del maldito misterio de Rachel Price, podrá volver a casa. Por fin se librará de gente como tú.

Charlie Price, un nombre estropeado para siempre después de que Dave Winter lo arrestara por algo que no hizo. Tenía sentido que su padre se hubiera ido por ese motivo, Bel podía acomodar su cabeza para aceptar eso.

—No quería decir eso, Bel, por...

—Me dijo que me alejara de ti, justo antes de desaparecer, ¿lo sabías? —dijo Bel, yendo hacia su punto débil. Ahora ya conocía a Ash, y él la conocía a ella. Y eso significaba que sabía perfectamente cómo hacerle daño, cómo atacar para que perdurara—. Me advirtió. Me dijo que me estabas utilizando para el documental. Que me estabas manipulando. Me sorprende que no tengas una cámara ahora mismo, esto vendría de maravilla para tu documental, ¿no? Mi nombre no está en el título, pero soy el alma, acuérdate. O puede que me dijeras eso solo para manipularme. Para impresionar a Ramsey, para hacerle pensar que no eres un inútil.

Le ardían los ojos. No estaba saliendo bien, no como debería, porque era demasiado tarde; había dejado que se acercara demasiado y ahora también le dolía a ella.

—¿Dónde está la cámara, Ash? —Le empujó por el hombro, golpeándolo con dos dedos—. Se supone que esto no es más que eso, ¿no? No tiene sentido, no importa. Te vas a ir, siempre he sabido que te irías. Lo único que te importa es hacer un gran documental sobre Rachel. Con intensidad, con giros, por el que las grandes cadenas pagarán un montón de dinero. Vamos, ¿dónde tienes la cámara?

—Bel, detente. —La voz de Ash se rompió en dos y tenía los ojos brillantes por las lágrimas no derramadas—. No es justo. Sé lo que estás haciendo.

—Pues ya está, ¿entendido? —A Bel se le entrecortó la respiración y le temblaron las manos—. Ya está hecho.

Lo dejó ahí de pie junto a una hilera de lápidas, debajo del árbol sangrante.

Esperó a que Ash ya no la viera para secarse los ojos.

—Compré una tarta, no le importará, ¿verdad? —preguntó Rachel mientras comprobaba los macarrones con queso que había en el horno—. No sabía si nos daría tiempo de hacer una.

—No pasa nada. No se va a acordar. —Bel se quedó mirando la puerta trasera mientras la tarde se oscurecía, el reflejo de Phillip tirándole del pelo, exponiéndole la garganta.

—¿Estás bien, Bel? —Rachel hizo una pausa y le añadió sal a la sartén.

—Sí. —Sorbió por la nariz—. ¿Y tú... estás bien?

Rachel se dio la vuelta. Parecía sorprendida por la pregunta. Bel también lo estaba, sinceramente. Apareció una sonrisa en la cara de Rachel, al principio insegura, hasta que miró a Bel a los ojos. Cada una en un extremo de la cocina, pero la distancia ya no era tan grande.

—Sí —dijo Rachel también—. Estoy bien.

Bel asintió.

—Debería ir preparándome. Dijimos a las siete y media, ¿no?

Rachel miró el reloj del horno.

—Quedan veinte minutos. Justo a tiempo.

Bel subió a su habitación, se puso unos *jeans* y un suéter, se cepilló el pelo. Se lo había lavado dos veces desde que Phillip lo tocó y dejó su sangre. Todavía no lo notaba limpio.

Soltó el cepillo del pelo en el quicio de la ventana, junto a la foto enmarcada. Ella y su padre sonriendo a la cámara, la misma que tenía en el llavero: Story Land por su doceavo cumpleaños.

Bel pasó el pulgar por la foto. Su cara se reflejó en el cristal. La pequeña Bel en un ojo, su padre en el otro. Llevaba trece días desaparecido, pero ahora, gracias a Phillip Alves, todo iría bien. Su padre podía por fin volver a casa. Bel estaba preparada. Preparada para la paz, para una tregua, para volver a poner en pie la casa y dejar la armadura afuera.

Bel y Rachel podían estar en el mismo bando, si también era el bando de su padre. Una familia.

La familia es lo primero.

Se le fueron los ojos a la mesita de noche. Ella los siguió y abrió el cajón de su colección de objetos robados. Se dio cuenta de algo cuando miró las plumas y los bálsamos labiales. Un AirPod inutilizable, la reina del ajedrez. Bel llevaba un par de semanas sin robar nada. El nudo había estado ahí, en su estómago, pero no le había pedido comida, no lo había necesitado. Debía de estar distraída, consumida por Rachel.

Metió la mano y cerró los dedos alrededor de algo pequeño y suave. Lo sacó. El pequeño calcetín rosa arrugado en la palma de la mano. Bel podía devolvérselo a Rachel, dejarlo donde lo encontró. Era evidente que significaba algo para ella. Una rama de olivo. Un primer paso.

Bel dio ese primer paso, y el segundo, y salió de su habitación hacia el pasillo.

Se paró delante de la puerta cerrada de la habitación de Rachel. Intentó abrirla. No estaba cerrada. De hecho, Bel no había escuchado a Rachel poner el cerrojo en estas dos últimas semanas.

Entró, con pasos ligeros para que Rachel no la escuchara desde abajo. Rachel no había hecho la cama, no había tenido tiempo. Bel se acercó a la mesita de noche y abrió el cajón.

La caja del iPhone seguía dentro. Un bálsamo labial rodó hacia ella. Un paquete de clínex.

Bel apretó el calcetín y lo soltó en el fondo del cajón, donde lo encontró.

Pero ahora había otra cosa. Escondido entre las sombras, notó un metal frío contra la piel de los nudillos. Bel no pudo evitarlo. Soltó el calcetín, agarró el objeto metálico y lo sacó.

Era un anillo. Un anillo de oro. Un anillo de boda. Demasiado grande para ser de Rachel, tenía que ser de un hombre.

Bel se lo acercó, lo analizó y lo movió para verlo a la luz.

Tenía algo grabado dentro.

«23 de julio de 2005».

La fecha de la boda de sus padres.

Era el anillo de boda de su padre.

El que todavía llevaba. El que no se podía quitar.

Y estaba aquí, en el cajón de Rachel.

A Bel se le hundió el corazón hasta el estómago y el nudo le dio un mordisco. No, no, no. No se lo podía quitar. Eso quería decir...

Todo estaba mal. Su padre no había huido. Rachel le había hecho algo, algo definitivo. Las preguntas volvieron a surgir y el último resquicio de esperanza desapareció. Una nueva sensación: su padre jamás iba a volver a casa.

Bel se hizo trizas, siguió a su corazón hasta el fondo. Encontró sus propias minas y las activó todas a la vez.

—¡Rachel! —gritó, prendiendo fuego a la casa.

Bel salió a toda velocidad de la habitación, el anillo le quemaba en el puño, también ardiendo.

—¡Rachel!

Abajo, los truenos de sus pasos se convirtieron en algo peor.

—¡Mamá!

—¡Estoy acomodando los cojines! —gritó Rachel.

Bel siguió su voz hacia la guerra.

—No sé por qué, a nadie le importa cómo estén los cojines. —Rachel sonrió para sí.

—¡No puedo más! —gritó Bel. Su voz sacudió la habitación.

Rachel soltó el cojín.

—Bel, ¿qué...?

—¡No puedo más! ¡Me estás mintiendo! ¡Has estado mintiendo desde que volviste!

Rachel parpadeó y abrió la boca.

—Bel, yo...

Bel la interrumpió, abalanzándose hacia delante. Golpeó el anillo contra la mesa.

—¡Es el anillo de papá! —Señaló la joya—. ¡No se lo podía quitar!

Bel clavó la mirada en Rachel, firme, apuntando.

—¿Qué le has hecho, Rachel?

Treinta y nueve

Rachel dio un paso atrás sin apartar la mirada del anillo entre ellas.

—Bel —dijo con tranquilidad, aunque los ojos la traicionaron—. Te lo puedo explicar.

—¡No! —gritó Bel—. ¡Basta de mentiras!

—No quiero mentirte —dijo Rachel, levantando las manos, desarmada.

—Pues no lo hagas. ¿Qué le has hecho a papá? ¿Dónde está?

—No lo sé —dijo Rachel, pero Bel conocía muy bien ese truco y estalló el muro de Rachel para que no pudiera esconderse detrás de nada.

—Tienes su anillo. ¿Lo has matado, Rachel? Mamá, ¿lo has matado?

Rachel no dijo nada, no era capaz de mentir tan rápido.

—Era el único que jamás me abandonaría. —Su voz sonó áspera y cruda cuando por fin salieron las lágrimas, dejando las costillas vacías, el corazón cayendo hasta el fondo, puede que nunca lo recuperara—. Todo el mundo se va. Él era lo único que tenía y me lo has arrebatado.

A Rachel también se le llenaron los ojos de lágrimas al ver a Bel desgarrarse.

—Bel, escúch...

—No, no voy a escucharte, eres una mentirosa.

—Bel.

—Phillip Alves no te secuestró, ¿verdad? —Se secó las lágrimas y volvió a construir la barricada, apretando los dientes—. Ni siquiera lo habías visto nunca antes de la otra noche, ¿verdad?

Rachel tragó.

—¡Dilo! —gruñó Bel.

—No. —Rachel se abrazó el pecho a modo de escudo. Pero solo eran unos brazos y Bel podía atravesarlos—. Pero intentó hacerte daño. Entré en pánico. No formaba parte del plan, solo quería protegerte, que no se acercara a ti. Nadie toca a mi hija.

—Entonces ¿hay un plan? —dijo Bel, aferrándose a eso con las dos manos—. Siempre ha habido un plan, ¿verdad? Phillip Alves no te secuestró porque nadie lo hizo. ¿Dónde has estado todo este tiempo?

—Bel, no puedo...

—¡Dime dónde has estado! —Otra mina—. No estabas encerrada en un sótano, ¿dónde estabas?

—¡No te lo puedo decir! —dijo Rachel. La explosión de Bel había desencadenado la suya—. ¡No puedo hacerte eso!

—¡Has hecho cosas peores! —Bel gritó más fuerte—. ¡Me abandonaste en el asiento trasero de tu coche! ¡Era un bebé!

Rachel sacudió la cabeza de un lado a otro, liberando sus lágrimas.

—No, Bel. Jamás te abandon...

—¡No me mientas! —Bel la señaló con una puñalada al aire—. Le pediste tres mil dólares a Julian Tripp antes de desaparecer. ¡Te fuiste voluntariamente!

Rachel dio un paso atrás. La explosión le golpeó en el pecho y se llevó las manos a la herida.

—No, eso no...

—¡Sí! —Bel se acercó a ella—. Sabías que no podías sacar tú el dinero porque todo el mundo sabría que estabas planeando huir, así que se lo pediste al profesor Tripp. ¡Me abandonaste! ¿Dónde fuiste? ¿Fuiste a ver al amigo de Jeff, Bob, a Vermont para que te diera una nueva identidad? ¿Por eso sabías cómo hacer que pareciera que papá había hecho lo mismo? ¿Por qué te fuiste? ¡Dime la verdad!

Rachel se estremeció con cada disparo, encogiéndose, con los ojos rápidos y desesperados.

—No, no. Bel, por favor.

—¡Deja de decir que no! ¡Dime dónde has estado!

—¡No puedo! —gritó Rachel, con más fuerza, acortando la distancia—. ¡No puedo decirte la verdad! Jamás te haría algo así. Mi trabajo es protegerte. Puedo hacerlo sola. He estado sola mucho tiempo, sé lo que significa.

Demasiado atrincherada, Bel no podía moverla, ni siquiera rompiéndose ante sus ojos.

—¡Por favor, mamá! Dime dónde está papá. ¿Qué le has hecho?

Rachel no dijo nada, simplemente sacudió la cabeza. Le daba igual, preocuparse no formaba parte del plan.

—Es culpa mía. —Bel lloró—. Supe desde el principio que estabas mintiendo. Debí esforzarme más para demostrarlo antes de que llegaras a papá. Ahora no está y es culpa mía.

A Rachel le destellaron los ojos, estallándole en lágrimas.

—Nada es culpa tuya, Bel. ¿Me oyes? Nada. Escúchame. He tenido quince años para imaginarme cómo habrías crecido, y eres más perfecta que cualquier versión tuya que pudiera pensar. —Las lágrimas se acumularon en los labios—. Nada es culpa tuya, es de los demás, y te protegeré de ellos.

Pero Bel supo leer entre las lágrimas. Inclinó la barbilla y la afiló.

—Estuviste encerrada dieciséis años, Rachel. No quince. Has perdido la cuenta de tus propias mentiras.

A Rachel le tembló la respiración en el pecho.

—Lo siento —dijo.

Y eso estalló otra.

—¡Mentira! —gritó. Todavía quedaba lucha en ella. Le dio una patada al sillón, que arañó el suelo—. Si lo sintieras, me dirías la verdad. ¡Dímela!

—¡No! —A Rachel se le quebró la voz.

Bel se rindió. Pero si ella caía, arrastraría a Rachel. Se le cortó la respiración a medida que crecía dentro de ella.

—¡Ojalá no hubieras vuelto nunca! —gritó, y las palabras le arañaron la garganta—. ¡Ojalá no hubieras reaparecido!

Sonó el timbre, que hizo eco en toda la casa.

Rachel se secó la cara, con los ojos atontados, como si algo se hubiera roto detrás de ellos.

—Bel, tesoro —dijo con delicadeza en un hilo de voz—. ¿Les digo que vengan otro día? No tenemos por qué hacerlo ahora.

—No. —Bel se secó las lágrimas con la manga. Le ardía la cara, como si la tuviera en carne viva—. No. No quiero volver a estar a solas contigo en esta casa nunca más.

Dejó a Rachel en la sala, fue a la puerta y abrió.

Apareció Sherry con una tarta casera. Con glaseado azul ponía: «¡Feliz 85 cumpleaños!». Carter estaba en los escalones, detrás de ella. Jeff en el camino.

—¿Todo bien? —dijo Sherry, con los ojos muy abiertos. Debían de haber oído los gritos y podrían leer la cara de Bel. Al menos Carter lo hacía, sin duda. Tenía las cejas arrugadas, y asintió para preguntarle a Bel si estaba bien en su forma secreta.

—Sí, todo bien —dijo Bel, pero otra voz lo dijo también. Rachel estaba detrás de ella. Hablando a la vez, las dos mintiendo.

A Rachel no le importó.

—Pasen —dijo.

Ya habían llegado todos. El abuelo estaba presidiendo la mesa, Yordan a su lado. Estaban en la cocina y habían abierto la mesa para que cupieran ocho. Pero no había ocho personas, porque faltaba su padre. Nadie lo había mencionado siquiera.

Rachel sirvió los macarrones con queso, que chapoteaban al llegar a los platos, y unos largos hilos de queso se quedaban agarrados a la cuchara.

—Toma, Bel, corazón. —Le devolvió el plato y le pasó la mano por el hombro antes de pasar al siguiente.

Bel no lo entendió, ni la suavidad de su tono tampoco. ¿No debería estar enojada? Bel le acababa de decir algo horrible, las dos habían estado al límite, pero Rachel se comportaba de forma amable y dulce.

A Rachel se le daba mejor mentir de lo que había pensado. Admitió que mintió sobre Phillip Alves, lo que suponía que todo lo demás que había dicho también podía ser mentira, la historia de su desaparición y de su retorno. Bel le había pedido que le contara la verdad, pero Rachel se había negado. Jamás se recuperarían de aquello, no podían seguir fingiendo, no podían jugar a las casitas, ni a ser madre e hija. Así que, pasara lo que pasara esta noche, era la última cena, una especie de final.

—Entonces, ¿fue Phillip Alves? —preguntó Sherry con el tenedor levantado—. Supe que estaba loco cuando vino a casa disfrazado de policía. Hizo preguntas muy raras sobre ti. Y, durante todo ese tiempo, sabía perfectamente lo que te había pasado, porque estabas en su sótano. Qué retorcido. Lo supe desde el principio, lo juro, tenía un presentimiento.

Jeff tosió y miró a Rachel.

—Estarás aliviada de que ya haya terminado todo, ¿no? —preguntó Sherry—. Tú también, Bel. Anoche debiste de sentir mucho miedo.

—Sí —dijeron Bel y Rachel a la vez, otra vez. Eso tenía que acabar.

—Es un alivio saber por fin la verdad. —Bel miró a Rachel con el ceño fruncido. Se había sentado enfrente de ella. Rachel la miró a los ojos.

—Sí —concordó Sherry.

Jeff volvió a toser y se golpeó el pecho con el puño.

—Quizá deberíamos hablar de algo más ligero. Se supone que estamos celebrando. Felicidades, papá. —Jeff levantó la cerveza y le dio un sorbo largo, tragando cuatro veces.

El abuelo no se dio cuenta y siguió llevándose macarrones a la boca, uno a uno.

Carter estaba comiendo igual de lento, girando el tenedor, agarrando trozos de pasta y soltándolos. A lo mejor la otra mitad de los Price también habían discutido antes de venir a cenar; Carter estaba muy callada, Jeff estaba muy nervioso, ya se había terminado la cerveza.

Sherry estaba ajena a todo, o al menos se le daba mejor esconderlo.

—Me alegra saber que ya todo puede volver a la normalidad. —Sherry miró desafiante a su marido, y luego la botella vacía—. Disculpen que hayamos llegado un poco tarde, por cierto. Ha sido esta. —Señaló a Carter con el tenedor—. Estaba haciendo deberes de ciencia. Mirando gráficos en la computadora en lugar de prepararse. Se molestó conmigo por apresurarla. Solo le dije: «No necesitas la biología para ser bailarina, pero sí tienes que aprender a ser puntual».

—No pasa nada. —Rachel respondió a Carter, no a Sherry—. A mí tampoco se me da bien contar el tiempo.

Puede que esa fuera la primera verdad que había dicho Rachel. Se le daba muy mal contar el tiempo. Había dicho dos veces por error «quince» cuando debería haber dicho «dieciséis».

—Sí. —Sherry volvió a interrumpir—. ¿No llegaste tarde a tu boda?

Rachel miró su plato. En esta mesa nadie tenía mucha hambre.

—Solo diez minutos.

Estaba bien que Sherry estuviera aquí para conducir la conversación, a la familia. Su padre era el que lo hacía normalmente, cuando estaba aquí. Nadie lo había nombrado todavía. Su silla estaba vacía y su anillo de boda en el bolsillo de los *jeans* de Bel.

—¿Has terminado, Bel? —preguntó Rachel, con los ojos brillando de una forma que no era fácil de fingir.

—S-Sí. —Aunque Bel apenas había tocado su comida tampoco.

No entendía cómo Rachel podía seguir siendo amable con ella. ¿Era simplemente una farsa para todos los demás? Bel le había dicho cosas muy crueles para cortarla lo más profundo posible, un golpe fatal. Y Rachel no se había ido, aunque sabía que la había descubierto, aunque Bel le había deseado de todo menos la muerte. Seguía aquí.

Bel se frotó los ojos llorosos. Nunca había tenido una discusión así con su padre, ni una vez en toda su vida. Él amenaza con irse de casa a la más mínima, con tomar el coche y dar una vuelta. Bel nunca quería que se fuera, así que cedía, siempre cedía. Y siempre funcionaba. Nunca se habían gritado de un extremo a otro de una habitación, nunca tuvieron que solucionar nada. Pero ahora Bel no estaba segura. ¿Eso era algo bueno o no? ¿Le había sentado bien gritar con todas sus fuerzas sus sentimientos más profundos y oscuros, compartirlos con alguien?

—Tenemos dos tartas de cumpleaños. Gracias, Sherry. —Rachel asintió hacia ella.

—La mía es baja en calorías —anunció Sherry a la mesa, con los ojos en Carter. Esta se tocó las medias, tirando de la tela y soltándola otra vez contra la piel.

—Antes de sacar la tarta —dijo Rachel, quitándole el control a Sherry—. Creo que podríamos darle los regalos.

Sherry sorbió por la nariz.

—Está bien. Normalmente los regalos los damos después de la tarta, pero no podías saberlo; te has perdido unos cuantos cumpleaños. —Soltó aire encantada consigo misma.

Rachel la ignoró y desapareció en la sala unos minutos. Volvió con un regalo envuelto en papel azul con rayas blancas, con forma de libro. Tenía un lazo rojo alrededor.

—Esto es de parte de Bel y mía, Pat —dijo, inclinándose hacia el abuelo para darle el regalo. ¿Lo había dicho porque sabía que Bel no había tenido tiempo para comprarle un regalo? ¿Estaba siendo linda o simplemente estaba volviendo a retomar la pelea de algún modo?—. Feliz cumpleaños.

—¿R-Rachel? —El abuelo levantó la cara y la miró.

—Sí —respondió con una sonrisa torcida.

—La novia de Charlie.

—Eso es, Pat —intervino Sherry—. Muy bien.

—Te ayudo —dijo Yordan, y le quitó el lazo al regalo.

—Yo puedo, Charlie. —El abuelo se lo quitó.

Jaló las esquinas con los dedos huesudos y con manchas de la edad, y arrancó el papel.

—Un libro. —Lo volteó y Bel reconoció la portada verde incluso antes de ver el título. *El ladrón de recuerdos*. Uno de sus libros favoritos, uno de los que el abuelo le leía cuando era pequeña.

Sherry se inclinó hacia Jeff.

—Un poco intensa —susurró lo bastante fuerte como para que Bel y Carter la escucharan—. Mira que regalarle a un hombre con demencia un libro que se llama *El ladrón de recuerdos*.

—Pensé que podía gustarte —dijo Rachel en voz alta, y volvió a sentarse—. Me lo ha recomendado la señora Nelson, la librera.

Pero la cabeza de Bel se agarró a otra cosa y la jaló a la superficie. Rachel husmeando en su habitación, examinando su copia de este mismo libro. Bel la descubrió. Rachel dijo que era uno de sus libros favoritos y Bel no quiso admitir que también era uno de los suyos. Rachel le preguntó si el libro era un regalo de alguien, que, ahora que se detenía a pensarlo, había sido una pregunta un tanto extraña. Pero todo lo relacionado con Rachel era un tanto extraño los primeros días. Bel le dijo que su abuelo se lo leía de pequeña y que se compró un ejemplar para ella hacía unos años. Así que Rachel sabía que el abuelo ya tenía este libro en casa, Bel se lo había dicho. ¿Se le había olvidado?

—Qué detalle, Rachel. ¿Verdad, Pat? —dijo Yordan—. Te lo puedo leer en casa.

El abuelo dejó que el libro se resbalara de las manos, como si ya se hubiera olvidado de él. Miró a Yordan. Luego a Jeff.

—¿Charlie? —dijo, con un tono casi acusatorio en la voz.

—Charlie no está aquí, papá. —Jeff se movió en su silla—. ¿Te acuerdas? Charlie se ha ido de viaje. No tardará en volver.

El anillo de boda de Charlie estaba haciendo un agujero en el bolsillo de Bel y le abrasaba la piel. Un secreto que no había compartido y que ahora parecía también una carga para ella. Que a lo mejor su padre no iba a volver nunca. Había un agujero negro donde antes estaba su corazón.

—¿Crees que va a volver? —preguntó Bel a Jeff, observando la reacción de Rachel.

Tenía la mirada vacía.

—Claro que va a volver. —Jeff abrió mucho los ojos, con las pupilas muy dilatadas, ¿por la cerveza o por la atención?—. Es el centro de esta familia, siempre lo ha sido. Es quien nos mantiene unidos.

El alma, podría decirse. Ramsey se equivocaba. No era Bel, era su padre, ¿verdad?

—Pero, bueno... —continuó Jeff—. Con todo esto de la vuelta de Rachel... perdona, Rachel; ha estado muy estresado, obviamente. Y con todo el desastre mediático otra vez... creo que igual, simplemente, necesitaba alejarse un poco de todo.

—¿Hasta Canadá? ¿Sin pasaporte? —insistió Bel, alternando la mirada entre su tío y Rachel.

—Bueno, si la policía cree que se ha ido a Canadá, no puedo decir que me sorprenda. —Jeff se terminó su segunda cerveza—. Charlie puede ser espontáneo algunas veces. Me volvía loco. ¿Sabías que se marchó a Costa Rica a los veinte años sin decirle nada a nadie? Estuvimos seis semanas sin saber nada de él. Papá estaba enojadísimo. —Jeff asintió en dirección al abuelo—. O sea, Rachel, te pidió matrimonio después de cuánto, ¿tres meses?

Rachel asintió sin cambiar la expresión.

—Lo que quiero decir es que, a veces, Charlie hace este tipo de cosas, sobre todo cuando hay sentimientos de por medio. Es su forma de afrontarlo. Otro ejemplo es la mujer del Taco Bell, un par de semanas después de que Ellen lo dejara. Alguien podría pensar que no fue normal, pero era evidente que estaba sufriendo. Creo que volverá este fin de semana. Dos semanas fuera me parecen suficientes. Así tendremos algo más que celebrar. —Levantó la botella.

Pero Bel no podía brindar por eso, tenía unas palabras dándole vueltas en la cabeza, algo que había dicho Jeff.

—¿Qué mujer del Taco Bell?

Jeff se sonrojó y soltó la botella de cerveza con un golpe sordo.

—Creo que no es algo que quieras oír, Bel.

—Claro que quiero oírlo. —Necesitaba oírlo, el nudo no paraba de girar, alimentándose de su estómago casi vacío—. ¿Qué mujer del Taco Bell?

—No...

—Tío Jeff. —Bel enseñó los dientes.

Jeff se pasó una mano por el pelo, incómodo.

—Charlie estaba en la fila de un Taco Bell. En North Conway, creo que dijo. Fue un par de semanas después de que lo dejara Ellen. Empezó a hablar con una mujer en la fila y... perdona, Rachel; fueron a un motel, ya sabes.

Bel no lo sabía; lo podía suponer. Pero había algo más, algo más importante. El corazón le martilleaba el pecho a la espera de que lo encontrara. Taco Bell, North Conway, dos semanas después de que la novia de su padre lo dejara, porque Bel la obligó, la alejó. Espera. Eso era. El viaje a Story Land por su cumpleaños. La foto suya con su padre. Pararon en un Taco Bell de vuelta a casa y...

El nudo se retorció y dejó un agujero con la marca de un cuchillo, sangrando.

Su padre le había mentido.

Todo este tiempo.

Bel dijo que fueron tres horas, tiempo suficiente para hacerse pipí encima dos veces, llorando en el asiento trasero del coche como si el mundo se hubiera acabado, porque parte de él lo había hecho. Pero su padre le dijo que solo habían sido quince minutos, como mucho, que se estaba comportando como una boba. Bel le creyó y reescribió el recuerdo en su cabeza, convirtiéndolo en una anécdota divertida de la infancia.

Bel tenía ganas de vomitar. El corazón le estaba haciendo una brecha en la garganta.

Porque no tuvo gracia. Era lo único, lo único que su padre debería haber sabido que le daba miedo. Después de Rachel. Después de Phillip Alves. El asiento trasero era un lugar desagradable, donde ocurrían cosas malas.

Jeff no tenía ni idea de lo que acababa de hacer, de lo que había desatado.

Charlie había mentido a Bel, la había traicionado. La abandonó en el asiento trasero del coche durante horas para irse con la mujer del Taco Bell, reabriendo una cicatriz que jamás se curaría.

Y si le había mentido sobre eso, ¿sobre qué más lo había hecho?

Cuarenta

Bel arrastró la silla contra las baldosas, cortando la habitación en pedazos. El abuelo se llevó las manos a los oídos.

—¿Estás bien, Bel? —preguntó Rachel. ¿Podía ver algo? ¿Era capaz de leer la ruina detrás de los ojos de Bel?

—Quiero un poco de agua.

Pero no fue por los vasos. Abrió el armario de arriba, donde guardaban las tazas que no usaban a diario. Persiguiendo una corazonada, un instinto, dejándose guiar por el nudo. Sherry estaba hablando de sí misma, recuperando el foco de atención, mientras Bel se escondía detrás de la puerta del armario.

Hundió la mano y rebuscó, moviendo filas de tazas con motivos florales y otros diseños, buscando una en concreto. La favorita de su padre. La que ella o Rachel habían roto, la que él había tirado. Bel no recordaba haberla roto, pero le pidió disculpas, por si acaso.

Estaba aquí, escondida en las sombras del fondo del armario. La cara sonriente de Santa Claus y la piel quebrada. Intacta. No se había roto nunca, en realidad. Bel parpadeó para asegurarse.

Se lo había creído porque su padre se lo había dicho. Igual que la historia de Taco Bell. Igual que todo lo demás: olvidarse de sellar los botes de basura aunque fuera temporada de osos y ella se acordara de sellarlos. Dejar ventanas abiertas, aunque no recordaba hacerlo. Llaves de agua abiertas.

Bel se desmoronó mientras ordenaba sus recuerdos, los que su padre había ensombrecido, intentado cambiar. Los desarmó todos, retrocediendo años, separándose de él, clasificando la verdad de era-verdad-porque-su-padre-se-lo-dijo.

Cuando terminó, cuando terminó del todo, se recompuso con una nueva forma. Se estiró y levantó la taza, que colgaba de sus dedos.

Rachel también era así, su padre se lo decía siempre. Dejaba la puerta de la calle abierta, el horno encendido, la comida quemada. A Bel le aterrorizaba compartir algo así con el fantasma de su madre, ser como ella. Pero se acababa de dar cuenta de que, desde que su padre no estaba, nada de eso había sucedido. Porque la conexión no estaba entre ella y Rachel, había sido su padre siempre. Mintiéndoles, haciendo que dudaran de sus propios recuerdos para que lo necesitaran cada vez más. Y Bel lo había necesitado, puede que demasiado, una segunda voz en su cabeza, como si no fuera realmente ella sin él.

Carajo.

Una de las últimas cosas que su padre le había dicho fue una advertencia: que la estaban manipulando. Pero lo estaba haciendo alguien mucho más cercano a ella.

Bel sacó el bote de basura y tiró la taza de Santa Claus, donde tenía que estar.

No se molestó en dar otra excusa, salió de la cocina con la mirada hacia delante, sabiendo por fin adónde ir.

Arriba, a su habitación.

Sus padres eran unos mentirosos. Rachel no era quien ella pensaba que era. Pero su padre tampoco.

Entonces recordó algo con la voz febril de Phillip Alves: «¿Por qué iba a hacerle ella algo, si él no le había hecho nada?».

Bel sabía dónde iba, su instinto la estaba guiando.

Los estantes en la pared del fondo.

Bel sacó su copia de *El ladrón de recuerdos*, y pasó las hojas. Había algo que la miraba directamente a la cara, pero no sabía el qué. Solo sabía que era importante, una señal que le había dado Rachel y que por fin podía ver.

Volvió al principio, la página con el *copyright* y la información de la editorial.

Lo encontró, más o menos por la mitad.

«Publicado por primera vez en tapa dura y *ebook* en marzo de 2008».

Pasó un dedo por la fecha.

Marzo de 2008. Después de que Rachel desapareciera. Un mes después.

Rachel le dijo a Bel que era uno de sus favoritos, pero no podía haberlo leído porque había desaparecido. Aquel hombre no iba a dejarle tener libros en el sótano, pero Bel sabía que nunca hubo ningún hombre ni ningún sótano. Así que, a no ser que Rachel mintiera cuando dijo que lo había leído, y no tenía la sensación de que esa fuera la respuesta, entonces Rachel había leído este libro en algún momento de esos dieciséis años que estuvo desaparecida.

Y había algo más, lo tenía delante. Pero no era sobre este ejemplar que tenía Bel en las manos. Ni sobre el nuevo que Rachel había envuelto. Era sobre el que estaba en casa de su abuelo. «¿Este libro te lo regaló alguien?».

Bel sabía que ese era el camino para averiguar de una vez lo que le había pasado a Rachel Price. Pero, para ello, tenía que aceptar el destino al que le llevara la verdad. Que las respuestas a la desaparición y el retorno de Rachel llevaban a su padre, en el fondo lo sabía, era algo tan tangible como el nudo. Todas las pistas que había rechazado, que había alejado para encontrar otra, escondiéndose, aferrándose a esa coartada como si fuera la respuesta a las dudas de todo el mundo, incluso a las suyas. Lo que dijo la abuela Susan. Lo que dijo el profesor Tripp. Lo que dijo Phillip Alves. El candado en la puerta de Rachel que no había vuelto a cerrar desde que su padre se fue.

Bel volvió a colocar el libro y miró la foto enmarcada en el quicio de su ventana. Su doceavo cumpleaños. Story Land. Su padre sonriendo, envolviéndola con los brazos. La tomó y buscó en los ojos de su padre.

¿Quién era este hombre en realidad? Alguien capaz de dejar a su hija sola tres horas en el asiento trasero de un coche, empapada por las lágrimas y su pipí, porque pensaba que la habían vuelto a dejar sola en el mundo. Bel no podía seguir de su parte, porque él nunca había estado de la suya.

Dejó la foto en su sitio, bocabajo, haciendo desaparecer a su padre, y a esa niña triste y solitaria también.

Bel aceptó que estaba preparada. Sabía lo que tenía que hacer.

Salió corriendo de la habitación y bajó las escaleras.

Pero no estaba sola.

Carter estaba subiendo mientras ella bajaba.

—Oye —dijo Carter, en voz baja, bloqueándole el paso.

—Hola. —Bajó tres escalones más para ir a su encuentro.

—¿Estás bien? —Carter la miró a los ojos que le brillaban bajo las luces del techo.

—Sí. ¿Tú?

Carter abrió la boca sin decir nada, hasta que encontró las palabras.

—¿Puedo hablar contigo de una cosa? —Y añadió—: Es importante. —Cuando vio la mirada de Bel.

Bel notó el dolor en la voz de Carter, aunque había intentado ocultarlo. Conocía a Carter mejor que a ella misma, porque Bel no había hecho muy buen trabajo al conocerse a sí misma.

—Claro, puedes hablar conmigo de lo que sea —dijo—. Pero ahora mismo no puedo, lo siento. Tengo que hacer una cosa. ¿Te importa cubrirme? Es importante.

Carter soltó aire. No era un suspiro, era algo más profundo.

—Está bien —dijo con un hilo de voz, y quitó el brazo para dejar paso a Bel—. Te cubriré.

—Gracias. Te quiero. —Bel bajó a toda prisa las escaleras y fue a la sala. Se acercó al sofá, donde Yordan había dejado su mochila con todas las cosas que el abuelo pudiera necesitar fuera de casa.

Bel metió la mano. Compresas para la incontinencia y toallitas húmedas. Un cambio de ropa. Más de un bote de pastillas. Sacó uno y lo analizó. Analgésicos. No, este no. Lo soltó y volvió a intentarlo. Encontró otro bote naranja de pastillas, entrecerró los ojos para leer lo que ponía en la etiqueta: «Una después de cada comida», decía. Esto era lo que estaba buscando.

Bel se metió el bote por la manga con mucha destreza. No lo hizo porque se lo dijera el nudo, sino porque necesitaba un motivo para irse de aquí e ir a casa del abuelo, sin que Rachel se enterara de lo que pasaba.

Llegó su oportunidad cuando el abuelo se terminó su porción de tarta y apartó el plato.

Bel esperó y deseó que Yordan se moviera más deprisa. No era consciente de que formaba parte de los planes de Bel. Esta vez no pensaba fracasar.

—Están todos muy callados hoy —comentó Sherry, que no ayudó a apaciguar el silencio, simplemente fue un parche temporal.

Yordan se levantó, excusándose por sus porciones de tarta, una de cada una, para ser diplomático, y fue a la sala.

Estuvo todo un minuto afuera hasta que volvió a aparecer en la puerta de la cocina.

—Perdón, no encuentro las pastillas digestivas de Pat. He debido dejarlas en casa. Voy a buscarlas en un instante.

Bel estaba lista. Se levantó.

—No te preocupes, Yordan. Ya voy yo. No te has terminado la tarta todavía.

—No. —Yordan sonrió y levantó una mano para negarse—. Es mi trabajo. Se me han olvidado a mí.

—De verdad, no me importa —insistió, haciendo hincapié con la mirada—. Quédate aquí con el abuelo. Además, me vendrá bien tomar un poco el aire, el ambiente está muy sobrecargado aquí.

Yordan apretó los labios. ¿Se había dado cuenta?

—Bueno, si insistes.

Bel asintió.

—No me cuesta nada.

Rachel apartó su silla.

—Bel, no puedes conducir. Si quieres puedo...

—Voy a ocupar la bici. —Bel la interrumpió. Si Rachel llegaba a la casa antes que Bel, a lo mejor nunca descubriría la verdad. Rachel no quería que la supiera—. Tardaré como mucho veinte minutos. ¿Dónde están las pastillas, Yordan?

—Deberían estar en el armario, encima de la cafetera —dijo mientras volvía a sentarse. Estaban escondidas en el bolsillo de Bel, en realidad. Lo siento, Yordan.

—Pues ahora vuelvo —dijo Bel, antes de que Rachel pudiera disentir de nuevo.

Rachel se quedó mirándola salir con algo más en los ojos. Carter también.

Bel se despidió con la mano y los dejó otra vez en silencio mientras iba hacia la puerta.

La cerró al salir. La brisa fresca de la noche jugó con su pelo y se lo puso en la cara, haciéndole daño en los ojos ya cansados.

Se apresuró al garaje por la puerta lateral. Ash ya no estaba ahí esperándola, pero su antigua bici sí. Era demasiado pequeña, pero serviría. La llevó caminando hasta la acera y se subió.

Bel sacó el teléfono y lo sujetó hasta que le reconoció la cara. No lo hacía, quizá porque estaba oscuro, o a lo mejor había cambiado. Lo desbloqueó con la contraseña y se deslizó por los mensajes con Ash.

«Me equivoqué, lo siento», escribió, y lo envió. Nunca decía lo siento, porque no quería que nadie volviera después de haberlos alejado. «Sé cómo averiguar la verdad. Te necesito. Nos vemos en casa de mi abuelo. Trae la cámara. Ahora sí».

Bel puso los pies en los pedales y se marchó por la calle iluminada por la luz de la luna, por fin de camino.

El viento silbaba en sus oídos, como si también lo supiera. Esta noche terminaba todo.

Cuarenta y uno

La calle de su abuelo. La carretera era irregular bajo las ruedas, y hacía un sonido parecido al de un susurro que le metía prisa.

No había postes de luz, solo el brillo plateado de la luna que se asomaba por encima de las montañas oscuras. Pero era suficiente. Bel vio una figura afuera de la casa. Reconoció la curva de los hombros de Ash, saludando con la mano de forma extraña.

Había venido en el coche de alquiler de Ramsey, por eso había llegado antes que ella pedaleando tan rápido como el viento.

Bel apretó los frenos. Derrapó, saltó y soltó la bici en el césped.

—Hola —dijo Ash, con otro movimiento extraño de la mano, como si el primero no hubiera contado.

Bel se acercó hasta que él fue algo más que una silueta. Llevaba la cámara debajo del brazo.

—Perdona —dijo ella, con el pecho apretado, envuelto alrededor del corazón. No lo había perdido para siempre, entonces—. No decía en serio lo que dije. Solo intentaba... me equivoqué.

Ash la miró a los ojos. Sonrió.

—Mira. Bel Price pidiendo disculpas. Debería haber tenido la cámara encendida. Nadie me creerá.

Bel exhaló. Había una risa, por ahí, en alguna parte. Acortó la distancia entre los dos y le dio un puñetazo pequeño en el brazo.

—Ya decía yo. —Sintió el aliento cálido de Ash en la cara, y el calor se quedó ahí—. Yo también lo siento. No debería haber dicho lo que dije. No me refería a tu padre, pero...

—No. —Bel lo interrumpió—. Tenías razón. La respuesta está en casa. No es Phillip Alves. Mi madre lo ha admitido. Me ha dicho que no puede contarme la verdad, que no me haría algo así. Pero sé cómo averiguarla. Y creo que la respuesta... —Se quedó callada, intentando encontrar las palabras, intentando encontrar la fuerza para decirlas en voz alta.

—¿Bel? —dijo Ash, con una voz delicada, ayudándola a cruzar la línea.

—Creo que la respuesta lleva a mi padre, de alguna forma. —Hizo una pausa—. Creo que no es quien yo pensaba que era. Supongo que he tardado mucho más que el resto en verlo.

Ash se mordió el labio y miró la casa.

—¿Y por qué estamos aquí?

—Porque la respuesta está aquí. Lo que Rachel estaba buscando. Algo que nos llevará a la verdad. Por eso quería tomarlo. No quiere que nadie sepa la verdad.

—Pero no sabemos lo que...

—Ahora sé lo que estaba buscando. —Bel habló por encima de él mientras miraba la casa oscura. Una de las tres casas a las que llamaba hogar, parte de su historia, parte de la familia Price. Pero las casas también le habían ocultado secretos—. Rachel no encontró la cámara de casualidad al pasar por delante. Estaba muy bien escondida. La encontró porque la escondimos justo donde ella iba a mirar. Fue a buscar al estante, Ash.

Ash entrecerró los ojos, como si aquello tuviera todo el sentido del mundo, y ninguno en absoluto.

—Es un libro. —Bel intentó explicárselo, había unido todas las piezas y el nudo de su estómago las estaba sujetando—. *El ladrón de recuerdos*. Mi abuelo solía leérmelo cuando era pequeña. Siempre me dijo que era «un libro muy especial». Encontré a Rachel en mi habitación, unos días después de que volviera, ojeando el ejemplar que tengo yo. Dijo que era uno de sus favoritos, pero se publicó después de que desapareciera. También me preguntó algo, pero en aquel momento no supe qué significaba. Me preguntó si me lo había regalado alguien. Se refería al abuelo. Estoy segura. Y hoy, por su cumpleaños, Rachel le ha regalado un ejemplar nuevo, como si fuera un mensaje para él, aunque no pueda acordarse. Por eso quería que el abuelo y Yordan no estuvieran en casa, por eso fue directo al estante. Quería ese libro, ese ejemplar en concreto de ese libro.

Ash estaba asintiendo con ella, sujetando también las piezas del rompecabezas.

—¿Pero por qué?

—Vamos a averiguarlo.

Bel subió corriendo los escalones, levantó el sapo de cerámica por la cabeza.

—Enciende la cámara. Creo que estamos a punto de resolver el misterio.

Bel ya había esperado bastante. Toda su vida, ni más ni menos.

—¿Yordan y tu abuelo no están? —Ash estaba detrás de ella, y se escuchó un sonido cuando pulsó el botón de grabar.

—Están en mi casa. —Bel agarró la llave—. Con Rachel.

Terminó de subir los escalones, un sonido con un objetivo, que hacía eco en su pecho. Metió la llave en la cerradura y abrió la puerta.

La ola de calor intentó detenerla, secándole los ojos y la garganta. Bel se resistió y se abrió paso, el calor la abrazaba y tiraba de Ash detrás de ella.

Él cerró la puerta y Bel encendió una luz. Miró hacia atrás, a la cámara. Ya no estaba grabando para descubrir a Rachel. Grababa para agarrarse a la verdad, para que la respuesta fuera algo físico que nadie pudiera arrebatarle, como había hecho la memoria el día que desapareció Rachel. Una respuesta que Bel tendría que haber visto, pero a la que nunca se agarró. Una forma de volver con esa niña que era demasiado pequeña para entender, demasiado pequeña para hablar.

Bel entró en la sala. El ambiente estaba más estancado

aquí, más seco. Una habitación que había visto mucha vida, décadas y generaciones de los Price. Ash estaba detrás de ella, parpadeando bajo la luz.

—¿Estás lista? —le preguntó, los dos mirando al frente, al estante de madera.

Bel lo estaba, por fin.

Sus pies siguieron a sus ojos. Se paró, de pie delante de las baldas caóticas de libros amontonados. Había muchísimos libros ordenados sin sentido.

Los ojos de Bel iban de atrás hacia delante, de arriba abajo, buscando ese lomo verde que tan bien conocía.

El corazón le dio un vuelco y respiró con fuerza.

Ahí estaba. *El ladrón de recuerdos*, de Audrey Hart. Segunda balda, a la altura de los ojos. A tan solo unos centímetros de donde escondieron la cámara.

Bel tomó el libro.

Al tocar la portada con un dedo, sintió un escalofrío por la espalda, frío. Tiró y el libro se inclinó, rompiendo la fila. Lo sacó y el resto de libros se inclinaron para rellenar su espacio.

Bel se quedó mirando el libro en sus manos y abrió la portada.

Miró la página con el título. Luego el capítulo uno, la primera línea de la primera página sobre un hombre en un mundo inventado, víctima de una maldición que le impedía tener recuerdos, así que se los robaba a los demás abriéndoles la cabeza.

—Qué turbio. —Ash leyó por encima del hombro de Bel.

Bel pasó las páginas del primer capítulo, luego del siguiente, ojeando las dos páginas abiertas, con los ojos tan secos que casi escuchaba los arañazos cada vez que se movían en su cabeza.

Llegó a la página cien y empezó a leer por encima. Luego pasó rápido las páginas, que le abanicaron la cara. Lanzaba una mirada decidida a cada una, hasta llegar a los agradecimientos.

—Nada —dijo. La confusión dejó paso a la desesperación, que la dejó vacía—. Pensaba...

—¿Qué?

—Pensaba que habría un mensaje, o algo... No sé. —Hacía demasiado calor aquí; la desesperación había empezado a arder y empezaba a convertirse en rabia. Cerró el libro con un golpe seco—. Se suponía que estaba aquí. —Se quedó boquiabierta, respirando su última esperanza.

Ash le acomodó el cabello detrás de la oreja con la mano libre.

—Vamos a buscar otra vez —dijo con delicadeza—. Más despacio. A lo mejor se te ha pasado.

Bel tomó aire y jaló de esa última esperanza.

Abrió otra vez el libro, por el capítulo uno, se quedó ahí un buen rato. Ash se acercó más, mirando con los ojos y a través de la cámara. Bel no solo estaba mirando, sino que estaba leyendo, la voz en su cabeza dijo en voz alta la primera frase, profundizando y pausando como su abuelo hacía entonces.

—Un momento —dijo Ash al ver algo en la pequeña pantalla de la cámara cuando acercó el *zoom*. Pero Bel no podía esperar, porque ella también lo había visto. Al leer la segunda frase, algo captó su atención.

«No tenía pasado, solo el ahora y lo que estaba por venir».

—Esa *a*. —Pasó el dedo por encima—. Es más gorda que las otras letras. Como si alguien hubiera escrito por encima. —Dejó una pequeña sombra gris cuando Bel lo movió bajo la luz, como si hubieran repasado la letra con un lápiz, haciendo los bordes más gruesos, para que destacara entre las demás, muy poco, sin llamar la atención.

—Es muy débil —dijo Ash—. Muy sutil. Pero sí, parece que alguien la ha repasado. A no ser que sea un error de imprenta.

—No, mira. —Bel señaló la última línea de la página.

«Ya no te recuerdo».

—La *y* —dijo. La voz se le tropezaba mientras su mente la adelantaba y pasaba a la siguiente hoja. Entrecerró los ojos. Había más letras destacadas en esta página también, ahora que sabía que tenía que buscarlas, escondidas entre las palabras, tan poco que era fácil no verlas si no sabías que este era «un libro especial».

—¡Hay un mensaje!

Bel se llevó el libro al pecho y fue corriendo a la mesa de café. Dejó el libro abierto por las dos páginas siguientes.

—Necesito una pluma y un papel. —Chasqueó los dedos, mirando a su alrededor por la habitación. Algo blanco llamó su atención. La hoja de papel que había en el mueble de la tele con la contraseña del wifi con la letra exagerada de su padre. Eso le serviría. Bel la agarró y le dio la vuelta.

—Pluma, pluma, pluma —dijo, mirando a todas partes—. Yordan, ¿dónde tienes una maldita pluma?

Encontró uno en la cocina, en un bote junto al microondas. Volvió corriendo y se tiró de rodillas enfrente del libro abierto. Ash de pie sobre ella con la cámara en una mano y la otra en el hombro de Bel, para calmarla, para hacerle saber que estaba ahí con ella. Se iba a ir, Ash siempre se iba a ir, pero ahora mismo estaba aquí, y eso también significaba algo.

«A y».

Bel escribió las letras en lo alto de la hoja, luego volvió al libro.

«Puede que esto sea el infierno».

Añadió esa u.

«Dijo él».

Y la d.

«Y tragó».

La *a*.

«A y u d a».

«Ayuda».

Bel miró a Ash con los ojos muy abiertos y el corazón latiéndole tan deprisa que pensaba que él también lo podía oír, que igual también lo tomaba.

—Sigue —dijo Ash, encontrando su voz de nuevo.

Y Bel siguió. Encontró «m e l l a» en la siguiente página.

Pasó la hoja y movió el dedo de arriba abajo, a la caza de las letras destacadas.

«M o r a c».

Pasó a la siguiente hoja, intentando que la pluma fuera al ritmo de sus ojos.

«H e l p r i c e».

«Ayuda. Me llamo Rachel Price», leyó Ash en voz alta, ordenando las letras sueltas en palabras. La piel de Bel se quedó helada al darle sentido y se le estrechó la garganta, apretándole el corazón fuera de control.

Un mensaje de Rachel.

Y todavía no había terminado.

Bel pasó al capítulo dos.

«No podía ver por encima de la colina».

«P a t r».

Siguió pasando las páginas, vaciando su mente, concentrándose únicamente en las letras. Un mensaje del pasado, de su madre, que no quería que Bel descubriera. La siguiente página, y la siguiente. Se acumulaban las filas de letras sin sentido, moviéndose bajo sus ojos como si se resbalaran por el papel. Más letras destacadas, y más. Sus ojos ya se habían acostumbrado a ellas.

Hasta la página cuarenta y dos. Después ya no había nada más, Bel lo comprobó bien. El libro estaba limpio, no había más marcas de lápiz. Escribió la última escondida en «llorar» y volvió a respirar. Parpadeó hasta que su mente volvió a ella. Ash tenía los ojos entornados y escaneaba las líneas de letras, pero Bel tenía que ser la que lo leyera primero.

Agarró otra vez la pluma y la apoyó contra la hoja, debajo de la última fila de letras, y empezó a ordenarlas, agrupándolas y dividiéndolas hasta que formaron palabras hasta escribir el mensaje completo.

Ayuda. Me llamo Rachel Price.
Patrick Price me tiene secuestrada en una camioneta roja en el Deshuesadero Price. Llama a la policía.

Cuarenta y dos

A Bel se le cayó la pluma de la mano y una línea fantasma serpenteó por la página.

—¡No puedo creerlo! —susurró Ash en algún lugar por encima de ella. En algún lugar lejano por encima de ella, porque ella se estaba cayendo detrás de su corazón por el acantilado que tenía en su interior.

Fue el abuelo.

Alguien secuestró a Rachel, no había mentido sobre eso, pero no fue un desconocido. El abuelo era aquel hombre. Se llevó a Rachel del coche en aquella fría noche de febrero, hacía dieciséis años, y abandonó a Bel. Las puertas cerradas, la calefacción encendida para que su nieta no se congelara en el asiento trasero mientras él hacía desaparecer a su madre, a su nuera.

Se le formó un bulto en la garganta, amargo y con dientes.

—Fue mi abuelo. —Se le fueron los ojos a su nombre escrito con su letra, que se afilaban y le crecían espinas para clavarse en su mirada. Patrick Price. Pat. Abuelo. Abu.

Ahogó un grito, pero no pudo pasar por el bulto en la garganta. El profesor Tripp le dijo a la policía que Bel parecía estar bien cuando la encontró, que balbuceaba cosas sin sentido una y otra vez. Ahora Bel se preguntaba si había intentado decírselo. Si esos sonidos que hacía, en realidad eran: «Abu, abu, abu».

—Lo siento, Bel. —Ash le pasó una mano por la espalda, contra el escalofrío.

Una lágrima consiguió salir de sus ojos secos y cayó a la hoja, al mensaje de Rachel, escondido todos estos años.

—El Deshuesadero Price —leyó Ash en voz alta con una pregunta en el tono inclinado de su voz.

—El deshuesadero de mi abuelo. Lo cerró antes de que yo naciera.

—¿Dónde está?

—Aquí, en Gorham. Demonios. —Bel se agarró la cara y se pasó los dedos por el pelo—. Estaba en el pueblo. Rachel estaba secuestrada aquí. Sé a qué camioneta roja se refiere. Hay un montón enorme de herramientas, serruchos, coches y camionetas. A veces íbamos al deshuesadero cuando nevaba. Hay una colina y es genial lanzarse con un trineo. El abuelo nos gritaba a Carter y a mí cuando nos acercábamos demasiado a las camionetas. Decía que no era seguro, que no podíamos acercarnos. —Se le entrecortó la respiración—. No era porque no fuera seguro, era porque allí tenía escondida a Rachel. Estaba allí, cerca de nosotros, y jamás lo supe.

Ash apretó los ojos, como si no supiera qué decir, como si no hubiera palabras que pudieran encajar en un espacio tan horrible alrededor del que se estaban reescribiendo los recuerdos de Bel.

—Nunca lo supe —dijo otra vez Bel, como un eco silencioso que reverberaba en su cabeza vacía. Miró *El ladrón de recuerdos*, allí tirado, abierto de par en par—. Leí este libro, este mismo ejemplar. —Parecía una especie de confesión—. El abuelo le debía llevar libros a Rachel con la comida para que se entretuviera. Este libro. —Pasó un dedo por el borde de las páginas—. Lo tenía en la camioneta roja y escondió un mensaje dentro. Yo he leído este libro y no he visto el mensaje, nunca vi ninguna marca. —Tocó el mismo libro, quizá tan solo semanas o meses después de que lo hiciera Rachel, con sus dedos pequeños sobre las huellas invisibles de su madre—. Rachel debía de estar desesperada esperando que alguien encontrara este mensaje. Que el abuelo regalara el libro, o que lo leyera otra persona y fuera a rescatarla. Esperó todos estos años a que eso sucediera. Podría haber sido yo. Debería haber sido yo. Pero no lo vi. No lo sabía.

Ash seguía sin encontrar las palabras.

El ladrón de recuerdos. Un libro en el que Rachel había puesto todas sus esperanzas. «Un libro especial».

Bel apartó la mirada y volvió hacia el estante.

—Rachel estuvo ahí mucho tiempo. El abuelo debió de llevarle más de un libro para leer.

A lo mejor había más «libros especiales».

Ash la siguió con la cámara cuando Bel tomó uno aleatoriamente y lo sacó del estante.

Los juegos del hambre. Bel lo abrió por el capítulo uno, de caza por las palabras. Aquí también estaban las marcas débiles de lápiz que resaltaban las letras. «Ayuda» en la primera página. Bel volvió a mirar a Ash con los ojos muy abiertos.

—Aquí también está el mensaje de Rachel.

—Carajo. —Ash dejó la cámara en la mesa del café con el lente apuntando hacia ellos mientras escaneaban todos los libros, lomos y títulos de costado.

Tomó uno de tapa blanda de la balda más alta, *El circo de la noche*, y lo abrió. Le destellaban los ojos mientras recorría con ellos las páginas.

—«A-yu-da. Me lla-mo Rach...». —Dejó de leer y fue buscando por las siguientes páginas—. Aquí también está.

Bel soltó *Los juegos del hambre* y tomó otros dos. Los comprobó: *Una reina en el estrado* y *Al cerrar la puerta*. El mensaje aparecía en los dos, hasta el «llama a la policía», que terminaba en la página cuarenta y seis en uno, y en la página cuarenta y nueve en el otro.

Los tiró a sus pies con un ruido sordo y el movimiento de las páginas, y buscó otros dos.

Ash tenía una pila en los brazos y estaba buscando en el primero.

—Este —dijo, deslizándolo al suelo—. Este. —El siguiente. Y el siguiente. Los montones se les acumulaban a los pies y se tropezaban con ellos cuando se levantaban a recoger más libros. *Perdida* y *Estación once* y *La mitad evanescente* y *La lista de invitados*. Aparecía en todos. «Ayuda. Me llamo Rachel Price».

Ash hizo una pausa en el libro que tenía en las manos, inclinándose hacia delante con un dedo en la página.

—Este es diferente: «Ayuda, me llamo Rachel Price. Patrick Price nos tiene secuestradas...», en plural, no en singular.

—¿Cuál es? —Bel pasó entre el creciente caos de libros, pisó uno y le dobló el lomo.

Ash levantó el libro.

—Es uno viejo. *La milla verde* de Stephen King.

Bel analizó el libro y encontró la marca del plural.

—¿«Nos»? ¿Crees que mi abuelo tenía a alguien más secuestrada?

—No lo sé —dijo Ash—. Es el único en plural que he encontrado.

Bel tomó más libros y se puso a buscar las letras destacadas, por si hubiera alguna otra variación. *La biblioteca de medianoche, Tan poca vida, Seis de cuervos* y *Juego de Tronos*.

—Algunos de estos libros son actuales. —Bel soltó *Malibú renace* al montón, montes y valles de libros que se deslizaban al suelo, el estante vacío delante de ellos.

Ash asintió mientras levantaba un libro y leía la página del *copyright*.

—Este se publicó el año pasado. Enero de 2023, dice.

Bel fue a tomar otro, pero se detuvo y recogió la mano, escondiendo los dedos debajo de la manga. ¿Qué más tenía que saber?

—Estuvo ahí todo este tiempo, ¿verdad? —dijo Bel, perdiendo media voz, mirando al caos que la rodeaba, la devastación. Una hilera de libros se cayó por el peso, saltando a la muerte con todos los demás. El ruido trajo de vuelta a Bel. Sacó el brazo para detener también a Ash, y lo apoyó contra su pecho.

Miró los libros en el suelo, las respuestas al misterio que había estado ahí todo el tiempo.

—He leído muchos de estos libros. Estos mismos ejemplares. Y nunca encontré el mensaje. Tendría que haber sido yo.

A lo mejor Rachel esperaba que fuera su hija, la Anna que ella se imaginaba, quien terminara encontrando las letras, la que la salvara. Por eso marcó los mensajes en docenas de libros. Puede que en cientos. Cientos de esperanzas. Cientos de oportunidades. Un estante lleno. El abuelo los acumulaba, diciéndole a Bel que eran especiales, pero nunca le dijo por qué. Porque su madre los había leído primero.

—Lo siento —susurró Bel, a los libros, a su madre.

—¿Por qué este es su favorito? —Ash volvió a mirar *El ladrón de recuerdos* y tomó la cámara.

—Puede que fuera el primero. —Bel se acercó a él—. Es el que estuvo aquí más tiempo. Su esperanza más grande.

—Carajo —dijo Ash, con cierta delicadeza—. Qué horror. Pobre Rachel.

La verdad era horrible, pero aquí no estaba toda. La respuesta era el abuelo, la tenían delante, con las palabras de Rachel escritas por Bel, pero ¿cómo encajaba su padre en toda esta historia?

Solo había un camino, el que más dolía.

Bel lo decidió sabiendo que, en el fondo, la decisión ya había sido tomada en el momento en el que leyó el mensaje de su madre.

—Tengo que ir allí. Al deshuesadero. A la camioneta. Tengo que verla con mis propios ojos. Necesito ver qué le hicieron.

Ash entornó los ojos.

—¿Hicieron?

—Mi padre. —Le dolía solo con decirlo—. ¿Por qué iba Rachel a hacerle algo a él si él no le hubiera hecho nada primero?

Las palabras de Phillip, no las suyas.

Se dio la vuelta con las manos vacías y salió de la sala. No miró atrás: ni al estante medio vacío ni al caos en el suelo, las consecuencias. Bel no necesitaba ver nada más.

Ash la siguió con la cámara y salieron de la casa.

Afuera había un mundo diferente. Un brillo plateado alrededor de sus dedos, una brisa fresca por la espalda, otro escalofrío.

Bel tiró la llave al sapo de cerámica, no tenía tiempo de agacharse a esconderla debajo. El corazón y la cabeza estaban en el mismo bando y le decían que se tenía que ir, que ya estaba muy cerca.

Miró la bici tirada en el césped.

—Vamos en coche —se ofreció Ash al leer sus ojos en la oscuridad.

Arrancó el coche y los focos destellaron demasiado, iluminando la casa del abuelo, deslumbrando los cristales como una acusación.

—Hay dos caminos —dijo Bel—. El deshuesadero está al otro lado del río. Desde aquí, lo más rápido es el puente en el sendero de la montaña. Tendremos que dejar el coche y terminarlo caminando. —El puente por el que se podía pasar con el coche estaba en el otro extremo del pueblo. Ninguno de los caminos dolía menos, pero uno era más rápido, y el corazón de Bel no tenía tiempo para el otro. Sentía un dolor violento en la base de la garganta—. Gira a la derecha.

Ash salió hacia Main Street.

Bel agarró la cámara y miró la carretera por la pantallita lateral mientras Ash aceleraba. Pasaron por debajo de una farola que parpadeaba, donde se terminaba el pueblo y los árboles se hacían con el espacio. Una ráfaga de sangre en los oídos, o quizá fuera el río Androscoggin, adelantándolos por la derecha.

—Ya estamos cerca.

Apareció el viejo puente férreo que planeaba por encima de la carretera, también del río, y que ahora solo lo utilizaban las motos de nieve.

—Ve frenando.

Pasaron por debajo del puente metálico verde, soportado por unos pilares de concreto, oscureciendo aún más la oscuridad.

—Estacionate aquí.

Ash siguió su voz y entró en el estacionamiento de grava justo a los pies del puente. El coche se detuvo cuando Ash se estacionó justo en frente del cartel del sendero.

Bel le dio la cámara y salió del coche. La ráfaga en sus oídos se había convertido en un gruñido, un sonido dentro de su cabeza, ¿o era el río?

Se apagaron los focos del coche y Bel esperó a Ash en la completa oscuridad, la luna era demasiado débil como para llegar a ella. Sacó el teléfono para encender la linterna, con un brillo fantasmal en sus pies. No había ninguna luz, y no habría ninguna el resto del camino hasta el Deshuesadero Price e Hijos.

Ash salió del coche mientras movía la pantalla de la cámara.

—Tiene modo de visión nocturna. Espera. Listo, ya veo —dijo, utilizando la pantalla lateral como ojos en mitad de la noche.

Bel iluminó el camino, sus pasos sonaban metálicos y poco profundos por donde se había añadido el paseo para peatones, a un nivel más bajo que el puente, más cerca del agua del río.

—¿Todo bien? —comprobó con Ash mientras salían del río.

El crujido metálico de sus pies contra el puente, a contratiempo, recreaba el latido del corazón de Bel en su pecho. Levantó la luz de sus pies y apareció la estructura metálica del puente que los enjaulaba.

—Mierda. —Ash se tropezó detrás de ella. Bel se giró y él tropezó, de nuevo—: Mierda.

—¿Qué pasa? —murmuró ella.

—Nada, que das un poco de miedo en la visión nocturna. Tienes los ojos verdes y brillantes.

Llegaron hasta el otro extremo. Bel aceleró el paso a medida que la rampa metálica la inclinaba hacia el suelo. Ahora tenían el río detrás, en el otro lado, el lado más salvaje, rodeados de árboles. Bel levantó el teléfono y las ramas y las hojas bailaron contra el viento, creando sombras fantasmagóricas por el camino.

—¿Cuánto falta desde aquí? —preguntó Ash, muy pegado a ella.

—Unos diez minutos, si caminamos rápido. El deshuesadero está cerca de los pies de Deer Mountain. Ahora tenemos que seguir el río.

Bel mantuvo la linterna apuntando a sus pies, observando cada paso, era lo único que evitaba que la oscuridad los tragara por completo.

—Este camino va a una antigua central eléctrica, un poco más allá de la reserva.

—¿Hay osos? —dijo él, volteando la cámara hacia la cubierta densa de los árboles.

—Ash, esto es New Hampshire.

—Fantástico.

Cruzaron un pequeño puente de concreto por encima de la reserva, y escucharon otra corriente de agua oscura que no veían.

—Ahora por aquí.

El camino se curvó a la izquierda, alejándolos del río, rodeando las enormes siluetas de la montaña. El sendero era irregular, un antiguo camino forestal aplastado por ruedas pesadas.

Ash se tropezó y Bel le ofreció una mano, quedándose para ella sus ojos brillantes.

—Llegamos —dijo ella por fin, iluminando la alta valla metálica que rodeaba el deshuesadero. Era un enorme claro entre los árboles, cortado en mitad del bosque. El cartel oxidado les decía: «Prohibido el paso». ¿Eso había estado siempre ahí, o el abuelo lo colgó cuando tuvo algo que ocultar dentro?

Recorrieron la valla hasta llegar a la puerta, donde había un cartel más grande, con letras pintadas que se estaban borrando. «Deshuesadero Price e Hijos».

Ash se acercó a la puerta mirando a través de la pantalla de la cámara, y agarró un candado enorme que cerraba una cadena gruesa que sellaba la puerta. Dejó caer el candado con un ruido metálico que hizo eco entre los árboles.

—¿Cómo vamos a entrar?

—Hay un hueco en la valla, por aquí —dijo Bel, guiándolo con la linterna.

Caminaron hasta el agujero de la valla, donde la parte inferior se enrollaba hacia arriba.

Bel la levantó y agachó la cabeza, sosteniéndosela a Ash.

—Por aquí metíamos los trineos —dijo, y comprobó que él ya hubiera pasado.

Otra línea cruzada, un mundo diferente al otro lado de la valla. Aquí fue donde pasó, donde desapareció su madre durante tanto tiempo.

Ash caminó detrás de ella. El deshuesadero estaba lleno de

parches de hierba alta y descuidada. Estaba plano hasta que dejaba de estarlo, inclinándose hacia arriba, hacia los árboles. Ella y Carter hacían carreras arrastrando sus respectivos trineos, y saltaban juntas, acelerando por la nieve virgen hacia la valla y el río. ¿Rachel escuchaba sus gritos? Ellas nunca oyeron los suyos.

—Vamos —dijo Bel, sin iluminarse los pies, sino hacia delante, al montón de basura acumulado en el otro extremo. Era por aquí, justo aquí, esa línea invisible que hacía que su abuelo gritara: «¡No vayan tan lejos! ¡Es peligroso! Se pueden cortar con las sierras. Las camionetas les pueden caer encima. Vamos, vuelvan aquí, Bel».

Pero esta vez Bel no volvió. Continuó avanzando, esperando que aparecieran las siluetas de los coches oxidados, buscando la vieja estructura donde almacenaban la leña, alta como una jirafa a la que Carter y ella llamaron Larry, a lo lejos, detrás de aquella línea invisible.

Bel golpeó algo con los pies. La luz siguió a sus ojos hacia abajo. Era la hoja oxidada de un viejo serrucho, le crecía la hierba por el agujero del centro y los dientes formaban un círculo perfecto.

—Tenemos que cruzar por aquí —le dijo a Ash—. La camioneta roja está ahí en medio.

Bel continuó y se paraba cada vez que se encontraba con un obstáculo. Dos coches, sin cristales ni neumáticos, solo los huesos, uno frente al otro. Trepó por los cofres y la luz desapareció contra el metal. Se puso de pie sobre uno de ellos y ayudó a Ash.

Más obstáculos, objetos invisibles que se enganchaban a su ropa en la oscuridad, sujetándolos. Una máquina que Bel no entendía, que conectaba ruedas y engranajes. Demasiado grande como para pasarla por encima, así que la rodearon.

Una pieza de un aserradero; una cuchilla redonda y enorme que salía desde el suelo.

—Ten cuidado —le advirtió Ash.

Bel estaba perdida en este oscuro laberinto de cosas rotas y oxidadas. Cuchillas y sierras, hachas y esqueletos de metal que antes fueron máquinas.

—¿La ves? —le preguntó Bel mirando hacia atrás.

Ash miró por la pantalla de la cámara, apuntando a su alrededor.

—No estoy seguro —dijo, con la voz ronca y cansada—. Veo una camioneta por ahí, pero no sé si es roja. La visión nocturna no distingue colores.

Bel apuntó con la linterna hacia donde miraba la cámara. Entornó los ojos siguiendo el haz de luz.

La camioneta roja estaba justo delante, a unos nueve metros. Solo tenían un montón de neumáticos esparcidos por el medio.

Un semitráiler con un viejo contenedor todavía enganchado a la parte trasera de la vieja camioneta. La cabeza del camión y el contenedor, rojos, desgastados y oxidados. Pero destacaba contra el gris y el café de todo lo demás que encontraba la linterna de Bel. El corazón en el centro de la bestia de metal.

Ash ahogó un grito. También lo había visto.

El final del trayecto.

Bel se acercó, esquivando los neumáticos.

Ash iba detrás. Ella se dio la vuelta, con una pregunta en los ojos verdes brillantes.

—N-no sé si debería estar grabando esto —tartamudeó Ash—. Es la escena de un crimen. No creo que esté bien enseñar el lugar donde Rachel... —Se quedó callado.

—¿Ramsey no querría que lo hicieras? ¿Para el documental?

Ash sacudió la cabeza y se le encogían los ojos a medida que Bel subía la linterna para iluminarle la cara. Él dejó de grabar. Un silbido que hizo eco por el laberinto de metal. Se metió la mano bajo el brazo, sacó el teléfono y encendió la linterna. Dos luces eran mejor que una.

—Hay cosas más importantes que el documental. —Le apretó la mano a Bel—. Ramsey haría lo mismo.

—Ash... —empezó a decir Bel, pero las palabras murieron antes de cobrar vida. Sus oídos habían captado un sonido nuevo que había traído el viento.

Un grito débil y amortiguado.

Y otro.

Bel siguió el sonido con los ojos, hasta la camioneta roja.

—Hay alguien ahí. —Ash se quedó boquiabierto.

Otro grito, humedecido dentro del contenedor metálico, casi con forma de palabras.

—¿Hay alguien ahí?

A Bel le dio un vuelco el corazón y se le subió a la garganta.

—¡Mierda! —dijo ella, volviendo a tomar la mano de Ash.

Otro grito, uno que sonó como: «¡Ayuda!».

—¿Qué hacemos? —preguntó Ash, con voz baja y urgente.

Bel lo sabía, no tenía que decirlo. Tenía que seguir. La camioneta roja tenía las respuestas que llevaba toda su vida esperando.

Soltó la mano de Ash y zigzagueó entre los neumáticos sin apartar la mirada del contenedor y las cuatro barras metálicas que lo mantenían cerrado.

Un neumático pinchado en un lado, otros dos, uno encima de otro, detrás, a modo de escalera hacia la parte de atrás del contenedor.

Bel pisó el primer neumático, luego el otro, plantando los pies en la goma gruesa y reposando los dedos en el metal frío.

Otro grito, más fuerte ahora que estaba cerca, casi tocándolo.

Miró a Ash.

No era más que un pinchazo de luz flotando debajo de ella.

—¡Que alguien me ayude! —Desde dentro.

Bel tomó aire, absorbiendo la oscuridad, llenándose con ella.

Tomó la primera cerradura y apretó la mano alrededor de la palanca metálica, que le ardió en la mano. Tiró de ella hacia la izquierda y rechinó, tapando los gritos del interior mientras se desenganchaba de la puerta.

Agarró la otra cerradura y le dio la vuelta. La barra se soltó y desbloqueó la puerta izquierda. Crujió con un ruido diferente por la oscuridad que había más allá.

Bel agarró el picaporte y tiró de la puerta hacia ella.

Lo supo antes de abrir la puerta, antes de apuntar con la

linterna al interior, antes de verlo encogido contra la pared del fondo del contenedor.

Él levantó las manos para bloquear la luz, cubriéndose la cara.

—¡¿Quién es?! —gritó él con una voz ronca y cruda.

—Soy yo —dijo Bel, escondiéndose detrás de la bola de luz.

—¿Rachel?

—Soy yo, papá.

Él bajó las manos, con los ojos muy abiertos y atormentados, mirando a ciegas la silueta oscura de su hija.

—Bel.

Cuarenta y tres

La luz bailó por el interior del contenedor, dándole vida con destellos y sombras, moviéndose a la vez que Bel, entrando en su interior.

Las paredes y el techo estaban cubiertos por una especie de aislante, un montón de paneles de espuma arrugada. El suelo también, por debajo de las alfombras y las mantas.

Había un colchón en la esquina del fondo, cojines y más mantas. Un inodoro de camping en el otro lado, con un tanque extraíble. Un ventilador eléctrico con el cable enredado en la base. También una lámpara desenchufada. Montones de ropa harapienta y viejas toallas. Garrafas enormes de agua, algunas vacías. Un montón de comida: bolsas y latas y cajas. Un único tenedor encima de una lata abierta de maíz. Artículos de aseo, toallitas húmedas y una caja de pilas.

Y su padre sentado contra la pared del fondo, entre el inodoro y la cama. Tenía una esposa metálica en el tobillo, con una cadena que serpenteaba a su alrededor y desaparecía por un pequeño agujero de la pared del contenedor, enganchada afuera, en alguna parte.

—Bel. —Se levantó y la cadena hizo ruido, persiguiéndolo. Llegó solo a mitad del camino antes de que la cadena se estirara y lo detuviera.

Tenía algo oscuro en la mano. Lo encendió. Una linterna,

mucho más luminosa que la suya. La dejó en el suelo, apoyada contra una caja de galletas, apuntando al techo e iluminando todo el contenedor.

—Eres tú —dijo su padre, con la voz más firme. Tenía una barba de varios días que le oscurecía la cara—. Gracias a Dios que eres tú, Bel. No ella. —Otra sombra le atravesó la mirada—. Me había parecido escuchar voces. Una conversación. ¿Hay alguien contigo?

—Ash. —Bel miró hacia atrás para buscarlo. Él estaba mirando al interior, parpadeando despacio, como si fuera a desaparecer todo si no lo miraba atentamente.

—¿Quién?

—Ash, del equipo del documental —dijo Bel, más fuerte, encontrando su voz.

A su padre le cambió la cara con una mirada extraña y poco familiar, iluminada desde abajo.

—Dile que se vaya, Bel. Tiene que irse. Ya.

Bel miró a los dos, clavada en el medio.

—¡Vete! —le gritó su padre a Ash—. ¡Vete! ¿Me oyes? Y no llames a la policía. Nada de policía. Esto es un asunto familiar.

Ash miró a Bel.

—No me parece bien dejarte aquí sola.

—¡Vete! —Charlie lo señaló con el dedo. No tenía el anillo de boda.

—Un momento. —Ahora Bel levantó un dedo—. Ash, ven conmigo.

Ella salió del contenedor por los escalones hechos con antiguos neumáticos. Ash estaba a su lado.

—Bel —susurró él—. ¿Qué demonios? No pienso irme...

—Puedo hacerlo sola. —Le agarró la mano—. Es mi padre. Son mis padres. Mi familia. Necesito saber la verdad. Toda la verdad.

Bel no podía esconderse detrás del equipo de rodaje para siempre.

—No puedo dejarte sola con él, ¿qué...?

—Llevo toda mi vida sola con él. Mi padre y yo, los dos. Me ha mentido, Ash. Y tengo que averiguar qué hizo, qué papel tuvo en todo esto. Es él quien me debe la verdad, y nadie más. No va a hablar si estás tú aquí, pero a lo mejor sí está preparado para hablar conmigo.

Ash levantó la mirada hacia el contenedor, que brillaba en mitad del laberinto de metal.

—¿Estás segura?

—La familia es lo primero, ¿no? —dijo ella. El problema era saber quién se merecía ser familia cuando terminara todo—. Estaré bien. Necesito hacer esto. ¿Sabes llegar al coche?

Él deslizó los dedos entre los de ella.

—No estoy preocupado por mí.

—No llames a la policía, Ash —dijo Bel. No porque su padre se lo hubiera pedido. Antes, necesitaba saber la verdad, luego decidiría qué hacer con ella. Su familia. Sus padres. Su decisión—. Vuelve al hotel. Te llamaré cuando acabe, ¿de acuerdo?

Ash no contestó. Tiró de ella y le dio un abrazo fuerte, con la cámara atrapada entre ellos. Ella reposó la cabeza contra su pecho y escuchó el tic-tac de su corazón.

—Ten cuidado —le susurró él, acariciándole la oreja con los labios.

—Tranquilo. —Su padre estaba encadenado, no podía hacerle nada. Luego apareció otro pensamiento por encima de ese. Su padre jamás le haría nada, de todos modos, ¿verdad?

Ash le acarició el brazo mientras se daba la vuelta, levantando el teléfono para iluminar las siluetas de las sierras y coches oxidados, y elegir el camino.

Bel vio cómo desaparecía, cómo se lo tragaba el laberinto. Inhaló la oscuridad. Estaba preparada, se decía a sí misma mientras subía.

Dentro del contenedor, enfrente de su padre.

—Se ha ido.

—¿No llamará a la policía? —dijo su padre, con la urgencia suficiente como para que la pregunta le llegara a los ojos.

—No.

—Bien. —Se movió y la cadena sonó—. Cómo me alegro de verte, hija. No sé cómo me has encontrado, pero tienes que sacarme de aquí.

—Papá... —empezó a decir Bel, pero él la interrumpió.

—Está loca. Rachel —dijo, escupiendo su nombre, con los ojos llenos de pánico—. Me ha encerrado aquí sin motivo. Me dijo en mitad de la noche que tenía que enseñarme una cosa. Me trajo aquí y me metió en la camioneta. Ni siquiera fui consciente de lo que estaba pasando y ya me había encadenado el tobillo. ¿Cuánto tiempo ha pasado? Me ha traído agua y comida un par de veces, pero no me dice por qué lo ha hecho, solo que darme respuestas sería demasiado amable. Tienes que ayudarme. Rachel tiene la llave de esto. —Se señaló el tobillo, en carne viva por la parte en la que el metal le rozaba la piel—. A lo mejor hay alguna sierra entre la basura. Ayúdame, hija.

Bel no se movió.

—¿Ha sido Rachel? —dijo, utilizando la ignorancia como una máscara. Sabía mucho más de lo que su padre pensaba.

—Sí —dijo con voz de plegaria—. Rachel está loca. Ha debido de pasarle algo en todo el tiempo que ha estado desaparecida y ha perdido la cabeza. Me ha encerrado aquí sin motivo.

—¿Por qué iba a hacer algo así, encerrarte aquí, sin que tú le hayas hecho nada?

Su padre abrió mucho los ojos.

—¿Qué insinúas, hija? Yo jamás le hice nada. No tiene sentido.

Bel se mordió el labio.

—¿Sabes qué más no tiene sentido?

Su padre se quedó mirándola.

—Si Rachel está loca, si te ha encerrado aquí sin ningún motivo, ¿por qué no quieres que llame a la policía?

Él dio un paso atrás, moviendo los ojos muy rápido.

—Porque... —Se agarró a la palabra para darse más tiempo—. Porque ya sabes cómo es la policía en Gorham. Dave Winter seguramente encontraría la forma de que pareciera que esto es culpa mía. Y volvería a arrestarme.

—A lo mejor debería hacerlo.

—¿Qué dices, hija? —dijo, la última palabra tan afilada que podía cortarle—.Vamos, busca alguna forma de quitarme esto. Rómpelo o corta la cadena. Ve a buscar algo. ¡Vamos!

—No —dijo Bel, con un escalofrío por la mirada que tenía

su padre. Jamás le había dicho que no así, siempre cedía, hacía lo que fuera para que él estuviera contento, para evitar que se fuera porque todo el mundo se iba, en algún momento. Aunque a lo mejor eso nunca fue verdad—. No, papá. Lo siento, pero tengo que saber por qué te ha encerrado Rachel aquí.

Él abrió la boca, luego la cerró, moviendo las sombras en el techo.

—No lo sé, hija. Esa es la verdad. Debió volverse loca en este tiempo que ha estado afuera, porque no...

—No ha estado afuera, papá. Rachel nunca estuvo afuera. Estaba aquí, en esta camioneta, en este contenedor. Encadenada por el tobillo. Aquí es donde ha estado todos estos años. Justo aquí.

Su padre miró a su alrededor como si lo estuviera viendo todo por primera vez. Bel no podía fiarse de sus ojos, ya no.

—Y sé quién la metió aquí. —Bel endureció la mirada.

Su padre sacudió la cabeza y la cadena sonó detrás de él.

—¿Por qué me miras así? No fui yo. No tuve nada que ver con esto.

Mentía con mucha facilidad, como si la lengua se le moviera sola. A lo mejor porque llevaba toda la vida de Bel practicando.

—Fue el abuelo. —Bel lo analizó en busca de cualquier resquicio de verdad—. El abuelo fue quien secuestró a Rachel. La encerró aquí, en este deshuesadero, en este contenedor. Le traía agua y comida. Y libros para que pasara el tiempo. Todo este tiempo estuvo aquí. —Soltó parte de la oscuridad en una respiración—. Y tú lo sabías.

—¡No! —Se le quebró la voz, abrió más los ojos y aparecieron nuevos pliegues en la piel—. No lo sabía. Te lo juro, hija. Tienes que creerme.

—Siempre te he creído —dijo Bel. Su voz empezaba a quebrarse también. Pero construyó un nuevo muro por encima—. Eras inocente. Eras la única persona que de verdad se preocupaba por mí, que nunca me abandonaría. Te creí. Te defendí, les dije a todos que estaban equivocados. Porque tenías una coartada, era imposible que tuvieras algo que ver con la desaparición de Rachel, ¿no?

—Sí, eso es. Por favor. Sácame de aquí.

—Y era una coartada casi buena, ¿verdad? —Bel continuó, ignorando la plegaria de sus ojos—. Casi te sale bien. Te cortaste la mano en el trabajo exactamente a las dos de la tarde. Porque fue esa hora la que acordaste con el abuelo, cuando secuestraría a Rachel. Un corte profundo, que necesitó puntos. Eso suponía que estarías en el hospital, que las cámaras de seguridad te grabarían, y tendrías una coartada sólida para las siguientes horas, así que nunca sospecharían de ti.

Su padre sacudía la cabeza y parpadeaba.

—Pero el abuelo no la secuestró a las dos, ¿verdad? Llegó tarde, porque Rachel fue al centro comercial en Berlín. El abuelo no pudo intervenir hasta que Rachel llegó a esa carretera, donde me encontraron a mí dentro del coche. No se la llevó hasta las seis, justo cuando acababa tu coartada perfecta. Así que ya no era tan buena, ¿no? Te había dejado el tiempo justo, solo unos pocos minutos, para que hubiera alguna duda y la policía se pusiera a investigar. —Bel había dejado caer la mano a su costado, con los dedos preparados—. No pensabas que te arrestarían, pero lo hicieron porque el abuelo llegó tarde.

—Bel, escúchame.

—¡No, escúchame tú! Alguien te escuchó hablando con el abuelo, papá.

Charlie torció la boca, era demasiado tarde como para ocultarlo. Quería preguntar quién, pero no podía hacerlo, y los dos lo sabían.

—Lo planeaste todo con el abuelo. La desaparición de Rachel. ¡Sabías que estaba aquí!

—¡No! —gritó él con las manos temblando—. No lo sabía. ¡No sabía que estaba aquí!

Abrió mucho los ojos, pero apartó la mirada, con la boca muy abierta. Ni siquiera podía mirarla cuando mentía.

—Sí, lo...

—Él no lo sabía —dijo una voz detrás de Bel, una voz tan familiar que casi parecía la suya propia.

Cuarenta y cuatro

Bel parpadeó y Rachel apareció en la oscuridad detrás de ella, mientras subía al contenedor. No miraba a Charlie, solo tenía ojos para Bel. La mano le picaba, como si quisiera tocarla.

—Él no lo sabía —repitió—. Está diciendo la verdad, por una vez.

Bel movió los hombros, y no miró ni a su padre ni a su madre, sino a un punto intermedio.

—¿Cómo sabías que estaba aquí? —preguntó Bel.

—Pasaron los veinte minutos y no habías vuelto —respondió Rachel—. Fui a casa de tu abuelo a buscarte y vi los libros en el suelo. Supe que habías visto el mensaje. Sabía que vendrías aquí, a la camioneta roja. Lo siento. —Miró al suelo durante un segundo—. No quería que te enteraras así. No quería que te enteraras, en realidad. Esta es tu familia, quienes te han criado. Vi cuánto los querías y, por mucho que me doliera, no quería hacerte daño. No quería que te enteraras.

Era demasiado tarde.

—¿Cómo que está diciendo la verdad? —Bel volvió a mirar a Charlie—. ¿No sabía que estabas aquí?

Rachel no lo miró, hablaba de él, hablaba a su alrededor.

—Así es. No sabía que estuve aquí todo ese tiempo, en esta camioneta. No lo sabía. Porque pensaba que estaba muerta.

Ahora sí lo miró, con los ojos en llamas. Las cadenas sonaron cuando Charlie dio un paso atrás, pero Rachel no había terminado.

—Pensaba que estaba muerta porque es lo que le dijo a Pat que hiciera. Ese era el plan. En todo lo demás estás en lo cierto, Bel. Pero tu abuelo no solo tenía que secuestrarme a las dos aquel día. Se suponía que debía matarme.

Su padre hizo un ruido gutural y profundo.

—¿Te sorprende, Charlie? —Rachel le tiró las palabras, letales, como sus ojos—. Seguro que quedaste como piedra al encontrarme en tu cocina hace tres semanas, después de estar convencido de que llevaba dieciséis años muerta, ¿no? Todo el mundo daba por hecho que estaba muerta, pero tú eras el único que lo sabías seguro. —Sorbió por la nariz, con una risa enterrada en algún sitio, en lo más profundo—. Tendrías que haber visto tu cara. Pensaba que te iba a dar un infarto. Esperaba que te lo diera, en cierto modo.

—No sé de qué estás hablando —dijo Charlie.

—Ah, no te preocupes. —Rachel chasqueó la lengua—. Porque yo sí lo sé todo. Más que tú, de hecho. Pat me lo contó todo. Me lo explicó, para que viera que no había sido cosa suya. Que, en realidad, encerrándome aquí, me estaba salvando. Tu padre estaba desesperado por creer eso. Y porque yo me lo creyera también. Que, al no matarme, al dejarme aquí encerrada, me había salvado de ti.

—¿Le dijiste al abuelo que la matara? —Bel se giró hacia su padre, casi no lo reconocía—. ¿Por qué? —Había demasiados porqués—. ¿Y por qué el abuelo aceptó hacer algo así?

Rachel los miró a los dos, con la mirada severa hacia un lado, y brillante hacia el otro.

—¿Se lo vas a decir, Charlie?

Su padre se abalanzó hacia delante, y sonó un golpe cuando la cadena se estiró del todo. Él se estremeció y se llevó las manos al pecho.

—Nada de esto es cierto, Bel. ¡Te está manipulando!

—Muy bien, pues se lo contaré yo, entonces.

—¡Cállate, Rachel! —gritó él, con la cara roja, y la sombra

de un monstruo retorciéndose en el techo sobre él—. ¡No le hagas caso, Bel!

Bel miró a sus padres, a la izquierda y a la derecha. Mamá y papá.

—Quiere saber la verdad, Charlie. Se lo merece. Y tú nunca se la vas a contar. —Rachel miró a Bel, con la mirada delicada, sin enseñar los dientes—. Tu abuelo aceptó el plan, al menos hasta donde tu padre sabía, porque Charlie lo chantajeó.

—¿Con qué? —preguntó Bel.

—Con otro secreto de los Price. Vaya familia, ¿eh? —dijo Rachel, formando una línea con la boca—. Cuando tu padre era adolescente, una noche, escuchó a tus abuelos discutir. La noche que murió su madre. Se levantó de la cama justo a tiempo para ver a Pat empujar a su madre. Maria se cayó por las escaleras, se rompió el cuello y se hizo heridas letales en la cabeza. El coronel lo archivó como un accidente, que se tropezó y se cayó porque estaba oscuro. Eso es lo que Pat les contó. Pero Charlie sabía que no fue un accidente, que la empujaron, que su padre había matado a su madre, independientemente de que lo hubiera hecho a propósito o no. Nunca se lo dijo a nadie, ni a Pat ni a Jeff. Se lo guardó durante años, décadas, hasta que vio una oportunidad para usarlo. Seguramente pensaras que eso de ser un asesino de mujeres era cosa de familia, ¿no, Charlie? —soltó en dirección a él. Y volvió a mirar a Bel—. Charlie le dijo a Pat que si no aceptaba matarme, iría a la policía y les contaría lo que vio aquella noche. Que lo contaría todo, que declararía en contra de su padre. Que podía hacer creer a Jeff que él también lo había visto, ¿y cómo iba a decir tu abuelo que los dos estaban mintiendo? Por eso Pat aceptó. Son todos unos cobardes.

Charlie entornó los ojos mirando la nuca de Rachel, apuntando.

—Pat me dijo —siguió Rachel, ajena—, que si no aceptaba, que si no me secuestraba, temía que Charlie me matara con sus propias manos, así que me estaba salvando. Pero Charlie tenía que creer que estaba muerta. Y así fue. —La cadena hizo ruido cuando su padre empezó a andar—. Charlie se lo agradeció después, ¿lo puedes creer? Le dijo que no quería saber los detalles, cómo lo había hecho, dónde había dejado mi cadáver, solo que ya estaba hecho. Quería negación plausible. Pat siempre me dijo que si Charlie mostraba algún tipo de arrepentimiento, si lamentaba lo que había hecho, Pat le contaría que seguía viva. Que encontraría la forma de llevarme de vuelta a casa. Charlie jamás se lo mencionó, ni una sola vez. Pensaba que me había matado y nunca tuvo ninguna duda al respecto, nunca se arrepintió.

Su padre estalló en una carcajada aguda y poco profunda.

—¿Qué estás haciendo, Rachel? Bel no te va a creer nunca. ¡Ni siquiera te conoce! ¡Bel! ¡Mírame, hija!

Lo hizo, pero solo durante un segundo, con los ojos rojos y salvajes, con estalactitas de saliva colgando de los dientes. Se volvió a girar hacia Rachel, con la cara herida pero tranquila.

—¿Por qué quería matarte? —preguntó Bel, mirándolos a los dos, girando la cabeza porque no podía mirarlos a los dos a la vez.

Rachel suspiró.

—Yo sabía desde hacía tiempo que Charlie iba a matarme. No lo descubrí cuando Pat me secuestró. Lo sabía desde hacía semanas, meses.

—¿Por qué?

—Ya conoces a tu padre —dijo con cariño—, puede que mejor que yo. Sabes cómo funciona. Todo gira a su alrededor, siempre tiene la razón. Controla a toda la familia, aunque no lo sepan. Te habrás dado cuenta de que todo el mundo le pide siempre disculpas, pero él no lo dice nunca, porque él nunca se equivoca. Pensaba que también podía controlarme a mí. Yo era muy joven cuando me casé con él, ingenua, y él era mucho más mayor, así que tenía que tener razón en todo. Pero... cuando tú naciste, algo cambió en mí, y empecé a ver quién era de verdad. Creo que se dio cuenta de que me estaba alejando de él, así que intentó jalarme. Durante meses, intentó hacerme creer que me había vuelto loca para que lo necesitara, para que no me fuera nunca. —Rachel cerró los ojos—. «Rachel, dejaste la puerta de la calle abierta. Rachel, cariño, dejaste el horno encendido, la casa pudo haber ardido». Nada de eso ocurrió jamás. Lo sabía, pero a él se le daba tan bien que empecé a dudar. —Le lanzó una mirada amarga y fría—. Pero cometiste un error, Charlie. Bastante grande. La última Navidad. «Rachel, has dejado a Annabel sola en la bañera. Se pudo haber ahogado». Te tenía en brazos y tú estabas gritando. Ahí fue cuando lo vi. Jamás me olvidaría de ti, tú eras mi mundo entero. Supe que era peligroso y que tenía que dejarlo. Creo que Charlie se dio cuenta de que había perdido, de que lo iba a dejar, y no podía vivir con eso, ni hablar. Por eso quería matarme. La forma definitiva de controlarme.

—¡Basta ya! —Charlie estiró del todo la cadena, que le golpeó el pie libre y sacudió el contenedor—. ¿Te estás escuchando, Rachel? Tienes que darte cuenta, en serio. Todas estas fantasías solo están en tu cabeza. Bel no te cree nada. La he criado para que sea más inteligente que eso.

Él la había criado, y era inteligente, pero su padre se equivocaba. Le creía a Rachel, porque Bel nunca había dejado la puerta de la calle abierta, ni la basura sin sellar, nunca rompió la estupida taza, y su padre la dejó en el estacionamiento de un Taco Bell durante horas, no minutos. Pero era lo bastante lista como para ver algo más, todo lo que Rachel no estaba contando.

—Pero era verdad que te ibas a ir, ¿no? —dijo Bel—. Le pediste tres mil dólares a Julian Tripp dos días antes de que desaparecieras. Ibas a utilizarlos para abandonarnos, para huir.

Rachel asintió y una sonrisa triste tiró de la comisura de sus labios.

—Así es, Bel. Eres muy inteligente, pero no gracias a él. En aquel momento, tu padre ya me había quitado todas las tarjetas del banco. Por mi propio bien, me dijo, porque agoté el límite de una de las tarjetas y se me había olvidado. Era mentira. Pero no podía acceder a mi dinero, y lo necesitaba si quería irme. Sabía que iba a matarme. No era una cuestión de «y si», sino de cuánto tiempo me quedaba. No creí tener tiempo para ver cómo resultaba todo eso de la tarjeta, sobre todo cuando luego fingió que mi coche estaba estropeado, para aislarme aún más. No podía esperar. Julian era mi único amigo. El trabajo era el único sitio en el que estaba libre de Charlie. Sabía que si se lo pedía a Julian, después de clase, me daría el dinero. Y así fue, un par de días después. Tres mil dólares. Era suficiente. Luego Charlie arregló mi coche, y supe que tenía que irme ese mismo día, antes de que fuera demasiado tarde. Aquel día. Miércoles 13 de febrero. Tienes razón, Bel. Intenté huir. Pero te iba a llevar conmigo.

Bel soltó en una respiración el resto de la oscuridad, con un escalofrío por la espalda. Pero no era un escalofrío, era algo cálido. Allí estaban. Las palabras que llevaba toda la vida esperando oír, y que no supo hasta ese momento. Su madre no la abandonó, no eligió dejarla atrás. Bel siempre formó parte del plan; se tenían que ir juntas.

Le cayó una lágrima que se aferró a sus pestañas.

Rachel se acercó a ella y le acarició la muñeca con el pulgar, y sintió otra vez el escalofrío cálido.

—Llevaba semanas planeándolo, Bel. Todo. Y ya tenía el dinero, así que era el momento de ponerlo en marcha. Eso fue lo que pasó en el centro comercial, por eso desaparecí dos veces aquel día. La primera vez fue planeada. Lo que te conté sobre cómo desaparecimos en el centro comercial es verdad. Todo eso del contenedor de reciclaje y la puerta de «Solo personal autorizado». Pero no fue una coincidencia, y no fue porque pensara que un acosador nos estaba siguiendo. Llevaba semanas yendo al centro comercial, organizándolo todo, buscando las cámaras para encontrar el punto ciego junto a esa puerta. A qué hora sacaban los contenedores, dónde los llevaban, cuánto tardaban en recoger la basura, si había cámaras afuera. Sabía que podíamos salir por aquella puerta, en uno de esos contenedores, estacionar el coche unas calles más lejos y nadie se enteraría jamás. No dejaban abierta la puerta de «Solo personal autorizado». Conseguí que alguien me diera una llave un par de semanas antes. Estaba lista, Bel. Y salió bien. Desaparecimos dentro de ese centro comercial, sin dejar rastro. Te portaste muy bien dentro del contenedor, como si supieras que era importante que no nos descubrieran. Quería que la gente pensara que habíamos desaparecido cerca de casa, que fuera un misterio imposible para mantenerlos ocupados, que no nos buscaran en ningún otro sitio, para que Charlie no tuviera ni idea de adónde habíamos ido.

Rachel se detuvo para tomar aire, con los ojos oscureciéndose con la historia.

—No sabía... que fue el mismo día que Charlie y Pat habían acordado para llevar a cabo su plan. Charlie iba a cortarse la mano sobre las dos para empezar su coartada. A esa hora se suponía que Pat tenía que ir por mí, a casa. Pat llegó justo a tiempo para ver cómo nos íbamos al centro comercial, así que nos siguió. Se estacionó cerca de nuestro coche y esperó a que volviéramos. Estuvimos horas desaparecidas, Bel, escondidas en aquel contenedor, esperando a que nos sacaran. Pero Pat no podía llamar a Charlie para decirle que algo había fallado con los tiempos. La coartada de Charlie tenía que ser perfecta; no podía haber ninguna llamada de teléfono, ninguna conexión entre ellos. Así que Pat esperó. Nos siguió cuando por fin volvimos al coche. Él pensaba que íbamos a casa, pero íbamos de camino a desaparecer para siempre, en busca de un nuevo hogar. Por eso fui por las carreteras secundarias, para que ninguna cámara grabara las matrículas. No sabía que Pat iba detrás de nosotras todo el tiempo. Cuando llegamos a esa carretera solitaria, vio su oportunidad, aceleró para adelantarnos y frenó delante de nuestro coche. Tuve que dar un volantazo para no chocar con él. Tú estabas bien, Bel. Siempre has sido muy valiente. Salí del coche para gritarle al otro conductor. Entonces vi que era Pat. Le pregunté qué rayos estaba haciendo, que nos podía haber matado. Él me dijo que me tenía que enseñar una cosa, que era una emergencia. Sabía que nuestro plan ya se había ido a la mierda, porque Pat nos había visto después de que desapareciéramos. Estaba distraída, pensando en qué podía hacer, así que no vi las esposas que tenía en la mano. Abrió el maletero, me agarró por las muñecas, me metió dentro y cerró la puerta. Grité que me dejara salir, le di patadas al cerrojo, y entonces me di cuenta de que te había dejado con la puerta abierta. Hacía muchísimo frío. Dejé de gritar por mí y empecé a gritar por ti, le dije a Pat que me daba igual lo que me hiciera a mí, pero que fuera a cerrar la puerta para que tú estuvieras bien. Y lo hizo. Comprobó que la calefacción estuviera puesta y cerró la puerta. Me dijo que le habías visto, Bel, que lo llamaste. Te dio un jugo y te dejó en el asiento de atrás. Quería que yo supiera que nunca le haría daño a su nieta, me prometió que te cuidaría el tiempo que yo no pudiera hacerlo. Y luego me trajo aquí. —Estiró los brazos para señalar la cárcel improvisada.

Bel volvió a mirar a su alrededor: la espuma andrajosa en el techo, la cadena en el tobillo de su padre que desaparecía por fuera, esa pequeña habitación oscura, la casa de su madre durante todo ese tiempo. Intentó imaginárselo como lo vio Rachel el primer día, y cómo fueron afilándose los bordes, creciendo las sombras, cerrándose las paredes. ¿Cómo había podido sobrevivir a todo eso?

Rachel pareció leerle la mente y reconocer la mirada de sus ojos, ahora que Bel conocía la de ella.

—Pat tuvo como una semana para montar todo esto después de que Charlie le pidiera que me matara. —Señaló la espuma—. Para regular la temperatura, aunque siempre pensé que era para que nadie oyera mis gritos. Nadie lo hizo nunca. —Sorbió por la nariz—. Estaba atada por el tobillo. Había agujeros para ventilar tanto en las paredes como en el techo. Puso un generador detrás y metió un cable por este agujero en la pared, para que tuviera calefacción eléctrica en invierno y un ventilador en verano. Dios, el verano aquí era horrible. Hacía tanto calor que apenas podía moverme. Tenía una lámpara que usaba los meses que el generador estaba encendido, así no vivía en completa oscuridad. Otras veces usaba linternas, con pilas suficientes para tener una encendida todo el tiempo. Él venía dos veces por semana con comida y agua, y alguna otra cosa que le pidiera. Se sentaba conmigo un rato con la puerta abierta. Siempre pensaba que esas eran mis oportunidades para convencerlo de que me dejara marchar. Creo que un par de veces casi lo conseguí. Pero me decía que solo podría hacerlo si Charlie alguna vez le decía que se arrepentía de lo que había hecho. Si no, decía que dejarme marchar sería lo mismo que dejarme morir, que Charlie me mataría con sus propias manos. Cada dos semanas me traía un libro. —Rachel volvió a mirar a Bel a los ojos, clavándola al aquí y ahora, donde no era ella la que estaba encadenada—. Pero eso ya lo sabes, los has encontrado todos. Pensaba que Pat los llevaría a una librería de segunda mano, o que te los daría a ti. No pensé que se los quedara. Nunca fue muy aficionado a la lectura.

—A mí me leía. —Bel habló más allá del bulto en la garganta—. Los mismos libros. Cuando tú terminabas de leerlos.

A Rachel volvieron a brillarle los ojos.

—Yo le pedí que lo hiciera. Pensé que, cuando crecieras, igual veías las marcas y encontrarías los mensajes.

—Lo siento. —A Bel se le cayó la mirada al suelo, con una culpa tan pesada que los arrastraba.

—No es culpa tuya, Bel. —Rachel le pasó la mano a Bel por el brazo, hasta que levantó la mirada—. Tú no lo sabías. Tuve que hacer marcas muy sutiles, apenas visibles. Sinceramente, no me sorprende que no las descubriera nadie nunca. Pero no tenía otra forma. Pat me dio un cuaderno y un lápiz para que escribiera lo que necesitaba. Cuando me trajo el primer libro, escribí el mensaje con letras grandes, en la página del primer capítulo. Pero Pat lo revisó y encontró el mensaje enseguida. Me dijo que iba a quemar el libro y que no me podría traer más si lo volvía a intentar. Así que tuve que ser más astuta y esconder el mensaje para que Pat no lo viera, porque sabía que lo comprobaría cada vez que le devolviera un libro. *El ladrón de recuerdos* fue el segundo libro que me trajo, el primero en el que escondí el mensaje. Por eso es mi favorito. Le decía a menudo que era un libro especial, pero nunca le dije por qué. Aunque no funcionó, me dio un motivo para seguir adelante, me dio esperanza.

Bel sentía que sus ojos también brillaban de la misma forma que los de Rachel, con lágrimas sin llorar por todas las oportunidades perdidas, por haber estado tan cerca tantos años y no saberlo.

—Entonces tú y yo íbamos a huir. Por eso los tres mil dólares, por eso desaparecimos en el centro comercial. Pero el abuelo nos interceptó y te secuestró. Por eso desapareciste dos veces. Una fue planeada, la otra no.

Rachel asintió.

—Pero ¿cuál era el resto de tu plan? —preguntó Bel. La cadena hizo ruido y la sobresaltó. Casi se había olvidado de que su padre estaba allí, observándolas—. ¿A dónde iríamos al salir del centro comercial?

Bel tenía que saber qué vida había planeado Rachel para ellas, cómo habría sido. Ella ya había vivido una, era la niña abandonada en el asiento trasero, con una vida misteriosa a la que los demás miraban boquiabiertos, aterrada por que la volvieran a abandonar, consciente de que era inevitable. Bel necesitaba saber cuál era la otra vida que podía haber tenido, la que su padre y su abuelo le habían arrebatado.

—Unas semanas antes de aquel día —dijo Rachel—, antes de que Charlie me impidiera acceder a mi dinero, me había comprado otro coche. Era uno muy barato, sin registrar, se lo compré a una pareja que quería dinero en efectivo. Lo tenía estacionado en Randolph, una calle en la que solo hay casas vacacionales, no había nadie que pudiera denunciarlo. Íbamos a cambiar los coches y a hundir el mío en el lago Durand. Y luego iríamos a Vermont, a un pueblo que se llama Barton.

—Donde vive Robert Meyer —dijo Bel, rellenando los huecos, sabiendo adónde iba el resto de la historia, porque había vivido una versión parecida durante las últimas dos semanas.

—El amigo de Jeff, Bob. —Rachel asintió—. Jeff lo sacaba en las conversaciones cada vez que podía. Me dijo una vez que Bob vendía identidades falsas en la *dark web*, y que tampoco era tan caro como yo pensaba. Jeff no sabía hasta qué punto eso se me quedó grabado y cuánto iba a necesitar esa información más adelante. Conseguí el número y la dirección de Bob del teléfono de Jeff esa última semana. Lo apunté en un trozo de papel, porque iba a abandonar mi teléfono en el coche, en el fondo del lago. Ese papel era una de las pocas cosas que llevaba en el bolsillo cuando Pat me secuestró. Eso, y los tres mil dólares de Julian. Pat nunca encontró el dinero, lo escondí. Pero miraba muchas veces aquel pequeño trozo de papel, lo cerca que habíamos estado de nuestra nueva vida. Lo memoricé todo: el número de teléfono, la dirección. A veces lo recitaba para ponerme a prueba. Íbamos a llegar a casa de Bob aquella noche, y compraría una nueva identidad para ti y para mí, Bel. Teníamos el dinero, suficiente para poder empezar desde cero. Luego iríamos a un aeropuerto privado, cerca de la frontera, y convenceríamos a alguien que tuviera un avión pequeño de que nos llevara hasta Canadá. Tendríamos pasaportes nuevos para el vuelo, para las autoridades, y nadie sabría quiénes éramos en realidad. Más adelante, con los nombres nuevos, llegaríamos a un pueblecito que se llama Dalhousie, en New Brunswick. No tiene muchos habitantes ni mucho turismo. Lo busqué en las computadoras de la escuela para que no hubiera ningún rastro hacia mí. Charlie jamás nos encontraría, nadie lo haría. Ese iba a ser nuestro nuevo hogar. Podríamos haber desaparecido allí. Podríamos haber sido felices allí. Una familia.

Bel parpadeó. Podrían haber sido felices allí, de una forma que hubiera dolido menos que la vida que había vivido. Rachel solo se había olvidado de un detalle: no solo tenía el papel con los datos de Bob y los tres mil dólares cuando su abuelo la secuestró, también debía de tener el calcetín de Bel. El calcetín rosa diminuto que tenía cuando volvió de entre los muertos.

—Por eso sabías cómo montarlo todo —dijo Bel—, y que pareciera que papá se había ido del país, que había huido con una nueva identidad. Porque ese era nuestro plan.

—Ese era nuestro plan —repitió Rachel.

—Un momento —farfulló Charlie, estirando la cadena, moviendo las manos para llamar la atención de Bel—. ¿Cómo que pareciera que yo había huido?

Bel apretó la mandíbula.

—Huiste y le compraste una identidad nueva a Robert Meyer, tiraste tu pasaporte antiguo y tu teléfono en un aeropuerto privado en Vermont, y te subiste en un avión a Canadá con un nombre nuevo. Eso es lo que cree la policía, ya nadie te está buscando.

Bel observó el cambio en su expresión, el movimiento de los ojos, el pánico que no podía esconder ni de ella, ni de Rachel.

—¿Nadie me está buscando? —dijo, con una voz cruda y desesperada, de camino a un grito.

—Yo te busqué —dijo Bel, pero su padre no debía de haberla escuchado.

—¡¿Nadie me está buscando?! —Ahora estaba gritando, con una rabia roja que le iba subiendo por el cuello hasta llegar a los ojos—. ¿Creen que he huido?

—Bueno, no es mentira. —Rachel se puso enfrente de Bel y su cuerpo formó una barricada entre ellos.

—¡Mentirosa! —gritó, inclinándose hacia delante, moviendo los brazos. No podía llegar hasta ella, la cadena tiraba de él hacia detrás—. Bel sabe que yo jamás...

—Te fuiste en plena noche, Charlie. Hiciste la maleta y agarraste el pasaporte; no hizo falta que yo hiciera eso.

—¡Zorra mentirosa!

Rachel apretó los dientes y le sonrió con crueldad.

—Pensé que mi vuelta de entre los muertos te comería por dentro. Esperé que así fuera. Yo, viva, contándole al mundo que fue un desconocido quien me secuestró. Ni siquiera podías preguntarle a tu padre, la única persona que sabía la verdad, porque ya no se acuerda de nada. Seguro que lo intentaste, ¿verdad? Te preguntaste hasta dónde sabía, qué iba a hacer al respecto. Pero, vamos, solo aguantaste una semana. Luego te fuiste en mitad de la noche, huiste antes de que las consecuencias te atraparan. Sabía que era una posibilidad —le dijo a Bel—. No dormía por las noches por si acaso lo intentaba. Salí un par de minutos después que él, lo alcancé incluso antes de que llegara a Main Street. Le dije que ya era hora de que supiera la verdad, lo que me pasó en realidad, pero no podía contárselo, tenía que enseñárselo. Conduje hasta aquí, lo traje hasta la camioneta. Fingí que lo único que sabía era que Pat me secuestró, que trabajó solo, que Charlie no debía saber de lo que era capaz su padre, en realidad. Vi el brillo en sus ojos, sé cómo funciona su cabeza. Estaba intentando averiguar la forma de salvarse, de culpar a su padre de todo sin pensarlo dos veces. Le enseñé dónde estaba enchufado el generador y, mientras no estaba mirando, le puse la esposa en el tobillo y la cerré. La mirada que tenía cuando supo que yo lo sabía.

—¡Mentirosa! —Charlie gritó y un hilo de baba le cayó por

la barbilla—. Bel sabe que yo jamás me iría. Estás loca, Rachel. Bel no cree nada de esto.

No quería creerlo, su estómago se oponía con fuerza a ello, pero no le quedaba más remedio. Su padre la había dejado, y no era solo su palabra contra la de Rachel, no era un padre contra el otro, porque Phillip Alves también lo había visto.

—Bel —dijo su padre, mirándola a través de Rachel—. Mírame, hija. No le hagas caso, está loca. Confía en mí. ¿Qué prueba tienes de que esté diciendo la verdad?

A Bel la traicionó su corazón y reaccionó a su voz, golpeándose contra las costillas, intentando alcanzarlo. Ella miró a Rachel y luego a él.

—El dinero, papá. Sabía que el profesor Tripp le dejó tres mil dólares. Encontré los libros en casa del abuelo, el mensaje. Es lo que me trajo hasta aquí. Y Phillip. Te vio marchándote aquella noche.

—¿Y no crees que pudo organizarlo todo? —Se le suavizó la mirada—. Te está manipulando, hija. No está en sus cabales. Necesita ayuda, tenemos que ayudarla, tú y yo, ¿okey? Pero antes tienes que sacarme de aquí.

—Charlie... —empezó a decir Rachel.

—No estoy hablando contigo, ¡estoy hablando con mi hija!

—Nuestra hija —dijo Rachel, con algo nuevo en la mirada, duro e inamovible, observándolo atentamente.

—Rachel tiene la llave de las esposas, Bel. Tienes que sacarme de aquí. Llevo dos semanas en este infierno. Por favor, Bel, ayúdame.

—Dos semanas. —Rachel forzó una carcajada—. Solo has estado dos semanas, Charlie. No tienes ni idea de lo que sufrí yo aquí. ¡Quince años!

Su padre movió la boca para responder, pero Bel habló antes que él.

—Quince años. —Le tocó a Rachel en el hombro para que se diera la vuelta—. No es la primera vez que dices eso, aunque ya han pasado más de dieciséis años desde aquel día. Así que no saliste de aquí hace tres semanas, cuando reapareciste.

—No.

—¿Cuándo escapaste?

—El verano pasado —dijo Rachel—. En agosto. Cuando a tu abuelo le dio el primer derrame cerebral.

Bel se quedó mirándola y volvió a escribirlo todo. No había dejado de pensar en ello, en lo que le pasó a Rachel cuando el abuelo fue al hospital, cuando perdió la memoria y a Rachel con ella.

—Venía dos veces por semana con comida y agua —dijo ella—. La primera vez que no vino, no me preocupé, pensé que igual estaría ocupado. Luego faltó otra vez. Empecé a racionar la comida y el agua, por si acaso. No sabía que estaba en el hospital, recuperándose del derrame cerebral. Después de dos semanas, empecé a pensar que me dejaría morir aquí, que no podía seguir más con esto, pero que no era capaz de matarme. Casi no me quedaba comida, ni agua. El generador se apagó porque no había nadie para echarle gasolina. No tenía ventilador, ni luz. Tenía muchísimo calor, no paraba de sudar, y no tenía agua suficiente para recuperarme. Pensaba que iba a morir aquí, sola y a oscuras. Me notaba todos los huesos. Estaba tan deshidratada y tan delgada que ni siquiera me hizo falta la llave, la esposa se me salió sola. Por primera vez, era libre, pero no era capaz de abrir la puerta desde dentro. —Le pesaban los ojos mientras lo revivía todo: su muerte lenta, en este mismo lugar—. Lo intenté todo. Intenté hacer herramientas con latas vacías y el ventilador, algo para forzar la puerta. Pero nada servía. Iba a morir aquí dentro. Habían pasado veintiún días desde la última vez que vi a Pat. Y entonces oí a alguien moviéndose afuera. Estaba muy débil, pero conseguí golpear la puerta con una linterna, una y otra vez, mientras gritaba.

Rachel se quedó mirando la puerta, que estaba abierta.

—Se abrió. Me había acostumbrado tanto a la oscuridad que tardé unos segundos en ver algo. Luego escuché su voz, la de Pat, preguntándome quién era. —Rachel sacudió la cabeza—. Yo no entendía nada, pensaba que era alguna broma de mal gusto. Me preguntó qué hacía aquí y quién era. Y entonces caí en que no sabía quién era de verdad. No se acordaba de mí, ni de que me había encerrado aquí dentro. Deduje que debía de ser por un derrame cerebral que le había dejado el cerebro muy dañado, que le había afectado a los recuerdos. Era mi única oportunidad y no pensaba perderla. Ya no estaba encadenada y la puerta estaba abierta. Le dije a tu abuelo que era una agente inmobiliaria y que estaba buscando a alguien interesado en comprar el deshuesadero, pero que me había quedado atrapada sin querer en el contenedor y que llevaba todo el día aquí. Me dijo que lo sentía. Me pidió disculpas. Agarré algunas cosas, los tres mil dólares, y fui libre. Pat incluso me sujetó la puerta abierta mientras salía. Le dije que me llamara si hacían alguna oferta por el deshuesadero. No se acordaba de mí. Ni siquiera tuve que correr. Tampoco podía, aunque hubiera querido. Salí caminando. Lo primero que hice fue beber agua del río hasta que me sentó mal. Encontré un coche estacionado en la entrada del camino, al otro lado del puente. Había comida y agua, ropa y equipo para acampar. Lo tomé todo. Me quedé unos días en el bosque, hasta que recuperé las fuerzas.

Bel asintió, las últimas piezas por fin encajaban, todas las señales y las verdades a medias que había descubierto y que le indicaron el camino.

—Escapaste hace ocho o nueve meses —dijo—. ¿Por qué no viniste a casa?

Rachel se mordió el labio y dejó una marca fantasmal de sus dientes cuando lo soltó.

—Casi lo hago. Estuve a punto de ir directamente a la comisaría de Gorham, estaba desesperada por volver a verte. Pero me contuve. Era como el mensaje en los libros. El primero lo fastidié y sabía que tenía que pensarlo todo bien. Solo tenía una oportunidad de volver, y quería estar preparada, quería hacerlo bien. Así que me fui del pueblo, de New Hampshire. Me teñí el pelo en el baño de una gasolinera, tomé un autobús, luego otro. Terminé en un pueblecito, Millinocket, en Maine. Pensé que estaba lo bastante lejos y que la gente no me reconocería con el pelo teñido y con lo delgada que estaba. Tenía los tres mil dólares para empezar de cero. Alquilé una habitación y empecé a trabajar como asistente, cobrando en efectivo. Y planeé. Investigué y tuve mucho cuidado. Usaba computadoras públicas, alejadas de donde estaba viviendo. Encontré tu cuenta de Instagram, Bel. Habré visto tu foto con la pulsera miles de veces. Incluso más. Me mantenía a flote. Y la necesitaba. Tu abuelo nunca me dijo que habían arrestado a Charlie, que lo declararon inocente de mi asesinato. Eso me aterraba, que lo hubieran entendido todo tan mal para que lo declararan inocente de lo que había hecho, o de lo que intentó hacer. Sabía que no podía ir a la policía con la verdad, no podía confiar en que el sistema judicial castigara a Charlie por lo que había hecho. ¿Cómo iba a salir bien? No había restos de ADN que conectaran a Charlie con ninguna de las escenas, porque él no había estado en ninguna. Y el único testigo que tenía no recordaba nada de lo que Charlie le había dicho que me hiciera. No. La verdad no iba a encerrar a Charlie, a alejarlo de ti. Así que ideé un plan diferente, una historia distinta de dónde había estado y lo que les haría a los que me hicieron esto. Había algo más... tenía que descubrir otra cosa antes de volver. Me costó. Resulta que estaba más cerca de casa de lo que pensaba.

—¿La ropa? —preguntó Bel—. ¿La camiseta roja y los *jeans* negros de esa tienda en New Conway? Eras tú, ¿verdad? La que fue allí en enero.

Hubo un cambio en la mirada de Rachel, que se afiló. No como si estuviera enojada, sino más bien orgullosa. Lo había planeado todo muy bien, y Bel lo había descubierto, las dos habían vivido una mentira bajo el mismo techo. De tal palo, tal astilla.

—Sí. Era yo. Me mudé un poco más cerca, a una caravana cerca de Lancaster. Tomé el coche de un vecino cuando no estaba en casa. La camiseta y los *jeans* que llevaba cuando me secuestró tu abuelo los había comprado allí, pensé que igual podría encontrar algo parecido y quitarle las etiquetas para que la policía no pudiera dar con la fecha, y los destrocé. Pat tiró mi ropa, la quemó. Me compraba cosas una vez al año. Por Navidad.

Rachel se acercó al montón de ropa, al límite de la cadena de Charlie. Él no se movió y la observó con atención mientras le daba una patada a las camisetas y suéteres, deshaciendo la pequeña montaña de ropa.

—Cuando estuve lista, cuando fue el momento, me corté

el pelo, me puse la ropa gastada, me hice una herida en el tobillo, como si acabara de soltarme, y me deshice de cualquier resto mío en la caravana. Me puse una bolsa de tela en la cabeza y luego la dejé en la carretera. Y caminé hasta casa. Sé que me equivoqué con la historia un par de veces, Bel. Me ha costado mucho mentirte, como si también te estuviera castigando. Pero pensaba que no aceptarías la verdad si te la contaba, no estabas preparada. Esta gente te ha criado, los quieres. Pensaba que tenía que hacerlo todo yo sola, ya que era la única que lo sabía todo. Bueno, yo y tu padre, porque él tenía que irse, claro. Pero me alegro muchísimo de que ahora estés aquí conmigo. De no estar sola.

Rachel soltó aire y Bel hizo lo mismo. Ya sabía toda la verdad. Bel había tenido razón con todo, y se había equivocado en mucho más. Rachel había mentido, había planeado su desaparición y su reaparición. Pero no como Bel se había imaginado.

—¿Y qué plan tienes ahora, Rachel? —dijo Charlie mirándola.

—Este. —Afiló la barbilla y abrió los brazos—. Que vivas exactamente lo mismo que me hiciste, Charlie. Quince años, cinco meses y veinticinco días. Llevas trece días. Todavía te queda un poco.

—¡Estás desquiciada!

—Piensa que te estoy salvando, Charlie. La única otra opción era matarte.

—¿Escuchas lo que está diciendo, Bel? —Se le olvidó cambiar el tono de voz y le ardían los ojos—. Está loca, demonios. ¡Está hablando de matarme!

—Tú me mataste primero, cariño —respondió Rachel.

—¡Bel!

—¡Basta! —Bel levantó las manos y se puso entre sus padres—. ¡Deténganse ahora!

Rachel también levantó las manos con un destello de miedo en los ojos.

—Cuidado, Bel. No te acerques mucho a él.

Charlie también tenía miedo en los ojos, pero no tenía la misma forma que el de su madre.

—Rachel tiene la llave —dijo él—. Podemos solucionarlo, hija, ¿sí? Y que todo el mundo reciba la ayuda que necesita. Pero tienes que alejarte de ella. Tienes que soltarme.

Bel miró otra vez a Rachel y se enganchó a sus ojos, que se parecían tanto a los suyos. Siempre había odiado eso, siempre había deseado haber nacido con los ojos de los Price.

—¡Bel, agarra la llave!

La voz de su padre en un oído, la de su madre en el otro.

—No pasa nada, Bel —dijo Rachel con delicadeza metiéndose una mano en el bolsillo. La sacó y la abrió. Tenía una pequeña llave plateada en la palma—. La tengo aquí.

Charlie volvió a estirar la cadena, acercándose a Rachel. El aire le movió el pelo.

—¡No llego! —gritó—. ¡Agarra la llave, Bel! ¡Vamos!

Bel se quedó mirándola contra la piel pálida de Rachel. Movió los dedos. La respiración pesada de su padre sonaba al mismo tiempo que la suya.

—Me lo has contado todo, ¿verdad? —preguntó ella sin apartar los ojos de la llave—. ¿No hay más mentiras?

Rachel torció la boca y se le llenaron los ojos de honestidad.

—No —dijo—. Hay otra cosa. Tengo que decirte algo más, pero aquí no, no así. Te prometo que te lo contaré todo. Jamás volveré a mentirte.

—¡Bel, agarra la llave! —gritó su padre. Le puso una mano pesada en el hombro y le apretó el cuello con el pulgar. Le dio un pequeño empujón y ella dio un paso hacia Rachel—. Agarra la llave, hija —susurró mientras la soltaba.

—¿Cómo que hay más? —Bel se quedó mirando a Rachel—. ¿Qué no me has contado?

—Está intentando manipularte. No la escuches. Agarra la llave.

—Te lo contaré todo. Pero aquí no. Él no puede enterarse.

—¡Cierra la maldita boca, Rachel! Bel, agarra la llave.

Tenía los dedos de su padre en la espalda, otro empujón, acercándola más a Rachel.

—Agárrala si quieres —le dijo Rachel, con una lágrima deslizándose hasta su boca—. No intentaré detenerte. Es decisión tuya. No has tenido muchas opciones en tu vida, Bel. Ahora sí.

Bel miró a su padre por encima del hombro, luego otra vez a su madre.

—Agárrala, Bel. Vamos.

—Tranquila, cariño —dijo Rachel—. Lo entenderé.

Pero su padre no lo haría.

Bel dio un paso adelante.

—Eso es, hija. —Su voz planeó por encima de ella, insistiéndole. El corazón se le lanzaba contra los barrotes de sus costillas, tirando hacia los dos lados, y hacia ninguno.

—No pasa nada. —Rachel observó a Bel dar otro paso hacia ella.

—¡Ya sabe que no pasa nada! ¡Deja de hablarle, Rachel! —La voz de su padre ahora parecía más lejana.

A Bel se le humedecieron los ojos sujetando la llave ahí, en la palma de la mano de Rachel.

Agárrala o no la agarres.

Elige entre Charlie o Rachel. Mamá o papá.

Las mentiras de ella, o las de él.

Los ojos en la llave.

Una cosa o la otra. Bel no podía tenerlo todo. Una no existía con la otra. Ya había tomado la decisión, con la cabeza, el corazón y el estómago. Eligió al hombre que la había criado, porque eran un equipo, siempre lo habían sido. Los dos le habían mentido, su madre y su padre, estaba entre los dos, en tierra de nadie, perdida, con un zumbido en los oídos, y un final que era decisión suya.

Así que debía elegir.

Bel dio otro paso, inestable.

¿Y a qué se reduciría, al final? ¿Al que más conocía, al que más tiempo había querido, al que había querido más, a quien había vuelto de los muertos por ella? A uno lo había tenido toda su vida, a la otra, solo tres semanas. Las dudas se golpeaban las unas a las otras y fluían detrás de sus ojos.

Pero quizá solo importara una verdad, cuando lo descartabas todo, tirabas aquellos recuerdos o el espacio en el que debieron estar. Quién había elegido abandonarla y quién no. Bel apartó la mirada de la llave y miró a Rachel a los ojos, con el color y la forma de los suyos propios. Luego volvió a la llave.

Rachel asintió.

—Tienes que sacarme de aquí, hija. ¡Por favor!

Unos bordes borrosos, cruzando los ojos, dividiendo la llave en dos. Parpadeó hasta que enfocó de nuevo, porque solo había una. Solo podía elegir una.

Su madre.

O.

Su padre.

De parte.

De él.

O.

De ella.

Uno.

O.

La otra.

Bel eligió. Y esta vez eligió bien. Con la cabeza, el corazón y el estómago.

Cortó la distancia entre Rachel y ella, con los ojos clavados en la llave, húmedos porque no podía parpadear, si parpadeaba, todo desaparecería. Bel estiró la mano, deslizando los dedos por el aire, sintió un escalofrío al tocar la piel de la palma de la mano de Rachel. Cálida, no fría.

Le cerró a Rachel la mano alrededor de la llave, en un puño. Piel con piel, hueso con hueso. Y la sostuvo ahí, fuerte.

Mirando a su madre.

La eligió a ella.

—¡Bel! —gritó su padre. No veía nada.

Bel soltó a Rachel, aunque dejó algo detrás, en la mano cerrada de Rachel. Se quedó de pie junto a su madre.

—No, papá —dijo seria, mirándolo a los ojos.

—¿Qué dices? —Parpadeó, porque no entendía. Ella sabía que no lo haría—. No seas estúpida. Agarra la llave.

—He dicho que no. —Y no iba a decir «lo siento».

—¿Qué demonios estás haciendo? —gritó él, retrocediendo—. Tiene que ser una broma. ¡Suéltame! ¡Te ha lavado el cerebro!

—He tomado una decisión, Charlie. —El corazón de Bel no dudó ante la súplica de su voz. No conocía a este hombre, no de verdad, y su corazón tampoco. La familia es lo primero, y él ya no era su familia. Nunca lo fue.

—Bel, detente. ¡Te has vuelto loca, carajo!

—Sí, puede ser —dijo, cerrándole la boca, haciendo eso que siempre hacía, lo que se le daba tan bien porque no le había quedado más remedio para sobrevivir. Lo alejó.

Charlie ahogó un grito.

—No, no, no —se dijo para sí—. ¡No! —ladró—. ¡No! —gritó soltando saliva entre los dientes apretados, con una mirada animal en los ojos—. ¡No puedes dejarme aquí! ¡No puedes!

—¿Por qué no? —dijo Bel. Él la dejó a ella. Él decidió matar a Rachel. Él eligió por Bel, por aquella niña pequeña, eligió el camino que menos le dolió a él pero la arruinó a ella. El nudo en el estómago que no sentía tanto desde que él no estaba.

—¡Te lo ruego! —gritó con las manos en el pecho—. ¡No me dejes aquí!

Bel miró a su madre.

Un guiño con un mensaje oculto. Sí, podían dejarlo allí. Un nuevo secreto familiar, oscuro únicamente por los que hubo antes, uno que las unía. Madre e hija. Bel y su madre. Un equipo.

—¡No!

Un gruñido cuando él saltó hacia ellas. La cadena tiró de él con un ruido sordo metálico. Charlie arañó el aire, agarró a Bel por la manga, tirando de ella con una mirada desesperada.

Bel le clavó las uñas y arañó con fuerza. Rachel se abalanzó hacia delante y soltó a Bel. Le enseñó los dientes, con los ojos brillando igual que cuando otro hombre intentó hacerle daño a su hija.

—¡No la toques! —Se puso delante de Bel—. ¡Puedo hacerlo todo todavía peor para ti!

—¡No me dejen aquí! —gritó él, haciendo movimientos vacíos al aire, resbalándose y cayendo de rodillas—. ¡Te voy a matar, Rachel! ¡Debería haberte matado, maldición!

Su madre retrocedió y tomó a Bel de la mano. Apretó.

Tenían que irse.

—¡Te voy a matar!

Bel se giró hacia la puerta abierta, un marco negro, con la noche vacía al otro lado, esperándolas.

Pero no estaba vacía.

Una bola blanca de luz flotando por los neumáticos. Una forma oscura detrás de ella.

Una voz y un par de ojos nuevos, brillando en la noche.

—¿Qué diablos pasa aquí?

Cuarenta y cinco

Apareció el tío Jeff. El suelo del contenedor se movió bajo su peso, apartándolo de Bel y Rachel.

Se quedó boquiabierto cuando vio a Charlie de rodillas.

—¿Charlie? —Se acercó corriendo a su hermano pequeño—. ¿Qué haces aquí? ¿No estabas en Canadá? ¿Qué demonios está pasando? —dijo otra vez, y se fijó en la cadena enganchada al tobillo de Charlie, luego echó un vistazo a su alrededor.

—Mierda, cuánto me alegro de verte. —Charlie se puso a llorar y agarró a su hermano por el hombro, con los ojos clavados en los suyos—. Tienes que ayudarme, Jeff. Rachel me encerró aquí hace dos semanas. Está loca. Le ha llenado a Bel la cabeza de mentiras. Quieren dejarme aquí. Ayúdame.

—¿Pero por qué iba Rachel...? —empezó a decir Jeff, mirando a Bel y a Rachel, juntas, alejadas de Charlie.

—Rachel tiene la llave de las esposas —dijo Charlie, con un gruñido gutural, y parpadeando para liberar una lágrima—. Quítaselas, Jeff. Agarra la llave y suéltame.

Jeff se enderezó y se puso de pie por encima de su hermano.

—No lo entiendo.

—No hace falta que entiendas nada, simplemente quítale la llave. —Charlie se puso de pie y arrastró la cadena. Estaba hombro con hombro junto a su hermano, agarrándolo.

—Rachel —dijo Jeff, mirándola, cambiando de bando con la mirada—. ¿Es verdad? ¿Por qué has...?

—Deja de hacerle preguntas —ladró Charlie, guiando a su hermano hacia delante, con la cabeza flotando por encima de sus hombros y la voz en su oído—. Ve por la llave. La tiene en la mano.

Jeff dio un paso adelante y se quedó en el medio.

—A ver, no tengo ni idea de lo que ha pasado, pero seguro que lo podemos solucionar. Somos una familia, ¿no?

—Jeff, no lo intentes —dijo Rachel, con un tono de advertencia.

—Lo siento, Rachel. —Jeff parpadeó—. Pero me vas a tener que dar la llave.

Rachel retrocedió, Bel también, hasta el montón de ropa por el suelo.

—¿Cómo nos has encontrado? —preguntó Bel, haciendo tiempo.

Jeff la miró, con los ojos más suaves, como si pensara que ahí estaban a salvo.

—Rachel y tú no volvieron a la cena, así que Sherry se quedó limpiando y Carter y yo acompañamos a Yordan a casa del abuelo para ver dónde estaban. Vimos los libros por el suelo. Pensamos que alguien había entrado. El abuelo estaba molesto, así que Yordan lo metió en la cama y Carter y yo nos pusimos a recoger. Vi la nota en la mesita: «Ayuda. Me llamo Rachel Price» —recitó, y le lanzó una mirada rápida—. Decía algo de la camioneta roja. Y por eso he venido. Carter se ha quedado recogiendo. ¿Qué demonios es todo esto?

Bel retrocedió y notó un bulto en el talón. Levantó el pie. Un destello de color entre los grises y negros que Rachel se había estado poniendo durante su encarcelamiento. Rosa. Un diminuto calcetín rosa con holanes en el borde. El otro calcetín, su otro calcetín. El que estaba en la mesita de noche de su madre, y el que estaba aquí. El par completo. Rachel tendría los dos cuando el abuelo la secuestró, y pudo llevarse uno cuando dejó que se fuera. Bel lo recogió. Igual de suave y pequeño que el otro. ¿Cómo era posible que hubiera sido tan pequeña?

—¿Qué decía el resto de la nota? —Rachel se quedó mirando a Jeff—. ¿Qué decía, Jeff? «Ayuda. Me llamo Rachel Price...».

Jeff tosió contra el puño.

—Dilo —dijo Rachel, con una voz amable, y una mirada que era de todo menos amable—. «Patrik Price...».

—«... me tiene secuestrada» —dijo Jeff temblando, perdió el equilibrio y se detuvo—. «En una camioneta roja en el Deshuesadero Price».

Rachel sonrió. Una sonrisa retorcida, cruel.

—Pero tú ya lo sabías, ¿verdad?

Jeff se quedó pálido.

—¿Qué? —Bel lo miró.

Jeff sacudió la cabeza.

—No, no lo sabía. No sé...

—Pero sí lo sabes, ¿verdad? Lo sabes. —Rachel insistió y dio un paso hacia él—. He visto cómo nos miras. Lo sabes. ¿Sherry también lo sabe? ¿Cuánto hace que lo sabes, Jeff? ¿Desde el principio? ¿Cómo has podido hacerme algo así?

—¡No! —Jeff agitó las manos, tenía la voz tensa y temblorosa—. Nunca lo supe, te lo juro, Rachel. Me di cuenta cuando volviste, cuando vi el parecido.

—Pero no dijiste nada —gruñó Rachel.

—¿De qué hablan? —les preguntó Bel a los dos.

—¡Da igual! —gritó Charlie—. ¡Jeff, la llave!

—No voy a darte la llave, Jeff. —La voz de Rachel sonó oscura y profunda, con la barbilla afilada—. Ya me has quitado bastante.

—Por favor —le rogó Jeff, parpadeando entre lágrimas.

—Me lo debes. Y lo sabes.

—¿Qué vas a hacer? —preguntó Jeff con la cara empapada por las lágrimas—. Por favor, no nos la quites.

—¡Ustedes me la quitaron a mí! —gritó Rachel.

—¿De quién están hablando? —Bel los miró a los dos, a su madre y a su tío, que pasaban de puntitas por otro secreto, otra mina. Y solo había un nombre que encajaba ahí, en ese espacio, listo para explotar—. ¿De Carter?

Rachel cerró los ojos.

Jeff se tapó la cara con las manos.

Bel miró el pequeño calcetín que colgaba entre sus dedos.

El calcetín de un bebé. Aquí. Pero no era de Bel. Nunca lo fue.

Bel se vació con una exhalación que duró hasta que lo soltó todo, con un rasguño en el fondo de la garganta.

Se tambaleó y se golpeó contra la pared del contenedor, y se llevó el calcetín contra el pecho vacío.

Rachel se acercó a ella.

—Bel, lo siento. Quería decírselo a ella primero.

Bel intentó hablar, pero no podía hablar porque no podía respirar, y no veía nada entre tanto humo.

—¡¿De qué demonios están hablando?! —gritó Charlie—. ¿Jeff?

Su madre le tocó la mano y recuperó la respiración, desgarrándole la garganta, llenándola con una forma diferente. Una persona diferente. Una hermana.

Bel empezó a llorar, se hundió contra la pared, y miró a su madre.

—Estabas embarazada cuando desapareciste. Tuviste un bebé aquí dentro.

Bel le dio el calcetín rosa.

—Carter es tu hija.

Rachel cerró los ojos, unas lágrimas gemelas emergieron de cada uno, en una carrera por sus mejillas.

—Sí —dijo en voz baja.

Bel se secó la cara con la manga.

—¿Cómo?

—Tenía cuatro meses y medio cuando Pat me encerró aquí. No se lo había dicho a nadie. Mucho menos a él. —No hacía falta que dijera el nombre de Charlie—. Era otro de los motivos por el que tenía que alejarme de él, empezar una nueva vida, antes de que me matara. No se me notaba mucho, pero empecé a llevar ropa más ancha, por si acaso. Julian incluso pensó que estaba adelgazando. —Sorbió por la nariz—. No quería que el bebé naciera en esta familia. Teníamos que llegar a nuestro nuevo hogar. Teníamos que conseguir nuestra familia de tres. Pero terminé aquí.

Miró hacia atrás para comprobar que Jeff no se había movido. Tenía las manos en la cara, estirándose los ojos hacia abajo, dejando ver las partes rojas de la cuenca.

—Le dije a tu abuelo que estaba embarazada el primer día. Creo que no me creyó. No hasta varias semanas después, cuando se me empezó a notar. Pero no me dejó marchar. Me pidió que escribiera qué iba a necesitar. Dijo que vendría para el parto, que lo haríamos juntos. Estaba todo preparado. Pañales. Ropa. —Pasó el dedo por el calcetín rosa—. Pero no estaba aquí cuando entré en trabajo de parto. Lo hice todo yo sola. Creí que iba a morir, pero aquí estaba, gritándome. Perfecta. Mía. El único mundo que conocía era dentro de este contenedor. Pero me tenía a mí y yo la tenía a ella, ya no estaba sola. Estábamos bien. No dejaba que Pat la cogiera, ni que se acercara a ella. —Se le entrecortó la respiración—. Solo la tuve dos semanas. Ni siquiera le había puesto nombre todavía. Vino Pat con una balanza, me dijo que teníamos que pesarla para ver si estaba bien. Solo dejé que se acercara un segundo, y la agarró, se la llevó hasta donde yo no llegaba. —Miró la cadena—. Grité, pero no me la devolvió, dijo que no podía permitir que su nieta creciera en un sitio como este, que no era justo. Que tendría un hogar, la cuidarían, me lo prometió. Se la llevó. Cerró la puerta. Y no vi a mi bebé nunca más.

Bel agarró la mano de su madre, caliente y pegajosa, y el calcetín quedó entre las dos.

—Lo siento.

«Ayuda. Me llamo Rachel Price. Patrick Price nos tiene secuestradas en una camioneta en el Deshuesadero Price». Porque Rachel no estuvo siempre sola. Durante dos semanas, un mensaje en un libro. Ella y su bebé.

Carter era la hija de Rachel, pero era alguien más. No era la prima de Bel, era su hermana pequeña. «Mi bebé». Bel y Carter, Carter y Bel. Y, de algún modo, esta última verdad era lo más impactante de todo, pero, al mismo tiempo, no era nada impactante. Su hermana.

—Cada vez que Pat venía a traerme comida, le preguntaba por ella. Y por ti. —Rachel sorbió por la nariz—. Mis niñas. Pat no me dijo dónde había llevado al bebé. Solo que estaba con una buena familia. Di por hecho que eso significaba que estaba en una casa de acogida, que la habían adoptado. Eso era lo que busqué cuando salí el verano pasado. Me pasé meses intentando encontrar registros, algún bebé que hubiera nacido en New Hampshire el 1 de julio de 2008. Tenía que encontrar a mi otra hija antes de volver contigo. No se me pasó por la cabeza. —Miró a Jeff, que ahora solo se cubría la boca—. Y entonces vi una foto de Carter en el Facebook de Sherry. Bailando, sonriendo. Lo supe enseguida, tenía que ser mi niña. La edad encajaba, y su cara... Lo comprobé, miré todos los álbumes de Sherry para buscar alguna foto de Carter de bebé, con semanas. Era ella. Mi niña, todavía con la ropa que Pat había comprado. Entonces empecé a planear mi retorno. Volver a casa con ustedes. Y lo que le haría a la familia Price, a esta familia que me lo arrebató todo.

—No lo sabía. —Jeff empezó a llorar y se quitó las manos de la boca—. De verdad, Rachel, no sabíamos que era tuya. Mi padre me dijo que conocía a alguien que trabajaba en una residencia de mujeres, que había una mujer embarazada de seis meses que no quería el bebé, pero que no podía acudir a una agencia de adopción porque no tenía papeles y la deportarían. Y pensó en nosotros. Llevábamos más de diez años intentando tener un bebé. Mi padre y su amiga pensaban que esa solución sería lo mejor para todo el mundo. Nos dijo que el bebé nacería en julio, que los padres se parecían considerablemente a nosotros, así que nadie se daría cuenta, mismo color de piel, color de pelo similar. Sherry tendría que fingir estar embarazada, para que nadie hiciera preguntas, ya que no era legal. Estábamos desesperados, Rachel. Sherry estaba deseando tener un bebé. Aceptamos. Sherry empezó a ponerse ropa premamá, compramos barrigas por internet y cambiamos un par de veces de tamaño. Cuando el bebé nació, mi padre nos dijo que era una niña y que estaba sana. Que la madre necesitaba pasar un par de semanas con ella, para arreglarlo todo, y que luego nos la daría. Pasamos desapercibidos, apenas salíamos de casa. Charlie estaba en la cárcel a la espera de juicio. Bel vivía con nosotros, pero era demasiado pequeña para entender nada. Luego mi padre trajo al bebé, en mitad de la noche. Y nos enamoramos de inmediato. Bel también.

Otro oscuro secreto familiar que había tenido que vivir, demasiado pequeña para acordarse. Un parto que nunca ocurrió, y un bebé que apareció de la nada.

—Le dijimos a todo el mundo que nació el 10 de julio. Un parto en casa, porque a Sherry no le gustaban los hospitales ni las agujas. La registramos, le pusimos nombre y prometimos darle a este bebé la mejor vida que pudiéramos. Tuvimos cuidado. Sherry nunca permitió que ningún doctor se acercara a ella con una aguja, nunca le hicimos análisis de sangre, nada que pudiera exponer que no era nuestra. Si te soy sincero, casi se me empezó a olvidar que Sherry no había dado a luz aquella noche de julio. La sentíamos muy de la familia, y lo parecía, también. Pensaba que simplemente era un anhelo.

Tosió contra su mano.

—Luego volviste, Rachel. Y, por la forma en que la mirabas, por cómo te comportabas con ella. Los parecidos. Carter se parece a los Price, pero también se parece a ti, aunque no de la forma más obvia, pero está ahí, en la sonrisa. La forma en la que las dos siempre se tienen que estar moviendo. Tuve una sensación rara cuando las vi juntas. Intenté decírselo a Sherry. Me dijo que no dijera tonterías, que no era posible. Creo que, después de la cena para el documental, lo supe. Estaba casi seguro.

Bel se puso recta, con la espalda contra la pared del contenedor, y la espuma aislante la apretó como si tuviera dedos.

—Eso es lo que le preguntaste al abuelo aquella noche. —Bel entornó los ojos mirando a su tío—. Lo que el micrófono te grabó diciendo. No estabas hablando de Rachel. Le estabas preguntando por Carter. «¿Dónde estaba? ¿Dónde la encontraron?». Porque el abuelo sabía de dónde llegó Carter, quién era su madre en realidad, pero no lo recordaba. Ya no se acuerda de nada de esto. Te pregunté por aquella conversación. Y me mentiste a la cara. —Su voz encontró la fuerza para llevarla hacia delante.

—Perdóname, Bel. Estaba protegiendo a mi hija.

—¡Pero no es tu hija! ¡Es tu sobrina! ¡Mi hermana!

Charlie se movió y la cadena hizo ruido detrás de él.

—¿Es mía, Rachel?

—Claro que es tuya —escupió Rachel—. Pero jamás será tuya.

—Lo siento, Charlie. —Jeff miró a su hermano—. No sabía que era tu hija. Papá nos mintió a todos.

—¡No le pidas disculpas! —protestó Rachel, otra vez con llamas en los ojos, ahora que los fantasmas se habían ido—. Si crees que tu padre es un monstruo, Jeff, mira bien a tu hermano. Todo esto es por su culpa. Pat me encerró aquí porque Charlie le pidió que me matara. Pat se autoconvenció de que me estaba salvando de él. Charlie me quería muerta, lo que significa que Carter también habría muerto. Esa es tu familia, Jeff.

Jeff hizo lo que Rachel dijo, se dio la vuelta y miró detenidamente a su hermano. Bel también lo hizo, y Charlie Price cobró una forma diferente, ya no era el hombre que había conocido siempre. No era su familia. Tenía una madre, una hermana, y no necesitaba nada más.

—Por favor. —Charlie suspiró, iluminado desde abajo por la linterna, formando unas sombras hacia arriba y con los ojos húmedos—. Ayúdame, Jeff.

Jeff tosió contra su mano. Se dio la vuelta. Parpadeó.

—Tengo que soltarlo, Rachel. Dame la llave, por favor.

Jeff había elegido, y había elegido mal.

—Tío Jeff... —empezó a decir Bel.

—No, Jeff —dijo Rachel con un tono oscuro y la mirada severa, defendiendo su posición—. Voy a elegir creerte. Que no lo sabías. Que pensabas que le estabas dando un hogar a un bebé no deseado, que eres una buena persona. No tienes por qué hacerle caso siempre. Puedes elegir.

—Ayúdame, por favor. —Charlie se atragantó.

—Tengo que dejar que se vaya. —Jeff lloró, moviendo los ojos de un lado a otro, dividido en dos—. Tengo que hacerlo. Es mi hermano. Mi familia.

Había vuelto a elegir mal.

—¡No! —Bel sacó un brazo.

Jeff lo apartó de un empujón.

—No, Jeff. —Rachel retrocedió hasta chocar con la pared—. Puedes elegir.

—Por favor, Rachel, dame la llave. —Él se acercó a ella, sin cadena que lo retuviera.

—No —susurró. Hubo un movimiento detrás de sus ojos, pero no era miedo.

Rachel caminó hacia delante para encontrarse con él y le llevó el codo al pecho.

Antes de que Jeff pudiera agarrarle el brazo, ella lo movió hacia atrás y lanzó la llave hacia afuera, a la oscuridad de la noche.

Desapareció y Bel aguantó la respiración. Escuchó el pequeño ruido metálico cuando cayó, en alguna parte, en el laberinto de metal.

—¡Nooooo! —aulló Charlie, dándole patadas a las cajas de comida. Se le cayó la linterna, que formó una estela plateada en el suelo y los mandó a todos a la oscuridad—. ¡Maldita sea! ¡Ve a buscarla, Jeff! ¡Encuéntrala!

Jeff se quedó mirando a la nada, abriendo y cerrando la boca, masticando el aire.

—No la voy a encontrar en la vida, está completamente oscuro y hay un montón de basura por todas partes.

—¡Jeff!

—Lo he intentado, Charlie. —Sorbió por la nariz.

Silencio. Solo se escuchaba el coro de sus respiraciones y un zumbido en los oídos de Bel.

—Que se vaya a la mierda la llave. —Charlie se levantó con la ayuda del hombro de su hermano—. Ve a buscar una sierra. Tiene que haber un montón de sierras ahí afuera. Encuentra algo que pueda soltarme de esta maldita cadena, Jeff. ¡Vamos!

Gritó la última palabra, que atravesó la noche y trajo de vuelta a Jeff. A Rachel también, con los brazos apretados a los costados.

Jeff miró a Charlie a los ojos, hermano a hermano. Recogió la linterna, se distorsionaron sus caras, los ojos brillaban blancos. Jeff se dio la vuelta y apuntó el haz de luz hacia la puerta abierta.

—Está bien —dijo, y comenzó a caminar.

Rachel se dio la vuelta y encontró los ojos de Bel en la oscuridad.

Luego encontró su mano y la sujetó con fuerza.

—¡Corre, Bel!

Cuarenta y seis

Mano contra mano por el laberinto.

Corriendo. El teléfono de Bel se balanceaba a su lado, iluminando el camino con destellos sacados de las peores pesadillas.

Las sombras metálicas las acechaban, les agarraban por la ropa, les jalaban el pelo.

Una sierra oxidada en mitad del camino, intentando separarlas, pero Bel no pensaba soltar la mano de su madre.

Un ruido metálico, detrás, en alguna parte, el destello plateado distante de la linterna de Jeff, más nítido, más fuerte que el de ellas, un foco observándolas entre las siluetas oscuras.

—¡Encontré una, Charlie! —Lo escucharon gritar.

La voz de Charlie, más lejana:

—¡Rápido!

—¡No te detengas! —dijo su madre, más rápido, sujetando con más fuerza la mano de Bel, piel con piel, hueso con hueso.

Rodearon un coche calcinado por detrás.

Una respiración agitada detrás de ella.

Rachel desapareció.

Su mano soltó la de Bel.

Bel movió la linterna.

Rachel estaba de rodillas. Se le había quedado el zapato atrapado en una barra metálica.

—¿Estás bien? —Bel ayudó a su madre a levantarse, y volvió a agarrarle la mano.

—Estoy bien —dijo Rachel, caminando de forma diferente, con una cojera, apoyándose en la mano de Bel. No la frenó—. Tenemos que llegar al coche.

El camino se despejó más adelante, no había más sombras, no había metal, solo césped, colina abajo, empujándolas más rápido. Rachel hacía un ruido cada vez que apoyaba el pie derecho en el suelo.

Llegaron a la valla.

Bel agarró la parte rota del metal y la levantó, la sujetó hasta que Rachel pasó. Ella la siguió, y miró atrás, al Deshuesadero Price e Hijos. Una valla rodeando la nada, solo más oscuridad, menos por una débil luz blanca que brillaba dentro de una camioneta roja en el medio.

—Ven, me estacioné delante de la puerta.

Otra vez a correr. Pero separadas esta vez. No había tiempo, los pasos de Rachel eran cada vez más irregulares.

Sacó las llaves del coche y apretó el botón.

Un silbido cuando se abrieron las puertas, un destello blanco y rojo que las guiaba hacia delante, un mapa en la oscuridad. El alivio en el corazón agotado de Bel.

Se acercaron más y la linterna de Bel lo encontró: el coche plateado de Rachel, esperando, con el frente apuntando directo a las puertas del deshuesadero.

Pero no estaba solo.

Había otro coche. El de Jeff. Estaba estacionado justo detrás de Rachel, en horizontal, bloqueándole el paso.

Rachel suspiró.

—¡Carajo, Jeff!

Corrió hacia delante y analizó el hueco entre los dos coches. Solo había unos centímetros, apenas el ancho de una mano.

—¡Imbécil! —Rachel le dio una patada a la rueda delantera del coche de Jeff. Le salió caro. Hizo un ruido y se agachó a agarrarse el tobillo derecho.

—¿Mamá?

—Sube, Bel. —Abrió la puerta de su coche y la luz interior se encendió con un brillo amarillento—. A lo mejor puedo dar la vuelta. Tengo que intentarlo.

Bel se subió al asiento del copiloto y cerró la puerta.

Rachel arrancó y el motor sonó como un gruñido metálico en ese castillo de metal lleno de máquinas muertas. Los faros se encendieron y atravesaron los barrotes de la puerta, destellando contra el viejo cartel, hacia la oscuridad más allá.

Rachel le dio con el codo cuando metió la marcha atrás.

Las luces traseras tiñeron la noche de rojo. Rachel llevó el volante hacia la derecha, todo lo que pudo, los neumáticos se quejaron y rechinaron contra la carretera de tierra. Apretó el pie herido contra el acelerador con una mueca de dolor.

El coche se movió hacia atrás, solo medio segundo antes de chocar con el lateral del coche de Jeff.

Rachel resopló. Metió primera. Giró el volante hacia la izquierda.

El coche se movió hacia delante, todo lo que le permitió la pesada cadena de la puerta.

Bel miró por la ventanilla. No era mucho. El ángulo del coche apenas había cambiado. Estaban atrapadas.

—Mamá.

Rachel ahogó un grito y se inclinó hacia delante para mirar por el parabrisas.

Bel también miró.

Había dos pequeñas siluetas atravesando uno de los haces de luz hacia el otro, rápido, por el laberinto de metal hacia el césped. Había una más adelantada con una bola de luz en la mano y algo oscuro en la otra. Iban directo hacia ellas.

—Lo ha soltado. —Rachel dejó caer la mano en el volante—. No tenemos tiempo. —El pánico se apoderó de su cara—. ¡Corre, Bel!

Bel no dudó esta vez. El corazón se le aceleró y golpeó con fuerza contra sus costillas.

Rodeó a toda velocidad el coche de Jeff y llegó hasta su madre.

—¡No mires atrás, corre!

Bel no pudo evitarlo, miró atrás.

Las dos puertas del coche abiertas, dejando entrar a la oscuridad, el motor encendido y los focos deslumbrando.

Pero estaba buscando otra luz. Se movía rápido, estaba llegando al hueco de la valla. La bola de luz se convirtió en un largo haz de luz plateado, moviéndose en la oscuridad. El sonido de unos pasos detrás.

Y una voz.

—Charlie, ¿qué vas a hacer?

El haz de luz se giró y las siguió por la carretera.

—¡Deprisa! —Rachel se esforzó más, con los dientes apretados, respirando a través de ellos.

Bel se enganchó a su brazo para quitarle parte del peso del tobillo.

—Conozco el camino. —La voz de Bel tembló al ritmo de sus pisadas—. La reserva, al otro lado del puente a la carretera principal. Allí podrán ayudarnos.

—¡Charlie! —gritaba Jeff en alguna parte detrás de ellas—. ¿Qué pretendes?

¿Se había dado cuenta Jeff de que había elegido mal? ¿Que no debería haberlo soltado?

Bel quería mirar atrás, ver lo cerca que estaban de ellas. Pero no hizo falta, solo tenía que mirar a Rachel; una luz plateada le iluminaba el pelo. El haz no las estaba siguiendo, sino que las había encontrado. Charlie y su linterna estaban cerca.

—Mamá. Nos está alcanzando.

Rachel la miró con una parte de la cara iluminada, un ojo, el resto perdido en la oscuridad. Mitad aquí, mitad desaparecida.

—Sal de la carretera. Lo despistaremos entre los árboles.

Rachel arrastró a Bel hacia la línea de árboles, luego Bel la arrastró a ella por el terreno cada vez más áspero e irregular.

Bel iluminó el camino, que estaba mucho más oscuro, y los árboles las acechaban por encima, bloqueándoles el cielo y agarrándoles las piernas con las raíces. Se movían todo lo rápido que podían, en zigzag.

Al llegar a lo alto de la colina, el mundo se inclinó y se llevó a los árboles con él.

A Bel le costaba respirar y tiraba de Rachel a su lado.

—¡Charlie! —Escucharon un grito ahogado detrás—. ¡Espera!

También estaba entre los árboles, dándoles caza. Bel no veía el brillo plateado, los árboles lo bloqueaban, escondiéndolo.

—Por aquí —susurró Rachel, y señaló hacia donde los árboles se despejaban y aparecía un sendero—. La ruta para senderistas.

Subieron juntas y aceleraron el paso. Bel veía la luna entre las sombras de las copas de los árboles, por encima de la montaña. Enseñándoles el camino, hacia arriba.

Bel tenía la mano pegajosa contra la de Rachel, pero no pensaba soltarla.

—¿Qué tal el tobillo?

Rachel le apretó los dedos.

—Tenemos que seguir.

Sin avisar, los árboles se despejaron de pronto, dejando que el cielo las acogiera. Habían llegado al sendero enorme, donde habían podado los árboles para colocar el tendido eléctrico que entraba y salía del pueblo.

Se fueron al claro, expuestas por la luna.

—Más rápido —dijo Rachel, pero era ella la que no podía moverse más rápido.

Bel miró los árboles que tenía delante, se apresuró hacia ellos, cruzando las sombras del tendido eléctrico, demasiado limpias y rectas como para pertenecer a este lugar de árboles y luz de luna.

Estaban muy cerca. Bel miró hacia atrás para comprobar cuánto habían avanzado.

Una luz plateada emergió de entre los árboles, la sombra oscura de Charlie detrás, apuntando con ella al terreno abierto. El haz de luz se movió, giró, y apuntó directamente hacia ellas, directo al corazón de Bel.

—Maldita sea, nos está viendo. ¡Vamos!

Tiró de Rachel hacia los árboles, otra vez en el sendero.

Arriba, arriba, sin parar.

Bel había tomado su decisión, había elegido a su madre, y la elegía otra vez con cada segundo que pasaba, agarrándole la mano, arrastrándola hacia arriba lo más rápido que podía, lejos del hombre que iba a matarla.

Un aullido detrás de ellas, pero no era a la luna.

—¡Charlie, espera! ¿Qué vas a hacer?

Bel lo sabía. Y Rachel lo sabía. Jeff debía de saberlo también.

Intentó no mirar a su madre, no leer el dolor en su mandíbula apretada, el miedo en sus pupilas.

—¿Dónde vamos?

—Arriba —dijo Rachel, con la mirada fija hacia delante, sin compartir el miedo, sin dejar que Bel tomara ni un poco—. A la mina Mascot. Allí nos podemos esconder y despistarlos. No está muy lejos. Podemos hacerlo.

Arriba, arriba, cada vez más inclinada. Las rodillas de Bel gritaban, los músculos le ardían.

—Tenemos que salir del sendero —jadeó Rachel—. Por aquí.

Los árboles eran cada vez más densos y salvajes, guiando montaña arriba mientras ellas se abrían paso a duras penas.

Rachel soltó la mano de Bel para subir por una colina a gatas, mirando hacia atrás a Bel, con las gotas de sudor iluminadas bajo la luz de la linterna y un arañazo de sangre en la mejilla.

Bel volvió a agarrarla del brazo, eligiéndola una y otra vez.

No había nada más, solo adrenalina, solo miedo, trabajando en equipo para que Bel siguiera moviendo las piernas, cada respiración atravesándose en su garganta, desgarrándole los pulmones.

—Por aquí. —Rachel giró—. La mina está por aquí. Tiene que estar...

Los árboles se separaron y dejaron paso a la luna. Bel levantó la linterna. Estaban en un precipicio, el suelo desaparecía más allá, una caída a la oscuridad.

—No, no, no. —Rachel se acercó cojeando hacia el borde y miró hacia abajo—. Hemos subido demasiado. —Le dio con el pie a una piedra que cayó rodando. Bel no la escuchó golpearse contra el suelo—. La mina está ahí abajo.

Bel se puso a su lado y miró hacia la nada. Su linterna apenas iluminaba la superficie. Se le deshizo el estómago hacia la espalda. Miró adelante y vio estrellas en el suelo, rojas, blancas y amarillas, destellos de faros, ventanas que brillaban pequeñas como pecas. Era Gorham, que no estaba dormido, y Bel ya sabía dónde estaban, aunque llevara la noche como disfraz. El mirador, desde donde se veía todo el pueblo y las montañas más allá durante el día. Lo que quería decir que la entrada a la mina estaba ahí abajo, a cientos de metros, bajo el acantilado.

—No pasa nada. —Bel tomó la mano de su madre y la alejó del borde—. Podemos seguir el sendero hacia abajo hasta el otro lado de la carretera Hogan.

—No —dijo Rachel tranquila. Soltó la mano de Bel, le agarró la otra, le quitó el teléfono y apagó la linterna.

—¿Qué haces? —Bel parpadeó para que se le ajustaran los ojos a la luz de la luna.

—Está siguiendo la luz. —Rachel le devolvió el teléfono y apretó la mano de Bel alrededor del dispositivo, como había hecho antes Bel con la llave—. Bel —dijo, con una voz diferente, quebrada, como si ella también acabara de decidir algo.

Rachel le puso las manos en los hombros.

—No. —Bel lo supo antes de que lo dijera, y sacudió la cabeza.

—Te estoy frenando, Bel.

—No, mamá.

—Ve tú por ahí. —Señaló—. Sin la linterna. Ten cuidado. Vuelve a encontrar el sendero. Y avanza. Yo lo atraeré aquí con mi linterna. —Lo dijo rápido, duro.

—No, mamá, no voy a dejarte aquí.

—Me quiere a mí. —Agitó los hombros de Bel para conseguir que la escuchara. Pero Bel no lo hacía.

—No.

—No va a detenerse. Tú sigue corriendo, mi niña. —Se le quebró la voz, acercó la cara de Bel a la suya, agarrándola por detrás de las orejas—. No mires atrás.

—No. —Salieron todas las lágrimas de golpe y desdibujaron la cara de Rachel, que se perdió en la oscuridad.

—Bel, por favor. Tengo que estar segura de que estás a

salvo. Está cerca. —Rachel apretó la frente contra la de Bel, ojo con ojo, corazón con corazón—. Cuéntaselo a la policía. No dejes que se salga con la suya esta vez. No dejes que consiga salvarse después de matarme dos veces.

—Mamá. —Bel lloró y la garganta se le cerró alrededor de la palabra. Ya no era una palabra complicada, era la más fácil del mundo—. Mamá.

—Vete, Bel. —Rachel parpadeó para dejar caer sus propias lágrimas—. Te quiero. Muchísimo. Cuida de tu hermana. Sé que siempre lo has hecho.

—Mamá.

—Vete.

Rachel la empujó.

—Vete.

Bel se fue.

Rachel le dijo que no mirara atrás, pero lo hizo, desde los árboles. Vio a su madre de pie en el borde del precipicio, agitando la linterna por encima de su cabeza, otra estrella donde no debería haber ninguna.

Bel siguió caminando con sollozos silenciosos que la partían por la mitad. El nudo de su estómago salió rodando y lo perdió para siempre en mitad de la nada. Huyendo de Rachel, como el día que desapareció. Asustada, como entonces.

—¡Charlie, detente!

La voz del tío Jeff en algún lugar entre la oscuridad.

Bel se detuvo; la respiración atrapada como un vendaval detrás de su cara.

El sonido de unos pasos atravesando los árboles, cerca. El haz plateado apuntando hacia el final.

Bel estaba yendo en la dirección equivocada. La dirección que dolía demasiado y con la que jamás podría vivir, dejando a Rachel atrás.

Nunca había dejado a Rachel atrás.

Su madre había tomado una decisión, pero Bel también. La había elegido a ella.

Y la volvió a elegir, aunque Rachel no quisiera.

Volvió.

Se le acumuló un grito en la garganta mientras seguía aquel haz de luz, mientras lo cazaba.

—¡Ya te tengo! —La voz de Charlie llenó la noche, ronca y salvaje.

—¡Charlie, no lo hagas! —gritó Jeff—. ¡No quieres hacerlo!

Bel salió corriendo de entre los árboles hacia el precipicio iluminado por la luna.

La linterna estaba en el suelo, con el molesto haz plateado apuntando hacia Bel. Detrás había dos siluetas oscuras enredadas.

—¡Mamá! —gritó Bel.

Charlie tenía un brazo alrededor del cuello de Rachel, obligándola a tirarse al suelo.

Ella se resistió arañándole la cara.

Bel saltó hacia delante, pero un brazo la agarró y la apartó.

—¡No es seguro, Bel! —Jeff la sujetó, agarrándola por los brazos—. ¡Él no es seguro!

—¡Suéltame! —gritó ella, intentando soltarse de su tío.

—No es seguro. —Apretó más fuerte.

Charlie gruñó y tiró a Rachel al suelo. Los pies le golpearon contra una piedra. Eran como dos figuras bailando hacia el acantilado.

—¡Que me sueltes! —Bel se resistió.

Jeff era demasiado fuerte.

Charlie también, y empujaba a Rachel hacia abajo. Se le agotaron las piernas y las dejó caer con un ruido sordo, a unos pocos metros del borde.

Charlie apretó un pie contra la garganta de Rachel y dejó caer todo su peso. Le sangraba el tobillo, la esposa ya no estaba, se había liberado. Ella se retorció y pataleó, pero no podía moverlo.

—¡Mamá! —Bel le arañó los brazos a Jeff.

Rachel habló con una voz ahogada, apretada debajo del pie de Charlie.

—¡Protege a mi hija, Jeff! Me lo debes.

Charlie no miró atrás, solo tenía ojos para ella. Su brazo se hizo más largo de lo que debería, inhumano, con algo oscuro en la mano. Bel no veía qué era, no hasta que lo levantó contra las estrellas.

Un hacha.

Un clic en la garganta de Rachel cuando la vio planeando sobre su cabeza.

—Si quieres que te ruegue, no es tu día de suerte, Charlie —dijo con la voz estrangulada—. Ya me mataste una vez.

Él gritó, un sonido que tampoco era humano, una explosión de ira sin forma. Un monstruo en el borde del mundo, desmoronándolo a su alrededor.

Hizo que Bel se moviera más allá del miedo, hacia lo que fuera que viniera después.

—¡Tendría que haber hecho esto con mis propias manos! —Charlie ahogó un grito, como si el chillido lo hubiera aplastado a él también y solo hubiera dejado una mitad—. ¡Mira lo que has hecho!

Levantó el hacha.

—¡No! —gritó Bel, peleando contra Jeff.

Rachel giró la cabeza y encontró a Bel. «No mires», vocalizó con los ojos brillantes antes de cerrarlos con fuerza, esperando el final.

—¡Mamá!

Un grito.

Pero no era Bel.

Una mancha de pelo castaño cobrizo salió disparada de entre los árboles. Con unas piernas muy largas, corriendo delante de ella.

Jeff aflojó los brazos.

—¿Carter? —dijo, confuso, mientras soltaba a Bel—. ¡Carter! —gritó, y salió corriendo detrás de ella.

Pero ella estaba delante, y era demasiado rápida.

—¡Carter!

Eso desconcentró a Charlie. Miró hacia atrás justo cuando Carter saltó encima de él, lo empujó con las dos manos y lo apartó de Rachel.

Se tambaleó y se tropezó con el brazo de Rachel. Soltó el hacha y se tropezó también con ella, moviéndose con torpeza hacia atrás.

Jeff los alcanzó, derrapó, y apartó a Carter del borde, tirándola detrás de él.

Charlie seguía moviéndose con demasiado impulso, las piedras se deslizaban a sus pies.
Abrió mucho los ojos.
Se estiró hacia Jeff y le agarró la camiseta con el puño.
Uno de los talones cayó por el borde del precipicio, el resto de su cuerpo lo siguió.
Charlie se inclinó.
Cayendo hacia la nada.
El otro pie fue detrás.
Bel parpadeó, pero no se lo perdió.
Charlie desapareció por el precipicio.
No se soltó y arrastró a Jeff con él.
Uno de ellos gritó durante toda la caída.

Cuarenta y siete

Carter estaba de rodillas.

Rachel bocarriba.

Bel de pie.

Carter gritó contra sus manos, atrapando el grito, que rebotó dentro de ella.

—¡Carter! —Bel corrió hacia ella y cayó de rodillas. Envolvió a Carter en un abrazo y le sujetó la cabeza hasta que cedió el grito.

—Están muertos. —Carter lloró y su voz hizo eco entre las costillas de Bel.

Rachel se levantó, temblorosa, apoyando todo su peso en el otro tobillo. Recogió la linterna que había soltado Charlie, con el haz plateado en sus manos, iluminando el camino. Cojeó hacia el borde, por donde Charlie se había caído. Bel se puso al lado de su madre, con los pies firmes. Rachel apuntó la linterna hacia abajo, y los peñascos de piedras les enseñaron los dientes. La luz no llegaba hasta el fondo.

—Imposible sobrevivir a esta caída —dijo Rachel, como si no se atreviera a creerlo, con una voz tranquila, pendiente a cualquier sonido que pudiera demostrar que se equivocaba.

—¿Los he matado? —dijo Carter.

—No, Carter. —Rachel se giró hacia ella, se agachó y le levantó la barbilla—. Me has salvado la vida.

—Los he matado. —Carter cerró los puños y los apretó contra sus ojos—. Yo los he empujado. Mi padre se ha muerto. Pero no es mi padre, ¿verdad? Mi padre es Charlie. Era. Carajo.

Bel se sentó al lado de Carter y le dio un pequeño codazo para que supiera que estaba con ella.

Rachel abrió mucho los ojos, otra vez brillantes.

—Carter, ¿lo sabes? —dijo—. Que soy tu...

—Sí. —Carter sorbió por la nariz, también con los ojos brillantes por la linterna.

Rachel separó los labios y se quedó boquiabierta.

—¿Cómo lo sabes, cielo?

—Supongo que lo supe, sin más. Lo sentí. Por todo lo que nos parecíamos, aunque no fuéramos familia de sangre, aunque solo fueras mi tía política. Lo bien que te portabas conmigo, las ganas que tenías de conocerme. Lo pensé la primera vez que viniste a recogerme a la escuela, cuando te ayudé a configurar el teléfono. Bueno, en realidad, pensé: «Qué suerte tiene Bel de tener una madre como tú». Y por lo poco que me parezco a mi madre, y por lo rara que se pone conmigo y las agujas, que no deja que me haga un análisis de sangre ni cuando me lo manda el médico. Quería que fuera así, en cierto modo, aunque fuera imposible. Pedí dos kits de AncestryDNA al día siguiente, le dije a mi padre que eran cosas para el baile. Mierda. A mi padre no. T-Tío, supongo. —Carter miró hacia delante, más allá de Rachel, por el borde vacío del precipicio, por donde él también había desaparecido—. Me hice uno a mí y otro a Bel.

Bel parpadeó.

—¿Cómo? ¿Cuándo?

—No quería decírtelo por si me equivocaba. Además, estabas muy obsesionada con Rachel, con intentar demostrar que mentía, que era mala. No me habrías creído. Estabas dormida. Te pasé la prueba por la mejilla.

Entonces Bel se acordó. La mañana que Carter la despertó dándole golpecitos en la boca. La misma mañana que Bel se despertó y descubrió que su padre había desaparecido. Ahora parecía que había pasado una eternidad, de aquel día, de aquella versión suya.

—Los resultados de Bel llegaron hace dos días, pero no me resolvieron nada —dijo Carter, mirando a Rachel—. Los míos han llegado hoy, justo antes de la cena del abuelo. Decía que Bel y yo éramos hermanas y que compartíamos padres. —Parpadeó y una lágrima se le deslizó por la nariz—. Lo que significa que tú eres mi madre, y el tío Charlie es... era... —Lo dejó ahí flotando, y su nombre desapareció con su respiración.

Bel le secó la lágrima antes de que terminara de caer por el borde de la nariz. Miró a su hermana pequeña a los ojos. Carter lo supo antes que ella. Era lo que tenía que contarle en las escaleras. Era importante, había dicho. Bel debía haberla escuchado. «Cuida de tu hermana», había dicho su madre cuando pensaba que iba a morir. «Sé que lo has hecho siempre». Bel tomó a Carter de la mano, húmeda y huesuda contra la suya. «Mi bebé». Siempre habían sido hermanas, Carter también cuidaba a Bel, incluso cuando ella no quería verlo.

Carter salvó a Rachel, y había salvado también a Bel.

—¿Cómo nos has encontrado? —Bel vio por el mirador hacia el pequeño pueblo de hormigas a sus pies.

—Vi la nota en casa del abuelo, el mensaje de Rachel, antes de que mi padre... J-Jeff la tomara. Me dijo que me quedara a recoger los libros. Pero esperé a que se fuera, un poco más, y lo seguí. Tu bici estaba allí, Bel. Llegué al deshuesadero, pero no me acordaba de dónde estaba el agujero de la valla, me pasé. Pero las vi a las dos corriendo hacia el coche. Luego vi a mi padre y a Charlie detrás de ustedes, persiguiéndolas. Y lo que Charlie tenía en la mano. Así que los seguí por los árboles. Pensaba que iba a matarlas. Ha estado a punto de matarte. Lo siento. —Dejó caer la cabeza.

Rachel se la levantó con un dedo debajo de la barbilla.

—No tienes que decir nada. Me has salvado, Carter. Da igual que fuera tu padre, no era tu familia. No merecía la pena salvarlo.

—¿Y mi pa... J-Jeff? —Lloró con más lágrimas de las que Bel podía atrapar.

—Tú no has empujado a Jeff. —Rachel tenía la mirada suave y severa al mismo tiempo—. Charlie ha tirado de él. Tú no has matado a Jeff.

—Pero no habría muerto si yo...

—Jeff tomó una decisión —dijo Bel—. Soltó a Charlie. Eligió.

Y eso era verdad, pero también había elegido otra cosa, y a lo mejor eso deshacía la primera. «Protege a mi hija, Jeff», le había dicho Rachel. «Me lo debes». Se refería a Bel, pero cuando llegó el momento, salvó a su otra hija. Dio su vida por ella.

Rachel miró por el precipicio y, cuando se dio la vuelta, había algo nuevo en sus ojos.

—Carter, escúchame. —Con la voz severa, la madre y la superviviente—. ¿La policía podría acceder a las pruebas de ADN si empezaran a investigar? ¿Podrían ver que Bel y tú son hermanas?

—No lo creo. No hice clic en la casilla para dar permiso a que compartieran los resultados con las fuerzas de seguridad, por si tenía razón.

—Bien. —Rachel exhaló—. Nadie puede saber la verdad.

—¿Por qué? —Bel se puso recta—. El mundo debería saber lo que te hicieron...

—Están muertos. —Rachel señaló al precipicio por el que habían desaparecido—. Eso ya es castigo suficiente. Nadie puede enterarse. Ahora mismo están las dos involucradas y haría cualquier cosa para protegerlas, para que estén a salvo. Mis niñas. Por eso nadie puede saber la verdad, ni lo que hizo Pat, ni lo que hizo Charlie, que Carter es mi hija. Que estaban aquí las dos cuando Jeff y Charlie...

—Están muertos porque él intentó matarte —dijo Bel.

—Porque yo lo secuestré y lo encadené.

—¡Él te lo hizo primero! Le pidió al abuelo que te matara.

—No hay ninguna prueba de que él tuviera algo que ver, Bel. Uno de ellos ha muerto, el otro no se acuerda de nada de lo que hizo. ¿No crees que habría ido a la policía si hubiera sido una opción? Pero aquí sí hay pruebas. Esto. —Señaló más fuerte al precipicio—. La escena de un crimen al final de esta caída que lleva directamente a nosotras. Carter nos ha salvado, pero no es lo que parece.

Rachel miró a Carter, que estaba sentada en el suelo, con

las manos cubriéndose la cara, y Bel lo entendió. Carter había matado a Charlie, lo había empujado hacia la muerte. Justicia para algunos, asesinato para otros. El trabajo de Bel era proteger a su hermana pequeña, cuidarla. La familia era lo primero. Bel parpadeó y Rachel hizo lo mismo, un lenguaje propio.

—¿Y qué hacemos? —preguntó Bel.

—Tenemos que deshacernos de todo. De cualquier cosa que pudiera llevar hacia la verdad, que nos involucra aquí, a este momento.

—¿La nota, por ejemplo? —Carter levantó la cabeza—. «Ayuda. Me llamo Rachel Price». La tenía mi padre en el bolsillo. Jeff. —Abrió horrorizada los ojos pálidos, rojos por las lágrimas.

Rachel miró hacia abajo, hacia la nada.

Tragó saliva y se oyó un clic, como si tuviera la garganta demasiado cerrada, aplastada por el peso de Charlie.

—Tengo que bajar. Me llevaré la nota. Y las llaves del coche de Jeff también. Su teléfono. No podemos dejarlo ahí, podrán rastrearlo. Tengo que mover los cuerpos.

—¿Qué? —Carter ahogó un grito.

—No puedo dejarlos ahí expuestos. Los encontrarán. Nadie va a creer que dos hermanos saltaron juntos. La autopsia revelará que Charlie se cayó hacia atrás, que lo empujaron. Carter, dijiste que la puerta de la mina estaba abierta, ¿no? Están justo en la entrada, ahí abajo. Los arrastraré dentro y los tiraré al agujero de la mina.

Una segunda caída para esconder la primera.

Bel se mordió la lengua.

—¿Qué profundidad tiene?

—Mucha —respondió Rachel—. Se supone que la mina está cerrada, es peligrosa, y nadie puede bajar sin un equipo especial. Podrían pasar meses, años, incluso décadas, pero no puedo garantizar que no los encuentren. Por eso ninguna de nosotras puede ser sospechosa, ¿entendido? Me secuestró un desconocido. Me encerró en su sótano durante dieciséis años. Y nada de esto ha pasado.

Carter asintió. Bel también. Se llevó la mano al bolsillo y sacó el anillo de Charlie. Ya no estaba caliente, ni frío, ni le quemaba la piel. No era más que un trozo de metal viejo que no significaba nada para ella.

—Deberías volver a ponerle esto. —Bel le dio el anillo metálico a su madre—. Así no hay pruebas, ¿no?

Rachel asintió y se metió el anillo en el bolsillo.

—¿De verdad estás bien para bajar ahí? —preguntó Bel—. ¿Y tu tobillo?

—He sobrevivido a cosas peores —dijo Rachel, con una pequeña sonrisa para demostrar que lo había hecho, que nadie le había arrebatado eso—. Puedo hacerlo, tengo que hacerlo, por la familia. Pero... no puedo hacerlo sola. Pensaba que podría hacerlo todo sola, el plan, mi retorno. Pero me equivoqué, ahora lo sé. Lo siento. Necesito que me ayuden.

—Por supuesto —dijo Bel.

Carter se puso de pie a su lado.

—¿Qué te hace falta?

A Rachel le brillaron los ojos al mirar a sus hijas bajo la luz de la luna, que resaltaba el mismo color plateado en la piel de las tres.

Rachel carraspeó.

—Tenemos que hacerlo todo esta noche, antes de que nadie se entere que Jeff ha desaparecido. Voy a bajar a la entrada de la mina, ustedes vuelvan al deshuesadero. Llévate mi coche, Bel. Las llaves están dentro, el motor está encendido.

—Pero no lo puedo sacar, el coche de Jeff está...

—Toma. —Rachel agarró el hacha, lo que casi la mata, lo que la habría matado si Carter no hubiera aparecido de la nada. Se la dio a Bel y sus dedos se rozaron en la empuñadura—. Rompe la cadena de la puerta. Cuando la abras, podrás ir hacia delante y dar la vuelta. Limpia tus huellas cuando acabes, de la empuñadura y de la hoja. Tírala con el resto de la basura. No te preocupes por la camioneta roja, iré yo cuando termine aquí y me desharé de todo.

Deshacer su propia prisión para que nadie se enterara de los quince años, cinco meses y veinticinco días que había pasado encerrada dentro. Del hombre que la metió ahí. Del bebé al que dio a luz. Del otro hombre al que ella encerró como venganza por empezarlo todo. Todo habría desaparecido por la mañana.

—Toma la bici de Bel —continuó Rachel— y vayan a casa de su abuelo. La llave está debajo...

—Del sapo de cerámica —dijo Bel al mismo tiempo que Carter decía—: Barry.

Rachel sonrió.

—Tienes que borrar mi mensaje en todos los libros. Es lo que yo iba a hacer cuando los encontraste, Bel. Es muy peligroso dejarlo ahí, dice lo que pasó y el lugar exacto en el que pasó. Tienes que deshacerte de él, borrar las marcas de lápiz en todos esos libros. Están todas en las primeras cincuenta páginas, no hay nada más. ¿Lo podrás hacer? Seguro que en la casa hay alguna goma de borrar.

—Encontraremos alguna —dijo Carter.

—Yordan estará arriba durmiendo, no hagan ruido. Si las ve...

—Pensaremos en alguna excusa. «Mi padre me ha dicho que recoja, me regañará si no lo hago» —ofreció Carter.

Rachel sonrió aún más.

—Creo que ya está todo. No hay más cabos sueltos que pudieran llevar a la policía a la verdad, a lo que ha pasado aquí.

A Bel se le hundió el corazón en el estómago, donde tenía más espacio, ahora que el nudo había desaparecido para siempre.

—Ash —replicó—. Mierda. —Le dio una patada a una piedra, que terminó cayendo por el precipicio.

Rachel entrecerró los ojos.

—¿Del equipo del documental? ¿Qué pasa?

Bel se pasó las manos por el pelo, tirando hacia atrás de la cara.

—Me ha estado ayudando. Estábamos... investigándote. Estaba segurísima de que mentías sobre tu desaparición y de cómo volviste. Pensé que, si podía demostrarlo, mi vida volvería a la normalidad. Ash me ayudó. Tiene imágenes de...

Rachel cojeó hacia ella.

—¿De qué tiene imágenes?

—De muchas cosas. —Bel sacudió la cabeza, pensando—. Del profesor Tripp diciendo que te dejó tres mil dólares antes de que desaparecieras. Cuando te vieron en enero... hablamos con la propietaria de la tienda y vimos una grabación de la cámara de seguridad. Imágenes tuyas buscando algo en casa del abuelo, antes de que encontraras la cámara escondida. Carajo. —Se tiró todavía más del pelo—. Lo de esta noche. El mensaje en el libro, en todos los libros, yo escribiéndolo en un trozo de papel. Ash lo estaba grabando todo.

—Mierda. —Rachel se cubrió la cara.

—Hay más. —Bel dejó caer los brazos, que se balancearon inútiles—. Vino conmigo hasta la camioneta roja. Dejó de grabar antes de que entráramos, pero...

—¿Bel?

—Lo siento —susurró Bel—. Ash vio a Charlie encadenado en la camioneta, antes de que le dijera que se fuera. Lo siento, mamá.

Rachel se mordió el labio. Se acercó aún más, cara a cara, hasta que los ojos de Bel se reflejaron en los suyos.

—Tú tampoco tienes nada que sentir. Nada de esto es culpa tuya. No estoy enojada contigo. Tenías razón, te mentí desde el principio, no puedo enojarme contigo porque hayas sido lo bastante inteligente como para verlo. De hecho, estoy orgullosa. La que lo siente soy yo. Siento haberte mentido. Quizá debí haberte dicho la verdad desde el principio, a las dos. Pero... no sabía si estaban preparadas.

—Yo no lo estaba. —Bel no había estado preparada hasta que no le quedó otra opción. Pero ahora sí lo estaba, y sabía cómo arreglar esto—. Puedo conseguir las imágenes, mamá. Sé dónde las tiene Ash. Vio a Charlie en la camioneta. No creo que se lo diga a nadie, pero daría lo mismo, ¿no? Si no hay ninguna prueba. Esta misma noche puedo borrar todas las imágenes, mamá.

Deshacer todo para lo que había trabajado, todos esos momentos con Ash, grandes y pequeños, cada vez más cerca hasta que fue demasiado tarde para fingir que no le importaba. Le seguiría importando, eso también lo sabía, pero tenía que destruirlo todo, para proteger a su hermana y a su madre.

—¿Seguro?

—Sí —dijo Bel.

Rachel miró a Carter.

—Yo puedo encargarme de borrar los libros sola —dijo—, no hay problema.

Rachel tiró de ella y les dio un abrazo a las dos, las tres cabezas juntas, bajo las mismas estrellas.

—Podemos hacerlo. —Rachel se secó los ojos.

—La familia es lo primero —dijo Bel. No era una amenaza, sino una promesa.

Rachel se separó cojeando de ellas y fue hacia donde había caído su teléfono, que seguía con un resplandor amarillo a su alrededor por la luz de la linterna contra las rocas. Lo recogió y miró la pantalla.

—Será mejor que apaguemos los teléfonos para que no puedan rastrearnos hasta aquí. Apáguenlos, chicas. Ya. No los vuelvan a encender hasta que se hayan alejado de aquí.

Bel apagó el suyo.

Rachel estaba golpeando su pantalla con los dedos.

—No funciona. ¿Cómo se apaga esta cosa?

—Trae —dijo Carter, quitándole el teléfono a Rachel—. Tienes que dejar apretado este, ¿ves? —Se lo mostró—. Y luego deslizas. Así.

—Ah.

Bel sonrió al verlas juntas en este pequeño instante madre-hija, en este lugar oscuro y salvaje que había roto una familia pero salvado a otra. Y la luna lo había visto todo.

Bel le dio a Rachel la linterna.

—Toma, tú la necesitas más. Nosotras seguiremos el sendero, estaremos bien. —Miró a Carter y le dio un pequeño puñetazo en el brazo, porque eso era lo que hacían las hermanas—. Yo la cuido.

Rachel agarró la linterna y el haz de luz iluminó a sus dos hijas.

—Todo estará bien, chicas. Las quiero. Nos vemos luego, cuando llegue a casa.

Bel tomó el hacha y empezó a darse la vuelta, pero Carter dudó un instante, con un ruido en el fondo de la garganta.

—¿Qué casa? —preguntó.

—La nuestra, Carter —dijo su madre—. Nuestra casa.

Cuarenta y ocho

«Ash, necesito tu ayuda. Estoy en el McDonald's. No traigas la cámara, déjala en el hotel. Te tengo que contar una cosa».

Bel esperó en la oscuridad, se convirtió en la oscuridad, apoyada contra un lateral de Scoggins General Store, alejada de las luces de los postes. De vuelta en el pueblecito de hormigas, en uno de esos puntitos que había visto desde el mirador. Rachel todavía estaría ahí arriba, arrastrando dos cuerpos sin vida hasta la mina Mascot. Pero la noche todavía no había terminado, y sobrevivir no era lo mismo que tener que vivir con ello. Cosa que Bel haría, porque a ella, a su madre y a su hermana ya les habían robado la vida antes, y no permitiría que nadie lo volviera a hacer. Ni Charlie, ni la policía, ni el documental.

Proteger la verdad, proteger a Carter.

Estaba pendiente de la entrada del Royalty Inn. Sabía que Ash iba a venir, porque le importaba.

El McDonald's era la única opción, no había nada más abierto después de las dos de la madrugada. Daba igual, de todos modos, Bel no iba a entrar. Solo necesitaba sacar a Ash cinco minutos de su habitación.

La puerta del hotel se abrió hacia afuera y el cristal reflejó las lámparas a cada lado, escondiendo a quien fuera.

Ash salió.

Bel sabía que vendría.

Él caminó hacia el estacionamiento, con prisa, lejos de ella, con un abrigo negro sobre unos pantalones con un estampado de dibujos animados. Seguramente era la pijama, pero con él nunca se sabía. Y Bel no lo iba a averiguar esta noche. Se le aceleró el corazón al ver cómo el viento le ondeaba el pelo rizado hacia atrás al pasar por debajo de un poste de luz. Esperaba que la perdonara, que lo entendiera, aunque en realidad nunca lo hiciera.

Bel se despegó de la oscuridad y cruzó la calle tranquila hasta el hotel.

El vestíbulo estaba vacío, solo estaba Kosa detrás del mostrador de recepción, ordenando unos papeles. Levantó la cabeza, con una larga y oscura trenza cayéndole por un hombro.

—Buenas noches —dijo.

—Vaya hora, ¿no? —respondió Bel—. Ya sabes cómo funcionan los rodajes. Tenemos que grabar unas imágenes nocturnas.

Kosa asintió, porque no sabía cómo eran los rodajes, y Bel tampoco.

Bel tenía voz áspera, desgarrada, de llorar, de gritar, de hablar con Carter durante todo el camino de vuelta hasta el patio, explicándole cómo su madre desapareció dos veces, cómo se cruzaron dos planes aquel día hacía dieciséis años, y un bebé que apareció de la nada. Por qué Carter no tenía que sentirse culpable por lo que le había hecho a Charlie. Todo parecía completamente irreal al escucharlo con su propia voz.

—Tienes la manga manchada —señaló Kosa.

Bel se fijó.

—Estamos rodando en el bosque, lo de la reconstrucción. Por cierto, Ash se acaba de marchar, ¿el asistente de cámara?

—¿Sí?

—Me ha escrito para decirme que dejó el lente en su habitación y me ha pedido que lo recoja. ¿Puedo? Necesito una llave, lo siento. La habitación treinta y nueve.

Kosa se quedó mirándola y parpadeó.

—Mira, te puedo enseñar el mensaje si quieres. —Bel se metió la mano en el bolsillo. Esto era la forma fácil, pero si

Kosa no le daba la llave, Bel tendría que romper la puerta y entrar igualmente.

—No pasa nada —dijo Kosa, con un suspiro, como si quisiera deshacerse de Bel cuanto antes y volver con sus papeles—. Ya sé que has subido otras veces. Toma.

Abrió un cajón y rebuscó dentro con la lengua entre los dientes.

—Treinta y nueve. —Le entregó la llave.

—Gracias. —Bel le hizo un saludo militar, algo típico de Ash.

Subió a toda prisa las escaleras, todavía con los músculos adoloridos. Seguramente Ash ya había llegado al McDonald's, pero Bel todavía tenía tiempo. Él la esperaría, porque le importaba.

Contó las puertas por el pasillo hasta llegar al número treinta y nueve.

Metió la llave, abrió la puerta y metió la tarjeta en la ranura de la luz.

Los calzones en la almohada, otra vez.

Entró y sintió el olor familiar de Ash, su corazón se aferró a él. Pasó por delante de un montón de sus sudaderas horrendas, de fresas y dinosaurios, y les pasó los dedos por encima. Había más recuerdos aquí que los almacenados en las tarjetas SD.

Pero era por lo que había venido.

Bel se acercó a la mesa del fondo. La silla y el sillón estaban colocados enfrente. La suya y la de él. Un montón de cajas de plástico transparentes encima con las tarjetas SD dentro.

Las tomó todas, abrió las cajas, las que estaban marcadas con una X roja y las que no. Una a una, fue soltando las tarjetas SD encima de la mesa. Los secretos de Rachel estaban encerrados en esas diminutas tiras metálicas. Bel las había conectado, había encontrado el camino hacia la verdad, pero nadie más podía hacerlo.

Pasó la mano por el montón y tomó una azar.

La rompió por la mitad. Y otra vez, hasta destruir el chip de metal.

Y la siguiente.

Hizo otro montón nuevo de los trozos rotos.

Las dobló con los dedos y las rompió con fuerza.

Hasta la última.

Pero no era la última. Bel se fijó en la cámara de mano sobre la silla de Ash. Otra parte de él, como el pelo despeinado, o la ropa ridícula, o como decir «oh» demasiadas veces, o seguirle el ritmo a ella como nadie más podía, intercambiando insultos. No hacía falta que la destruyera, no podría hacer algo así, pero tenía que sacarle los recuerdos.

Deslizó los dedos por la parte de atrás de la cámara hasta que sonó un clic y se abrió. Ahí estaba, encajada, el borde rojo de una tarjeta SD, igual que las demás.

Apretó y la sacó. La tarjeta cedió sin resistencia.

La tarjeta que Ash había usado esta noche: el descubrimiento del mensaje de Rachel en los libros, el camino hasta el Deshuesadero Price e Hijos, aunque ya no quedaba ningún hijo. Esta tarjeta era la que guardaba la parte más grande de la verdad, la más peligrosa. Ella le había dicho que lo grabara todo, para tener pruebas. Pero ahora se habían convertido en pruebas contra ellas.

Bel la tomó con los dos pulgares y la rompió con un movimiento rápido. Se partió en mitades irregulares, con las entrañas metálicas colgando.

Romperlas no era suficiente. Tenía que saber dónde habían ido de verdad.

Bel miró las tarjetas de memoria rotas, muertas y desmembradas sobre sus manos.

Las llevó al baño, puso las manos sobre el retrete y las soltó. Los trozos cayeron, flotaron un instante y se hundieron. Jaló la palanca.

Los trozos rojos y negros se arremolinaron en un último baile, y desaparecieron todas juntas por el desagüe.

Pero no había terminado. Puede que algunas de las tarjetas estuvieran vacías. Ash se lo había dicho: hacía copias de las grabaciones en discos duros externos y limpiaba las tarjetas para volver a usarlas. Ahora Bel iba a usar esa información en su contra.

Encontró la pequeña caja negra enchufada a la computadora. «Lo guardo todo aquí», había dicho Ash, dándole golpecitos con dos dedos.

Bel le dio también golpecitos con dos dedos, y luego lo desenchufó.

Lo tiró al suelo.

Esperó a que cayera y se quedara quieto.

Luego lo pisó con el talón.

El plástico se rompió con un crujido.

Volvió a pisar.

Pie derecho, pie izquierdo. Los dos pies juntos, dando saltos sobre él.

Bel no paró, no hasta que se rompió en más trozos de los que Bel era capaz de contar, los recogió y se los guardó en el bolsillo.

Se levantó.

Ahogó un grito.

Había unos ojos observándola, pero eran los suyos, reflejados en la pantalla oscura de la computadora de Ash. Bel se acercó a su reflejo.

No sabía si ahí había algo guardado, y no se sabía la contraseña para comprobarlo. Pero no podía arriesgarse a dejarlo ahí.

La computadora ya estaba abierta, pero la abrió más, hasta doblar hacia atrás la pantalla, tirando de la columna hasta que se partió por la mitad. Arrancó los cables que intentaban aferrarse y la base se cayó.

Sabía que el disco duro estaba ahí, en algún sitio, debajo del teclado, por eso se lo iba a llevar también, guardado debajo de un brazo. La única forma de asegurarse de que todo desaparecía era verlo desaparecer. Lo tiraría en el río de camino a casa.

Ahora tenía que irse. Puede que alguien lo hubiera escuchado todo. La habitación de abajo podría estar quejándose ahora mismo. «Están haciendo una fiesta o algo arriba».

Pero Bel no podía dejarlo así.

Se dio la vuelta hacia la pantalla de la computadora, resquebrajada, la que iba a dejar allí. Agarró la pluma roja de Ash y apretó la punta contra la manzana mordida.

«Lo siento», escribió con letras rojas muy pequeñas, aunque no era el color de la sangre.

Bel fue la primera en llegar.

Miró el reloj en la pared. Eran pasadas las tres. Su madre y su hermana todavía estaban afuera, haciendo sus partes, y lo único que Bel podía hacer era esperar a que volvieran a casa. Se estremecía con los sonidos que hacía la casa vacía; el ulular del viento contra las ventanas de arriba, el murmullo del refrigerador que nunca había escuchado, los latidos de su corazón.

Contó los minutos en la oscuridad y esperó.

Un sonido metálico en la puerta de la calle, y una silueta flotando por la ventana. Bel la abrió antes de darle tiempo.

Carter.

—¿Estás bien? —Bel la jaló.

—Sí —dijo Carter sin aliento—. Dejé tu bici junto al garaje.

Bel la llevó a la cocina y llenó un vaso de agua.

—¿Cómo te fue?

—Bien. —Carter dio un sorbo largo—. Tardé un rato, pero los borré todos.

Se sacó algo de la cintura del pantalón. Un libro. *La milla verde*, de Stephen King.

—Me quedé este. —Lo miró—. Dice «Patrick Price nos tiene secuestradas». Se refiere a mí, ¿verdad? Rachel y yo.

Bel le apartó a Carter un mechón de la cara.

—Sí. Quédatelo. Es un libro especial.

Carter tenía una sonrisa frágil.

—¿Se ha despertado Yordan?

—No.

—Genial. Buen trabajo. —Se suponía que las hermanas mayores tenían que decir ese tipo de cosas.

—¿Rachel..., m-mamá ha...? —tartamudeó Carter, y se calló.

—No pasa nada —dijo Bel—. Yo tampoco he sido capaz de decirlo hasta hace muy poco. Y he tenido mucho más tiempo que tú para acostumbrarme.

Carter asintió.

—¿Ha vuelto?

—Todavía no. Pero tenía que hacer mucho más que nosotras. Volverá. Siempre vuelve.

Los dedos de Carter se movieron por los bordes del libro, nunca podía estar completamente quieta, como Rachel.

—¿Y qué hacemos ahora? —preguntó.

—Esperar.

—Está bien.

—¿Quieres algo? —dijo Bel—. ¿Tienes hambre? Puedo prepararte un sándwich o algo.

—Deja de ser simpática —dijo Carter—. Es raro.

Bel se rio, y ese sonido la tomó por sorpresa.

—Perdona. Solo quiero comportarme como una hermana.

—Siempre lo has hecho.

Un golpe llenó la casa, un puño contra la puerta de la calle. Carter soltó el libro.

—¿Es ella? —susurró.

No podía ser.

—Rachel tiene llave —dijo Bel.

Volvió a sonar, tres ruidos fuertes, los nudillos contra la madera.

—¿La policía? —El terror inundó los ojos de Carter.

—Quédate aquí —le dijo Bel, y se fue a la sala a oscuras, para mirar por las ventanas. Acercó los ojos al cristal.

En la puerta había una silueta larga y oscura, con el puño levantado. Reconoció su forma. La anchura de los hombros, el pelo rizado y el abrigo que dividía los brazos en secciones.

Bel se dio la vuelta; Carter la había seguido.

—Es Ash —murmuró—. Yo me encargo. Tú sube a mi habitación y métete en la cama.

Carter asintió, aunque eso no eliminó el terror de sus ojos, y obedeció a su hermana.

Bel tomó aire y abrió la puerta.

—Hola —dijo antes de que él pudiera hablar—. Un poco tarde para una visita, ¿no? ¿Es una cosa de los ingleses?

Ash tenía los ojos muy abiertos y húmedos, los dientes le brillaban en la oscuridad.

—Lo habría borrado todo si me lo hubieras pedido. —Le temblaba la voz—. Solo tenías que pedírmelo.

Bel salió y Ash bajó un escalón. Estaban a la misma altura, mirándose a los ojos, sin parpadear.

—No sé de qué me hablas.

—Bel. —Se agarró a su nombre y lo mantuvo en la lengua—. ¿Qué sucedió?

—Celebramos el cumpleaños de mi abuelo y cada uno se fue a su casa.

Él lo volvió a intentar.

—¿Qué ha pasado en la camioneta roja?

—¿Cuál camioneta roja?

La respiración le arañó la garganta.

—Donde estaba Rachel. Donde encontramos a tu padre encadenado.

Bel sacudió la cabeza.

—A Rachel la secuestró un desconocido. La encerró dieciséis años en un sótano.

—¡Bel! —Su nombre empujado con toda la fuerza que podía empujar un susurro—. Me dan igual las grabaciones. Me da igual el documental, me da igual haberlo jodido todo. Me importas tú.

Ella casi lo dijo también, pero solo le salió «gracias». Nunca había permitido que alguien se acercara tanto como para importarle. Ash le demostró que podía hacerlo, que no tenía que elegir siempre el camino que menos dolía. Algunos dolores son buenos: los amigos se separan, la gente se muda, se va. No tenía que durar para siempre para que fuera importante. Las cosas se acababan. Esto era un final, pero no significaba que nunca hubiera importado.

—Bel. —Bajó la voz—. ¿Estás en peligro?

Ella le respondió a medias.

—Ya no.

—¿Dónde está tu padre?

—La policía dice que ha huido a Canadá.

Ash resopló con los ojos cansados.

—¿Qué estás haciendo?

—Proteger a mi familia.

Él asintió.

—Entonces, ¿todo terminó? —preguntó con una inclinación triste de la cabeza, arrastrando las palabras.

Bel asintió.

—Todo terminó.

—Muy bien.

Ash se dio la vuelta.

Bajó los escalones. Sus pasos sonaban como un eco en la muerte de la noche, que llegaba hasta el pecho de Bel y saltaba alrededor de su corazón.

Llegó a la carretera. Se había terminado, y él se estaba marchando, como tenía que hacer.

Pero Bel supo, de pronto, que no estaba del todo.

—¡Espera! —Salió corriendo detrás de él.

Ash se dio la vuelta y Bel chocó contra él, con un gruñido de sorpresa.

Sus ojos encontraron los de él, los labios de él encontraron los de ella.

Una mano en el pelo rizado despeinado, atrayéndolo a su cuerpo, para que valiera la pena.

Él le acarició el cuello, hacia arriba, pero lo sintió en todo el cuerpo.

Era una despedida, pero también era otra cosa.

Bel se separó, solo unos centímetros.

—Ha tenido sentido —susurró, acariciándole la boca con los labios—. Y ha sido importante.

—Ya lo sé. —Apretó la nariz contra su frente.

Ella se separó y dio un paso atrás.

—Me lo podías haber dicho antes.

Ash se rio, y Bel también, los dos de pie bajo la luna.

—Debería irme —dijo él, casi como una pregunta.

—Sí —respondió Bel, empujándole por el hombro.

Él le hizo un saludo militar, con la mano torcida, como su sonrisa, y se fue.

Bel observó cómo se alejaba por la carretera, hasta que fue poco más que una línea oscura.

Él se marchó y no pasó nada.

Ash iba a marcharse desde el principio.

Y marcharse no era lo mismo que abandonar.

Cuarenta y nueve

Carter estaba tiritando cuando Bel se metió en la cama.

Con la mirada fija, como si no se acordara de cómo se parpadeaba, como si no le hubieran enseñado nunca.

Bel tiró de la manta hacia arriba.

—Tranquila. Estoy aquí.

—¿Y si alguien descubre lo que hice?

Bel apoyó los pies contra los de Carter.

—No has hecho nada. Y nadie lo va a descubrir. No lo permitiremos.

Carter respiraba demasiado rápido.

—Cierra los ojos —dijo Bel.

—Los tengo cerrados.

—No, los tienes abiertos. Respira hondo.

—Lo estoy intentando.

Carter se puso bocarriba, moviendo los párpados, como si no pudiera mantenerlos cerrados.

—¿Ha vuelto ya?

—No. —Bel miró hacia la ventana, al hueco entre las cortinas. La oscuridad se estaba calmando afuera, cada vez más clara, con los primeros toques del amanecer—. Pero no tardará.

Tenía que volver antes de que el mundo se despertara y se diera cuenta de que ahora también había desaparecido Jeff Price. A la familia Price le gustaba eso de desaparecer, ¿no?

La respiración de Carter se calmó.

—Tranquila —dijo Bel—. Duérmete. Yo me quedaré esperando. No voy a permitir que te pase nada.

Carter tomaba aire y lo expulsaba, casi con la forma de una palabra.

Se durmió y Bel esperó.

Cerró los ojos porque le ardían demasiado, y no quería quedarse mirando cómo el amanecer se cernía sobre ellas, llenando las sombras de su habitación y creando unas nuevas.

Esperó. El murmullo del refrigerador se había convertido en un ruido dentro de su cabeza, imaginado, recordado. Carter estaba dormida demasiado cerca de su oído.

Bel estaba escuchando, pero no oyó. No hasta que se abrió la puerta de su habitación, raspando la alfombra, y entraron unos pasos silenciosos detrás.

Abrió los ojos un poco, con la vista borrosa, y los volvió a cerrar.

Allí estaba Rachel, en la puerta medio a oscuras, mirándolas.

No se fue. Se quedó.

Bel la sentía, como una calma que llegaba a ella en este limbo de sueño ligero, hoy-mañana, hermana-hija.

Por fin podía dormir, su madre ya estaba en casa. Las vigilaría a las dos.

Bel respiró y se dejó llevar.

Rachel no las dejó dormir demasiado.

Entró con café a las siete y media, se sentó en el borde de la cama y les aplastó los pies a las dos.

—Perdón. —Se movió y le dio una taza a Bel. Su taza favorita. Esperó a que Carter se frotara el sueño de los ojos, y le dio la suya.

Bel bostezó.

—Luego dormirán más. —Rachel le dio un golpecito en la pierna por encima del edredón—. ¿Qué tal estuvo todo?

—Yo lo hice todo —dijo Bel—. Destruí todas las imágenes.

—Yo también —añadió Carter—. Borré todos los libros.

—Muy bien. —Rachel sonrió.

Bel se incorporó.

—¿Y tú?

Rachel asintió con una mirada perdida en los ojos, con una caída profunda en el fondo, hasta la mina.

—Hecho —dijo, tranquila.

Parecía que no había dormido nada. Y se le estaba empezando a formar un hematoma oscuro en la garganta, los azules y rojos de un universo moribundo.

—En realidad, no. —Rachel suspiró—. Hay una cosa más que tenemos que hacer, juntas. Carter... —Miró a su hija pequeña—. Tenemos que decidir qué hacemos con Sherry.

—Mierda —susurró Bel contra la taza—. No había caído... ¿Cómo le vamos a explicar la desaparición de Jeff? ¿Y qué pasa con Carter? Sherry no va a renunciar a ti sin más.

—No creo que tarde en venir a preguntar por Jeff y Carter, y por qué no fueron anoche a casa —dijo Rachel—. Tengo una idea. Pero, Carter, antes tengo que saber qué quieres hacer tú. Llevas toda tu vida pensando que esta mujer es tu madre. Quiero que sepas que es normal que te preocupes por ella. Y eres tú la que tiene que decidir.

Carter dio un sorbo para darse tiempo, aunque quemaba demasiado; Bel se dio cuenta por cómo apretó los ojos.

—Vale —dijo, dándole golpecitos a la taza, moviendo continuamente los dedos.

Rachel les contó su idea, lo hablaron y Carter decidió.

—¿Estás segura? —preguntó Rachel—. Una vez que hagamos esto, no podemos dar marcha atrás.

Carter carraspeó.

—Estoy segura.

El timbre sonó a las ocho y veinte. Una nota larga y sostenida.

Sabían quién era, y estaban preparadas.

Bel fue a abrir.

—Tía Sherry —dijo, parpadeando contra el sol de la mañana, como si sus ojos quisieran volver a la oscuridad—. ¿Cómo estás?

—Mal. —Sherry pasó a su lado—. ¿Carter está aquí? No me dijo que se iba a quedar a dormir. —Se fue a la sala sin que nadie la invitara—. Ahí estás. Anda, vámonos. No sé dónde está tu padre. ¿Se quedó en casa del abuelo?

Bel cerró la puerta y siguió a Sherry.

Rachel y Carter estaban sentadas en el sofá, Sherry de pie delante de ellas, con el bolso balanceándose en el hombro.

—Carter. —Chasqueó los dedos, impaciente.

—Siéntate un momento, Sherry. —Rachel le señaló el sillón. Tenía puesto un suéter de Bel, el azul de cuello alto, para esconder el hematoma del cuello.

—No hace falta, Rachel. —Sherry pronunció su nombre con severidad, mordiéndolo—. Tenemos muchas cosas que hacer. Carter tiene baile a las doce y luego...

—Siéntate, Sherry.

—No, Rachel, de verdad, eres muy genial, pero tenemos que irnos. ¿Verdad, Carter? —dijo, sin darle ninguna opción, pero Carter ya había elegido.

Bel pasó junto a Sherry y se sentó en el otro extremo del sofá. Carter estaba en el medio.

Tres contra una. Eran mayoría.

—Siéntate —dijo Carter esta vez, con los dientes apretados.

Sherry miró a Rachel con los ojos entrecerrados.

—¿Qué pasa? —Se sentó, pero no del todo, en el borde del sillón—. ¿Se sabe algo de Charlie?

—No, se trata de ti, Sherry. De lo que tú has hecho.

Ella frunció el ceño.

—Rachel, no sabía que ibas a comprar una tarta también. Solo quería ayudar.

—No es por la tarta, Sherry. —Rachel se inclinó hacia delante y entrelazó los dedos—. Es porque me robaste a mi hija.

Sherry abrió muchos los ojos y contuvo un grito ahogado. Se le fueron los ojos a Carter.

—¿Qué dices? —dijo con una risa ronca, llevándose el bolso sobre las piernas, a modo de escudo—. Bel solo se quedó con nosotros siete meses cuando detuvieron a Charlie.

—Esa hija no —dijo Rachel, con voz oscura—. El bebé que me robaste hace casi dieciséis años.

Seguía con los ojos muy abiertos, demasiado blanco arriba y abajo. Sherry sacudió la cabeza.

—No sé...

—Sí lo sabes. Te ponías panzas de mentira para fingir que era tuya. Solo tenía dos semanas cuando Pat me la quitó y te la dio a ti.

Sherry movió la boca, pero no salió ninguna palabra.

—Lo sabemos todo, Sherry. Jeff nos lo contó. Pero tú lo sabías desde hace mucho más. Dime, ¿siempre supiste que Carter era mía? Seguro que sí, ¿cómo si no iba a parecerse tanto a los Price? ¿Sabías, durante todo este tiempo, que Pat y Charlie me habían encerrado? Eso te convierte en cómplice, ¿sabes?

Sherry se llevó el bolso al pecho. Estaba atrapada: negar algunas partes suponía asumir las demás.

—No sé de qué me hablas —dijo, eligiendo otra opción completamente distinta—. ¿Es alguna broma... para el documental o algo?

—No —dijo Carter.

—Bueno, sea lo que sea que estés haciendo, no tiene gracia —soltó Sherry, y se puso de pie—. Vámonos, Carter. Déjate de tonterías. Tienes baile. —Agarró a Carter del brazo y la intentó jalar para levantarla del sofá.

Carter se soltó de su mano.

—No, tía Sherry —dijo, mirándola fijamente.

Algo cambió. Del impacto a la ira. Fue muy rápido.

—¡No me llames así! —gritó Sherry con una gota de saliva deslizándose por la barbilla—. ¡Soy tu madre!

—No. Mi madre es Rachel.

—No seas estúpida.

—Sherry —dijo Rachel con un gruñido grave de advertencia—. Se acabó, no te resistas más. Jeff nos lo contó todo anoche. Carter es mi hija. Me la robaste.

—No, no, no —dijo Sherry, con negaciones cada vez más débiles—. Yo di a luz a esa niña. Es mi hija, Rachel. ¡Mía!

Rachel se tronó el cuello y apretó la mandíbula, igual que hacía Bel antes de una discusión.

—Entonces no te importará que le pida a la policía que haga una prueba de ADN, ¿verdad? Aunque, claro, te pasarás el resto de tu vida en la cárcel, porque Carter es la prueba de lo que Jeff y tú me hicieron. Puede que no supieras que Pat me tenía encerrada, que Carter era mi hija, al menos hasta que volví, pero eso es lo que parece, Sherry. Parece que Jeff y tú estuvieron involucrados en mi secuestro y encierro, y luego se llevaron a mi hija. Toda la familia participó. —Rachel chasqueó la lengua—. Yo no sé si eres de las que sobreviven en la cárcel.

Sherry farfulló algo, y la rabia se convirtió en otra cosa. Se llevó las manos a la cara y empezó a llorar contra ellas. Bel no veía ninguna lágrima.

—Detente —dijo Rachel—, no hay tiempo para eso. Tienes que tomar una decisión, Sherry. La misma que les propuse a Charlie y a Jeff anoche.

Sherry se secó los ojos ya secos.

—¿Dónde está Jeff? ¿Dónde está mi marido?

—Se ha ido. Lo admitió todo anoche y se fue. Le di dos opciones: o yo le contaba todo a la policía; le hacía la prueba a Carter, y Jeff, Charlie, Pat y tú irían a la cárcel; o les dejaba otra opción, porque son mi familia. —Rachel hizo una pausa—. La otra opción es que te vayas y no vuelvas nunca más, ni contactes con nosotras jamás. Empieza una nueva vida en otro sitio. Charlie eligió esa opción hace un par de semanas. Jeff también, anoche. Se ha ido.

—¿Adónde? —gimoteó Sherry.

—Con Charlie —dijo Rachel—. A Canadá. Seguramente ya habrá llegado. Quiere que vayas con él, me pidió que te lo explicara todo, para que puedan empezar una nueva vida juntos. Ninguno quiere ir a la cárcel, ¿verdad?

Sherry pasó saliva y se estremeció al forzar un bulto en la garganta, desviando la mirada a Carter.

—No.

—¿Estás segura, Sherry?

Ella asintió.

—Muy bien. Jeff se pondrá muy contento. No puedes contactar con él, pero te está esperando. Ahora escúchame con atención, Sherry. Esto es lo que tienes que hacer para que salga bien: primero, haz una maleta, algo pequeño, no te lo lleves todo. Luego ve a un cajero. Jeff dijo que usaras todas las tarjetas, que sacaras el máximo. Saca todo el efectivo que puedas, lo vas a necesitar, y ya no podrás volver a acceder a tus cuentas.

Sherry se miró las manos.

—¿Me estás escuchando, Sherry?

—Sí —dijo con un hilo de voz.

Rachel se sacó dos cosas del bolsillo.

—Me pidió que te diera esto. Su teléfono y las llaves de su coche. —Rachel los soltó en las manos de Sherry—. El coche está estacionado al final de la calle, frente al cementerio. Lo dejó ahí para ti, me dijo que es menos llamativo que el tuyo. Una vez que ya tengas la maleta y el dinero, quiere que vayas a Barton, en Vermont. Su amigo, Bob, Robert Meyer, vive allí. ¿Te acuerdas de Bob?

Sherry cerró las manos alrededor de las llaves y el teléfono de Jeff.

—Bob te ayudará, ¿de acuerdo, Sherry? Dile que Jeff y tú están en un lío y que necesitas su ayuda. En el teléfono de Jeff está su número de teléfono y su dirección. Lo puedes encender cuando estés cerca, te lo he escrito en un papel por si se queda sin batería. —Había memorizado los detalles en todos los años que estuvo en la camioneta roja—. Bob les hará pasaportes nuevos a Jeff y a ti. Nombres nuevos, identidades nuevas. Podrás pagarle en efectivo, y tendrás que esperar a que acabe. Jeff no tenía tiempo, así que tienes que hacerlo tú. Iba a irse de polizón esta mañana en un avión porque no sabía qué ibas a elegir tú, quería salir del país por si acaso yo avisaba a la policía. Pero los dos necesitarán identidades nuevas si quieres que esto funcione, así que tienes que ayudarlo.

—Está bien. —Sherry sorbió por la nariz, como si todo tuviera muchísimo sentido.

—Cuando tengas los documentos, conduce hasta el aeropuerto John Mayne, justo al salir de Newport. Ahí fueron también Charlie y Jeff. La dirección está también en el trozo de papel. Cuando llegues, tira todas las tarjetas del banco y la documentación vieja. En cualquier bote de basura, nadie lo encontrará. —A Rachel se le daba muy bien mentir cuando no mentía a Bel, cuando tenía que proteger a sus hijas—. Ya no lo vas a necesitar y no puedes dejar ningún rastro de tu antigua vida. Luego tendrás que subirte a un avión que vaya a cruzar la frontera. Te pedirán el pasaporte para el plan de vuelo, para las autoridades, pero no pasa nada, porque les darás el nuevo. Pasará todas las comprobaciones y nadie sabrá que eras tú. ¿Entendido, Sherry?

—Sí. —Se le movió un músculo en la barbilla.

—Cuando aterrices, sea donde sea, ve a New Brunswick y busca un pueblecito pequeño que se llama Dalhousie. Jeff te está esperando allí, Charlie también. Es un pueblo pequeño, los encontrarás. Es un sitio muy bonito, con montañas y muy tranquilo. Allí serás feliz, Sherry. Empezarás una nueva vida. —La vida que iban a tener ellas tres, Rachel, Bel y Carter; se la estaba regalando a Sherry—. Pero una vez que te vayas, Sherry, no podrás volver. Pase lo que pase. Si tenemos alguna noticia tuya, no me quedará más opción que ir directa a la policía. Te estoy dando una oportunidad. No la malgastes.

Sherry soltó el teléfono de Jeff, las llaves y el trozo de papel dentro del bolso.

—¿Alguna pregunta? —Rachel se puso de pie y Bel la ayudó, para que pusiera el peso en el tobillo bueno.

Carter también se levantó, y Sherry la miró.

Tenía los labios torcidos en una curva hacia abajo.

—Nada de esto es culpa tuya, ¿de acuerdo? Te quiero, Carter. Solo he intentado hacer lo mejor para ti, siempre.

—Eso no es una pregunta —dijo Carter, moviendo los dedos, arrugando la tela de los pantalones.

Los ojos de Sherry ya no estaban vacíos. Había forzado una lágrima hasta la superficie, que se arrastraba despacio por su mejilla.

—¿De verdad quieres que me vaya? Yo te crié.

—No es verdad —dijo Carter, con un hilo de voz, casi para sí—. Me crio Bel. La familia sí se puede elegir. Y yo las elijo a ellas. Lo siento.

Sherry se secó la lágrima y dejó que se deslizara por el dedo.

—Te tienes que ir, Sherry. —Rachel asintió solo una vez. No fue antipática, aunque tenía todo el derecho a serlo.

Sherry no dijo nada más. Sabía que estaba derrotada, que había perdido. Bel pensó que quizá resistiría un poco más, como se suponía que debía hacer una madre: enseñando los dientes y con los ojos ardiendo.

Sherry se apretó el bolso contra el pecho y se fue al descanso de la escalera.

Ellas la siguieron, Rachel apoyándose en Bel, tambaleándose a su lado.

Sherry abrió la puerta de la calle y se paró en el primer escalón. Se dio la vuelta, con ojos solo para Carter.

—Pues nada, adiós —dijo. Sus labios amenazaban con irse, y arrastraron a sus ojos, y a sus pies.

—Adiós —dijo Carter con una primera grieta en la voz. Sus ojos decían la verdad: esta despedida era más dura de lo que pensaba. Quizá luego lloraría, puede que lo hicieran todas.

Se quedaron de pie en la puerta, la familia de tres, todo lo que quedaba, y miraron a Sherry marcharse. Bajar los escalones, llegar a la calle.

Carter se liberó, se aferró a esa última mirada, la aguantó un poco más, esperó hasta que se fue definitivamente.

—¿Qué hacemos con el abuelo? —preguntó, para ocultarlo—. Sé que todo esto fue cosa de Charlie, pero el abuelo tuvo un papel muy importante. Él también tomó decisiones.

Rachel le pasó el brazo por el hombro a su hija pequeña y con la otra mano agarró a Bel.

—Sí, también tomó decisiones, y lo odio por lo que nos hizo. Pero... me parece muy cruel castigar a un viejo que no es capaz de recordar ninguna de las cosas horribles que ha hecho. —Rachel se mordió el labio y dejó una huella fantasmal de los dientes cuando lo soltó—. No le queda mucho. No iremos a verlo, pero seguiré pagando a Yordan para que lo cuide, para que esté cómodo el tiempo que le quede. Salvarlo, pero sin salvarlo realmente. Morirá solo y confundido. Creo que con eso basta, ¿no?

Bel asintió.

Carter miró a su hermana y asintió también.

Tenían que decidir estas cosas juntas, como una familia. Tomar decisiones para deshacer las que otras personas habían tomado por ellas.

Al otro lado de la calle, se abrió la puerta del número 32 y apareció la señora Nelson, de pie en el quicio, como estaban ellas en el suyo, mirándolas. Una madre y sus dos hijas, aunque nadie sabría eso jamás, ni siquiera ella, por mucho que las observara.

Bel levantó una mano, saludó y la señora Nelson le devolvió el saludo.

—Deja de ser simpática —murmuró Carter—. Tenemos que actuar normal.

—A veces soy simpática.

Se voltearon hacia ella, su madre, su hermana, con la misma mirada en los ojos.

Bel sonrió.

—Es verdad, eso me ha dolido.

Rachel se rio y enredó los dedos en el pelo de Bel.

—Sobrevivirás, Bel.

Y su madre tenía razón: sobreviviría.

Cincuenta

—¿Qué crees que les ocurrió a Charlie, Jeff y Sherry?

Ramsey esperó una respuesta, sentado en la sala de juntas del hotel Royalty, con un halo de luz por el foco que tenía detrás.

Bel estaba en el sofá, con los cojines bien ordenados a su alrededor.

Tenía las rodillas contra la mesa de café. Una botella de agua llena de la que no podían beber, y tres vasos, esta vez. Y el tablero de ajedrez de mármol, aún sin la reina. Bel la tenía en el bolsillo, la iba a devolver cuando terminaran. Ya no la necesitaba.

—No lo sé —dijo su madre.

Estaban rodando la entrevista final. Al menos, eso era lo que decía la claqueta. La última escena de *El retorno de Rachel Price,* con quienes quedaban de los Price.

Ash estaba por aquí, en alguna parte, escondido detrás del brillo de las luces, otra vez con ese horrible suéter morado, el de los dinosaurios. James estaba detrás de la cámara grande, Saba con el trípode del micrófono, sujetando la cabeza gris y peluda por encima de ellas.

—Han pasado dos semanas de la última vez que vieron a Jeff y a Sherry. —Ramsey juntó los dedos—. Y casi un mes de la desaparición de tu marido, Charlie. ¿Tienes alguna idea de dónde están o de por qué se fueron?

—No sé dónde están —dijo su madre, sosteniendo la mirada, parpadeando lo justo y necesario para que resultara creíble—. La policía está convencida de que Charlie se marchó del país, que huyó a Canadá. Y que Jeff y Sherry hicieron lo mismo, hay pruebas que lo sustentan, parece que lo planearon todo, los tres juntos. Y en cuanto al porqué... Solo puedo hacer conjeturas.

—¿Y, exactamente, cuáles son esas conjeturas, Rachel? —insistió Ramsey.

Ella respiró hondo, como si lo necesitara para pensar.

—Mi retorno supuso mucho estrés para la familia, muchos cambios, y también vino con mucho escrutinio, muchas preguntas y mucha atención de la prensa. —Hizo una pausa, para dar efecto, como Bel le había dicho que hiciera—. Creo que mi vuelta removió algo. No sé si estaban involucrados en algo ilegal, pero creo que mi llegada fue el catalizador, parte de su decisión de marcharse, por lo que pensaban que tenían que hacerlo. Bel, escuchaste a tu padre y a tu tío Jeff discutir muy a menudo, incluso antes de que yo volviera, ¿verdad?

—Sí —dijo Bel, sujetando el hilo—. Se peleaban mucho. Siempre por dinero. Por eso mi padre aceptó participar en este documental en un primer momento, necesitaba dinero desesperadamente. No sé si eso tendría algo que ver con que se fueran.

Su madre asintió, tomando de nuevo la palabra.

—No tenemos las respuestas. Lo he intentado, me he preguntado qué secretos compartirían, qué les hizo marcharse. Quizá pensaban que yo sabía algo, de antes de desaparecer, quizá eso lo explicaría, pero... No sé nada. Supongo que habrá que mantener la esperanza de que vuelvan algún día y que podamos solucionarlo.

—¿Y tú, Carter? —Ramsey la miró—. ¿Sabes algo de tus padres desde que se fueron?

Carter se puso recta en su asiento.

—No, no sé nada de ellos desde la cena por el ochenta y cinco cumpleaños del abuelo.

—¿Y cómo te sientes porque se hayan ido? ¿Crees que te han abandonado?

—Es triste. —Carter sorbió por la nariz—. Sea cual sea el motivo, debe de ser muy grave como para que hayan decidido abandonar a su hija de quince años y no tener ningún contacto con ella. Los extraño y espero que estén bien. Pero ha sido elección suya marcharse, y quiero pensar que me han dejado aquí para protegerme, en cierto modo. Todavía lo estoy procesando todo, solo han pasado dos semanas.

—¿Ahora vives con tu tía y tu prima?

—Sí —dijo su madre—. Carter también es de la familia, y siempre tendrá una casa con nosotras, durante el tiempo que necesite. Estamos encantadas de tenerla en casa, ¿verdad, Bel?

—Eso, pregúntamelo delante de una cámara, para obligarme a decir algo bonito. —Bel hizo una mueca.

Carter le dio un puñetazo en el brazo.

Ramsey sonrió y las observó a las dos, cediéndoles ese momento.

—Entonces, ¿lo que les haya ocurrido a Charlie, Jeff y Sherry es otro misterio? —continuó Ramsey.

Su madre asintió.

—Otro misterio.

—Si volvemos hacia atrás. —Ramsey se inclinó hacia delante, lo que significaba que estaba a punto de hacer una pregunta—. Todavía seguimos sin tener las respuestas del misterio principal, el de tu desaparición, del hombre que te secuestró, Rachel. Identificaste a Phillip Alves tras el incidente en tu casa de hace un par de semanas, cuando se metió. Pero la policía ha descubierto que Phillip Alves estaba en México el día que te liberaron, cuando apareciste, así que no puede ser él. ¿Tienes algo que decir al respecto?

—Sí —dijo Rachel, como si estuviera esperando la pregunta, porque así era. Habían preparado respuestas para cualquier pregunta que pudiera hacer Ramsey—. En aquel momento estaba muy segura de que era él. Estaba oscuro, y yo solo vi a mi secuestrador en la oscuridad, nunca se acercó. A lo mejor fue simplemente el miedo de verlo atacar a Bel y actué por instinto. Me equivoqué. No fue Phillip Alves. Ese hombre sigue libre, en algún sitio, y ni siquiera estoy segura de ser capaz de reconocerlo si lo veo.

Ramsey asintió con los dedos en la barbilla.

—¿Te preocupa no conseguir nunca las respuestas? ¿Que la policía no lo encuentre?

Esta no se la esperaban. Bel deslizó la mano por el sofá y rozó la pierna de su madre con el meñique, para que supiera que estaba ahí. Le daba igual que la cámara lo viera.

Su madre la miró durante medio segundo, y eso fue suficiente.

—Si me lo hubieras preguntado hace unas semanas, puede que te hubiera dicho que sí. Pensaba que necesitaba esa respuesta, que no podría vivir sin ella. Pero ahora creo que me da igual no saberlo. He sido un misterio durante muchísimo tiempo, dieciséis años, así que creo que puedo vivir perfectamente sin saberlo. —Se le quebró la voz, esta vez de verdad. Bel notaba la diferencia—. Pero no pienso seguir viviendo con miedo. Lo hice durante mucho tiempo, y luché para volver a casa con mi familia. Ahora es el momento de seguir adelante, con respuestas o sin ellas. Además, tengo a estas dos para que me ayuden a encontrar el camino.

Ramsey se recostó sobre el respaldo, con una sonrisa en los ojos, sin enseñar los dientes, sujetándolas a las tres en su mirada.

—¡Pues hemos terminado! —dijo, juntando las manos y aplaudiendo hacia ellas.

James se unió detrás de la cámara, Saba también.

Y Ash, apareciendo desde detrás de uno de los focos, brillante. Le guiñó un ojo a Bel cuando sus miradas se cruzaron.

Bel también aplaudió hacia él. Luego Carter. Luego su madre.

La habitación cobró vida con el sonido de los aplausos y nadie quería ser el primero en parar.

Aplaudieron, no solo porque habían terminado, sino porque había sido algo importante.

Porque los había cambiado, a todos.

—¿Se van hoy? —le preguntó Rachel a Ramsey en el estacionamiento.

James y Saba estaban cargando el equipo en la camioneta. Ash estaba arrastrando uno de esos baúles metálicos enormes, y lo estrelló contra la puerta del hotel.

—Sí —dijo Ramsey—. Nuestro vuelo sale esta noche.

Bel y Carter se apoyaron en el coche de su madre.

—Bueno. —Rachel extendió la mano—. Adiós. Y gracias por todo, Ramsey.

Ramsey le tomó la mano, pero no la sacudió, simplemente la agarró entre las suyas.

—No. Gracias a ti, Rachel. Estaremos en contacto. Por el documental.

Ash tiró otra cosa.

—¿Te echamos una mano? —le preguntó Carter—. Está claro que tus manos no funcionan bien.

Ash hizo una mueca.

—Empiezas a hablar como tu prima.

Ramsey desvió la mirada hacia Bel.

—Espero que no pienses que te vas a escabullir sin despedirte, Bel Price.

—Me has descubierto, amigo —dijo, haciéndose a un lado, reemplazando a su madre, que se había ido a ayudar a Carter—. Pues... el documental está listo.

—Eso parece. No va a ser la historia con intensidad y giros de guion que pensaba que tenía hace algunas semanas —dijo él.

Bel bajó la mirada.

Ramsey lo sabía. Claro que lo sabía. No lo sabía todo, toda la verdad, pero sabía tanto como Ash. Había visto las imágenes antes de que ella las destruyera. Sabía que Rachel estaba mintiendo, que no la había secuestrado un desconocido, que la respuesta estaba más cerca de la familia y que los Price tenían secretos, simplemente no sabía cuáles.

Vaya documental que pudo haber sido.

Ramsey la estaba observando.

—No —continuó—, no va a ser la historia con intensidad y giros que pensaba que quería. Va a ser algo mejor, algo con elemento humano. Una historia más tranquila, sobre una madre y una hija que se vuelven a encontrar, superando todas sus diferencias y sus dudas. Un viaje que las cambia a ambas.

No tan impactante como el documental que tuve en un principio, no, seguramente no me dé tanto dinero, sin duda no lo hará, pero es una historia que merece la pena contar.

Bel asintió sin saber muy bien qué decir.

—Tengo una cosa para ti. —Él bajó la voz y se sacó algo del bolsillo, una USB—. Hace mucho que me dedico a esto —dijo, casi susurrando—. Siempre guardo una copia de las grabaciones en la nube.

A Bel se le detuvo el corazón y se le cayó al estómago.

Se le abrió la boca alrededor de una palabra fantasma.

Carajo, las imágenes.

Pero Ramsey tenía una mirada amable. No era una amenaza, sino un regalo. Le acercó la USB.

—Ya no está. Lo he borrado todo, para siempre. Todo lo que Ash y tú grabaron juntos. Esta es la última copia. He pensado que querrías tenerla.

Se lo dio.

Bel lo tomó y sus dedos se rozaron. Ramsey tenía las imágenes, podía haber hecho la película que quería, la que descubría a Rachel, la que la enfrentaba a Bel. Con intensidad, giros de guion, impactante. Pero había elegido no hacerlo. Había tomado su decisión.

—Gracias —dijo ella, metiéndose la USB en el bolsillo.

Ramsey sonrió.

—La historia es tuya, no mía.

Él extendió la mano.

—Bueno, supongo que esto es una despedida.

Bel le apartó la mano

—Así no, amigo. —Se inclinó hacia delante y le dio un abrazo.

Ramsey se lo devolvió, apretando, pero no tanto como ella.

—Tesoro, si alguna vez necesitas algo, llámame, ¿sí? —dijo—. Ya sé que estoy en la otra punta del mundo, pero siempre voy a estar para ti, ¿de acuerdo?

—Está bien —dijo Bel, recargada en su chamarra.

Ramsey le dio un beso en la cabeza, enterrado en su pelo.

—Vamos, anda. —Él se apartó con los ojos brillantes—. Lárgate antes de que me ponga a llorar como un bebé. —Se secó los ojos y agitó la mano—. Vete, lo digo de verdad. Largo, chica. No puedo ponerme a llorar en la calle.

Bel se rio mientras se alejaba de él, pero no podía largarse, todavía no.

—¡Ash!

Él estaba ahí de pie, sin ayudar, como si estuviera esperando su turno.

—¿Qué? —Se acercó a ella, arrastrando los pantalones de campana por el concreto—. Estoy muy ocupado.

—¿Demasiado ocupado para esto? —Bel soltó la mochila hasta sujetarla con el hueco del codo y metió la mano dentro. Luego le dio algo a Ash—. Volví para recoger esto para ti.

Ash desdobló la camiseta y se le iluminó la cara.

—«*Pugs, not drugs*» —leyó, dándole la vuelta para enseñarle a ella el perro regordete con cara de pena—. Amo a este perrito. No pienso quitármela nunca.

—No esperaba menos —dijo ella—. Eres ridículo, y raro, y bastante fastidioso, la verdad. —Tomó aire y aflojó la mandíbula—. Pero me alegro de haberte conocido.

Ash la señaló con el perro.

—Los elogios no te llevarán a ningún sitio, Bel.

—Ese era el último.

—Bueno. —Ash enrolló la camiseta y se la llevó al pecho, delante del corazón—. Te voy a echar de menos —dijo en voz baja.

—¿En serio? —Lo miró con desdén—. ¿Con lo desagradable que soy?

Ash se rio y se llevó la camiseta a la boca.

—Increíblemente desagradable.

Bel dio un paso adelante. Le dio un golpecito en el hombro con dos dedos.

—Ya nos veremos, supongo —dijo.

—Bueno, lo dudo mucho. Vivo en otro país, pero... —Se calló, con los ojos brillantes, y encontró los suyos, que lo miraban con atención. Los dos estaban a punto de llorar. Lágrimas que parecían de felicidad, pero que tenían un sabor triste, pero aquí no, ahora no. Él le puso dos dedos en el hombro—. Ya nos veremos, sí.

—¡Bel! —la llamó Carter—. ¿Estás lista para irnos?

—¡Estoy lista! —dijo, pero en voz baja, para sí misma.

Rachel desbloqueó el coche y abrió la puerta del conductor.

Carter dudó.

—¿Dónde te quieres sentar? —le preguntó a Bel.

Bel hizo una pausa, mirando del asiento delantero al de atrás.

—Atrás.

Se subió y se sentó ahí porque podía. El asiento trasero no era lo que le dolía, eran los hombres que la habían sentado ahí. Su madre nunca la abandonó, así que ya no podía echarle en cara eso. Y, en realidad, no era más que un asiento, exactamente igual que el de delante.

Rachel arrancó el coche y salió a Main Street. Bel se dio la vuelta para ver al equipo de la película una última vez, allí de pie, despidiéndose con las manos, y desaparecieron.

Ramsey le había dicho que era su historia, pero también era la de él. Y eso le hizo pensar en algo, un recuerdo que apareció convertido en algo nuevo.

—Ramsey grabó un documental el año pasado, no lo compró nadie, decían que le faltaba «elemento humano». Lo rodó en Millinocket, en Maine. Pero es el mismo lugar en el que tú...

Su madre le guiñó un ojo. Bel la vio por el espejo retrovisor.

—¡Fuiste tú! —dijo—. ¡Tú eras Lucas Ayer en Twitter! Le dejaste un comentario a Ramsey diciéndole que investigara el caso de Rachel Price. Este documental ha ocurrido gracias a ti.

Rachel se encogió de hombros.

—Vi a un equipo de rodaje por el pueblo y me dio miedo que alguien me viera y me reconociera pasando de fondo. Así que mantuve un perfil bastante bajo. Pero luego se me ocurrió que un documental podría ser útil. Quería ver a Charlie mentir a la cámara, fingir que no tenía ni idea de lo que me había pasado. Pero también, ya sabes, dinero. Se me ocurrió que, si volvía, me ofrecerían dinero por aportar mi versión de la historia, y con eso podríamos mantenernos unos años. Por eso le escribí el tuit. Aunque no pensé que fuera a funcionar.

Supongo que era un misterio demasiado bueno como para dejarlo escapar.

—Me dijiste que no entendías Twitter —dijo Carter con los pies en la guantera y las piernas demasiado largas.

—Y es verdad. Aunque TikTok me resulta más difícil. ¿Por qué todo el mundo grita tanto?

Carter se rio.

—Tienes que bajar el volumen. Ya te enseñé cómo hacerlo, los botones están a un lado.

—Hay demasiados botones —murmuró Rachel.

—Hay solo tres, literalmente.

Había una patrulla estacionada adelante. El jefe de policía Dave Winter estaba afuera, redactando una multa para alguien. Dave las vio cuando el tráfico se volvió lento. Saludó. Rachel asintió y Bel apretó los labios en una sonrisa. Había liberado a Dave de su promesa. Él tenía razón, no le debía nada a Bel, y a Charlie mucho menos. Siempre y cuando no se acercara a la verdad.

Carter se puso rígida cuando pasaron junto a él.

Rachel se dio cuenta.

—En fin —dijo—, creo que la entrevista estuvo bastante bien.

Carter se encogió de hombros.

—No sé. Creo que yo he hablado demasiado y que mi cara me delataba cada vez que decía los nombres de Jeff o Charlie. ¿Y si se dan cuenta de que he mentido? ¿Y si la gente que lo ve averigua que los he matado a los dos?

—Carter. —Su madre se detuvo en un semáforo en rojo y se giró hacia ella—. No quiero volver a escucharte decir eso, ni que lo pienses. No has matado a nadie, de verdad.

Carter retiró las piernas de la guantera y metió las manos entre las rodillas.

—Pero sí lo hice.

—Escúchame. No has matado a nadie. Charlie tiró a Jeff por el precipicio. Lo mató él.

—Pero yo empujé a Charlie. A él lo maté yo.

—No, Carter. Yo maté a Charlie.

—¿Qué? —dijo Bel, nerviosa—. ¿Qué dices?

Rachel miró a la carretera, no a ellas.

—Jeff estaba muerto. Pensaba que Charlie también, pero sobrevivió a la caída. Se despertó cuando lo estaba arrastrando a la mina. Estaba muy mal, no se podía mover, apenas podía hablar, pero tenía los ojos abiertos. Me rogó que no lo hiciera. —Tosió y deslizó las manos por el volante—. No sobrevivió a la segunda caída.

—¿Qué? —Carter se llevó las manos a la boca.

—Dijiste que no ibas a mentirnos más. —Bel se quedó mirando la nuca de su madre. Si estaba diciendo la verdad, ¿por qué lo decía ahora, dos semanas después?

—No estoy mintiendo —dijo su madre, sin apartar la vista de la carretera—. Eso fue lo que pasó. Carter no mató a nadie. Charlie mató a Jeff, y yo maté a Charlie.

Algo cambió en Carter cuando dijo eso, casi de forma instantánea. Bel lo observó desde el asiento de atrás. Un alivio en los hombros, un brillo en los ojos, una forma diferente en la boca, en cómo pasaba el aire por ella, bastante más ligero.

Y Bel lo entendió.

Quizá Rachel les estaba mintiendo, una última mentira, pero si era así, lo había hecho por eso. Para proteger a Carter, no de la policía, sino de la culpa. Y si eso era lo que estaba haciendo, era una mentira con la que Bel podía vivir, que podía perdonar. Una verdad que no hacía falta que supiera, un último misterio de Rachel Price. Algo que haría una buena madre.

Rachel se detuvo en el estacionamiento, marcha atrás.

—Así que no vuelvas a decir eso, Carter, porque no es verdad. No has hecho nada malo. —Apagó el motor y le pasó la mano a Carter por el pelo—. ¿De acuerdo? —dijo, recogiéndole un mechón.

—Está bien. —Carter apretó la palabra en una sonrisa, echándose el pelo hacia atrás. Puede que incluso esta noche pudiera dormir en su habitación. A Bel no le importaba, pero su hermana pequeña le daba patadas por la noche. Tenía las piernas demasiado largas.

La habitación de invitados era ahora la habitación de Carter, y su madre se había pasado a su antigua habitación, con una cama nueva y un colchón nuevo. Había tirado todo lo que Charlie hubiera tocado.

—Vamos, caminen. —Rachel se desabrochó el cinturón—. Tenemos que comprar la pintura.

—Basta ya de pintura —gruñó Bel—. «¿Les gusta el blanco roto, o el beige, o el blanco paloma?». Son todos blancos, mamá, elige uno de una vez.

—¿Has visto las muestras que he pintado en mi habitación? —Carter salió del coche—. Dice que puedo elegir, pero al menos tres son color vómito.

—Oye, dejen de meterse conmigo, al final las castigo a las dos. —Sonrió.

—Si castigas a alguna por algo —dijo Bel—, debería ser por la cantidad de veces que Carter dice «carajo».

—Vete al carajo. —Carter intentó ponerle una trampa.

Se rieron. La risa de Carter se parecía a la de Bel, y la de Bel se parecía a la de su madre, todas encajaban, como si estuvieran hechas para sonar a la vez.

—¡Carter! —gritó una voz desde el otro lado del estacionamiento.

Las tres se voltearon para ver de dónde venía. Bel se puso rígida, apretando los huesos. Pero solo eran las amigas de clase de Carter, en la puerta de Rosa's Pizza, al lado de la ferretería.

Carter las saludó.

—¿Puedo ir con ellas? —le preguntó a su madre, pero se le fueron los ojos hacia Bel y esperaron ahí la respuesta.

Bel hundió la cabeza.

—Claro —dijo—. Ve.

—Gracias —respondió Carter—. Nos vemos dentro, ma... tía Rachel. —Se corrigió porque pasaba gente.

Carter se alejó de ellas corriendo y desapareció en un círculo que sus amigas hicieron a su alrededor.

Se fue. Y no pasaba nada, porque Bel sabía que iba a volver. Carter siempre volvería, ya fuera porque solo pasó para saludar a sus amigas, o si se iba a Nueva York a la escuela de baile. La gente que te quiere, a los que de verdad les importas, siempre vuelven.

A veces incluso volvían de los muertos.

—Pues nada, nos hemos quedado solas, hija. —Su madre se enganchó a su brazo mientras caminaban hacia la entrada—. ¿Estás bien? ¿En qué piensas?

—No, en nada. Perdona —dijo Bel. En realidad, sí estaba pensando en algo—. Estaba pensando en escribirle a una chica, Sam. La que me regaló la pulsera con las calaveras. Éramos amigas.

La última amiga que tuvo Bel antes de alejar a todo el mundo de su lado. Pero ya estaba lista para volver a ser la amiga de alguien, ahora que sabía cómo funcionaba. Que daba igual que se alejaran, o que alguien resultara herido, o que no durara para siempre. Seguía siendo importante.

—Sí. —Su madre la miró con una sonrisa—. Escríbele. Puedes invitarla algún día a casa.

Bel asintió. Puede que lo hiciera.

Rachel agarró un carrito y lo empujó hasta la puerta.

—Deberíamos comprar también algunos estantes. Para la sala.

—Me parece bien.

—¿Quieres algo más? —dijo su madre, mirando la lista que tenía en las manos.

No quería nada.

Bel solo quería estar aquí, con su madre, mirando miles de tonos de blanco y fingiendo que notaba alguna diferencia, porque no era una cuestión de pintura. Era por ellas, una hija y su madre, descubriendo todos los caminos en los que pudieran volver a encontrarse, a encajar, intentándolo hasta que fuera como si nunca hubiera pasado, como si no les hubieran robado el tiempo.

Llegarían a ese punto. Ya iban por buen camino.

Las puertas automáticas se abrieron cuando se acercaron, y Bel ayudó a su madre a empujar el carrito, enderezando una de las ruedas.

Cruzaron el umbral, entraron.

Las puertas se cerraron detrás de ellas, haciéndolas desaparecer con un susurro.

Desaparecieron.

Pero esta vez, lo hicieron juntas.

Agradecimientos

Como siempre, mi primer agradecimiento es para mi agente, Sam Copeland, por ser mi defensor constante. No es un secreto que este ha sido el libro más difícil que he escrito, en el año más duro tanto profesional como personalmente. Me quedaba mirando tres cuadernos llenos y un documento de Word de treinta mil palabras de tramas y planificaciones. Casi me pierdo al principio de este libro. Él sabía que podía hacerlo y, esta vez, sin duda necesitaba que me lo recordara.

A mi agente de cine y televisión, Emily Hayward-Whitlock, por ser mi seguidora incondicional mientras navegábamos por la adaptación del primer libro para una serie de televisión, al mismo tiempo que escribía *Rachel Price*. Gracias por celebrarlo todo conmigo y por tomarme de la mano en los momentos más bajos. Y muchas gracias por tu atención y emoción a la hora de cuidar a Rachel Price. No se la habría confiado a nadie más.

Muchísimas gracias a mi editora, Kelsey Horton, por tu fe inquebrantable en mí. Creo que esta vez, lo único que tuviste para seguir adelante era el título de *El retorno de Rachel Price*, y poco más. Gracias por confiar en mí para que desapareciera durante unos meses y reapareciera después de haber convertido aquel título en un libro completo y vivo (un poco largo esta vez, eso es verdad. Gracias por tu paciencia mientras lo reducía a un tamaño razonable). Te agradezco muchísimo todo tu trabajo, y entiendo que publicar un libro mío no es tarea fácil, pero no me gustaría llevar a ninguna otra persona en el asiento del copiloto.

Al equipo de ensueño de Delacorte Press, que hicieron magia, literalmente, convirtiendo un documento de Word (muy largo) en el libro que ahora tienes en las manos. Un agradecimiento inmenso para Beverly Horowitz por controlarlo todo de forma tan entusiasta y por apoyarme tanto cuando era una escritora novel. Gracias, como siempre, a Casey Moses, por ser un diseñador increíble y por darle a *Rachel Price* la portada que siempre debió tener. Y gracias a la maravillosa fotógrafa Christine Blackburne por capturarlo perfectamente. Estoy muy feliz de que los lectores puedan juzgar mis libros por sus portadas. Gracias a Colleen Fellingham por todo tu trabajo duro y preciso, y por haber tenido que leer esta historia casi tantas veces como yo, y a Tim Terhune por todo lo que haces mientras los demás trabajan duro en un libro. Gracias, Shannon Pender, Stephania Villar, Katie Halata y Lili Feinberg, por su entusiasmo y ánimo infinito, y a todo el mundo del departamento de ventas, que han hecho el trabajo más importante: asegurarse de que el libro llegue a las manos de los lectores.

Gracias a Sarah Levison y a todo el equipo de Farshore, mi editorial en Reino Unido.

Gracias a mi familia, los Collis y los Jackson, por ser siempre los primeros lectores y, en especial con este libro, que me dejó hecha trizas cuando lo terminé. Sus primeras reacciones me devolvieron a la vida y me hicieron darme cuenta de que todo el dolor y el trabajo duro habían valido la pena, que había creado algo importante.

Gracias a Joe Evans por ser lo bastante valiente como para unirse a la familia, y por dejarme robarte el nombre y por hacerte vomitar Gatorade rojo en la ficción.

Gracias a la familia Horton por darme el escenario de este libro, especialmente a Lily, por empezar tan pronto con el *marketing* local. De algún modo, este libro y Gorham, New Hampshire, son mi hogar, aunque nunca haya estado (excepto por el *street view* de Google Maps... que he usado MUCHO).

Y gracias a ti, sí, a ti, lector. Gracias por confiar en mí para llevarte en este viaje. Espero que Bel sea tan importante para ti como lo es para mí. Para aquellos que han estado conmigo desde el primer libro, no tengo palabras suficientes para describir la gratitud que siento. Seguiré esforzándome cada vez más en cada libro para merecerme su cariño. Así que, prepárense, porque ya saben que no puedo terminar un libro sin un drama.

Y ahora los dos agradecimientos más importantes.

A mi hermana pequeña, Olivia, para quien va dedicado este libro. Gracias. Sabías que la estaba pasando mal sin que hiciera falta que te lo dijera: un lenguaje nuestro, como el de Bel y Carter. Gracias por quitarme peso de encima cuando no era lo bastante fuerte. Este es el mejor libro que he escrito, y no habría sido posible sin ti, así que es todo tuyo. «Cuida de tu hermana», dice Rachel. Y eso hacemos.

Por último, pero en absoluto no menos importante, a Ben. No estábamos casados cuando escribí este libro, pero sí lo estamos mientras escribo estos agradecimientos. Gracias por darme siempre tanto de ti que haces que viva un sueño, y por todo lo que asumes para que yo pueda sobrevivir a la vida. Mi nombre es el que está en la portada, pero tú estás conmigo en cada palabra.